KB083577

번역의 시대, 번역의 문화정치 1945~1969

냉전 지(知)의 형성과 저항담론의 재구축

저자

박지영(朴志英, Park, Ji-young)

1969년 서울 출생, 성균관대학교 국문학과에서 「김수영 시 연구－시론의 영향관계를 중심으로」(2001)로 박사학위를 취득하고, 현재 성균관대학교 동아시아학술원 연구원으로 재직하고 있다. 주요 저서로는 『신여성－매체로 본 근대 여성 풍속사』(공저), 『작가의 탄생과 근대문학의 재생산 제도』(공저), 『젠더와 번역－여성 지(知)의 형성과 변전』(공저), 『냉전과 혁명의 시대 그리고 『사상계』』(공저), 『동아시아 근대 지식과 번역의 지형』(공저) 등이 있다. 주요 논문으로는 본서로 묶어 낸 여러 논문들 이외에 「유기체적 세계관과 유토피아 의식－신동엽론」, 「김수영 문학과 번역」, 「혁명, 시, 여성(성)」, 「'전향'의 윤리, '혁명'의 기억」, 「해방 후 전통적 지식인의 탈식민 민족(民族)(시문학(詩文學))사(史)의 기획」 등이 있다. 현재까지 연구의 주요 관심은 '김수영', '번역', '검열' 등의 키워드를 통해 해방 이후 지식 / 사상사가 어떠한 방식으로 전개되는가에 놓여 있었다. 이를 기반으로 현재는 특히 1960～1980년대 정치사회문화사 연구를 수행 중이다.

번역의 시대, 번역의 문화정치(1945～1969)

냉전 지(知)의 형성과 저항담론의 재구축

초판 1쇄 2019년 1월 5일
초판 2쇄 2019년 12월 5일
지은이 박지영 **펴낸이** 박성모 **펴낸곳** 소명출판
출판등록 제13-522호 **주소** 서울시 서초구 서초중앙로6길 15, 1층
전화 02-585-7840 **팩스** 02-585-7848
전자우편 somyungbooks@daum.net **홈페이지** www.somyong.co.kr

값 31,000원
ISBN 979-11-5905-330-6 93810
ⓒ 박지영, 2018

잘못된 책은 바꾸어드립니다.
이 책은 저작권법의 보호를 받는 저작물이므로 무단전재와 복제를 금하며, 이 책의 전부 또는 일부를 이용하려면 반드시 사전에 소명출판의 동의를 받아야 합니다.

한국연구원
동아시아
심포지아
2
EAS 002

번역의 시대, 번역의 문화정치 1945~1969

냉전 지(知)의 형성과 저항담론의 재구축

박지영

The Era of Translation, Cultural Politics of Translation:
Construction of Cold-War Knowledge and Reconstruction of Resistance Discourse

책머리에

본 연구서는 2008년부터 진행된 연구자의 연구 성과를 모은 것이다. 본 연구서 이후에 출판될 김수영 연구서에서 서술될 내용이지만, 나는 "내 시의 비밀은 내 번역을 보면 안다"라는 「시작노트」의 한 구절을 따라, 2001년 김수영의 문학과 번역의 연관성에 관한 연구로 박사논문을 작성하였다. 이 연구의 과정에서 한국문학사는 물론, 한국지성사의 큰 거목이었던 김수영의 인식에 '번역'이 어떠한 방식으로 작동하였는가를 경이롭게 체험하였다. 김수영에게 번역은 창작과 인식적 연쇄 고리를 이루는 중요한 발동기 같은 존재였다. 이후 문제의식을 확장시켜 '번역' 문제에 꼭 한번 매달려보리라는 결심을 하게 되었다.

그러기 위해선, 우선 김수영의 문학을 둘러싸고 있었던 콘텍스트에 관한 연구를 수행하지 않으면 안 되겠다는 생각을 했다. 왜냐하면 그만큼 번역은 당대 인식장 내외부에서 주도권을 놓고 벌어지는 매우 역동적인 정치적인 행위였기 때문이다. 어느 시기에나 누가, 누구를 위해 번역을 하는가는 늘 새롭게 지식장을 구축하고자 했던 주체들에게는 사활을 걸 만큼 중대한 문제였기 때문이다.

문제는 식민지 시대 연구는 상당히 진척된 상황이었으나, 해방 이후의 연구는 시작 단계라 이미 김수영의 번역에 관한 연구를 진행했던 나로서도 매우 막막한 것이었다는 점이다. 이 대목에서 영문학자이자 번역가인 김병철의 선구적인 업적이 얼마나 큰 불굴의 의지로 이루어진 작업이었던가를 실감하기도 하였다.

우선 계란으로 바위치기라도 해 보자는 심정으로 데이터베이스를 만들어가는 작업부터 시작하기로 했다. 기존의 여러 데이터베이스를 총망라하여 번역서와 번역기사의 목록을 작성하고, 당대 신문에 실린 번역 관련 키워드의 텍스트들을 모아 닥치는 대로 읽고 정리하기 시작했다. 그러기를 한 1년 정도 하니, 데이터들이 조금씩 나에게 말을 걸어오기 시작했다.

먼저 격동의 시대였던 해방기를 '번역'이라는 키워드로 바라보니, 새로운 사회를 건설하기 위한 주체들의 환희와 고통, 그리고 열망이 한눈에 들어오는 듯했다. 무엇이 이토록 이들에게 번역 작업을 간절하게 했나 감히 실감하기 어려울 정도로, 짧은 시기임에도 불구하고 번역 텍스트의 양은 방대하였다. 데이터를 쌓아가다 보니, 이 시기는 그야말로 지식의 정치적 각축장이었다. 이러한 상황에서 나온 첫 번째 결과물이 연구서의 첫 번째 논문인 「해방기 지식 장場의 재편과 '번역'의 정치학」(2009)이다. 새로운 국가건설에 열정적으로 참여하고자 했던 이들에게 번역은 하나의 무기였다.

이렇게 데이터 정리와 정책 연구, 그리고 콘텍스트에 대한 탐색을 통해 번역사를 정리하다 보니, 이러한 지성 체계를 새롭게 구축하려는 주체들의 노력이 한국지성사에서 번역의 정치성을 더욱 강화시켰다는 점을 알게 되었다. 한국전쟁과 분단이라는 역사적 파고는 번역장을 미국의 문화원조하에 국가주도의 구도로 변화시켰다. 서구 민주주의 제도의 안착을 위해 시도된 미국의 문화원조와 국가주도의 번역 정책은 많은 지식인들 사이에서 '번역가'라는 정체성을 만들어냈다. 그러나 이를 통해 지식장의 판도가 반공주의적으로 변화해 가기 시작한다. 특히 당대에 행해진 국역은 식민과 탈식민이라는 남한의 역사적 상황이 중첩되어 만들어낸 토대와 인식을 배경으로 한다. 당대 절실했으나 위기였던 국역의 토대는, 이를 수행해야 할 한문학자가 식민지 근대라는 역사적 굴욕 속에 월북과 사망 등을 통해서 그 존재성을 상실해가던 상황이 예견하고 있었던 것이다.

번역 정책으로 조급하게 작업이 이루어진 까닭에 오역과 졸역이 속출하기도 하는 상황에서도 번역은 끊임없이 수행되었다. 거기에 남다른 교육열과 지식에 대한 욕구가 왕성했던 당대 독자들의 열망이 더해져 세계문학전집 붐이 일면서 가히 1950~1970년대까지는 (김병철이 칭한 대로), 번역의 시대라는 별칭을 가능하게 하는 상황이 펼쳐진다. 우리 세대 지식인들이 유년시절 월부 책장사를 통해 세계문학전집을 사들여 읽었던 학습 경험이 이러한 점을 증명해 줄 것이다.

그러면서도 우리는 이 책들에게서 퀴리부인, 헬렌 켈러, 채털리부인이 천재 과학자, 의지의 사회사업가, 바람난 귀족부인만이 아니라 매우 명민한 비판적 지식인이었다는 점을 읽어내지 못했다. 이러한 점이 당대에는 제대로 번역되지 못했기 때문이다. 이러한 상황은 3~5장에 잘 나타나 있다.

그리고 위로부터의 문화 정책이 펼쳐지는 상황하에서도 번역을 통해 새로운 저항 담론이 모색되기도 한다. 사르트르의 번역이 전후 실존주의는 물론, 해방 이후 한국 지성사에서 저항담론의 주요 자양분이었다는 점은 한국 지성사를 읽는 데 주요 인식적 맥락을 제공한다. 8장에서 그

이야기를 하고 싶었고, 본 책의 목차 후반부는 이러한 점을 증명하기 위해 배치되었다. 특히 1960년대 전반, 친미반공주의적인 성격이 짙었던 『사상계』가 6·3학생운동 시기를 겪으면서 저항매체로 정체성을 전회하던 시기에도 번역 텍스트는 특별히 그 정치적 역할을 다하고 있었다. 이 시기는 물론 어느 시기에도 우리에게 번역은 때론 검열 때문에 차마 하지 못한 말을 대신해 주는 서브-텍스트였다.

외국문학전공 지식인 그룹인 『창비』와 『문지』그룹의 담론을 배출하는 데 큰 역할을 했던 것도 번역이라는 매개체였다. 이 책과 함께 출간되는 다른 책에서 다룬 김수영의 번역 작업은 1950년대부터 죽는 순간까지 지속적으로 저항담론을 산출하였다.

이러한 점은 번역장이 얼마만큼 역동적인 장소였는가를 말해주는 것이기도 하다. 현재도 많은 번역가들이 번역에 매진하고 있다. 그러나 안타깝게도 그간 연구 작업을 진행하면서 만난 많은 번역가들은 한국 사회에서는 상대적으로 박한 대우를 받고 있었다. 번역이 얼마나 중요한 사회 정책이 되어야 하는지는 이미 일본의 근대화 과정이나, 현재 진행형인 여러 선진 제국의 문화정책을 통해서도 충분히 알 수 있는데도 불구하고 말이다.

이 연구를 한 차례 마무리하면서 살펴보니 성과에 대한 뿌듯함보다는 부끄러움이 앞선다. 한국현대지성(문학)사를 번역이라는 키워드로 설명해보겠다는 당초의 의지는 이제 조심스러움으로 바뀐다. 번역 행위를 떠받치고 있는 사회문화적 상황의 복잡성과 주체들의 의식적 고뇌는 점차 번역 텍스트의 분석을 어렵게 한다. 또한 번역이라는 매개를 감추고자 했던 우리 내부의 민족주의적 자의식은 번역이 단지 수동적인 수용이 아니라, 두 텍스트 상호 간에 이루어지는 문화적 작용이라는 점을 증명하기 어렵게 하기도 한다. 때론 이러한 과정을 증명해 내야 한다는 지나친 연구자의 자의식이 오히려 연구시각과 서술에서 진부한 패턴을 만들어내기도 하였다.

연구를 하다 보면 어떤 때는 번역 연구가 마치 두 텍스트, 두 주체 사이의 깊은 심연을 더듬는 장님의 제스처 같이 암담하게 느껴질 때도 있다. 번역으로만 설명할 수 없는 인간 의식의 복잡성은 또 어떤가? 어떤 때는 번역 연구를 시작할 때의 포부가 자칫 무모해 보이기까지 했다.

많은 동료들이 신기해한 것은 실제 번역 작업이 불가한 외국어 실력을 갖고도 과감하게 번역 연구를 수행한 것이다. 그 용감함은 번역연구에서 한국문학연구자들이 해내야 하는 영역이 분명히 존재한다는 확신을 가졌기 때문이다. 데이터 정리와 텍스트를 둘러싼 정치문화적 토대 연구, 그리고 번역을 행하는 주체의 인식적 내면을 논구하는 데 한국문학 연구가 쌓아놓은 노하우가 증명해 내기 수월한 부분들이 분명 존재하기 때문이다. 물론 섬세한 언어적 수행 과정을 번역해 내는 데는 부족하지만, 이러한 장점을 믿고 일단 맨땅에 헤딩하는 식으로라도 이 연구에 도전해 본 것에 의미를 두기로 한다.

이제 와 생각해 보니 많은 분들이 내 연구에 도움을 주셨다. 특히 내 연구 인생의 큰 행운이었던 것은, 덕성여대에서 지난 10년 넘게 강의하면서 만난 이규현, 장진영, 백선희, 김영옥, 최성욱, 안정심, 권오숙, 이영아, 김경화, 임병희 등 문학 선생님들이 모두 훌륭한 번역가이자 연구자였다는 점이다. 이분들이 없었다면, 번역 작업의 존엄함을 감히 제대로 느껴보지 못했을 것이다. 이분들은 내 연구 과정에서 핵심적으로 필요한 논거들을, 보통사람들은 감히 부탁조차 못해봤을 그 훌륭한 전문적 역량으로 번역해 주시고, 더 나아가 연구의 여러 지점에서 영감을 주셨다. 이분들의 모습은 내 책의 주석 곳곳에서 볼 수 있을 것이다. 또한 한국문학은 물론 외국문학전공 학자들, 박진영 선생님과 여러 동료 번역 연구자들에게도 늘 열렬한 동지애를 느낀다고 전해주고 싶다. 그리고 무엇보다도 데이터를 만드는 작업부터 시작하여 매체 연구를 비롯한 문화연구를 어떻게 수행하는지를 가르쳐주고 고민을 공유해 준 박헌호, 한기형, 최수일, 이봉범, 박현수 선생님 외 여러 성균관대 동학들, 늘 내 눈빛을 살펴봐주고 고민에 짓눌려 힘들어 할 때 내 손에 다정하게 밥숟가락을 쥐어주던 이분들은 현재도 내 삶에 큰 힘으로 존재한다. 이 외에도 10년 가까이 함께 동고동락을 함께 한 '사상계연구팀', 늘 따뜻한 격려를 보내주던 여러 학회 동학들 일일이 호명하여 감사를 드리지 못한 점 정말 죄송하다. 특히 학문적 경로에서 한 발짝씩 앞서나가면서도 동료로서 늘 먼저 손 내밀어 주고 연구자적 고민을 깊이 있게 나누어주었던 이혜령 선생에게는 특별히 감사하다고 말해주고 싶다. 늘 곁에서 '흔들려도 괜찮다'고 말해주었던 심선옥, 이승희, 배선애 선생님의 이름을 남기지 않을 수 없다. 그리고 이 책의 거의 대부분의 데이터를 정리해주며 동료로서 날카로운 지적도 잊지 않았던 조은정 선생의 동지애는 끝내 못 잊을 것이다. 너무 감사하다.

끝으로 가족들을 빼놓고 갈 수는 없다. 부족한 며느리를 꾸짖지 않으시고 감싸주시는 시어머님과 시누이들에게도 감사를 전한다. 연구자로서의 정체성을 갖는 한 사람을 가족으로 두고 살아온 나의 남편과 딸에게도 깊은 사랑을 전한다. 바쁜 엄마와 아내를 둔 덕분에 소소한 불편을 감수했을 것이다. 그러나 엄마이자 아내이면서 한 사람의 연구자로 살아가고자 발버둥치는 나의 삶이 그리 녹록하지 않다는 점을 이 두 사람이 잘 이해해 줄 것으로 믿는다. 끝으로 나에게, 살아오는 동안 삶에 대한 성실성과 인간에 대한 사랑을 실천을 통해 가르쳐 주신 우리 부모님께 깊은 사랑과 감사의 인사를 드린다. 늘 헌신하고 베풀어주시며 지금까지 내 삶의 버팀목으로 살아와 주신 두 분의 삶에 이 딸의 작은 책이 보람과 위로가 되길 바란다.

2018년 겨울
방학동에서
저자

차례

제1장

해방기 지식장場의 재편과 '번역'의 정치학

1. 해방기 지식장의 재편과 '번역'의 필요성

'해방'이라는 역사적 사건은 이 땅에 다시 '번역'이라는 정치적 기호를 불러낸다. 일본어를 통해 식민자와 피식민자 사이의 의사소통이 가능했던 식민지 시기를 지나, 이제는 '번역'이 없으면, 의사소통조차 불가능한 정치적 상황에 직면하게 된 것이다. 해방기 소설 속에서 자주 등장하는 한 직업군, '통역가(번역가)'의 형상은 바로 이러한 상황을 증명해준다.[1] 또한 해방기 '신탁통치'와 '후견'이라는 번역어의 각축 속에

1 채만식의 「미스터방」, 염상섭의 『효풍』 이외에도 최태응의 「월경자(越境者)」 등 다수의 당대 소설에는 이 통역가가 등장한다. 그런데 대개 이 소설들에서 통역가의 형상은 긍정

서,[2] 남한단독선거에 동의한 미군의 태도를 '혹 번역의 잘못' 때문이 아닌가라면서 의사소통의 문제로 비꼬았던 김구의 말[3]에서도 역시 당대 번역의 정치성은 입증된다. 그만큼 이 시기 무엇을 어떻게 번역하느냐의 문제는 민감한 것이었다.[4]

'탈식민'의 과제, 즉 식민 잔재 청산과 새로운 국가 건설이라는 과제는 온 국민의 열망이 되었고, 이 의지는 곧 식민지 시대 지식 체계와 절연하고 새로운 인식 체계로 지식장을 전환할 것을 요구하였다. 그들은

적이기만 한 것은 아니다. 「미스터방」은 "낫 놓고 기역 자도 못 그리는 판무식"에, 구두수선쟁이로 연명하고 사는 변변치 못한 인사가, 몇 마디 영어 덕분에 미군의 비서가 되어 '미스터 방'으로 눈부신 변신을 하는 과정을 풍자적으로 그린다(당시 영어의 정치적 성격에 대해서는 이혜령, 「채만식의 「미스터방」과 김동인의 「망국인기」, 해방 후 일본어가 사라진 자리」, 『내일을 여는 역사』 32, 민족문제연구소, 2008.6 참조. 염상섭의 『효풍』에서도 통역가의 형상은 "형사 비슷한 일 아니면 거간꾼"이다(염상섭, 『효풍』, 실천문학사, 1998, 16면 참조). 이 소설에 나오는 장 선생은 식민지 시대 아무도 거들떠보지 않던 영어선생이다. 그러다가 미군이 진주하자, 통역관으로 살아간다. 물론 이 직업이 영어선생보다 주목은 받지만, '형사 끄나풀'이나 '고물상 거간꾼'쯤으로 치부되는 상황은 아직 점령군에 대한 적대감이 사라지지 않았던 당대 정치적 상황을 반영한다. 소련어 역시 마찬가지다. 「월경자」는 북한에서 소련어 통역을 하며 존경받던 한 목사가 남한에 내려와서는 몰매를 맞는 비극적 상황을 형상화한 소설이다. 이 역시 당대 소련어가 정치적인 언어였기에 빚어진 참극이다. 이 통역가의 형상은, 당대 이 행위가 매우 정치적인 것이었음을 증명해 준다.

2 여기서 '후견'은 소련 측과 좌파 측의 용어였다. 이에 대해서는 꼬로빈, 강진 역, 「국제후견제에 관하야」, 『신천지』 2(3), 1947.4.1 참조. 그리고 이에 대한 비판적 논의로는 「미소위원회개최에 제하야—독립은 지상목표—국가대계는 신중하게」, 『조선일보』, 1946.1.18, 조간 1면 기사로, '신탁과 후견의 용어에 대하야'란 소제목 하의 글이 있다. 이에 대한 전체적인 상황에 대한 설명은 임헌영, 「해방직후 지식인의 민족현실 인식」, 『해방전후사의 인식』 2, 한길사, 2001 참조.

3 「번역에 잘못? 메논씨 회담내용, 김구씨 재차언명」, 『조선일보』, 1948.3.17, 조간 1면 참조.

4 『민성』에 실린 번역 관련 정정기사는 번역어에 대한 정치적 민감성을 증명해 준다. 『민성』에는 "정정기사 본지 제4호 소재 「소련과 언론자유」 기사 중 '뉴욕(紐育)타임스의 공산주의자 시메온 스트룬스키' 운운은 '뉴욕(紐育)타임스의 시평란 기고가' 운운의 오역이었기에 이에 정정합니다. —이성식"이라는 사고(社告)가 실려 있다(『민성』 6, 1946.4.13, 13면 참조).

식민지 지식이 아닌, 새로 유입된 인식체계를 통해 국가 건설의 주체로 호명되기를 원했던 것이다. 그리하여 그간 식민지 시대 검열에 의해 억눌렸던 지식에 대한 욕구와 이에 따른 수요가 폭발적으로 증가한다. 출판사들이 '문화사'란 간판을 걸고 문을 열어 기꺼이 국가 건설을 위한 출판문화운동의 기수가 되길 원했던 것도 이러한 현상의 일례이다. 그 결과 개항기 이래 유례 없는 책의 시대가 열린다.[5] 해방기 '번역'에 대한 갈망은 이러한 정치적 토대에서 출발한다.

'해방'은 제2차세계대전이라는 세계적 사건에 의해 얻어진 것이며, 이는 곧 조선도 세계사적 질서로 편입되었다는 것을 의미했다. 그리하여 해방기 조선, 식민에서 탈식민의 시대로 넘어가는 과도기적 상황, 즉 일본을 경유해서만이 지식의 모더니티를 수용했던 시기를 지나 이제는 서구(세계)를 통해 직접 지식의 모더니티를 구성할 수 있는 시기로 이동한 것이다. 이 와중에 '번역'은 이념의 혼돈 시대, 지식의 공황 상태를 극복할 가장 중요한 대안으로 대두할 수밖에 없었던 것이다.

정치적 변혁기 혹은 과도기에 번역은 새로운 이념을 생산하는 데 이바지한다. 번역은 주체들이 지향하는 이상적인 정치상象을 형성하는 데 새로운 지식 기반을 제공하기 때문이다. 이미 동아시아 제 국가의 근대국가 형성기, 혹은 문화적 변혁기에 '번역'이 얼마나 중요한 역할을 했는가는 잘 알려진 사실이다.[6] 국가 건설기에 번역은 때론 통치자의 지배

5 윤석중은 "출판사 이름에 '문화사'란 말을 단 것은 이를 책장사보다도 문화사업으로 여긴 때문"이라고 한다(윤석중, 『어린이와 한평생』, 범양사, 1985, 196면 참조(이중연, 『책 사슬에서 풀리다』, 혜안, 2005, 128면에서 재인용).

6 이에 대한 대한연구사로 우리 근대 계몽기의 경우를 다룬 정선태, 『근대의 어둠을 응시하는 고양이의 시선-번역 · 문학 · 사상』, 소명출판, 2006 중 1부, 일본의 마루야마 마사오 · 카토 슈이치, 임성모 역, 『번역과 일본의 근대』; 이산, 2000, 중국의 경우는 왕 샤

정책으로 수행되었으며, 이에 대항하는 지식인들의 주체적 담론 행위이기도 했다. 정치적 변혁기인 해방기 역시 마찬가지이다. 에드가 스노의 『중국의 붉은 별』과 함께 1980년대 운동권 세대에게 필독서로 읽혔던 님 웨일즈의 『아리랑』이 해방 직후 번역[7]되었다는 것은 이러한 점을 증명해 준다.

이 시기 번역에 대한 열망은 우선 매체의 분량 중 많은 양을 차지하는 번역 기사의 비중이 말해 준다. 특히 잡지 『신천지』의 경우는 번역물이 전체 분량의 대략 1 / 4 정도를 차지한다. 특집 기사의 경우는 번역물이 거의 기사 분량의 대부분을 차지하는 경우도 있다.[8] 이 외에 남한 잡지 사상 최고의 발행부수를 자랑하는[9] 지식인 잡지 『민성』의 경우도 초반에는 거의 대부분의 기사가 번역물로 채워져 있다.[10] 중반 이후에도[11] 호별

오밍, 박성관 역, 「번역의 정치학－1980년대 중국 대륙의 번역 운동」, 『흔적』 1, 문화과학사, 2001 등이 있다.

7 에드가 스노의 『중국의 붉은 별』은 인정식, 김병겸의 번역으로 『신민주주의의 건설 원명, 중국의 적성 일면 홍군종군기』(동심사, 1946)로 출간되었으며, 님 웨일즈의 아리랑은 신재돈의 번역으로 김산, 「외국어로 발표된 조선인의 저서! 아리랑(조선인 반항자의 일대기)」란 제목으로 『신천지』 1(9)～3(1), 1946.10.1～1948.1.1까지 연재되었다.

8 『신천지』 1(8), 1946.9.1 미국특집의 경우는 거의 번역 텍스트일 수밖에 없다. 조셉 P. 케네디, 장철수(張撤壽) 역, 『미국(美國)과 세계(世界)』(라이프지, 3월 18일자("The U. S. and the world")); 더글러스・오버톤, 윤청우(尹靑羽) 역, 『아메리카 정신(精神)』; F. L. 알렌, 윤태웅(尹泰雄) 역, 『현대(現代) 아메리카 세상사(世相史)』; E. M. 사카라이스, 박근수(朴根洙) 역, 『강복(降伏) 직전(直前)의 미일교섭(美日交涉)』 등이 그 예이다.

9 「해방4년동안의 문화업적찬연－고려문화사의 꾸준한 노력」, 조선출판문화협회, 『출판대감』, 조선출판문화협회, 1949(이하 『출판대감』), 10면 참조

10 초기 발간된 잡지 『민성』은 어떤 면에서는 외국 기사 번역물로 거의 대부분이 채워졌다고 해도 과언이 아니다. 이런 상황이어서 그런지 13호(1946.12)에 실린 「편집실－이해를 보내며」에는 독자들이 외국에 대한 것을 더 많이 게재한다고 비판했다는 내용이 들어 있다. 이러한 정황은 필진의 부족 때문에 벌어진 탓이기도 하겠지만, 그만큼 세계정세에 대한 지식인들의 관심이 드높았기 때문에 발생한 것이라고 볼 수 있다.

11 4권 1호(1948.1.1)부터 주간이 김영수에서 임학수로 바뀌면서 문예면이 증면되고, 필자들 역시 우익 측 인사들로 다수 배치된다. 이 시기에 『민성』은 편집 체제도 바뀌고 면

로 3~5개씩 번역 기사가 편재되어 있다. 이러한 점은 이들이 얼마만큼 새로운 지식에 대한 열망이 높았는가를 증명해 주는 것이다.

물론 이러한 천지개벽할 변화에 혼란이 없었던 것은 아니다. 우선 언어의 혼란은 가장 심각한 수준이었다. 이제 일본어를 잘한다는 것은 더 이상 자랑이 아니었다. 해방기에 본격적으로 시 창작을 시작했던 김수영이 일본어로 시를 쓰고 이를 조선어로 번역을 해야 했다는 웃지 못할 상황은 이러한 점을 반증한다. 이처럼 일본어를 모국어처럼 사용하고 있었던 세대의 낭패감은 매우 큰 것이었다. 그들에게 여전히 일본어는 '지식의 언어'였으며 그래서 떠오르는 것이 바로 중역의 문제였다.[12]

그러나 이러한 혼돈의 시대는 곧 또 다른 가능성이 내장된 시기이기도 했다. 미국문화의 영향력이 가장 강력했다고 해도, 해방기는 미국문화 뿐만이 아니라 모든 지식에 열린 시대였다. 1946년 미군정의 검열이 본격화[13]되고 1947년 좌파 서적의 압수가 진행되기까지 서구의 자유주

수도 4권 3호부터는 30여 면에서 80면 이상으로 늘어난다. 당시의 편집후기를 보면, "'큰 책'이라는 이름을 가졌던 『민성』이 이제 그건 도루 돌려드리게 되었다. 이후로는 '큰 책' 대신에 '제일 권위 있는 잡지'라는 명명을 해 주기를 바라고 그렇게 노력하겠다"고 적혀 있다. 그러나 아직까지는 적은 양이지만, 좌파적 성향의 번역 기사가 실린다. 그러다가 5권 3호(1949.3)부터는 편집국장이 김창집으로 바뀌면서 번역의 판도가 서구 편향으로 바뀐다.

12 해방기 대표적 시인이었던 오장환이 번역한 『예세닌 시집』(동향사, 1946)이 일역본의 중역이었다는 점도 그 예이다. 당대 번역가들 사이에서 일본판 혹은 영어본을 옆에 끼고 비교하여 번역하는 풍경은 매우 익숙한 것이었다. 조벽암이 번역한 고리키의 『문학론』(서울출판사, 1947)은 영역본과 개조사판, 나우카사판을 참조로 하여 번역하였다고 역자가 전한다. 허집이 번역한 헨릭 입센의 『인형의 집』(조선공업문화사, 1949)도 영역본과 일본어판을 참고로 번역을 하였다고 '머리말'에 전한다(김병철, 「1950년까지의 번역문학(1945.8.15~1950.6.25)」, 『한국근대번역문학사연구』, 을유문화사, 1975, 871·921면 참조). 이러한 일본어 중역은 번역물에 대한 관심의 증폭과 출판사의 상업적 의도와 맞물려 양산된다.

13 출판활동이 정치에 적극 이용되고 보도의 내용이 미군정 당국의 감정을 거스르자 군정당

의 사상은 물론 좌파적 사상 역시 참조의 틀로 기능했다.

김수영이 박인환의 마리서사를 드나들던 시절을 "해방 이후에 짧은 시간이기는 했지만 가장 자유로웠던, 좌・우의 구별이 없던 몽마르트 같은 분위기"[14]로 회상했던 것도 이 시기가 이념적 구획 없이 지식에 대한 욕구가 풍부했던 청춘의 시기이기 때문에 가능한 것이었다.

해방기 '번역'의 장은 바로 이러한 정치적 상황에 놓인 다양한 지식의 각축장이 될 수밖에 없다. 번역은 주체가 놓인 지점의 역사적 상황에 긴밀하게 연관되어 그들이 추구하는 정치적 이상과 그 목적이 일치할 수밖에 없다. 모든 언어가 그 주체의 정치적 상황과 깊이 연관되어 있듯, 언어를 매개로 하는 번역 역시 그러할 수밖에 없는 것이다. 그래서 때로 번역은 기존 체계의 규범을 타파하려는 투쟁에서 문화적인 무기로 사용[15]될 수 있다. 해방기 번역의 주체들은 이러한 점을 믿었던 것이다. 이 시기에 번역 행위는 곧 탈식민화의 과정, 국가건설 운동과 통하는 '문화, 정치적 행위'였다.

그러므로 이 상황에서 지식인들은 무엇을 번역했고 이를 통해서 어떠한 지식체계, 이념체계를 꿈꾸었는가를 알아보는 문제는 곧 해방기 국민국가 건설이라는 중차대한 임무 앞에 서 있었던 해방기 지식 청년들의 정치적 의식과 그 내면을 살펴보는 데 주요한 구체적 인식 틀이 될 것이다.

국은 우선 신문을 대상으로 압력을 가했다. 즉 1946년 5월 16일 우익지인 『대동신문』을 시작으로 시간이 경과할수록 정치활동규제와 언론출판의 강도가 심해졌다(자세한 사항은 조대형, 「미군정기의 출판연구」, 중앙대 석사논문, 1988 참조).

14 김수영, 「마리서사」, 『김수영 전집』 2(산문), 민음사, 2003 참조.

15 에드윈 겐러, 윤일환 역, 「번역, 대항문화, 미국의 '1950년대'」, 알바레즈・비달 편, 『번역, 권력, 전복』, 동인, 2008, 187~196면 참조.

물론 이미 이러한 해방기 '번역' 상황에 대한 논의는 번역문학사 속에서 고찰된 바 있지만,[16] 이는 문학 텍스트를 중심으로 논의된 것이고[17] 아직 전체적인 텍스트를 대상으로, 당대 지식의 유입 상황을 고찰한 논의는 없다. 이에 본 연구는 이를 위해 먼저 번역의 토대와 이에 대응하는 번역에 대한 의식 세계를 살펴보도록 하겠다. 그런 후 매체에 실린 번역문과 단행본을 대상으로 당대 유입된 지식의 판도를 고찰하도록 하겠다.

연구대상으로 해방기 대표적 매체인 『신천지』와 『민성』, 『백민』과 당대 발행되었던 단행본들을 택하도록 한다. 앞서 고찰한 김병철의 연구에서도 이 시기에 활약한 잡지로는 『신천지』, 『민성』을 든 바 있듯이[18] 무엇보다 이 매체들이 당대 지식계를 이끌었던 잡지들이기 때문이다.

16 이는 번역문학사(김병철, 『한국근대번역문학사연구』, 을유문화사, 1975)와 당대 출판문화 현장을 고찰하는 논의인 이중연의 앞의 책을 통해서 소개된 바 있다. 전자는 문학번역을 중심으로 논의되고 있고, 후자는 시사적인 사안을 중심으로 논의를 진행하고 있다. 특히 전자의 경우는 이 글을 쓰는 데 매우 많은 참조틀을 제공한 연구이다.

17 물론 그렇다고 해서 이 연구의 가치를 평가절하하는 것은 아니다. 이 연구서에서는 문학텍스트를 다룰 때 다른 텍스트와의 연관성을 고려한다. 그리하여 번역사 전반의 시대적 키워드를 잡는 데에도 이 연구서는 충분한 시사점을 제공한다.

18 김병철, 앞의 글 참조.

2. 번역에 대한 인식

—지식 담론의 전환기, 그 혼란의 극복과 대안의 모색

1) '번역'의 조급성과 '후진국' 의식

해방기 지식의 탈식민 과정은 생각보다 쉽지 않았고, 그만큼 복잡하고 지난하게 진행되고 있었다. 이를 가장 잘 대변해 주는 문제가 바로 앞서 제기한 중역의 문제이다.[19]

식민지 시대 활동했던 문인들은 물론, 고석규와 김수영 등 20대의 청년 문인들까지 그들이 가지고 있었던 장서의 대부분은 일본어 책이었다.[20] 그들에게 전위적 문예 이론은 아직 일본어 책을 통해서 전해지고 있었다. 식민지 시대 모든 근대적 담론이 모두 일본어를 통해 사유되었듯, 현재 이들이 적극적으로 참조해야 할 서구와 러시아의 지식 체계들

19 이 이중어 세대의 문제는 해방기뿐만 아니라 이후 지식계를 설명하는 데 매우 중요한 키워드임에는 틀림이 없다. 예를 들면 1960년대 대표적인 저항적 지식인인 장준하, 김수영, 함석헌 등이 이 이중어 세대였다는 사실은 한국의 현대 지성사를 분석하는 데 있어서도 중요한 논점이 아닐 수 없는 것이다.

20 이 시대 청년이었던 김수영의 회고에 의하면 해방기 모더니스트들이 드나들었던 『마리서사』에서 일본의 모더니스트 전위시인들인, "니시와키 준자부로(西脇順三郎)의 시집"과 "미기시 세츠코(三岸節子), 안자이 휴우에(安西冬衛), 기타조노 가츠에(北園克衛), 곤도 아즈마(近藤東) 등의 이상한 시에 접하게 되었"다고 한다(김수영, 「마리서사」, 『김수영 전집』 2, 민음사, 1981, 106면 참조). 이후에도 김수영의 산문에서는 끊임없이 이들 일본 문인 및 사상가들에 대한 언급이 있다. 그의 산문에는 요시에 타카마츠(吉江喬松), 고마쓰 기요시(小松清)(번역자의 고독), 이부세 마스지(井伏鱒二), 구보타 만타로(保田萬太郎)(김이석의 죽음을 슬퍼하면서), 미요시 다쓰지(三好達治)(자유의 회복), 우찌무라 간조(內村鑑三)(「시작노트」, 1966.2.20)와 다카미 준(高見順), 홋타 요시에(堀田善衛) 등이 등장한다. 이 세대에게 일본어는 죽을 때까지 지식의 언어로 작동한다.

마저도 그때까지는 일본어를 경유하여 사유되었다.

잡지 『신천지』나 『민성』에 실린 번역문 중에서도 종종 일본 필자의 글들이 눈에 띈다. 대표적으로 전향한 일본 사회주의 이론가인 사노 마나부佐野學의 글 「모택동의 신민주주의」(『민성』 2(12), 1946.12.1) 같은 글이 그 예이다. 이는 해방기에도 여전히 참조틀로 존재하는 일본 지식계의 흔적이다.

이러한 상황이기에 당대는 물론 60년대까지 끊임없이 제기된 일본어 '중역重譯'의 문제는 어쩌면 매우 자연스러운 문제의 귀결이었는지도 모른다. 번역문학사에서도 해방기 번역 상황을 진단하면서, "비전공자가 판을 치고 중역重譯과 초역抄譯과 오역誤譯이 범람하는 무질서한 상태"[21]라는 비판적인 결론을 내린 것은 그야말로 해방 이후 한동안 번역장 내부의 가장 큰 문제가 바로 이 중역이었다는 점을 말해주는 것이다. 그러나 적어도 해방기에 이 중역의 문제는 어쩔 수 없는 것이라고 바라보는 관점이 많았다.

> 빈약한 원문 실력을 가지고 서투른 문학가가 번역한 원문 역보다는 비록 일본말 중역이라 하더라도 글쓰는 사람이 번역한 편이 훨씬 우수하다고도 말 할 수 있다. (…중략…)
>
> 원문이 불란서어로 되어 있는 작품이라도 그것을 영어판으로 중역을 하면 마치 원문 번역이나 다름없는 듯이 생각하지만, 그것을 일어판으로 중역하면 꼭 같은 결과임에도 불구하고 그야말로 중역이라고 경멸감을 갖는 것이

21 김병철, 앞의 글 참조.

다. (…중략…) 그것은 아마 누구나가 일어에 대한 실력만은 상당하니까, 일어를 경시하는 데서 오는 편견이겠지만 객관적으로 비판할 때 영어 중역이거나 일어중역이거나 그것이 중역임에는 조금도 다름이 없는 것이다. 아니, 보통 영어 실력보다는 일어 실력들이 우수하므로 해서 꼭 같은 중역일 경우에는 일어 중역을 택하는 편이 오히려 현명한 일일는지도 모른다. (…중략…) 현하 우리나라에 있어서의 번역 출판의 시급성을 생각해볼 때, 그것이 결코 만족스럽지 못한 일이기는 하지만 문필업가가 일어로나마 중역이라도 해주는 편이 우리문화의 향상을 위하여 다행한 일이 아닐까 한다. (…중략…)

나는 물론 우리나라에서도 중역이 도태되고 원역이라야만 행세하는 시기가 올 것을 믿고 그날이 하로 바삐 오기를 누구보다 못지않게 고대(苦待)도 하지만, 그날까지를 묵묵좌시할 수는 없는 것이다. 내가 중역이나마 장려하는 것도 따지고 보면 결국 그러한 문화개화의 날이 속히 오기를 촉진시키는 하나의 방편이라는 것을 끝으로 말해 두는 바이다.[22]

이처럼 중역이라도 하자는 논의는 "영어 실력보다는 일어 실력들이 우수하므로 해서 꼭 같은 중역일 경우에는 일어 중역을 택하는 편이 오히려 현명한 일"이 될 수 있는 당대의 언어적 상황에 기인한다. 그들은 일본어에 있어서는 거의 모국어 수준의 활용 능력을 갖추고 있었기 때문이다. 같은 의미에서 "그 지식이란 우리들은 거의 전부 일본어 사전을 통해서 얻은 것"이라는 점[23]은 중역에 면죄부를 줄 수밖에 없다는 논리

22 정비석, 「출판문화와 번역의 문제－번역문학에 대한 사견」, 『신천지』 8(7), 1953.12, 159~165면 참조.

를 형성한다. 일본어 사전으로 얻은 지식, 즉 일본어로 모든 지식담론을 사유했던 이들에게 이 언어를 모국어로 번역한들, 그 개념어에서 벗어나기 힘들 것이라는 논리는 당대의 뼈아픈 언어현실을 환기시킨다.

바로 이러한 상황이기에 이중어 세대인 정비석이 "중역이라도 하자"고 주장하고, 중역을 할 수밖에 없는 자기 세대 번역가들에 대해 옹호할 수 있었던 것이다. 더 나아가 "빈약한 원문 실력을 가지고 서투른 문학가가 번역한 원문 역보다는 비록 일본말 중역이라 하더라도 글쓰는 사람이 번역한 편이 훨씬 우수"하다고 주장한 것은 번역가로서 문인들의 입지를 확인시키고자 한 것이다.[24]

물론 "중역이 도태되고 원역이라야만 행세하는 시기가 올 것을 기대"한다고 원칙을 제시하지만, 이러한 태도는 번역에 중차대한 임무를 부여했던 당대의 객관적인 상황에 편승한 감이 없지 않다. 그러나 중역이 번역의 질을 담보할 수 없다는 것은 거부할 수 없는 사실이다.[25]

『민성』의 편집인이자 언론인인 채정근은 "일어로 번역된 외국어 서적을 원서는 한번도 대조해보지 않고 중역을 하되 원서역을 한 것처럼 뻔뻔한 광고를 하고 있는 것도 적지 않다"[26]며 당대 중역 상황을 꼬집어 비판한 바 있다. 그는 또한 현재의 문제로 "번역하는 외국어에 미숙할 뿐만 아니라 왜정 사십 년에 우리나라 국어까지 충분히 해독하지 못하

23 손우성, 「문화건설과 번역문학」, 『신천지』 8(7), 1953.12 참조.

24 1950년대 번역장에서는 문인 번역가와 전공자인 전문 번역가로 번역가군이 구성된다. 이러한 상황이기에 정비석은 문인들의 번역가로서의 자질을 옹호하고 있는 것이다(이러한 번역가군에 대한 상황은 본서의 5장 「1950년대 번역가의 의식과 문화정치적 위치」 참조).

25 시인이자 번역가였던 김수영의 글에서 이러한 중역의 문제에 대해서 여러 차례 심각하게 서술한 바 있다(김수영, 「모기와 개미」, 앞의 책 참조).

26 채정근, 「비양심적 번역 횡행–역사출판자들 반성하라」, 『서울신문』, 1948.9.4 참조.

였음인지 번역어가 매우 미숙하여 귀중한 용지의 허비에 불과한 것도 있다"고 개탄한다. 당대 번역의 문제는 번역 재료가 일어책인 것에만 한정된 것은 아니었던 것이다. 일어에 비해 미숙한 모국어 실력은 탈식민 과정에서 제기될 수밖에 없는 문제로 이 역시 언어에 대한 고도의 숙련이 요구되는 번역 작업에서는 첨예하게 대두할 수밖에 없는 문제이다. 이러한 상황에서 체계적인 번역을 기획하고 시행할 것[27]과 번역기관을 설치하자[28]는 주장이 제기된 것은 어쩌면 예정된 길이었다고 볼 수 있다.

그럼에도 불구하고 번역기관의 설치를 주장하는 글[29]에서도 드러나는 바, "현재 중학교 2학년생 중 일부 학생이 가장 용이한 일어책을 읽을 수 있고 그 이하는 전혀 독서능력이 없"는 상황은 당대 주체들의 열악한 언어능력을 보여주는 것이다. 그리하여 "전국민의 교양을 향상시키는 데 있어서 외국어로는 도저히 불가능하고", "그나마 국어로 할 도리 외에는 없는", 당대의 빈약한 지식 토대와 이에 비해 상승하는 지식인들의 계몽적 열정이 중역을 용인하게 하는 상황을 창출한 것이다.

중역뿐만 아니라 아직 일본어에 대한 적개심이 채 가시기 전임에도 불구하고, 일본서적의 번역 역시 성행한다. 이는 당대 출판계의 영리 위주의 출판 현황과도 관련이 깊은 것이다. 출판계가 발전하고 독서 수요가 늘자 원고 부족 현상이 나타났고, 이 공백을 '일본책'을 번역, 출판하는 것으로 메꾸었다.[30] 대거 월북한 지식인들의 공백을 메꾸기에도 역부

27 채정근, 「계획적 번역의 제의」, 『서울신문』, 1948.10.5 참조.
28 조규동, 「번역기관의 설치(상・하)」, 『서울신문』, 1949.7.31~8.1 참조.
29 조규동, 「번역기관의 설치(하)」, 『서울신문』, 1949.8.1 참조.
30 이러한 상황은 1950년 급기야 당국의 출판 금지 정책으로 이어진다. 이를 알리는 기사

족이었던 당대의 상황에서 중역은 필자의 부족을 해소하는 데에도 유효하였다. 이러한 점 역시 당대 지식계에 있어 번역에 대한 요구가 얼마나 강렬했던가를 보여주는 예인 것이다. 번역의 절박성을 주장하는 글은 다른 곳에서도 찾아볼 수 있다.

> 오늘 진보적인 민주주의의 국가를 건설하려고 하는 조선에 있어 외국문화의 섭취라고 하는 것이 얼마나 긴급하고 중요한 과제인가는 새삼스러히 말할 필요도 없다. (…중략…)
>
> 나는 다음의 다섯가지를 토의할것을 제의한다.
>
> ① 모든 민족문화는 다른 민족문화와의 교류에 의하야 발전해왔고 또 금후로도 발전하게 될 것이다. 그럼에도 불구하고 반동주의자들은 민족문화의 이와 같은 발전을 무시하고 국수주의의 이름 밑에 외래사상, 외래문화를 배척하야 마지 안했다. 이와 같은 문화적 배외주의, 문화적 쇄국주의는 다름 아닌 민족문화 자체를 퇴보시켰다.
>
> ② 우리는 선진민주주의, 사회주의제국가의 문학, 예술, 사상, 과학 기술을 배우지 않고는 민족문화를 추진하고 그것을 민주화시키지 못한다. 특히 과학과 과학적 기술은 새로운 문화의 기초가 됨에도 불구하고 우리에게 있어는 그것의 발전과 보급이 가장 뒤떨어진 문화부문으로 되어 있다. (…중략…)

에 의하면, "요즘 출판계에서 앞을 다투어 내놓고 있는 일본서적번역출판물은 거의 출판계를 독점하다시피 쏟아져 나와 국내출판문화에 적지 않은 타격을 주고 있음"에 "시사적이며 통속적인 저급한 문예서적들의 번역은 일제 이를 금하고, 우리 민족문화수입에 기여한 바 크다고 인정되는 과학과 기술 등에 관한 간행물은 사전에 공보처에 연락을 받아야 하며 이미 번역한 서적의 재판도 엄금한다"고 씌여 있다(「기간 재판도 엄금-과학기술서 외는 불허-범람하는 일본서적 번역」, 『동아일보』, 1950.4.7 참조). 그만큼 아직 일본어의 망령은 쉽게 가시지 않는 것이었다.

③ 우리는 이러한 목적으로써 제 외국의 과학, 기술, 사상, 문학 예술 등에 관한 도서의 번역, 소개, 제 외국과의 우수한 학자, 기술가, 사상가, 작가, 예술가, 극단 등의 교환, 내외민주주의문화단체와의 제휴, 유학생의 파유 등을 통하야 행해질 문화의 구제적 교류를 지지, 촉구한다.

④ 그러나 외국문화의 섭취는 문화의 민족적 독자성을 말살함을 의미하는 것은 아니다. 반대로 제 외국의 문화와 교류함으로써 민족문화는 비로소 세계적 기초 우에 재건되고 새로운 세계에 그 독자적인 지위를 획득할 것이다. 그래야만 비로소 민족문화로서의 우리문화는 앞으로 올 전인류문화에 기여할 수 있다.[31]

번역이란 상식적으로 규정한다면 어떠한 나라의 말이나 글을 다른 한 나라의 말이나 글로 옮기는 문화교류의 한 가지 수단인 동시에 방법인 것이다.

그렇다면 번역의 목적은 한 나라의 문화적 소산인 언문을 통하여 실제적인 필요에서 번역하는 그 나라 자신의 이익을 위하여 외국의 문화를 알기 위하여서나 혹은 외국에 알리기 위하여 번역이란 문화적 수단과 방법을 통하여 문화를 교류하는 데 있는 것이다.

따라서 번역의 의의도 문화의 교류에 있는 것이라 하겠다. 후진국인 조선이 번역이란 수단방법을 통하여 제 선진국을 비롯하여 제 외국의 문화를 적당히 받아들여야 한다는 것은 필연적 사실이지만 따라서 번역의 의의도 문화의 교류에 있는 것이라 하겠다. 후진국인 조선이 번역이란 수단방법을 통하여 제선진국을 비롯하여 제 외국의 문화를 적당히 받아들여야 한다는 것

31 김영건, 「외국문화의 섭취와 민족문화」, 『신천지』 1(7), 1946.8.1, 49~55면 참조

은 필연적 사실이지만 그 질과 양의 필요한 한도 즉 기준지표를 결정지우는 것은 환경이다.

그러므로 우리가 번역이라는 일을 함에 있어서 그 지배환경조건을 검토하여 그 목적하는 바 번역의 지표와 기준을 확립하여야 한다는 것은 근본적인 것이다.

그러면 그 지배적 환경조건은 무엇일까? 1. 조선의 주체적 역량 2. 객관적 외부정세이다.

조선의 주체적 역량은 조선의 문화, 사회, 정치, 경제 구성적 내용과 그것의 특수성 그리고 역사적 현실적 기초 등이다.

다른 하나는 세계사적 주요 조류와 세계 지배를 하고 있는 주요 세력과의 상호적 관계 등의 객관적 외부정세이다.

이상의 두 가지 역사적 현실조건을 결정하는 것이며 동시에 번역 및 번역자의 목적 그리고 그 대상과 범위 선택의 기준을 결정하고 그들의 진실한 노선과 태도 내지 방향을 결정하는 절대적 요소이다.[32]

잡지 『신천지』에 실린 이 두 글은 당대 유명한 번역가이자 저널리스트의 글이기도 하다는 점에서도 주목받을 만하다.[33] 이 두 글은 "진보적

32 홍한표(洪漢杓), 「번역론」, 『신천지』 3(4), 1948.4, 136~137면 참조.

33 김영건은 해방기 대표적 번역가이자, 조선문학가동맹의 일원으로 활동한 문학평론가이며 인류학자이다. 김영건의 다양한 활동을 증명할 저작은 다음과 같다. 金永鍵, 『日.佛.安南語會話辭典』, 東京 : 岡倉書房, 昭和17(1942); 金永鍵, 『印度支那と日本と關係』, 東京 : 富山房 , 1943; 김영건, 『어록(語錄) — 1942~1944년(年)의 유서(遺書)』, 백양당(白楊堂), 1945; 김영건, 『문화(文化)와 평론(評論)』, 서울출판사, 1948; 김영건, 『여명기의 조선』, 정음사(정음문고), 1947; 김영건, 『조선(朝鮮) 개화(開化) 비담(秘譚)』, 정음사(正音社), 1947; 보챠로프 · 요아니시아니, 김영건 · 박찬모 역, 『유물사관(唯物史觀)세계사교정(世界史教程)』, 백양당(白楊堂), 1947~1948. 그 외에 김영건에 대해서는 임동

인 민주주의의 국가를 건설하려고 하는 조선에 있어 외국문화의 섭취라고 하는 것이 얼마나 긴급하고 중요한 과제인가", "조선이 번역이란 수단방법을 통하여 제 선진국을 비롯하여 제 외국의 문화를 적당히 받아들여야 한다는 것은 필연적인 사실"이라며, 외국문화 수용과 이를 위한 번역의 필요성에 대해 목소리를 높인다.

번역의 긴급성은 다른 글에서도 드러나는 바[34]이다. 번역의 필요성을 주장하는 이원조 역시 번역의 필요성은 "민주주의 국가"의 건설이라는 당대 지식인들의 정치사회적 지향점과 일치하는 것이라면서 "정치 경제 문화 모든 부면에 있어 새로운 개혁과 건설의 당면과제를 앞에 두고 번역문화의 필요는 더 한층 절실하게 필요한 것"이라고 주장한다. 이후 "소위 고유문화 전통론자의 고집과 완미頑迷와 앙탈을 다 치워버리고 우리는 묵은 봉○○○에서 벗어나 하루 빨리 민주건국을 허하기 위해서는 선진제국의 문화를 최대한으로 번역을 통하여 우리문화의 광대한 발달에 자資하지 않으면 안될 것"이라고 주장한다. 국가 건설의 위업이 조급한 만큼 번역의 필요성 역시 절박하게 다가왔던 것이다.

물론 이들에게 말 그대로 '지식'이 없었을 리 없다. 일제시대 교육제

권, 「김효경(金孝敬)·김영건론(金永鍵論)」, 한국민속학회, 『한국민속학』 28, 1996.12; 윤대영, 「김영건(金永鍵)의 베트남 연구 동인(動因)과 그 성격－1930~40년대, 그의 '전변무상(轉變無常)'한 인생 역정과 관련하여」, 한국동남아학회, 『동남아시아연구』 19(3), 2009; 윤대영, 「김영건(金永鍵)의 이력과 저술 활동」, 『한국학연구』 21, 인하대 한국학연구소, 2009 참조. 홍한표는 민주일보(民主日報) 기자로 이후 『신천지』에 4·3 항쟁과 여순사건에 대해 객관적인 보도를 한 것으로 유명하다(홍한표, 「동란의 제주도 이모저모」, 『신천지』 3(7), 1948.8; 홍한표, 「전남반란사건의 전모」, 『신천지』 3(10), 1948.11 참조).

34 이들 이외에도 번역의 필요성에 대해 주장하고 있는 글은 채정근, 「계획적 번역의 제의」, 『서울신문』, 1948.10.5; 이원조, 「번역문화의 의의」, 『서울신문』, 1946.7.14.

도 하에서 지식을 습득하고, 혹은 당대의 열정적인 독서열을 상기할 때, 독학으로 체득한 이들의 지식수준을 폄하할 수만은 없는 것이다. 그러나 그 지식수준의 고하를 막론하고 문제는 '해방' 이전의 지식이 식민지 시대의 잔재로서만 취급된다는 데 있다. 새 시대가 왔으니 새로운 지식체계를 담아야 한다는 당대의 당위론적인 열망은 식민지 시대에 받아들인 지식이 아닌, 새것, 즉 지금 받아들인 '서구적인 것' 혹은 새로운 선진제국의 지식체계에 대한 일방적인 수요를 창출한 것이다.

그런데 이것이 새롭기만 한 것인가는 따져보아야 한다. 일본의 번역사, 지성사가 그러하듯, 식민지 시대 받아들인 지식도 물론 서구적인 지향에서 벗어난 것은 아니다. 그럼에도 불구하고 마치 새로운 것인 듯 상정된 선진제국의 지식체계는 식민지 시대의 것이 아닌 '해방 이후' 번역된 지식이라는 시간적 제한을 갖고서야 그 의미가 통하는 것이다. 물론 말 그대로 새로운 지식, 동시대에 선진제국에서 통용되는 지식을 받아들이자는 의미가 더 강할 것이다.

그러나 이들이 번역을 요구하는 대상들은 현재적인 지식에만 그치는 것은 아니다. 이원조가 주장한 번역할 지식에는 고전적인 사회주의 사상 원전도 있을 것이고, "고금동서의 값있는 문헌의 번역에 착수하여야 할 것"[35]이라는 주장을 볼 때 이들이 번역을 요구하는 대상에는 식민지 시대 이미 수용했던 지식들도 있을 것이다. 중역이라는 상황 역시도 이와 연관이 깊은 문제이다. 식민지 시대에는 일본어를 통해 수용했던 그 지식을 이제는 조선어로 번역해야 하는 상황이 바로 '해방'이 가져다 준 문화적 토대인 것이다.

35 조규동, 앞의 글 참조.

그래서 "선진민주주의, 사회주의제국가의 문학, 예술, 사상, 과학 기술을 배우지 않고는 민족문화를 추진하고 그것을 민주화시키지 못한다"는 김영건의 단정적인 언사에 등장하는, 수용해야 할 지식체계도 바로 이러한 것이다. 그 유입 통로가 미국과 소련으로 한정된 것도 지식을 일본을 통해서만 습득했던 식민지 시대 상황에 비해 그리 나아지지 않은 것이다.

그리고 이러한 주장은 이들이 공유하는 하나의 의식과도 관련이 깊은 것이다. 이 두 글은 모두 현재 조선이 "후진국"이라는 의식을 공유하고 있다. 그래서 "우리는 선진민주주의, 사회주의제국가의 문학, 예술, 사상, 과학 기술을 배우지 않고는 민족문화를 추진하고 그것을 민주화시키지 못한다"고까지 역설한 것이다.

그런데 이 "후진국"이라는 인식 자체는 이미 이 두 글이 암묵적으로 선진민주주의 국가라고 설정하고 있는 서구 국가들과의 위계화된 질서를 암묵적으로 승인한 데서 출발한다. 불행하게도 해방기 지식인들은 '제국 / 식민지'의 상황에서 벗어나는 순간, 또 다른 위계화된 국가간의 질서를 인식해야 했던 것이다. 그리고 이 질서를 인식한 데서 '번역'에 대한 자의식은 출발할 수밖에 없었다.[36]

물론 후자의 글에서는 '번역'이 '문화교류'임을 강조하고 싶어 한다. '문화교류'란 교류 당사 양국 간의 평등을 전제로 한 말이다. 그러나 이미 '선진국 / 후진국'의 이원적 분류를 인정하고 있는 이상, 동등한 교류

36 1960년대 대표적인 번역가이기도 한 김수영의 글에서도 끊임없이 등장하는 이 "후진국 지식인"으로서의 자의식은 어쩌면, 현재까지도 번역가들이 벗어날 수 없는 의식의 굴레이기도 한 것이다. 이 의식은 "서구중심"의 세계질서를 의식하는 순간인, 해방기부터 형성된 것이다.

라는 것은 사실상 불가능하게 되는 것이다. 그런데 중요한 것은 이러한 인식이 그가 세운 나름대로의 '객관적'인 번역의 '기준지표'에 의해 설정된 것이라고 믿는다는 점이다. 그리고 그는 번역을 매개로 "하나는 세계사적 주요 조류와 세계 지배를 하고 있는 주요세력과의 상호적 관계"를 모색하고자 한다고 주장한다. 어쩌면 출발은 불리하지만, 궁극적인 목적은 이들과의 동등한 관계를 염원하고 있었던 것이다. 이 역시 해방을 통해 열린 서구 사회와의 직접적인 접촉, 그리고 이로 인해 생성된 세계전반에 대한 관심과 동경이 만들어낸 욕망이라고 할 수 있다. 거기서 조급증이 생기고, 여러 오류가 발생한 것이다. 그러나 아직 이 궁극의 길은 요원하고 그만큼 후진국 의식만이 더욱 강렬해지는 것이 당대의 현실이다.

그런데 또 하나 주의해서 보아야 할 것은 번역 사업의 모범으로 서구 제국과 함께 일본이 함께 논의되고 있다는 사실이다. 채정근의 글에서는 "일찌기 번역가들이 세계수준에 달하였다고 일컬어지고 있는 영미국 일본의 번역자"[37]라는 구절이 나오고 홍한표의 글에서도 "번역 기술이나 원문 확보 면에서 일본을 따라갈 수는 없다"[38]라는 구절이 나온다.

막 식민지 상황에서 벗어난 상황에서 이전 식민 제국의 제도를 닮고 싶어하는 욕망에는 대상에 대한 적개심과 승부욕 이면에 서구제국의 번역을 통해 '제국'이 되었던 일본에 대한 것, 혹은 '제국' 그 자체에 대한 동경이 자리잡고 있었던 것은 아닌가 생각할 수 있다. 그만큼 해방기 지식인들의 내면에 자리잡은 욕망은 조급하면서 복잡하였던 것이다.

---

37 채정근, 「계획적 번역의 제의」, 『서울신문』, 1948.10.5 참조.

38 홍한표(洪漢杓), 「번역론」, 『신천지』 3(4), 1948.4 참조.

2) 두 가지 번역 태도–제국주의적 지식 질서의 극복과 실리 추구

이 시기 제기된 번역의 필요성만큼 그 태도에 대한 논의도 존재할 수 밖에 없다. 그런데 이 글들에서 드러나는 외국문화수용과 '번역'에 대한 태도는 매우 상이하다. 이는 이 두 글이 발표된 시기적 상황과도 연관이 깊은 것으로도 볼 수 있다. 우선 먼저 발표된 김영건의 글을 보자.

> 외국문화를 무비판적으로 맹목적으로 섭취한다는 것은 위험하기 짝이없는 일이다. 먼저 우리는 외국문화를 정당히 비판할 수 있는 이념상의 준비를 하고 그에 임하지 않으면 않된다. 그리고 이와 같은 이념상의 준비는 오즉 정치적 노선우에만 입각할 것이 아니라 철학적 기반 우에 입각해야 한다는 것을 알아야 한다. (…중략…) 사람의 사회에 사유재산제도라고 하는 것이 생겨서 부를 갖고 있는 계급과 갖고 있지 못한 계급이 대립하게된 뒤로부터 오날에 이르기까지 지식이라는 것은 유감이나마 옳게 씨워 온 것보다는 옳게 못하게 씨워 온 일이 많었다고 단정치 안국문화가 당히 (…중략…) 특히 주의해야할 것은 지배계급이 자기네들의 온갖 지혜를 짜서 종교적으로 철학적으로 학문적으로 또는 예술적으로 자기네들의 정당치 못한 생활을 합리화시키고 이어서는 피지배계급이나 기압박민족의 불평이 폭발되지 않도록 기만시키기 위하야 세워놓고자 노력한다는 사실이다. (…중략…)
>
> 그리고 이와 같은 문화의 기만성과 죄악성은 한 나라 안에서 한 계급이 다른 피지배계급을 탈취할 때에만 이용을 당하는 것이 아니라 한 나라가 다른 피압박 민족을 탈취하고 약소국가를 침략할 때에도 꼭 같은 방식으로 이용을 당하고 있는 것이다. 이 점이 참으로 중요한 것이다. 그리고 이때까지 내

가 서론적으로 계급사회에 있어서의 학문과 문화의 불순성을 지적해온것은 실로 이점을 경고하고자한 바이다. (…중략…)

오늘 우리가 구라파나 아미리가의 문화를 수입하고 섭취함에 이로써 가장 명심할 점은 실로 이것이다. (…중략…)

그 문화가 참으로 인류사회의 불합리한 제도를 배제하고 모든 사람들이 다 같이 잘 살 수 있는 사회를 축원하는 문화라면 우리는 두 손을 들고 그 문화를 받어드려 우리의 것을 맨들어야 한다. 반대로 만일에 그 문화가 아모리 요사스러운 가면을 썼다할지라도 조금치라도 인권의 불평등을 합리화시킨다든가 계급의 대립은 합리화시킨다든가 사유재산제도의 영구불가치한 사실을 합리화시키랴고 드는 기색이 있다면 우리는 단연코 그와 같은 문화는 이를 배격해야 한다. (…중략…)

모든 사회적 문화적 발전계급에 응할 수 있는 과학적 사회주의의 옳은 이론과 그 실천만이 문화의 무한한 발전을 위한 유일한 가능한 길을 전개시켜 줄 수 있는 것임을 확신하고 그러한 의미에서 모든 과학적 사회주의자가 과학적 사회주의의 옳은 이해 밑에서 민주주의문화건설을 위한 문화혁명의 선두에 서주기를 기대하는 바이다.[39]

이 글에서 필자는 조선문학가동맹의 일원답게 좌파적 입장에서 외국문화 수입 태도를 주장한다. 외국문화의 수입은 필수적인 것이라고 전제는 하면서도 "외국문화를 무비판적으로 맹목적으로 섭취한다는 것은 위험하기 짝이 없는 일"이라고 경고한다. 그러면서 그 수입은 '정치적

39 김영건, 앞의 글, 49~55면 참조.

노선'이 아니라 '철학'에 입각해야 한다고 주장한다. 당장의 정치적 노선에 휘둘릴 것이 아니라, 근원적인 철학적 태도에서 흔들리지 않는 수용의 자세는 '번역'의 대상과 그 방법에 있어서 매우 중요한 문제제기이다. 물론 이 글의 필자가 지향하는, 말미에서 밝힌 철학적 기반은 "과학적 사회주의"이다. 이 글의 필자의 모든 주장은 "모든 과학적 사회주의자가 과학적 사회주의의 옳은 이해 밑에서 민주주의 문화건설을 위한 문화혁명의 선두에 서주기를 기대하는 바"라는 전략적 목적하에 이루어진다. 이 글의 필자는 서구중심주의 혹은 제국주의적 지식의 질서를 명확하게 인지하고 있다.

외국문화를 주체적으로 수용해야 하는 까닭도 논리적으로 설명한다. 그 이유는 "계급사회에 있어서 학문과 문화의 불순성" 때문이다. 그는 "한 나라 안에서 한 계급이 다른 피지배계급을 탈취할 때에만 이용을 당하는 것이 아니라 한 나라가 다른 피압박 민족을 탈취하고 약소국가를 침략할 때에도 꼭 같은 방식으로 이용을 당하고 있는 것"이라는 점을 명심해야 한다고 한다. 그는 외국문화의 제국주의적 성격을 경계하고 있었던 것이다. 그러면서 그는 지식이 "노동하는 전인민의 이익을 위해서" 쓰여야 한다고 강조하며, 다시금 주체적 외국문화수용의 원칙을 확인한다.

그런데 1948년 발표된 글에 나타난 홍한표의 태도는 다르다.

> 이상의 두 가지 역사적 현실조건[40]은 조선의 역사적 진로와 방향을 결정

40 두 가지 조건은 앞의 인용구에서 밝힌 조선의 주체적 역량과 개관적 외부정세이다(홍한표, 앞의 글 참조).

하는 것이며 동시에 동시에 번역 및 번역자의 목적 그리고 그 대상과 범위 선택의 기준을 결정하고 그들의 진실한 노선과 태도 내지 방향을 결정하는 절대적 요소이다. 그 진로와 대상은 이것을 종합적으로 표현한다면 민주주의 그것이다. (…중략…)

번역의 재료 선택의 목표적 기준은 우선 외국의 장점을 섭취하기 위하여서라는 데 그 기준을 둘 것이 아니라 그것은 외국을 알려는 데 두어야 한다는 것이다. 우리가 어떠한 국가의 장점만을 알고서는 우리의 소용되는 바 그 목적에 부족한 것이다. (…중략…)

우리는 어떠한 문헌이 직접 조선에 미칠 악영향을 고려하는 데는 그다지 큰 관심을 가질 필요가 없다. 그것은 독자의 선정이나 배부 등의 기술적 문제로써 충분히 해결될 수 있는 것이다. (…중략…)

근자에는 제민주주의의 영향을 받아 양이라는 것이 절대적인 것으로 환치되어 가고 있다. 이와 같은 경향은 역사적 발전 단계로서 긍정할 수 있는 것이다.[41]

앞의 글이 외국문화 수입에 있어서 주체적인 원칙과 태도를 강조하고 있다면 이 글은 매우 실리적인 측면을 강조하고 있다. 이 글이 주장하는 것 역시 번역의 긴급한 필요성이다. 그러나 앞의 글보다 조급성을 주장하는 강도가 세고, 그 논조부터가 다르다. 이 글은 "번역의 재료 선택의 목표와 기준은 우선 외국의 장점을 섭취하기 위하여서라는 데 그 기준을 둘 것이 아니라 그것은 외국을 알려는 데 두어야 한다"고 주장한다.

41 홍한표, 앞의 글, 136~138면 참조.

심지어 이 글은 "어떠한 문헌이 직접 조선에 미칠 악영향을 고려하는 데는 그다지 큰 관심을 가질 필요가 없다. 그것은 독자의 선정이나 배부 등의 기술적 문제로써 충분히 해결될 수 있는 것이다"라고 한다. 이러한 다소 무책임한 언급은 그만큼 번역이 긴급하게 요청되고 있다는 점을 강조하기 위한 것이다.

그런데 이 글은 정치적인 입장에서도 앞의 글과 다르다. "질이 좋은 불란서, 소련의 문학보다는 미국문학을 소개해야 한다"라는 점은 이 글의 필자가 1948년이라는 당대 정치적 상황을 재빠르게 판단한 결과라고 볼 수 있다. 또한 '번역의 진로와 대상'이 "민주주의 그것"이라는 글귀는 이들이 지향하는 민족국가의 형상이 서구의 관념인 '민주주의'라는 제도하에 만들어진 것이라는 점을 보여주는 것이다.

이러한 점은 이때가 1948년 단정수립이라는 국가건설의 구체적인 절차가 이루어지고 있는 시기였기 때문에 가능한 것이라고 생각할 수 있다. 물론 두 논자의 정치적 입장이 다르긴 해도, 앞의 글이 1946년 좌파적 상상력이 유효했던 시기의 글이었다는 점과 비교하면, 이 글은 해방기 번역에 대한 의식이 시간이 지남에 따라 어떻게 굴절되었는가를 보여준다. 이후에 이 두 필자가 제시한 번역 대상과 구체적인 방도도 다르다.

> 오늘 외국문화를 수입하고 섭취함에 있어 가장 주의해야 할 것은 이 지구우에는 '소비에트' 사회주의공화국연방을 제쳐놓고는 근로하는 인민이 완전히 주권을 잡고 있는 국가와 사회라는 것은 존재해있지 않다고 하는 엄연한 사실이다. (…중략…)

여기에서 오해가 생기지 않도록 주의해야 할 것은 우리가 외국문화를 비판한다고 하는 것이 절대로 외국문화를 배척한다는 뜻은 아니라는 것이다. 그럼으로 앞으로 우리도 구라파의 주요한 고전적 작품들은 될 수 있는 대로 번역해 디려야 할 것이다. 단지 이것을 여러사람들에게 읽힐 때에만은 '소비에트'러시아에서 하듯이 친절한 주역, 비판, 연구 등을 달어주는 것이 좋을 줄로 안다.

영국의 자유주의 경제학이라든지 수정파의 사회주의 경제학이라든지가 조선판으로 나타날 때에는 불합리한 반민주주의적인 사회제도를 합리화시키랴는 그 의도를 곳 간파하고 폭로시켜야 한다. 제 아모리 머리에는 기름칠을 하고 얼골에는 분칠을 하고 신민주주의의 간판을 내건다고 할지라도 참된 민주주의자는 그러한 술집에는 찾어들어가서 안 된다. (…중략…)

만일 우리에게 해외에 가서 배워 온 학술을 맘대로 사용할 수 있는 자유가 조곰이라도 부여되어있다면 오즉 그것은 노동하는 전인민의 이익을 위해서 한다는 것을 전제로 하고야만 되는 것이다. 지식분자로서의 양심을 갖고 우리가 민주주의 이념에 충실하게 해외의 문화를 수입하고 섭취한다면 우리는 과히 그르침이 없이 민주주의조선의 국가와 문화를 건설하는데 이바지할 수 있으리라고 믿는 바이다.[42]

생활도 사상도 그리고 취미도 전에는 외국이라면 무엇이든지 진기한 것으로 여겨왔으나 현재는 생활의 일부분이며 국경을 초월하여 서양이나 동양이 문제가 아니라 계급이 문제가 되고 있다는 것은 두말할 필요조차 없다.

42 김영건, 앞의 글, 49~55면 참조.

(…중략…)

해방 후에 번역된 출판물을 개관하면 대개는 번역의 의의가 무엇인지 특히 해방된 조선의 번역자의 임무 지표가 내변(奈邊)에 있는 것인지를 몰각내지 알지도 못하고 생각도 못하고서 다만 자기가 읽어본 중에서 흥미가 있었고 그것이 아직 소개되지 않았다는 단순하고 가장 위험한 기준에서 판단한 후에 출판하기까지 된 것이 현실이다. 이러한 현상은 시사에 관한 것 가운데서 특히 현저하다. 예컨대 미국에서는 '립프맨'이라는 저명한 평론가가 있는데 (…중략…) 일반에서는 미국의 대외정책에 관심을 가지는 사람은 한번은 읽어야 하는 것이고 (…중략…)

씨는 지금도 뉴욕 해럴드 트리뷴지에 벌써 약 10년 전부터 『금일과 명일』을 계속 집필 중인데 소식을 알고 싶고 보수적 평론가로 유명한 찰스 A 티아드씨의 논설, 반소선동자로 저명한 고크린이라는 카톨릭신부의 소식, 웨스트브륵 패그라 군사평론가의 스파이크맨 씨, 핸손 볼드윈씨 등의 소식, H. L. 멘켄이라든지 기외 여러 보수적인 평론가와 트라이서같은 자유민주주의자 그 외 진보적 평론가와 작가들의 대표적 작품 그리고 특히 뉴 리피부릭 같은 잡지 등이 마음대로 볼 수 있는 날이 언제인지 상상조차하기 싫을 지경이다. 그 외에 쏘, 불, 영 등의 귀중한 문헌이 자유롭게 얻을 수 있는 그날이 오기를 학수고대하는 사람은 필자뿐일까?[43]

우선 김영건의 경우는 "이 지구 위에는 '소비에트' 사회주의공화국연방을 제쳐놓고는 근로하는 인민이 완전히 주권을 잡고 있는 국가와 사

43 홍한표, 앞의 글, 136~142면 참조.

회라는 것은 존재해있지 않다"고 매우 단정적으로 친소적인 발언을 하면서도 "우리도 구라파의 주요한 고전적 작품들은 될 수 있는 대로 번역해 들여야 할 것이"라고 한다. 단 "친절한 주역, 비판, 연구 등을 달어 주"어, "불합리한 반민주주의적인 사회제도를 합리화시키려는 그 의도를 꼭 간파하고 폭로"하라는 것이다. 즉 외국문학은 수용하되, 비판적인 태도를 분명히 하라는 것이다. 이를 통해 역으로 주체의 이념적 지향을 분명히 할 수 있다는 의미이다. 그만큼 그에게는 "노동하는 전인민의 이익을 위해서"라는 정치적 지향성이 확고했던 것이다.

그러나 홍한표의 경우 제시한 번역의 대상은 서구편향적이었다. "여러 보수적인 평론가와 트라이서 같은 자유민주주의자 그 외 진보적 평론가와 작가들의 대표적 작품, 그리고 특히 뉴 리퍼블릭과 같은 잡지"라는 구절은 이들이 지향하는 지식의 패러다임이 일견 다양해보이지만, 그럼에도 불구하고 미국에 치중되어 있다는 점을 보여준다. 『뉴 리퍼블릭』은 자유주의적 지향이 강한 매체로, 진보성을 띄고 있고 한때는 다소 좌파적인 편향도 있었지만 미국의 매체라는 한계에서는 벗어날 수 없는 것이다. 게다가 다음에 제시한 "반소선동자로 저명한 고크린"은 대표적인 반공주의 필자이다. 그리고 "월터 리프먼"은 잘 알려진 대로 '냉전'이라는 용어를 창안해 낸 당대 최고의 저널리스트이다. 그 필자의 명성만큼, 지식인으로서 그의 글을 읽고 싶다는 욕망은 당연한 것이다. 실제로 월터 리프맨의 책 『냉전전쟁』[44]의 출간이 기획되기도 하며 『신천지』에

44 1949년에 나온 조선출판문화협회 발간의 『출판대감』에 의하면, 『냉전전쟁』이 박기준 역편으로 고려문화사에서 발간된 바 있다. 리프먼이라는 원저자명은 없지만, 리프먼의 『냉전전쟁』으로 추측된다.(「해방4년동안의 문화업적찬연-고려문화사의 꾸준한 노력」, 『출판대감』, 조선출판문화협회, 10면 참조)

그에 관한 기사가 번역[45]되어 실리기도 한다. 그만큼 이 필자는 서구편향적 성격이 강했다. 물론 그도 "쏘, 불, 영 등의 귀중한 문헌이 자유롭게 얻을 수 있는 그날이 오기를 학수고대"한다면서 정치적으로 자유로운 지식의 유입을 꿈꾸기도 하지만, 그가 제시한 번역의 패러다임은 서구편향적임에 틀림없다.

이처럼 이 두 논자의 번역에 대한 정치적 입장은 달랐다. 해방기는 이처럼 각 번역가들의 정치적 입장이 서로 충돌하며 나아가는 지식의 장이었다. 그런데 하나 유의해 보아야 할 바는 이 두 논자 모두 민주주의 건설을 위해 번역을 해야 한다고 주장한다는 것이다. 전자는 외국문화 수입자가 "민주주의 문화건설을 위한 문화혁명의 선두"(김영건)가 되어야 한다고 했고, 후자도 "번역의 진로와 대상은 이것을 종합적으로 표현한다면 민주주의 그것"이라고 단정적으로 표현한다. 이렇게 이 두 논자는 그들의 정치적 지향체를 공통적으로 '민주주의'라고 지칭한다.

'민주주의'라는 번역어는 해방기에 가장 중요한 정치적 용어였다. 그런데 이처럼 이 민주주의를 사용하는 주체마다 그 함의가 달랐다. 물론 시기에 따라 그 담론의 주도권도 바뀐다. 다음은 해방기에 발간된 단행본과 잡지 『신천지』와 『민성』에 실린 기사에 쓰인 '민주주의'의 용례이다.

레닌, 『민주주의와 독재』, 사회과학연구소, 1946; 「민주주의란 미인이 아니냐?」, 『민성』 2권 12호, 1946.12.1; 모택동, 「삼민주의와 신민주주의—

45 잡지 『신천지』에 실린 리프먼의 글은 리프먼, 김일중 역, 「철의 장벽과 마살계획」, 『신천지』 3(2), 1948.2.1; 로버트 앨·월터 리프만, 「초점—'트'씨 불출마로 누가 유세한가」, 『신천지』, 7(3), 1952.5.10.

중국공산당의 일반강령」, 『민성』 5권 13호, 1946.12.1; 스탈린, 「민주주의—선거에 대하여」, 『민성』 2권 12호 1946.12.1; 존듀이, 최병칠 역, 『민주주의와 교육』, 연학사, 1947; 빈센트 비네, 오천석 역, 『아메리카 민주주의 성장사』, 국제문화공회, 1947; 맥밀런회사 편, 군정청문교부편집국, 『민주주의교육법』, 조선교학도서주식회사, 1946; 학술연구회 역편, 『카니포 사회주의적 민주주의의 승리』, 선문사, 1947; 루이스 스트롱, 김태 역, 『쏘동맹민주주의』, 노농사, 1947; 구산학인 역, 「민주주의—세계의 민주주의는 어떻게 움직이고 있는가—동구형, 서구형」, 『민성』 3권 3호, 1947.3.1; 모택동(毛澤東), 김용원(金容遠) 초역(抄譯), 「신생민주주의경제(新生民主主義經濟)와 중국(中國)」, 『신천지』 4권 1호, 1949.1.1; 로버트 P. 마틴, 정수(丁洙) 역, 「중국해방지구(中國解放地區) 농촌(農村)의 민주주의(民主主義)」, 『신천지』 4권 3호, 1949.3.15; E. H 카, 「민주주의(民主主義)의 위기(危機)」, 『신천지』 9권 10호, 1954.4.10.

위의 용례를 살펴보면, 당대 민주주의는 단지 미국식 민주주의만을 표현하는 것이 아니라, 레닌의 용어이기도 했고, 모택동의 용어이기도 했다. 1947년에 구산학인이 번역한 「민주주의—세계의 민주주의는 어떻게 움직이고 있는가—동구형, 서구형」이란 기사에서는 오히려 동구형 민주주의가 서구형 민주주의보다 옹호되고 있다. 그리고 이렇게 좌파와 우파 모두에게 상용되는 민주주의란 번역어의 각축은 1949년까지 지속[46]된다. 아직 해방기에는 국가건설의 이념인 '미국식 민주주의'가 안착되지 않은 용어였다.

46 이에 대한 자세한 내용은 본서의 2장 참조.

이 번역어의 안착은 적어도 번역장 내부에서는 1950년 이후에야 가능했던 것으로 보인다.[47] 그때까지도 지식인들은 국가 건설의 이념을 열려진 담론 안에서 고민하고 있었던 것이다. 그러면 다음에는 이와 같은 번역의 정치성이 실제적으로 번역자들 사이에서 어떻게 발현되고 있는가를 살필 차례이다. 이를 위해 구체적으로 번역자들이 쓴 '역자 후기'를 살펴보도록 한다.

3) 번역의 실천적 목적–지식의 수용과 정치성의 발현

번역의 정치적인 목적은 번역가들의 역자의 글들을 통해서 잘 살펴볼 수 있다.

앞 장에서도 여러 논자들이 보여주었듯, 해방기 번역의 가장 중요한 목적은 선진 지식을 수용하는 것이다. 이를 반영하듯 역자 후기에서 나타난 번역의 목적은 지식의 섭취이다. 해방기 기사에는 르뽀르타주식 기사가 많다.[48] 그들의 역자 서문을 살펴보자.

47 물론 이 결론에도 다소간의 논의가 필요하다. 1962년 3월호에 기고한 한 외국인에 의하면 한국에서는 "모스크바, 북경 그리고 어쩌면 동경으로부터의 더블 토크를 받아들여 '민주주의'란 단어의 의미를 흐릿하게 알고 있는 이들도 있을 것이다"란 구절이 나온다(싸이덴스티커, 「한, 일 양국을 변호한다.–한 외국인이 본 최근의 한국인상」, 『사상계』, 1962.3, 109면 참조). 이 구절은 한국에서 민주주의란 용어가 곧 '한국식 민주주의'로 변형되고 말 운명을 예견한 듯 보인다. 이처럼 한국에서 민주주의란 개념은 단지 서구적인 것만으로는 해명하기 곤란한 부분이 있다.

48 특히 민주주의와 공산주의를 알리는 허다한 르포르따주 형태의 보고문학이 많이 번역되었다는 것도 이 시기의 특색의 하나라고 할 수 있다(김병철, 앞의 글 참조).

원자로부터 과학은 전쟁의 가장 무서운 병기를 만들어내어서 일본에 최후 일격을 주고 또 인류가 요망하는 평화를 위하여 무장될 수 있는 광대한 에네르기(힘)의 시대를 열어놓았다. 다음의 이 원자의 이야기를 쓰련다— 조나단 킬본[49]

소련의 점령지대에는 '철의 장막'이 들리워있다는 것은 지금 세계의 유행어가 되어있다. 어떠한 '철의 장막'일 것인가를 알고 싶어하는 것은 사람의 상정일 수밖에 없다. 그리하여 우리가 손쉽게 얻어볼 수 있는 미국의 잡지와 신문에는 이에 대한 수많은 기사가 소개되었고 이 땅 어떠한 언론기관에서도 재탕삼탕을 하고 있다. 여기 소개하려는 것은 그러나 그와 종류가 다른 것이다. 대개의 '철의 장막' 기사는 가상의 장막 이쪽에서 풍설과 공상과 과장으로 쓰여진 것이지마는 이 기사는 '철의 장막' 저쪽에 들어가 실지로 보고 듣고 한 저명한 기자의 손에 쓰여진 보고이기 때문이다. '철의 장막'이란 실재하는 것인가? 있다면 무슨 '철'이며 누가 둘러친 장막인가? 있다면 무슨 '철'이며 누가 둘러친 '장막'인가? 이 '철의 장막'이 우리의 삼팔선과 어떤 점에서 차이가 있는가도 대조하여볼 것이라 믿는다.[50]

이 두 기사는 '원자폭탄'과 냉전의 상징인 '철의 장막'의 구체적인 실상에 대한 보고를 통해, 해방기 지식인들에게 가장 중요한 관심 대상이었던 서방과 동구권에 대한 호기심을 충족시키고 있다. 그러나 모든 지

49 조나단 킬본, 「원자폭탄의 원리」, 『신천지』 창간호, 1946.1.15, 63면 참조.
50 미국 렐랜드 스토우, 이응호 역, 「철의 장막의 정체—무슨 '철'이며 누가 둘러친 '장막'인가?」, 『민성』 신추증대호, 1947.10 참조.

식이 그러하듯, 객관성을 표방하는 이 두 글들에서도 배면에 깔린 정치적 입장은 달랐다.

전자는 제2차세계대전 승전국에 대한 동경심을 부추기는 글이며, 후자는 '철의 장막'에 대한 서구 측의 과도한 억측과 정치적 선전에 일격을 가하는 글이다. 첫 번째 글은 서구지향적이며, 두 번째의 글은 반서구적이다. 특히 후자는 '철의 장막'이 서구 언론이 보도하는 대로 넘을 수 없는 장벽이 아니며, 절차만 밟으면 넘을 수 있는, 그래서 거의 존재가 미미한 것이라는 진실을 직접 체험한 기자의 눈을 통해서 보여준다. 이 외에도 다른 지식기사의 역자 서문을 살펴보면, 이러한 정치적 지향점이 잘 드러난다.

> 모어-가 유토피아를, 라파에르가 천국을 상상으로 그려낸 일이 있었으나 그것은 예술계.-
>
> 그러나 마르크스가 역시 상상력으로 체성하고 주먹으로 완성하려는 작품은? 그것은 경제계에 굴(屈)한다. (…중략…) 여기서 우리가 찾을 바는 모스크바나 와싱톤에 통하는 길이 아니라 이 침침한 방안에 자연의 대기를 갈아넣어 자유로운 호흡작용을 할 수 있는 방법이다.[51]

> 해방에서 우리가 찾았다고 하는 '언론의 자유'를 장래 어떻게 선용할 것인가는 독자 간에 논의가 있거니와 우리를 해방하여주었고 방금 38선이북에 적주(迪駐)하고 있는 소련 국내의 언론은 어떠할 것인가는 우리의 가장 알

51 샤를르 지드, 박시인 역, 「사회주의제파론」, 『신천지』 1(9), 1946.10.1 참조.

고 싶은 것의 하나이다. 다음에 미국인들이 본 소련의 언론기관의 일반(一斑)을 소개하려한다.(역자)[52]

이 역자들은 번역이 현재 조선의 정치적 상황을 개성하는 데 이바지하기 위해 수행되어야 한다고 주장한다. 특히 "평등주의, 공산주의, 집산주의, 협동주의"를 소개하는 「사회주의제파론」에서는 "우리가 찾을 바는 모스크바나 워싱톤에 통하는 길이 아니라 이 침침한 방안에 자연의 대기를 갈아 넣어 자유로운 호흡작용을 할 수 있는 방법"이라고 하여, 좌우에 휩쓸리지 않고 주체적인 정치적 유토피아를 모색했던 당대 지식인들의 고민을 엿볼 수 있게 한다. 또한 후자의 경우는 "해방에서 우리가 찾았다고 하는 「언론의 자유」를 장래 어떻게 선용할 것인가"를 고민하기 위해 소련의 언론사정을 전한다는 것이니, 이 의도 역시 당대의 정치적 상황에 대한 고려가 수반되어 있는 것이다. 이러한 정치적 의도는 좌파적 성향의 번역문의 경우, 더욱 노골적으로 드러난다.

김남천이 쓴 『예술론』의 서언 중 "마르크스와 엥겔스의 예술상 견해가 지시하는 높은 사상은 다시없는 광명이 될 것"[53]이라는 구절은 당대 좌파 문예학 번역의 정치적 목적이 잘 드러나 있다. 이러한 정치적 의도는 지식 기사 이외에 수기나 문학작품에서도 잘 드러나고 있다. 우선 님

52 이성식 역, 「소련과 언론자유」, 『민성』 2(4), 1946.3.1, 8면 참조.

53 본문을 인용하면 다음과 같다. "마르크스와 엥겔스가 남겨준 몇 개의 지시는 금일의 부르조아 예술 이론가들의 몇백 권의 서적보다도 훨씬 깊은 통찰과 거대한 의의를 가지는 것이라고 단언할 수 있다. (…중략…) 이제 해방된 오늘 새로운 민주주의의 민족 문학 건설에 있어서나 또는 새로운 예술학, 문예학의 수립에 있어서나 마르크스와 엥겔스의 예술상 견해가 지시하는 높은 사상은 다시 없는 광명이 될 것이다." 김남천, 「서언」, 박찬모 편역, 『예술론』, 건설출판사, 1946 참조.

웨일즈의 『아리랑』 역자 서문을 살펴볼 필요가 있다.

> 이 책이 주는 감격과 정열은 애국가를 부를 때의 그것보다도 더한층 현실감과 박력을 주어 나의 피를 끓게 하였던 것이다. 나는 그러한 민족의 치욕스러운 시대에 그와 같이 젊은 청춘을 민족국가에 공헌할 수 있었던 ○자를 몹시 동경하는 한편 만강(滿腔)의 경의를 표하야 마지않았던 것이다. 금반 우연한 기회로 해방된 고토(故土)에 돌아와서 이 책의 번역을 부탁받게 됨에 나는 나의 력량의 부족함을 무릅쓰고 이 일을 맡은 것이다. 왜? 또 한 번 새로운 감격으로 이 책을 읽을 때에 나는 이것을 나 혼자서 독점하기에는 너무나 심장이 튼튼치 못한 까닭이다. 하여간 번역이나마 동족 여러분과 함께 이 감격을 같이하자는 데에 역자의 본의는 있는 것이니 널리 후량(厚諒)하야주시기 바라며 원저자에게도 지면을 빌리어 실례이지만 양해의 뜻을 표하는 바이다.[54]

이 역자인 신재돈은 "나의 피를 끓게 하였던", "이 책이 주는 감격과 정열을 늦게나마 "해방된 고토古土에 전달하기 위해" 번역을 맡게 된 것이라고 한다. 이를 볼 때 이 글의 번역은 식민지 시대 투쟁담을 소개하면서, 해방기 민족국가건설의 이정표를 세우고자했던 당대 지식인들의 전형적인 열망에 의한 것이다. 이러한 투쟁담이 '번역'을 통해서 이루어질 수밖에 없었던 것은 투쟁담을 직접 기록할 수 없었던 식민지 시대의 정치적 상황과도 관련이 깊은 것이다. 그래서 이를 발굴하는 도중 발견한

54 김산, 신재돈 역, 「외국어로 발표된 조선인의 저서! 아리랑(조선인반항자의 일대기)」, 『신천지』 1(9), 1946.10.1, 168면 참조

한 조선인 혁명가의 초상은 번역될 수밖에 없었던 것이다. 『신천지』 3・1운동 특집호[55]에서 실렸던, 다니엘 파이버, 『삼일운동의 진상』(혁신사, 1946)이 번역 출간된 것도 민족 운동사를 재구성해야 했던 당대 지식사적 요구에 대응하기 위해서였다. 그리고 이러한 지식인들의 내면은 문학작품의 경우에 더욱 열정적으로 드러난다.

이 노래 때문에 나는 얼마나 울은 것인가. 8・15 이전부터 나의 바란 것은 우리 조선의 완전한 계급 혁명이었다. 이것만이 우리 민족을 완전 해방의 길로 인도할 줄로 확신하면서도 나는 한편 이 노래로 내 마음을 슬퍼하였다. (…중략…)

"만세! 지상과 천상의 혁명!" 10월 당시 이처럼 좋아서 날뛰던 예세닌에게, 천상의 혁명이라는 말까지 한 관념적인 해석이 있다치더라도 누가 그 기쁨의 순을 죽이고, 그 기쁨의 싹을 자른 것이냐. (…중략…)

그것은 오히려 처음부터 반동하는 사람들의 힘이 아니고 되려 공식적이요 기계적이며 공리적인 관념적인 사회주의자들이었다. 이것은 현재 조선에도 구더기처럼 득시글득시글 끓는 무리들이다. 물론 그까짓 구더기 같은 것들에게 밀려난 예세닌을 훌륭하다는 것은 아니다. 오히려 안타까운 편이다. 그리고 예세닌이나 나를 위하여, 아니 조그만치라도 성실을 지니고 이 성실을 어데다가 꽃 피울까 하는 마음 약한 사람들을 위하여 공분을 참지 못한다는 것이다. (…중략…) 그는 끝까지 자유롭고, 또 그 자유를 위하여 누구의 손으로 죽은 것이 아니고 스스로의 손으로 자기의 목숨을 조른 것이다.[56]

55 다니엘 파이버, 「外人記者가 본 韓國 獨立運動의 眞相」, 『신천지』 2, 1946.3.1.

56 오장환, 「예세닌에 관하여」, 『예세닌 시집』, 1946.5(『오장환 전집』 2(산문, 번역), 창작

'휘트먼'시 몇 편을 내가 반드시 신이 나서 번역한 것이 아니라 당시의 '휘트먼'의 시적 심경을 8·15 이후에 나도 이해할 수 있어서 눈물겨운 사정으로 번역한 것이다. 1948.12.30. 지용.[57]

첫 번째 인용된 글은 해방기 대표적인 좌파 시인인 오장환[58]이 러시아의 대표적인 농민 시인이자 혁명시인인 예세닌의 시를 번역하고 쓴 역자 서문이다. 이 글에서는 그 역시 러시아 대표 농민시인으로 10월 혁명에 기뻐 날뛰었으나 곧 혁명 이후의 사회적 변화에 적응하지 못했던 예세닌의 비극적 운명에, 자신의 처지를 오버랩시킨다. "8·15 이전부터 나의 바란 것은 우리 조선의 완전한 계급 혁명이었"으나 자신이 지향하던 꿈이 짓밟히는 사회 현상을 보고 좌절하였기 때문이다. 이 역자 서문을 보면 그의 대표 시 「병든 서울」이 자연스럽게 떠오른다. 해방이라는 기쁨에 들뜨기는 잠깐 그 서울에는 "싱싱한 사람, 굳건한 청년, 씩씩한 웃음"[59]은 없고 "눈깔에 불을 켜들고 날뛰는 장사치와 / 나다니는 사람에게 / 호기 있이 먼지를 씌워 주는 무슨 본부, 무슨 본부"만이 날뛴다. 새로운 조국 건설에 대한 건강한 의욕은 순식간에 사라지고 탐욕스러운 욕망에 가득한 장사치들과 정치 모리배들로 가득한 해방 공간을 바라보는 시인의 절망을, 오장환은 예세닌의 시에서도 발견한 것이다.

뒤에 인용된 정지용의 번역 후기 역시 마찬가지이다. 영문학 전공자인 정지용은 민주주의 시인인 휘트먼을 번역하면서 정치적으로 고통받

과비평사, 1989, 51~56면에서 재인용).

57 정지용, 「머리에 몇 마디만」, 『산문—부역시』, 동지사, 1949.1.30 참조.

58 이 책 이외에도 웰스의 『세계문화발달사(서력편)』을 건국사에서 1947년 번역 출판한다.

59 오장환, 「병든서울」, 김재용 편, 『오장환 전집』, 실천문학사, 2002 참조.

았던 당시의 상황을 위로받았는지도 모른다.[60] "'휘트먼'시 몇 편을 내가 반드시 '신이 나서' 번역한 것이 아니라"고 한 것을 보면, 해방 이후 그가 지향하는 시적 행보와 휘트먼의 시세계가 일치하는 것은 아니었다고 볼 수 있다. 그럼에도 불구하고 영원한 모더니스트 정지용이 민주주의 시인 휘트먼의 시를 번역한 것은 시대의 열망을 이해하기 위해서였다.[61] 이처럼 해방 공간에서의 번역은 내면의 고통을 치유하기 위한 하나의 수단이면서 주체들의 정치적, 문화적 열망을 실현시키기 위한 행위였다. 그렇다면 이제는 이러한 목적하에 번역된 실제 텍스트를 살펴야 할 것이다.

60 정지용은 해방기, 특히 단정수립 이후 우익 측 문단으로부터 전향 강요를 받는 등 정치적 고초가 많았다(자세한 내용은 이봉범, 「특집 : 근대지식으로서의 사회주의와그 문화, 문화적 표상–단정수립 후 전향(轉向)의 문화사적 연구」, 성균관대 대동문화연구원, 『대동문화연구』 64, 2008 참조).

61 허윤회의 연구에 의하면, 식민지 시기 정지용에게 휘트먼 번역은 근대 자유시에 대한 모색의 일환이다. 해방후 번역의 목적도 같다. 그러나 해방 후의 번역이 다른 점은 이를 통해 시대적 현실과 시인의 상상력을 결합시키는 방법을 모색했던 점이라고 한다. 이에 대한 자세한 사항은 허윤회, 「정지용과 번역」, 민족문학사학회, 『민족문학사연구』 28, 2005 참조.

3. '번역' 현황과 번역의 정치학

―지식의 탈식민화, 타자를 통한 주체의 형성

1) 단행본―사회주의 원전 번역에서 문고본의 기획까지

해방기의 번역 현황에서 가장 눈에 띄는 것은 좌파 원전 번역이다. 이들은 해방 직후 검열의 자유가 가져다 준 최대 수혜자였다. 발 빠르게 번역된 『공산당선언』 노동전선편집부 판에서 역자가 "이것이 출판된다는 것도 조선이 일본제국주의의 패반을 벗게 된 혜택의 소산"[62]이라한 것은 이러한 상황을 증명하는 것이다. 해방 직후는 "좌익 팸플릿의 시대"[63]이다. 이들의 대부분은 사상 팸플릿이었다고 한다.[64] 실제로 1949년 『출판대감』에서 조사한 1945년 출간 번역서 목록을 살펴보면, 마르크스 엥겔스 공저인 『공산당 선언』(혁명사)이 제일 먼저 눈에 띈다. 『공산당 선언』은 1945년 8월과 12월에 거의 동시에 번역될 정도[65]로 중요하게 취

62 노동전선편집부 역, 『공산당선언』 1945.8(홍영두, 「특집 : 철학원전 번역을 통해 본 우리의 근현대—개화기부터 1953년 이전까지」; 「마르크스주의 철학사상 원전 번역사와 우리의 근대성—20세기 초엽부터 1953년까지를 중심으로」, 한국철학사상연구회, 『시대와 철학』 14, 2003에서 재인용).

63 이중연, 앞의 책 참조.

64 당시의 정치서적은 상당수가 급조되어 출간된다. 해방 후 1년간의 출판물의 특징적인 경향은 이 서적들이 50면 내외의 4.6판 크기의 얇은 팸플릿 판본으로 많이 나왔으며, 주요 내용은 사회주의 또는 민주주의 등 정치사상에 관한 것으로 가격은 5원 안팎의 싼값으로 불티나게 팔렸다는 것이다. 특히 1945~1946년에 나온 정치 관계 책은 좌익계가 대종을 이루었다(조대형, 앞의 글 참조).

65 홍영두의 연구에 의하면, 하나는 서울 노동전선사 노동전선편집부판(1945.8)으로 사뮤엘 무어의 영역판을 텍스트로 하고, 1931년 일본 동경 프롤레타리아서방이 출판한 오우라 기요미쓰(大浦清光)의 일역판을 참고하여 번역했다고 한다. 또 하나는 1945년 12월

급되었다. 그 외에 1945년 번역장에서는, 레닌이 지은 『카르 맑쓰』(노농사), 『국가론』(사회과학연구회)과 조선산업노동조사소 역편의 『쏘비에트 사회주의 공화국연방헌법』(우리문화사), 엥겔스의 『공산주의원칙 공산당 선언에 대한 혁안』(민심사)이 번역되어 나온다. 유두웅 번역으로 나온 모리스 르블랑의 『남정기괴 루팡전집』(삼우출판사)을 제외하고는 좌파적 성향이 강했다.

이렇게 발 빠르게 좌파 서적의 번역이 가능했던 것은 소련 당국의 번역 정책의 덕택이다. 사회주의 이론의 전파와 선전을 위해 일찍부터 원전을 상대국의 언어로 번역을 해서 보급하는 정책을 폈던 소련의 번역 정책은 조선의 경우도 예외가 아니었다. 소련에 있는 조선 사람을 영입하여 번역했던 번역본은 해방 직후 조선에 곧바로 전달될 수 있었다. 무려 10여 권 이상의 책이 조선마르크스엥겔스레닌연구소 간행[66]인 점은 이러한 점을 증명한다. '조선마르크스엥겔스레닌연구소' 이름으로 나온 번역서는 실상 모스크바 번역본이었다고 한다.[67]

1일 초판이 발행되고 1946년 5월 10일 개정판이 발행된 조선좌익서적출판협의회원 신인사에서 발행한 것이다. 이 번역본의 원전 역시 사뮤엘 무어의 영역판이고, 독일어원본은 참고로 사용하였다고 한다(홍영두, 앞의 글, 84면 참조). 그런데 1947년 발간된 『출판대감』에 의하면, 조선마르크스엥겔스레닌연구소 역편으로 동무사에서, 혁명문고 제1호로 혁명사에서 1945년 동시에 발간되었다고 기록되어 있다.

66 조선마르크스엥겔스레닌연구소가 역편한 도서는 스탈린의 『시월혁명과 러시아 공산주의자들의 전술』(1946), 몰로로프의 『시월혁명과 사회주의를 위한 투쟁』(1946), 마르크스의 『공산당선언』(동무사, 1945), 누르쓰뜨롭쓰끼의 『강철(전편)』(우리서원, 1946), 『레닌선집』(1946) 등을 번역했다. 『출판대감』에 구체적인 출판사 명칭이 기록되어 있는 책을 제외하고는 모두 조선마르크스엥겔스 연구소에서 출판된 것이라고 기록되어 있다. 이 외에 조선마르크스엥겔스 연구소에서는 『중국혁명의 전망』을 출간하고 있다.

67 김성칠, 『역사앞에서』, 창작과비평사, 1993, 203면 참조, 홍한표의 글에서도 "종래에 있어서는 번역은 문화적으로 수준이 얕은 나라가 높은 나라로부터 재료공급을 받는다는 것이 상식이었으나 현재에 있어서는 미국이나 소련 등에서는 자기들의 선전을 위하여 미리 자기 나라에서 번역한 다음 각각 외국으로 보내고 있고 자기들보다 수준이 얕은

해방기 좌파 원전의 역자들은 대부분 단체명으로 되어 있다. 이 연구소 이외에 조선문학사에서는 로라비토스와 스트로비차노프의 『레닌마르크스주의경제학교정』을 4권[68] 번역 출간하고, 이외에 혁명사,[69] 조선사회노동조사소,[70] 사회과학총서간행회,[71] 사회과학연구소,[72] 조선유물론연구회,[73] 조선학술연구회[74]가 사회주의 원전을 번역하여 출간한다. 이 외에 좌익서적출판사의 연합체인 조선좌익서적출판협의회[75]의 명의로 출간된 서적도 있다.[76]

그러다가 1946년부터는 개인 번역가가 등장한다. 해방기 대표적 좌파 서적 번역가는 사회주의 경제학자인 인정식과 전원배이다. 인정식이

나라의 문화가 연구대상이 되어 그 번역에 매우 노력하고 있는데 이것은 강대국의 확대정책의 표시라고도 볼 수 있으나 아무튼 번역이 외국문화의 교류방법으로서의 중대성을 일반현양하는 것이라 하겠다"라는 구절이 나온다(홍한표, 앞의 글 참조). 그러므로 이러한 현상은 매우 보편적으로 알려진 사실이었던 것이다.

68 『출판대감』에서 확인할 수 있는 것은 제1권 『세계경제사개론』과 제4권 『잉여가치론』이다.

69 혁명사에서는 혁명문고 제1호로 『공산당선언』을 1945년 번역 발간한다.

70 조선사회노동조사소 역편의 단행본은 『쏘베트 동맹의 국가와 정부의 성질에 관한 자료, 공장신문에 관한 결의(1935)』(우리문화사, 1946), 레닌의 『사회주의와 종교』(상동), 『쏘베트사회주의공화국연방헌법』(우리문화사, 1945), 『중국공산당과 민족통일전선』(우리문화사, 1945), 『제1회 전 세계노동조합회의의사록』(우리문화사, 1946)이다.

71 사회과학총서간행회 역편의 발간 단행본은 스탈린의 『레닌주의기초』(사회과학총서간행회, 1946), 레닌의 『국가와 혁명』(1947)이다.

72 사회과학연구소 역편 단행본은 엥겔스의 『공산주의원칙, 공산당선언에 관한 혁안』(민심사, 1945), 레닌의 『국가론』(사회과학연구회, 1945)이다.

73 빼보링 · 에스 잉그로프, 『공산주의정치교정』, 문영사, 1947이다.

74 마르크스, 『임금노동과 자본』(맑쓰경제집 제1편), 동화출판사, 1946.

75 조선좌익서적출판협의회가 역편한 것은 『중국공산당 최근의 동향』(우리서원, 1946)과 엥겔스의 『유물변증법과 맑쓰주의』(조선좌익서적출판협의회, 1946)이다.

76 이렇게 단체명으로 역자를 표기하게 된 데에는 여러 가지 원인을 추측할 수 있겠지만, 우선 위의 연구소의 경우처럼 소련의 번역본을 그대로 출판하였기 때문에 번역자를 밝힐 수 없었거나 혹은 검열 등의 제도적 제한을 피해가기 위한 묘책에 의한 것이라고 추측할 수 있다.

번역한 책은 김병겸과 공동 번역한 에드가 스노의 『홍군종군기』 외에 단독 번역한 4권의 번역서이다. 그중 2권이 레닌의 저서이다.[77] 전원배는 레닌과 마르크스의 원전 5권을 번역하고 있다.[78] 특히 그가 번역한 『임노동과 자본』은 최초의 독일어 원전 번역으로 그 의미가 깊다.[79] 그 외에 최영철 외 2인이 서울출판사에서 마르크스의 자본론을 1946년부터 1948년까지 3년에 걸쳐 6권으로 번역하여 펴내고 있다. 그리고 홍두표가 『경제학비판 서설』(1948.1.20)이라는 제목으로 『강요』의 서론만을 번역했다.[80]

이 외에도 마르크스, 엥겔스의 많은 저술 가운데서 직접 혹은 간접으로 예술에 대해 언급한 부분만을 발췌 번역한 편역서인 『예술론』(건설출판사, 1946)이 박찬모에 의해 출간되었다. 출판계에서는 놀랍게도 사전까지 번역 편집되어 출간된다. 백효원은 이시첸코가 1931년 발행한, 개정증보 제2판을 대본으로 삼은 유물변증법 사전 『철학사전』(개척사, 1948.1)을 발간했고, 이 외에 이석태 편집의 『사회과학대사전』(문우인서관, 1949)[81]

77 인정식이 번역한 도서는 마르텔의 『소련토지혁명사』(현우사, 1946), 레닌의 『제국주의론』(동심사, 1946), 레닌의 『무엇을 할 것인가』, (수문당, 1946), 『유물론과 경험비판론』 상・하(문우인서관, 1947)이다.

78 철학가이자 교육자 그리고 번역가인 전원배의 번역으로 1946년에 마르크스의 『임노동과 자본』(대성문고 제1권), 1947년에 레닌의 『유물론과 경험비판 상권』이, 1948년에는 레닌의 『유물론과 경험비판 하권』과 엥겔스의 『반 듀링론』이 번역된다. 그리고 이 번역가 전원배는 1948년 A. 데보오린의 『자연과학과 변증법』을 정음사에서 발간하기도 한다.

79 홍영두, 앞의 글, 85면 참조.

80 홍영두의 연구에 의하면 『자본론 제1권』은 최영철, 전석담, 허동 3인 공동번역으로 국내 최초로 4분책으로 번역되었다고 한다. 이 때 번역 대본은 일역본이라고 한다(홍영두, 앞의 글, 85면 참조).

81 이 사전은 일본의 『경제학사전』, 『사회과학대사전』(개조사 수정유보판)과 『유물론사전』(미찐 이시첸코 공저, 1939년 백양사판), 『쏘베트백과사전』(로시아문제연구소 편)

을 편찬한다. 이 서적의 편찬은 당대 사회주의 원전 번역이 어느 만큼 체계화된 기획하에 이루어졌는가를 알 수 있게 한다. 이들은 이러한 사회주의 원전을 번역하면서, "조선의 민주주의 건국운동"에 이바지하는 "근대과학적인 이론무장"[82]을 꾀했던 것이다.

그 외에 베벨의 『부인론』이 김삼불의 번역으로 민중서관에서 1946년 출간된다. 이 외에 클라라 체트킨의 『지식계급문제』가 동심사에서 1946년 번역 출간되고, 크로포트킨의 『무정부주의개론, 무정부주의 도덕』이 양능득의 번역으로 선구회에서 1947년 번역 출간된다.

이러한 좌익 서적 번역물의 우세는 해방 직후에 지식인들 사이에 대소인식이 대미인식보다 우위를 차지하고 있었다는 점을 증명하는 것이다. 당대 온 국민의 열망은 '국가건설'이었다. 그런데 당대 단행본 번역발간 상황을 살펴보면 '국가'라는 번역 키워드 역시 초기에는 좌파 텍스트에서 많이 발견된다.[83]

그리고 한 가지 중요한 점은 이러한 소련의 원전 번역 이외에 가장 활발하게 번역된 것이 모택동 원전이라는 것이다. 신인사에서 1946년 간행된 『모택동주덕 선집』은 당대에 중국 혁명 과정에 대한 관심이 매우 드높았다는 것을 증명하는 것이다.[84] 당대 사회주의 국가에 대한 관심이

등을 번역, 참고한 것이라고 한다(홍영두, 앞의 글 95면 참조).

82 이석태, 『사회과학대사전』, 문우인서관, 1949(홍영두, 앞의 글에서 재인용).

83 '국가'란 키워드로 당대 번역서 제목을 살펴보면, 레닌, 사회과학연구회 역편, 『국가론』, 1945; 레닌, 사회과학총서간행회 역편, 『국가와 혁명』, 1946; 엠.까리닌, 박인식 역, 『위대한 쏘배트국가』, 휘인서사, 1947; 엥겔스, 김상형 역, 『가족사유재산 및 국가의 기원』, 현우사, 1947이 발간된 예이다.

84 이 외에도 모택동의 연합정부론이 스탈린학회 번역으로 사회과학총서간행회에서 1946년 발간되고, 신여동의 번역으로 조선좌익서적출판협의회에서 역시 1946년에 번역된다. 신문화총서 제1집으로 역시 1946년 간행된 김일출 번역의 『신민주주의론』도 있다.

날로 증폭되어 가고 있는 상황에서 가까운 이웃나라인 중국의 혁명 과정은 지식인들에게 중요한 참조 틀이었던 것이다.

중국의 상황을 시시각각으로 점검하며, 이들은 향후 조선의 앞날에 대해 더욱 깊은 정치적 고민에 빠졌을 것이다. 『민성』의 편집자인 채정근도 편집후기에서 "일본의 현재와 장래는 우리의 큰 관심사 중 하나다. 중국 또한 그러하다. 동양에 있어서 우리의 지위는 이 관계 속에서만 찾을 수 있을 것이"라고 한 바 있다.[85]

물론 이러한 좌파 원전 번역 붐이라는 현상 이면에는 출판사의 상업적 목적도 개입되어 있다. 해방기는 상업적으로도 좌파 저널리즘시대였다.[86] "정치운동의 방법으로써 출판한 것도 적지는 않으나 출판업자 대부분이 잘 팔린다는 점 때문에 이들 서적을 번역했다"[87]는 지적은 이러한 점을 잘 알려준다. 그러나 이 서적들은 1947년 좌파서적 압수 실시 이후에는 발행되기 어려워진다.[88]

이후 단행본 번역은 주로 반공주의적 시각의 글, 혹은 서구중심적 지식을 중심으로 이루어진다. 이원식이 번역한, 전 소련 외교관이 쓴 소련 비판서, 크라브첸코의 『나는 자유를 선택하였다―한 소련 관리蘇聯官吏의 생활기록生活記錄』 상・하(국제문화협회, 1948)가 당대 최고의 베스트셀러였다는 점은 이미 알려진 사실이다.[89] 이는 소련 텍스트에 대한 입장이

85 채정근, 「편집후기」, 『민성』 2(12), 1946.12.1. 이 편집후기 후 발행된 『민성』 2(13), 1946.12.1은 중국문제특집호였다.

86 이중연, 앞의 글 참조.

87 홍한표, 앞의 글, 138면 참조

88 『한성일보』, 1947.11.16(임경순, 「검열논의 내면화와 문학의 정치성」, 상허학회, 『상허학보』 18, 2006, 273면에서 재인용). 그러나 번역서의 경우만 그러하고, 1947년 이후 오히려 저술 사상서의 발간은 늘어났다고 한다(이중연, 앞의 책, 80면 참조).

긍정적인 것에서 부정적인 것으로 바뀐 상황을 보여주는 대표적인 예이다. 이전에도 미국에 대한 저서가 번역된 바 있었지만,[90] 좌파 서적의 비중으로 따진다면, 이는 턱없이 모자란 것이었다. 1948년 직후에도 단행본 시장에서는 이러한 성향의 서적이 그렇게 많이 발간되지 않는다.[91]

이러한 현상은 미군정의 번역 정책이 소련보다 한발 늦었기 때문에 발생한 문제이기도 하다. 미군정의 번역정책은 1947년 5월 민정공보처(OCI) 설립 이후 전국의 정보센터 업무에서 출발하지만, 1951년부터 본격적으로 시작된다고 한다.[92] 각 센터는 미정부가 모든 점령국에 배포하기 위해 엄선한 기본 장서 이외에 국무부가 '신중하게 선별한' 도서들을 비치하고 있었다. 미국 출판물의 번역 및 출판사업도 이들 센터의 주요 업무에 속했다. 이들이 소장한 서적은 '예외 없이 미국의 발전을 다루는 것'이어야 하며, 번역 및 출판대상이 되는 잡지 기사의 경우에는 '서구

89 위의 책 참조

90 1946년 미국의 정치가 H. A. 웰레스의 『미국의 극동정책』이 신문화연구소 번역으로 신문화연구소출판부에서 출간된다. 국립백과사전연구소, 조선문화보급회 역으로 『소련이 본 미국의 실정』(건국상식문고 제3권)도 번역 출간된 바 있다.

91 신문화연구소 편역으로 「아메리카사개설」이 1948년 과학사에서 출간되고, 양친큰의 『미국의 대학생활』이 1947년 최우철의 번역으로 국제문화교류협회에서 발간된다. 그 외에 미국의 정치나 제도를 선전하는 것으로는 빈센트 비네, 오천석 역, 『아메리아 민주주의 성장사』(국제문화공회, 1947)나, 맥밀런회사 편, 군정청문교부편집국, 『민주주의 교육법』(조선교학도서주식회사, 1946)정도가 눈에 띌 뿐이다.

92 1951년 시작된 미공보원의 번역 사업은 1957년 한 해 61권의 번역서 출간으로 정점에 올랐다. 1951년부터 1961년 상반기까지 번역 발간된 책은 모두 310권에 달했다. 번역서 중 가장 인기를 끌었던 것은 케네디의 책으로(J. F. 케네디, 진봉천 역, 『용감한 의원의 투쟁사』, 시사통신사, 1956) 약 2만 부 이상 팔렸다. 번역서 중 다수는 학생들에 의해 직접 구입되거나 대학교재로 선택됐다. 서양사상사, 현대정당론 등은 이러한 책들 중 대표적이다. 총 번역서 310여 권 중 50여 권이 공산주의 관련 서적이었다(자세한 내용은 허은, 『미국의 헤게모니와 한국 민족주의 — 냉전시대(1945~1965) 문화적 경계의 구축과 균열의 동반』, 고려대 민족문화연구원, 2009 참조).

의 승리를 다루되, 폭력적인 시각에서 씌여지지 않은' 글로 한정되었다.[93] 그러나 이들의 정책은 다소 늦게 진행되고 있었고 그다지 효과가 큰 것도 아니었다고 볼 수 있다.[94]

이 공백을 문학서가 메꾸고 있었다. 1948년을 기점으로 이후에 발간된 번역서는 주로 문학텍스트이다. 이러한 점은 해방기 출판 상황이 점차 탈정치적으로 변해가고 있다는 점을 보여주는 것이기도 하다.[95]

물론 문학작품은 1946년,[96] 1947년[97]에도 번역되기는 하지만, 상대적으로 그리 많은 양은 아니라고 볼 수 있다. 그리고 해방기에는 전반적으로 소설보다는 비교적 분량이 적은 시집이 많이 번역[98]되었다. 그리고

93 김균, 「미국의 대외 문화정책을 통해 본 미군정 문화정책」, 『한국언론학보』 44(3), 한국언론학회, 2007.7, 57~58면 참조

94 미군정 1년이 가까워지면서 미군정의 문화정책은 새로운 국면에 접어들게 된다. 무엇보다도 문화정책의 의미가 정보제공이라는 소극적인 공보활동에서 "미국적 삶의 이식"이라는 적극적인 문화공세로 새롭게 방향 설정을 하기 시작한 것이다. 이러한 변화의 이면에는 한국인의 부정적 대미인식이 예상 밖으로 견고하다는 미군정의 판단이 있었다. 미군정은 남한 통치 1년을 평가하면서 그 동안 공보활동을 중심으로 한국인에 가했던 이념적 공세가 큰 효과를 보지 못하고 있다고 판단하게 된 것이다(위의 글 참조).

95 이중연은 1947년을 "사상의 세계에서 문학의 세계로" 전환하는 기점으로 삼고 있다(이중연, 앞의 책 참조).

96 헤세, 김준섭 역, 『싯달타』, 웅변구락부출판부, 1946; 계용묵 역, 『세계명작동화선』(대조사아동문고 1), 대조사, 1946; 임규일 역, 『에숖우화』 상, 정문관, 1946; 임학수 · 이호근 역, 『세계단편선집』, 서울신조사, 1946. 이상 김병철, 앞의 책에서 정리함.

97 주요섭 역, 『승리의 날－구미작가단편집』, 상호출판사, 1947; 톨스토이, 이석훈 역, 『부활』, 대성출판사, 1947; 찰스 램, 전형국 역, 『쉑스피어초화집(抄話集)』, 동심사, 1947; 아놀드 벤넷트, 김경진 역, 『문학입문』, 1947; 코난 도일, 김래성 역, 『심야의 공포』, 여명각, 1947; 스티븐슨, 김희창 역, 『보물섬』, 문예서림, 1947 등이 번역된다.

98 시의 경우, 임학수 역, 『19세기초기영시집』, 한성도서주식회사, 1948; 변영로 · 이하윤 역 『영시선집』, 동방문화사, 1948; 윤태웅 역, 『하이네연시집(정음문고)』, 정음사, 1948; 타골, 임학수 역, 『초생달』, 문조사, 1948; 임학수 역편, 『19세기초영시집(Early XIX Centry Poets)』, 조선인쇄회사, 1948; 이하윤 역편, 『불란서시선』, 수선사, 1948; 양주동 편역, 『영시백선』, 서울연교사, 1948; 양주동 편역, 『현대영시선』, 수선사, 1948; 월트 휘트먼, 정지용 역, 『산문－부역시』, 동지사, 1949; 장치경 편역, 『빠이론 시집』, 동문사서점, 1949; 김우정 역, 『괴테 시집(세계명작시인선집)』, 동문사서점, 1949;

1950년대 문단의 주류를 이루었던 신비평 계열의 대표적인 문학론도 일찌감치 번역되었다.[99] 이는 새로운 문학론을 모색하고자 했던 당대 문인들의 노력의 일환이다.

또한 이 시기에는 정음사, 을유문화사, 수선사, 박문출판사에서 문고본이 출판된다. 정음문고,[100] 을유문고,[101] 박문문고[102] 등, 이 문고본은 A6판 150면 안팎의 부피에 200원 내외의 정가로 대중들에게 호응을 얻었다고 한다. 그리하여 "문화의 대중적 개방을 가능케 한 정신의 사관학교로서 제 역할을 충분히 발휘했다"고 한다. 물론 "내외의 고전, 정치, 법률, 경제, 철학, 역사, 예술, 과학 등 각 영역을 총망라한 항구적 사업을 지향"[103]한 것은 사실이지만, 무엇보다도 이 문고본의 발행이 번역문

테니슨, 신삼수 역, 『추억의 노래』, 철지당서점, 1949. 이상 김병철의 앞의 책에서 정리.

99 I. A. 리차즈, 이양하 역, 『시와 과학』, 을유문화사, 1947; H. 리드, 한상진 역, 『예술과 사회』, 조선문화교육출판사, 1949.

100 정음문고는 김상훈 역, 『역중국시선』; 모택동, 김일출 역 『신민주주의론』; 필리프, 이철 역 『어머니와 아들』; 마르크스, 홍두표 역 『경제학 비판 서설』; 존 듀이, 강정덕 역, 『학교와 아동』, 『학교와 사회』; 도희성(陶希聖), 김일출 역, 『중국봉건사회사』; 톨스토이, 최운설 역, 『사람은 무엇으로 사나』; 고리키, 이철 역, 『유년시대』를 발간했다. 이상 『출판대감』 참조.

101 을유문고는 A. 미른, 양주동 역 『미른 수필집』; 앙드레 지드, 안응렬 역 『전원교향악』; J. A. 톰슨, 김기림 역, 『과학개론』; 토마스 하디, 임학수 역 『슬픈기병』; 메리메, 이휘영 역 『카르멘』; 모파상, 최원복 역, 『감람나무밭』; 앙드레 지드, 김병달 역, 『좁은 문』; 나다니엘 호돈, 주요섭 역, 『하이데커박사의 실험』; 곽말약, 윤영춘 역, 『소련기행』; 포르렌도, 김수 역, 『사회주의 사상사』; 안데르센, 서항석 역, 『그림없는 그림책』; 코올, 신태환 역 『정치이론과 경제이론』이 발간되었다. 을유문고는 1947년 처음 기획되어 6·25 이전까지 모두 52권이 출판될 계획이었다고 한다. 이 중 여러 사정으로 26권이 실제로 간행되었다. 1950년 나온 『하이데커박사의 실험』이 제1기 발행의 마지막을 장식한다(『을유문화사 50년사—1945~1995』, 1997.8.10, 78~82면 참조).

102 박문문고에서는 하멜, 이병도 역, 『하멜표류기』; 셰익스피어, 최철우 역, 『베니스의 상인』; 라스라쎄로손, 주유순 역, 『러시아법률철학사』 등이 발간되었다.

103 을유문고는 "문고자체의 보편적 성격만이 아니라 민족문화 수립의 당면한 특수 사명에 비추어 학문과 예술의 편협한 특권화를 물리치고 광범한 민족 대중의 계몽과 그 지적 향상의 요청에 응함이 주요 목표"로 발행되었다고 발간사는 전한다. 그 첫 권으로 간행된 것이 1948

학의 대중화에도 큰 기여를 한 것은 사실이다. 이 외에도 주목해야 할 출판사는 시인 장만영의 '산호장'[104]이다.

번역 상황을 살펴보면, 해방 이후 번역장을 주도하는 번역가들이 등장한다. 번역에는 월북한 김기림, 김상훈 이외에 임학수, 주요섭, 양주동 등 문인들과 이휘영, 김병달, 전창식, 안응렬 등의 해방 이후 신세대 전문 번역가[105]들이 참여한다. 특히 설정식의 경우는 김병철도 인정한 A급 번역가로 기억해야 할 것[106]이다. 이러한 점은 1950년대 이후 문인들과 교수진으로 번역가 집단이 양분되는 상황을 예견해주는 것이기도 하다.[107] 그밖에 다수를 번역한 번역가로 크로포트킨의 『상호부조론』을 번역했던 성인기[108]도 주목할 만하다.

좌파 원전서 이외에 가장 많이 번역된 원저자는 교육학자 존 듀이[109]

년 2월 10일 간행된 박태원의 『성탄제』이다(『을유문화사 50년사』, 을유문화사, 1997, 79면 참조).

104 산호장 발간 번역서는 릴케, 윤태웅 역, 『소녀의 노래』; 슈니츨러, 김진섭 역, 『맹인과 그의 형』; 임학수 역 『블레이크 시초』 등이 있다. 그 외에 맨스필드, 장서언 역, 『원유회』; 팔코네 마테오, 전창식 역, 『배신자』 등의 산호문고본도 있다.

105 김병철은 『한국근대번역문학사』에서 당대 번역가로 "전공자보다도 저널리스트의 색채를 다분히 띤 채정근(미, 영, 소 문학 방면), 김병달(프랑스문학), 전창식(영, 미, 프랑스문학 방면), 양병식(프랑스문학) 등의 활약이 컸다"고 언급한 바 있다(김병철, 「제7장 1950년까지의 번역문학(1945.8.15~1950.6.25)」, 앞의 책, 826면 참조).

106 김병철은 설정식의 번역 『하므렡(햄릿)』(백양당, 1949)를 평가하면서 "우리의 번역문학을 정상적인 궤도에 올려놓는 데 일조를 아끼지 않았다는 인상을 받기에 족한, 수준 이상의 번역솜씨를 보여준 역서"라고 평가한 후 설정식의 "번역솜씨가 매우 진지할 뿐 아니라, 그 역문의 표현력도 수준에 도달한 가작"이라고 평가하였다(위의 책, 917면 참조).

107 문인 번역가 집단의 등장은 그만큼 식민지 시대 문인들이 당대 최고의 인텔리 집단이었다는 점을 다시 한 번 증명해 주는 것이다. 교수 집단의 등장은 해방 이후 교육제도의 성립과 관련이 깊은 것이다.

108 이 책은 국립중앙도서관에서 검색 가능하다. 발행소는 미상이다. 이 외에 성인기는 대성출판사의 명저 총서로 J. 스튜어트 밀의 『자유론』, 손문의 『삼민주의』, 아리스토텔레스의 『정치철학』을 1946~1948년에 걸쳐 번역 출간한다.

109 존 듀이는 최병칠 번역으로 『민주주의와 교육』이 연학사와 문교사, 고려도서원에서

와 좌파적 경향의 사상가 라스키[110]이다. 존 듀이는 잘 알려진 대로 해방 이후 대표적 교육행정가로, 오천석이 주도적으로 도입한 교육철학자이다. 오천석의 듀이 사상 소개는 해방 이전부터 진행되다가, 해방 직후에 본격적으로 진행된다.[111] 이는 당대 교육사와 철학사에서 중요하게 논구되어야 할 대상일 것이다. 라스키 역시 1960년대까지 진보적 지식인들에게 큰 영향을 끼쳤던 사상가[112]로 수용사에 주목해야 할 것이다.

이처럼 해방기 후반에는 번역진도 구성되고 번역 기획 출판도 이루어지면서 점차 번역장이 시스템을 갖추어 가게 된다. 문고본의 번역 출판은 이러한 시스템의 구성에 기여한 바 크다고 볼 수 있다.

그런데 1949년에도 문학작품으로, 좌파적 성향인 작가들의 텍스트가 번역되었다. 숄로호프와 고리키의 작품이 번역, 출간[113]된 것은 문학작

1947년 동시에 각각 번역되었다. 이 외에 『학교와 아동』, 『학교와 사회』가 정음문고로 1947~1948년에 걸쳐 번역된다.

110 라스키는 우선 김현귀・김성대 번역으로 『칼마르크스론』(과학사, 1946), 권중휘 번역으로 『서구자유주의의 발달』(대성출판사, 1947), 서임순 번역으로 『정치학개론』(과학사, 1947), 이상은 번역으로 『공산주의론』(예문사, 1947)이 있다. 『신천지』에서 해롤드 J. 라스키, 김철 역, 「나는 「콤인포른」을 이렇게 본다」, 『신천지』 3(2), 1948.2.1; 토요문학평론지, 박호윤 역, 「라스키와 사르트르」, 『신천지』 4(9), 1949.10이 실려 있어 라스키에 대한 당대의 관심도를 알 수 있다.

111 식민지 시대부터 듀이를 소개했던 오천석은 1946년에도 강의교재로 『민주주의 교육의 건설』을 집필하여 듀이의 교육철학을 소개한 바 있다(식민지 시대 듀이를 소개한 문헌은 오천석, 「미국의 교육계」, 유미조선학생총회, 『우라키』 4, 1930 참조). 해방기 때 발간된 번역서는 완역이 아니라 부분적으로 번역한 것이고 이후 완역판은 오천석이 임한영과 문교부에서 발행한다. 자세한 내용은 예철해, 「듀이 교육사상이 한국 교육과정에 끼친 영향」, 동국대 박사논문, 2004, 70~77면 참조

112 일례로 김수영의 산문에서도 라스키에 대한 언급이 있다. 「들어라 양키들아」 서평에서는 밀즈의 이 저작과 비교를 하고 있고 1961년 5월 7일 일기에서는 아예 라스키의 『국가』의 한 구절을 전면적으로 인용하고 있다(『김수영 전집』 2, 민음사, 1981, 166~171・510~511면 참조).

품에는 비교적 검열의 칼끝이 너그러웠던 해방기 끝자락이었기에 가능했다.[114] 1949년 윤리적 사회주의자였던 포어렌더Karl Vorländer의 『사회주의사상사』(김경수 역, 을유문고사, 1949)가 발행된 것을 보면 사회주의 원전을 제외하면 그때까지는 좌파적 서적의 발행이 가능했던 것으로 보인다. 반면 을유문고로 기획된 마르크스·엥겔스의 『도이취이데올로기』(김명구 역)와 마르크스의 『철학의 빈곤』(허동 역)은 끝내 간행되지 못한다.[115] 아직 사상 면에서 해방기 번역장은 각축 중이었다. 이는 그나마도 아직 반공주의 검열정책이 보다 확고하게 자리 잡은 한국전쟁 이전이기 때문[116]에 가능했다. 검열 연구에 의하면 1948년 여순사건을 분기점으로 문학작품에 대한 검열의 칼날이 날카로워진다.[117]

113 숄로호프, 이홍종·현덕 역, 『고요한 동강』 1, 대학출판사, 1949; 막심 고리키, 함대훈 역, 『밤주막』, 조선공업문화사출판부, 1949.

114 해방기 검열체계는 다른 매체와 비교해 볼 때, 문학에 대해 느슨했다고 한다. 이는 대중적인 영향력이나 정치집회에서의 효과적인 이용가능성, 선동성 등의 측면에서 신문이나 영화보다 문학이 뒤쳐질 수밖에 없기 때문이라 추측된다(임경순, 앞의 글, 270면 참조).

115 『을유문화사 50년사』, 앞의 책, 81면 참조.

116 이후 당국은 65년 노벨문학상을 받은 숄로호프의 『고요한 돈강』을 적성국가의 작품이라고 하여 일체의 번역 출판을 금지하였다(「번역출판금지－「고요한 돈강」」, 『조선일보』, 1965.11.6).

117 1948년 단정수립 이후에는 체제선전의 필요성이 대두하였고, 그 결과 이후 거의 마지막 보루였던 문학조차 검열 대상의 전방으로 떠오르게 된다. 이러한 상황은 일례로 1949년 9월 12일 교과서에서 '국가이념과 민족정신에 위반되는 저작자와 저작물'이 지적된 상황을 들 수 있다(임경순, 앞의 글, 274~275면 참조).

2) 잡지—동시대적 저널리즘의 공유와 정치적 자기 투사

매체에 실린 번역물 역시도 초기에는 사회주의나 소련에 대한 지식기사들이 많다. 우선 『신천지』의 번역물을 살펴보면 우선 샤를르 지드의 「사회주의제파론」(박시인 역, 1권 9호, 1946.10.1), 1권 10호의 「소련특집호」의 제 기사들 등 지식 기사에서부터 일반 기사까지 소련과 사회주의 관련 지식과 소식을 다루고 있다. 그러나 잡지의 번역물을 살펴보면 단행본 번역과 다른 점을 발견할 수 있다. 주로 단행본이 마르크스, 레닌, 모택동, 스탈린의 원전을 번역해서 간행하고 있는 데 반해 잡지의 경우는 저널리스트들의 글을 싣고 있다. 이는 이들 잡지의 번역문들이 주로 외국잡지 기사들의 번역으로 마련된 것이기 때문이다. 『신천지』의 경우, 창간호부터 「원자폭탄특집」을 외국잡지에서 편집・번역하고 있다.

아래의 기사는 미지(米誌) 『라이프』와 『양크』, 『타임』 등에 실린 원자탄의 발명과정과 거기에 얼킨 고심담과 로우맨스 원리 등을 주워 모아 소개하는 것이다.[118]

레오 레니아는 S. R. L 『토요문학평론』의 통신기자로서 구주각지를 시찰하고 최근 귀미(歸美)하였다. 금년 4월 19일 급 7월 27일 발행의 토요문학평론에 기재되었던 것이다.[119]

118 채정근 역편, 「원자폭탄특집」, 『신천지』 창간호, 1946.1.15 참조.
119 레오 레니아, 석동수 역, 「전후구주문단」, 『민성』 4(1), 1948.1.1 참조.

이처럼 당대 잡지의 편집자 혹은 번역가들은 외국잡지를 뒤져서 새로운 지식체계를 흡수하기 바빴다. 실제로 위 인용문에서 등장한 신문 잡지들인 타임지,[120] 라이프지,[121] 하퍼스지[122] 리더스 다이제스트,[123] 쌔터데이 이브닝 포스트[124] 등의 잡지는 당대 매체에 실린 주요 기사의 원천이었다. 해외의 정치, 문화, 예술, 연예가 소식을 전하는 『민성』의 '해외정보실'란과 '세계문인소식'란은 각기 타임지, 라이프지, 뉴스위크지 등에 실린 기사들을 발췌 번역하여 실은 대표적인 고정란이다.

김수영의 예에서도 알 수 있는 것처럼 적어도 1960년대까지 외국신문잡지는 우리 지식의 주요한 원천이었다는 점을 부인하기는 힘들다.[125] 『신천지』에서도 이 외국신문잡지를 소개하는 기사가 중요하게 취급되고 있다.[126] 앞에서 언급한 홍한표의 글에서도 그는 "뉴 리퍼부릭 같은

120 전창식, 「1947년의 미국문단－타임지 소재」, 『민성』 4(5), 1948.5.1 참조.

121 헨리 P 반 듀센, 김영달 역, 「중국의 위기와 미국의 대중정책－라이프지에서」, 『민성』 2(13), 1946.11.15; 폴 허친슨, 「기독교는 공산주의와 통할 수 있는가?－라이프지에서」, 『민성』 3(4), 1947.5.1.

122 T. H. 화이트 · A. 째코비, 「중국은 어디로－하퍼스 誌」에서」, 『민성』 2(13), 1946.11.15; 존 핏숴, 이유문 역, 「쏘베트 시찰기」, 『신천지』, 1(10), 1946.11.1 등이다.

123 대표적인 기사는 들티 케메론 띠스니 여사, 채정근 역, 「실화소설 두가지의 용기」, 『신천지』 1(3), 1946.4.1; 인종학자 에텔 J 알펜펠스, 백란영 역, 「인종의 우위성이란 있는가」, 『민성』 3(4), 1947.5; 리더스 싸이제스트 5월호에서, 최희범 역, 「소련인을 이해하는 길」 등이다.

124 에드가 스노, KK생 역, 「미소공동점령하의 조선의 실정－쌔터디 이브닝 포스트, 1946년 3월 10일」, 『신천지』 1(7), 1946.8.1.

125 김규동의 회고에는 "다방에 들어서면 수영이 그 모자를 벗어젖힌 다음 탁자 위에 놓는다. 허름한 외투주머니에는 『애틀랜틱』이니 『포이트리』 같은 외국잡지가 꽂혀 있다. 미국문화원에 들러 신간잡지를 입수해보는 것은 그의 주요한 과제다. 그리 해서 그 속에 번역거리라도 있으면 밤새워 번역해서는 잡지에 파는 거다"라는 구절이 나온다(김규동, 「김수영의 모자」, 세계사, 『작가세계』 61 여름호, 2004.5 참조).

126 팽서복, 「신문자유론－미영소의 신문동향」, 『신천지』, 3(2), 1948.2.1, 61~65면 참조. 이와 같은 외국 매체에 대한 관심은 이후 매체에서도 이어진다(『사상계』에 실린 잡지 관련 기사로는 김병철, 「(해외문화(海外文化)) 현간미국중요문예지고(現刊美國重要文

잡지 등을 마음대로 볼 수 있는 날"을 희구했다. 이는 외국잡지들이 다양하게 들어오는 것이 곧 지식체계의 풍부함을 보증해 줄 것이라고 믿었기 때문이다. 이는 향후 매체사, 혹은 지식수용사를 연구하는 데 매우 중요한 논점을 제공하는 것이다.

이 역시 미군정의 문화정책과 긴밀한 관련이 있다. 미군정은 외국잡지를 미문화원에 늘 비치해 두었다.[127] 직접 기사를 번역하여 잡지를 발간하기도 하였다.[128] 미군정의 검열과 종이원조에 의존해야 했던 잡지 발간인들의 입장에서 생각해본다면 이러한 추측은 충분히 신빙성이 있다.

『신천지』와 『민성』 등 잡지에서 가장 많이 등장하는 번역문의 저자는 각각 중국와 소련에 정통하다고 소문난, 에드가 스노와 일리야 에렌부르크[129]이다. 분량상으로 보았을 때에는 에드가 스노가 단연 압도적

藝誌攷)」, 『사상계』 24, 1955.7과 「기획－내가 애독(愛讀)하는 외국잡지(外國雜誌)」, 『사상계』 100, 1961.11이 대표적이다).

127 허은, 앞의 책 참조

128 미공보원은 6·25전쟁 이전 잡지 『월간 아메리카』(1949.3)를 제작해 주로 식자층(고등학생, 대학생, 교사, 정부관료, 교육받은 여성)을 대상으로 배포하기도 했다. 이 잡지 『아메리카』는 미국공보원이 발행하는 잡지로 주로 미국인들의 글이 번역되어 실렸다. 이 잡지 발간의 주요 목표는 미국의 정치, 경제, 외교 정책에 대한 소개하고 이를 선전하는 데 있었다. 대표적으로 엘렌 네빈스의 「미국정치제도의 강인성」, 군정공보국자문관인 J. 스튜워트의 「미국의 외교정책과 ECA계획」(『월간 아메리카』 1(2), 1949.4.1), 거트루드 할맨의 「미국의 헌법과 인민의 자유」(『월간 아메리카』 5, 1949.7.1) 등이 한글로 번역되어 실렸다. 물론 번역자는 밝히지 않았다. 주로 미군정청에 종사하는 조선인 관료들이 번역했으리라 추측할 수 있을 뿐이다. 이후 미국이 자국의 공식적인 입장을 소개하는 글을 직접 번역하여 배포하였는데 여기에는 조선의 인텔리들에게 '아름다운 국가 미국'이라는 환상을 만들어내는 데 기여하고 이후 이들에게 대한민국이라는 조선의 자유민주주의 국민국가 건설에 이데올로기적 동의를 얻어내는 데 이바지하게 하려는 의도가 있다.

129 이 두 저자의 명성은 홍한표의 글에서 "해방 후 우리가 새로운 지식을 얻은 것은 에드가 스노를 통하여 동구라파의 전후사정 혹은 에렌부르크를 통하여 얻은 미국의 내용의 일부 등 열손가락으로 꼽을 수 있는 정도"라고 말한 부분에서도 잘 알 수 있다(홍한표, 앞의 글 참조). 해방기에 번역된 에렌부르크와 에드가 스노의 대표적인 글은 다음과 같다.

이다. 그는 『중국의 붉은 별Red Star Over China』의 저자로 잘 알려진 중국통의 미국 저널리스트이다. 그에 대한 관심은 역자의 저자 소개에서도 잘 드러난다. 한 역자 서문에서는 그를 "중국 특히 중국공산당통으로 유명"[130]하며, "일직이 『중국의 붉은 별』이라는 중국공산당의 활동을 가장 먼저 기록하여 감명을 날린 중국정통자"[131]로 소개하고 있다. 당대 번역가들은 중국과 소련을 전문적이고 객관적인 관점에서 바라보아야 한다고 생각하며, 그의 글을 세계를 바라보는 창窓으로 삼고자 했다. 과연 에드가 스노는 당대 지식인들의 열망대로, 국가건설 이후 미국과 소련 모두가 물러나야 한다고 주장하고 있어, 그의 논리가 당대 지식인들의 열망에 얼마나 잘 부합하는 것이었나를 알려준다. 당대 주체들이 번역에 적극적이었던 것도 바로 이 이유이다.

이처럼 잡지에 당대 최고 저널리스트들의 글이 번역되어 실린 것은 당대 지식인들이 동시대 저널리스트들의 시각을 통해 세계사적인 동시

일라, 에렌부르크, 채정근 역, 「전쟁의 표정–소련 전쟁소설」, 『신천지』 1(10), 1946.11.1; 옥명찬 역, 「아메리카 기행」, 『신천지』 2(3~4), 1947.4.1~1947.5.1; 에드가 스노, 김동환 역, 「모택동론」, 『신천지』, 1(6), 1946.7; 에드가 스노, 「미소 공동점령하의 조선사정」, 『신천지』, 1(7), 1946.8; 왕명찬 역, 「아메리카 기행」, 『신천지』 2(3), 1947.4.1; 에드가 스노, 「소련과 중국」, 『신천지』, 1(2), 1946.3.1; 에드가 스노, 박노명 역, 「동구라파 기행」, 2(9), 1947.10.1; 에드가 스노, 「소련을 이해하지 못하는 이유」, 『신천지』 2(5), 1947.6; 에드가 스노, 박로태 역, 「동구라파 기행」, 『신천지』 2(7), 1947.8; 에드가 스노, 「인도는 아직도 영국 지배하에 있는가」, 『신천지』 3(5), 1948.6.1; 에드가 스노, 「까딘의 유훈」, 『신천지』 3(6), 1948.7; 에드가 스노우, 「인도」, 『신천지』 4(5), 1949.5.15; 에드가 스노, 「스몰렌스크의 세처녀–『우리편 사람들』에서」, 『민성』 2(3), 1946.2.5; 에드가 스노, 「전쟁과 결혼–소련편」, 『민성』 3 신추증대호, 1947.10.1; 에드가 스노, 맹약생 역, 「전설의 나라 이란」, 『민성』 5(5), 1949.4.3; 에드가 스노, 왕명 역, 「모스크바」, 『민성』 2(4), 1946.3.1; 에드가 스노, 왕명 역, 「미소는 싸울 것인가?」, 『백민』 3(2), 1947.2.1.

130 에드가 스노, 김동환 역, 「모택동론」, 『신천지』 1(6), 1946.7, 87면

131 에드가 스노, 왕명 역, 「소련과 중국」, 『신천지』 1(2), 1946.3.1, 169면.

대적 감각을 갖추고자 했기 때문이다.

그러나 중요한 것은 에렌부르크도 에드가 스노도 리프먼의 글도 모두 미국잡지를 통해서 살펴볼 수 있다는 점이다. 물론 이들은 모두 나름대로 중국과 소련에 대해서 객관적인 시선을 갖춘 저널리스트였다. 그럼에도 불구하고 초기 소련의 지원이 전폭적이었던 단행본 출판 시장과 달리, 이들 매체 글의 번역은 문화 유입의 통로가 서구의 창으로 단일화되었던 당대의 상황을 보여주는 것이다. 앞서 인용한 '철의 장막'에 대한 기사[132]처럼 사회주의에 대한 객관적 시선을 갖추고 있었던 기사마저도 엄밀히 따진다면, 냉전 시기 서구의 창으로 바라본 기사들인 것이다. 서구 매체에도 이러한 기사들이 존재할 수 있었던 것은, 이때가 냉전 전선이 형성되는 시기였기 때문에, 이들에게도 사회주의에 대한 비난조의 기사보다는 객관적 지식이 필요했기 때문이다.[133] 특히 르포르타주 기사로 이들을 탐색하는 기사가 많았던 것도 이러한 정치적 요구를 충족시키기 위한 것이었다.

물론 단행본에 비해 턱없이 적은 양이지만, 이 잡지들에도 좌파 사상가나 문인들의 텍스트가 번역되어 실리기도 한다. 노신의 글, 「혁명시대의 문학」(『신천지』 1권 6호, 1946.7.1), 모택동의 「삼민주의와 신민주주의－중국공산당의 일반강령」[134]이 번역되어 실린다.

132 렐랜드 스토우, 이웅호 역, 앞의 글 참조.

133 제2차세계대전 당시 우방국이었던 미국과 소련의 관계가 냉전 전쟁으로 치닫는 과정은 베른트 슈퇴버, 최승완 역, 『냉전이란 무엇인가－극단의 시대 1945~1991』, 역사비평사, 2008 참조.

134 1945년 4월 24일 연안 중공7전 대회에서 모택동의 정치보고, 독립정부를 논할 제4장 중공의 정세에서 제1절 부분을 발췌하여 번역한 것이다.

그리고 우파적 입장의 글, 장개석의 「中國之運命」(辛在敦 譯, 『신천지』 제1권 제8호 9월호, 1946.9.1), 미참모총장 마샬의 「이렇게 하여 일본을 패망시켰다」(곽우불 역, 1권 7~8호(1946.8~1946.9)라든가 미국의 정신을 프런티어 정신으로 소개한 「아메리카니즘」(옥명찬 역, 『신천지』 제1권 제8호, 1946.9.1) 등도 실려 있다. 이렇듯 초기 해방기 잡지에 실린 번역물들은 이념의 구획 없이 다양하게 취급되고 있었다.[135]

그러나 1949년 이후 『신천지』와 『민성』에 실린 번역물의 기재 상황을 보면, 균형은 깨져 있었다. 특히 『신천지』에는 미국에 관련된 번역 기사가 눈에 띄게 늘어나고 있다.[136] 그리고 소련에 대한 내용 역시도 비판적인 논조로 바뀐다.[137] 1948년까지 최재희의 「현대자유주의와 무산계급」(4권 1호, 1948.1.1)과 같이 좌파적 이념의 글이 실렸던 『민성』의 경우도 마찬가지이다. 발간 도중 크고 작은 부침이 있어 사상적 균형을 추구했던 『민성』의 뚝심[138]이 꺾인 것이다.

1948년 이후 번역 기사 중 가장 눈에 띄는 원저자는 앞서서도 언급한

135 오히려 일반 기사에서는 미국에 대한 비판적인 논조도 존재했다. 1947년 2월 『신천지』 「군정에 대한 나의 제언」이 대표적인 예이다. 이에 대해서는 장세진, 「상상된 아메리카와 1950년대 한국문학의 자기표상」, 연세대 박사논문, 2007, 44면 참조

136 푸레데릭 H. 케렘, 「서양민주주의사회(西洋民主主義社會)의 발달(發達)과 근대물질문명(近代物質文明)의 귀결(歸結)」(『신천지』 4(9), 1949.10.1)이나, A. A. 머어르, 「국제연합(國際聯合)과 미국국시(美國國是)의 민주주의적 성격(民主主義的性格)」(『신천지』 4(9), 1949.10.1) 등이 이러한 혐의가 짙은 번역 기사이다.

137 1949년 『신천지』는 『서울신문』의 경영권 자체가 우파 세력으로 넘어가면서 기사 내용이 전면적으로 바뀌게 된다. 그리고 소련에 대한 기사 내용도 1949년을 기점으로 '소련=전체주의'의 도식으로 바뀐다. 이에 대한 자세한 내용은 장세진, 앞의 글, 48~49면 참조

138 『민성』 3(3)(1947.3.1) 「편집후기」에서는 3권 2호(1947.2)가 북조선특집호로 기획된다. 이 때문에 공보당국으로부터 잡지 폐간문제까지 운위되었다고 한다. 각서(시말서)를 쓰는 등 주의조치를 받았다'고 하면서 남조선과 북조선의 언론자유의 문제가 심각하다는 점을 개탄한 바 있다.

월터 리프먼[139]이다. 전형적인 미국식 자유주의자인 그의 글은 지식인들 사이에서 이미 이 시기부터 영향을 주고 있었고 그 중에서도 미국 정치가들의 공식적인 입장이 들어있는 글이 실린다.[140] 여기에는 미국의 대외정책에 대해 우호적으로 소개하는 글이 많았다. 이 역시 미공보원의 번역정책과 관련이 있는 것으로 추측된다.

그런데 또 한 가지 해방기 후반부 번역물의 특징은 동남아시아 특히 인도네시아에 대한 기사가 유독 눈에 띈다는 것이다. 박인환의 시 「인도네시아 인민에게 주는 시」가 『신천지』에 실려 있었고,[141] 이 외에 인도네시아[142]와 그 외 약소민족[143]에 대한 관심이 매우 특별한 것은 잘 알려진

139 리프먼 번역문은 각주 45번 참조

140 대표적으로 잡지 『신천지』에 자주 실리는 필자인 전 국무장관 번즈의 「아세아의 내막」, 『신천지』 3(10), 1948.12; E. 바르가, CH 역, 「마-샬안과 영국의 경제공황」, 『신천지』 3(8) 1948.9.1; 풀·C·호프맨, 「미국의 실업가는 평화를 요구한다」, 『신천지』 3(8), 1948.9.1; 미국FBI 감독 J. 에드가 후버, 「대전과 스파이전－나치와 일본의 신전술과 미국 방첩 기관」, 『신천지』 1(7); 조지 마샬, 곽우불(郭牛佛) 역, 「일본을 이러케하야 패배시켰다－1943년 7월 1일부터 1944년 6월 30일까지 미육군참모총장 마샬 대장이 미육군성장관에게 대한 2년간의 보고」, 『신천지』 1(7~8); 미해군대좌 EM 씨카리아스, 박근수 역, 「항복직전의 미일교섭」, 『신천지』 1(8); 스미스, 김영건 역, 「아메리카의 친우들에게(조미문화협회 독립축하(朝美文化協會 獨立祝賀))」, 『신천지』 1(8), 1946.9.1 등이 있다.

141 『신천지』 3(2), 1948.2.1 참조.

142 대표적인 번역문은 스펜서 모-레의 「인도네시아에 있어서의 외국세력(동남아세아특집)」, 『신천지』 3(8), 1948.9.1; 뉴우 리파브릭誌에서, 「공산주의는 아세아를 풍미할 것인가」, 『신천지』 4(4), 1949.4.15가 있고 그 외에는 논문들이 다수 실려 있다. 예를 들면, 이명원, 「인도네시아는 어떤 민족인가」, 『민성』 신추증대호, 1947.10.1; 『약소민족 인도네시아의 비극』, 『민성』 5(3), 1949.2.30; 강정식, 「아세아회의와 인도네시아」, 『민성』 5(3), 1949.2.30; 유봉영, 「항전 중의 인도네시아」, 『민성』 신추증대호, 1947.10.1 등이 있다.

143 특히 『민성』 4권 3호에는 특집으로 「약소민족문제전망」이 실린다. 이 특집에는 배성룡, 「월남민족운동」(이하 『민성』 4(3), 1948.3.1), 조규희, 「면전(緬甸－미얀마)독립유래」; 김용태, 「안남민족의 역사와 장래」; 스란레이 스윙튼, 「소란한 동남아세아(星條紙에서)」; 전철, 「구주약소국가의 장래」; 사르트 빠-끼, 「발칸의 동태－소련의 연방화운동(뉴-욕 타임스 紙에서)」; 이정모(민족문제연구소), 「씨리아의 민족, 역사, 문화」; 시릴 휠스, 김영호 역, 「파레스티나의 세계적 문제」가 실린다.

사실이다. 이 중에는 스펜서 모레의 「인도네시아에 있어서의 외국세력」(H. K 역, 『신천지』 3권 8호, 1948.9.1)과 같은 반제국주의적 관점의 텍스트도 실려 있다. 이는 당대의 조선처럼 탈식민 단계에 놓여 있었던 약소민족들에 대한 동정과 관심의 표현이라고 볼 수 있다. 그리고 세계 곳곳으로 확대된 시야를 통해서, 자신들이 구상했던 세계 시민으로서의 자격을 갖추고자 했던 것이다. 반공주의적 시각이 엿보이는 버지니아 돔슨・리차드 마돌프의 「인도네시아의 공산반란」(『신천지』 4권 4호, 1949.4.15)에서는 인도네시아의 공산반란에 대한 우려 깊은 시선이 느껴지기도 한다. 하지만 그 원인을 강대국의 정책으로 돌리고 있는 점을 볼 때, 이 필자는 여전히 강대국에 대한 비판적 태도를 견지하고 있다. 베트남에 대한 관심 역시 마찬가지이다. 앞서 소개한 번역가이자 베트남 전문가였던 김영건은 인터뷰에서 "월남의 인민항쟁을 동병상련의 감정으로 소개하면서 한국의 운명과 흡사한 '월남'의 경우를 예의주시할 것을 요구했다.[144]

흑인문학에 대한 관심도 이러한 관점의 소산이라고 볼 수 있다. 「흑인문학특집」이 『신천지』 4권 1호(1949.1.1)에 실린다. 흑인시의 붐을 일으켰던[145] 김종욱이 민교사에서 발간한 흑인시집 『강한 사람들』(1949.1.10)의 존재는 약소민족에 대한 관심이 생각보다 지속적이었다는 점을 증명해 준다. 라틴아메리카 문학에 대한 관심[146]도 같은 맥락인 것으로 보인다.

이처럼 제3세계 약소민족에 대한 집중된 관심은 이 담론이 점차 탈정

144 「김영건씨 담(談) : 보라! 월남인민항쟁—기구한 운명 조선과 흡사」, 『조선일보』, 1946.12.31, 조간 2면 참조(이에 대한 자세한 내용은 윤대영, 앞의 글 20면 참조).

145 김병철, 앞의 글, 833면 참조.

146 「近着 外誌에서, 라틴아메리카文學의 一面」, 『신천지』 4(6), 1949.7.1; 조세 루이스 곤자레스, 김경훈 역, 「라틴 아메카의 현대문학」, 『민성』 4(9~10), 1948.10.20 참조.

치화 상황으로 치닫고 있는 당대 정치적 상황에서 좌파적 상상력을 대치할 정치적 담론의 보상체였다는 점을 알려준다. 『민성』의 편집방침이 정치기사에서 문학 중심으로 바뀌는 기점인 『민성』 4권 3호의 특집이 「약소민족문제전망」이었던 것은 이러한 점을 시사해 준다.

그러나 향후 번역 성향은 점차 서구지향적으로 변해간다. 이러한 맥락에서 약소민족에 대한 동정심에서 출발했지만, 흑인문학에 대한 관심도 미국의 다양한 문화에 대한 관심 중 하나이기도 했다고 볼 수 있다.

또한 인도네시아를 바라보는 관점 역시 비록 반제국주의적 관점에서 이루어진 것이었다고 할지라도 그 초점이 '탈식민화' 자체에 놓여 있었기 때문에 이 시각도 당대 미군정의 정치적 목적에 크게 저촉되는 것은 아니었다. 그랬기에 검열을 통과한 것이다. 이처럼 당대 약소민족에 대한 관심은 복잡했던 해방기 "탈식민" 상황이 미국식 민주주의의 건설, 남한단독정부 수립이라는 단일화된 방향으로 가는 과도기적 상황에 이루어진 사고의 편린들인 것이다.

이는 아직 『신천지』에 모택동의 글(김용원 초역, 「신민주주의경제와 중국」, 『신천지』 4권 1호, 1949.1.1)이 번역되기도 한 점이 말해준다. 잡지 편집자들은 아직까지도 이념상 균형감각을 유지하려고 노력했다. 우파적 성향의 잡지 『백민』에서도 1950년에 정래동의 번역으로 「중국의 여병사」(『백민』 21집, 1950)와 같이 중국민족해방투쟁을 찬양하는 글이 기재된 것을 보면, 아직 번역장에서는 관점의 균형이 아슬아슬하게 이루어지고 있었던 것으로 보인다. 물론 이 역시 탈식민, 민족해방투쟁의 관점에서도 볼 수 있는 글이었기에 게재가 가능했을 것이다. 그러나 동시에 이러한 균형은 '붉은 중국'의 탄생으로 중국에 대한 동조와 관심이 적색 공

포로 전환되면서 다소 복잡하게 흔들린다.[147]

문학에 대한 관심이 점차 높아지는 것은 단행본 출간이 증가했기 때문이기도 하다. 라틴아메리카 문학에 대한 관심 이외에 유럽과 미국의 문단 상황에 대한 소개가 많고, 실존주의자인 사르트르의 작품이 번역[148]된 것을 보면, 점차 문화적 동향이 서구 편향적[149]으로 변모해 가고 있다는 점을 보여준다.

앞에서 말한 대로 해방기 후반 적어도 『신천지』에서는 미국의 대외정책이나, 미소의 관계, 소련 내부 정치 상황에 대한 관심이 줄어들지 않는다. 이 냉전적 상황에 대한 관심은 향후 이 냉전의 질서 속에서 약소국가인 대한민국이 어떻게 살아나아가야 할 것인가를 고민하고 있었던 흔적들이다. 앞에서 언급한 버지니아 돔슨 · 리차드 마돌프의 「인도네시아의 공산반란」에서 인도네시아가 "강대국의 분쟁영역으로 이동한 것"

147 이에 대해서는 김예림, 「냉전기 아시아 상상과 반공 정체성의 위상학」, 상허학회, 『상허학보』 20, 2007.6, 322면 참조

148 사르트르, 전창식 역, 「실존주의 소설-벽」, 『신천지』 3(9), 1948.10.1; 사르트르, 청우 · 홍일공 역, 「문학의 시대성」, 『신천지』 3(9), 1948.10.1.

149 『신천지』와 『민성』에 실린 문학 관련 기사는 다음과 같다. 티볼코에비스, 김강훈 역, 「(1948년의 미국문화총평)문학의 신분야」, 『신천지』 4(3), 1949.3.1; 클나렌스 · D · 도웁노픈 · E · 넬슨, 이호근 역, 「이십세기의 문학비평」, 『신천지』 3(2), 1948.2.1; 리오 · 라니아, 윤태웅 역, 「전후 구라파문단의 동향」, 『신천지』 2(10), 1947.11.1; 크라듀스 · 만, 「전후 독일의 문단」, 『신천지』 3(10), 1948.12.1; 석동수 역, 「전후구주문단」, 『민성』 4(1), 1948.1.1; 로베르.켐프, 「사르뜨르의 희곡 더러운손에 관하여」, 『민성』 5(1), 1949.1; 이오유 역, 「아메리카문학의 발전과 정신」, 『민성』, 5(1); 카-트 헬. 헬만, 「토마스만」, 『민성』 4(1), 1948.1.1; 존.쳄버얼렌, 「미국의작가군상」, 『민성』 5(2), 1949.2; 켄 멕코-먹, 「현세계문단의 귀재 W.서마세트.몸」, 『민성』 5(2); 셀렌 로드만, 채정근 역, 「금차(今次) 전쟁과 시의 변모」, 『민성』 5(2); 「시인예이츠의 이장」, 『민성』 5(2); 쥬스틴 오부라이엔, 전창식 역, 「앙드레 · 지-드의일기」, 『민성』 5(2); 「자기변명하는"토마스-만"」, 『민성』 5(9), 1949.9; 「15년 만의 헬만헷세!」, 『민성』 5(12), 1949.12; 「에리오트의 신작운문극」, 『민성』 5(12) 등.

에 대해 우려했던 것처럼 혹은 공산화를 인도네시아의 분열 조짐이라고 걱정하고 있었던 것처럼, 막 시작된 국가건설기 주체들의 불안은 번역에서도 반영되고 있었다.

이처럼 해방기 번역은 세상을 바라보는 통로이자, 자기 자신을 바라보는 거울이었다. 특히 인도네시아에 대한 관심에는 약소국의 설움, 강대국 미국과 소련의 틈바구니에서 흔들리는 민족의 운명, 자신들의 주체적인 이상적 국가 건설의 꿈이 좌절되는 상황이 투영되어 있었다. 즉, 자주적인 국민국가 건설의 꿈이 흔들리는 만큼의 고통이 반영되어 있었던 것이다.

4. 해방기 번역사 그 이후

이상으로 해방기 번역장을 고찰해 보았다. 번역 활동은 미소 군사 당국과 이에 대응하는 지식인들 양자에서 치열하게 진행되었다. 번역은 당대 이념적 선전활동의 주요한 매개체였으며, 이러한 번역의 정치성은 해방기가 지식의 해방구, 치열한 이념의 각축장임을 증명하는 또 다른 증표이다.

우선 해방기 당대 지식인들에게 '번역'은 우선 식민지 시대에서 새로운 민족국가건설기로 넘어가는 과도기적 시대, 지식의 공백기를 메울 중요한 수단이었다. 특히 동아시아를 넘어 서구 나아가 '세계'로 확장된 시각으로 약소국인 조선의 정세를 진단하고 나아갈 바를 고찰하는 데 번역은 유효한 참조틀을 제공하는 중요한 방식이 아닐 수 없었다. 서구의 사상은 물론 좌파적 사상 역시 공평하게 번역의 대상이 될 수 있었으며, 전반적으로 오히려 좌파 지식이 그 양에 있어서는 우세했다. 단행본에는 좌파 원전 번역이 성황이었고, 잡지에도 초기에는 소련과 중국 혁명에 우호적인 당대 저널리스트들의 글이 보다 많이 번역되었다. 이렇게 해방기 지식인들은 서구의 전위적 지식인이나 저널리스트들과 동시대적으로 호흡하며, 자신들의 이념적 토대를 만들어갔다. 번역된 지식 기사와 문학작품은 당대 정치적 상황을 파악하는 바로미터였으며, 지식인들의 내면적 열망의 표현체였다. 그리하여 번역문은 때론 직접적 진술로는 표현하기 어려운 상황에서 이를 대신해주기도 했다. 에드가 스노의 글을 번역하며 미소 양군 동시 철수라는 주장을 내비친 것도, 해방기 후반에 각국의 제국주의에 대한 투쟁을 다룬 글이 집중적으로 번역된 것도 모두 당대 지식인들의 간접적인 정치적 진술이었다. 이처럼 그들은 번역을 통해 '세계'라는 타자를 인식하고 이를 통해 새로운 근대적 주체를 형성하려 했다. 바람직한 민족국가 건설의 희망을 꿈꾸고 이를 바탕으로 세계 시민으로서 세상과 소통하는 방식을 배웠다.

해방기에 번역은, 한국전쟁 이후 주요 담론 체계였던 전통담론이 형성되기 전이었으므로, 곧 해방 후 조선이 행한 지식의 탈식민 전략, 타자를 통해 주체를 형성하는 주요 정치적 전략이었던 것이다.

그러나 그만큼 정치적 상황에도 민감하게 영향을 받을 수밖에 없었다. 초기에는 번역의 필요성만큼 원칙적 고민 또한 깊어서 김영건처럼,

당대의 번역가들은 지식의 식민성, 제국주의적 지식의 질서를 인식하고 극복해야 한다고 생각하기도 했다. 그러나 전반적으로 번역의 태도는 미소 강대국의 논리에서 벗어나기 힘들었고, 1949년 이후 번역은 점차 서구편향적인 길을 걷게 된다. 당대 번역의 주체들은 정치적 담론 장의 역동적인 상황에서 열띤 모색을 거듭하다가 결과적으로는 미소 강대국의 논리에서 동요할 수밖에 없었고, 거기서 벗어나기 힘들었다. 그리하여 치열했던 번역장은 1948년 남한의 단독 정부가 수립되고 이후 여순사건, 제주 4·3사건 이후 수립된 반공주의 국가 이념에 의해 점차 단일한 방향의 이념으로 수렴되게 된다. 1949년 이후 번역은 점차 서구편향적인 길을 걷게 된다. 1949년 백철의 글 「번역문학과 관련하여」가 우파 문예잡지인 『문예』의 창간호(1949.8)에 실려 번역이 민족문학수립에 기여해야 한다고 역설한 것은 우연한 일이 아니었다. 실제로 1950년 이후 『신천지』의 기사 대부분은 전시 체제판으로 구성되어 미국의 정치 체제를 선전하거나 소련을 비방하는 번역문으로 채워졌다. 이후 비교적 객관적인 번역 기사의 편재를 지향했던 잡지 『민성』(1950.5.1로 추정)과 『신천지』(1954.10.1)는 차례로 폐간된다. 이 매체들의 운명처럼 해방기의 비교적 자유로운 지식 정치의 시대를 넘어 이제 번역사는 바야흐로 단독 정부 수립과 그 이데올로기에 봉사해야 할 시기로 넘어간다.

참고문헌

① 자료

김성칠, 『역사앞에서』, 창작과비평사, 1993.

김수영, 『김수영 전집』 2, 민음사, 1981.

염상섭, 『효풍』, 실천문학사, 1998.

오장환, 『오장환 전집』, 실천문학사, 2002.

『신천지』, 『민성』, 『문학』, 『조선일보』, 『동아일보』, 『사상계』.

『오장환전집 2－산문, 번역』, 창작과비평사, 1989.

② 논문 및 단행본

김규동, 「김수영의 모자」, 세계사, 『작가세계』 61(2004년 여름호), 2004.

김 균, 「미국의 대외 문화정책을 통해 본 미군정 문화정책」, 『한국언론학보』, 한국언론학회, 2007.

김병철, 『한국근대번역문학사연구』, 을유문화사, 1975.

김예림, 「냉전기 아시아 상상과 반공 정체성의 위상학」, 『상허학보』 20, 상허학회, 2007.

윤석중, 『어린이와 한평생』, 범양사, 1985.

을유문화사, 『을유문화사 50년사－1945～1995』, 1997.

예철해, 「듀이 교육사상이 한국 교육과정에 끼친 영향」, 동국대 박사논문, 2004.

이봉범, 「특집 : 근대지식으로서의 사회주의와 그 문화, 문화적 표상－단정수립 후 전향(轉向)의 문화사적 연구」, 『대동문화연구』 64, 성균관대 대동문화연구원, 2008.

이중연, 『책 사슬에서 풀리다』, 혜안, 2005.

이혜령, 「채만식의 「미스터방」과 김동인의 「망국인기」, 해방 후 일본어가 사라진 자리」, 『내일을 여는 역사』 32, 민족문제연구소, 2008.

임헌영, 「해방직후 지식인의 민족현실 인식」, 『해방전후사의 인식』 2, 한길사, 2001.

장세진, 「상상된 아메리카와 1950년대 한국문학의 자기표상」, 연세대 박사논문, 2007.

정선태, 『근대의 어둠을 응시하는 고양이의 시선－번역・문학・사상』, 소명출판, 2006.

조대형, 「미군정기의 출판연구」, 중앙대 석사논문, 1988.
조선출판문화협회, 『출판대감』, 조선출판문화협회, 1949.
한수영, 「전후세대의 문학과 언어적 정체성－전후세대의 이중언어적 상황을 중심으로」, 임형택 외편, 『흔들리는 언어들－언어의 근대와 국민국가』, 성균관대 대동문화연구원, 2008.
허윤회, 「정지용과 번역」, 『민족문학사연구』 28, 민족문학사학회, 2005.
허 은, 『미국의 헤게모니와 한국 민족주의－냉전시대(1945～1965) 문화적 경계의 구축과 균열의 동반』, 고려대 민족문화연구원, 2009.
홍영두, 「마르크스주의 철학사상 원전 번역사와 우리의 근대성－20세기 초엽부터 1953년까지를 중심으로」, 『시대와 철학』 14, 한국철학사상연구회, 2003.

마루야마 마사오・카토 슈이치, 임성모 역, 『번역과 일본의 근대』, 이산, 2000.
베른트 슈퇴버, 최승완 역, 『냉전이란 무엇인가 : 극단의 시대－1945～1991』, 역사비평사, 2008.
알바레즈・비달 편, 윤일환 역, 「번역, 권력, 전복」, 동인, 2008.
왕 샤오밍, 박성관 역, 「번역의 정치학－1980년대 중국 대륙의 번역 운동」, 『흔적』 1, 문화과학사, 2001.

제2장

복수의 '민주주의'들

해방기 인민(시민), 군중(대중) 개념 번역을 중심으로

1. '민주주의'란 텅 빈 기표

몇년 전 한 아이돌 가수의 "민주화시키다"란 발언이 물의를 일으킨 바 있다. 여기서 사용된 "민주화시키다"란 동사는 이전에 우리가 알고 있던 긍정적인 의미가 아니라, '자신과 생각이 다른 소수를 집단적으로 폭행하거나 언어폭력을 가하는 것'이라는 부정적인 뜻을 담고 있다 한다. 한국 보수층의 좌파 이념(=민주주의) 혐오증이 내포되어 있는 것이다.[1] 이 사건이 많은 논란을 일으켰던 것은 그간 한국 사회에서 '민주주

1 '민주화시키다'란 개념은 이를 유통시킨 보수 커뮤니티에서 광주민중항쟁을 비하시키는 논의 도중 만들어낸 것이라고 한다. 물의를 일으킨 이 가수는 한 보수 성향 커뮤니티

의'란 단어는 논란의 여지가 없는 성화聖化된 개념이었기 때문이다. 국가 건설 이후 남한에서 민주주의는 자본주의란 용어 대신 공산주의 국가와 자신을 차별화시켜 주는 근본이념이었다.

그런데 요즈음 남한 사회에서 단어와, 이 단어를 둘러싼 언어들에 대한 논란이 일기 시작한다. 한동안 국사교과서 집필기준에 '민주주의'라는 용어를 '자유민주주의'로 바꾸자는 주장이 제기되어 대대적인 반발을 불러일으킨 적이 있다. 여러 매체에서 그간 '관변'으로 명명되었던 단체가 버젓이 '시민' 단체로 명명되는 상황은 한국사회에서 '민주주의'를 둘러싼 언어들이 더 이상 불변의 성화된 이념만은 아니라는 점을 보여준다. 물론 최근 발간된 "민주주의는 죽었는가?"라는 텍스트의 제목은 이러한 상황이 단지 한국적인 상황만은 아니라는 점을 증명해주기도 한다.[2] 그러나 얼마 전부터 한국사회에 불기 시작한 이 '민주화' 혐오증, 극우 보수 담론은 현재도 여전히 이념 논란이 끊이지 않고 일어나는 분단국가 대한민국의 특수한 인식적 단면을 반영해 주는 것임은 분명하다. 이 역시 최근 심화되고 있는 신자유주의적 욕망의 파노라마를 반영하고 있는 현상이고, 여기에 반공 이데올로기가 모순적으로 뒤엉켜 있

에서 사용되는 이 단어의 뜻을 제대로 파악하지 못한 채 사용했다고 변명했다. 물론 그들의 변명대로 단순 실수일 수도 있지만, 이 사건은 그냥 해프닝으로만 넘길 수 없는 문제이다. 이미 청소년들 사이에서는 일반화된 은어로 사용된다고 한다(이숙이, 「잘 알지도 못하면서」, 『시사IN Live』, 2013.5.27.(http:// media.daum.net/society/people/newsview?newsid=20130527020105124)).

2 "거대 자본의 정치 개입과 미디어 장악, 국가 '이성'을 대체해버린 신자유주의적 '합리성', 민의를 대표하기는커녕 사적인 이익 구축에 매진하는 정치권 등"과 오래된 경제 침체와 점차 우익화되어가고 있는 전 세계적 정치 편향은 민주주의라는 단어를 저마다 다르게 이해하지만, 민주주의가 죽거나 혹은 죽을 위기에 처했다고 강변했다고 한다(아감벤 외, 김상운·양창렬·홍철기 역, 『민주주의는 죽었는가?－새로운 논쟁을 위하여』, 난장, 2012, 11~12면).

는 것이다.

물론 민주주의라는 개념 자체가 본질적으로는 명확하게 정의내릴 수 있는 것은 아니라고 한다. 민주주의, 즉 데모크라시Democracy라는 말을 글자대로 풀면 '데모스demos(시민, 민중, 대중)의 힘'이다. 민주주의가 정체政體라면 그것은 데모스가 힘을 갖는 정체이다. 이러한 민주주의에는 확실히 다른 정체들에서는 볼 수 없는 원리상의 난점들이 있다. 민주주의에서 데모스는 통치자이자 피치자이다. 즉 민주주의는 통치자와 피지차, 자유와 복종, 주체와 객체가 한 존재에게 동시에 머무는 매우 역설적인 체계라는 것이다.[3] 그리고 이러한 체계 때문에 '대의제' 정치제도가 생긴 것이기도 하다. 우리가 민주주의의 정의로 익히 알고 있는 연설문의 한 구절 "Government of the people by the people for the people"[4]이 대의제의 수장인 미국대통령 링컨의 입에서 나온 것이라는 점은 바로 이러한 상황을 반영하는 것이기도 하다.

최근 민주주의 / 독재, 자본주의 / 사회주의라는 이원론적 개념하에서 논의를 진행시키기보다는 이 모두가 생명정치적 '통치성'의 발현일 뿐이라는 문제의식이 제기되고 있다. 그간 한국의 국가 권력이 내세운 통치이념인 민주주의가 사실은 독재 체제였다는 사실은 이러한 점을 수긍하게 한다. 소련과 동구권의 몰락은 사회주의 역시 영원한 유토피아를 추구하는 민주주의가 아니었다는 점을 보여준 것이다. 한국사회에서 늘 민주주의는 통치자는 통치자대로, 저항주체는 그 나름대로, 주체가 지향

3 고병권, 『민주주의란 무엇인가』, 그린비, 2011, 13면.

4 물론 이 언술도 링컨이 만들어 낸 것이 아니라 존 위클리프가 영어로 번역한 기독교 성서의 서문의 한 구절을 링컨이 인용한 것이다.

하는 바가 무엇이냐에 따라 각기 다른 기표로 사용되었다. 그야말로 "민주주의라는 말은 누구나, 그리고 모두가 자신의 꿈과 희망을 싣는 텅 빈 기표"[5]였던 것이다. 그럼에도 불구하고 문제는 통치 주체들은 이 기표를 끊임없이 고정시키려고 시도한다는 데 있다. 가장 자유로워야 할 논란의 기표를 단일한 어의로 고정시키거나, 혹은 알 수 없는 모호성으로 그 개념을 왜곡시키려는 시도가 바로 통치주체의 기본 속성이었다.

우리의 경우도 '민주주의'란 번역어의 개념을 구성했던 해방 이후부터 이러한 시도가 이루어지고 있었다. 해방 이후 '민주주의'란 언어는 가장 정치적인 번역어였다. 당대 발행된 신어 사전[6]에서 '민주주의(데모크라시)'란 항목은 빠지지 않은 핵심 항목이었다. "민주주의"는 식민지 시대와 해방 이후의 정치적 상황을 가장 극명하게 구별하는 단어로, "천황제" 국가와 "민주주의 국가"의 차이는 피식민인가 독립국인가를 구별해 주는 주요 거점 언어였다. "정치적 투쟁은 단어들을 전유하기 위한 투쟁"(자끄 랑시에르)이라는 잠언이 있듯,[7] 어떠한 정치적 지향점을 가지고 있든, 자주적 민족국가건설이라는 목적을 위해 주체들이 선취해야 할 것은 '민주주의'라는 정체였다.

오히려 당대 대표 매체인 『신천지』와 『민성』의 기사 제목에서는 사회주의, 공산주의란 키워드를 찾기 어려웠다. 검열상의 문제도 있었겠지만, 이들이 조선에서 벌어지는 이념 투쟁에서 승리하기 위해 선택한

5 고병권, 앞의 책, 13면.

6 해방 이후 신어사전은 새롭게 재편되는 세계상을 반영하는 거울이었다. 이러한 점에 대한 자세한 내용은 박용재, 「해방기 신어사전의 문화정치학」, 『상허학보』 37, 상허학회, 2013.2; 황호덕, 「해방기의 문학어와 개념어에 대한 몇 가지 단상」, 『한국현대소설에 나타난 서울』, 한국현대소설학회 발표자료집, 2012.11.3 참조.

7 아감벤 외, 김상운 · 양창렬 · 홍철기 역, 앞의 책, 134면 참조.

것이 '민주주의'란 개념어였다는 점은 의미심장한 것이다. 여기에는 당대가 사회주의 혁명 단계가 아니라 민주주의 혁명 단계라고 판단하고 인민민주주의혁명노선을 주장했던 남한 좌파들의 입장도 반영된 것이다. 계급혁명보다는 국가의 건설이 먼저라는 점을 인식하고 있었고, 이러한 지향점이 급진적 언어인 사회주의(공산주의)보다는 민주주의라는 좀 더 포괄적인 근대 정치 개념에 집중하게 하였다고 볼 수 있다. 전위시인 김상훈은 시에서 "밀가루와 감자로만 살아가도 / 구리쇠빛 시들줄 몰으는 해바라기처럼 / 타는 갈망이 정직한 한기빨을 노리는곳에 / 호수처럼 밀어와 담기는 벅찬 민주주의가 있다"[8]라면서 "민주주의"에 대한 절실한 갈망을 노래했다. 독립된 근대 국가 건설을 희망했던 당대 주체들에게 '민주주의'는 어떤 면에서든 최고의 혁명적 기표였던 것이다.

그랬기 때문에 이 단어를 전유하기 위한 각축전은 치열했다. 좌파는 인민민주주의, 진보적 민주주의, 중도파는 사회민주주의, 우파는 자유민주주의라는 수식어를 붙여가며, 자신들의 정치적 정당성을 증명하려 애썼다.[9] 이 외에도 좌파와 우파로 수렴할 수 없는 다양한 지향들이 공존했던 시기이다. 그랬기 때문에 시인 김수영은 이 시절을 "문단에도 해방 이후에 짧은 시간이기는 했지만 가장 자유로웠던, 좌·우의 구별 없던, 몽마르뜨 같은 분위기"[10]로 기억한다. 이 시기는 문인들에게도 "짧

8 김상훈, 「기폭(전평 세계노련가입축하대회에서)」, 『전위시인집』, 노농사, 1947.

9 민주주의라는 담론 자원이 다양한 함의를 내포한 권능의 기표로, 더 정확히 말하면, 정치 과잉의 대표 기표로 정치가 권력화되는 특정한 사회역사적 국면은 필연적으로 이 민주주의라는 담론 자원을 가용하고 활용하려는 정치 세력화와 집단화의 움직임을 생성하게 된다. 공임순에 의하면 이러한 시기는 해방기 토지개혁 시기였다(공임순, 「민주주의의 (先)정치적 담론 자원과 인민대중의 진정한 지도자상—'토지개혁'을 둘러싼 김일성과 이승만의 지도자 형상과 민주주의의 지역적 헤게모니화」, 『서강인문논총』 29, 서강대 인문과학연구소, 2010.12 참조).

은 순간이나마", 자신들의 이념을 실현할 수 있다고 꿈꿀 수 있었던 사상적 유토피아의 시대였던 것이다. '민주주의'는 이러한 시대에, 다양한 이념의 포괄적 대변체였다.

그러나 분단과 단독 정부 수립이라는 정치적 토대 아래, 이 다양한 지향점들을 단일화시키기 위한 권력의 통치 기술은 점차 교묘해지면서 강화되었다. 그 배후에는 각기 소련과 미국의 대한對韓 선전정책이 자리 잡고 있었고, 이들과 단독 정부 권력자들의 이념 전쟁, 번역의 정치에는 역시 '민주주의'라는 번역어가 최전방에 배치되었다.

2. '민주주의'란 번역어의 각축

남한에서 '민주주의'는 점령군으로 상륙한 하지 중장이 한반도에 뿌린 포고문에서부터 부각된다. 한 포고문에서 보인 "민주주의 국가"인 미국이라는 점령군의 언사는 그들의 통치가 이 단어를 기반으로 이루어질 것임을 암시하는 것이었다.[11] 각기 영어, 일본어, 조선어로 만들어져, 삐라 형식으로 배포된 이 포고문의 조선어 번역문에서 하지는 이 통치 체제가 "불행한 국민에게 자비심 깊은 민주국인 미국에서 실시하는 것"이

10 김수영, 「말리서사」, 『김수영 전집』 2(산문), 민음사, 2003.

11 미군이 상륙한 이후 9월 9일 이후 발표된 맥아더의 포고문 1~3호에는 민주주의란 단어가 전면에 배치되지는 않는다.

며, "이상 제시함을 충실히 지키면 귀국은 급속히 재건되고 동시에 민주주의 하에서 행복히 생활할 시기가 속히 도달될 것"[12]이라고 한다. 이 포고문은 맥아더의 포고문[13]과 함께 점령군 미국의 이념이 민주주의라는 점, 이를 지킬 때에만 피점령국인 조선의 안위와 재건이 보장될 것이라는 점은 분명히 한 것이다.[14]

이후 미군정은 여러 매체를 동원하여 점령국 민주주의를 널리 전파하려 했다. 미군은 자체적으로 팸플릿과 포스터 등 선전매체를 대량으로 제작하여 비행기로 살포하거나 각종 통로를 이용하여 배포한다. 이 외에도 미국식 민주주의는 『농민주보』, 『주간신보 digest』, 『조선화보』와 『새살림』 등 각종 출판물을 통해서도 선전된다.[15]

예를 들어 『농민주보』에서는 「민주주의의 기초」란 제목으로 「정부의 삼권분립이 행정, 입법, 사법」이라는 점을 박스기사로 홍보한다. 그리고 당시 행정, 입법, 사법부의 수장들을 소개[16]하고 "정부운영에 관한 우리들의 의사를 이분들에게 알려주자! 이것이 민주주의"라고 한다. 이는 민주주의에 관한 교과서적 기초 지식, 제도적 측면을 소개한 경우이다.

---

12 「하지 사령관 포고문—To the people of korean」, 김현식 · 정선태 편, 『삐라로 듣는 해방 직후의 목소리』, 소명출판, 2011, 26면.

13 맥아더 포고문 내용.

14 향후 하지 중장의 포고문은 발표될 때마다 일간지와 『농민주보』 등 미군정 발간 매체에 거의 조선어로 전문이 번역되어 실린다. 예를 들어, 「공동위원회를 협조 새조선건설에 노력하라—하지중장 특별 성명서」, 『농민주보』 20, 1946.5.4. 그러면서 이 포고문의 내용 역시 미국의 민주주의 이념을 조선에 안착시키는 데 기여하게 된다.

15 야전단위 부대에서는 포스터가 일반적으로 남한주민들에게 잘 받아들여지고 효과적인 접촉수단이라고 보고하였다고 한다(장영민, 「미군정기 미국의 대한선전정책」, 『한국근현대사 연구』 16, 한국근현대사학회, 2001, 126면 참조).

16 당시 민정장관 안재홍, 입법 위원장 김규식 박사, 대법원장 김용무를 소개한다(『농민주보』 1947.11.15).

그러나 한편, 이 선전 매체들이 전하는 '민주주의'란 개념은 어떤 체계성을 갖추고 제도나 이념으로 정의되기보다는 거의 '지고의 선善'이란 가치로 소개된다.

민주주의는 사회에서는 개인의 자유를 옹호하고, 인권을 존중하는 고로 인신매매 같은 행동은 용서할 수 없다 만약 이러한 행동을 범한다면 양편이 다 같이 스스로 자기의 인격을 훼상하는 것이다.[17]

민주주의라는 것은 단지 정치의 한 형태가 될 뿐만 아니라 그보다 훨씬 넓고 큰 뜻을 가진 어사(語辭)입니다. 전 세계의 민족은 종교 정치 경제 도덕에 있어서 민주주의 실천을 근본적으로 삼고 있습니다. 민주주의가 전인류의 목표이며 인류의 모든 문제를 해결할 수 있는 유일의 수단일 줄 압니다. 인간의 심령을 고취시키고 최대의 찬사를 드리고 이를 위하여는 희생도 아끼지 않는 민주주의란 무엇인가? 인간은 민주주의를 위하여 생활하고 이를 위하여 노력하고 있습니다. 민주주의는 개인에게 행동 표현의 자유와 자존심을 줌으로서 발달된 완전무결한 실천철학입니다.[18]

이처럼 민주주의는 제도적 측면을 넘어서는 도덕적 이념이자, 휴머니즘 그 자체인 철학체계로 승격된다. 민주주의만이 개인의 인격과 자유를 지켜줄 수 있다는 신념은, 현재까지도 통용되고 있는 반공이데올로기, 즉 공산주의는 반휴머니즘적 사상과 체계라는 척도를 연상하게 한

17 「민주주의의 행복-공창제도폐지령 실시」, 『농민주보』, 1947.11.15.
18 엠 헨슨, 「민주주의 강좌」, 『새살림』 2, 1947.3.10.

다. 이렇게 애매모호하면서도 전일적인 관념으로 민주주의가 전파된 것은 당시 미군정이, 점령활동이 초래한 사회적 불만과 그 속에서 나타난 정치사회적 불안정성으로 인해 체계적인 이념전파보다 원활한 점령정책의 실행을 목표로 했기 때문이다. 군정과 미국에 대한 우호적 여론 조성을 위한 선전에 더 큰 비중을 두고 있었다.[19]

그러나 적어도 단정 수립 이전, 이념의 선전전에서 승리한 것은 소련(좌파) 측이었다. 적어도 해방 직후에 민주주의는 대개 좌파들의 언어에 가까웠다.[20] 미국 측의 선전 정책이 소련보다 비교적 늦게 실시되었던 탓도 있지만, 무엇보다도 당대 여론이 갖고 있었던 반미 감정이 생각보다 뿌리 깊었던 탓도 있다.[21] 소련은 조소문화협회 등을 통해서 소련의 체제를 북한에 선전하는 데 힘썼으며, 소련 내 조선인들을 동원하여 좌파 원전을 조선어로 번역 소개하는 작업을 점령 이전부터 진행해 온

19 남한의 미군정 공보기구와 그 활동 등에 관한 주요연구를 소개하면 다음과 같다. 박수현, 「미군정 공보기구 조직의 변천」, 서울대 석사논문, 2010; 허은, 『미국의 헤게모니와 한국 민족주의－냉전시대(1945~1965) 문화적 경계의 구축과 균열의 동반』 중 1부, 고려대 민족문화연구소, 2008; 정다운, 「주한미군의 선전활동과 『농민주보』」, 서강대 석사논문, 2006; 장영민, 「미군정기 미국의 대한선전정책」, 한국근현대사학회, 『한국 근현대사 연구』 16, 2001; 이희수, 「미군정기 농민 정치교육 소사 공보부의 활동을 중심으로」, 한국교육학회 교육사연구회, 『한국교육사학』 19, 1997(이상 연구사 정리는 홍정완, 「일제하~해방후 한치진(韓稚振)의 학문체계 정립과 '민주주의'론」, 『역사문제연구』 24, 역사문제연구소, 2010.10, 159면 참조).

20 해방기 번역된 단행본과 기사 목록 중 '민주주의' 키워드를 찾으면, 적어도 제목에서는 좌파적 성향이 강했다. 특히 단행본의 경우 마르크스, 레닌, 스탈린, 모택동 원전이 많은 출간되었기 때문에, 적어도 미군정의 언론 통제 정책이 강화되는 47년경까지 '인민민주주의' 등 좌파적 개념의 민주주의에 대해 그리 적대감을 갖지 않았던 것으로 보인다(이에 대한 자세한 내용은 앞 장, 「해방기 지식장(場)의 재편과 '번역'의 정치학」 참조).

21 미국의 대한 선전정책에 대한 대표적 논의는 장영민, 「미군정기 미국의 대한선전정책」, 한국근현대사학회, 『한국 근현대사 연구』 16, 2001; 허은, 『미국의 헤게모니와 한국 민족주의－냉전시대(1945~1965) 문화적 경계의 구축과 균열의 동반』, 고려대 민족문화연구소, 2008 참조.

다.[22] 그리고 조선어로 번역된 좌파 원전은 남한에도 영향을 끼쳤다. 1946년 서울 노농사에서 나온 『스타린선집－민족문제』의 서문에서는 "스타린의 명저 『마르크스주의와 민족문제』를 공간하게 된 것을 흔쾌히 여기는 바이다. 본저는 모스크바 외국인노동자출판부 조선노동자정치대학 출판부의 국문판을 토대로 하고 有村俊雄 씨의 일역문을 참고로 하였다"는 구절이 나온다. 이는 소련에서 출간된 좌파 원전 조선어 번역본들이 남한 좌파 사상 번역의 토대가 되었음을 알려주는 것이다.

이 외에도 좌파 민주주의 담론은 『민성』, 『신천지』 등 당대 매체를 통해서도 번역된다. 민주주의 키워드의 텍스트를 살펴보면, 우선 마르크스, 레닌, 스탈린과 모택동이 필자인 경우가 눈에 띈다.[23] 『민성』의 경우

22 이태준은 『소련기행』에서 "모스크바에 위치한 외국출판부 전신인 「외국노동자출판부」은 15년 전에 창립되어 오늘까지 46개 국어로 6,700여 종의 책을 5,500만부나 발간한 세계적 출판기관이다. 이후 여기서 번역일을 하던 약소민족 사람들이 고국이 독립하자 모두가 가버렸다. 그래서 지금은 35개국부로 줄었다고 한다. 조선어역은 1938년까지 67종이 나왔으며 그 후는 조선 안에 들여보낼 재주가 없어 중지했던 것을 이번에 부활시켜 현재 스탈린 저 「조국전쟁」, 「당사」 등을 번역 중이며 의역에는 충분하다 믿으나 조선어문장에는 이곳에서 자신이 없으니 향후 북조선에 도움을 요청하면 협력을 바란다"고 말했다고 한다. '각국어'로 레닌과 스탈린 저서를 번역 출판하는 작업을 했는데, 조선인도 김동식 외 두 명이 있었다고 회고한다(이태준, 『소련기행』, 朝蘇文化協會 朝鮮文學家同盟, 1946, 230~231면 참조). 또한 이에 대한 자세한 내용은 임유경, 「조소문화협회의 출판,번역 및 소련방문 사업 연구－해방기 북조선의 문화,정치적 국가기획에 대한 문제제기적 검토」, 『대동문화연구』 66, 성균관대 대동문화연구원, 2009 참조.

23 레닌, 사회과학연구회 편, 『민주주의와 독재』, 사회과학연구회, 1946; 「민주주의란 미인(美人)이 아니다－소련부외상 뷔신스키 담(談)(타임지)」, 『민성』 2(12), 1946.12.1; 모택동, 「삼민주의와 신민주주의－중국공산당의 일반강령」, 『민성』 5(13), 1946.12.1; 스탈린, 「민주주의－선거에 대하여」, 『민성』 2(12) 1946.12.1; 존듀이, 최병칠 역, 『민주주의와 교육』, 연학사, 1947; 빈센트 비네, 오천석 역, 『아메리아 민주주의 성장사』, 국제문화공회, 1947; 맥밀런회사 편, 군정청문교부편집국 역, 『민주주의교육법』, 조선교학도서주식회사, 1946; 학술연구회 역편, 『카니포 사회주의적 민주주의의 승리』, 선문사, 1947; 루이스 스트롱, 김태 역, 『쏘동맹민주주의』, 노농사, 1947; 구산학인 역, 「민주주의 : 세계의 민주주의는 어떻게 움직이고 있는가－동구형, 서구형」, 『민성』 3(3), 1947.3.1; 모택동, 김용원 초역(抄譯), 「신생민주주의 경제와 중국」, 『신천지』 4(1), 1949.1.1; 로버트

「민주주의」란 코너를 만들어 연재를 하는데, 여기에 주로 스탈린과 모택동의 '민주주의' 개념이 논의된다.

우리 쏘비에트에는 자본가도 지주도 없고, 착취없는 본래의 인민의 자유를 꺾는 일이 존재하지 않는 까닭입니다. 그러므로 우리의 선거는 전 세계에서 유일한 참으로 자유인 민주주의적 선거입니다.[24]

결국, 인민의 권력이 아니라면은 데모크라시-란 무엇입니까? 레닌이 말한 것 같이, 우리나라의 노동자는 누구나 국가를 지도(指導)할 수 있으며 어떠한 요리인(料理人)도 통치할 수 있습니다. 소련에 있어서의 데모크라시는 사실상 수천만 인민이 정치에 참여하고 있다는 것입니다.[25]

스탈린과 뷔신스키가 전하는 민주주의 개념에서 가장 중요한 핵심은 인민의 평등과 이를 기반으로 한 인민의 권력이다. 대개의 좌파 사상이 그러하듯 여기서 민주주의 개념은 혁명을 지향점으로 한다. "행동상의 데모크라시"란 뷔신스키의 표현대로, 혁명을 지향하며 그 결과 인민의 평등한 세상을 꿈꾼다. 그 이후에 인민이 권력을 갖는 것이다. 뷔신스키는 자신들의 체제가 '데모스의 힘, 즉 데모스가 힘을 갖는 정체政體'라는 민주주의의 기본 조건에 충실하다는 점을 강조한다. 스탈린이 소련의

P. 마틴, 정수 역, 「중국해방지구 농촌의 민주주의」, 『신천지』 4(3), 1949.3.15, 앞 장 「해방기 지식장(場)의 재편과 '번역'의 정치학」 참조.

24 스탈린, 김용서(金龍瑞) 역, 「민주주의-선거에 대하여」, 『민성』 2(12), 1946.12.1.

25 「민주주의란 미인(美人)이 아니다-소련부외상 뷔신스키 담(談)(타임지)」, 『민성』 2(12), 1946.12.1.

선거가 민주적인 것은 바로 이미 인민들이 모두 평등해졌기 때문이라고 하는 자신감도 혁명 성공이 가져다 준 이념적 우월감이 꽤 오래가고 있었다는 점을 증명해 준다.

그리고 이러한 점은 당대 민주주의 선전전에서 소련이 우월한 위치를 점할 수 있었던 기본 토대이기도 하다. 『민성』에 실린 「사회상식강좌 (5) 미국 급及 소련의 정체의 비교」(2권 2호)에서는 두 나라는 모두 민주주의를 추구하지만, 전인민의 9할여가 독점하고 1할 미만이 배제되는 프롤레타리아 민주주의가 원칙적으로는 평등하며, 겉으로는 평등하다고 하지만 실제로는 경제력에 의해서 모든 것이 좌우되는 부르주아 민주주의 중 어떤 것이 데모크라시의 이념에 가깝다고 할 수 있느냐고 반문한다. 이 글의 필자는 프롤레타리아 독재를 옹호하고 있었던 것이다. 물론 소련식 민주주의 이념의 우위성은 1946년 일찌감치 시행된 38선 이북의 토지개혁이 일으킨 이른바 '북풍 효과'와도 연관이 있다.[26]

이렇게 좌파와 우파의 민주주의 정의를 살펴보니 이들의 인식이 매우 관념적인 수준에서 머물고 있었다는 점을 알 수 있다. 다만 제도적인 측면을 강조하거나 휴머니즘 차원에서 민주주의를 관념화시키는 미국식

26 공임순에 의하면 이 토지개혁은 이 두 개의 민주주의의 본질을 적나라하게 보여준 사건이다. 토지개혁을 통해서 두 주체들은 '민주주의'란 개념을 전면에 배치하면서 자기 체제의 우월성을 입증하려고 했다고 한다. 특히 이를 성공시킨 북한은 아래로부터의 토지개혁은 아래로부터의 인민의 일반의지(총화)와 위로부터의 하방(下方)적 기획이 어우러져 38선 이북을 이상적인 민주주의의 거점으로 만듦은 물론 38선 이북과 그 지도자인 김일성이 동시대적인 민주주의의 첨병이 되고 있음을 재확인하는 이데올로기적 효력을 발휘했다고 한다. 미군정의 법령 제 174호에 의해 구체화된 토지개혁은 인민대중의 일반이익(의지)을 앞세웠던 38선 이북의 토지개혁에 담긴 민주주의적 함의들을 부정하지 않으면서 이를 "자유국가의 자유지주"라는 사적 소유권의 맥락에서 재해석하는 민주주의의 전위와 재배치를 가져왔다고 한다(이에 대한 자세한 내용은 공임순, 앞의 글 참조).

민주주의에 비해 소련식 민주주의는 '인민주권'을 강조하며, 원론적인 차원으로 자신들의 민주주의 체제를 선전하고 있었고 이러한 점이 소련식(동구권) 민주주의에 대한 호감을 증가시켰다고 볼 수 있다.

모택동의 신민주주의에 관한 번역문에서는 '민주주의'가 무엇인지 개념 정리하기보다 서구식 민주주의도, 소련식 민주주의도 아닌 중국식 민주주의라는 점을 강조하는 데 힘쓴다. '로서아에서는 사람이 사람을 착취하는 제도를 폐지하고 최신식 민주주의 즉 사회주의 정치, 경제, 문화 제도를 실현하였다"고 인정하면서도 중국의 역사는 "완전하고 합리적이며 동시에 소련과는 다른 특수형태를 낳으려고 하는 있는 것"이라고 한다. 그리고 그것은 "민주계급연합적 신민주주의적 국가형태 및 정부형태"라고 자신의 신민주주의를 설명한다.[27] 그는 민주주의를 민주계급연합 즉 '인민'이 통치하는 국가형태 및 정부형태라고 바라보고 있었다.

1949년 중국 혁명이 성공하기 이전, 반공주의적 태도가 아닌 긍정적인 관점에서 모택동의 신민주주 이념이 소개되는 것 역시 당대 민주주의에 대한 관심이 매우 다양하게 열려있었다는 점을 증명해 주는 것이다. 모택동에 대한 당대 사회의 관심은 사노 마나부佐野 學의 「모택동의 신민주주의」가 같은 매체에 또 한번 번역되고(12호), 모택동의 저서가 소련 사회주의 원전 못지 않게 인기리에 단행본으로 번역출판된 점이 알려 준다.[28] 특히 중국의 민주주의가 소련식이나 미국식이 아닌 중국식

27 모택동, 「삼민주의와 신민주주의—중국공산당의 일반강령」, 『민성』, 2(13). 1946.12.1.
28 모택동, 편집부 역, 『모택동, 주덕 선집』 1·2, 신인사, 1946; 모택동, 김일출 역, 『신민주주의』, 신문화연구소, 1946; 모택동, 스탈린학회 역, 『연합정부론』, 사회과학총서간행회, 1946; 모택동, 신여동 역, 『연합정부론』, 조선좌익서적출판협의회, 1946.

의 특수한 것이라는 점은 미국식과 소련식을 벗어나 주체적 민주주의 형태를 모색했던 당대 주체들에게 매우 흥미로운 사실로 받아들여졌을 것이다.

"우리는 미국식 민주주의나 소련식 민주주의의 어느 하나라도 그대로 직수입하기를 원하는 자가 아니라 우리끼리 한나라를 세우고 우리끼리 경영할 포부로서 새로운 조선적 이념을 창조하려는 자라고 선명宣明" 했던 오기영의 유명한 발언은 당대 지식인들이 그야말로 직수입된 미국식 민주주의와 소련식 민주주의가 아닌, 주체적으로 "번역"한 한국식 민주주의를 추구했다는 점을 알려준다.[29] 혹은 '한국식'도 아닌 전 세계 인민들이 함께 연대하여 향유하는 민주주의 보편의 이념을 추구하기도 했다.

이러한 열망을 반영하듯, 안재홍, 조소앙, 백남운, 배성룡 등 소위 중간파로 분류되는 논자들은 좌파와 우파 민주주의가 아닌 이 둘의 장점을 통합한 새로운 민주주의론을 선보이기도 했다. 신민주주의자들은 대체로 '인민이 정치의 주체로서 인민의 복리를 위하여 인민의 의사와 요구를 수행하는 의회민주주의에 바탕을 둔 정치'를 지향했다.

하지만 경제 체제에 대한 생각은 달랐다. 백남운은 계획경제의 원칙 아래 필요에 따라 자본가를 보호 육성할 수는 있다고 보았지만, 토지개혁에 있어서는 무상몰수, 무상분배라는 사회주의 노선을 고수했다. 배성룡은 사회주의적 평등 체제의 기반 위에 자본주의적 경영 원리를 포용하는 혼합경제체제를 지향했다. 안재홍은 중요산업 국유화에는 지지

29 오기영, 「미 · 소 점령군의 점령 정책을 비판하며」, 1946.10(허은, 앞의 책, 45면에서 재인용).

를 보냈으나, 토지개혁에서는 유상매수, 무상분배라는 절충형을 주장했다.[30] 이러한 점 역시 당대 민주주의론의 스펙트럼이 매우 넓은 것이었다는 점을 보여주는 것이다. 그러다가 남한에서 민주주의론은 점차 그 다양성을 상실해 간다.

이후에 1948년 1월부터 정부수립 전까지 미군정청 공보부 여론국은 이 조직 정치교육과의 고문이었던 한치진[31]을 주간으로 하여 기관지이자 학술지인 『민주조선民主朝鮮』을 발행한다. 이는 민주주의 담론을 교육매체화 시키고자 했던 시도였다. 1948년 정부수립기에 발행된 것을 보면 미군정이 단정 수립 이전에 체계적인 민주주의 담론 계몽의 필요성을 인식했다는 것을 알 수 있다. 한치진의 창간사를 보면 이러한 점이 잘 드러난다.

> 본지는 문화를 배우는 매개자로 탄생한다. 배우는 일은 계급도 없고 상하의 차가 없다. 만인이 다 배워야 하고 배울 수 있다. 여기서 민주주의의 실현은 가능하다. (…중략…) 이는 오직 민주조선의 영원한 번영을 목표하고 합리한 진리를 동포에게 전하여 우리의 살림을 한층 위로 올려놓으려는 것이 우리 동인(同人)의 목적이다"[32]

30 김정인, 「개념으로 읽는 한국 근현대(6)－'민주주의' : 해방기 분열 혹은 통합의 아이콘」, 『인터넷 경향신문』, 2013.5.3(http://news.khan.co.kr / kh_news / khan_art_view.html?artid=201305032115505&code=960100).

31 한치진은 평안남도 용강 출신으로, 16세 때 중국으로 건너가 난징(南京) 진링대학(金陵大學)부속 중학교를 졸업하고, 1921년 도미하여 남캘리포니아대학에서 철학박사학위를 취득한 미국통이다. 1946년부터 그는 미군정 라디오 방송프로그램 "민주주의 강좌"의 원고를 담당했으며 후에 이를 증보하여 총 4권의 『민주주의원론』을 출간하였다(이에 대한 자세한 내용은 홍정완, 앞의 글 참고).

32 한치진, 「배우자」, 『민주조선』 창간호, 1948.1.1.

이 글에서 한치진은 민주주의만이 조선을 번영시킬 수 있는 합리적 진리라는 점을 강조한다. 이 『민주조선』에 실린 담론은 한치진과 피셔, 클리랜드, 이철원 등 기독교와 프래그머티즘적 지향이 강한 미국식 자유주의 지식인의 입장대로, 서구식 민주주의, 자유주의적 입헌주의 입장과 "생활 양식으로서의 민주주의"라는 듀이적 관점의 민주주의를 논한다.[33] 단정 수립을 전후해서 대한민국 정부와 미군정은 대대적으로 미국식 민주주의를 선전하기 시작한 것이다.

그리고 앞서 설명한 대로 1948년 이전 남한의 민주주의에 대한 선전 정책에서는 대체로 소련 체제, 공산주의 이념과 견주어 우월성을 강조하는 방법은 사용하지 않았다. 그런데 1948년 1월에 발간된 『민주조선』의 창간호에 실린, "세계 자본주의 사회에서는 사회주의를 도깨비라고 평하였지마는 민주주의는 도깨비도 아니요 이는 현세계에 뿌리를 박힌 현실적 세력이다"라는 공보부장 이철원의 창간사는 이제는 반공 이데올로기를 기반한 민주주의 이념론이 선전되기 시작할 것이라는 점을 예언하는 것이다.

지금까지 민주주의 담론이 원론적인 수준에서 어떠한 내용으로 번역되었는가를 살폈다. 좌파든 우파든 민주주의는 원론적인 수준에서 번역, 수용되었던 것으로 보인다. 그러면 이제는 이러한 원론적인 논제가 어떠한 방식으로 당대 주체들에게 체화되었는가를 살펴보아야 할 것이다. 이는 민주주의를 둘러싼 계열어가 어떠한 방식으로 사용되었는가를 세밀하게 살펴보면 가능할 것이다.

33 이에 대한 자세한 내용은 홍정완, 앞의 글, 185~200면 참조.

3. 누가 '민주주의'를 실현하는가?

—'인민'과 '시민', '민중', '국민'

근대민주주의, 더 나아가 근대정치 일반은 '주권'과 '인민(주체)', '그리고 '대표(대의표상)'의 삼각형 구도를 취하고 있다.[34] 이는 민주주의의 정의에서 가장 중요한 초점인 누가 주권을 실현하는가와 관련된 문제일 것이다. 이러한 논점 하에서 '인민민주주의', 혹은 '자유민주주의'라는 개념의 내포적 의미가 형상화될 수 있고, 소비에트나 중국의 인민 민주주의와 서구식 의회 민주주의라는 정치 형태가 만들어질 수 있다. 대의제는 인민 모두가 직접 주권을 행사할 수 없기 때문에 만들어진 제도이다.[35] 그렇다면 해방기 다양한 민주주의 담론은 어떠한 주체를 통해서 실현하려고 하였는가, 주체는 어떻게 번역되었는가는 매우 중요한 문제가 아닐 수 없는 것이다.

우리의 경우 해방 직후에는 민주주의를 정의하는 가장 보편적인 언사인 "Government of the people by the people for the people"에서 "people"은 주로 '인민'이었다가, 단정 수립 이후에는 '국민'으로 번역된다. 이 상황은 주권자의 번역이 얼마나 중요한 정치적 작업인가를 증명해 준다.

34 고병권, 「민주주의는 국민주권을 의미하는가」, 앞의 책, 47면.

35 통치자로서의 인민(국민, 시민)과 피치자로서의 인민(국민, 시민)을 매개하는 원리가 필요한데 그것이 대의제라는 것이다. 인민의 직접 통치를 간접적 형태로나마 가능케 하는 것이다. 위의 책, 45면.

박치우도 「민주주의의 철학적 해명」[36]에서 "신생조선은 민주주의 조선이 아니면 아니된다는 것은 지금은 한 개의 상식으로 되어 있는 모양"이라고 하면서도, "덮어놓고 따라간다는 것은 위태로운 일"이라고 하며 "인민의 인민에 의한 인민을 위한 그러한 국가가 민주주의국가라면 이 경우의 '인민'은 누구여야 될 것인가를 위선 밝힐 필요가 절실히 있는 것"이라면서 "'인민'의 내포와 외연의 문제"가 중요하다고 한 바 있다.

해방기 주권의 담지자로 번역된 자 중 빈도수 면에서 가장 압도적인 우위로 출현하는 것은 '인민'이다. 대개 '인민'은 좌파의 용어로 간주되지만, 그간 연구사에서 밝혀진 대로, 이미 전근대 시기부터 사용되었던, 이념을 초월한 개념이다.[37] '인민'은 가장 보편적으로 소통되는 'people'의 번역어이다. 통상 '인민'으로 번역되는 영어의 'people'은 정치적 상황과 입장에 따라, 인민 외에도 민중, 시민, 국민, 평민, 대중 등으로 번역될 수 있다. 근대 국민국가 이후에는 세계사적으로 인민이 사회나 국가를 구성하는 피지배자 전체를 가리키는 말이 된다.[38] 우리의 경우도 해방 직후에는 마찬가지의 뜻으로 '인민'이 사용되었다. 해방 직후 어떠한 종파든 아우르는 국가(건설 준비) 조직의 명칭이 '인민위원회'였던 것은 이러한 점을 반영하는 것이다. 당대에는 우파로 분류되었던 『조선일보』, 『동아일보』에 번역되어 실린, 하지 준장의 포고문에서도 1948년까지 조선인이 대개 '조선인민'으로 번역되는 것은 이러한 점을 증명하는 것이다. 그리고 『민주조선』에서도 한치진 역시 링컨의 잠언에서 "people"

36 『학술』 1, 1946.8.

37 조선시대에 인민은 집합적인 사회구성원 일반으로 인식되었던 개념이다. 박명규, 『국민, 인민, 시민－개념사로 본 한국의 정치주체』, 소화, 2009 참조.

38 이상 인민이란 번역어의 사적 변이에 대해서는 위의 책, 3장 「인민의 개념」 참조.

을 '인민'으로 번역한다.

그러나 좌파들의 경우는 '인민'을 이러한 포괄적 의미가 아닌 다소 제한된 의미로 사용한다. 임화, 박헌영 등 좌파 이론가들은 '인민'을 노동자나 농민, 기타 중간층이나 지식계급 등을 포섭하는 의미로, 피착취 사회계급이라는 사회계급적인 요소가 보다 더 많이 내포된 개념으로 본다.[39] 이들은 인민을 일부 친일파와 매판자본가를 제외한 광범위한 통일전선적 주체로서 호명하여 이들을 혁명의 주체로, 나아가 혁명 이후 민주주의 주권자로 세운 것이다.

그렇다면 '민중', '시민' 등의 번역어들은 어떠한 개념이었을까. 임화는 '인민'과 비교하여 '민중'을 더 포괄적인 개념으로 보고, '대중'이라는 말과 같이 주로 피치자를 가리킨다고 한다. 좌파 이론가인 박치우는 '시민'을 '인민'과 비교하여 정의한다. '시민'을 '인민의 이름으로 봉건특권계급의 손아귀로부터 모든 권력을 빼앗아 잡은 시민혁명의 주체 부르주아 계급을 통칭하는 용어로 본다. 이를 볼 때 박치우에게 '인민'은 시민보다 더 포괄적인 개념으로 진보적인(혁명적인) 집단이라는 의미가 내재되어 있다고 볼 수 있다. 그리고 특별히 '인민'을 근로대중이라고 호명한다. 박치우의 개념은 임화보다 더 프롤레타리아트에 가까운 개념이었다. 이는 계급적인 관점을 견지하려는 자세는 같지만, 좌파 내부에서도 그 내용에는 미세한 차이점이 있었다는 점을 보여주는 것이다.

한편, 좌파들에게 '민중' 개념은 좀 더 포괄적인 의미로 피치자被治者라는 개념으로 사용되는데, 우파들의 경우도 이와 그리 크게 다르지 않았

39 임화, 「문학의 인민적 기초」, 『중앙신문』, 1945.12.12; 박치우, 앞의 글.

다. 앞서 소개한 미군정 공보부 여론국 기관지인 『민주조선』의 창간호에서도 '민중' 개념이 등장하기 때문이다. 이철원의 글 「창간에 제하여」에서는 민주주의가 "민중세력의 표현이요, 어디서든지 민중을 떠나서는 아무런 힘도 없게 되었다"[40]고 서술한다. 여기서 '민중'은 "people"의 서구적 의미의 번역어로 사용된 것이다.

이처럼 적어도 단독정부 수립 전까지 해방기에서 주권자 "people"은 주로 '인민'으로 번역되었으며 때론 '민중'으로 번역되기도 했다. 특히 '인민'이 국가건설의 주체, 주권자로서 가장 선명하게 대두되었다는 점은 좌파들의 시보다 오히려 진보적인 성향의 모더니스트 시인들의 시에서 이 개념이 더 선명하게 등장한다는 점이 증명해 준다. 해방기에 발간된 대표적 좌파 시집 『전위시인집』(조선문학가동맹, 노농사, 1947)에서 '인민'이란 키워드는 유진오의 시 「공청원」에서 "인민을 위해서는 / 언제나 충실한 개아미처럼 / 죽엄도 돌볼 겨를없이 / 일하기를 좋아한다"는 구절이나 박산운의 「거울같이아는 일을」 정도에서 나올 뿐이다. 대신 인민 안에 포섭되는 주체들, 소년, 노동자, 농민의 형상이 등장한다. 이러한 점은 이들이 '인민'이라는 총체적인 이미지보다 프롤레타리아적 이미지를 더 강조하고 싶어했다는 점을 보여주는 것이다. 그러나 좌파라고 보기 어려웠던 김기림의 시에서 '인민'이란 단어가 등장한 것은

40 민중을 설명하는 구절을 전하면 다음과 같다. "세계 자본주의 사회에서는 사회주의를 도깨비라고 평하였지마는 민주주의는 도깨비도 아니요 이는 현세계에 뿌리를 박힌 현실적 세력이다. 이는 민중세력의 표현이요 어디서든지 민중을 떠나서는 아무런 힘도 없게 되었다. 민중이 자기네의 복리를 위하여 자기네의 일이 아니면 믿을 것이 없다. 이 민중세력은 자주(自主)하려는 것이 그 본의요 이용될 것이 아니다. 민중세력은 주어지는 것이 아니라 자라나는 힘이다. 어떻게 자주적 민중의 세력이 자라나는가? 그것은 자기반성으로만 가능하다. 본지 발간의 목적은 자기반성의 묘법을 대중에게 알리고자 하는데 있다." (이철원, 「창간에 제하여」, 『민주조선』 창간호, 1948.1)

'인민'이 프롤레타리아적 의미보다는 진취적인 국가건설의 주체, 주권자라는 포괄적인 의미로 사용되었기 때문이다. 그리고 그것은 어떤 의미에서는 가장 긍정적인 형상이기도 했다. 1948년에 발간된 당대 최고의 모더니스트 김기림의 시집 『새나라』에 실린 시 「바람에 불리는 수천 기빨은」, 「인민공장에 부치는 노래」에서는 '인민'의 형상이 매우 선명하게 드러난다.

바람에 불리는 수천 기빨은
蒼空에 쓰는 人民의 가지가지 呼訴라

소리소리 웨치는 노래와 환호는
구름에 사모치는 백성들의 홰ㅅ불
한울한울 울리는 八月의 홰ㅅ불

'아스팔트' 흔들며 밀려서 오는
발자욱의 조수는
어둔밤 설레는 파도소리냐 아니
닥아오는 새날의 발울림이냐

— 「바람에 불리는 수천 기빨은」 전문

이 시에서 "인민"은 "횃불을 들고 닥아오는 새날의 발울림"을 만드는 주체, 주권자, 데모스의 형상 그 자체이다. 국가 건설이라는 지향점을 향해 가는 폭발적 에너지를 가지고 있는 군중으로서의 형상은, 우리가

'민주주의'하면 떠오를 때 느끼는 환희의 순간, 가장 긍정적인 열정을 간직한 주권자의 형상인 것이다. 좌파의 시에서 인민은 고통받고 싸워야 하는 프롤레타리아로 형상화되어 있었기 때문에 오히려 이러한 긍정적 에너지를 느끼기 어려웠다. 이 시에서 표현된 인민의 형상은 소련식 민주주의, 미국식 민주주의라는 이론적 잣대가 힘을 잃게 만든다. 민주주의라는 개념이 간직한 본질적 의미, 어쩌면 무정형인, '데모스의 힘' 그 자체라고 할 수 있다. 모더니스트 김기림이 꿈꾸었던 민주주의 공화국에의 꿈[41]은 익히 알려진 사실이다. 모더니스트가 꿈꾸었던 공화국은 가장 고전적으로 본질에 충실한 민주주의 국가였을 것이다.

이러한 성과는 김기림의 '민주주의' 인식이 단지 관념이 아닌 체화된 세계관이었다는 데서 나온 것이다. 「슬픈 폭군」(『민성』, 1948.4)에서 김기림은 아이들에게 폭군이 아닌 '벗'이 되겠다고 다짐한다. '낡은 세대는 닥쳐올 새 세대의 자못 겸손한 종이 될 밖에 없다'면서 이것이 우리 집의 「데모크라시」의 정신적 기초라고 한다. 국가가 즐겁게 길러가야 할 새로운 세대에 대한 존중의 태도이기도 했다. 이는 그에게 새로 건설될 국가의 이념이 데모크라시여야 하며, 이를 실생활에서부터 실천해야 한다는 신념을 실천하기 위한 것이다. 권위적이지 않은 평등하고 서로를 존중하는 가정은 그가 바라는 민주주의 국가의 기본 형상이었다.

오히려 김기림의 시에서, '시민'의 형상은 해방기가 아니라 식민지 시대에 드러난다. 시집 「기상도」 연작(1936.7~1948.9)에서 두 번째를 채우고 있는 「시민행렬」에서 '시민'은 그리 긍정적인 형상이 아니었다.[42]

41 해방기 김기림의 꿈에 대해서는 박연희, 「해방기 '중간자' 문학의 이념과 표상」, 『상허학보』 26, 상허학회, 2009 참조.

오히려 세계 문명의 병폐에 시달리는 주체들이다. 세계문명의 희노애락을 표현하고 있는 이 연작시 「기상도」의 목적에 걸맞게 이 시에서는 '니그로', '동양의 아내', '배추장사' 등 전 세계의 '시민'이 동시대적으로 숨쉬고 있다. 이 시를 통해 시인은 1930년대 '독재자, 파시스트, 그리고 인종차별론자들'이 지배하는 세계를 풍자하고 있다. 1930년대 중반, 서구 문명이 가져온 위기를 표현하기 위해 이 위기의 시대에 살아가는 시민의 모습을 식민지 조선이라는 국경을 뛰어넘어 세계사적인 조망 아래 나열한 것이다. 여기서 '시민'은 긍정적인 에너지를 내뿜는 의식있는 혁명적 주체로서의 '시민citizen'의 개념이 아니라, 그저 함께 고통받고 있는 '피치자'의 의미에 가깝다. 연민은 있되, 연대의식에는 가닿지 않는 형상인 것이다. 이는 식민지 시대를 거치면서 번역된 '시민'이란 주체성이 그리 긍정적이지 않았다는 점을 보여주는 것이다.[43] 미영 연합군을

42 시 「시민행렬」의 전문은 다음과 같다. "넥타이를 한 흰 식인종은 / 니그로의 요리가 칠면조보다도 좋답니다 / 살결을 희게 하는 검은 고기의 위력 / 의사 콜베—르 씨의 처방입니다 / 헬맷를 쓴 피서객들은 / 난잡한 전쟁 경기에 열중했습니다 / 슬픈 독창가인 심판의 호각소리 / 너무 흥분하였으므로 / 내복만 입은 파씨스트 / 그러나 이태리에서는 / 설사제는 일체 금물이랍니다 / 필경 양복 입는 법을 배워낸 송미령(宋美齡) 여사 / 아메리카에서는 / 여자들은 모두 해수욕을 갔으므로 / 빈집에서는 망향가를 부르는 니그로와 / 생쥐가 둘도 없는 동무가 되었습니다. / 파리의 남편들은 차라리 오늘도 자살의 위생에 대하여 생각하여야 하고 / 옆집의 수만이는 석달 만에야 / 아침부터 지배인 영감의 자동차를 부르는 지리한 직업에 취직하였고 / 독재자는 책상을 때리며 오직 / '단연히 단연히' 한 개의 부사만 발음하면 그만입니다. / 동양의 아내들은 사철을 불만이니까 / 배추장사가 그들의 군소리를 담아 가져오기를 / 어떻게 기다리는지 모릅니다 / 공원은 수상 막도날드 씨가 세계에 자랑하는 / 여전히 실업자를 위한 국가적 시설이 되었습니다. / 교도(敎徒)들은 언제든지 치울 수 있도록 / 가장 간편한 곳에 성경을 얹어 두었습니다 / 기도는 죄를 지을 수 있는 구실이 되었습니다 / '감사합니다' / '아—멘' / '감사합니다 마님 한 푼만 적선하세요 / 내 얼굴이 요렇게 이즈러진 것도 / 내 팔이 이렇게 부러진 것도 / 마님과니 말이지 내 어머니의 죄는 아니랍니다' / '쉿! 무명전사의 기념제 행렬(記念祭行列)이다' / 뚜걱 뚜걱 뚜걱……"

43 식민지 시대 시민의 형상이 그리 긍정적인 것이 아니었다는 점은 박명규의 연구에서도

주적으로 삼고, 서구적 근대화를 비판적으로 구성했던 일본 제국주의 하 식민지 시대 서구 담론의 분위기에서는 '시민'이란 형상이 그리 긍정적일 수만은 없었을 것이다.

이러한 의미는 해방기에도 그리 달라지지 않는다. 당대 신문에 쓰인 '시민'의 용례를 살펴보면, 이 개념은 정치적인 것이 아니었다. 그래서 김기림은 해방 직후 진보적 열정에 들떠있을 때에는 '인민'이란 주체를 호명한 것이다.

당대 중도적 성향의 신문인 『경향신문』이 1946년 대구인민항쟁을 보도하는 기사에서는 "대구에서는 10월 1일 파업노동자 학생 일반시민 등 약 1만여 명이 대구 경찰서 지서를 습격"했다는 구절이 나온다.[44] 여기서 시민은 파업노동자(프롤레타리아), 학생(지식인)이 아닌 그저 일반인이었다. 좌파들에게도 '시민'은 긍정적인 개념만은 아니었던 것이다. 마르크스가 '시민'을 부르조아적 속성을 강조해 비판적으로 바라보았던 것처럼[45] 박치우도 역시 계급적 관점에서 '시민'의 위치를 한정하고 그리 긍정적인 형상으로만 보지 않았다.

한편 김기림이 긍정적으로 바라보았던 '인민'의 긍정적인 정치적 형상은 후배 모더니스트 박인환의 시로 이어진다. 이 시기를 "가장 자유로웠던, 좌·우의 구별 없던, 몽마르뜨 같은 분위기"로 기억하던 김수영과 박인환은 같은 시절을 향유했던 모더니스트였다. 좌파적 성향이 강했지만, 이들은 해방 공간에서는 좌우파 민주주의가 아닌 전 세계의 민주주

이미 서술된 바 있다(박명규, 『국민, 인민, 시민』, 소화, 2009 참조).

44 「남조선 각지의 폭동미진. 치안유지에 노력중, 대구에는 아직도 계엄령 실시」, 『경향신문』, 1946.10.6.

45 박명규, 앞의 책, 204면.

의를 꿈꾸었다. 그것은 국경을 넘어선, 전 세계 인민과의 연대 의식으로 표현된다.

동양의 오케스트라
가메란의 반주악이 들려온다
오 약소민족
우리와 같은 식민지의 인도네시아

삼백 년 동안 너의 자원은
구미 자본주의 국가에 빼앗기고
반면 비참한 희생을 받지 않으면
구라파의 반이나 되는 넓은 땅에서
살 수 없게 되었다
그러는 사이 가메란은 미칠 듯이 울었다

오란다의 58배나 되는 면적에
오란다인은 조금도 갖지 않은 슬픔에
밀시(密柹)처럼 지니고
육천칠십삼만인(六千七十三萬人) 중 한 사람도 빛나는 남십자성은
쳐다보지 못하며 살아왔다

수도 바다비아 상업항 스라바야 고원분지의 중심지
반돈의 시민이여

너희들의 습성이 용서하지 않는

남을 때리지 못하는 것은 회교서 온 것만이 아니라
동인도회사가 붕괴한 다음
오란다의 식민정책 밑에 모든 힘까지도 빼앗긴 것이다

사나이는 일할 곳이 없었다
그러므로 약한 여자들은 백인 아래 눈물 흘렸다
수많은 혼혈아는 살길을 잃어 애비를 찾았으나
스라바야를 떠나는 상선은
벌써 기적을 울렸다

오란다인은 폴투칼이나 스페인처럼
사원(寺院)을 만들지는 않았다
영국인처럼 은행도 세우지 않았다
土人은 저축심이 없을 뿐만 아니라
저축할 여유란 도무지 없었다
오란다인은 옛날처럼 도로를 닦고
아세아의 창고에서 임자 없는 사이
보물을 본국으로 끌고만 갔다.

주거와 의식은 최저도(最抵度)
노예적 지위는 더욱 심하고

옛과 같은 창조적 혈액은 완전히 부패하였으나
인도네시아 인민이여
생의 광영은 그놈들의 소유만이 아니다

마땅히 요구할 수 있는 인민의 해방
세워야 할 너희들의 나라
인도네시아 공화국은 성립하였다 그런데
연립 임시 정부란 또다시 박해다
지배권을 회복하려는 모략을 부숴라
이제는 식민지의 고아가 되면 못쓴다
전인민은 일치단결하여 스콜처럼 부서져라
국가방위와 인민전선을 위해 피를 뿌려라
삼백 년 동안 받아온 눈물겨운 박해의 반응으로
너의 조상이 남겨놓은 저 야자나무의 노래를 부르며
오란다군의 기관총 진지에 뛰어들어라

제국주의의 야만적 제재는
너희뿐만 아니라 우리의 모욕
힘 있는 대로 영웅 되어 싸워라
자유와 자기보존을 위해서만이 아니고
야욕과 폭압과 비민주적인 식민정책을 지구에서
부숴내기 위해
반항하는 인도네시아 인민이여

최후의 한 사람까지 싸워라

참혹한 옛날이 지나면
피 흘린 자바섬에는
붉은 칸나꽃이 피리니
죽음의 보람은 남해의 태양처럼
조선에 사는 우리에게도 빛이려니
해류가 부딪치는 모든 육지에선
거룩한 인도네시아 인민의 내일을 축복하리라

사랑하는 인도네시아 인민이여
고대 문화의 대유적 보로 로도울의 밤
평화를 울리는 종소리와 함께
가메란에 맞추어 스림피로
새로운 나라를 맞이하여라.

— 박인환, 「인도네시아 인민에게 주는 시」 전문

이 시에서 박인환은 아직도 독립을 하지 못하고 싸우고 있는 인도네시아 인민에게 연대의식을 느낀다. 인종과 국경을 넘은 인민들의 연대인식은 민주주의 공화국 건설을 위해 싸운다는 공통점에서 생성된 것이다. 그러나 이 시기 해방 공간에서는 이 시에서 형상화한 '인민' 개념이 점차 그 빛을 잃어가고 있었다.

박인환의 대표작임은 물론, 해방기 신세대 지식인들의 정치 성향을 가장 잘 드러낸다고 평가되는 이 시가 발표된 시기는 단정 수립 직전인 1948년 2월이었다(『신천지』 3권 2호, 1948.2). 이 점은 매우 의미심장해 보인다. 정우택의 연구에 의하면, 이 시는 발표하긴 훨씬 전인, 1947년 7월 26일에 씌여졌다고 한다. 이 날은 좌파들의 총궐기 인민대회날인 7월 27일을 선전하는 기사가 실렸던 날이기도 하고[46] 제국인 네델란드와 인도네시아 인민이 독립을 위해 결전을 벌인 날(1947.5)이다. 박인환은 이러한 상황에 대한 반응으로, 제3세계 인민들과의 연대를 꿈꾸며 정치적인 시를 썼던 것이다.

그러나 이 시는 1948년 2월에 실린다. 그때까지는 이 '인민'의 개념이 유용했던 것이다. 이상적인 '인민' 개념은 더 이상 남한에서 '인민' 개념이 본래적 의미로 사용불가능한 상황이 되는 1948년[47] 단정 수립 직전에 꽃을 피웠던 것이다.[48] 물론 이는 박인환 혼자만의 인식은 아니었다. 당대 인도네시아 등 제3세계 정세에 대한 관심은 이 지역에 대한 많은 번역 텍스트가 증명해 준다. 당대 주체들은 같은 약소국가의 정치적 동향에 예민하게 관심을 갖고 그들에 대한 연대 의식을 이렇게 표현

46 『조선중앙일보』는 인도네시아 인민항쟁에 대한 인민공화국의 건설과 이를 위한 인민들의 투쟁을 촉구하는 민전(民戰, 민주주의민족전선)의 담화문 「인민의 힘으로 共委를 수호하자」를 배치해 놓았다고 한다. 이에 대한 자세한 내용은 정우택, 「해방기 박인환 시의 정치적 아우라와 전향의 반향」, 『반교어문연구』 32, 반교어문학회, 2012, 308~309면 참조.

47 김성보의 논의에 의하면 대한민국 헌법 초안에는 유진오에 의해서 '인민' 개념이 사용되었다고 한다. '인민'의 반공이데올로기에 의하여 북측의 용어로 규정되어 대한민국 헌법에서 공식적으로 제거된 것은 헌법초안이 국회에서 논의되는 과정에서라고 한다(이에 대한 자세한 내용은 김성보, 「남북국가 수립기 인민과 국민 개념의 분화」, 『韓國史硏究』 144, 한국사연구회, 2009 중 4장 참조).

48 박인환이 생각한 시민의 형상에 대해서는 박연희, 「전후, 실존, 시민 표상—청년 모더니스트 박인환을 중심으로」, 『한국문학연구』 34, 동국대 한국문학연구소, 2008.6 참조.

한 것이다.[49]

그러나 이러한 상황은 금방 끝나버리고 만다. 정작 이 시가 실린 사화집 형식인 시집의 제목은 '인민'들의 합창이 아니라 『새로운 도시와 시민들의 합창』[50]이다.

> 나는 불모의 문명 자본과 사상의 불균정한 싸움 속에서 시민정신에 이반된 언어작용만의 어리석음을 깨달았었다.
>
> 자본의 군대가 진주한 시가지는 지금은 증오와 안개 낀 현실이 있을 뿐… 더욱 멀리 지난날 노래하였던 식민지의 애가이며 토속의 노래는 이러한 지구地區에 가라앉아간다.
>
> 그러니 영원의 일요일이 내 가슴속에 찾아든다. 그러할 때에는 사랑하던 사람과 시의 산책의 발을 옮겼던 교외의 원시림으로 간다. 풍토와 개성과 자유를 즐겼던 시의 원시림으로 간다.
>
> 아, 거기서 나를 괴롭히는 무수한 장미들의 뜨거운 온도.[51]

여기서 박인환이 내세운 '시민'은 불모의 자본주의 문명, 사상과의 불균정한 싸움을 하는 주체이다. 「인도네시아 인민에게 주는 시」의 경우는 '인민'의 주적이 민주 공화국의 건설을 막는 제국주의 통치자로 상정되는, 분명한 형상이라면 '시민'은 자본주의 문명으로 좀 더 포괄적인 주적을 갖고 있는 것이다. 그러나 '자본의 군대가 진주한 시가지는 지금

49 번역 목록과 내용은 앞 장 「해방기 지식장(場)의 재편과 '번역'의 정치학」 참조.

50 이 시집은 1949년 도시문화사에서 김경린・박인환・임호권・양병식 등과 함께 낸 5인 합동시집이다.

51 박인환, 「장미의 온도—서문」, 『새로운 도시와 시민들의 합창』, 도시문화사, 1949, 53면.

은 증오와 안개 낀 현실'이라고 말하는 장면에서는 미국의 형상이 제국주의 통치자의 형상으로 오버랩된다. 이는 앞 시의 주체인 '인민'이 증오한 주적과 흡사한 것이다. 이는 박인환에게 '인민' 개념이 '시민' 개념으로 이월되었다는 점을 보여 준다. 이는 그가 자유주의적 좌파 영국 시인 스티븐 스펜더의 시 「열차」를 번역하여 이 시집에 첫 번째로 실은 사실에서도 확인된다. 스펜더는 소련 영화 '시베리아 철도'에서 받은 감동을 표현하기 위해 이 시를 썼다고 한다. 당시 소련은 사회주의 혁명이 성공한 뒤로 새 시대의 기운이 충천할 때였다. 그리고 그 새로운 시대를 '시베리아 철도'가 상징한 것이었다.[52] 이러한 점을 볼 때에도 박인환이 표현한 "풍토와 개성과 자유를 즐겼던 시의 원시림"은 그가 추구했던 유토피아적 인민의 나라, 민주주의의 공간인 것이다. 물론 이 '시민' 개념에는 "개성과 자유"라는 서구적 시민 개념이 덧붙여져 있다. 향후 개인주의적 자유주의자로 변모하는 박인환의 인식적 태도를 암시하는 것이기도 하다.

이처럼 박인환은 당대에는 그 존재성을 인정받지 못했던 '시민'을 '인민' 개념을 이월하여 살려낸다. 물론 이러한 점은 '인민'이 '국민'으로 대체되려는 과도기적 순간이었기 때문에 가능했던 것이다.[53] 그럼에도 불구하고 이는 당대 사회로서는 매우 드문 성과이다. 왜냐하면 1949년에는 점차 '인민' 개념이 사장되고, '시민' 개념은 끼어들 틈도 없이 '국민nation' 개념이 등장하고 있기 때문이다. '시민' 개념이 민주적 사유로

52 스티븐 스펜더는 김기림과 김수영도 좋아한 시인이었다. 김기림은 민주주의에 대한 신념과 기대가 충만하던 1946년에 출간한 그의 저서 『시의 이해』에서 이 시를 소개한다. 범대순, 『눈이 내리면 산에 간다』, 한국문학도서관, 2002.12.10, 153면.

53 이에 대한 자세한 내용은 박연희, 앞의 글 참조.

주권을 행사하는 정치 주체의 개념으로 다시 등장한 것은 4·19혁명 이후이다.

정지용의 휘트먼 번역 텍스트는 이러한 상황을 반영하고 있다. 정지용은 해방 이후 민주주의 시인 휘트먼을 번역한다. 영문학도인 정지용은 1947년 3월부터 5월까지 『경향신문』에 휘트먼의 시를 번역하여 연재한다. 그리고 이 시들과 다른 번역시를 합쳐서 1949년에 동지사에서 발간한 『산문-부역시附譯詩』를 발간한다. 서문을 살펴보면 그가 왜 휘트먼의 시를 번역했는가를 알 수 있다.

> '휘트먼'시 몇 편을 내가 반드시 신이 나서 번역한 것이 아니라 당시의 '휘트먼'의 시적 심경을 8·15 이후에 나도 이해할 수 있어서 눈물겨운 사정으로 번역한 것이다. 1948.12.30. 지용.[54]

이 시를 살펴보면 그는 휘트먼의 시적 심경을 8·15 이후에 나도 이해할 수 있어서 번역할 수 있었다고 한다. 이 심경은 민주주의를 가로막는 적에 대한 분노가 절절하게 표현되어 있는 번역시들을 보면 알 수 있다. 그는 김기림처럼 역시 해방 직후에 조선문학가동맹에 가입하기는 하였지만, 두드러진 정치적 활동이나 발언을 한 적도 없다.[55] 그러나 그 역시 당대 정치적 상황에 둔감할 수만은 없었던 것이다. 그는 민주주의에 대한 당대의 열망을 시로 창작하는 대신 번역을 통해 표현하였다. 해방 이전에 정지용이 번역한 작가가 파격적 모더니스트 블레이크였던 점

54 정지용, 「머리에 몇 마디만」, 『산문-부역시』, 동지사, 1949.1.30 참조

55 최명표, 「해방기 정지용의 시와 행동」, 『영주어문연구』 17, 영주어문학회, 2009 참조.

을 감안하면 정지용은 당대 시대 상황에 대해 고민하다 자유주의적 민주주의자 휘트먼을 만난 것이라고 볼 수 있다. 그리고 여기서도 '인민'이라는 번역어가 등장한다.

나는 천성적 인민들이 흥기(興起)하기를 피로(披露)하노라
정의가 의기양양하기를 피로하노라.
양보할 수 없는 자유와 평등을 피로하노라
솔직의 긍정을 자존심의 정당화를 피로하노라.

— 「청춘과 노년」 1연(『경향신문』, 1947.3.27)

이 시에서는 정의, 자유와 평등이라는 서구 민주주의의 주요 개념이 등장한다. 그리고 인민은 이를 지키기 위해 일어서 싸운다. 정지용에게 인민은 좌파적인 개념이라기보다는 '피치자'로서의 의미이다. 이는 서구적 민주주의를 추구하는 자유로운 주체, '시민' 개념에 가깝다. 이러한 형상은 다음 번역시에서도 등장한다.

가자! 노력과 투쟁을 통하여!
지향된 목적이 취소될 수 있느냐.

지난달의 노력은 성공된 것이냐?
무엇이 성공한것이냐? 너 자신이?
너의 국민이? 자연이?
이제 나를 잘 이해하여 달라— 무릇 성공의 주효(奏效)로부터 그것이 무

엇이던지간에 보다 더 큰 분투를 필요로하는 다른 어떤 사태가 발생된다는 것은 사물의 본질에 갖추어진 것이다.

내가 부르짖음은 투쟁의 부르짖음이다. 나는 능동적 항쟁을 격려한다. 나와 칼 그사람은 십분 무장하고 가야만 한다.

나와 함께 가는 그 사람은 식량과 빈곤과 노발한 적과 내버림을 가끔 당하며 간다.

—「목적과 투쟁」 일부

여기서 시적 주체는 '식량과 빈곤과 노발한 적과 내버림'을 가끔 당하더라도 앞으로 전진하는 자이다. 능동적인 행동인의 형상인 것이다. 그런데 여기서는 '인민'과 '시민'이 아닌, '국민'이 등장한다. 물론 이 '국민'의 형상이 전체 시적 맥락 내부에서 애매하게 배치되어 시적 주체와 같은 태도를 갖고 있는 인물로 단정해서 볼 수만은 없다. 그러나 여기서 국민은 시적 주체의 행동을 이해해야 할 대상이다.

그러나 이 시에서의 주체는 각성하고 투쟁하는 존재인데, 인민이 아닌 '국민'으로 호명된다. 한 시집 안에서 같은 형상인데도 ('시민'의 개념에 가까운) 그것이 각기 '인민'과 '국민'으로 다르게 번역되었던 것이다. 이러한 점은 번역 시기의 정치적 상황 때문에 발생한 것으로 보인다. 「청춘과 노년」은 경향신문에 1947년 번역 연재되었던 텍스트이고, 「목적과 투쟁」은 이후 산문집을 발행할 때 실린 것으로 추측할 수 있다.[56]

56 자세한 내용은 김효중, 「정지용의 휘트먼 시 번역에 관한 고찰」, 『한민족어문학』 21, 한민족어문학회, 1992.6, 1~2면 참조.

정지용은 번역 시기에 따라 민주주의의 주권자를 다르게 번역할 수밖에 없었던 것이다. 이처럼 1949년은 인민과 시민, 국민이란 번역어가 혼동되어 쓰이면서 각축을 벌이던 과도기적 시기였다.

그러나 이후에는 '국민' 개념이 우월한 위치를 차지한다. 단정 수립 이후 번역된 이 국민 개념은 'nation'뿐만이 아니라 'people' 개념도 포괄하여 번역되고 있었다. 링컨의 'people'이 이제는 '인민'이 아니라 '국민'으로 번역되기 시작한 것이다.

헌법 초안에서 '인민' 개념을 사용했던 유진오는 이후 이 '인민' 개념을 좌파의 것이라고 치부하여 사용하지 못한 채, 북쪽에 양도한 것을 아쉬워했다고 한다. 그는 '국민' 개념이 "국가우월의 냄새를 풍기어 국가國家라 할지라도 함부로 침범할 수 없는 자유自由와 권리權利의 주체로서의 사람을 표현하기에는 반드시 적절하지 못하다"[57]는 것을 알고 있었던 것이다. 이를 반영하듯 단정 수립 후 남한 사회에서 "국가우월의 냄새를 풍기는" '국민'은 '인민'과 '시민'의 진보적 내포성을 제거해 가면서 주권 행사의 주체로 논의되었다. 데모스가 인민, 민중, 시민 등 여러 가지 내포적 의미로 번역될 여지가 억압된 것이다.

이러한 점은 '인민' 개념을 제대로 활용했던 박인환과 김기림이 모두 반공이데올로기의 희생양이 되는 과정과도 연관이 깊다. 김기림과 정지용은 1949년 전향자 단체인 『국민보도연맹』에 반강제적으로 가입하여 활동해야 했고,[58] 박인환은 1949년 7월 석연치 않은 필화사건에 휘말리

57 유진오, 『헌법기초회고록』, 일조각, 1980. 부(附)・II(김성보, 앞의 글, 84면에서 재인용).
58 자세한 내용은 이봉범, 「특집 : 근대지식으로서의 사회주의와 그 문화, 문화적 표상-단정수립 후 전향(轉向)의 문화사적 연구」, 『대동문화연구』 64, 성균관대 대동문화연구원, 2008 참조.

게 되고[59] 이후 10월 2일과 12월 4일 『자유신문』에 전향성명서를 싣기로 한다.[60] 이후 박인환은 이 협의에서 벗어나 대한민국 국민임을 증명하기 위해 한국전쟁 당시 종군시인으로 참전을 하게 되고, 이후 시세계에서는 당시의 '인민', '시민'의 형상을 찾아보기 힘들어진다.[61]

이렇게 'people'의 번역어 '인민'이 '시민'으로 이월되지 못하고 '국민'으로 수렴된 상황은 한국의 민주주의가 향후 국가주의적으로 이행될 것이라는 점을 예견하는 것이다. '시민' 개념에 내재된 자유주의적이고 개인주의적인 성향이 국가의 성원이라는 강박에 억압될 것이기 때문이다.[62]

59 박인환은 자유신문 기자로 활동할 당시 유엔 한국위원회 출입기자로 남로당원일지 모른다는 혐의를 받고 국가보안법 위반으로 체포된다. 재판에 회부되지 않고 풀려났다고 한다. 이에 대한 자세한 내용은 정우택, 앞의 글, 315면 참조.

60 허준행, 「박인환 문학의 정치미학적 연구」, 성균관대 석사논문, 2015, 54면.

61 이에 대한 자세한 내용은 박연희, 앞의 글; 정우택, 앞의 글 참조.

62 박명규의 경우도 한국에서 개인주의적 경향의 '시민'이 그동안 정착하기 어려웠다고 말한 바 있다(박명규, 앞의 책 참조).

4. 인민(국민)은 어떻게 주권을 이행하는가?

—'군중'과 '폭도' 사이

주권자(데모스)가 누구인가를 살폈으니 이제는 그가 주권을 이행하는 방식에 대해서 살펴보아야 할 것이다. 주권의 이행은 제도적으로는 '대의제'를 통해서 이루어지지만, 가장 중요한 방법은 인민이 직접 자신의 의사를 표출하는 demonstration(시위)일 것이다. 그래서 주권이 행사되는 이러한 순간이 거룩한 혁명의 순간으로 비유되는 것이다.

김수영은 4·19혁명을 체험한 후 월북한 친구 김병욱에게 보낸 편지에서 "나는 하늘과 땅 사이에서 통일을 느꼈소. 그때는 정말 남도 북도 없고 미국도 소련도 아무 두려울 것이 없습디다. 하늘과 땅 사이에 온통 자유 독립 그것뿐입디다."(「저 하늘이 열릴 때」 중에서)라면서 그 순간의 감동을 표현한 바 있다.

해방 직후의 상황 역시 마찬가지이다. 해방 직후에도 바로 이러한 환희의 순간이 있었다. 시인 오장환은 그의 시 「병든서울」에서 해방이 되었다는 소식을 듣고 "그저 울면서 두 주먹을 부르쥐고", "큰거리, 네거리"로 "날마다 뛰쳐나갔다"고 했다. "네거리에는, 누가 있느냐" 하면, "싱싱한 사람 굳건한 청년, 씩씩한 웃음"이 있었고, "저마다 손에 손에 깃발을 날리며 / 노래조차 없는 군중이 만세로 노래를 부르며", "인민의 힘으로 되는 새 나라"(「병든서울」)를 꿈꾸었다고 한다. 그래서 해방 초기를 '거리의 정치' 시대라고도 표현할 수 있는 것이다.[63] 전위시인 유진오의 「누구를 위한 벅차는 우리의 젊음이냐?」처럼 해방기의 대표적인 시가 대개 거리의 시(행사시, 선전시)라는 점은 이러한 새로운 당대 현실을 반영한 것이다.

이처럼 당시 인민들은 '군중'이 되어 거리에서 자신의 정치적 권리를 행사하는 기쁨을 함께 향유하였다. 진정한 데모스가 무엇보다 다양한 형상들로 번역가능하고 소통가능하며 연대가능한 집합적 신체[64]라면, 해방 직후 조선에서는 잠깐이나마, 민주주의 국가가 성립되기 이전, 이미 민주주의적 순간을 체험하고 있었는지도 모른다.

여기서 '군중'은 정치적 목적에 의해 모인 사람들이란 의미이다. 좌파들의 경우는 물론이거니와 우파들의 경우도 '군중'을 정치적인 행동을 위해 모인 집단이란 의미로 사용하였다.[65] 「병든 서울」에서처럼 우파의 성향의 잡지 『백민』을 발행한 작가 김송도 자신의 소설 「무기없는 민족」에서 "우리는 대조선 건국의 용사가 되자! 입에서마다 쏘다자 나오는 수천의 군중의 함성은 한데 뭉치고 무여 폭탄처럼 높은 삘딩담벽에 부디쳐 울리였다"[66] 고 표현하며 무장한 일본인들을 무력화시키는 조선 인민 군중의 모습을 감격적으로 묘사하였다. 적어도 1946년 초반까지 '군중'의 의미는 긍정적인 것이었다. 해방기에는 '군중'과 비슷한 개념으로 '대중'도 많이 쓰였다. 노농사에서 나온 좌파 사전 『사회과학사전

63 이에 대한 자세한 내용은 천정환, 「해방기 거리의 정치와 표상」, 『상허학보』 25, 상허학회, 2009 참조.

64 고병권, 「민주주의는 다수자의 통치인가」, 앞의 책, 39면.

65 이는 사회학적인 의미의 군중(crowd), 즉 어떤 사건을 중심으로 공통의 이해를 가지고 일시적으로 모인 사람들의 집합체라는 정의에서 크게 벗어나지 않는다.

66 김송, 「무기없는 민족」, 『백민』 2(1), 1946.1, 42면.

(프롤레타리아 사전)」(1947)에는 정작 군중은 없고, '대중'만 항목화되어 있다.

> **대중**
>
> 마스의 역. 노동대중이 기본적 대중이며 그 외에 농민대중, 근로자 등 일반 피착취, 피억압민중을 대중이라 한다. 그러나 구체적으로는 노동대중, 농민대중이라 하듯이 계급성을 구별해서 써야한다. 일반적으로는 공산당은 프로레타리아의 전위라하여 이에 대해서 노동자 전체를 대중이라 한다. 또 전노동자(급농민)의 속에 당급 조합에 조직되여 있지 않은 자를 말조직대중이라 한다 었떳튼 지도자(전위)와의 관계에 있어서 지도되는 대다수의 자를 대중이라 한다. 대중의 특징은 일상의 경제적 이해 문제에 기해서 행동하는 것인데 그 때문에 목전의 이해에 잽히우고 계급적인 목적의식을 그 자신에는 갖지 못함이 보통이나 그러나 대중의 생활이 자본가 지주와는 전혀 이해를 다르게 하며 점점 궁핍하여 자연발생적으로 투쟁하고 혁명화할 필연성을 가지고 있다 하면 지도자의 의식적 활동이 가능하며 또 최고 중요한 것이다.

'대중'은 대개 'Mass'의 번역어로 "어떠한 조직된 집단이나 계급으로 통합되어 있지 않는 많은 수의 사람"을 말한다. 그러나 이 사전에서 대중은 주로 '인민대중', '근로대중', '노동대중', '농민대중'처럼 프롤레타리아를 의미하는 개념들과 결합하여 사용되었다. 일반 피착취, 피억압 민중을 대중이라고 정의한 것이다. 피억압자를 포괄적으로 민중이라고 할 때, 대중은 그 민중들의 집합체인 것이다.

그런데 우파 신문이었던 『동아일보』, 『조선일보』와 중도적 성향의

『경향신문』[67]의 용례를 살펴보면, 피착취 민중이라는 뜻을 빼고 '대중'이 그저 일반사람들 다수를 지칭하는 용어로 사용되기도 한다. 이들 신문기사에서는 '일반대중'이란 말도 자주 사용되었는데, 이럴 때 '대중'이란 그 뜻 그대로 일반인의 집합체일 뿐이었다. 이러한 점은 '대중'을 좌파적 '민중' 혹은 '인민'과 대조되는 뜻으로 사용하도록 한다.

『동아일보』의 한 기사는 1946년 8월 31일 일본항복조인 1주년 기념식을 위해 발표한 하지 중장의 성명을 소개하면서 점차 강화되는 좌파들의 이념 공세를 경계하는 하지 중장의 경고성 발언 중 "선동가煽動家의 언행言行을 대중大衆은 감시監視하라. 폭력暴力 난폭亂暴한 계급투쟁을 이제는 경계할 때"(『동아일보』, 1946.9.3)라는 구절을 인용한다.[68]

원본을 살펴보니 여기서 대중은 'mass'가 아닌, 'peoples'의 번역어이다. 말 그대로 복수의 사람이란 뜻인 것이다. 번역가는, 좌파들의 개념어와는 달리, '대중'은 어떠한 목적의식을 갖춘 존재가 아니라고 판단했기 때문에 이렇게 번역한 것이다. 우파들에게 대중은 정치적 의미가 소거된 그저 '사람peoples'이었던 것이다. 그러나 당대 신문에서는 인민대중, 근로대중이란 표현이 더 자주 눈의 띈다. 그만큼 좌파적 의미의 '대중' 시위가 자주 일어났기 때문이다.

대개 개념어의 각축은 역사적인 순간에 이루어진다. 특히 "민주주의"와 이를 둘러싼 개념도 가장 정치적 순간에 각축전을 벌인다. 토지개혁을 둘러싸고 남북한 양자에서 '민주주의'란 개념이 각축전을 벌였던 점

67 당시 『조선일보』는 극우는 아니지만 우익계 신문으로, 『동아일보』는 극우지로 분류된다(윤덕영, 「해방 직후 신문자료 현황」, 『역사와 현실』 16, 한국역사연구회, 1995).

68 『미군정기정보자료집－하지문서집3(1945.6~1948.8)』, 한림대 아시아문화연구소, 2000, 56~59면 참조.

은 이를 증명한다. 이 외에 민주주의 계열 개념들이 각축전을 벌이던 순간은 1946년 10월에 벌어진 대구인민항쟁(대구10·1사건) 시기와 제주 4·3사건, 여순사건 등이 발발한 정치적 순간이었다. 인민들이 '군중'이 되어 자신들의 정치적 의견을 피력하는 순간인 것이다.

이러한 거리(광장)의 정치를 미군정 역시 그대로 보고만 있었을 리가 없다. 미군정은 집회를 허가하거나 금지하는 각종 법안의 운영과 동원을 통해서 광장을 통제하기 시작한다. 이 인민의 집단 행동에 대한 규제가 이루어지기 시작한 것이다.[69]

다음은 10월 인민 항쟁을 보고하는 기사들이다. 좌파적 관점에서는 이 항쟁이 인민 해방의 과정에서 벌어진 거룩한 민주주의식 싸움이었다. 임화의 시 「우리들의 전구戰區」는 10월 인민 항쟁 직전에 벌어진 철도노조파업(1946.9.24)을 형상화한 시이다. 여기서 시인은 파업 장소인 "기관구는 우리들의 불멸의 성곽이리라"고 노래한다. 그에게 이 항쟁의 시간은 혁명의 순간이었기 때문이다. 그러나 우익 신문은 관점이 달랐다.

> 일만여 군중과 경관이 충돌되어 경찰서를 점거한 소동이 대구를 비롯하야 경북 일대각지에 발생되엇다. 1일 밤중에서 2일 아침에 걸치어 파업 중에 있든 노동자들과 전문 중등학교 학생 및 일부 시민들이 합류된 만여 명의 **군중**이 대구경찰서를 습격포위하야 장시간 경찰대와 대치 격투를 한후 드디어 2일 상오 10시에는 경찰서를 점령하고 말었다.[70] (강조는 인용자)

69 대개 좌파들의 정치 행동이 훨씬 더 많았지만, 우파들의 정치 행동 역시 만만치 않았다고 한다. 특히 신탁통치반대 시위가 일어난 1945년 12월 말부터 다음해 1월 초에는 오히려 우파들의 집회가 많았다고 한다(이상에 대한 자세한 내용은 정호기, 「국가의 형성과 광장의 정치」, 『사회와역사』 77, 한국사회사학회, 2008.3 참조).

전율할 영남**소동(騷動)**의 그 후소식.[71]

수사과장과 삼십여 명의 경관이 현장에 급거 군중에 해산을 명령하는 한편.. 전평간부와 사단해결을 절충하는 군중은 파견한 경관을 포위하였다.[72]

폭동진압경비에 주력. 경남북각지의 소요사건 기후 소식. 경무부 발표[73]

『동아일보』에 실린 10월 인민 항쟁 관련 기사를 보면, 이 시기에는 이 항쟁의 주체를 어떠한 정치적 목적을 위해 인민들이 자발적으로 모인 다수, 즉 '군중'으로 표현한다. 그러나 그 행동은 긍정적인 의미, 인민의 정치적 집단 행동인 'demonstration(시위)'이라고 표현하지 않는다. 대신 위법 행위라는 뜻이 담긴 "소동", "폭동violence"이라고 표현한다.

이와 연관되어 '군중'이란 의미도 그리 긍정적인 것만은 아니다. 군중을 보는 화자의 감정은 환희보다는 '공포'에 가까운 것이었다. 본래 '군중'은 사회학적 의미에서 "물리적으로는 서로에게 근접해 있지만 조직화 되어 있지 않으며, 구성원들은 앞서 상호작용을 한 적이 없는 사람들의 모임"이라고 한다. '군중'은 예측 불가능한 행동 조직이다. 그렇기 때문에 이를 바라보는 통치자의 입장에서는 이들 군중이 향후 어떠한 예견할 수 없는 행동을 취할 수 있는 위협적인 예비 위법 집단으로 느껴질

70 「대구중심의 파업단소동 경찰서를 습격점거」, 『동아일보』, 1946.10.4.

71 『동아일보』, 1946.10.6.

72 「左翼系列(좌익계열)의 破壞眞相(파괴진상) 六百卅餘名(육백삽여명)을檢擧(검거)」, 『동아일보』, 1946.10.8.

73 「〈폭동진압경비〉에 주력」, 『경향신문』, 1946.10.9.

수 있다.

초기 군중의 형상이 긍정적이었던 것은 이를 바라보는 주체가 통치자가 아닌 그 군중의 일부인 개별 인민 주체였기 때문이다.[74] 그때는 인민이 통치자요 피치자였기 때문이다. 그러나 1년이 지난 시간에 이를 바라보는 자는 통치자이다. 지금은 통치자와 피치자가 분리되어 있는 것이다.

당시의 통치자 미군정은 1946년 2월, '민주주의민족전선' 등 정치단체의 출현에 '질서유지 협력당부' 성명을 내면서 조선 인민의 집합행동 격화에 주목했다고 한다. 그러다가 4월 1일이 되자 미군정은 '사실상 모든 집회 금지령'을 내린다. 격렬한 반대에 부딪히자 집회 금지령이 허가제로 선회하였지만, 이 제도는 우익에게만 적용될 뿐 좌익들에게는 제대로 실시되지 않았다. 이후 7월에는 미군정이 민중소요 계획을 경계하고 있다는 성명을 발표하기도 한다.[75] 이러한 상황에서 벌어진 10월 대구 인민 항쟁이었기에, 이를 바라보는 통치주체의 불쾌감과 공포감은 단순 경계 태도를 뛰어넘는 것이었다고 볼 수 있다.

루소는 『사회계약론』 3권에서 "인민이 주권적 신체로서 합법적으로 집회하는 순간 정부의 모든 권한은 정지되고 집행권도 정지되어, 최하층의 인민의 인격은 최고층의 행정관의 인격과 마찬가지로 신성불가침하게 된다"면서 "정부가 실제의 권위를 인정하거나 또는 인정할 수밖에 없는 이 정지기간은 정부에겐 언제나 무서운 존재"라고 한 바 있다.[76] 이

74 오장환, 「병든서울」; 김송, 「무기없는 민족」.
75 이에 대한 자세한 내용은 정호기, 앞의 글 참조.
76 고병권, 앞의 책, 51면에서 재인용.

처럼 통치자 미군정은 인민 집회를 혐오했다. 그랬기 때문에 이 시위 행동을 위법행위인 소동, 폭동으로 표현한 것이다.

그러다가 4·3제주민중항쟁과 여순사건에 이르게 되면 우익계 신문에서는 이제 인민의 집합적 주체 개념인 '군중'이라는 표현조차 찾기 힘들어진다.

> 濟州島(제주도)에 또 左翼暴動(좌익폭동) 死亡(사망)13 負傷(부상)39 物的損害(물적손해)도 莫大(막대) (…중략…) 퇴치에 協力(협력)하라.[77]

> 暴動煽動者(폭동선동자)는 卽時告發(즉시고발)[78]

이 순간이 되자 군중은 사라지고 인민은 '폭동선동자' 즉 '폭도'가 되어버린다. 단독 정부 수립을 앞두고 미군정과 단정수립 주체들은 자신들의 의견에 반대하는 자는 '국민'의 범주는 고사하고 '인민', '시민', '군중' 심지어는 대중도 아닌 '폭도'로 번역해 버린다.

그리고 이 무렵 하지 중장은 4월 7일에 「조선 인민의 권리에 관한 포고」를 발표한다. 여기서 하지는 포고의 정신과 취지에 철저를 기하여 일반 국민의 자유, 권리옹호에 노력할 것이라고 한다. 이 포고는 전체 11개항으로, "연합국감시조선위원단의 감시 아래 거행할 역사적 총선거에는 조선인민의 대표를 선거할 것이며, 그 대표들은 조선 인민의 자유와 독립을 즉시 달성하기 위해 동위원단과 협의할 대표라는 점, 국회를

77 『경향신문』, 1948.4.7.

78 『경향신문』, 1948.4.29.

구성하여 조선 국가정부를 성립할 것이므로 이때에 자유로운 분위기를 보장하기 위하여 이러한 선거에 참가할 조선인민의 고유한 자유를 열거함이 적당하다"는 내용이다.[79] 결국 미군정은 인민주권의 직접적인 행사 방식인 데몬스트레이션은 '폭동'이라는 개념으로 위법화시키는 동시에 총선거를 통한 조선인민의 대표 선거라는 대의제 방식만을 주권 행사 방법으로 인정한 것이다.

이 포고의 11개항 가운데, 제1조는 "모든 인민은 법 앞에 동등의 보호를 받을 권리가 있고 성별, 출생, 직업, 신조의 특권을 인정하지 않으며 국제법에 의하여 인정될 특권만이 열외가 된다"고 한다. 그러나 이들에게 직접적으로 자신의 주권행위를 실천하는 '인민'은 폭도이며 평등하게 보호받아야 할 대상이 아닌 소거되어야 할 존재였다.[80]

결국 미군정과 단독정부 수립 주체들에게 모든 인민이 평등하게 보호받을 권리가 있었던 것은 아니었다. 그들의 제도 안에 포섭되었을 때만 '국민'으로 보호받을 수 있는 것이다. 이는 미군정이 해방 직후 여러 매체를 통해서 선전한 미국식 대의민주주의의 기본 개념, '제도로서의 민주주의'라는 한정된 이념에 걸맞는 통치술이었던 것이다.

또한 이 포고문에서 6장은 범행의 이유로 구인당한 자가 변호인의 도움을 받을 권리를 갖는다고 명시하고 있고, 8·9장은 집회, 결사, 언론 출판, 그밖에 모든 표현의 자유를 명시한다. 그러나 각종 선전삐라나 벽

79 「조선 인민의 권리에 관한 포고의 건」, 국가기록원 나라기록포털 참조(http://contents.archives.go.kr/next/archive/viewArchiveDetail.do?archive_event_id=0015411216).

80 이에 대한 자세한 내용은 김득중, 『빨갱이의 탄생—여순사건과 반공 국가의 형성』, 선인, 2009 참조.

보포스타의 경우는 그것이 질서괴란이나 정부전복을 선동하는 것만이 아니라면 합법적인 것으로 인정한다고 그 범위를 한정한다.

그리고 중요한 것은 12장이다. 여기서 하지는 이상에 열거한 권리는, 오직 중대한 국가비상시 또는 공안의 이유로 필요한 때에 한하여 다만 임시로 이를 정지할 수 있다고 명시한다. 이 항목을 통해 민주주의적 권리를 명시한 11개의 항목은 순식간에 무화된다. 결국 4·3제주민중항쟁이나 여순사건에는 12번 항목만이 적용된 것이다. 이는 미군정의 민주주의, 1948년 8월 급조된 대한민국 정부의 민주주의가 불구의 형태였다는 점을 말해주는 것이다.

5. '민주주의'란 번역어

본고의 목적은 해방 이후 '민주주의'란 개념이 당대 정치적 상황 하에서 이념적 각축을 벌이며 어떻게 번역되는가를 살펴보는 데 있었다. 해방 이후 '민주주의'란 개념은 가장 정치적인 번역어로, 어떤 면에서든 독립된 근대 국가 건설을 희망했던 당대 주체들에게 최고의 혁명적 기표였다. 그랬기 때문에 이 단어를 전유하기 위한 각축전은 치열했다. 좌파는 인민민주주의로, 진보적 민주주의, 중도파는 사회민주주의, 우파는 자유민주주의라는 수식어를 붙여가며, 자신들의 정치적 정당성을 증명하려 애썼다. 이 외에도 좌파와 우파로 수렴할 수 없는 다양한 지향들이 공존했던 시기이다. 자신들의 이념을 실현할 수 있다고 꿈꿀 수 있었던 사상적 유토피아의 시대였던 것이다. '민주주의'는 이러한 다양한 이념의 포괄적 대변체였다. 그러나 분단과 단독 정부 수립이라는 정치적 토대 아래, 이 다양한 지향점들을 단일화시키기 위한 권력의 통치 기술은 점차 교묘해지면서 강화되었다. 그 배후에는 각기 소련과 미국의 대한對韓 선전정책이 자리잡고 있었다.

'민주주의'와 관련된 계열어의 번역 역시 각축전을 벌이고 있었다. '인민'의 경우 해방 직후에는 좌우파 양자에서 모두 민주주의 실현 주체인 "People"의 번역어로 활용된다. 물론 그 안에서 미묘한 구별점이 존재하기는 하는데, 좌파의 경우는 국가 건설의 주체인 통일전선 주체 전반을 지칭하는 것이었고, 우파의 경우는 '국민'의 함의에 가까웠다. '시민'의 경우 좌파와 우파 모두에게 그리 긍정적인 의미의 번역어는 아니었다. 좌파에게는 반동적 부르주아 개념에 가까웠고, 우파의 경우는 정치적 의미가 소거된 '일반인'이란 개념으로 거의 잘 사용하지 않는 번역어였다. 그러다가 단정 수립 이후에 '인민' 개념은 북한의 언어로 정리된다. 남한에서는 단정수립기 잠깐 '시민'이 '인민' 개념을 대치하다가 그마저도 위력을 잃는다. '국민'이라는 개념어가 전면적으로 그 의미를 대신하게 되는데, 이 때 '국민'의 개념은 '국가'를 구성하는 주체란 개념으로 정치적 주체였던 '인민'과는 그 의미가 달랐다. 그것은 국가 주도의 이념이 강화되어 간다는 점을 증명해 주는 것이었다.

이러한 현상은 '인민'의 집합체 개념인 '군중(대중)'의 개념에서도 드러나는데, '군중'은 좌파들에게는 정치적 주체의 집합 개념이었지만, 대구10 · 1사건 등 정치적 순간을 거치면서 우파들에게는 공포의 대상으로 격하된다. '대중'도 등장하지만 정치적 주체라기보다는 일반인의 단순 집합체란 의미에 가까웠다.

그러다가 4 · 3제주민중항쟁과 여순사건이 터지자, '군중' 개념에는 '폭도'라는 함의가 강해진다. 대신 미군정과 정부의 이념에 동의하는 자만이 '국민'으로 호명될 수 있었다. 그러면서 '민주주의'의 실현은 대의제라는 제도적 차원의 행동만을 수행하는 '국민'의 행동으로 국한되어 버린다.

이러한 불구적 민주주의 인식이, 그 이후 65년이 지난 현재 '민주화시키다'란 은어를 만들어낸 것이다. 여기에 담겨있는 좌파 혐오증은 민주주의의 올바른 실현을 위한 데모스의 힘(광주민중항쟁)을 증오하는 논리, 점령군 미국과 당대 남한 정부의 논리와 매우 흡사한 것이다.

참고문헌

① 자료

『농민주보』, 『신천지』, 『민성』, 『백민』, 『새살림』, 『민주조선』, 『학술』 외 다수.

『경향신문』, 『동아일보』, 『조선일보』(이상 해방기 발행 분량).

『김수영 전집』 2(산문), 민음사, 2003.

김경린 외, 『새로운 도시와 시민들의 합창』, 도시문화사, 1949.

김현식·정선태, 『삐라로 듣는 해방 직후의 목소리』, 소명출판, 2011.

『미군정기정보자료집-하지문서집3(1945.6.~1948.8.)』, 한림대 아시아문화연구소, 2000.

이태준, 『소련기행』, 朝蘇文化協會 朝鮮文學家同盟, 1946,

정지용, 「머리에 몇 마디만」, 『산문-부역시』, 동지사, 1949.

조선문학가동맹, 『전위시인집』, 노농사, 1947.

② 논문 및 단행본

고병권, 『민주주의란 무엇인가』, 그린비, 2011.

공임순, 「민주주의의 (先)정치적 담론 자원과 인민대중의 진정한 지도자상-'토지개혁'을 둘러싼 김일성과 이승만의 지도자 형상과 민주주의의 지역적 헤게모니화」, 『서강인문논총』 29, 서강대 인문과학연구소, 2010.

김득중, 『빨갱이의 탄생-여순사건과 반공 국가의 형성』, 선인, 2009.

김성보, 「남북국가 수립기 인민과 국민 개념의 분화」, 『한국사연구』 144, 한국사연구회, 2009.

김정인, 「개념으로 읽는 한국 근현대(6)-'민주주의' : 해방기 분열 혹은 통합의 아이콘」, 『인터넷 경향신문』, 2013.5.3.

김효중, 「정지용의 휘트먼 시 번역에 관한 고찰」, 『한민족어문학』 21, 한민족어문학회, 1992.

박명규, 『국민 인민 시민-개념사로 본 한국의 정치주체』, 소화, 2009.

박수현, 「미군정 공보기구 조직의 변천」, 서울대 석사논문, 2009.

박연희, 「전후, 실존, 시민 표상-청년 모더니스트 박인환을 중심으로」, 『한국문학연구』 34, 동국대 한국문학연구소, 2008.
______, 「해방기 '중간자' 문학의 이념과 표상」, 『상허학보』 26, 상허학회, 2009.
박지영, 「해방기 지식장(場)의 재편과 "번역"의 정치학」, 『대동문화연구』 68, 성균관대 대동문화연구원, 2009.
박용재, 「해방기 신어사전의 문화정치학」, 『상허학보』 37, 상허학회, 2013.2.
범대순, 『눈이 내리면 산에 간다』, 한국문학도서관, 2002.12.10.
이봉범, 「특집 : 근대지식으로서의 사회주의와 그 문화, 문화적 표상-단정수립 후 전향(轉向)의 문화사적 연구」, 『대동문화연구』 64, 성균관대 대동문화연구원, 2008.
이희수, 「미군정기 농민 정치교육 소사 공보부의 활동을 중심으로」, 한국교육학회 교육사연구회, 『한국교육사학』 19, 1997.
임유경, 「조소문화협회의 출판,번역 및 소련방문 사업 연구-해방기 북조선의 문화,정치적 국가기획에 대한 문제제기적 검토」, 『대동문화연구』 66, 성균관대 대동문화연구원, 2009.
윤덕영, 「해방 직후 신문자료 현황」, 『역사와 현실』 16, 한국역사연구회, 1995.
윤상현, 「1950년대 지식인들의 민족 담론 연구」, 서울대 박사논문, 2013.
정다운, 「주한미군의 선전활동과 『농민주보』」 서강대 석사논문, 2006.
장영민, 「미군정기 미국의 대한선전정책」, 『한국 근현대사 연구』 16, 한국역사연구회, 2001.
정우택, 「해방기 박인환 시의 정치적 아우라와 전향의 반향」, 『반교어문연구』 32, 반교어문학회, 2012.
정호기, 「국가의 형성과 광장의 정치」, 『사회와역사』 77, 한국사회사학회, 2008.
천정환, 「해방기 거리의 정치와 표상」, 『상허학보』 25, 상허학회, 2009.
최명표, 「해방기 정지용의 시와 행동」, 『영주어문연구』 17, 영주어문학회, 2009.
허 은, 『미국의 헤게모니와 한국 민족주의-냉전시대(1945~1965) 문화적 경계의 구축과 균열의 동반』, 高麗大學校 民族文化研究所, 2008.
홍정완, 「일제하~해방후 한치진(韓稚振)의 학문체계 정립과 "민주주의"론」, 『역사문제연구』 24, 역사문제연구소, 2010.
황호덕, 「해방기의 문학어와 개념어에 대한 몇 가지 단상」, 한국현대소설학회 발표자료집, 『한국현대소설에 나타난 서울』, 2012.11.3.

조르주 아감벤, 양창렬 · 김상운 역, 「인민이란 무엇인가」, 『목적없는 수단』, 난장, 2009.
주르주 아감벤 외, 김상운 · 양창렬 · 홍철기 역, 『민주주의는 죽었는가?-새로운 논쟁을 위하여』, 난장, 2012.

③ DB 자료

「조선 인민의 권리에 관한 포고의 건」, 국가기록원 나라기록포털 참조.
(http://contents.archives.go.kr/next/archive/viewArchiveDetail.do?archive_event_id=0015411216)

제3장

'번역'의 시대, 번역의 문화 정치

1950년대 번역 정책과 번역문학장

1. 번역의 시대와 그 의미

우리 번역사에서 1950~1960년대는 통칭 "번역(문학)의 르네상스기"[1]로 지칭된다. 1950년대와 1960년대의 사이, 1959년 9월, 당대 대표 지식인 잡지인 『사상계』 좌담회의 제목은 「르네쌍스가 가까웠다—번역문학 부움이 의미하는 것」이었다. 이 좌담회가 일단 흥미로운 것은 당대 번역에 관한 여러 쟁점들을 토의하고 있다는 점 때문이기도 하지

1 김병철은 1950년대는 '번역문학의 르네상스적 시초'로 1960년대는 '번역문학의 르네상스적 개화(開花)'로 지칭하면서 이 시기의 번역 현황을 검토하고 있다(김병철, 『한국 현대번역문학사』 상, 을유문화사, 1998.4.10 참조).

만, 일원들이 당대 번역계에 관한 한 대표적인 지식인들 중 구파(백철, 이양하, 최재서)와 신진(김붕구, 오화섭, 여석기)의 조합으로 이루어져 있다는 점이다. 이렇게 굳이 이들에게 세대론적 구획을 시행한 것은 이들의 미묘한 조합이 해방 이후 한국현대번역문학사가 그 이전의 근대문학사적 맥락과도 연관되어 있다는 점을 시사해주기 때문이다. 백철과 최재서, 이양하는 각각 프로문학과 모더니즘, 그리고 해외문학파에서 활발한 활동을 했던 논객들이다. 또한 이들이 속했던 세 그룹은 식민지 시대 번역의 각축장에서 나름대로 자신의 입론을 펼쳤던 유파들이다. 일본어 중역이 아닌 서구문학의 원어를 통해 자신들의 정체성을 구성했던 해외문학파, 이들을 부르주아 인텔리 집단으로 비판하며 이들을 견제했던 프로문학파, 그리고 이들의 그룹 활동에 질투어린 견제를 했던 영문학 전공자 최재서 등은 식민지 시대 번역 담론의 각축장 안에서 활동했던 자들이다.[2] 그랬던 이들이 세월이 흘러 한 자리에 모인 것이다.

그리고 또 하나 주목해야 할 것은 『사상계』라는 매체가 주는 비중이다. 여석기의 회고에 의하면, 『사상계』는 당대 지식인 매체이면서 문화적 흐름에 가장 큰 영향력[3]을 끼친 잡지이다. 1950년대 이후 지속적으

2 식민지 시대 '해외문학파'는 잘 알려진 대로, '식민지 근대문학의 모더니티를 획득하는 중요한 방법으로써 외국문학의 직접, 번역・연구의 필요성을 인식하고, 더불어 번역의 과정에서 문명의 이입과 조선어에 대한 근대적 의식을 획득한' 집단이다. 이들은 당대 조선의 근대문학이 일본어 서적을 통해 일방적으로 유입되는 것을 경계하고, 외국 지식의 직접적인 수입, 즉 원어역을 통해 자신들의 전문성을 현재의 문단에 각인시키고자 했다(이에 대해서는 서은주, 「번역과 문학장(場)의 내셔널리티－해외문학파를 중심으로」, 민족문학사연구소 기초학문연구단, 『한국 근대문학의 형성과 문학장의 재발견』, 소명출판, 2004 참조).

3 「연합인터뷰 : 원로 영문학자 여석기 박사, "벌써 50년이 됐다니 세월이 참 빠르네요"」, 『연합신문』, 2004.6.15 참조.

로 『사상계』에 실리는 김붕구, 손우성의 실존주의 소개와 백철과 김용권의 신비평 이론 소개 등은 당대 문화담론을 선도했다.

그런데 백철과 최재서는 친일이라는 역사적 원죄의식의 소유자이다. 친일혐의 때문에 거의 정치적 활동이 불가능했던 해방기[4]를 넘어, 이들이 당대 대표적인 지식인 매체인 『사상계』의 좌담에 등장할 수 있었던 저간의 사정은, 바로 한국현대문화사에서 '번역'의 위치에 대해서 다시 한 번 고민하게 만든다.

해방이라는 격동의 정치적 상황은 지식장 전체를 재편시킨다. 지식 유입의 모국이 일본에서 서구로 바뀐 것이다. 이러한 토대의 변화는 당장 사용 언어의 위계화된 질서를 전복시킨다. '조선어'의 권위를 회복시키는 한편, 지식의 언어, 즉 지식을 수입하고 이를 흡수하는 데 필요한 언어는 당장 '일본어'에서 '영어', '러시아어'로 변모하고,[5] 단정수립 이후에는 영어가 지식 언어의 중심이 된다.

식민지 시기에는 일본을 통해 근대적 지식을 유입하였고 그 수용의 매개체는 일본어였기 때문에 따로 번역이 필요하지 않았다. 그러나 이제는 사정이 달라진다. '일본어'가 아닌 '조선어', 즉 모국어로 모든 지식을 수용하고 사유하여야 한다. 그럴 때 번역의 필요성이 대두한다. 아이러니하게도 번역은 조선어, 즉 모국어로 사유할 때 그 필요성이 증대되는 것이다. 백철은 주지하다시피 1950년대 신비평의 소개[6]를 통해서

4 백철, 『문학적자서전 : 眞理와 現實 – 後篇』, 博英社, 1975 참조.

5 해방기 언어의 위계화 과정에 대해서는 이혜령, 「채만식의 「미스터방」과 김동인의 「망국인기」, 해방 후 일본어가 사라진 자리」, 『내일을 여는 역사』 32, 민족문제연구소, 2008.6; 이 책 13~14면 참조.

6 백철은 1950년대 문학 담론을 선도한 비평서 르네 웰렉과 워렌의 『문학의 이론』(백

식민지 시대를 뛰어넘는 비평 담론의 주도권을 회복한 인물이다. 최재서 역시 번역가로 문단에 부활[7]한다. 이러한 이들의 화려한 부활의 근저에는 영미문학이라는 공통항이 놓여 있다. 이는 해방 이후 남한에서 미국(서구) 중심으로 지식 담론의 주도권이 옮겨간 정치적 상황과 무관한 것이 아니다.

특히 해방기의 경우는 1946년 미군정의 사상통제가 강화되기 이전까지는 좌우를 막론하고 어느 정도 다양한 번역 담론이 가능했던 시기이다. 그러나 곧 이러한 사상적 개방성은 곧 폐쇄되고 한국 전쟁 이후에는 더 이상 다양한 사상의 유입이 불가능하게 된다.[8] 이러한 지식 판도는 번역의 정치성을 더욱 강화시킨다.

'번역'은 일차적으로 한 언어를 다른 언어로 옮겨내는 행위나 그 옮겨진 생산물을 지칭하지만, 단순히 기계적인 과정이나 수동적인 전환에 그치는 것은 아니다. 인식론적인 차원에서 인식 행위 자체가 하나의 해석이자 번역일 때 번역은 흔히 말하는 중립적이고 투명한 것, 즉 한 언어

철・김병철 역, 1959)을 번역한다. 월간지에 신비평에 소개된 것은 1956년 7월 런던의 국제 PEN CLUB 총회에 참석했던 백철의 한국대표의 보고, 「뉴 크리티시즘에 대하여」(『문학예술』, 1956.11)이라고 한다(김용권, 「문학 이론의 번역과 수용(1950~1970)」, 『외국문학』 48, 열음사, 1996.8, 13면 참조). 이들 대표의 한 사람인 백철이 1년간 미국의 시찰하고 난 후 『문학의 이론』을 번역한 것이다(김용권, 「한국문학에 끼친 미국의 영향과 그 연구」, 『아세아연구』 26, 고려대 아세아문제연구소, 1967.6, 135~149면; 황호덕, 「백철의 '신비평' 전후, 한국 현대문학비평이론의 냉전적 양상」, 『상허학보』 46, 상허학회, 2016 참조).

7 1950년대 최재서가 번역한 역서로는 랑크 케리・코니리아스 라이안, 최재서 역, 『英雄매카-더將軍傳』, 一成堂書店, 1952; 시어도르 드라이저, 최재서 역, 『아메리카의 悲劇』, 白映社, 1952; 나타니엘 호손, 최재서 역, 『朱紅글씨』, 乙酉文化社, 1953; 윌리암 셰익스피어, 최재서 역, 『햄릿』, 延禧春秋社, 1954 등이다.

8 이에 대한 자세한 사항은 조대형, 「미군정기의 출판연구」, 중앙대 석사논문, 1988; 앞장 「해방기 지식장(場)의 재편과 '번역'의 정치학」 참조.

를 그대로 다른 언어로 '옮기는' 행위라고만은 말할 수 없는 것이다.[9] 번역은 근대화의 요구에 처한 피지배국에게는 현대성의 확보를 위해 피할 수 없는 요청이며 지배국의 입장에서는 피지배국에 대한 문화정치의 중요한 수단[10]이다. 우리의 경우도 마찬가지이다.

1950년대는 특히 단정수립과 한국전쟁이라는 역사적 계기를 통하여 국가권력이 반공주의로 무장하고 국민국가의 건설에 박차를 가했던 시기이다. 이러한 시기에 지식의 근대화는 국민국가건설 프로젝트의 일환으로 요구된다. 특히 해방 이후부터 미국 문화의 영향 아래 놓여 있던 남한의 문화적 토대는 한국전쟁 이후 더욱 서구 편향적으로 흐르게 되고 미국과 대한민국 정부의 정책적 공모는 이러한 흐름을 더욱 부채질하게 된다.

자연스럽게 검열이 강화되면서 대한민국의 지식의 유입은 서구적 자유민주주의 담론 이외에는 철저히 배제되는 폐쇄성을 갖는다. 일본 서적은 번역 출판이 금지되는 등[11] 출판물의 유입과 번역 역시 철저한 검열 하에서 수행된다.[12]

9 윤지관, 「번역의 정치학—외국문학의 번역과 근대성」, 『안과 밖』 10, 영미문학연구회, 2001, 26~34면 참조.

10 위의 글 참조.

11 1950년 동아일보 기사에는 일본서적번역출판물을 법적으로 금지한다고 전하고 있다. "요즘 출판계에서 앞을 다투어 내놓고 있는 일본서적번역출판물은 거의 출판계를 독점하다시피 쏟아져 나와 국내출판문화에 적지 않은 타격을 주고 있음을 비추어 공보처에서는 앞으로 일본서적번역출판에 대하여 다음과 같은 제한을 하기로 되었다. 즉 시사적이며 통속적인 저급한 문예서적들의 번역은 일제 이를 금하고 우리 민족문화수입에 기여한 바 크다고 인정되는 과학과 기술 등에 관한 간행물은 사전에 공보처에 연락을 받아야 하며 이미 번역한 서적의 재판도 엄금한다."(「기간 재판도 엄금—과학기술서 외는 불허—범람하는 일본서적 번역」, 『동아일보』, 1950.4.7 참조)

12 번역의 경우도 검열을 받았다. 문교부령 제30호에 의해 5년 동안 추진된 '외국도서번역사업'의 경우 '외국도서 인쇄물 추천기준'(1957.8) 즉 적성국가와 공산주의자 및 그 추

미군정기부터 번역은 국가가 정책적으로 후원하고 관리하는 사업이었다. 이 시기 번역은 점령국 민중들에게 미국이라는 나라가 자유주의의 종주국이라는 환타지를 부여하기 위한 하나의 문화 정책이었다.[13]

1950년대 이후에도 미국은 미공보원을 통해 번역 정책을 지속적으로 시행한다. 또한 미국원조기관인 웅크라UNKRA 등의 지원을 받아 문교부에서도 번역 정책을 시행하게 된다. 이러한 번역 정책에 의해 단행본들이 출간되고, 이러한 정책에 참여한 여러 번역가들은 생계를 꾸리고 명성도 얻게 된다. 게다가 의무교육의 실시 등 교육제도가 정비되면서, 점차 높아만 가는 학구열은 청년들에게 독서에 대한 요구를 증대시킨다. 건전한 국민국가의 시민이 되기 위해 근대적인 지식을 섭취해야 하고, 이를 위해 독서는 필수로 권장된다. 교과서 등 많은 출판물이 기획 출판되고, 이러한 당대 출판물의 주류가 바로 번역물이었다.

이렇게 번역이 1950년대 지식장에서 중요한 역할을 한 것은 이 시기가 지식의 공백기, 전환기였기 때문이다. 해방 이전에 발간한 도서는 그 이후 세대들이 읽기 힘든 일본어 서적들이 대부분이었고, 그나마 이후 발간된 도서나 교과서 중에서도 검열의 결과 월북한 작가들의 텍스트는

종자의 저작물, 공산주의서적을 주로 간행하는 출판사의 출판물, 일본서적, 미풍양속과 공공질서를 해할 우려가 있는 도서를 엄격히 배제함으로써 국가가의 물질적 · 재정적 지원에 전적으로 의존할 수밖에 없었던 도서출판계를 정치권력의 영향권으로 포섭하는 결과를 초래했을 뿐만 아니라 미국을 중심으로 한 제1세계 저작물이 주로 번역 · 이입되면서 번역의 장을 불구적으로 조형해 낸다. 그 외 1950년대 검열 현황에 대해서는 이봉범, 「1950년대 문화 재편과 검열」, 『한국문학연구』 34, 동국대 한국문학연구소, 2008, 16면 참조.

13 허은, 『미국의 헤게모니와 한국 민족주의－냉전시대(1945~1965) 문화적 경계의 구축과 균열의 동반』, 고려대 민족문화연구원, 2009. 이 외에 미군정의 문화정책에 대해서는 김균, 「미국의 대외 문화정책을 통해 본 미군정 문화정책」, 『한국언론학보』 44(3), 한국언론학회, 2007.7 참조.

보기 힘들었다. 이러한 저간의 사정, 즉 필자들이 세대 교체되는 지식의 공백기, 1950년대의 지식장을 채울 수 있던 것이 바로 번역 텍스트였던 것이다.

이러한 조건하에 이 시대는 번역물이 출판계를 주름잡는다. '세계문학전집'이 앞다투어 간행된 것이 그 예이다. 또한 『사상계』, 『문학예술』, 『세계』, 『새벽』 등 각 매체는 앞으로 다투어 번역문을 기재했고, 이러한 시기인 만큼 번역 논의 역시 활발했다. 이러한 번역문은 당대 지식인들에게 깊은 사상적 영향을 끼친다.

예를 들어 『사상계』에는 미국의 아세아정책에 관한 중요한 글인 월트 W. 로스토의 「비공산당선언」[14]과 미국의 아세아정책에 관한 중요한 보고서인 콜론 보고서[15]를 78호부터 5회에 걸쳐 전문을 싣는 파격을 감행한다. 또한 당대 최고의 서구 저널리스트 월터 리프먼의 글[16]이나, 존 스트레이치[17]의 대표적인 글도 4회에 걸쳐 번역 연재된다. 로스토[18]의 후

14 로스토, 원효경 역, 「비공산당선언(상・하)－경제성장단계설」, 『사상계』 78~79, 1960.1~2 참조.

15 「콜론・어쏘시에이츠 報告書－美國의 對亞細亞政策－美國上院外交委員會의 要請으로 '콜론・어쏘시에이츠'社가 作成한 報告書」, 『사상계』 78~79, 1960.1~1960.5.

16 리프먼, 김천남 역, 「특집 : 현대사상고찰－西歐民主主義의 危機」, 『사상계』 21, 1955.4.과 「소련과의 決判을 앞두고－흐루시쵸프 對談記」, 박기준 역, 『사상계』 91, 1961.2 참조.

17 「譯帝國主義로부터 自由에로－20世紀後半期人類의 偉大한 覺醒」, 李克燦 譯, 『사상계』 104~107호, 1962.2~1962.5

18 『사상계』지는 로스토의 글을 시시각각 번역 보고함으로써 이에 대한 깊은 관심을 표명했다. 비공산당선언 이외에도 「미국과 소련의 경제비교」(리정식 역), 「월트 W. 로스토 성장론에 대한 푸라우다지의 비판」(원효경 역), 「월트 W. 로스토학설에 관하여」(원효경 역)를 80호(1960.3)에, 「프라우다지의 소론을 박함」(편집실 역)을 81호(1960.4)에 실었고 이후에도 「동・서공존의 제3단계－동요없는 자세로 세번째의 차례를 밀고 나가야」(정인량 역)을 129호(1963.12)에, 「개발도상국가에 있어서의 민주주의의 도전」(리렬모 역)을 197호(1969.9)에 지속적으로 싣고 있다. 로스토우론에 대한 한국의 영향에는 박태균, 「로스토우 제3세계 근대화론과 한국」, 『역사비평』 66, 역사비평사,

진국 경제발전론과 콜론 보고서의 경우는 박정희 이외에 제3세계 후진국 군부 체제의 정당성을 뒷받침하는 글로 그 정치적 영향력은 더 이상 말이 필요없는 것이다.[19] 이 외에 후진국 근대화와 관련하여 엘리트 독재 정치의 정당성을 설파한 미국 MIT 대학 국제문제연구소[20] 발간의 『신생국가론』(밀리칸, 로스토 외)을 1960년 번역 발간한 것도 사상계사이다.[21] 이 외에 당대 최고의 소련통이자 서구 저널리스트였던 리프먼이나, 좌편향적 성향에서 전향한 당대 대표적인 사상가 존 스트레이치의 글은 냉전 시대 소련의 사회주의에 대해서 비판하고 서구 민주주의와 자본주의를 옹호하는 이론적인 글로, 당대 지식인들에게 반공주의적 시각의 주요한 논리를 제공한다. 이 외에도 칼 야스퍼스, 아놀드 토인비, 라인홀드 니버, 버트런트 러셀, 루소 등 당대 지식인들에게 많은 영향을 끼쳤던 저자들이 글이 『사상계』에 실려 있다.

이러한 점은 당대 지식 사상계에 끼친 번역의 위력을 증명하는 것이다. 번역을 통해서 당대 번역가를 비롯한 지식인들의 의식이, 번역된 텍스트를 통해서는 대중들의 문화적 의식이 구성된 것이다. 물론 이렇게 번역장이 새롭게 구축되어가는 과정에서 여러 혼돈의 양태가 산출되기도 한다. 그러나 그러면서 점차 남한의 지식, 문화의 장이 구축되

2004 봄호 참조.

19 이에 대한 사항은 공임순, 「특집 : 분단체제하 남북한의 사회변동과 민족통일의 전망－한국사회의 진보와 보수에 대한 일 성찰－박정희의 "대표 / 재현"의 논리와 "지도자상"의 구축을 중심으로」, 『동방학지』 142, 연세대 국학연구원, 2008, 152~153면 참조.

20 국제문제 연구소는 미국정부로부터 연구비를 받고 제3세계 연구 프로젝트를 수행하는 연구소이다.

21 이 책 발간의 중요성에 대해서는 이상록, 「『사상계』에 나타난 자유민주주의론 연구」, 한양대 박사논문, 2010, 4장 1절 참조.

어 간다.

앞서 언급한 대로 '번역'은 절대 정치적으로 순수하지 않다. 항상 번역이 발생하는 상황이 있으며, 하나의 텍스트가 나타나고, 또 전용되는 것에서 나타나는 역사가 있다. 즉 텍스트의 선정, 번역기법, 그리고 자료 분석을 결정하는 '시대정신'이 있는 것이다.[22] 그래서 '문화번역'의 과정 속에 권력이 어떤 식으로 자리 잡는지를 분석해야 하는 것이다.[23] 이는 역으로 번역 연구를 통해서 당대 '시대정신'과 문화적 토대를 규명할 수 있다는 논지도 된다. 1950년대 번역장 역시 그러하며, 그 안에서 번역가 역시 의도하지 않은 상태에서 정치적 성격을 띨 수밖에 없다.

1950년대 번역장을 살펴보는 일은 국가주도의 문화기획과 대응해가면서 형성되어가는 당대 지식장, 문학장의 한 단면을 살펴보는 데 있어 필수적일 수밖에 없는 것이다. 그리하여 본 장에서는 1950년대 진행되는 미국의 번역 정책과 이를 통해 지식장場의 형성과정을 살펴보도록 한다.

22 알바레즈・비달 편, 윤일환 역, 「문화번역의 이국적 공간」, 『번역, 권력, 전복』, 동인, 2008, 145면 참조.

23 로만 알루아레즈 및 카르멘 아프리카 비달, 윤일환 역, 「번역하기—정치적 행위」, 위의 책, 20~21면 참조.

2. '번역'의 긴요함, 그 정치적 맥락

백철은 1949년 『문예』에 다음과 같은 글을 싣는다.

최근에 와서 우리 문학이 빈곤해지고 지성이 고갈해가는 절박성을 체험하고 있는 것은 내 자신에 한한 신변사가 아니고 우리 문학계의 일반증상으로서 표현된 것이며 또 우리문학이 이런 상태에 떨어지게 된 데는 그렇게 될 수밖에 없는 원인이 지적될 수 있는 일이다. 나는 이 빈곤한 문학현상을 타개하는데 있어 그 방법론의 하나로서 번역문학, 권위있는 번역문학의 문제는 문학건설의 본격적인 방향과 같이 생각되지 않을는지 모르나 우리가 문학론을 좀더 시대적인 우에서 본다면 이 문제가 한 개의 근본적인 내용과 통하고 있는 것을 알 수 있을 것이다.

나는 근년 우리 문학운동이 실패한 원인, 그것이 빈곤해질밖에 없는 주원인이 그 민족문학이 너무 지방적인데 집착해서 세계적인 지성과 통하는 것을 망각한 데 있다고 보는 것이다.

민족문학은 과연 일언으로 설명하여 한 개의 특수성의 문학이요 지방성의 문학이다. 그러나 민족 그 자체가 오직 그 지방과 전통상에서만 생산되는 존재가 아니고 항상 세계적인 관련성 우에 이루어진 것이라면 우리들의 민족문학도 그것은 지방적일수록 세계성과 통한다는 논리우에 구상되어야 할 것은 명백한 사실이다.[24]

24 백철, 「번역문학과 관련하여」, 『문예』 창간호, 1949.8.

이 글은 단정이 수립되고 그 국가시스템을 구축해가던 시기인 1949년에 쓰였다는 것, 그리고 이러한 정치적 상황에 따라서 국가주의적 기획에 의해 민족문학을 기치로 내걸고 발간된 문학 매체인 『문예』[25] 창간호에 실렸다는 점 자체로도 매우 상징적인 것이다. 앞에서도 설명을 했듯 친일혐의로 제대로 된 문화적 정치활동을 할 수 없었던 그가[26] 정치 사회적 운신을 시작하는 마당에 쓴 글이기 때문이다.

이 글에서 백철은 현재의 "빈곤한 문화 현상"을 타개하는 데 있어 그 방법론의 하나로서 "권위있는 번역문학"을 내세운다. 그 이유는 그간 "민족문학이 너무 지방적인 데 집착해서 세계적인 지성과 통하는 것을 망각"하여, "지성이 고갈해가는 절박성을 체험하고 있"기 때문이다.

이렇듯 "세계적인 지성"을 강조하는 태도는 이전 시기, 해방기부터 지속적으로 견지되어 왔다. 특히 좌파든 우파든 이러한 세계주의를 강조하는 태도는 민주주의 국가를 수립하고자 했던 당대 공통의 정치적 열망과 함께 한 것이다. 물론 그들이 지향하는 '세계'라는 의식의 경계는 다를 것이다. 우파는 물론, 좌파 역시 정치적 입장은 세계인민주의를 강조하는 것이다. 자연스럽게 우파는 서구중심적인 행보를 보였다. 좌파들의 경우는 사회주의 종주국인 소련에 대한 관심이 가장 드높았고, 이 외에도 동남아시아 등 약소국가에 대한 관심이 높았다.[27]

25 이에 대한 자세한 사항은, 이봉범, 「잡지 『문예』의 성격과 위상」, 『상허학보』 17, 상허학회, 2006.6 참조.

26 그는 보편적으로 알려진 대로, 해방 직후 임화와 함께 문단의 재건을 꿈꾸다가 친일파를 질시하는 동료 문인들의 반발에 부딪혀 제대로된 정치적 문학 활동을 해 보지 못한다. 대신, 『조선신문학사조사』라는 문학사 서술이나 『문학개론』 저술을 통해 자신의 정체성을 재정립하려는 시도를 한다. 그리고 이후 동경고사 영문학과 출신인 그는 자신의 전공을 살려 제도권 학자로서의 행보를 걷게 된 것이다(이에 대해서는 백철, 앞의 책 참조).

그러다가 1949년 정부 수립 직후부터는 세계에 대한 시각이 서구 중심으로 한정된다. 반공주의적 시각하에서 서구, 특히 미국의 민주주의에 대한 긍정적 시각이 우세하며, 이 외에 국가에는 비판 일변도이거나 무관심하였다. 특히 1949년 이후 반공주의적 시각이 서서히 등장하면서 중화인민공화국을 수립한 붉은 중국에 대한 경계 태도는 강화되며, 소련과 동구유럽에 대한 언급은 간간히 존재하지만, 그 내용은 주로 비판 일변도이다.[28]

이러한 기점에서 백철은 '세계주의'라는 맥락을 본격적으로 제시한다. 물론 여기서 백철이 강조한 "세계적인 지성"의 범주는 해방기의 세계주의와는 분명히 다른, 서구중심, 특히 영미 중심적인 것이라는 점은 향후의 행동을 통해 쉽게 확인할 수 있는 것이다. 그는 당대의 민족문학 계열의 민족담론은 시대적으로 뒤떨어진 것이라고 비판하고, 세계주의라는 기치를 내건다. 기왕의 민족주의 담론을 지방주의적이라고 지적한 지점도 흥미롭다.

당대 지식인들에게 세계주의는 곧 전위적인 것과 통하는 것이다. 그리고 그 전위성은 동시대성을 공유하는 데서 발생한다. 해방 이후 번역은 동시대적으로 발행되는 서구 매체를 원텍스트로 삼아 번역을 수행함으로써 이 세계주의의 전위성을 입증하였다. 그리하여 번역은 전위, 즉 '세계주의'로 가는 도구였고, 이를 통해 당대 번역가들은 지식의 전위부대로서의 자부심을 가질 수 있었던 것이다.

27 이에 대한 자세한 사항은 앞 장, 「해방기 지식장의 재편과 '번역'의 정치학」 참조.
28 대표적으로 이중원, 「특집 모택동과 이립삼의 명쟁암투」, 『민성』 5(4), 1949.3.30; 남해운, 「공산당의 내부투쟁-헝가리와 포란드의 이야기」, 『민성』 5(12), 1949.12.1 등이 그러하다.

한국에서 1950~1960년대 초반 실존주의와 신비평의 수용은 서구 지향성과 반공주의의 미묘한 길항관계를 그 기반으로 한 것이지만, 무엇보다 중요한 수용 원인은 이 두 담론이 동시대성을 구현한, 즉 당대의 서구에서 위력을 떨치던 모던한 담론들이었기 때문이다. 이 두 담론의 유입을 통해서 당대 문단에서는 지식의 전위성이 확보될 수 있었다. 백철은 이러한 점을 잘 인식하고 있었다.[29]

이처럼 단정 수립 직후에 지식인들은 신문화 건설에 번역이 필수적이라는 사실을 인식하고 이를 주장한다. 이러한 주장은 한국전쟁이 끝난 직후 1953년, 손우성, 정비석 등에 의해서 좀 더 구체화되어 전개된다.

> 의식의 심도인 지식의 욕망은 어제까지는 소량 잔존하는 일본서적에 의하였으며 독서층은 빈약한 한글출판물에보다도 오로지 일본 서적에 의존하던 것은 빈곤한 우리 문화로서 불가피한 현상이었으나 이제는 중고등학생을 막론하고 대학생도 일어해독의 능력이 없는 층은 가속도로 확대되어 왔으니 그들의 독서욕을 충족시키기 위하여 현재 출판계의 임무는 초속도로 중대성을 더해하고 있다.

> 물론 우리들의 저서만으로 새시대의 방대한 지식욕을 만족시키는 불가능한 일이며 더욱이 문화건설의 새출발점에 선 우리 사회에서는 대대적인 번역사업으로 해외지식의 활발한 수입이 요청되어 논단에 상당히 문제되어

29 물론 이러한 전통론 역시 단순한 과거로의 회귀가 아니라 근대적 국민 국가로서 갖추어야 할 문화적 이데올로기를 만들어가는 과정에서 생성된 논의이다. 그러므로 1950년대 전통론과 번역론, 이를 기반으로 한 세계주의는 쌍생아인 것이다. 이에 대한 논의로 정영진, 「1950년대 세계주의와 현대성 연구」, 『겨레어문학』 44, 겨레어문학회, 2010.

온 것이며 일부 번역 사업이 정부 및 그 기관에 의하여 시행 중에 있으나 그 효과에 큰 기대를 가질 수 없는만치 문화의 진흥은 주로 민간출판사업에 의존해야만 할 것이다.[30]

이 글은 현재의 실제적인 지식 토대를 논의하면서, 번역 정책의 필요성을 주장한다. 이처럼 번역 정책의 필요성을 강조하는 것은 단정 수립과 한국전쟁 이후라는 실제적인 토대의 변화 때문이다. 해방기부터 제기되었던 번역 정책의 필요성[31]은 전후복구건설기, 국가의 문화 기획이 수립되어야 할 시기에 본격적으로 제기될 수밖에 없었던 것이다.[32] 백철이 이 시기에 "유럽 문학의 수백 년간의 과정을 하나의 단기강습으로써 그 교정을 수료하자는 뜻"[33]이라면서 번역의 필요성을 제기한 것도 이러한 조급성을 대변하는 것이다.

번역 정책이 긴급하게 요구되는 두 번째 이유는 실제적인 지식의 토대 때문이다. 손우성이 밝힌 대로, 아직까지 일본어 위주인 독서 시장에서, 식민지 시대에 학교를 다니지 않았던 1930년대 중후반 이후 출생자들은 본의 아니게 문맹자가 되어 버린다. 모국어만을 사용하게 된 이 세

30 손우성, 「번역문학의 과제」, 『동아일보』, 1954.9.5.

31 1948년, 번역기관의 설치를 주장하는 글에서도 "현재 중학교 2학년생 중 일부 학생이 가장 용이한 일어책을 읽을 수 있고 그 이하는 전혀 독서능력이 없다. 전국민의 교양을 향상시키는데 있어서 외국어로는 도저히 불가능하고 그나마 국어로 할 도리 외에는 없는 것이다"(조규동, 「번역기관의 설치(하)」, 『경향신문』, 1949.8.1)라고 한 것처럼, 이 문제는 해방 직후부터 심각한 것이었다.

32 이는 실제로 진행되기 시작한 1950년대 초반 미국의 번역 원조 정책에 대한 관심에서도 비롯된 논의이기도 할 것이다. 자세한 사항은 이 글의 4장에서 밝히기로 한다.

33 백철, 「외국작품과 그 번역—근래의 번역소설을 중심하여」, 『문예』, 4(5)(送年號), 1953.11.20.

대의 불행은, 곧 사회적 문제가 되고 이는 곧 번역 정책의 필요성을 증대시킨 것이다. 새로운 국민국가를 건설하는 데 있어서 국민들에 대한 계몽은 필수적으로 요구될 수밖에 없는 것이다. 이러한 시대에 상용 언어의 변화는 매우 중요한 문제일 수밖에 없는 것이다.

그리고 이러한 점은 오히려 국가에 의해서 근대 지식이 통제 관리되는 상황을 연출하게 한다. 이중어 세대는 아직까지도 일본어를 통해서라도 필요한 근대 지식을 섭취할 수 있었지만, 조선어 세대는 번역한 텍스트에 한해서만 지식을 학습할 수 있었다. 그 결과 이 두 세대의 지식 패러다임은 단절될 수밖에 없고, 후자가 섭취하는 지식은 국가에 의해서 관리되었다. 그러나 후세대의 특권이 없었다는 것은 아니다. 일부 인텔리 계층을 제외하고, 일본어를 통해서만 섭취가 가능했던 근대 지식의 경우, 대중에게는 한없이 높은 벽이었다면, 조선어 세대에게 근대 지식은 한정적인 것이었지만, 보다 손쉽게 다가갈 수 있는 대상이었기 때문이다. 번역은 이렇게 '한정적인', 근대 지식의 대중화, 지식인 계층의 확대에 기여하게 된 것이다.

3. 번역의 정치, 정책과 그 성과
—'번역' 대상의 선별과 새로운 지식장의 구축

1) 기획된 번역(단행본)—미국의 문화 원조와 국가의 번역 정책

1950년대 번역 시장을 활성화시키는 데 가장 크게 공헌한 것은 미공보원 등 미국 기관과 문교부 등 대한민국 국가 기관의 번역 정책이었다. 이러한 상황은 이미 해방기부터 시작된 것이기도 했다. 다음은 1950~1960년대 대표적인 번역가였던 김수영의 글이다.

> 미국 대사관의 문화과를 통해서 나오는 헨리 제임스나 헤밍웨이의 소설은, 반공물이나 미국 대통령의 전기나 민주주의 교본의 프리미엄으로 붙어 나오는 크리스마스 선물이다. 그들로부터 종이 배급을 받는 월간 잡지사들은 이따금씩, 『애틀랜틱』의 소설이나 번역해 냈고, 이러한 소설들은 'O. 헨리상'을 받은 작가의 것이 아니면, 우리나라의 소설처럼 괄호가 붙은 대화 부분의 행이 또박또박 바뀌어져 있는 것이었다. 이러한 새로운 탁류 속에서 미국의 '국무성'이 '서구문학'의 대명사같이 되었고 우리 작가들은 외국문학을 보지 않는 것을 명예처럼 생각하게 되었고, 다시 피부에 맞는 간편한 일본문학으로 고개를 돌이키게 되었다.[34]

34 김수영, 「히프레스문학론」, 『김수영 전집』 2(산문), 민음사, 2003, 283~286면 참조.

이 글은 당대 미국 문화가 어떠한 방식으로 수용되고 있었는가를 요약적으로 보여준다. 미국문화가 "미국대사관의 문화과"를 통해서 들어오고 있었다는 것, 그리고 그것들은 주로 "반공물이나 미국 대통령의 전기나 민주주의 교본의 프리미엄으로 붙어 나오는 것"이라는 점이다. 또한 월간 잡지사들이 종이배급을 받는 대가로 외국잡지의 소설을 번역해 냈고, 그 내용은 'O헨리상' 등을 받은 것들이 대부분이라는 점, 그리고 번역이 엉망이라는 점 등이다.

그리하여 가장 중요한 것은 이러한 새로운 '탁류' 속에서 "미국 '국무성' 문학이 '서구문학'의 대명사 같이 되었"다는 점이다. 그리고 이로 인해 "외국문학을 보지 않는 것을 명예처럼 생각하게 되었고, 다시 피부에 맞는 간편한 일본문학으로 고개를 돌이키게 되었다"는 것이다. 이를 볼 때, 이 구절은 당대 문인들에게 국무성 문학, 즉 미국의 문학은 그리 친근하게 다가오는 존재가 아니라, '국무성 문학'이라는 조롱거리, 즉 다소 경멸 섞인 대상이기도 했다는 점을 알려주는 것이다.

실제로 이러한 점은 1950년대 번역장의 핵심적인 사안들이었다. 해방 이후 미군정 선전국인 OCI는 기존의 공보국이 담당하던 공보활동 이외에도 미국적 삶의 방식을 한국에 심기 위한 자체적인 프로그램들을 진행시킨다. 그중에서 중요한 것이 도서의 번역과 배포에 관한 정책이었다.[35] OCI의 뒤를 이어 전후에 설치된 미국공보원USIS[36] 역시도 영어

35 OCI는 한국의 대중에게 다가가기 위해서는 서울 이외에 지역에서 한국인들이 미국 문화를 경험할 수 있도록 해야 한다고 믿었다. 그리하여 전국에 정보센터를 설립한다. 이들 센터는 미국 문화와 삶을 알리는 도서관이자, 연주홀이자, 정보센터였다. 각 센터는 미정부가 모든 점령국에 배포하기 위해 엄선한 기본 장서 이외에 국무부가 "신중하게 선별한"도서들을 비치하고 있었다. 이 외에도 미국 출판물의 번역 및 출판도 이들 센터의 주요 업무에 속했다. 이들이 소장한 서적은 "예외 없이 미국의 발전을 다루는 것"이어

관련 서적을 정책적으로 사회에 보급한다. 영문학이나 사회학 서적, 잡지 등을 대학도서관, 신문사, 잡지사에 기증한다. 특히 잡지의 보급은 당대 문화적 의식에 많은 영향을 끼쳤던 것으로 보인다. 미국 기관이 보급한 잡지 중에는 당대 비판적 지식인인 김수영이 관심을 가졌던 'Partisan Review', 'Encounter'지誌도 들어있다.[37]

공보국 이외에도 USOM(United States Operations Mission, 미국대외원조처)의 지원을 통해서도 외국서적의 도입이 활발해지는데, 1955년 전후에는 옥인동에 있는 이 기구에서 운영하는 외국서적 전문점이 있었고 그곳에서 웹스터 영영대사전(제2판, 1954)을 비롯한 신간을 비교적 싼값으로 구입할 수 있었다고 한다.[38]

단정수립 이후 미공보원USIS 출판과의 번역 사업은 1951년 3월에 시작되어 1957년 한 해 61권의 번역서를 출간하며 정점에 오른다. 1951년부터 1961년 상반기까지 번역・발간된 책은 모두 310권, 1966년 11

야 하며, 번역 및 출판대상이 되는 잡지 기사의 경우에는 "서구의 승리를 다루되, 폭력적인 시각에서 쓰이지 않은" 글에 한정되었다(김균, 앞의 글 참조).

36 정식 명칭은 United States Information Service. 미국 해외공보처(USIA)의 해외현지기관인 미국공보원. 각국에 있는 미국대사관 공보문화국의 창구 구실을 한다. USIS는 지리상 5개 지역, 즉 아프리카, 유럽, 동아시아 및 태평양과 미주(美洲), 북아프리카와 근동 및 남아시아로 구분되며 지부와 본부와의 연락을 맡는 USIA 워싱턴 본부지역국의 도움을 받는다.

37 『파르티잔 리뷰』는 당대 구할 수 있는 한도 내에서는 가장 좌파적인 성향의 자유주의 매체였고, 『엔카운터』는 문화자유회의(Cultural Freedom : 반공주의 지식인들의 국제적 조직)의 영국 지부 기관지였다. 당대 유입된 잡지를 살펴보는 것 역시도 당대의 지식 지형도를 그리는 데 매우 중요한 일이라는 점을 알려 준다(박지영, 「김수영의 문학과 번역」, 『민족문학사연구』 39, 민족문학사학회, 2009; 김용권, 「문학이론의 번역과 수용(1950~1970)」, 『외국문학』 48, 열음사, 1996.8, 14~16면; 문화자유회의와 『엔카운터』지에 대해서는 권보드래, 「『사상계』와 세계문화자유회의」, 『亞細亞硏究』 54(2), 고려대 아세아문제연구소, 2011 참조).

38 김용권, 앞의 글 참조.

월에 이르기까지 412점에 달했다고 한다. 그리고 번역된 도서는 고위 군 간부와 일반참모, 대학 등에 기증[39]되었으며, 다수는 학생들에 의해 직접 구입되거나 대학교재로 선택됐다.[40]

또한 번역 정책은 문총 등 국가주도의 문화단체나 문교부 등 국가기관에서도 실시된다. 문교부는 "외국의 양서를 우리글로 번역하여, 민족문화의 향상과 새 문화 창조의 기반을 마련하는 데 목적"을 두고 이 사업을 실시한다고 한다. 그러나 이 역시 외국원조기관인 '웅크라UNKRA'[41]에서 원조를 받아 실시한 것이다.[42] 이처럼 외국의 번역 원조 정책은 국가 기관을 통해서 진행되고 있었다.[43]

39 1955년에 미공보원은 미국의 정치, 군사, 역사, 경제, 문학 등 분야의 번역서 22권을 묶어 고위 군 간부와 일반참모 대학 등에 기증했다. 프레데릭 호프만, 『20세기 미국 시론』, 박문출판사, 1955; 『미국현대소설론』, 박문출판사, 1955가 그 예이다(김균, 「미국의 대외 문화정책을 통해 본 미군정 문화정책」, 『한국언론학보』 44(3), 한국언론학회, 2007.7 참조).

40 『서양사상사』, 『현대정당론』 등은 이러한 책들 중 대표적이다. 이 두 책은 Brinton, Crane, 최명관 역, 『서양사상사』, 수도문화사, 1957; Neumann, Sigmund, 민완기・오병헌・양호민 역, 『현대정당론』, 首都文化社, 1960으로 추측된다.

41 1950년 국제연합(UN) 총회의 결의에 따라 6・25전쟁으로 파괴된 한국경제의 재건과 복구를 목적으로 설립된 기구. UNKRA의 관심은 경제재건 문제뿐만 아니라 제2차세계대전으로 뿔뿔이 흩어진 이산가족과 전란으로 보금자리를 잃어버린 난민문제에도 집중되었다. 1억 4,850만 달러의 기부금이 34개 위원국과 5개 비위원국으로부터 출연되었다. 1958년 7월 1일 활동이 종료되었다.

42 웅크라는 전반적인 한국부흥계획 중 문교부사업부문에 8백만 불을 할당하고 있는데, 그중 외국서적도입용으로 1953년 6월 말까지에 20만 불 1954년도 7월 이후부터는 약 50만불을 할당하고 있다는데 이는 신년에 실시될 문교부 번역사업을 위하여 배정된 것이라고 한다. 그리고 이미 동사업에 소요되는 원고료인 6억의 예산도 계상하고 있다고 한다(「교과서 일체경신－번역위원회 설치코 사무개시」, 『조선일보』, 1953.1.5).

43 이를 위해 문교부내에는 번역심의위원회가 설치되기도 한다. 문교부령 제30호로 외국도서 번역 심의 위원회 규정을 제정하고 각 분야의 권위자를 심사위원으로 위촉하였다. 철학을 비롯하여 21부문에 걸쳐 28인으로 구성된 이 심의위원회에서는 사업에 관한 종합적 계획 수립과 아울러, 번역할 도서와 역자의 선정 및 기타 필요한 사항을 심의 결정하여 문교부 장관에 자문한다(문교부, 「외국 도서 번역 사업」, 『문교개관』, 1958, 456～459면 참조).

이후 1953년 6월부터 9백만 환을 들여 '외국양서번역사업'이 시작되고, 1954년에는 47종이 선정되어 번역 원고가 탈고되어 인쇄출판케 된다.[44] 이러한 번역 원조는 을유문화사와 같은 개별 출판사에도 지원된다. 1954년 이후 발간하기 시작한 『구미신서歐美新書』(1965년까지 전 50권 완간)와 『현대미국단편소설선집』, 이 두 시리즈는 미국공보원의 지원으로 역간譯刊되었다.[45] 이 외에도 한불문화협회에서 불문학총서가 기획된다든가, 문교부 원자력과에서 원자력 전문 번역을 기획하는 등, 다양한 통로에서 번역정책이 기획되고 실천된다.[46] 이러한 방식으로 발행된 도

44 30일 문교부에서 알려진 바에 의하면 외국도서번역 심의위원회에서는 단기 4287년도 외국우량도서로 번역할 것을 27권으로 결정하였다고 한다. 그런데 선정된 서적은 인문과학 13권, 자연과학 14권으로 되어 있으며 자연과학서적 중에서는 아마 3권이 탈고되어 머지않아 출판되리라고 한다(「우량외서번역-87년도엔 17권」, 『조선일보』, 1954.12.2). 외국도서번역 심의위원회에서는 1953년 6월부터 매년 한번씩 50권의 우량외국도서를 채택해서 번역사업 5개년 계획을 세워서 사업을 추진시키고 있다고 하는데 이미 탈고되어 앞으로 계속해서 나올 것이 30권이나 있다고 한다(「농학개론등-외국유량도서번역」, 『조선일보』, 1955.3.30). 『문교개관』에 의하면 4년 동안 172권을 선정하여 그중 133권을 번역 완료하였다고 한다. 번역을 완료 못한 39권의 도서는 역자들이 교환교수로 도미했다든가 기타 해외여행으로 인하여 부득이 중단 혹은 포기한 것이다(문교부, 앞의 책 참조).

45 을유문화사는 이 외에도 1956년부터 『번역선서(飜譯選書』 시리즈를 발간하는 등 왕성한 번역서 발간을 수행한다. 물론 이를 발판으로 을유문화사가 대형 출판사로 발돋움하게 되었음은 물론이다. 을유문화사 세계문학전집 중 가장 잘 팔린 책은 신상초가 번역한 파스칼의 『팡세』라고 한다. 1965년 11월 카뮈와 사르트르의 『반항인 / 문학이란 무엇인가』를 끝으로 전 60권이 완간된다. 을유문화사의 최대 숙원 사업이었던 『큰사전』의 출판에는 미군정과 록펠러재단의 도움이 있었다(미군정 문교부 편수국에 있던 앤더슨의 도움으로 록펠러 재단의 도움을 받게 된다. 이 재단의 원조는 한국전쟁기인 1952년에도 이어진다. 그러나 정부의 방해로 록펠러 재단의 원조가 중단되었다고 한다. 정진숙, 『을유문화사 50년사』, 을유문화사, 1997, 123~125·134~137·182~186면 참조).

46 "한불문화협회에서는 불문학총서 전12권을 번역 간행하기로 되어 『몽테뉴의 수상집』(손우성 역)을 위시하여 작품과 역자가 결정되고 제1차 간행이 오는 9월 초순에 있게 되리라고 한다."(「불문학 총서 번역」, 『동아일보』, 1958.6.3); "문교부 원자력과에서는 원자력에 관한 지식을 널리 보급주지시키며 원자력에 관한 계몽사업을 추진하는 의미에서 원자력에 관한 서적을 우리말로 번역하도록 전문가에게 위촉하였다는 바 위촉한 서적명과 번역위촉자들의 성명은 방사능방어법에 이영재(李永在), 소디움 흑선원자로를 사용한 발전소-현경호(玄京鎬), 우라늄과 로륨 자연광은 이철재(李哲在)이다."

서를 살펴보면, 번역 원조 정책의 의도를 알 수 있을 것이다.

미공보원의 번역 정책에 의해 처음 간행된 문학작품은 1953년 7월 간행된 호돈의 『주홍글씨』(최재서 역, 을유문화사)이다. 이후 8월에 윌라 캐더Willa Cather의 『개척자』 (여석기역, 을유문화사)가 잇달아 나온다. 그후 계속 간행된 작가로서는 멜빌Herman Melville, 포Edgar Allan Poe, 존 스타인백John Steinbeck, 마크 트웨인Mark Twain, 오 헨리O. Henry, 제임스 쿠퍼James Fenimore Cooper, 스테판 크래인Stephen Crane, 소로Thoreau, 잭 런던Jack London, 엠머슨Emerson, 헨리 제임스Henry James, 헤르만 우크Herman Wouk. 클라크W. V. T. Clark, 손턴 와일더Thornton Wilder, 오닐Eugene Gladstone O'Nell, 셔우드 앤더슨Sherwood Anderson, 제임스 에이지James Agee, 주이트S. O. Jewett 등 18세기에서 현대에 이르는 여러 작가들이다.

또한 이러한 제도를 통해 작품론, 평론, 문학사가 들어온다. 이러한 텍스트를 통해 대중은 현재 미국문학계와 평단에서 영향력이 많은 학자, 평론가의 미국문학관을 접할 수 있게 된 것이다.[47] 문학사, 평론, 작가, 작품론 가운데는 마르쿠스 쿤리프Marcus Cunliffe의 『미국문학사』(송욱 역, 1956)를 위시하여 로버트 스필러Spiller의 *The Cycle of American Literature*가 역출되고 헨리 레그너리사의 『20세기미국문학연구총서』(전5권, 수도문화사, 1958), 윌라드 소프Willard Thorp의 『20세기미국문학』 등의 저서와 르네 웰렉과 워렌의 『문학의 이론』(백철 · 김병철 역, 1959), 그리고 라이오넬 트릴링의 『문학과 사회』, 알렌 테잇의 『현대문학의 영역』, 아합 핫산의 『전

(「원자지식을 보급－당국전문가들에 외서번역위촉」, 『조선일보』, 1956.6.22)

47 김용권, 「한국문학에 끼친 미국의 영향과 그 연구」, 『아세아연구』 10, 고려대 아세아문제연구소, 1967, 9면 참조.

후미국문학론』, 중요한 평론과 문제작도 간행되었다. 이밖에도 'University of minesota pamplets on American Writer' 총서 가운데 10권이 나왔고. 트와니에사에서 나오는 미국작가론총서 가운데 스타인백, 포크너, 포 및 와일더의 평전이 나왔다고 한다.[48]

문학작품 이외에 문교부의 번역 정책에 의해서 출판된 양서는 루소의 『민약론』, 빈델반트의 『철학개론』, 칸트의 『프롤레고메나』, 듀이의 『민주주의와 교육』, 헤겔의 『법철학의 근거』, 존 스튜어트 밀의 『자유론』, 뒤르켐의 『사회학방법론』, 괴테의 『파우스트』 등 수학, 천문학, 생물학, 의학 등 광범위에 걸친 50종에 달하는 저명한 서적들이다.[49] 그 분야도 철학, 종교, 심리학, 교육학, 법학, 정치학, 경제학, 사학 및 고고학, 사회학, 언어학, 수학, 천문 기상학, 지리학, 물리학, 화학, 생물학 및 지질학, 의학, 생리학, 약학, 농학, 문학, 예술학, 수산학으로 다양하다.[50]

이 중에서 대표적인 텍스트는 1954년 10월 발간된 『법에 있어서의 상식』(Paul Vinogradoff, 서돈각 역, 문교부)이다.[51] 이후 1955년에도 외국도서 번역 심의위원회에서는 우량도서로 채택한 외국서적 두 권이 번역되어 나왔다고 발표한다. 이 두 권의 서적은 조백현 번역의 J. W. 패티슨의 『농학개론』과 정대위 씨가 번역한 아놀드 토인비의 『역사의 한 연

48 위의 글, 9면 참조.

49 「번역도서 불원 출간－민약론 위주 50종의 양서」, 『동아일보』, 1954.3.15.

50 위의 글. 『조선일보』에서는 그 분야를 철학, 심리, 사학, 사회학, 언어학, 수학, 화학, 생물학, 광물, 농업, 공업으로 보도하고 있다(「외국우량도서번역 900만 환 들여 착수」, 『조선일보』, 1954.8.8 참조).

51 당시 신문기사에 의하면, "전문 227페지 46판으로 되어 있는 동서적은 법의 기본원칙 즉 사회규범과 법규범 권리와 의무 관계들 그리고 법의 목적과 수단을 간명하게 해명하는 법학인문서이다."(「당국 번역서 첫 출간」, 『동아일보』, 1954.10.18); 각주 44번 참조.

구』이다.[52]

이러한 번역서가 당대 사회에 끼친 영향력은 매우 큰 것이었다고 볼 수 있다. 예를 들어 르네 웰렉의 『문학의 이론』은 당대 대표적인 문학 의식의 조류였던 신비평의 고전서이며 라이오넬 트릴링은 급진적 자유주의자로서, 당대 진보적 지식인들에게 의식적 영향력이 큰 작가였다.[53]

철학서 중 루소의 『민약론』이나 듀이의 『민주주의와 교육』, 토인비의 『역사의 한 연구』는 당대 지식인들에게 거의 교과서적으로 다가왔던 텍스트이다. 루소의 경우는 당대 지식인들 사이에서 민주주의에 관한 이론서로 많이 읽혔다.[54] 듀이의 교육철학이 대한민국 교육사에 끼친 영향력은 크다.[55] 토인비의 경우는 지식잡지 『사상계』에서 1950~1960년대에 걸쳐 13회나 기사로 편재될 정도로 관심을 많이 받는 학자이다.[56] 물론 이 사상가들의 사상이 진보적인 것이라 보기는 어렵다. 그러나 이러한 번역 텍스트는 당대 지식인들이 반공주의적 검열의 한계 내에서 그나마 진취적인 담론을 취하고자 했던 노력의 흔적이기도 하다.

52 각주 44번 참조.

53 알렌 테잇 역시 트릴링과 함께 김수영에게 많은 영향을 끼쳤던 비평가이다(박지영, 「김수영 문학과 번역」, 『민족문학사연구』 39, 민족문학사학회, 2009 참조).

54 김수영의 산문에서도 루소에 대한 언급이 나오고 김수영의 일기에서는 루소의 『민약론』 중 3편 4장 「민주정치에서」가 소개되어 있다(김수영, 「일기초(抄) 2, 7월4일」, 『김수영 전집』 2(산문), 민음사, 2003, 500면 참조).

55 식민지 시대부터 듀이를 연구했던 오천석은 1946년에도 강의교재로 『민주주의 교육의 건설』을 집필하여 듀이의 교육철학을 소개한 바 있다. 해방기 때 발간된 번역서는 완역이 아니라 부분적으로 번역한 것이고 이후 완역판은 오천석이 임한영과 듀이3년 문교부에서 발행한다. 자세한 내용은 예철해, 「듀이 교육사상이 한국 교육과정에 끼친 영향」, 동국대 박사논문, 2004, 70~77면 참조)

56 李海南, 「사상과 생애, 현대를 형성하는 사상가들-(歷史) 아놀드 J. 토인비-歷史學者」, 『사상계』 35, 1956.6, 盧明植, 「特輯 歷史觀의 鳥瞰圖-아놀드 J. 토인비의 歷史觀」, 『사상계』 180, 1968.4 외 다수의 글이 실려 있다.

또한 번역서 중 가장 인기를 끌었던 것은 앞서 인용구에서도 나왔던 '미국대통령의 전기'인, 케네디 관련 텍스트(J. F. 케네디, 진봉천 역, 『용감한 의원의 투쟁사』, 시사통신사, 1956)로, 약 2만 부 이상 팔렸다고 한다. 현재 대학교재로 분류되는 이 책을 통해 많은 청년들은 미국의 민주주의에 대한 환타지를 품을 수 있었을 것이며, 이것이 바로 미국 문화 원조의 주요 목적이었다.

그리고 미공보원의 번역 정책으로 발간된 총 번역서 310여 권 중 50여 권이 공산주의 비판 관련 서적이었다. 1955년 이후 미국이 '경제적 병존'이란 냉전정책을 추구하는 상황에서 반공주의적 인식은 감정적 행동이 아닌 논리적 비판으로 전환한다. 이러한 점은 당대 번역서의 정치적 지향성이 당대 문화나, 의식세계를 형성하는 데 매우 큰 역할을 했으리라는 점을 알려주는 것이다.

그리고 번역 텍스트는 개별 출판사의 기획 하에 진행된, 당대 번역인들의 번역을 통해 일반인과 학생층에 보급되기도 했다. 그 대표적인 예가 바로 '세계문학전집'이었다. 1958년 이후 출판계에서는 세계문학전집 간행 붐이 일었다. 당대 대표적인 출판사인 정음, 동아, 을유 등 제 출판사에서 '세계문학전집'을 간행한다.[57] 이 이례적인 출판 붐은 "월부라

57 「번역의 정도 바로 잡기를—세계문학전집 출간에」, 『동아일보』, 1958.7.3. 세계문학전집을 최초로 기획 출판한 출판사는 동아출판사였다. 1958년 11월 1일 사르트르・카뮈편(이항・이진구 역, 『벽, 흑사병, 유적(流謫)과 왕국』)을 제1회 배본으로 한 세계문학전집 전18권을 기획 출판하였고, 이어서 1958년 1월 25일 D. H. 로렌스 『무지개』(김재남 역)를 시발로 전 50권을 발간한 정음사, 1959년 8월 25일 어윈 쇼 『젊은 사자들』(김성한 역)을 시발로 전 60권을 완간한 을유문화사를 위시하여 전집류 25종, 문고, 신서류 17종이 발간 전 가히 번역문학의 르네상스적 현상의 그 시초의 문을 열었다고 한다. 김병철의 자료 조사에 의하면 50년대 간행된 세계문학전집 번역서는 187권이다. 1, 2기에 20권씩 그리고 3기에 10~20권씩, 이렇게 전60권이라는 방대한 기획으로 간행되는 정

는 마케팅 전략"과 당대 학생, 지식인들의 "지적인 요구"[58]에 의한 것이다. 고로 이러한 세계문학전집의 기획은 당대 문학 번역에 대한 대중들의 요구에 제대로 응답해야 했다.

우리는 먼저 대중의 구미를 짐작하며 그 취향에 맞는 작품을 선택해야만 할 것이며 그와 아울러 번역된 문장은 독자가 용이하게 이해할 수 있는 글이 되어야만 할 것이다. (…중략…)

헌데 막상 번역을 착수하여보자면 이상하게도 적당한 것이 손에 잡히지 않는다. 우리 출판사정으로 페이지수가 많은 것은 곤란하고 알맞은 것은 이름이 알려지지 않았고 희곡은 아직 취미에 오르지 않았고 시는 번역하기 어렵고 등등 먼저 불리한 조건만이 눈에 뜨인다.

이미 출판된 것으로 보면 앙드레 지드의 『좁은 문』같은 것은 지금쯤 가장 요청될 때이며 모오파상의 단편집도 좀 편수를 늘려서 내어볼 만한 때이다. 지이드의 작품은 더 많이 소개되어도 좋을 것이다. 최근에 출판된 카뮈의 「이방인」 사르트르의 「구토」 등은 당연히 나와야 할 것이 나왔는데 아직 실존주의 사상이 우리대중에 이해된 때가 아니라 그 소화가 우려된다. 더 실존주의란 것에 대한 소개를 충분히 평이하게 하여 놓을 필요가 있다. 이러한 최첨단의 작품은 금후도 계속하여 나올 것으로 기대되지만 그와 아울러 지금은 우리 독자층에게 이해되기 쉬운 19세기 작품을 계통적으로 좀 더 광범

음사의 전집의 간행은 '월 2권'을 목표로 하고 있었다고 한다. 또한 동아에서는 세기별로하여 20세기의 것에 먼저 손을 대었는데 세기별로 하지 않고 있으며, 동아의 번역진은 30대의 비교적 젊은 층이 많다는데 비하여 정음은 시니어급이 비교적 많이 동원되고 있다고 한다(김병철, 앞의 책, 21~23면 참조).

58 김붕구 외, 좌담회, 「르네쌍스가 가까웠다—번역문학 부움이 의미하는 것」, 『사상계』 74, 1959.9.

하게 출판해야 할 때가 아닌가 한다. 우리 사회에 불가결한 최소한도의 정신 자양이며 이만한 소개도 없이 우리들의 문학이 건전히 발전되기는 기대할 수 없는 일이다.[59]

여기서 번역 대상으로 지적한 지드, 카뮈, 사르트르 등은 당대에는 소위 '최첨단의 작품'이다. 그 외에는 "우리 독자층에게 이해되기 쉬운 19세기 작품을 계통적으로 좀 더 광범하게 출판해야" 한다고 소개하고 있다. 이처럼 당대 번역문학의 대상은 "최첨단의 작품"이거나 고전이다. 이러한 점은 당대 '교양'이 문화의 핵심 키워드로 떠올랐던 사정과도 관련이 깊은 문제이다.[60] "최첨단의 작품"과 "19세기 작품"이라는 콜렉션의 기준은 유효한 것이다. 그 번역의 결과는 이러한 기획대로 나타났다.

1950년대 번역문학사의 정점을 찍는 1958년 번역 현황을 진단하는 한 기사는 그 결과를 다음과 같이 전한다.

여러 출판사에서 단행본으로 또는 선집 혹은 전집의 형식으로 간행한 책을 보면 구미작품이 단연 압도적 다수를 차지하고 있다. 그리고 시대적으로는 셰익스피어와 괴에테를 제외하고는 대체로 19세기 이후의 작품이 가장 많았다. 작품으로서는 고전으로서 정평있는 작품과 한동안 특히 일정시(日政時)에 유행하였던 작품과 실존주의와 같은 커다란 감명을 일으킨 최근사조와 관련된 작품과 순전한 대중적 작품과 기타 선정적 작품들이 있었다. 그

59 손우성, 「문화건설과 번역문학」, 『신천지』 8(7), 1953.12.
60 이에 대해서는 천정환, 「특집 : 개발 / 계발과 문학－처세, 교양, 실존－1960년대의 "자기계발"과 문학문화」, 『민족문학사연구』 40, 민족문학사학회, 2009 참조.

> 리고 작품선정에 있어서는 노오벨 문학상 기타 저명한 문학상을 받았다는 세기의 거작이라는 데서 또는 성영화(星映化)되었다는 데서 또는 어떤 개인 혹은 특정한 집단의 취미 내지 회상의 산물이라는 데서 또는 대학에서 똑같은 작품이 원서강독에 사용된다는 데서 기타 등등으로 세상에 나오기 전까지는 허구한 곡절이 있었던 것으로 보인다. 여하튼 사르트르, 카뮈, 그래함 그린, 로렌스, 헉슬리, 헤밍웨이, 포크너, 모옴, 펄・벅과 나란히 해서 아르치바세프의 「사닌」, 다눈치오의 「죽음의 승리」, 막스 뮐러의 「독일인의 사랑」 등의 진기한 작품이 나왔으니 말이다. 그리고 시장성에 대한 지나친 고려와 지나친 무관심이 교체되어 있음을 쉽사리 볼 수 있었다. 역자의 자질이나 ◯경도 천차만차를 이루고 있다. 주로 일본어에서의 중역과 원어에서의 직역, 내지 구라파어에서의 중역에 의한 도스토예프스키나 톨스토이, 릴케, 헤세의 상이한 역본이 언어습관의 면에서 과연 어떠한 차이를 드러낼 것인지 궁금한 일이다.[61]

이 글의 진단대로 당대 세계문학전집의 주류는 단연 '구미작품'이었다. 1953년에 손우성이 제시한 번역 과제를 거의 그대로 수행하고 있는 것이기도 하다.[62] 대체로 이들은 대학교재로 사용된다든가 하는 실용적

61 「58년 리포트 : 외국문학－활발한 역서출판」, 『조선일보』, 1958.12.18 참조.

62 일례로 을유문화사의 전집을 소개하면 다음과 같다. 어윈쇼, 金聲翰 역, 『젊은 獅子들』(v.1); 존 스타인백, 康鳳植 역, 『忿怒는 葡萄처럼』(v.2); 버지니아 울프, 金在相・李鍾求 역, 『댈러웨이 夫人 올란도』(v.3); 알베레스, 鄭明煥 역, 『二十世紀의 知的冒險』(v.4); 조르주 베르나노스, 安應烈 역, 『어떤 시골 神夫의 日記, 갈멜 修女들의 對話』(v.5); 헉슬리, 朱耀燮 역, 『戀愛 對位法』(v.6); 파스칼, 申相楚 역, 『팡세』(v.7); 서로이언・앤더슨, 李浩成 역, 『人間 喜劇 / 어두운 青春』(v.8); 로렌스, 金在相 역, 『날개 돋친 뱀』(v.9); 헤르만 헤세, 朴鍾緖 역, 『유리알 遊戲』(v.10); 『權力과 榮光』(v.11); 그레이엄 그린, 黃燦鎬 역, 『密使』; 토마스 하디, 鄭炳相 역, 『歸鄕, 女人의 幻想』(v.12); 趙容萬 역, 『近代英國戲曲

인 요구와 최근사조의 섭취를 기다리는 지식인들의 요구, 그리고 대중적(선정적) 요구 등에 의해 번역된 것이다. 이러한 조건은 당대 번역의 기획이 어떠한 출판 토대하에서 이루어지는지를 잘 보여준다. 그리고 이를 통해서 지식인과 대학생, 그리고 대중들의 지식, 교양의 토대가 형성된다.

그러나 이 글은 역자의 자질문제, 시장성에 대한 지나친 고려와 지나친 무관심의 교체 등에 대한 문제제기도 잊지 않고 있다. 그래서인지 실

選』(v.13); T. S. 엘리옷, 李昌培 역, 『엘리옷選集』(v.14); 폴로베르, 梁元達 역, 『살람보, 純精』(v.15);시엔키에비치, 南龍祐 역, 『쿠오바디스』(v.16); 李昌培 편, 『英美隨筆選』(v.17); 단테, 崔玟順 역, 『神曲』(v.18); 謝瑩, 金在相 역, 『女兵自傳, 紅豆 離婚』(v.19); 丘冀成 역, 『近代獨逸短篇集』(v.20); 제임스 조이스, 朴時仁 역, 『少年藝術家의 肖像, 더블린 사람들』(v.21); 샬롯 브론테, 李根三 역, 『제인 에어』(v.22); 허만 멜빌, 梁炳鐸 역, 『白鯨』(v.23); N. V. 고골리, 安康民 역, 『죽은 魂, 外套』(v.24); 차알스 디킨스, 李基錫 역, 『데이비드 커퍼필드』(v.25); 버트런트 러셀, 鄭鳳和 역, 『西洋의 智慧』(v.26); 모옴, 朴珍錫 역, 『人間의 멍에』(v.27); 존 밀턴, 柳玲 역, 『失樂園, 復樂園』(v.28); 월터 스콧, 金秉哲 역, 『아이반호』(v.29); 괴테, 姜斗植 역, 『파우스트, 젊은 베르테르의 슬픔』(v.30); 장 자크 루소, 趙洪植 역, 『懺悔錄』(v.31); R. 워렌 · A. 어스킨 편, 梁炳鐸 역, 『現代英美短篇集』(v.32); 夏目漱石, 金聲翰 역, 『나는 고양이다』(v.33); 라빈 드라나드 타골, 柳鈴 역, 『타골選集』(v.34); 셰익스피어, 金在相 역, 『셰익스피어』(v.35); 康鳳植 편역, 『그리스로오마 神話』(v.36); 새커리, 金龍澈 역, 『虛榮의 市場』(v.37); 윌라 캐더, 康鳳植 · 朱耀燮 역, 『나의 안토니아, 大主教의 죽음』(v.38); 모파상, 梁元達 역, 『女子의 一生』(v.39); 보카치오, 南龍祐 역, 『데카 메론』(v.40); 마크 트웨인, 金秉喆 역, 『톰소여의 冒險』; 『헉클베리핀의 冒險』; 『미시시피강의 生活』(v.41); 레마르크, 丘冀星 역, 『凱旋門, 西部戰線異狀없다』(v.42); 金鵬九 외역, 『佛蘭西短篇集』(v.43); 도스토예프스키, 李東鉉 역, 『白痴』(v.44); 마가렛 미첼, 梁元達 역, 『바람과 함께 사라지다』(v.45); 토마스 만, 李孝祥 역, 『붓덴브르크 一家』(v.46); 스탕달, 兪億鎭 역, 『빠르므의 僧』(v.47) , 戀愛論; 발자크, 李鎭求 역, 『사라진 幻想』(v.48); 헤밍웨이, 鄭炳祖 역, 『武器여 잘있어거라』, 『노인과 바다』, 『해는 또다시 뜬다』(v.49); 니체, 姜斗植 역, 『箴言集』(v.50); 드라이저, 金秉喆 역, 『아메리카의 悲劇』(v.51); 세르반테스, 吳革燮 역, 『돈키호테』(v.52); 투르게네프, 金鶴秀 역, 『사냥꾼의 手記』(v.53); 골즈 워디, 朴基盤 역, 『포오사이트家』(v.54); 지드, 梁元達, 金義貞 역, 『背德者』; 『씨앗 한알이 죽지 않으면』(v.55); 헤르만 주더만, 李東昇 · 金星鎭 역, 『憂愁夫人 / 외나무다리』(v.56); 카뮈 · 사르트르, 金鵬九 역, 『反抗人 文學이란 무엇인가』(外)(v.57); 존 라스킨, 李佳炯 역, 『藝術經濟論, 깨와 百合』(外)(v.58); 토마스 칼라일, 朴時仁 역, 『英雄崇拜論, 過去와 現在』(v.59); 車柱環 역. 『東洋의 智慧』(v.60)

제로 이렇게 화려하게 기획된 번역 사업은 기대만큼 진행된 것은 아니었다. 1955년 3차년도 사업이 진행될 때까지, 번역된 텍스트가 출판된 것은 겨우 8권뿐이라고 한다.[63] 그렇다면 그 원인은 무엇일까?

> 전기와 같은 실패의 원인에 대해서 문교당국자는 ① 번역도서를 추천하여도 잘 사지를 않아 판매에 애로가 있다. ② 잘 사지를 않으니까 국정교과서를 취급하고 있는 문교부의 지정공급인이 공급망을 통해서 서적을 판매하려고 않는다. ③ 서적판매수수료를 서적가격의 3할 내지 3할 5부나 받고 있는 시중 서점에서는 판매수수료가 1할 5부인 문교부의 번역도서를 가져가지 않는다. ④ 번역도서의 출판을 맡고 있는 합동도서회사에서는 제본이 되어 있지 않는 번역도서의 원고를 쌓아놓아도 은행융자에 일종의 담보물이 되니 구태여 출판하려고 않는다는 등의 네 가지 이유를 들고 있는데 이러한 애로의 타개책을 좀처럼 고려하고 있지 않아 외국도서 번역사업이 더욱 곤란 상태에 빠지고 있다.[64]

이 글이 분석하고 있는 번역 도서 출판이 부진한 가장 큰 원인은 수요층이 엷은 것이다. 또 하나는 판매수수료가 적은 문교부의 번역 도서를 서점에서 팔 리가 없다는 것이다. 그 결과 번역도서 원고가 미처 출판되

63 당대의 신문기사에 의하면, "이제까지 출판을 해냈어야 할 72권의 서적 중 8권만이 출판되고 있어 모처럼 세운 당국의 계획이 좌절된 상태에 있다"고 한다. "즉 문교당국에서는 86(1953)년도에 번역하기로 한 45권의 서적을 26권의 서적을 번역해서 5권을 출판하였고 87(1954)년도에는 27권 중에서 20권을 번역하고 출판은 3권밖에 못하였으며 금년도에 들어서서는 10월이 되어도 아직껏 외국우량도서를 추천조차 하지 않고 있는 것"이라고 한다.

64 「출판된 것 겨우 8권뿐. 외국우량도서의 번역사업」, 『조선일보』, 1955.10.8.

지 못한 것이다. 이를 볼 때 문교부를 비롯한 정부 당국은 번역에 돈을 지불하되, 그 원고가 어떠한 방식을 유통되어야 하는지에 대한 진지한 고민이 없었던 듯하다. 또한 수요가 적었다는 점은 문교부에서 선정한 번역도서가 그다지 대중적인 것이 아닌, 전문적인 것이 많았던 데 기인하기도 한다. 「농학개론」이나 원자력 관련 서적은 전공이 아니면 사서 보기 힘들기 때문이다. 아직 국가가 지원하는 번역 시스템은 이렇듯 허술했던 것이다. 문교부는 출판사를 지원하는 등 여러 보완 계획을 세웠으나 이는 번역된 원고를 수용하기엔 턱없이 부족한 것이었다.[65] 이처럼 1950년대 번역에 대한 이상적인 기획과 달리 그 현실적인 결과는 미미했다.

앞서 인용한 대로 세계문학번역 사업에도 문제가 있었다. 영, 미문학을 제외하고 독문학이나 불문학에 있어서는 번역진이 한정되어 있다는 것이다. 결국 고전에서부터 기획을 세웠던 '창원'은 포기하고, '범문汎文'은 전집 아닌 다른 각도에서 막스 뮐러, 포프, 모옴, 헤밍웨이, 장 콕도 등 아홉 가지의 작품정선출판을 기획하여 발간하였다고 한다.

그 와중에 각 출판사 간의 경쟁도 치열해 보인다. 이를 보도하는 신문기사에는 "'정음', '동아' 각 출판사에 의한 '세계문학전집' 발간으로 자못 활기를 띠운듯 보이는 작금의 출판가는 번역문학의 유행과도 같은

65 문교부는 1954년에 합동도서주식회사를 선정하여 출판 계획을 실행하고자 했으나 겨우 5권의 도서를 출판하고 만다. 그리하여 1955년 발행인에게 번역도서를 출판함에 소요되는 조판비의 시중 상당액을 국고금으로 보조하여 도서 가격을 낮추어 그해 18권의 도서를 발행하는 데 성공하게 된다. 그리고 각도지사와 직속 기관장에 발행 도서의 보급을 적극 권장하는 다소 강압적 정책을 쓰기도 한다. 그러나 조판비만으로는 막대한 손해를 감수하기 어려워 다시 1957년 시중 출판사 중 민중서관과 청구출판사를 지정하여 출판을 배당하고, 종래의 발행권을 한국 번역 도서 출판사에 이양하여 발행하도록 하여 46권을 발행하였다고 한다(문교부, 앞의 책 참조).

양상을 나타"낸다고 한다. 그러면서도 그들은 번역전집 발행이 "번역문학의 정도를 바로잡아보려는 방향으로 나온 것이라 볼 수 있는데, 이것이 너무도 류행의 시풍처럼 왔기 때문에 서로 경쟁적으로 흘러 오래지 않아 쇠퇴할 운명을 자초하지 않을까"라는 우려를 표하기도 한다.[66] 이는 그만큼 번역문학 도서가 많이 팔렸다는 사정을 증명해 주는 것이지만, 반면 급한 만큼 양질의 번역이 순조롭게 이루어지지 않았다는 점을 짐작하게 한다. 성급하게 경개역更改譯이 시도된 것이 그 예라고 한다.[67]

영문학자 여석기의 말에 의하면, "집필진의 얘기를 들어보면 '시일時日'이 급하여 원본과 일본판의 두 가지를 놓고 번역을 해본 일이 있는데, 일본판본을 보게 되면 시간이 훨씬 더 걸린다는 것을 발견하였"다고 한다. 그리하여 "세계문학전집 같은 것은 두 출판사 이상에서 나오기보다는 현실적으로 보아서 번역진에게 좀 더 시간상 경제상의 여유를 주어 정말 자신있는 번역을 할 수 있게 했으면 한다"[68]고 전한다. 이는 그들이 시급한 일정에 쫓기어 일본어 판본을 놓고 원본과 대조해가면서 번역을 시행했다는 것을 고백하는 것이기도 하지만, 그래도 원문 번역을 지향했다는 점을 증명해 주는 것이다. 원어주의原語主義와 완역주의完譯主義를 추구했다는 을유문화사 세계문학전집[69]의 자부심은 이러한 시대 상황에서 나온 것이다.

작가별로 살펴보면, 양주동(『T. S. 엘리옽전집』)과 이창배(『엘리옽선집』)

66 「맞서게 만든 번역문학－작금의 출판가점묘」, 『동아일보』, 1958.11.26.

67 『요약세계문학전집』, 고급출판사, 1955; 김광주 역, 『세계명작순례』, 계명문화사; 강범우 외역, 『세계명작다이제스트』, 정신사, 1959 등이 그 예라고 한다(김병철, 앞의 책, 24면 참조).

68 「맞서게 만든 번역문학－작금의 출판가점묘」, 『동아일보』, 1958.11.26.

69 정진숙, 앞의 책, 177~179면 참조.

의 엘리옷 번역이 당대의 큰 수확으로 꼽히고, 희곡분야의 경우는 역시 최재서, 오화섭 등이 참여한 셰익스피어 번역을 성과로 들 수 있다. 특히 김재남의 '셰익스피어전집' 발간은 큰 의미라고 한다. 엘리엇이 당대 지식층에 끼친 영향력은 이미 증명된 것이며, 셰익스피어의 위력은 지금도 지대하다.

이처럼 1950년대 문학 번역의 영향력은 매우 큰 것이었다. 그리고 이는 미국의 원조와 국가의 기획에 의해 실행된 것이며, 이는 매우 정치적인 시도였다. 그리고 그 정책의 결과는 당대의 지식층, 대중적 교양을 요구하는 독자층, 그리고 문단의 지적 성장에 많은 기여를 하면서 당대 지식인들과 대중들의 이념을 구성하는 데 이바지하게 된 것이다. 그리고 이러한 결과에는 상술한 대로 공공성과 함께 상업성을 추구했던 출판자본의 기획, 그리고 번역가들의 절박한 생계 의식과 엘리트 의식이 기묘하게 작용했다.[70]

2) 지식의 원천으로서의 외국잡지 번역

—구성된 의식과 전위성의 의미와 한계

1950년대 번역문학사를 살피는 데 필수적으로 살펴야 하는 것은 단행본 이외에 매체에 실린 번역기사들이다.[71] 그런데 단행본이 주로 국가

70 이에 대해서는 다음 장에서 설명하도록 하겠다.

71 1950년대 문예잡지의 주요 키워드는 전통과 번역이다. 이는 국민국가의 문화정책에 '전통'과 '번역'이 중요한 키워드임을 증명해 주는 것이다. 이에 대해서는 박지영, 「이념의 벽을 넘어, '혁명'을 꿈꾸다.—해방 이후 한국 현대문학 잡지가 걸어온 길(1945~

나 출판사의 기획에 의해서 이루어진 것이라면, 매체에 실린 기사들은, 서론에서 다룬 김수영의 일화가 말해주는 대로, 주로 번역자들과 출판업자의 기획 속에서 자의적으로 이루어진다.

그런데 당시 이러한 주체들의 선택 범주 역시 미국과 국가정책의 테두리 안에서 진행된 것이었다. 미국공보원에서는 고급 페이퍼 백 세트 이외에도 주간, 월간, 계간지도 여러 종 들여와 대학 도서관, 신문사, 월간 잡지사에 기증하였다.[72] 이러한 통로를 통해 구입한 단행본, 평론지에 실린 평론의 전문 또는 일부가 『문학예술』, 『자유문학』, 『사상계』에 번역되어 소개된다.

일례로 잡지 『문학예술』 1956년 2월호에 실린 엘리엇의 「문화의 정의를 위한 노트」(김용권 역)는 『파르티잔 리뷰』 44년 여름호에 실렸던 글이다.[73] 『사상계』의 경우도 9호(1954.1)에 실린 칼 야스퍼스(박경화 역)의 「니이체와 현대現代」는 아예 기사의 부제를 '파아티잔 리뷰지誌에서'라고 한다. 28호(1955.11)에 실린 스티븐 스펜더(김용권 역)의 「시작원리詩作原理」도 파르티잔 리뷰에서 실린 원문을 번역한 것이다.

『사상계』에 실린 번역 텍스트의 원문의 출전을 살펴보면, *Challenge*

1969)」, 『정신과 표현』, 2008.11 참조.

72 이때 기증된 잡지들로는 새터데이 리뷰(*Saturday Review of literature*), 애틀랜틱(*The Atlantic*), 하퍼스 매거진(*Harper's Magazine*), 케니언 리뷰(*The Kenyon Review*), 스와니 리뷰(*Sewanee Review*), 허드슨 리뷰(*The Hudson Review*), 예일 리뷰(*The Yale Review*), 버지니아 리뷰(*The Virginia Review*), 아메리칸 스칼라(*The American Scholar*), 퍼스펙티브 유에스에이(*Percpective USA*), 파르티잔 리뷰(*Partisan Review*), 엔카운터(*Encounter*) 등이 대표적인 것이다(자세한 사항은 김용권, 「문학이론의 번역과 수용(1950~1970)」, 앞의 책 참조).

73 이에 대한 그 밖의 예는 김용권, 「문학이론의 번역과 수용(1950~1970)」, 앞의 책, 14~15면 참조.

Magazine, Encounter, Harper's Magazine, The Atlantic Monthly, The Economist, The Yale Review, The Washington Post, The Saturday Review, The Paris Review, The New York Times 등 당대 유명한 외국잡지들이었다. 이 중 가장 많이 번역된 원문의 출처는 고급 문예 잡지 *The Atlantic Monthly*로 이는 당대 지식인들이 가장 관심을 보였던 분야가 문화 기사였음을 알려주는 하나의 증표이다.

본래 당대 미국잡지는 지식인들의 지식의 원천 중 하나였다. 『사상계』에는 김병철이 소개하는 「(해외문화海外文化) 현간 미국 중요 문예지고現刊美國重要文藝誌攷」(24호, 1955.7)란 기사를 싣고 있으며, 특히 100호 특집호에 실린 「내가 애독愛讀하는 외국잡지外國雜誌」[74]라는 기획 기사는 당대 외국잡지가 지식인들에게 끼친 영향력을 실감하게 하는 것이다. 김수영에게 큰 영향을 끼친 잡지가 『파르티잔 리뷰』라는 점은 이미 밝혀진 바 있듯이,[75] 김수영, 김규동 등 전후 세대 문인들의 머리속에 자리 잡고 있는 전위적인 문예이론의 주요 모델은 주로 이러한 텍스트의 번역을 통해 구성되었던 것이다.

이렇게 당대 매체에 대한 관심이 지대한 것은 매체와 그 독자들이 지향하는 바가 당대 논의되고 있는 전위적 문예이론을 동시대적으로 호흡하는 것이었기 때문이다. 당대 지식인들은 동시대적으로 전위적인 문예이론을 수용하여 문화적 근대성을 선취하고자 했던 것이다.

---

74 『사상계』 1961년 11월에 실린 이 기획에는 「유모어와 知的正直性－英國의 教養誌 『인카운터』, 『스펙테이터』」(金鎭萬); 「20世紀佛文學의살아있는資料」(金鵬九); 「'하이부로'의 美國文藝誌－『애틀랜틱』, 『하이 · 퍼』誌와 『쎄터디이 리뷰』, 『뉴요커』誌」(張旺祿); 「美國의 知的圖表－季刊文學評論誌」(金容權); 「要領있는 뉴스의 다이제스트－『타임』, 『뉴스위크』誌」(洪承勉)이 실려 있다.

75 조현일, 「김수영의 모더니티관에 관한 연구」, 『작가 연구』 5, 새미, 1998, 105~107면 참조.

당대 번역문학의 문화적 기반을 마련하는 데 기여했다고 평가되는 『문학예술』[76]의 경우는 어니스트 헤밍웨이, T. S. 엘리엇, W. H. 오든, A. 매클리시, 허버트 리드, 스티븐 스펜더, 어스킨 콜드웰, 존 스타인 백 등 영미문학가와 F. 카프카, 토마스 만 등 독일문학가, 장 콕토, 장 쥬네 등 프랑스문학가, 알베르토 모라비아 등 이탈리아문학가의 작품과 평론이 실려 있다.

이 중 유명한 텍스트로는 T. S. 엘리엇의 「문화文化의 정의定義를 위한 노오트」(4권 2호, 1956.2), 「비평의 경계」(3권 9~11호, 1956.9~11), W. H. 오든의 「시와 기계」(2권 1호, 1955.6.1), 스티븐 스펜더, 「모더니스트운동運動에의 조사弔辭」(3권 11호, 1955.11)가 실려 있다.

그리고 보다 지명도가 높은 작품들은 주로 『사상계』에 실린다. 알베르 카뮈의 「작가와 진실성」(1953.7), D. H. 로렌스의 「뱀」(1953.8), T. S. 엘리엇의 「구주문화통일론」(1954.2), 「시의 원리－시의 세 가지 소리」(1954.8), 장 폴 사르트르의 「실존주의는 휴머니즘이다」(1954.8), S. 스펜더의 「시작원리」(1955.11), 프란츠 카프카의 「판결」(1955.12), 앙드레 지드, 「지드의 일기초」, 시몬느 드 보부아르, 「문학과 형이상학」(1956.11), R. 웰렉・A. 워렌, 「문학연구론」, L. 트릴링, 「프로이드와 문학」(1959.9) 등이다. 현재에도 교과서처럼 신봉되고 있는 이러한 텍스트들은 당대 지식인들에게 동시대적으로 수용되면서, 지식인들, 특히 문인들의 미학적 의식에 큰 영향을 끼친다.

이렇게 번역된 텍스트의 성향은 크게 세 부류로 나눌 수 있다. 첫째,

76 이봉범, 「잡지 문학장의 재편과 잡지 『문학예술』」, 앞의 책 참조.

영미문학 중에서도 웰렉과 워렌, 블랙머와 같은 신비평가, 그리고 좌파적 성향이 강했던 일명 오든 그룹[77]의 스펜더, 오든과 급진적 자유주의자 트릴링 등으로 대표되는 뉴욕지성인파 그룹 등과 유럽의 사르트르, 카뮈, 카프카 등 실존적 경향이다.

그런데 이 세 가지 경향은 1950년대 문학의 주요 키워드로 앞서 살펴본 미공보원이나 국가기관의 원조로 발간된 번역 도서들의 성향과 그리 다른 것은 아니다.

엘리엇이 한국의 전통논의에 끼친 영향력은 이미 알려진 바[78]이다. 당대 지식인들은 엘리엇의 '전통' 개념이 '구라파의 고전에 대한 인문적 교양'이라는 사실에 대해서는 제대로 수용하지 못했지만, 전통이라는 이념 자체는 이미 엘리엇의 논의에서 시준을 얻은 것이라고 한다. 이 외에 실존주의의 영향력은 당대 비평과 창작 양자에서 큰 것이었다.

문제는 두 번째의 부류인데, 김수영이 멋쟁이라고 표현했던 오든 그룹과 그가 영향을 많이 받았다고 하는 뉴욕비평가 그룹을 주시해서 볼 필요가 있다. 김수영 번역했던 글들의 중요한 일부가 이들의 글[79]이었다는 사실은 이 시대 지식의 장을 이해하는 데에 중요한 맥락을 전해주는 것이다.

뉴욕지성인파로 불리워지는 이들은 1930년대 이후 미국내 전반적인 조류로 자리 잡았던, 신비평가들과 같은 시대에 활약했던 급진적 성향

77 C. 데이 루이스, 루이스 맥니스, 스티븐 스펜더, 오든 등이 여기에 속한다.

78 이에 대해서는 김주현, 「1960년대 소설의 전통 인식 연구」, 중앙대 박사논문, 2007 참조.

79 김수영이 번역한 텍스트 목록은 다음과 같다. 조지 스타이너(「마르크스주의와 문학비평」, 『현대문학』, 현대문학사, 1959.11~12), 앨프레드 케이진(「정신분석과 현대문학」, 『현대문학』, 현대문학사, 1964.6), 리차드 스턴(「이」, 『문학춘추』, 1964.7), 라이오넬 트릴링(「쾌락의 운명」, 『현대문학』, 현대문학사, 1965.10~11).

의 비평가 그룹이다. 대표적인 평론가인 알프레드 케이진Alfred Kazin은 자신들의 활동을 회상하는 자리에서 그들의 '목적은 무한한 사색의 자유, 자유 급진주의와 모더니즘의 결합[80]이라고 설명한다. 트릴링이 주장하는 '자유주의적 상상력'[81]은 이들의 급진적인 정치적 인식과 문학의 결합을 추구하는 그들의 인식을 대변해 주는 표현이다.

그런데 오든 그룹처럼, 이들도 좌파적 상상력을 가지고는 있지만 미국식 민주주의뿐만 아니라 소련의 사회주의에 대해서도 강한 반발감을 표시하는 자유주의 그룹이다.[82] 즉 이들은 모더니즘을 숭앙하고 당대의 제도적 구속과 독재체제에 대해 반발감을 갖고 있는 자유주의자 그룹으로 이 자유주의적 성향은 자연스럽게 소련의 스탈린식 통치방식을 경원시한다. 이러한 점은 1930년대 한때 좌파로 맹활약을 하다가 이후에 전향하여 반소련, 반스탈린 독재로 정치적 입장을 전환한 것과도 관련이 깊다. 이는 당대 진보적 성향의 지식인들에게 많은 공감을 불러일으켰다고 볼 수 있다. 김수영 역시 그의 미완의 소설 「의용군」이나, 시 「헛소리」에서 표현한 대로, 한때 사회주의와 북한에 대한 환타지를 품고 있었던 사람이다.[83] 물론 환타지는 품고 있었으나, 그의 정치적 지향점은 분명 소

80 Vincent. B. Leitch, 김성곤 외역, 「뉴욕지성인유파」, 『현대미국문학비평』, 한신문화사, 1993, 105~106면 참조

81 이 명제는 L. 트릴링의 저서 『문학과 사회』의 원제다(L. 트릴링, 『문학과 사회』, 양병탁 역, 을유문화사, 1974).

82 트릴링에 의하면, 자유주의적 상상력은 '자유주의에 다양성과 가능성이라는 본래의 주요한 상상력을 상기하는 것'이다(Vincent. B. Leitch, 김성곤 외역, 앞의 책, 105~106면 참조). 이는 김수영의 후기 문학세계에서 드러나는 정치적 성향과 유사하다. 미학적 측면에서 모더니티의 극단을 추구하는 것이 가장 정치적인 것이라는 이들의 명제와 당대 지식인들, 특히 당대 김수영을 비롯한 당대 자유주의적 성향의 모더니스트들에게서는 비슷한 점을 발견할 수 있다(이에 대한 자세한 사항은 박지영, 「번역과 김수영의 문학」, 김명인 · 임홍배 편, 『살아있는 김수영』, 창작과비평사, 2005 참조).

련의 스탈린체제에는 반발심을 가지고 있었다는 점을 부정할 수 없다. 소련의 해빙기 문학에 대해 언급하거나 반체제적인 작가인 파스테르나크, 소설가 아브람 테르츠의 소설 「고드름」을 번역[84]한 것은 이러한 그의 관점을 대변해 주는 것이다.

1950년대라는 냉전시대에, 이들에게 오든 그룹이나 뉴욕 비평가 그룹의 자유주의적 사상 체계는 선택이 가능한, 가장 진보적인 번역 대상, 수용 대상이었다.[85] 오든 그룹의 주요 지면이 주로 반공주의적 지식인그룹인 문화자유회의Cultural Freedom의 영국 지부 기관지인 『엔카운터*Encounter*』지[86]였다는 점도 간과할 수 없는 사실이다. 『뉴 스테이츠맨*New Statesma*

83 이에 대한 자세한 사항은 박지영, 앞의 글 참조.

84 이에 대한 글은 「신비주의와 민족주의의 시인 예이츠」, 「안드레 시냐프스키와 문학에 대해서」, 『김수영 전집』 2(산문), 민음사, 2003, 참조. 그리고 소련의 반체제적인 작가 안드레 시냐프스키의 필명인 아브람 테르츠(Abram Tertz)의 소설 「고드름」을 번역(『현대문학』, 현대문학사, 1964.1~2)하기도 했다.

85 물론 김수영은 이 자유주의적 패러다임에서 벗어나지는 않았지만, 동시에 서구의 근대적 사상체계에 대한 회의를 통해 새로운 이론적 모색을 시도한 바 있다(자세한 내용은 유중하, 「베이징과 서울을 오가며 읽은 「거대한 뿌리」」, 『김수영 40주기 추모 학술제-김수영, 그후 40년 자료집』, 2006.6; 박지영, 「혁명, 시, 여성(성)-1960년대 참여시에 나타난 여성」, 『여성문학연구』 23, 한국여성문학학회, 2010.6 중 김수영 편 참조).

86 『엔카운터』지는 스티븐 스펜더와 멜빈 라스키가 주재하는 잡지로 황순원의 작품이 영역되어 실렸던 잡지로 유명하다. 『사상계』에 실린 김진만의 소개에 의하면 "『엔카운터』는 문화와 교양을 하루 세끼의 밥보다 더 소중히 여기는 독자들에게 영국과 미국의 재치있고 중요한 모든 작가의 작품과 세계관을 해설해 준다"며, "간추린 교양전과서"라고 한다(이에 대한 자세한 사항은 김진만(고려대 문리대 부교수, 영문학), 「유모어와 지적정직성-영국의 교양지 『인카운터』 『스펙테이터』」; 「내가 애독하는 외국잡지」, 『사상계』 1961.11 참조). 당대 진보적인 지식인 김수영은 1966년 「엔카운터 지(誌)」라는 제목의 시를 발표한 바 있다. 이 시에서는 그가 얼마나 이 잡지를 애지중지하는가가 잘 나타나 있다. 그런데 또 하나 살펴보아야 할 부분은 김수영의 번역한 네루다의 시 역시 이 『엔카운터』지에 실려 있다는 점이다. 물론 좌파적인 색채의 시를 실은 것은 아닐 것이지만, 신-좌파적 성향이 짙었던 문화자유회의(Congress for Cultural Freedom)와 연관이 깊었던 이 매체가 다루는 범주가 넓어서 당대 지식인들에게 매우 많이 읽혔던 것으로 보인다(이에 대한 자세한 내용은 박지영, 「김수영의 문학과 번역」, 『민족문학사연구』 39, 민족문학사학회, 2009.2 참조; 『엔카운터』지와 문화자유회의에 관한 논의는

n』과 같은 좌파적 성향의 잡지[87]는 찾아보기 힘들다. 1950년대 반공주의의 위력은 그만큼 전방위적인 것이었다.

4. 1950년대 번역의 정치적 의미

이상 1950년대 번역장에 대한 고찰을 시행하였다. 이를 통해 당대 번역 정책과 그 성과, 그리고 이러한 결과 구성된 문화 의식에 대해서 살펴보았다. 이를 통해서 1950년대 지식장, 문학장에 번역이 얼마나 큰 영향을 끼쳤는지를 알 수 있었다. 1950년대 번역은 당대 지식인, 대중들의 의식이, 가장 전위적인 체계조차도, 서구중심주의, 자유민주주의, 반공주의 중심으로 형성되는 데 지대한 영향을 끼쳤던 것이다.

미군정기부터 번역은 국가가 정책적으로 후원하고 관리하는 사업이었다. 번역 원조는 점령국 민중들에게 미국이라는 나라가 자유주의의 종주국이라는 환타지를 부여하기 위한 하나의 문화 정책이었다. 이러한 정책은 한국전쟁 이후로도 미공보원과 원조단체의 정책으로 이어져 수행된다. 많은 문학작품과 인문학, 자연과학 등에 관련된 도서들이 이 기관에 의해 기획 번역되었다. 문교부도 이러한 기관의 원조를 받아 번역

권보드래, 「『사상계』와 세계문화자유회의－1950~1960년대 냉전 이데올로기의 세계적 연쇄와 한국」, 『아세아연구』 144, 고려대 아세아문제연구소, 2011.6 참조).

87 이 잡지에 대한 소개글은 존재하나(김진만, 앞의 글 참조), 실제 번역 텍스트의 원전으로는 찾아보기 힘들다.

지원 정책을 실시하고 개별 출판사의 번역 사업도 이러한 원조 정책의 수혜자였다.

그리하여 많은 번역도서들이 출간되고, 이러한 출간 도서들은 대학이나 군대 등을 통해 배포되어, 당대 지식층의 의식을 구성하는 데 이바지할 중요한 토대를 형성하게 된다. 또한 미국잡지의 배포 역시 미국의 문화 원조 정책 중 하나였다. 『파르티잔 리뷰』, 『엔카운터』 등 당대 배포된 미국잡지들은 지식층이 전위적인 문화이론을 수용하는 데 사용된 중요한 매개체로, 이 기사들을 읽고 선택 · 번역하면서 당대 지식인들의 의식은 구성되어 간다.

그러나 정책상의 기획만큼 발간된 실제는 그리 많은 양이 아니었던 것으로 보인다. 이는 당대 현실적 상황을 고려하지 못한 무리한 정책이 낳은 간극이라고 볼 수 있다. 전후 궁핍한 현실에서 책을 사 볼 수 있는 대중을 그리 많지 않았기 때문이다. 대신 이러한 번역서는 정책적으로 미문화원, 대학 도서관, 군부대 등에 보급되어 그 공급의 선을 유지하게 된다.

번역 텍스트는 잡지에 번역되면서 보다 대중화된다. 그러면서 점차 서구중심주의, 자유주의, 반공주의적인 지식 체계가 완성되어 간 것이다. 이는 어떠한 면에서는 출판업자나 번역가 등 당대 지식인들이 국가주의적 문화 정책에 무의식적으로 공모해 들어가는 과정이기도 하다.

그런데 당대 번역의 성과를 이렇게만 한정짓는 것은 다소 아쉬운 일이다. 1950년대 이후 번역장에서도 서구의 문명화된 언어를 접촉하면서, 지식의 범주가 넓어지고 이를 통해 지식장이 대중화된 의미도 간과할 수 없는 것이다. 또한 그 안에서 김수영과 같이 번역을 통해 학습하고, 이를 발판으로 식민의 체계를 넘어선 지식인, 시인이 등장한다.

또한 "해방기 미군정이 실시한 번역 정책과 공모하여 발표된 자유민주주의의 이념의 내용이 전형적인 서구의 자유 민주주의론과 동일하지 않았다는 사실", 즉 "미국식 민주주의를 번역 · 소개하는 최전선에 서있던 한국인들이 자기 방식대로 재해석한 '자유민주주의'가 소개되었다"[88]고 밝힌 한 연구논문의 구절은 번역을 통해서 미국의 논리가 그대로 주입된 것만은 아니라는 점을 증명해 준다. 즉 서구 민주주의의 번역 과정에서 미국과 국가기관의 논리와 달리 왜곡되거나, 혹은 창조적으로 수용될 수 있었다.

번역은 식민성을 이식하는 데 유효한 도구이기도 하지만, "근본적으로 번역은 문화차이에 대한 틈새 통로의 기초가 되는 전복하는 힘이다. 이 통로는 새로운 정체성, 새로운 텍스트와 문맥이 형성되는 유사 공간이다. 즉 지속적이며, 본질적인 번역 공정이 끊임없이 전개되는 공간이"[89]라고 주장한 번역연구자의 말처럼, 그 안에서도 소수나마, 한계적이나마 저항적 사유를 읽어내려 했던 당대 지식인들의 모색도 존재하는 것이다. 이러한 점이 식민지 시대와는 또 다른 식민주의적 상황이라는 당대 지식사에서 우리가 읽어내어야 할 바이다. 이러한 점까지 상세하게 소개하지 못한 것은 이 글의 한계이다.

88 이상록, 앞의 글, 33면 참조.

89 번역은 사실은 개방되고 확대된 문화의 장을 지향하며 단순한 모방인 닫힌 순환성을 초월한다. 번역은 여기와 저기, 지금과 그때, 우리와 그들 사이의 변증법을 형성하는 '초월적인 움직임이다. 그리고 문화적 차이가 처리되며, 틈새의 '새로움이라는 공간'이 발생하는 이러한 개방적인 공간은 문화적 경계가 끊임없이 타협되는 공간이다(알바레즈 · 비달 편, 윤일환 역, 『번역, 권력, 전복』, 동인, 2008, 154면 참조).

참고문헌

① 자료

『문예』, 『사상계』, 『민성』, 『동아일보』, 『신천지』, 『조선일보』, 『현대문학』, 『연합신문』, 『서울신문』, 『경향신문』.

김수영, 『김수영 전집』 2(산문), 민음사, 2003.

② 논문 및 단행본

「연합인터뷰 : 원로 영문학자 여석기 박사, "벌써 50년이 됐다니 세월이 참 빠르네요"」, 『연합신문』, 2004.

공임순, 「특집 : 분단체제하 남북한의 사회변동과 민족통일의 전망 : 한국사회의 진보와 보수에 대한 일 성찰－박정희의 "대표 / 재현"의 논리와 "지도자상"의 구축을 중심으로」, 『동방학지』 142, 연세대 국학연구원, 2008.

권보드래, 「『사상계』 와 세계문화자유회의－1950~1960년대 냉전 이데올로기의 세계적 연쇄와 한국」, 『아세아연구』 144, 고려대 아세아문제연구소, 2011.

김　규, 「미국의 대외 문화정책을 통해 본 미군정 문화정책」, 『한국언론학보』 44(3), 한국언론학회, 2007.

김병철, 『한국현대번역문학사』(상), 을유문화사, 1998.

김용권, 「한국문학에 끼친 미국의 영향과 그 연구」, 『아세아연구』 26, 고려대 아세아문제연구소, 1967.

______, 「문학 이론의 번역과 수용(1950~1970)」, 『외국문학』 48, 열음사, 1996.

문교부, 『문교개관』, 1958.

박지영, 「김수영의 문학과 번역」, 『민족문학사연구』 39, 민족문학사학회, 2009.

______, 「해방기 지식장(場)의 재편과 '번역'의 정치학」, 『대동문화연구』 68, 성균관대 대동문화연구원, 2009.

박태균, 「로스토우 제3세계 근대화론과 한국」, 『역사비평』 66, 역사비평사, 2004년 봄호.

백　철, 「문학적자서전－眞理와 現實」(後篇), 博英社, 1975.

서은주, 「번역과 문학장(場)의 내셔널리티－해외문학파를 중심으로」, 민족문학사연구소 기초학문연구단, 『한국 근대문학의 형성과 문학장의 재발견』, 소명출판,

2004.
손혜민, 「잡지 『문학예술』 연구－'세계주의'와 현대화의 기획」, 연세대 석사논문, 2008.
윤지관, 「번역의 정치학－외국문학의 번역과 근대성」, 『안과 밖』 10, 영미문학연구회, 2001.
이봉범, 「잡지 『문예』 의 성격과 위상」, 『상허학보』 17, 상허학회, 2006.
______, 「전후 문학장의 재편과 잡지 『문학예술』 」, 『상허학보』 20, 상허학회, 2007.
______, 「1950년대 문화 재편과 검열」, 『한국문학연구』 34, 동국대 한국문학연구소, 2008.
이상록, 「『사상계』에 나타난 자유민주주의론 연구」, 한양대 박사논문, 2010.
이혜령, 「채만식의 「미스터방」과 김동인의 「망국인기」, 해방 후 일본어가 사라진 자리」, 『내일을 여는 역사』 32, 민족문제연구소, 2008.
정선태, 「번역 또는 식민주의를 '애도'하는 방법」, 『번역비평』 창간호, 고려대 출판부, 2007년 가을.
정영진, 「1950년대 세계주의와 현대성 연구－강력한 주체성과 봉쇄된 개성」, 『겨레어문학』 44, 겨레어문학회, 2010.
정진숙, 『을유문화사 50년사』, 을유문화사, 1997.
조대형, 「미군정기의 출판연구」, 중앙대 석사논문, 1988.
조현일, 「김수영의 모더니티관에 관한 연구」, 『작가 연구』 5, 새미, 1998.
천정환, 「특집 : 개발 / 계발과 문학 : 처세 · 교양 · 실존－1960년대의 "자기계발"과 문학문화」, 『민족문학사연구』 40, 민족문학사학회, 2009.
허 은, 『미국의 헤게모니와 한국 민족주의－냉전시대(1945~1965) 문화적 경계의 구축과 균열의 동반』, 고려대 민족문화연구원, 2009.

알바레즈 · 비달 편, 윤일환 역, 『번역, 권력, 전복』, 동인, 2008.

제4장

1950년대 인문서의 번역과 출판

1. 1950년대 지식장場과 인문서 번역

해방 후 한국 현대 지식사에서 1950년대는 그 토대를 닦은 시대이다. 1950년대는 전후 국가 재건이라는 목적하에 본격적으로 지식장場이 재편되는 시기이기 때문이다. 식민지 시대 일본을 통해 근대 지식을 섭취했던 조선은 해방 이후에는 태평양을 건너 서구의 지식을 받아들이게 된다. 해방은 많은 이들에게 검열에서의 해방을 의미했고, 해방기는 이러한 점을 반영하듯, 책의 시대, 혁명의 시대이기도 했다.[1] 좌우를 막론

1 이에 대한 자세한 사항은 이중연, 『책 사슬에서 풀리다』, 혜안, 2005 참조.

하고, 당대 지식인들은 탈식민의 과제와 새로운 국민국가 건설을 위해, 쏟아져 들어온 새로운 지식을 흡수하기에 바빴다.

그러다가 한국전쟁, 분단이라는 역사적 상황은 단독정부 수립 이전의 시기를 우리 지식사에서 단절시켰다. 1949년을 기점으로 더 이상 좌파적 성향의 텍스트는 번역하기 힘들어졌으며, 번역장은 서구 지식 중심으로 재편되기 시작한다.[2]

물론 이 과정에 혼란이 있었다. 가장 중요한 것은 언어의 문제이다. 이제는 더 이상 식민지 시대처럼 일본어를 통해서 지식 체계를 구성할 수 없는 시대이기 때문이다. 일본어로 사유했던 지식인들은 이제는 조선어로 지식을 사유해야 했다. 해방기에도 여전히 식민지 시기 유통되었던 일본어 텍스트가 김수영, 고석규 등 당대 지식인들의 지식 욕구를 채워주기도 했지만, 문자로 사유할 때에는 반드시 조선어로 번역해야 했다. 바로 여기서도 번역의 중요성이 대두한다.

이 시대 번역의 중요성은 현재 몇몇 연구사를 통해서 밝혀진 바이다. 최고의 지식인 잡지 『사상계』에 실린 사회과학 관련 번역 기사가, 당대 자유민주주의 개념 형성에 미친 영향력은 논증된 바 있다.[3] 또한 당대 번역장에 대해 개괄하고, 문학장의 형성에 기여한 번역의 역할에 대해서도 연구되었다. 이 연구에서는 당대 서구 도서의 번역이 미공보원과 제단체의 원조에 의해 이루어졌다는 점을 밝혔다.[4]

2 해방기 번역 현황에 대해서는 앞 장 「해방기 지식장(場)의 재편과 '번역'의 정치학」 참고.
3 이에 대한 자세한 내용은 권보드래, 「실존, 자유부인, 프래그머티즘」, 『한국문학연구』, 35, 동국대 한국문학연구소, 2008.12 중 4장 「미국사회과학과 자유민주주의」 참조.
4 이에 대해서는 본서의 앞 장 「'번역'의 시대, 번역의 문화 정치－1950년대 번역 정책과 번역문학장」 참조.

1950년대 번역 시장의 활성화에 공헌한 것은 미공보원 등 미국 기관과 문교부 등 대한민국 국가 기관의 번역 정책이었다. 해방 이후 미군정 선전국인 OCI는 기존의 공보국이 담당하던 공보활동 이외에도 미국적 삶의 방식을 한국에 심기 위한 자체적인 프로그램들을 진행시켰는데, 그중에서 중요한 것이 도서의 번역과 배포에 관한 것이다. OCI의 뒤를 이어 전후에 설치된 미국공보원USIS 역시도 영어 관련 서적을 정책적으로 사회에 보급한다. 한국전쟁 이후에는 미국은 한국전쟁 이후에는 한국의 정치 기관인 문교부를 통해서 번역 원조 정책을 시행한다.[5]

이러한 번역 원조는 개별 출판사에도 시행된다. 특히 1958년 즈음해서 불기 시작한 세계문학전집 출판 붐은 전쟁으로 인해 파괴된 출판계가 재건되는 데 큰 역할을 하게 되고, 향후 문학장場의 중심이 일본문학에서 서구문학으로 옮겨가는 데 크게 기여한다.

그런데 이러한 왕성한 번역 문학 텍스트의 발간은 당대 고급 독자층이 형성되었다는 것을 반증하는 것이기도 하다. 해방 이후 경성제대, 이화여전 등 식민지 시기 설립되었던 대학들이 그 체제를 갖추어 다시 문을 열고, 고등교육제도가 정비되면서 지식인들이 다량으로 생산된다. 대학제도의 설립은 곧 교재 혹은 교양 텍스트의 수요를 가져왔고, 이러한 상황은 번역서를 발간하게 된 주요 계기가 된다.

당대 문사였던 정비석은 "오늘날의 대학생들은 거의 전부가 초등학

5 미국의 번역 정책에 관해서는 김균, 「미국의 대외 문화정책을 통해 본 미군정 문화정책」, 『한국언론학보』 44(3), 한국언론학회, 2007.7; 허은, 『미국의 헤게모니와 한국 민족주의－냉전시대(1945~1965)문화적 경계의 구축과 균열의 동반』, 고려대 민족문화연구원, 2008 참조. 이 외에도 1950년대 번역 정책과 번역문학장에 대한 자세한 내용은 앞장 「해방기 지식장(場)의 재편과 '번역'의 정치학」 참고.

교 5, 6학년 재학 중이거나 그렇지 않으면 중학교 1, 2 학년 시절에 해방을 맞이한 셈이었다. 일본어 실력이 없는 것은 당연"하다면서 이들의 언어 상황을 문제 삼고, "장래의 문화의 주인공이 될 대학생들에게 읽을 만한 번역서적이 없다는 것은 창고에 쌀이 없는 것과 마찬가지로 중대한 일"[6]이라고 심각하게 문제제기한다.

이러한 상황 속에 조급한 번역 정책이 시행되었고, 당대 "번역 발행된 도서는 전국 각 대학, 공공도서관 및 특수도서관, 언론기관, 문화단체 등에 무상 배포"[7]되었다. 이러한 방식이 지식을 대중적으로 확산시키는 데 가장 빠르고 확실한 것이었기 때문이다. 사실 당대 번역 도서 중 다수가 대학의 교재로서 기획된 산물이었다. 그리하여 실제로 당대 대학에서 고등교육을 받은 지식인들은 한국인의 저서보다는 번역도서를 통해 교육을 받았고, 교재가 아니더라도 발간된 번역 도서를 통해 지식의 욕구를 채웠다. 그만큼 번역서가 당대 지식장場의 형성에 끼친 영향력은 큰 것이다. 그렇다면 기초 교양의 핵심인 인문학적 지식의 토대를 이루는 번역된 인문서가 어떠한 것이었는가를 알아보는 일은 당대 지식인들의 의식세계를 논구하는 데 필수적인 일이 되는 것이다. 당대 번역 텍스트는 지식장의 핵심 콘텐츠였기 때문이다.

그러므로 본 연구는 이 중요성을 인식하고 당대 인문서 번역 현황을 실증적으로 고찰하고, 그 경향성을 분석하도록 하겠다. 이는 분명 현재 위기라 논의되는 인문학적 인식의 토대를 논구하는 일이 될 것이다.

6 정비석, 「번역문학에 대한 사견」, 『신천지』 8(7), 1953.12.
7 「도서번역 심의위원회 규정을 제정－업적 및 본 위원회 규정 제정의 의의」, 『문교공보』 58, 문교부, 1960.12.

2. 국가주도의 번역 정책과 고등 교육 제도의 성립

당대 인문 번역서의 발간은 미국의 번역 정책에 힘입은 바 크다. 단정 수립 이후 미공보원USIS 출판과의 번역 사업은 1951년 3월에 시작하여 1957년 한 해 61권의 번역서 출간으로 정점에 오른다. 1951년부터 1961년 상반기까지 번역 발간된 책은 모두 310권, 1966년 11월에 이르기까지 412점에 달했다고 한다.

번역 정책은 문총 등 국가주도의 문화단체나 문교부 등 국가기관에서도 실시된다. 문교부는 "외국의 양서를 우리글로 번역하여, 민족문화의 향상과 새 문화 창조의 기반을 마련"하기 위해 이 사업을 실시한다고 한다. 그러나 이 역시 외국원조기관인 '웅크라UNKRA'[8]에서 원조를 받아 실시한 것이다.[9]

이를 위해 문교부 내부에서는 번역심의위원회를 독립적으로 설치하기도 한다. 문교부령 제30호로 외국 도서 번역 심의 위원회 규정을 제정하고 각 분야의 권위자를 심사위원으로 위촉하였다. 철학을 비롯하여

8 1950년 국제연합(UN) 총회의 결의에 따라 한국전쟁으로 파괴된 한국경제의 재건과 복구를 목적으로 설립된 기구. UNKRA의 관심은 경제재건 문제뿐만 아니라 제2차세계대전으로 뿔뿔이 흩어진 이산가족과 전란으로 보금자리를 잃어버린 난민문제에도 집중되었다. 1억 4,850만 달러의 기부금이 34개 위원국과 5개 비위원국으로부터 출연되었다. 1958년 7월 1일 활동이 종료되었다.

9 웅크라는 전반적인 한국부흥계획 중 문교부사업부문에 8백만 불을 할당하고 있는데, 그중 외국서적도입용으로 1953년 6월 말까지에 20만 불 1954년도 7월 이후부터는 약 50만 불을 할당하고 있다는데 이는 신년에 실시될 문교부 번역사업을 위하여 배정된 것이라고 한다. 그리고 이미 동사업에 소요되는 원고료인 6억의 예산도 계상하고 있다고 한다(「교과서 일체경신－번역위원회 설치코 사무개시」, 『조선일보』, 1953.1.5).

21부문에 걸쳐 28인으로 구성된 이 심의위원회에서는 사업에 관한 종합적 계획 수립과 아울러, 번역할 도서와 역자의 선정 및 기타 필요한 사항을 심의 결정하여 문교부 장관에 자문했다고 한다.[10]

그리하여 1953년 6월부터 9백만 환을 들여 '외국양서번역사업'이 시작되고, 1954년에는 47종이 선정되어 번역 원고가 탈고되어 인쇄 출판[11]되었다고 한다. 그 분야도 철학, 종교, 심리학, 교육학, 법학, 정치학, 경제학, 사학 및 고고학, 사회학, 언어학, 수학, 천문 기상학, 지리학, 물리학, 화학, 생물학 및 지질학, 의학, 생리학, 약학, 농학, 문학, 예술학, 수산학으로 다양하다.[12]

처음 발간된 텍스트는 1954년 10월 발간된 「법에 있어서의 상식」(Paul Vinogradoff, 서돈각 역, 문교부)이다.[13] 이후 외국 도서 번역 심의위원회에서는 1955년에도 우량도서로 채택한 외국서적 두권이 번역되어 나왔다고 발표한다. 이 두 권의 서적은 조백현 번역의 W. 패티슨의 「농학개론」과 정대위씨가 번역한 아놀드 토인비의 『역사의 한 연구』이다.[14]

10 문교부, 「외국 도서 번역 사업」, 『문교개관』, 1958, 456~459면 참조.

11 제3장 각주 44번 참조.

12 「번역도서 불원 출간-민약론 위주 50종의 양서」, 『동아일보』, 1954.3.15; 조선일보에서는 철학, 심리, 사학, 사회학, 언어학, 수학, 화학, 생물학, 광물, 농업, 공업으로 보도하고 있다(「외국우량도서번역 900만 환 들여 착수」, 『조선일보』, 1954.8.8 참조).

13 당시 신문기사에 의하면, "전문 227페지 46판으로 되어 있는 동서적은 법의 기본원칙 즉 사회규범과 법규범 권리와 의무 관계들 그리고 법의 목적과 수단을 간명하게 해명하는 법학인문서이다."(「당국 번역서 첫 출간」, 『동아일보』, 1954.10.18), 그리고 다른 기사에 의하면 30일 문교부에서 알려진 바에 의하면 외국도서번역심의위원회에서는 4287년도 외국우량도서로 번역할 것을 27권으로 결정하였다고 한다. 그런데 선정된 서적은 인문과학 13권, 자연과학 14권으로 되어 있으며 자연과학서적 중에서는 아마 3권이 탈고되어 머지않아 출판되리라고 한다(「우량외서번역-87년도엔 17권」, 『조선일보』, 1954.12.2).

14 각주 11 참조. 『문교개관』에 의하면 4년 동안 172권을 선정하여 그중 133권을 번역 완

이 외에 문교부 번역 정책에 의해서 출판된 양서는 루소의 『민약론』, 빈델반트의 『철학개론』, 칸트의 『프롤레고메나』, 듀이의 『민주주의와 교육』, 헤겔의 『법철학의 근거』, 존 스튜어트 밀의 『자유론』, 뒤르켐의 『사회학방법론』, 괴테의 『파우스트』 등과 수학, 천문학, 생물학, 의학 등 광범위에 걸친 50종에 달하는 저명한 서적들이라고 한다.[15]

이들 중 인문서의 비중은 전체 번역 도서의 반 정도였다. 1954년 한 신문기사는, "문교부에서 알려진 바에 의하면 외국도서번역심의위원회에서는 4287년도 외국우량도서로 번역할 것을 27권으로 결정하였다고 한다. 그런데 선정된 서적은 인문과학 13권, 자연과학 14권으로 되어 있으며 자연과학서적 중에서는 아마 3권이 탈고되어 머지않아 출판"된다고 전한다.[16] 사회과학 도서를 따로 언급하지 않은 것을 보면, 이 기사가 지칭한 인문과학도서의 범주에는 사회과학도서가 포함된 것으로 보인다. 그렇다면 번역 인문서의 비중은 더 줄어들어, 전체 번역 도서 중 1 / 4 가량이 정책적으로 인문과학 분야에 배정되었다고 볼 수 있다.

을유문화사와 같은 개별 출판사에도 번역 원조가 시행된다. 예를 들면 을유문화사에서 1954년 이후 발간하기 시작한 『구미신서歐美新書』와 『현대미국단편소설선집』, 이 두 시리즈는 미국공보원의 지원으로 번역 출간 된다. 을유문화사는 이 외에도 1956년부터 「번역선서飜譯選書」 시리즈를 발간하는 등 왕성하게 번역서를 발간하고 이를 발판으로 대형 출판사로 발돋움하게 된다.[17] 미국의 번역 원조는 이렇게 다양한 기구를

료하였다고 한다. 번역을 완료 못한 39권의 도서는 역자들이 교환교수로 도미했다든가 기타 해외 여행으로 인하여 부득이 중단 혹은 포기한 것이다(문교부, 앞의 글 참조).

15 「번역도서 불원 출간—민약론 위주 50종의 양서」, 『동아일보』, 1954.3.15 참조.

16 「우량외서번역—87년도엔 17권」, 『조선일보』, 1954.12.2.

통해서 전방위적으로 진행되고 있었다.

이 외에도 한불문화협회에서 불문학총서가 기획된다든가, 문교부 원자력과에서 원자력 전문 번역을 기획하는 등, 다양한 통로에서 번역정책이 기획되고 실천된다.[18] 그 결과 을유문화사의 경우처럼, 개별 단행본이 아닌 다수의 총서류 기획이 이루어지게 된다. 『출판연감』[19]에서 확인한 바에 의하면, 당대 기획 번역된 총서류는 법문사의 『위성문고』, 신양사의 『교양신서』, 경지사의 『교양선집』, 박영사의 『박영문고』, 양문사의 『양문문고』 등이다. 이 문고판의 기획과 번역 출판은 고등교육의 제도화로 지식에 대한 열망이 높았던 당대 지식계의 수요에 부응하는 것이었다. 이러한 지식계의 수요에 당대 출판사의 '월부' 판매라는 마케팅 전략이 맞아떨어져[20] 왕성한 기획이 가능했던 것이다.

그런데 앞서서도 언급했듯, 대중적인 유통을 지향했던 출판사 기획번역 총서와 달리, 번역 정책에 의해 기획·번역된 도서는 고위 군 간부와 일반참모, 대학 등에 기증[21]되고, 일부가 대학교재로 선정되어 학생

17 을유문화사 세계문학전집 중 가장 잘 팔린 책은 신상초가 번역한 파스칼의 『팡세』라고 한다. 1965년 11월 카뮈와 사르트르의 『반항인 / 문학이란 무엇인가』를 끝으로 전 60권이 완간된다. 을유문화사의 최대 숙원 사업이었던 『큰사전』의 출판에는 미군정과 록펠러재단의 도움이 있었다(미군정 문교부 편수국에 있던 앤더슨의 도움으로 록펠러 재단의 도움을 받게 된다. 이 재단의 원조는 한국전쟁기인 1952년에도 이어진다. 그러나 정부의 방해로 록펠러 재단의 원조가 중단되었다고 한다(정진숙, 『을유문화사 50년사』, 을유문화사, 1997, 123~125·134~137·182~186면 참조).

18 본서 148면 각주 46번 참조.

19 한국출판문화협회, 『출판연감』, 1957. 이 논문에 기초 데이터를 제공한 『출판연감』 자료 정리와 분석은 성균관대 조은정 선생님이 해 주신 것이다. 이 자리를 빌어 감사를 드린다.

20 김봉구 외, 좌담회, 「르네쌍스가 가까웠다—번역문학 부움이 의미하는 것」, 『사상계』 74, 1959.9 참조.

21 프레데릭 호프만, 『20세기 미국 시론』, 박문출판사, 1955; 『미국현대소설론』, 박문출판사, 1955가 그 예이다(김균, 「미국의 대외 문화정책을 통해 본 미군정 문화정책」, 『한국

들에 의해 직접 구입되었다고 한다.[22] 이렇게 번역 인문서가 대중적으로 유통되지 못하고 군대나 대학가 중심으로 한정적으로 수용된 것은 당대 번역 인문서의 유통 과정이 비효율적이었기 때문이다.

출판사의 상업적 의도와 결합되어 출간된 문고본과 달리, 당대 문교부 기획 번역 도서는 실제로 대중적으로 서점에서 유통되지 못했다. 번역 도서 출판이 부진한 가장 큰 원인은 수요층이 엷은 것이다. 이는 문교부에서 선정한 번역도서가 대개 전문도서인 데 기인하는 것이다. 이 제도에 의해 번역된, 『농학개론』이나 원자력 관련 서적은 전공이 아니면 사서 보기 힘든 것이기 때문이다.

또 서점에서는 낮은 수수료 때문에 이 도서를 취급하기 꺼려했다고 한다. 30% 정도의 수수료를 떼는 다른 단행본에 비해 이 도서의 판매수수료는 15%였기 때문이다.[23] 이 때문에 번역은 완수했으나, 출판하지 못한 원고가 존재했던 것이다.[24] 문교부를 비롯한 정부 당국은 번역료는 지불하되, 그 원고가 어떠한 방식을 유통되어야 하는지에 대한 진지한 고민이 없었던 듯하다. 그렇기 때문에 문교부 기획 번역 도서는 대부분

언론학보』 44(3), 한국언론학회, 2007.7 참조).

22 『서양사상사』, 『현대정당론』 등은 이러한 책들 중 대표적이다. 본서 147면 각주 40번 참조.

23 이 문제의 원인에 대해서 문교당국자는 "① 번역도서를 추천하여도 잘 사지를 않아 판매에 애로가 있다. ② 잘 사지를 않으니까 국정교과서를 취급하고 있는 문교부의 지정공급인이 공급망을 통해서 서적을 판매하려고 않는다. ③ 서적판매수수료를 서적가격의 3할 내지 3할 5부나 받고 있는 시중 서점에서는 판매수수료가 1할 5부인 문교부의 번역도서를 가져가지 않는다"라고 분석한다(「출판된 것 겨우 8권 뿐. 외국우량도서의 번역사업」, 『조선일보』, 1955.10.8 참조).

24 이 중 헤겔과 괴테의 저서는 출판연감에서는 합동도서주식회사나 한국번역도서에서 출간되지 않았다. 이를 볼 때 번역만 되었지, 출간은 되지 않은 것으로 보인다(「번역도서 불원 출간－민약론 위주 50종의 양서」, 『동아일보』, 1954.3.15 참조).

대학 도서관에서 수용되었다고 보아도 과언이 아닌 것이다.

현재 각 대학 도서관에서 1954년부터 문교부가 기획한 도서를 출판했던 '합동도서' 주식회사와 '한국번역도서', 혹은 '문교부'란 키워드로 텍스트를 검색하면 거의 대부분의 번역 텍스트가 비치되어 있다. 이러한 점 역시 당대 미공보원, 혹은 문교부 기획 번역 도서가 주로 대학가를 중심으로 유통되었다는 점을 증명해 준다.

또한 번역도서가 대학가를 중심으로 소비된 이유는, 이 번역원조의 최대 수혜자인 번역가의 거의 대부분이 대학교수층이었기 때문이다. 1950년대 번역 활동의 주역은 1910년대 후반에서 1920년대 초반 생이 대다수로, 이들은 거의 서울과 지방 대학의 강사, 전임교수였다.[25] 인문서를 번역했던 정대위(토인비, 『역사의 한 연구』 역자, 한국신학대 교수), 송기철(피구, 『자본주의 대 사회주의』 역자, 중앙대 정치학 강사), 서돈각(비노크라토프, 「법에 있어서의 상식」 역자, 서울대 법대 교수), 정석해(러셀, 『서양철학사』 역자, 연희대 철학과 교수), 한철하(상동, 연희대 전임강사, 당시 미국 유학 중), 조의설(토인비, 『시련에 선 문명』 역자, 연희대)은 모두 당대 대학의 조교, 강사, 교수로 활동했던 이들이다.

1950년대~1960년대는 전반적으로 문인들이 번역가로 활약했던 시

25 김용권, 「문학이론의 번역과 수용(1950~1970)」, 『외국문학』 48, 열음사, 1996.8 참조. 당대 번역가로도 활동했던 영문학자 김병철에 의하면, 1950년대 활약했던 번역가들은 주로 당시 30대 전후로 영미 문학에 강봉식, 정병조, 김재남, 장왕록, 이가형, 유영, 이종구, 양병택, 이기석, 이창배, 김병철, 불문학에 안응렬, 이휘영, 양병식, 김붕구, 오현우, 이진구, 방곤, 정기수, 조홍식, 이항, 독문학에 김종서, 김성진, 곽복록, 강두식, 구기성, 러시아 문학에 차영근, 함일근, 김학수, 중국문학에 김용제, 김광주, 일본문학에 김용제였다고 한다. 물론 이들 중 김용제(1909년생), 김광주(1910년생) 등이 식민지 시대부터 활동했던 문인이고, 이후는 대개 1920년대 이후 출생자로 신세대 외국문학 전공자들이다(김병철, 『한국현대번역문학사연구』 상·하, 을유문화사, 1998 참조).

기이다. 그러다가 외국문학 전공자, 즉 이들 학자들이 본격적으로 번역 일을 맡아 하기 시작한 것은 1950년대 중후반부터이다.[26]

'외국 학문 전공' 번역가군, 일명 '교수번역가'군의 등장 역시 1950년대 대학제도를 기반으로 지식, 문화의 제도화가 이루어지는 상황과도 관련이 깊은 문제이다. 1950년대 '교양'의 내용과 이념이 상당부분 대학이라는 제도와 긴밀한 관련 속에서 구성되면서, 대학은 명실상부한 지식의 터전으로 자리잡게 된다.[27] 번역가란 직업 역시도 이러한 토대에서 최고의 교양인, 지식인으로 만들어지고 성장한 것이다.

실제로 이들은 번역 활동을 통해 자신들의 정체성을 찾아갔다고 한다. 대표적인 사람이 영어영문학회의 학자들이다. 여석기, 김병철 등 영어영문학회 1세대는 번역을 통해서 자신들의 생계를 꾸리고 정체성을 찾아갔노라고 회고하고 있다. 그만큼 이들의 의무감과 자부심도 대단했다고 본다. 다른 번역가 역시 마찬가지이다.

> 온 세계는 민주주의 사회를 건설하고자 노력하고 있다. 물론 오늘의 대한도 세계가 지향하는 이념에 의하여 통일된 민주 국가를 재건해야만 된다. 이는 눈에 보이는 정치적 사회적, 경제적인 재건일 뿐 아니라, 우리 자신의 생

---

26 문인들은 해방 직후부터, 1950년대 중반 이후 전문 번역가들이 등장하기 이전까지, 번역가의 수요를 메꿔 주고 있었다. 이들의 일본어 실력은 중역이 성행하던 시절에 번역가로서 활동하는 데 큰 역할을 하였다. 이하 당대 번역가의 현황에 대해서는 다음 장 「1950년대 번역가의 의식과 문화정치적 위치」 참조.

27 서은주는 이에 대해 연구하는 자리에서 여기서 비판적 성찰을 근본적으로 방해하고 규율하는 전후 이념의 지형 속에서 정신주의와 속물성의 균열을 읽어 낼 수 있다고 한다(이에 대한 자세한 사항은 서은주, 「특집논문 : 제도로서의 "독자" : 1950년대 대학과 "교양" 독자」, 『현대문학의 연구』 40, 한국문학연구학회, 2010 참조).

활의 재건이 되어야 한다. 우리 자신의 한 사람 한 사람의 내적, 심적 개조를 토대로 한 재건이 요청된다.

전쟁을 일으키는 것도 우리의 마음에서 생기는 것이며, 전쟁을 멈추겠다는 것도 우리의 마음에서 일어나는 것이다. 그러므로 우리는 먼저 우리 국민의 마음의 개조와 갱신이 필요하다. 이러한 마음을 양육시키는 것이 곧 민주주의 교육의 원리 원칙이다. 세계의 요청이요, 한국의 요청인 민주주의 생활의 건설에 있어, 존 듀이의 민주주의 원칙은 우리에 유일한 지침이 될 것이다. 민주주의는 마땅히 우리 인간이 소유해야 할 일종의 생활양식이며 동시에 최선의 생활 양식이다.[28]

듀이의 『민주주의와 교육』을 번역했던 임한영은 자신의 번역이 "민주주의 사회의 건설"에 이바지할 것이라고 확신한다. 이 번역서가 한국전쟁 이후의 폐허에서 "생활의 재건, 국민의 마음의 개조와 갱신"에 기여할 것이라고 기대하고 있는 것이다. 실제로 듀이의 제자이기도 했던 번역자 임한영과 오천석, 김활란 등의 향후 활동이 말해주듯, 이 번역서는 미국식 민주주의, 실용주의 교육학에 걸맞는 교육제도와 이념을 만들어내는 데 이바지하게 된다. 번역가는 이러한 점에 큰 자부심을 느끼고 있었던 것이다.

번역 사업의 초기 수행자로 비노크라도프의 『법에 있어서의 상식』을 번역한 서돈각(경성제대 출신, 당시 서울법대 교수)은 「역자의 머리말」에서 "역자는 문교부의 외국도서번역사업의 일부로서 본서의 번역을 의뢰받

28 임한영, 「역자의 말」, 존 듀이, 임한영 · 오천석 역, 『민주주의와 교육』, 한국번역도서주식회사, 1955.6, 1~3면 참조.

아서, 그 사업의 중대성을 스스로 느끼어 될 수 있는 대로 정확한 번역을 하려고 노력하였으나, 저자의 진의를 잘못 전하는 점이 있지 않을까 스스로 불안하게 여"[29]긴다고 한다. 이 역시 국가의 사업을 수행하는 학자로서의 의무감이 느껴지는 대목이다.

또한 미공보원의 번역 지원 프로그램에 힘입어, 번역가들에게 지원되는 특혜는 단지 번역료를 일시에 지불하는 '당대로서는 파격적 대우'[30]에만 있었던 것은 아니다. 번역가 중 극히 소수가 프랑스, 독일과 영국에서 그리고 상당수가 미국에서 연수할 기회를 갖게 된다.[31] 이처럼 당대 대부분의 서구중심의 학문 전공 교수들은 큰 혜택을 누리고 이로 인해 자부심을 갖고 번역가로 활약하게 된다. 그리고 자연스럽게 그들이 번역한 도서가 교재로 채택되는 경로를 밟는다.

29 서돈각, 「역자의 머리말」 비노크라도프, 서돈각 역, 『법에 있어서의 상식』, 합동도서주식회사, 1954.9, 3면 참조.

30 김용권, 앞의 글, 16면 참조.

31 1954년 이후부터는 미국무성의 교환교수계획—Smith-mundt-hays Act에 의해 영미문학 전공 교수들이 미국 각지의 대학에서 1년 또는 2년간 대학원 과정을 마치고 돌아왔다. 1900년대생의 선배 교수들은 같은 프로그램의 연구학자 research scholar로 초빙되기도 했다. 이들은 미국식의 문학 교육과 문화 연구의 실상을 체험하였고, 신비평가들을 위시하여 각 분야의 유명학자들과 친교를 맺기도 했다. 백철이 르네 웰렉이나 I. A. 리처즈를 만난 것도 이 프로그램을 통해서였다(위의 글, 21면 참조).

3. 대학 교재 / 총서류의 발간과 서구(미국) 중심의 편재

앞서서 밝힌 대로, 인문서 번역에 중차대한 역할을 한 것은 미공보원과 문교부의 번역 사업이었다. 〈표 1〉은 문교부의 번역 정책에 의해 기획 번역된 인문과학 도서 목록이다.

도표를 살펴볼 때, 제일 먼저 눈에 띄는 것은 아놀드 토인비의 저서들이다. 이 외에 철학자로 칸트, 러셀, 사르트르, 플라톤 등의 저서가 있다. 이를 살펴볼 때 당대 번역 도서의 원저자들은 플라톤, 칸트 등 고전 텍스트의 필자들이거나 사르트르, 토인비 등 당대 영향을 끼치고 있는 지식인 필자이다. 학문 분야는 철학 / 역사(전기) / 문화 / 예술 / 종교 / 언어학 등으로 비교적 다양하다. 원저자의 국적은 주로 미국과 서구 중심이다.

이 번역 사업은 1950년대 번역 열풍의 도화선 역할을 한다. 그리고 이에 불을 붙인 것은 1950년대 말부터 일기 시작한 문고본 출판 붐이다.[32] 한국 출판문화사史에서 이 시기인 1950년대 말부터 1960년대까지는 바로 제2차 문고본 붐이 일어난 시기라고 한다. '양문문고', '교양문고', '경지문고', '현대문고', '박영문고','사상문고', '탐구신서' 등이 발간되면서 문고본 전성시대가 이루어진 것이다.[33] 최하 20원에서 대략

32 이미 밝혀진 대로 1950년대 번역문학장(場)의 핵심은 1958년 경부터 일기 시작한 세계문학전집 간행 붐이다. 이 문학전집 붐 속에서 당대 전위적 문화계층이 구성했던 문학텍스트는 '최첨단의 작품'과 '19세기 작품'이었다. 이는 이러한 콜렉션은 비교적 최근까지도 유효한 선택의 축이다.

33 우리나라에서 대량 보급을 위한 문고본이 본격적으로 출발한 시점은 1909년 최남선이 10전 균일가로 '십전 총서'를 발간한 때부터로 친다. 또 1913년부터는 '육전소설'이라는 문고본이 "옛 책 가운데 가치있는 것만 정선해 바르게 고쳐 출간하겠다"는 취지로 신

〈표 1〉 문교부의 번역 정책에 의해 기획 번역된 인문과학 도서 목록

총서제목	저자	역·편자	서명	발행소	발행연도
문교부번역도서	J. 살윈 샤파이로	신한철	현대구라파사(상)	합동도서주식회사	1954
문교부번역도서	아놀드 J 토인비	조의설	시련에 선 문명	합동도서주식회사	1955
문교부번역도서	아놀드 J 토인비	정대위	역사의 한 연구	합동도서주식회사	1955
문교부번역도서	H. R. 매킨토시	김재준	현대신학의 제형	합동도서주식회사	1955
문교부번역도서	로버트 T. 올리버	박마리아	이승만박사전	합동도서주식회사	1956
문교부번역도서	칸트	박종홍	형이상학서론	합동도서주식회사	1956
문교부번역도서	셰익스피어	피천득	섹스피어이야기들	합동도서주식회사	1957
문교부번역도서	플렉스너	박갑성	아메리카회화사	합동도서주식회사	1958
문교부번역도서	버트란트 러셀	정석해, 한철하	서양철학사(상)	합동도서주식회사	1958
문교부번역도서	버트란트 러셀	정석해, 한철하	서양철학사(하)	합동도서주식회사	1958
문교부번역도서	아놀드 J 토인비	정대위	역사의 한연구(하)	합동도서주식회사	1958
문교부번역도서	찰스 C. 프리즈	김형국	영어교수의 이론과 실제	합동도서주식회사	1958
문교부번역도서	사르트르	손우성	존재와 무	합동도서주식회사	1958
문교부번역도서	J. G. 앤더슨 외	김양기, 고병익	중국선사시대의 문화	합동도서주식회사	1958
문교부번역도서	에밀 외	김재준	크리스도와 문명	합동도서주식회사	1958
문교부번역도서	존J A 보	박갑성	현대미국미술의 조류	합동도서주식회사	1958
문교부번역도서	조지 레게버	민석홍	불란서혁명사	합동도서주식회사	1959
문교부번역도서	라아낙	장발	서양미술사	합동도서주식회사	1959
문교부번역도서	Ayer	이영춘	언어와 진리와 논리	합동도서주식회사	1959
문교부번역도서	아놀드 J 토인비	정대위	역사의 한 연구(중)	합동도서주식회사	1959
문교부번역도서	로버트 라도 / C G프리즈	전형국	영어문형연습(상,중 하)	합동도서주식회사	1959
문교부번역도서	T 벌빈치	이하윤	전설의 시대	합동도서주식회사	1959
문교부번역도서	에른스트 옵펠트	한우근	조선기행	합동도서주식회사	1959
문교부번역도서	잔목	차주환	중국문화사총설	합동도서주식회사	1959
문교부번역도서	로버트 T 올리버	김봉호	한국동란사	합동도서주식회사	1959
문교부번역도서	플라톤	조우현	향연	합동도서주식회사	1959
문교부번역도서	J.살윈 샤파이로	신한철	현대구라파사(하)	합동도서주식회사	1959

문관에서 발간됐다. 해방 이후에는 여러 차례 문고붐이 형성되는 데, 제1기는 해방 직후에 일어난다. '을유문고', '정음문고', 민중문고', '협동문고' 등이 발간되면서 붐이 이루어졌다고 한다. 제3차 문고본의 황금기는 1970년대로 '삼중당문고', '서문문고', '을유문고' 등이 문고 종수 200종을 넘어섰고, 100종을 넘어선 출판사도 많았다(「추억의 문고본 다시 활성화할까」, 『연합뉴스』, 2007.12.13).

평균 50원 정도에 머무는 가격[34]은 주 독자층인 고등학생, 대학생의 소비 수준에 걸맞는 것이다. 물론 이러한 문고본의 출판에 미공보원과 제 단체의 원조가 큰 역할을 했지만, 개별 출판사의 적절한 할부 마케팅 전략이 유효하게 작용하면서, 이 출판 붐은 당대 독서계, 지식장에 큰 변동을 가져온다.

그런데 『출판연감』을 기반으로 작성된 인문서 출판 목록을 살펴보면, 앞서 제시한 문교부 번역 도서 목록의 범주에서 크게 벗어나지 않는다. 역사철학자 아놀드 토인비, 철학자로 칸트, 러셀, 사르트르, 플라톤 등은 여전히 문고본, 단행본 출판에서도 인기있는 번역 출판 대상이었다. 이러한 점은 미공보원과 문교부의 번역 정책이 당대 번역장에 끼친 영향력을 증명해 주는 것이다.

당대 인문서 번역장을 분석하기 위해서는 하위 학문별 고찰이 필요하다. 우선 철학서를 살펴보도록 한다. 당대 철학서 중 가장 많이 번역된 철학자의 텍스트는 러셀[35]과 사르트르,[36] 알베레스[37]의 저서이다. 이 외에 니체[38]와 루소,[39] 그리고 볼트만,[40] 스피노자,[41] 야스퍼스[42]의 저서가

34 R. 트리릴, 양병탁 역, 『문학과 사회』(구미신서, 을유문화사, 1960)이 140원이고, 루겐돌프, 윤형중 역, 『카톨리시즘』(경지문고, 경지사, 1958)이 20원이다(『출판연감』, 1957 참조).

35 러셀, 강봉식 역, 『철학이란 무엇인가』, 신양사, 1958; 러셀, 이극찬 역, 『권위와 개인』, 신양사, 1959; 러셀, 이극찬 역, 『새 세계의 새 희망』, 을유문화사, 1959; 러셀, 강봉식 역, 『양식과 핵전쟁』, 을유문화사, 1959.

36 사르트르, 방곤 역, 『실존주의는 휴매니즘이다』, 신양사, 1958; 사르트르, 인간사 편집부 역, 『실존주의해설』, 인간사, 1958; 사르트르, 정명환 역, 『자유의 길, 벽 외』, 정음사, 1958; 사르트르, 박이문 역, 『어떻게 사느냐』, 경지사, 1959.

37 알베레스, 정명환 역, 『사르트르의 사상과 문학』, 신양사, 1958; 알베레스, 방곤 역, 『20세기의 지적 모험』, 일신사, 1958; 알베레스, 이진구・박이문 역, 『이십세기문학의 결산』, 신양사, 1960; 야스퍼스, 윤명로 역, 『현대의 정신적 위기』, 일신사, 1959.

38 니이체, 삼문사편집부 역, 『철학독본』, 삼문사, 1952; 니이체, 이봉래 역, 『니이체의 철학독본』, 학우사, 1958; 니이체, 이장범 역, 『비극의 탄생』, 양문사, 1962.

번역된다. 러셀 등 이들이 많이 번역된 것은 이미 연구사를 통해서도 알려진 사실이다.[43] 사르트르[44]와 야스퍼스가 1950년대 실존철학의 대대적인 유행을 알려주는 키워드인 점은 더 말할 필요도 없는 사실이다.[45]

또한 백종현의 연구에 의하면 1950년대 들어서면서부터 독일 철학 번역서들이 연이어 나왔다고 한다. 이는 독일철학 사상의 유입과 수용에서 획기적인 일로 후에 논리학, 과학철학 전문가로 활동한 김준섭은 딜타이의 『철학의 본질』(을유문화사, 1953)을, 하기락은 하르트만의 『철학개론』(형설출판사, 1953)을, 전원배는 헤겔의 『논리학－철학체계 제1

39 루소, 박제구·박석주 역, 『에밀』, 청운출판사, 1960; 루소, 사상교양연구회 역, 『민약론』, 상구문화사, 1960

40 볼트만, 류동식 역, 『성서의 실존론적 이해』, 신양사, 1959; 볼트만, 류동식 역, 『예수그리스도와 신화론』, 신양사, 1959.

41 스피노자, 사상교양연구회 역, 『윤리학』, 상구문화사, 1960.

42 야스퍼스, 윤성범 역, 『실존철학입문』, 신양사, 1958.

43 권보드래는 1950년대 『사상계』에서 가장 많이 번역된 저자가 러셀, 토인비, 후크, 니버인 점을 밝히고, 그 이유로 이들의 사상이 '전체주의에의 도전과 자유 및 민주주의 원칙의 옹호'인 점을 들었다. 토인비는 예외가 되어야 할 듯 보이지만, 그 밖의 세 명은 공산주의의 영향이 빠르게 번지고 있던 제2차세계대전 후, 공산주의에서 파시즘과 다름없는 전체주의적 요소를 발견하고 그에 맞서 '자유'와 '민주주의'의 가치를 제기한 이들이다. 이들은 '자유'를 경제적 원칙으로서가 아니라 정치적 이념으로 주조하려 했으며, '민주주의'에 대해 사회적 가치 뿐 아니라, 정신적 가치까지 요구했다. 이들 사상가가 '자유'와 '민주'의 이론가로 받아들여졌다는 것 또한 사실이다. 그러나 1950년대에 널리 참조된 이들 사상가들이 '자유'를 도덕화하고 '민주주의'의 계기를 강화하는 한편, 전체주의—그리고 그 일종으로 이해된 공산주의—와의 대립구도를 정착시키는 데 기여했다고는 말할 수 있을 것이다(권보드래, 앞의 글 참조).

44 사르트르는 문학계에서 더 큰 주목을 받았다고 볼 수 있다. 당대 출간된 사르트르 번역문학 텍스트는 사르트르, 방곤 역, 『구토』, 신태양사, 1959; 사르트르, 방곤 역, 『삶과 죽음과 사랑』, 보문출판사, 1959; 사르트르, 임갑 역, 『작가론』, 양문사, 1960; 사르트르, 양병식 역, 『구토』, 정음사, 1955; 사르트르, 김붕구 역, 『파리떼』, 신양사, 1958; 사르트르, 최성민 역, 『더러운 손』, 양문사, 1960 등이 있다.

45 이에 대해서는 나종석, 「1950년대 실존주의 수용사 연구－"교양"으로서의 실존주의를 중심으로」, 『헤겔연구』 27, 한국헤겔학회, 2010 참조.

부』(행림서원, 1954)를, 김계숙은 같은 책을 『논리학』(민중서관, 1955)이라는 제목으로 번역했다고 한다. 박종홍과 서동익은 함께 칸트의 『형이상학서론』(한국번역도서, 1956)을, 최재희는 칸트의 『실천이성비판』(청구출판사, 1957) 등을 번역, 출간하였다. 그 결과 이제까지 전문 학자들 손에만 머물던 독일철학 사상이 일반인에게도 파급되는 계기가 마련되었다[46]고 한다.

이 외에 우리에게는 의사로 잘 알려진 슈바이처의 텍스트(슈바이처, 지명관 역, 『아프리카 명상』, 동양출판사, 1960)는 당대에는 철학서로 분류되어 번역된다. 생명의 존중과 세계인으로서 인류애라는 임무를 강조한 슈바이처의 사상은 당대 윤리학의 유행 속에서 주목받고 있었던 것이다.[47]

역사서의 경우는 단연 토인비[48]의 저서가 각광을 받는다. 토인비의 『시련에 선 문명』을 번역한 조의설의 경우도 "한 권의 역본도 햇빛을 보기가 대단히 어려운 형편에서 토인비같이 동일 저자의 역본이 몇권이나 나와 있다는 것은 그 자체 희한한 일이요, 그만큼 토인비에 대한 대접은 이만저만한 것 같지 않"[49]다고 한 바 있다.[50]

46 백종현, 「근대 독일철학 수용과 한국의 철학 전개」, 『철학사상』 5, 서울대 철학사상연구소, 1995, 130~131면 참조.

47 『사상계』에는 슈바이처의 글 중 「윤리의 진화」 69호 · 73호(1959.4 · 1959.8)가 심재영의 번역으로 실려 있다. 이러한 점은 당대 슈바이처가 철학자, 윤리학자로 수용되고 있었다는 점을 알려준다. 이 외에도 윤리학자인 김형석의 글 「긍정에서 초월로의 생명－슈바이쳐를 전환점으로」(『사상계』 82, 1960.5)를 통해 슈바이처의 윤리학을 소개한다.

48 앞서서 소개한 정대위 번역의 『역사의 한 연구』 이외에, 토인비, 정가은 역, 『세계와 문명』, 한국대학교재공사, 1959; A. J. Toynbee, 김기수 역, 『세계와 서구』, 민중서관, 1956이 번역 출간된다.

49 아놀드 J. 토인비, 조의설 · 이보형 역, 「역자의 머리말」, 『시련에 선 문명』, 한국번역도서주식회사, 1955.6. 1~2면 참조.

50 그래도 『역사의 한 연구』는 완역이 아니라, 축약본을 번역한 것이다. 국립중앙도서관에서 검색해 본 결과, 완역은 이후 세계사학회 공동 번역으로 1973년 홍은출판사에서 이

이 외에 역사학 저서는 주로 개론서가 번역된다. 대표적인 것이 베른하임의 『사학개론』(조기준 역, 창문사, 1957), 서먼 켄트의 『역사학 연구법』(안정모 역, 성문각, 1958)이다. 또한 H. G. 웰스의 『세계문화사개론』(조규동 역, 박영사, 1950. 번역 텍스트는 1946년판 압축판이다)이 번역・출간된다.

또한 문화사 계열로 반 루운의 『인류사화』(김의수 역, 상・하, 아데네사, 1959), C. 도슨의 『중세문화사』(김정진 역, 가톨릭출판사, 1958)와 V. M. 일리인의 『인간의 역사』(김영철 역, 연구문화사, 1957)가 번역되어 출간된다. 이 저서들은 토인비의 경우와 같이, 세계 문명사적 관점을 갖추어 주는 텍스트로 볼 수 있다.

당대 텍스트 중 많은 부분이 직간접적으로 미국의 번역 원조를 받아 발간된 도서들인 만큼, 미국사는 빠질 수 없는 번역 대상이었을 것이다. 알렌 네빈스헨과 라스린 콤 메이저 공저인 『미국사』(조효원 역, 사상사, 1958), R. B. 모리스의 『미국혁명사』(이보형 역, 을유문화사, 1960)가 그 예이다. 이 외에 한국전쟁사로 M. W. 클라크의 『한국전쟁비사』(심원섭 역, 성좌사, 1958)가 번역된다.

문학이론서는 C. 데이 루이스의 시론이 세권이나 번역된다. 번역된 C. 데이 루이스의 저서는 『시학입문』(장만영 역, 정음사, 1954)과 『현대시론』(조병화 역, 정음사, 1956), 『현대시작법』(조병화 역, 정음사, 1958)이다. 이는 1950년대 한국 문학계에 끼친 영미 신비평 이론의 위력을 증명해 주는 것이다.

이 외에도 영문학 관련 도서가 발간되어 영미 문학 이론 중심의 당대

루어진다.

번역문학장의 현황을 알려 준다.[51] F. J. 호프맨, 주요섭 역, 『미국의 현대소설』(수도문화사, 1959), G. S. 프레이저, 고원 외역, 『현대영문학』(여원사, 1960); J. B. 메이시, 백철 역, 『근대세계문학강화』(민중서관, 1960); L. D. 더어너, 신현규·이경식 역, 『영문학의 이해』(일조각, 1960); A. S. 다우너, 여석기 외역, 『미국의 현대극』(수도문화사, 1957); W. H. 허드슨, 김용호 역, 『문학원론』(대문사, 1959); W. V. 오커너, 김병철 역, 『비평의 시대』(수도문화사, 1957); P. H. 뉴비, 김종운 역, 『전후의 영국소설』(일한도서출판사, 1959); 섬머셋 모옴, 박진석 역, 『문학과 인생』(집현사, 1959)이 그 예이다.

독문학 계열로는 괴테의 『시와 진실』(상·중·하, 정경석 역, 박영사, 1959~1961)과 M. 릴케의 『로댕』(김광진 역, 여원사, 1960)이 번역된다. 이는 『젊은 베르테르의 슬픔』(김용성 역, 보문당, 1954 외 다수) 등으로 유명한 인기 작가 괴테와 당대 시단詩壇에서 하나의 낭만적 전범으로 회자되었던 릴케에 대한 관심을 반영한 것이다.

이 외에 김수영이 좋아했던 영미 자유주의 비평가 그룹인 『뉴욕지성인파』 그룹의 일원인 R. 트리링의 저서 『문학과 사회』가 양병탁의 번역으로 을유문화사에서 발간된다(1960). 이는 당대 진보적 성향의 문인들이 지향했던 자유주의 문학론에 대한 관심을 반영한 것이다.[52]

이 외에 대학교재로 쓰인 번역서의 대표는 바로 어학교재이다. 물론

51 영문학 다음으로 많이 발간된 문학 텍스트는 불문학 계열로 이론서가 아니라 주로 문학텍스트였다.

52 뉴욕 비평가 그룹은 좌파적 성향의 자유주의적 성향의 지식인들을 지칭한 것이다. 이들은 개인의 정치적 자유를 침해하는 것에 대해서는 극렬히 저항하며, 소련의 정치 체제는 혐오한다. 김수영과 이들 사상의 관계에 대해서는 박지영, 「김수영의 문학과 번역」, 『민족문학사연구』 39, 민족문학사학회, 2009 참조.

언어학 개론서로 A. 도자의 『언어학원론』(이기문 역, 민중서관, 1955)이 번역되기도 했지만, 주로 회화와 문법 교재가 번역 · 출판되었다.[53]

전기傳記가 많이 번역된 것도 당대 번역장場의 특성 중 하나이다. 주로 미국 위인 중심이다. 땅콩박사로 유명한 미국의 농업 과학자 조지 W 카버의 전기인 『죠오지 W. 카아버 전』(랙험 · 홀트, 김성한 역, 수도문화사, 1955), 록펠러 재단의 설립자이자 사업가인 록펠러 2세에 대한 전기 『존 D. 록펠러 2세전』(레이몬드 B. 포즈딕, 장왕록 역, 수도문화사, 1957), 벤자민 플랭크린의 전기인 『프랭크린 자서전』(신태환 역, 수도문화사, 1956), 『벤저민푸랭클린전』(수도문화사, 1959)과 대서양을 횡단한 비행사 린드버그의 전기인 『대서양횡단실기』(촬스 린드버그, 박상용 역, 수도문화사, 1955)가 번역된다.

미국 대통령의 전기도 주요 번역 텍스트였다. 워싱톤의 전기인 『부귀와신톤 자서전』(워싱톤, 장원 역, 대한기독교서회, 1960), 아이젠하워의 전기인 『아이젠하워』(존 칸서, 강원길 · 강영수 역, 종음사, 1956), 처칠의 회고록인 『승리와 비극』(처칠, 조성식 외역, 민중서관, 1958), 케네디의 전기인 『용감한 사람들』(케네디, 박희주 역, 삼중당, 1960)은 당대 위인의 형상이 미국 영웅 중심으로 재편된다는 점을 알려주는 것이다.

이 외에 문인 등 예술가의 전기나 자서전이 번역된다. 유명한 톨스토

53 당대 번역된 어학 교재로는 J. A.서젠트, 동양사편집부 역, 『한미회화완성』(광지사, 1950)이 있다. 이 외에 독일어 교재는 일본 텍스트가 번역되었다는 점이 특이하다. 번역된 독일어 교재는 다음과 같다. 關口存男, 이삼현 역, 『신독일어대강좌(기초입문편)』, 박영사, 1957; 關口存男, 이삼현 역, 『신독일어대강좌』(상 · 중 · 하 합본), 박영사, 1957; 關口存男, 이삼현 역, 『신독일어대강좌(역독편)』, 박영사, 1957; 關口存男, 이병찬 역, 『신독일어대강좌(문법상설편)』, 박영사, 1958; 藤田五郎, 천기태 · 이병찬 · 이규원 역, 『독일어편람』, 향학사, 1959.

이 전기인 로망 롤랑의 『톨스토이전기 인생의 비극』(로망 롤랑, 박정봉 역, 대동사, 1959), 『고뇌정신사인간 톨스토이』(자선사, 1957), 안톤 신들러의 『베에토벤의 생애』(김동기 역, 국민음악연구회, 1960)가 그 예이다. 펄벅의 자서전도 많이 번역되는데 『나의 투쟁』(이윤환 역, 신태양사, 1955)과 『나의 자서전』(김귀현 역, 여원사, 1959)이 그 예이다. 이는 1938년 노벨문학상을 수상자로서, 이후 1950~1960년대 대표 문학 번역 텍스트였던 펄벅의 인기를 반증하는 것이다.

이 외에 종교적 성인의 전기가 번역 발간된다. 아스트 라인의 『성 이냐시오』(박갑성 역, 가톨릭출판사, 1957), M. 러퀴어의 『로마의 성녀 프란치스까』(하한수 역, 가톨릭출판사, 1959), P. 톤의 『종군신부 카폰』(류봉구 역, 가톨릭출판사, 1956), P. L. 옥첼리의 『성 비오 십세』(박양운 역, 가톨릭출판사, 1957), T. H. L. 파커의 『칼빈의 모습』(김재준 역, 대한기독교서회, 1960) 등이 그 예이다.

여성 위인 전기도 번역된다. 엘리사 포시의 『가시밭을 헤치고－미국 여성십인전』(고선일 역, 여원사, 1960)가 대표적이다. 이 텍스트의 목차를 살펴보면, "위대 이전의 겸손－마리안 앤더슨 / 헨리가의 천사－릴리안 월드 / 반발의 발레－아그네스 드 밀 / 현대의 「포오샤」－플로렌스 E 알렌 / 후조 줄리엣－케더린 코넬 / 창공에 빛나는 등불－아멜리아 에어하르트 / 세계의 시민－엘리노어 루즈벨트 / 음악방송의 개척자－케이트 스미스 / 전화 속에 꽃핀 여기자－마가렛 히긴스 / 만인의 벗－줄리엣 G 로우"의 전기가 편집되어 있다. 이 역시 미국인 중심으로 위인이 재편되는 현상을 보여주는 것이다. 이 외에 A. 스타인버그의 『루즈벨트 부인전』(이일훈 역, 여원사, 1960)이 번역되었다.

여성 전기의 대표적 인물은 퀴리 부인과 헬렌 켈러이다. 퀴리 부인은 『뀌리부인』(에브 퀴리, 안응열 역, 성문각, 1958), 헬렌 켈러는 『나의 생활』(헬렌켈러, 허현 역, 수도문화사, 1957), 『헬렌켈러와 쌀리반 선생』(헬렌켈러, 진해문 역, 수도문화사, 1957)이 번역되어 출간된다.

4. 인문서 번역의 제 경향—관념론, 문명사 그리고 영웅주의

당대 번역된 역사학 개론서들은 사학도들의 필독서로 전공서적의 부족을 메꿔주는 데 큰 역할을 했다고 한다. 한 역사학자의 회고에 의하면 국내 학자가 저술한 중국사 동양사 동아시아사가 없는 가운데, 그 공백을 메워 준 것이 라이샤워・페어뱅크의 『동양문화사』(상・하)(전해종・고병익 역, 을유문화사, 1964)였다고 한다.[54]

서양사(세계사)의 경우도 서구 학자들이 연구한 저서의 번역본이 교재로 많이 씌였다고 한다. 특히 토인비의 『역사의 한 연구』(압축판) 상・중・하 3권(1955~1958), 크레인 브린튼 등의 『세계문화사』 상・중・하 3권(1963, 을유문화사)[55]이 많이 읽혔다고 한다. 전자는 그 파격적인 문명사의 격식, 그 문명의 발생・와해・성장・몰락 등에 대한 거침

54 김용섭, 「나의 회고 ③: 해방세대의 역사 공부—한국사 연구를 위해서 참고한 외국사 문헌 목록」, 『연세대 국학연구원 제406회 국학연구발표회 발표문』, 2009.5.28, 4면 참조

55 양병우의 번역으로 출간되었다.

없는 냉철한 지적으로 화제가 되었으며, 『동양문화사』와 후자의 책은 대학교재로 많이 이용되었다고 한다. 대학교재를 위한 번역본 간행사업은 그후에도 당분간 계속되었다고 한다. 해방세대들에 의해 서양사연구의 성과 저서가 나오기 시작한 것은 1970~1980년대에 들어서였[56]기 때문이다. 이를 볼 때 당대 역사학 특히 동양사학과 서양사학계의 형성에 번역서들이 큰 영향을 끼쳤다는 것을 알 수 있다.

한국사 연구에서도 이러한 상황은 마찬가지이다.

> 역사발전 역사이론과 관련해서는 사학개론 류의 책을 많이 구독하였다. 그렇지만 나에게는 서양학자들이 아시아 사회 아시아 역사를 보는 시각 이론에 더 많은 관심이 갔다. 그것은 아시아의 역사, 우리의 역사를 어떻게 연구할 것인가 하는 문제와 더 많은 관심이 갔다. 그것은 아시아의 역사, 우리의 역사를 어떻게 역사를 연구할 것인가 하는 문제와 직접 관련되기 때문이었다. 마잘, 위트포겔 등의 동양사회이론, 마르크스의 선행하는 제형태와 아시아적 생산양식, 세계사의 기본법칙과 이행논쟁, 베버의 이론 등이 매혹적이었다.[57]

한국사 역시 식민지 시대 실증사학에서 벗어나, 대상을 바라보는 새로운 의식적 패러다임을 형성하기 위해 "서양학자들이 아시아 사회 아시아 역사를 보는 시각 이론"을 학습했다고 한다.

이를 볼 때에도 당대 번역 인문서는 정부수립과 한국 전쟁을 계기로, 그 이전 시대와 단절된 지식의 공백기를 메꾸는 데 중요한 역할을 한 것

56 김용섭, 앞의 글, 5면 참조.
57 위의 글 참조.

이다. 한국사의 사관을 정립하기 위해 서구의 아시아 역사 인식을 참조하는 상황은, 선구자로서의 자부심과 부담감을 동시에 가지고 있었던 당대 학자들의 고뇌의 한 단면을 보여주는 것이다.

그러나 이렇게 영향력이 컸던 번역 인문서의 출간 현황을 살펴보면, 당대 번역 기획이 얼마나 조급하며, 편향적이었는가를 알 수 있다. 철학서 번역 현황만을 살펴보아도 이러한 점이 잘 드러난다. 우선 당대 철학 번역서는 철학사적 관점이 없이, 시대별로 필수적인 텍스트도 제대로 번역되지 못했다. 고대 그리스 철학 분야는 문교부 번역 도서로 출간된, 조우현 번역의 플라톤의 『향연』(합동도서주식회사, 1959) 이 외에는 찾아보기 힘들다. 『공화국』은 1963년이 되어서야 양시호의 번역으로 박영사에서 출판된다. 중세 철학은 거의 배제되었으며, 근대 철학의 경우는 데카르트도 찾아보기 힘들고 스피노자가 한 권 번역된 정도이다. 이는 현재에야 고대 그리스 철학 번역이 진행 중인, 한국 철학계의 번역 현황을 말해 주는 것이다.[58]

그런데 이 와중에도 독일 관념론 계열은 많이 번역되었다. 한 철학사 연구에 의하면 이는 식민지 시대부터 시작된 한국 철학계의 특징이라고

58 플라톤이나 아리스토텔레스 등 고전철학의 완역이 이루어지고 있지 않은 현실에 대해서는 한 철학 연구자의 말을 빌면 더 정확히 전달될 것이다. 박희영은 철학 수용사에 관한 한 연구에서 "번역의 경우에는 문제가 더 심각하여, 플라톤, 아리스토텔레스 작품에 관한 번역은 원전에 즉하여 번역된 책이 오히려 더 적을 뿐만 아니라, 어떤 책들은 아예 비전공자에 의해 번역된 것도 있다. 물론 일반인들에게 교양으로 읽히기 위한 현실적 필요성에 부응하여, 초창기에서 지금까지 나온 번역들은 나름대로의 선구자적 계몽의 역할을 수행했다고 볼 수 있다. 그러나 이제부터는 그리스인들의 개념체계를 기본적으로 이해하고 그리스철학을 충분히 연구한 전문가에 의해서 많은 원전들이 그리스어에 즉해서 번역되는 풍토가 다져져야 할 것이다"라고 개탄한 바 있다(박희영, 「고대 그리스 철학의 수용과 한국철학의 정립」, 철학연구회 편, 『현대철학의 정체성과 한국철학의 정립』, 철학과현실사, 2002, 191면 참조).

한다. 식민지 시대부터 가장 많이 번역된 철학자는 칸트, 헤겔, 하이데거, 마르크스, 후설, 니체, 야스퍼스, 하르트만이었다고 한다. 이러한 점은 근대 초기 서구 철학 사상의 유입이 식민지 제국인 일본을 통해 이루어졌으며, 같은 제국으로서 일본과 독일의 관계가 특별했기 때문이라고 한다.[59]

물론 1950년대에는 이러한 구도가 그대로 계승되지 않는다. 1950년대 반공주의 정치 상황에서 마르크스는 번역될 수 없었다. 하이데거가 본격적으로 번역되기 시작한 것도 거의 1970년대 이후라고 한다. 그래도 하이데거, 마르크스, 후설 등을 제외하면, 대체로 나머지 관념론 철학자에 대한 편향은 1950년대에도 그대로 계승된다고 볼 수 있다. 이 관념론에 대한 편향성은 반공주의라는 한국현대사의 기본 토대가 적용된 결과이기도 하다. 반공주의 체제하에서는 사상적 / 실천적 성향이 두드러진 철학은 수용되기 힘들었기 때문이다.

그리고 지식 수입 본국인 당대 미국 철학계가 매우 빈약한 것이었다는 점도 이와 무관한 것은 아니다. 영미철학의 상대적 빈약성이 독일 관념론에 대한 관심을 지속시켰다고도 볼 수 있기 때문이다. 당대 미국 철학은 행동주의Behaviorism 이외에 대륙철학이라든가 심지어 역사철학에 대해서 실제로 관심을 전혀 기울이지 않았다고 한다. 단지 프레게와 러셀, 논리적 실증주의의 일부를 제외하고는 사실상 알려져 있는 철학이 없었거니와 이들 역시 주로 현대저작에 미친 영향 때문에 알려졌을 따름이라고 한다. 그나마 비트겐슈타인이나 옥스퍼드 철학 등 영국 철학

59 백종현, 앞의 글 참조.

이 영향을 끼치고 있었다.[60]

당대 한국에서 러셀의 저작이 그토록 많이 번역된 것도 이러한 현상과 연관된 것이라고 볼 수 있다. 물론 이 관심은 그가 1950년 『권위와 개인』으로 노벨문학상을 수상한 경력 때문이기도 할 것이다. 그리고 1960년대 신좌파들의 우상이었던 그의 활동 경력, 반전 평화 운동가, 무정부주의적 성향 등이 당대 지식인들에게 부각되었을 가능성도 배제할 수는 없다. 동시대 서구에서 인정받고 있었던 그의 자유주의적 저항 정신과 비판 정신은, 당대 반공주의 체제하의 한국의 지식인에게도, 저항과 실천 정신의 결핍을 보상해 줄 대안으로 다가왔을 것이다.

철학이 독일 관념론 중심으로 번역되었다면 역사학 번역의 중심 테마는 문명론이다. 그리고 그 중심에는 토인비가 서 있다. 번역계에서 각광을 받으면서 토인비가 한국에 미친 사상적 영향력은 큰 것이었으리라 추측된다. 토인비의 역사관은 서구뿐만 아니라 개별 문명의 독자성을 인정하는 문명관으로 이는 세계 속의 한국이라는, 세계사적 동시성을 확보하고자 했던 당대 지식계의 요구에 걸맞는 것이었다. '역사' 발전의 원동력을 시련에 대한 '도전과 응전'으로 기술한 그의 사관 역시 후진국으로서의 열패감을 극복하고 장차 서구적인 의미의 문명국으로의 발전을 희구했던 당대 지식인들의 의식 지향에 큰 자극이 되었을 것이다.

그러나 큰 시야로 세계사적인 문명을 살피고 있는 토인비도 제3세계에 시혜적인 시선을 갖고 있는 서구의 석학이었다. 또한 그가 역사 발전의 원동력으로 제시한 '도전과 응전'의 태도는, 주체성을 강조한 정신주의적인 개념으로, 이 사관을 매우 관념적으로 만들 위험이 있다. 이를

60 노암 촘스키, 정연복 역, 『냉전과 대학』, 당대, 2001, 51면 참조.

볼 때, 그의 사상이 당대 지식계에 끼친 영향이 그리 긍정적인 것만은 아니었다고 볼 수 있다.

실제로 토인비의 사상은, 말년에는 종교의 중요성을 강조하면서 더욱 관념화되었다고 한다.[61] 그렇다면 이 관념성이, 후진국의 열패감을 극복하기 위해 국민 주체의 정신무장을 강조하는 당대 사회 풍토와 어떠한 방식으로 결합되었는지는 능히 짐작할 수 있는 문제이다.

이 외에 문화사 계열로 번역된, 반 루운의 『인류사화』(상・하), C. 도슨의 『중세문화사』, V. M. 일리인(김영철 역)의 『인간의 역사』 역시 토인비처럼, 당대 세계 문명사적 관점을 갖추어 주는 텍스트이다. 이들 역시 문명론이 던져주는 세계사적 시각은 '세계 속의 한국'이라는 지리학적 상상력을 부여해, 당대 지식인들에게 주체적인 자긍심을 부여했을 것이다. 그러나 이 텍스트들도 한국을 미국의 문명권 안에서 함께 숨쉬는 우방으로 꿈꾸게 하여, 제국의 위성국으로 재편하려는 미국의 정치적 논리를 받아들이는 데에 의식적 / 무의식적으로 기여하였을 것이다.

이 외에 베른하임의 사관은 역사적으로 인연이 깊은 것이다. 그의 『역사학입문』은 독일에서 1905년 출판되었으며, 1935년 일본에서 번역, 출간되었다. 양계초와 신채호는 사료수집과 사료비판, 고증 등에서 베른하임의 영향을 받았다고 한다. 베른하임은 '역사학은 인간의 사회적 존재로서의 활동이 시간과 공간 속에서 이루어지는 발전과정을 심리적, 사회적 인과관계 속에서 구명하고 서술하는 과학'이라고 본다.[62] 이

61 인류의 전 역사는 계급투쟁의 역사라는 마르크스와 달리 문명의 몰락은 언제나 계급과 전쟁에서 온다고 본 토인비는 현대 문명의 몰락을 구하려면 계급과 전쟁을 없애는 데 전력을 다하여야 하며 그러기에는 오로지 종교의 힘에 매어달리는 수밖에 없다고 말한다(이해남, 「아놀드 J. 토인비—歷史學者」, 『사상계』 35, 1956.6 참조).

역사학 개론도 토인비의 사관과 함께 당대 역사학도들이 사관을 정립하는 데 도움을 주었을 것이다.

냉전의식을 바탕으로 서술된 사회학적 저서도 있다. 드 뷰스(민석홍 역)의 『서양의 미래』(을유문화사, 1958)는 사회과학적 분석이 강한 텍스트이다. 이 텍스트는 네델란드의 외교관이었던 저자가 유엔대사로서의 활동 경험을 소재로 하여 '서양의 미래'에 관해 저술한 책이다. 향후 펼쳐질 자유진영과 공산진영의 싸움을 예견하고 이 전쟁의 승패를 좌우하는 결정적인 요인을 네 가지로 제시한다. 그 네 가지는 첫째는 공업생산력, 둘째는 군사력, 셋째는 개인에게 보장된 자유의 강도, 넷째는 개인이 신봉하는 종교적 신념이다. 드 뷰스의 이러한 사회학적 구도는 당대 서구의 보편적인 냉전 논리로 구성되어, 향후 지식인들의 냉전 의식에 영향을 끼치게 된다.

이 외에 M. W. 클라크가 쓴 『한국전쟁비사』(성좌사, 1958)는 미군이 반공주의적 관점에서 쓴 한국전쟁사이다. 이 저서는 한국전쟁 직후인 1950년대 이미 반공주의적 관점의 전쟁사가 번역되었다는 점을 알려준다. 반공주의의 이념적 공고화를 위해 전쟁 체험을 기억 속에 재구성해내려는 미국와 정부의 정치적 의도가 생각보다 신속하게 번역 정책에 반영되었던 것이다.

이 외에 미국사史의 번역도 서양 역사의 중심에 자국을 재배치하려는 미국의 패권주의적 욕망이 반영된 것이다.

문학이론서도 마찬가지이다. 1950년대 문학 이론 번역의 중심이 신

62 박찬승, 「1920년대 신채호, 양계초의 역사연구방법론 비교」, 『한국사학사학보』 9, 한국사학사학회, 2004, 204면 참조.

비평이었다는 점도 미국 중심주의를 증명해 주는 예이다. 당대 미국 강단 비평의 주도권은 정치적 입장을 배제한, 신비평에 있었기 때문이다.

이러한 미국 중심주의는 전기 번역에서 가장 두드러지게 관철된다. 당대 번역된 전기의 주인공인 워싱턴, 벤자민 플랭크린, 록펠러, 아이젠하워, 처칠, 케네디 등은 현재에도 매우 익숙한 위인전의 주체들이다. 1950년대 번역된 전기는 식민지 시대와는 또 다른 위인전 콜렉션을 완성하는 데 기여하게 된다. 이들이 보여주는 미덕을 요약하자면 미국중심의 영웅주의, 역경을 극복하는 주체의 불굴의 의지, 타인에게 헌신하는 희생정신이다. 이 모두 서구적 영웅상이 갖추어야 할 문명인으로서의 미덕이다. 또한 이들 전기는 모두 성공신화로 끝난다. 이렇게 전기가 많이 번역된 이유는 당대 개인의 성공과 행복이라는 주제로 집약된, '처세・수양' 개념이 유행한 상황과도 관련된 것이다. 그리고 '개인의 행복추구'라는, 이 새로운 교양의 이념이 당시의 경제 개발주의와 관련하여 새로운 '자아'를 창출해 내는 데 기여하였다는 점[63]을 다시 상기시킨다. 이 영웅들의 형상은 개척자로서 미국인의 형상을 이상주의적으로 주입하는 데 매우 유효한 대상이기 때문이다.

여성 전기의 경우, 미국 여성 영웅 콜렉션인 엘리사 포시(고선일 역)의 『가시밭을 헤치고－미국여성십인전』이나 『루즈벨트부인전』도 마찬가지이다. 이처럼 전기 번역은 당대 미국과 국가 주도 번역 정책의 정치적 의도를 명확하게 보여준 예이다.

퀴리부인과 헬렌 켈러의 경우는 좀 더 면밀한 분석이 필요하다. 현재

63 천정환, 「처세, 교양, 실존－1960년대의 '자기계발'과 문학문화」, 『민족문학사연구』 40, 민족문학사학회, 2009 참조.

까지 좌파적 성향이 부각된 적 없는, 헬렌 켈러의 전기는 당대 영웅이 반공주의, 미국식 자유주의식으로 각색된 대표적인 예이다. 헬렌 켈러는 실제로 장애인 차별 철폐, 여성운동, 급진적 사회 운동 등 각종 사회 활동에 헌신적이었던 인물이다. 그랬던 그가 한국에서는 극한의 장애를 뚫고 일어선 의지의 인물로만 부각된다. 이렇게 선별되어 부각된 주체성 역시 당대 이념에 순응하는, 건전하고 부지런한 국민 육성을 강조하는 국가적 풍토와 맞물려 재구성된 것이다.

퀴리부인은 다소 예외적인 예라고 볼 수도 있다. 퀴리부인은 1950년대 이전, 해방기부터 우상화되었던 인물이다. 퀴리 부인은 해방기 지식인 여성의 롤 모델이었다. 이 전위적인 직업 여성의 활약상은 당대 여성에게 주체성 있고 능력있는 여성상의 표본으로 제시된다. 또한 원자탄, 소련 스프트니크호 등 미・소의 우주 전쟁에 대한 관심[64]이 알려주듯, 이 여성 과학자에 대한 관심에는 당대 대한민국 지식 주체의 과학 입국에 대한 열망이 반영된 것이다. 또한 노벨상에 민감하게 반응하는 한국 상황을 고려할 때, 노벨 물리학상을 탄 과학자라는 후광은 퀴리 부인에 대해 지속적으로 관심을 갖게 한다. 이는 1950년 노벨문학상 수상자인 러셀과, 역시 같은 상의 수상자인 펄벅에 대한 관심과 동류의 것이다.

그런데 당대 역사서에서 예외적으로 주목되는 번역서의 원저자가 있는데, 바로 H. G. 웰스이다. 그 이유는, 관념적 세계주의를 주입하는 다른 역사서에 비해 웰스의 저서가 당대 저항담론을 형성하는데 영향을

64 해방 이후 원자탄에 대한 관심은 일본을 패망시킨 도구라는 인식 때문에 『신천지』 등 대표 잡지의 기사에 잘 드러난다. 1950년대 이후 스프트니크호 등, 미국과 소련의 우주전쟁에 대한 관심은 『사상계』의 세계 동정을 살피는 「움직이는 세계」란 등에서 잘 드러난다.

끼쳤다고 보기 때문이다. H. G. 웰스는 한국의 대표적인 진보적 지식인인 함석헌에게 영향을 준 역사철학자로 유명하다.

함석헌은 오산 시절에 톨스토이, 니체, 베르그송 등 많은 서적을 탐독했는데, 그중에서도 가장 큰 영향을 받은 것이 웰스의 『세계문화사대계』라고 고백한 바 있다. 그리고 "지금 내가 세계국가를 주장하는 사상은 그때에 그 영향을 받아 터가 잡히기 시작했다. 역사에 대한 흥미를 가지게 된 것도 그의 영향, 진화론에 대해 좀 보게 된 것도 그의 영향이다. 이리하여 그때는 나타나지는 않았으나 정통적인 기독교 신앙에 만족 못하게 되는 원인이 거기서부터 놓여졌다"고 고백한다.[65] 이를 볼 때, 당대 진보적 지식인에게 웰스의 사상은 국가주의와 제국주의에 대항할 저항적 담론으로 인식되었던 것이다.

「우주전쟁」이나 「투명인간」 등 과학소설 작가로 더 많이 알려진 웰스는 제1차세계대전 이후 인류의 분쟁에 큰 위기의식을 갖고 세계정부의 필요성을 주장한 사상가이다. 이상주의, 점진주의, 의회주의를 특징으로 하는 사회주의 이념의 일파인 페비어니즘의 주자로서 웰스의 사상은 반공주의자인 함석헌에게도 사회개혁의 방향이 체제 전복이 아니라 그 내부에서의 혁명이라는 점에서, 기꺼이 수용이 가능한 사상이었다. 이처럼 반공주의 검열 하에서 웰스가 한국의 진보적 지식인들에게 저항담론의 정점으로 끼친 영향력은 큰 것이었다고 볼 수 있다. 비록 이 번역서가 반공주의가 강화되기 이전인 1950년에 번역된 것이라는 점이 다소 아쉽기는 하지만, 그 위력은 1950년대 내내 지속되었으리라 추측할 수 있다.

65 함석헌, 「이단자가 되기까지」, 『사상계』 72, 1959.7.

5. 1950년대 인문서 번역의 성과와 한계

이상으로 1950년대 번역된 인문서의 번역 및 발간 현황을 살펴보았다. 1950년대 번역은 한국 지식인의 저서가 본격적으로 출판되기 시작한 1960~1970년대 이전, 지식계의 공백을 메꾸는 데 큰 기여를 한다. 그만큼 당대 지식계에 끼친 번역의 정치적 영향력은 큰 것이었다.

이러한 번역의 정치적 영향력은 당대 인문서의 번역이 미공보원 및 제 단체와 국가기관인 문교부의 원조로 이루어진 것과 관련된 것이다. 그만큼 미국과 당대 정부의 정치적 의도가 개입될 여지가 많았다. 그리하여 당대 번역된 인문서는 인문학계가 미국과 서구 중심의 학문으로 재편되는 데 기여하게 된다. 특히 이 번역서들은 대개 대학의 교재로 활용되어 당대 고등 지식인의 양성과 그 의식체계를 주조하는 데 큰 기여를 하게 된다. 당대 번역가들의 대부분이 대학교수층이었던 것도 이러한 현상에 영향을 주었다.

또한 미국의 번역 원조는 개별 출판사에도 지원되어 1950년대 후반에 불기 시작한 전집류, 총서류의 기획에 기여하게 된다. 그 결과 총서류의 기획이 이루어지고 발간된 텍스트의 거의 대부분이 서구의 텍스트를 번역한 것이었다. 그런데 이 콜렉션은 문교부번역총서의 목록에서 크게 벗어난 것은 아니었다. 미국과 국가의 번역 정책이 정치적으로 의도한 바가 관철된 것이다. "우리 국민의 마음의 개조와 갱신"[66]을 위해

66 임한영, 앞의 글 참조.

듀이의 『민주주의와 교육』을 번역했다고 한 임한영의 말은 이러한 점을 증명하는 것이다.

물론 H. G. 웰스와 R. 트릴링, B. 러셀 등 자유주의 진보적 지식인들의 텍스트가 번역되어 당대 저항적 지식인들의 인식체계를 형성하는 데 영향을 끼치기도 했다. 그러나 그럼에도 불구하고 본 논문이 살펴본 인문서의 목록은 당대 반공주의, 국가주의 담론의 자장 안에서 벗어나기 힘든 것이다. 특히 토인비 등 관념적인 사상가의 텍스트와 성공 신화를 이룩한 미국 영웅들의 전기를 번역한 것은 당대 주체의 의지를 강조하며 국민국가 건설에 헌신하는 인재 양성을 부르짖는 당대 정치권의 의지가 반영된 것이다.

당대 대표 지식인 잡지인 『사상계』가 선정한 대표적인 현대 사상가를 살펴보면, 종교에 마리탱, 정치에 바아커, 경제에 케인즈, 법철학에 켈젠, 역사에 토인비, 사회에 러셀, 법률에 파운드, 철학에 야스퍼스, 문학에 말로, 윤리에 슈바이처이다.[67] 이들은 모두 당대 발간된 번역 인문서의 저자와 거의 대부분 일치한다. 이러한 점은 당대 지식장이 얼마나 단선적인 것이었는가를 알려주는 하나의 증표인 것이다.

이러한 점은 최근 들어 목소리가 높아진 '인문학의 위기'라는 인식의 근원을 추측하게 만든다. 한국을 하부 위성국으로 재편하려는 미국의 정치적 의도와 자의식을 상실하고 무분별하게 서구식 선진국을 추종했던 후진국 한국 지식계의 욕망이 만나, 성급하게 기획된 인문학 번역 정책의 허술함과 경직성이 한국 인문학계의 기반을 빈약하게 만들었던 것이다.

67 『사상계』, 1956.6(남궁곤, 「『사상계』를 통해본 지식인의 냉전의식 연구」, 서울대 석사논문, 1987, 44면에서 재인용).

참고문헌

① 자료

「교과서 일체경신-번역위원회 설치코 사무개시」, 『조선일보』, 1953.1.5.

김붕구 외, 좌담회, 「르네쌍스가 가까웠다-번역문학 부움이 의미하는 것」, 『사상계』 74, 1959.

김용섭, 「나의 회고 ③: 해방세대의 역사 공부—한국사 연구를 위해서 참고한 외국사 문헌목록」, 『연세대 국학연구원 제406회 국학연구발표회 발표문』, 2009.5.28.

「농학개론등—외국유량도서번역」, 『조선일보』, 1955.3.30.

「도서번역 심의위원회 규정을 제정—업적 및 본 위원회 규정 제정의 의의」, 『문교공보』 58, 문교부, 1960.12.

문교부, 「외국 도서 번역 사업」, 『문교개관』, 문교부, 1958.

「번역도서 불원 출간—민약론 위주 50종의 양서」, 『동아일보』, 1954.3.15.

「불문학 총서 번역」, 『동아일보』, 1958.6.3.

서돈각, 「역자의 머리말」, 비노끄라도프, 서돈각 역, 『법에 있어서의 상식』, 합동도서주식회사, 1954.

「외국우량도서번역 900만환 들여 착수」, 『조선일보』, 1954.8.8.

「우량외서번역—87년도엔 17권」, 『조선일보』, 1954.12.2.

「원자지식을 보급—당국전문가들에 외서번역위촉」, 『조선일보』, 1956.6.22.

이해남, 「아놀드 J. 토인비—歷史學者」, 『사상계』 35, 1956.

임한영, 「역자의 말」, 죤 듀위, 임한영 · 오천석 역, 『민주주의와 교육』, 한국번역도서주식회사, 1955.

정비석, 「번역문학에 대한 사견」, 『신천지』 8(7), 1953.

조의설 외, 「역자의 머리말」, 아놀드. J. 토인비, 조의설 · 이보형 역, 『시련에 선 문명』, 한국번역도서주식회사, 1955.

「추억의 문고본 다시 활성화할까」, 『연합뉴스』, 2007.12.13.

「출판된 것 겨우 8권뿐, 외국우량도서의 번역사업」, 『조선일보』, 1955.10.8.

한국출판문화협회, 『출판연감』, 1957.

함석헌, 「이단자가 되기까지」, 『사상계』 72, 1959.

② 논문 및 단행본

권보드래, 「실존, 자유부인, 프래그머티즘」, 『한국문학연구』 35, 동국대 한국문학연구소, 2008.

김 균, 「미국의 대외 문화정책을 통해 본 미군정 문화정책」, 『한국언론학보』 44(3), 한국언론학회, 2007.

김병철, 『한국현대번역문학사연구』 상・하, 을유문화사, 1998.

김용권, 「문학이론의 번역과 수용(1950~1970)」, 『외국문학』 48, 열음사, 1996.

나종석, 「1950년대 실존주의 수용사 연구-"교양"으로서의 실존주의를 중심으로」, 『헤겔연구』 27, 한국헤겔학회, 2010.

남궁곤, 「『사상계』를 통해본 지식인의 냉전의식 연구」, 서울대 석사논문, 1987.

박지영, 「김수영의 문학과 번역」, 『민족문학사연구』 39, 민족문학사학회, 2009.

_____, 「해방기 지식 장(場)의 재편과 '번역'의 정치학」, 『대동문화연구』 68, 성균관대 대동문화연구소, 2009.

_____, 「'번역'의 시대, 번역의 문화 정치; 1950년대 번역 정책과 번역문학장」, 『대동문화연구』 71, 성균관대 대동문화연구소, 2010.

_____, 「1950년대 번역가의 의식과 문화 정치적 위치」, 『상허학보』 30, 상허학회, 2010.

박찬승, 「1920년대 신채호, 양계초의 역사연구방법론 비교」, 『한국사학사학보』 9, 한국사학사학회, 2004.

박희영, 「고대 그리스철학의 수용과 한국철학의 정립」, 철학연구회 편, 『현대철학의 정체성과 한국철학의 정립』, 철학과현실사, 2002.

백종현, 「근대 독일철학 수용과 한국의 철학 전개」, 『철학사상』 5, 서울대 철학사상연구소, 1995.

서은주, 「특집논문 : 제도로서의 "독자"-1950년대 대학과 "교양" 독자」, 『현대문학의 연구』 40, 한국문학연구학회, 2010.

이중연, 『책 사슬에서 풀리다』, 혜안, 2005.

정진숙, 『을유문화사 50년사』, 을유문화사, 1997.

천정환, 「처세, 교양, 실존-1960년대의 '자기계발'과 문학문화」, 『민족문학사연구』 40, 민족문학사학회, 2009.

허 은, 『미국의 헤게모니와 한국 민족주의-냉전시대(1945~1965)문화적 경계의 구축과 균열의 동반』, 『민족문화연구총서』 128, 고려대 민족문화연구원, 2008.

노엄 촘스키, 정연복 역, 「냉전과 대학」, 『냉전과 대학』, 당대, 2001.

제5장
1950년대 번역가의 의식과 문화정치적 위치

1. 1950년대 번역 정책과 번역가

1950년대 문인과 지식인들 사이에서는 새로운 직업군이 형성된다. 바로 번역가이다. 1950~1960년대 시인이자 번역가인 김수영은 그의 일기에서 "은행 뒷담이나 은행 길 모퉁이에 벌려 놓은 노점 서적상을 배회하여 다니며 돈이 될 만한 재료가 있는 잡지를 골라 다니는 것은 고달픈 일이 아닐 수 없지만, 그래도 구하려던 책이 나왔을 때는 계 탄 것보다도 더 반갑다"[1]고 전한 바 있다. 여기서 도움이 될 만한 자료란 바로

1 김수영, 「일기(1954.12.30)」, 『김수영 전집』 2(산문), 민음사, 2003 참조. 이하 『김수영 전집』으로 표기.

번역거리를 의미한다. 실제로 김수영의 지인 김규동의 회고에 의하면 그의 "허름한 외투주머니에는 『애틀랜틱』이니 『포이트리』 같은 외국잡지가 꽂혀 있"었고, "미국문화원에 들러 신간잡지를 입수해보는 것은 그의 주요한 과제"이며, "그리해서 그 속에 번역거리라도 있으면 밤새워 번역해서는 잡지에" 팔았다고 한다.[2] 그리고 동시에 이를 통해 외국의 전위적 이론을 학습하기도 했다.[3]

한국시문학사 최고의 시인이 생계를 위해 노점 서적상을 배회하고, 미국문화원에 들러 잡지를 뒤적거리고, 출판사를 기웃거리는 광경은, 1950~1960년대의 익숙한 문화사적 풍경이다. 1950년대 지식인들은 번역비라도 벌어보려고, 즉 생계를 위해서 외국서적과 잡지를 찾으러 다녔고 이를 들고 출판사의 편집장들을 만났다. 이러한 광경은 1950년대 문인들에게 번역이 어떠한 일이었는지를 알려주는 것이다. 생계와 학습 두 가지를 수행하는 중요한 방편으로 번역이 수행되었던 것이다.

실제로 1950~1960년대는 번역문학의 르네상스기로 통한다.[4] 해방 직후 새로운 국가 건설에 대한 열망이 드높았고, 이를 위한 선진 근대 지식에 대한 욕구가 드높았으며, 이를 충족시켜 주는 가장 유효한 매개체는 바로 번역이었다.[5] 이전에는 일본을 통해서 근대 지식이 유입되었다

2 김규동, 「김수영의 모자」, 『작가세계』 61, 2004.5. 그는 덤핑 번역일을 마다하지 않았고, 번역비를 받으려 구차하게 출판사를 쫓아다니기도 했다. 이러한 장면은 김수영 「모기와 개미」와 「유정에게 보내는 편지」에서 잘 드러난다(『김수영 전집』 2(산문) 참조).

3 김수영의 번역 활동에 대해서는 박지영, 「김수영 문학과 번역」, 『민족문학사연구』 39, 민족문학사학회, 2009 참조.

4 김병철, 『한국현대번역문학사』 상, 을유문화사, 1998. 그는 1950년대는 '번역문학의 르네상스적 시초'로 1960년대는 '번역문학의 르네상스적 개화(開花)'로 지칭하면서 이 시기의 번역 현황을 검토하고 있다.

5 이에 대한 자세한 내용은 앞 장 「해방기 지식장(場)의 재편과 '번역'의 정치학」 참조.

고 한다면, 이제는 미국과 소련이 근대 지식의 모국이 된다. 남한의 경우, 일본이 아닌 서구 중심으로 새로운 지식의 패러다임을 재편하기 위해 미군정의 적극적인 문화 원조와 국가 문화 정책의 상호 긴밀한 연관 속에서 번역 정책이 시행된다. 이러한 정책이 분단 이후 단정 수립 후에도 이어져, 미군정과 정부는 한국전쟁이 끝나고 전후 복구 건설이 시행되는 시기인 1950년대 초반, 본격적으로 시행하기 시작한 것이다. 단정 수립 이후 새로운 국민국가 건설에 박차가 가해지고, 국민들을 국가의 성원으로 조직해 내기 위해서는 계몽이 필요했기 때문이다. 이에 따라 이들을 계몽할 새로운 지식이 필요해질 수밖에 없다. 한국전쟁 이후 미공보원과 USOM 등 원조 단체의 번역 정책은 이러한 목적에서 기획되었다. 그리고 이러한 정책에 많은 지식인들이 참여하면서, 그들이 번역가로서 호명된다. 1950년대 번역가라는 지식인 직업군의 등장은 바로 이러한 토대 위에서 가능한 것이었다.[6]

김병철에 의하면, 1950년대 이러한 상황은 본인이 원하건 원치 않건 외국문학 섭취, 즉 번역이라는 문으로 그들을 몰아넣었다[7]고 한다. 실제로 김수영 번역의 일부가 이들이 시행한 번역프로그램의 일환이었다는 점은 이러한 당대 상황을 증명해 준다.[8]

6 1950년대 번역 시장을 활성화시키는 데 공헌한 것은 미공보원 등 미국 기관과 문교부 등 대한민국 국가 기관의 번역 정책이었다(이에 대한 자세한 사항과 번역문학장에 대한 내용은 앞 장 「'번역'의 시대, 번역의 문화 정치－1950년대 번역 정책과 번역문학장」 참조.

7 김병철, 「1950년대의 번역문학(1950~1959)」, 『한국현대번역문학사연구』 상, 을유문화사, 1998, 21면 참조.

8 김수영 번역 중 브라운(Brown, F) 편, 『20세기문학평론』(김수영・유영・소두영 역, 중앙문화사, 1970), 에머슨(Emerson, R. W.), 『문화, 정치, 예술』(김수영, 소두중앙문화사, 1956), 테잇(Tate, A.), 『현대문학의 영역』(김수영・이상옥, 소두중앙문화사, 1962)은 미국공보원 번역프로그램의 운용 속에 이루어진 것들이다(김용권, 「문학이론의 번역

또한 1950년대 번역문학의 정점은 1958년 이후 세계문학전집 간행 붐이었다. 당대 대표적 출판사인 정음, 동아, 을유 등 제 출판사에서 세계문학전집을 간행하게 된다. 이러한 출판계의 활황에 힘입어 많은 번역가들이 필요하게 된다. 그러면서 점차 번역가들의 수요가 늘고, 그러한 과정을 겪으면서 전문성을 갖춘 하나의 직업군으로 성장하게 된 것이다.[9]

그리하여 1950년대 번역가는 전후 국가 건설기에 정비되어 가는 문화제도 안에서 서구의 선진문명을 습득하고, 문화적 발전을 모색하는데 중요한 주체가 된다. 서구, 특히 미국중심으로 단일화되어 배치되는 당대 지식계에서 번역가만큼 이러한 정황을 제대로 증명해 주는 존재는 찾아보기 힘들 것이다.

이러한 번역가의 위치와 그 의식은 분명 식민지 시대와는 다른 것이다. 식민지 시기 해외문학파는 전문성을 앞세워 이론투쟁을 시행하지만 이들의 절박한 인정투쟁에도 불구하고 그들은 식민지 시대에는 '번역문학가'로서 당당하게 인정받지 못한다. 임화에게는 '자본가의 앞잡이' 혹은 '동경유학생 도련님들의 집단'으로 매도당한다.[10] 일본 문학에 대한

과 수용(1950~1970), 『외국문학』 48, 열음사, 1996.8, 16면 참조. 이외에 김수영의 번역 활동에 대해서는 박지영, 「김수영 문학과 번역」, 앞의 책 참조).

9 영문학자이자 번역가인 여석기의 회고에 따르면 50년대 말에서 60년대 초에 걸쳐 일어난 당대 세계문학전집 붐은 지금은 상상도 못할 정도로 큰 것이었다고 한다. 이는 당대의 문화적 욕구에 기인하다고 보는데, 한국 전쟁 이후 허기진 공백을 정신적으로나마 채워준 것이 바로 이 문화적 욕구였다고 회상한다(「한국 영문학의 어제와 오늘 (4)－여석기선생을 찾아서」, 『안과밖』 5, 영미문학연구회, 1998, 243면 참조).

10 철우(鐵友), 「소위 '해외문학파'의 정체와 장래」, 『조선지광』 100, 1932.2 참조. 임화와 해외문학파의 논쟁에 대해서는 조윤정, 「논쟁, 글쓰기의 방법론－임화와 해외문학파의 논쟁적 글쓰기」, 『반교어문연구』 27, 반교어문학회, 2009 참조.

전적인 의존을 우려하고 번역가에게 '외국문화를 조선적으로 소화'하는 창조적인 주체가 될 것을 요구한 선구적인 번역 이론가인 해외문학파 김진섭의 논의를 "조선문은 도리어 일문만치 이해하지 못하는 현상"을 근거로 "외국문학을 우리의 손으로 조선문으로 이식할 번거로운 의무를 면할 수가 있"다고 차갑게 외면한 김동인의 논의가 이러한 정황을 증명한다.[11] 그 후 이들은 문인으로 문단에서 대접받길 원했고, 이러한 프로젝트가 창작 중심의 위계화된 문단질서에 의해 실패하자, 다시 '문학연구가'라는 직능을 제기하며 조선문학계에서 자신들의 위치를 인정받기를 원한다.[12] 그럼에도 불구하고 당대에는 이렇게도 인정받지 못한 것으로 보인다. 그렇지만, 해방 이후에는 고등교육제도가 정비됨과 동시에 이들은 학자로서 인정받아 거의 대부분 교수로 재임[13]한다. 학문적 체계화에 기반을 다지면서 학계의 선도자로 자리잡는 영광을 누리면서 이러한 프로젝트는 완성되어 간 것이다.

그 와중에 친일의 멍에 때문에, 해방 직후에는 사회적 활동을 할 수

11 김진섭, 「번역과 문화－조선과 번역문화(하)」, 『조선중앙일보』, 1935.5.5; 김동인, 「번역문학」, 『매일신보』, 1935.8.31 참조(이에 대한 논의는 정선태, 「번역 또는 식민주의를 '애도'하는 방법」, 『번역비평』 창간호, 고려대 출판부, 2007 가을, 153~155면에서 참조).

12 이들 해외문학파의 인정투쟁에 대한 자세한 내용은 이혜령, 「『동아일보』와 외국문학, 해외문학파와 미디어」, 『한국문학연구』 34, 동국대 한국문학연구소, 2008.6 참조.

13 한국전쟁 당시 납북된 것으로 확인된 김진섭을 제외하고 이하윤은 1945년 혜화전문학교(지금의 동국대학교) 교수를 시작으로 성균관대학교 등에서 재직하다 1949년 서울대학교로 옮겨 1973년 정년퇴직했다. 정인섭도 서울대학교 중앙도서관장을 맡은 것을 비롯하여 서울대학교와 성균관대학교에서 교수로 재직했고 함대훈은 미군정청 공보국장을 거쳐 국립경찰전문학교 교장으로 재직했다. 손우성은 1945년 전매국에서 일하다가 청주사범학교에서 근무했다. 1947년 성균관대학교 교수로 취임했으며 동시에 서울대학교 문리대 강사를 겸임하여 우리나라 최초로 프랑스문학을 강의했다. 박용철은 1938년에 사망해서 논외로 한다.

없었던 백철, 최재서, 양주동 등 식민지 시대 지식인들이 다시 번역가로서 부활한다. 특히 최재서의 경우는 식민지 시대 번역가로서 평론가가 되고자 했던 '해외문학파'를 "한 권의 책을 사주는 예술 감상자면 족한 주제에 야심을 가지고 스스로 문인이 되어 문단에 뛰어든 딜레탕트"[14]로 규정하며, 이들의 축출을 부르짖었던 자이다. 그랬던 그가 정작 번역가가 된 것이다. 이러한 저간의 사정은 바로 1950년대 문학장에서 번역가의 정치적 위치, 지식계에서 상향조정된 위상을 입증해 주는 것이다.

물론 이러한 점은 해방 이후 일본어에서 영어로 지식의 언어가 이동해간 상황과 관련이 깊은 문제이다. 식민지 시대에는 일본어로, 혹은 일본어로 번역된 텍스트의 독해로 근대적 지식을 섭취했다면, 이제는 서구를 통해서 직수입한다. 그리하여 모국어로의 번역이 필요해진 결과 번역 작업이 필요해진 것이며, 이를 수행하는 능력이 부각된 것이다. 결국 1950년대와 식민지 시대의 번역가의 위치는 그 토대부터 달랐다고 할 수 있다.

이러한 토대에서 문인들은 물론, 대학의 교수들이 번역 일에 종사하면서, 번역가들의 자부심은 높아진다. 그리고 번역가들은 『사상계』의 「세계문단」란 등 잡지에 해외문단을 소개하는 글을 쓰는 동시에 비평가로 활약하기도 한다.[15] 또한 번역쟁이, 기술자 취급에 괴로워하기도 하면서 번역 비평을 통해서 전문가적 위상을 세워가기도 한다. 1950년대 새롭

14 최재서, 「디렛탄티즘을 축출하자」, 『조선일보』, 1936.4.29(이혜령, 앞의 글, 377면에서 재인용).

15 대표적으로 『사상계』 필자로 활약했던 김진만의 경우를 그 예로 들 수 있다. 김진만은 송욱의 소개로 장준하와 알게 되면서 「세계문단」란은 물론 그 외에 여러 시사적인 평문의 필자로도 참여한다(이에 대해서는 「한국 영문학의 어제와 오늘 (6) - 김진만 선생을 찾아서」, 『안과 밖』 7, 영미문학연구회, 1999 참조).

게 재편되는 지식장 내부에서 자신들의 위치를 찾으려는 고투가 시작된 것이다.

번역은 선진제국에게는 통치할 후진국의 피식민자의 의식을 규율하는 문화적 통치 수단이었고, 늘 근대화된 지식체계에 목말라했던 후진국에게는 반드시 경유해야 할 통과의례였다. 1950년대 역시 마찬가지이다. 게다가 일본에서 벗어나 또 따른 근대의 전범을 맞이하여야 하는 상황, 그리고 식민지 시대를 경유하여, 원어역보다는 일본어 중역이 더 편하였던 당대의 언어 상황은 이들에게 더욱 복잡한 환경을 만들어 준다. 그 안에서 그들은 새로운 근대적 지식을 수용하는 전위부대로서의 역할을 해 내야 했다.

그러므로 이러한 점을 종합해 볼 때, 1950년대 번역가들의 번역관, 그리고 이들을 둘러싼 번역 논의를 살펴보는 것은 당대 새로운 근대적 지식으로 재무장되는 지식계, 문학계를 조망하는 데 필수적인 일이 아닐 수 없는 것이다. 특히 이들의 정치적 위치와 내면을 살펴보는 일은 서구 근대 지식 수용의 전위부대로서 이들이 어떠한 자의식을 갖고 있었던가를 구체적으로 알려줄 것이다.

2. 번역가군의 형성

―'문인' 번역가의 활약과 '외국문학전공(교수)' 번역가의 등장

미공보원의 번역 정책은 1951년부터 시행된다. 이러한 미공보원의 번역 정책으로 점차 번역가들에 대한 수요가 증대된다. 그러나 이에 비해 번역 전문가도 부족하고, 그 자질 역시 문제가 되었던 것으로 보인다.

> 번역할 작품 수에 비해 번역자가 터무니없이 부족하다. 그러기에 나는 과도기에 있어서의 불가피한 현상이기는 하지만, 현하의 실정으로서는 일본말에 실력을 가진 우리 문필학자들이 비록 중역일망정 고전적인 작품을 번역해내는 것이 오히려 시의에 적절한 일이 아닐까한다.
>
> 빈약한 원문 실력을 가지고 서투른 문학가가 번역한 원문 역 보다는 비록 일본말 중역이라 하드라도 글 쓰는 사람이 번역한 편이 훨씬 우수하다고도 말 할 수 있다.
>
> 원문이 불란서어로 되어 있는 작품이라도 그것을 영어판으로 중역을 하면 마치 원문 번역이나 다름없는 듯이 생각하지만, 그것을 일어판으로 중역하면 꼭 같은 결과임에도 불구하고 그야말로 중역이라고 경멸감을 갖는 것이다. (…중략…) 그것은 아마 누구나가 일어에 대한 실력만은 상당하니까, 일어를 경시하는 데서 오는 편견이겠지만 객관적으로 비판할 때 영어 중역이거나 일어중역이거나 그것이 중역임에는 조금도 다름이 없는 것이다. 아니, 보통 영어 실력보다는 일어 실력들이 우수하므로해서 꼭 같은 중역일 경우에는 일어 중역을 택하는 편이 오히려 현명한 일일는지도 모른다.[16]

서두에 말해 본 양심적 번역이라고는 너무나 과한 욕심이다. 원문과는 얼토당토 않은 괴이한 것이 섞인다하여도 탓할 바가 아니다. 만일 그것이 대중의 환영을 받아서 애용된다면 번역 자체의 선악보다도 그것이 일으키는 독서열의 공적을 사 주어야 할 것이다.

여기서의 급선무는 우리 겨레의 건전한 취미를 기르기에 도움이 될, 그리고 우리 대중이 즐거이 받아 드릴 작품을 가능한 한 우리 말의 어법으로 고쳐서 이해하기에 힘이 안 들게 번역을 제공해야만 할 것이다.[17]

외국어(문학) 전공자가 부족한 시대이므로 번역가의 수가 터무니 없이 부족하다는 것은 당연한 사실일 것이다. 그렇기 때문에 중역이라도 하자는 논의는 어떤 면에서는 궁여지책일 수 있는 것이다. 양심적 번역이 "너무나 과한 욕심"이라고 보는 태도도 역시 같은 맥락이다. 질 좋은 번역보다는 "가능한 한 우리 말의 어법으로 고쳐서 이해하기에 힘이 안 들게 번역을 제공해야만 할 것"이라는 논리 역시도 마찬가지이다.

그런데 이러한 논조, 즉 정확한 번역보다는 이해하기 쉬운 우리말로 옮기는 것을 중시했던 풍토는 번역가군의 특성을 기반으로 한 것이다. 1950~1960년대는 전반적으로 문인들이 번역가로 활약했던 시기이다. 외국문학 전공자, 즉 학자들[18]이 본격적으로 번역일을 맡아 하기 시작한 것은 1950년대 중후반부터이기 때문이다. 앞서 언급한 김수영 외

16 정비석, 「번역문학에 대한 사견」, 『신천지』 8(7), 1953.12.

17 손우성, 「문화건설과 번역문학」, 『신천지』 8(7), 1953.12.

18 1950년대 번역 활동의 주역은 1910년대 후반에서 1920년대 초반 생이 대다수였다. 이들은 거의 모두가 서울과 지방 대학의 강사, 전임교수로 있었다고 한다(김용권, 「문학이론의 번역과 수용(1950~1970)」, 앞의 책 참조).

에도 백철, 양주동, 최재서 외에 박인환, 계용묵, 주요섭, 박두진, 오영진, 김성한, 고원, 정비석, 김용호 등 문인들이 번역가로 그 공백을 메꾸고 있었다.[19]

이처럼 문인들이 대거 번역장에 뛰어든 것에는 여러 가지 이유가 있다. 우선 식민지 시대 문인들은 대개 최고의 인텔리였다는 점이다. 실제로 외국문학 전공자는 고원 정도이지만, 이들은 당대에는 매우 드문 외국 유학파[20]들이었고, 한편으로는 일제시대에 일본에서 유학[21]을 했던 사람들이다. 그 외에 김수영은 연희전문학교 영문과를 수 개월밖에 다니지 않았기 때문에 전공자라고 보기 어려우며,[22] 박인환은 경성제1고보 출신이다. 그래도 이들은 외국서적을 보면서 공부를 했던 소위 학구파들로, 이들의 외국어 실력은 외국문학 전공자들이 드물었던 현실을 고려할 때, 당대에는 최고의 실력자들이었다고 볼 수 있다.[23] 더구나 이

19 그들이 번역한 도서의 예는 다음과 같다. 박인환(윌라 카서, 『이별』, 법문사, 1952), 계용묵(헤리엇 스토우, 『검둥이의 서름』, 우생당출판사, 1954 등), 주요섭(우웬 위스트, 『버지니앤』, 진문사, 1955 등), 박두진(어스킨 코드웰, 『더럽혀진 땅』, 신태양사, 1955), 오영진(알렉산더 에드워드, 『스타탄생』, 중앙문화사, 1955), 김성한(윌라 캐더 외, 『전원 외 8편』, 을유문화사, 1955 등), 고원(샬롯 스미드 외, 『영미여류시인선』, 여원사, 1959), 정비석(메리메 외, 『칼멘 외 2편』, 명성출판사, 1954), 김용호(에밀 졸라, 『나나』, 대지사, 1955) 등이 그 예이다.

20 김성한(맨체스터대학교 사학과 학사), 주요섭(스탠퍼드대학교대학원 교육학 석사), 고원(아이오와대학 영문학 석사).

21 정비석(니혼대학교 문과), 계용묵(도요대학교 동양학), 김용호(메이지 대학 법과).

22 김수영의 생애사에 의할 때, 김수영이 영어 실력을 갈고 닦은 것은 해방 이전인 선린상고를 다닐 시절 혹은 그보다 더 이전이라고 볼 수 있다. 이러한 점은 그의 부인이었던 김현경 선생도 확인해 준 바 있다. 그는 당대 연희전문에서 강의된 내용이, 자신이 알고 있는 지식수준보다 높지 않았다 하여 과감히 학교를 나왔다고 김현경 선생은 전한다(이에 대한 자세한 내용은 최하림, 『김수영 평전』, 실천문학사, 2001 참조).

23 김수영의 경우, 문학작품의 원문을 줄줄 외우고 다녔다고 하며, 한국전쟁 당시 미군통역관으로 목숨을 연명했다. 이러한 점은 그의 평전 이하 여러 증언에서 수차례 입증된 바 있다(자세한 사항은 위의 책 등 참조).

들의 능통한 일본어 실력은, 중역이 가능했던 당대의 풍토에서, 번역을 하는 데 많은 기여를 한다.

그러나 이들이 대우를 받게 된 것은 무엇보다 이들의 조선어 운용 능력 때문이다. 해방 이후 소위 한글세대인 4·19세대가 출현하기 전까지 번역장에서 필요했던 것이 외국어 실력보다 한글 실력이었다는 점은 식민지 시대의 언어 상황을 거쳐 온 우리에게는 뼈아픈 일이라고 볼 수 있는 것이다. "빈약한 원문 실력을 가지고 서투른 문학가가 번역한 원문역 보다는 비록 일본말 중역이라 하드라도 글쓰는 사람이 번역한 편이 훨씬 우수하다고도 말할 수 있다"[24]라고 주장한 정비석의 말은 이들의 자부심을 증명한다. 당대에는 문인만큼 조선어 운용능력을 신뢰할 만한 집단이 드물었던 탓이다. 그리고 아직 번역의 정확성보다는 번역문의 가독성을 중시했다는 점을 알려주는 것이다. 그러나 이러한 상황은 곧 바뀐다. 점점 외국문학 전공자가 많아지면서 외국문학전공 교수와 이들 문인 번역가 집단 사이에는 미세한 갈등의 기류가 포착된다.

> 한때 번역을 누가 하느냐를 가지고 말썽을 일으킨 일이 있었다. 세 곳 출판사에서 간행하는 세계문학전집이 대개 대학 교수들에게 번역을 부탁한 데서 나온 반발이었을 것이다.
>
> 도무지 글이 딱딱하고 거칠고 어떤 대목은 무슨 말인지조차 알 도리가 없으니 외국어를 안다고 해서 대학교수에게 번역을 시켜서는 안되겠다는 것이 문단측의 발언이었던 것 같고, 문인이 외국어를 모르는 것은 고사하고 잘

24 정비석, 「번역문학에 대한 사견」, 『신천지』 8(7), 1953.12.

아는 일어에서 중역 해놓은 것을 읽어도 창작처럼 문장이 되어 있지 않은 것은 왜 그런가 하는 것이 교수측의 냉소이었다.

모든 번역이 문학으로서의 과정을 밟아 이루어진 것이 아니라 함은 두 말할 것도 없다.[25]

외국어에 능숙하다는 사람들이 번역해논 작품을 보면 외국어의 문법이라든지 인명 지명 같은 것은 정확할른지 모르지만 그들의 대개가 우리나라말을 잘 모르기 때문에 영어가 생경하고 문맥이 회자(晦滋)하여 무슨 말인지 알수 없고 더욱 치명적인 것은 작품의 분위기를 살려놓지 못한다는 것이다. 이에 반하여 작가들이 하는 번역작품을 볼 것 같으면 그것은 대개가 비록 일본어를 능한 이중번역일지라도 독특한 우리나라 글이 되어 있고 또 원작자의 의도한 작품의 분위기를 충분히 나타내어 놓았으므로 번역작품으로서 어느 것을 취해야겠느냐고 하면 자기로서는 작가들이 해논 번역작품을 취하겠다고 말하였다.[26]

문인들은 한국어 운용 능력을 앞세워 외국문학전공번역자들을 비판하고, 외국문학 전공자들은 이들의 중역 양태를 들어 번역가로서의 자질을 문제삼고 있다. 이 글의 필자인 외국문학 전공자도 상대적으로 한국어 운용 능력이 뒤떨어졌던 상황을 마지못해 인정하고는 있다. 그러나 더 중요한 논지는 문인들이 원역이 아닌 중역을 한다는 것, 그리고 그들의 특성상 정확한 번역보다는 문장의 매끄러움을 추구하기 때문에 벌

25 정병조, 「특집 번역문학의 반성-번역문학의 과제」, 『사상계』 114, 1962.11.
26 조용만, 「자리잡혀가는 번역문학-근간의 두 명역을 읽고」, 『조선일보』, 1955.4.19.

어진, 번역의 부정확성을 문제삼고 있는 것이다.[27]

물론 문인번역가들의 반발도 존재하지 않은 것은 아니다. 대표적인 문인번역가인 김수영은 그의 산문에서 "도대체가 우리나라에는 제대로 된 번역문학이 없다"로 단언한 후, 대표적인 외국문학 전공자인 최 모씨, 최재서로 추측되는, 「주홍글씨」 번역도 엉터리라는 점을 비판한다. 이 글 후반에는 헤밍웨이의 소설을 번역한 당대 최고의 번역가인 정병조의 번역은 나름 '월등 나은 번역'이지만 그 역시 오역이 존재한다고 밝힌 바 있다.[28]

또한 그는 중역을 무시하는 당대 풍토에 반발해, 한 산문에서 "굳이 일본말 텍스트로 「마지막 밤」을 번역해 보고 싶다"고 한 바도 있다. 그는 오히려 원어역만을 인정하는 것은 당대 상황에 비추어, 오히려 사대주의적인 자세라고 비판하면서 이를 풍자한 것이다.[29] 물론 여기에는 이중언어(특히 일본어) 사용자로서 자신들이 해방 이후 번역장, 나아가 지식장 내부에서 점차 냉정하게 배제되어 가는 상황에 대한 곤혹스러움이 담겨 있는 것이다.[30]

그런데 이와 같은 번역 주체 논쟁은 마치 신문학 초기 양주동과 김억의 번역 논쟁, 혹은 해외문학파의 자의식[31]을 연상시킨다. 즉 원문 중심

27 김병철, 앞의 책, 25면 참조.

28 김수영, 「모기와 개미」, 『김수영 전집』 2(산문), 89면 참조.

29 김수영, 「벽」, 『김수영 전집』 2(산문), 113면 참조

30 물론 김수영이 중역의 폐단을 모르는 것은 아니다. 그의 산문 「모기와 개미」에서는 이러한 폐단도 실랄하게 비판한 바 있다. 그러므로 이 지점에서 김수영이 반항하고 싶었던 것은 실력보다는 중역이냐 원어역이냐를 따지는 당대의 후진적 번역 풍토였던 것이다.

31 신문학 초기에 발생한 김억과 양주동의 논쟁에서 김억은 문학적 번역의 특수성을 옹호하면서 의역을, 영문학자였던 양주동은 직역을 주장한다. 해외문학파 중 특히 김진섭은 번역 무용론을 주장하는 여러 논자들의 논의에 대응하여 번역의 필요성에 대해서 논의

의 정확한 번역이냐, 번역문 중심의 매끄러운 번역이냐의 문제는 번역 논쟁의 고전적인 테마이기 때문이다. 1950년대 문학장에서 이러한 논의가 일었던 것은 번역의 전문성에 대한 고민을 본격적으로 시작했다는 점을 반증해 주는 것이다. 또한 전문적인 번역가군이 형성되면서 이전에 주체의 공백을 메꾸어 주었던 문인번역가군과의 자연스러운 세대 교체 과정에서 일어난 해프닝이기도 하다.

당대 번역가로도 활동했던 영문학자 김병철에 의하면, 1950년대 활약했던 번역가들은 주로 당시 30대 전후로 주요 번역 멤버를 살펴보면 영미 문학에 강봉식, 정병조, 김재남, 장왕록, 이가형, 유영, 이종구, 양병택, 이기석, 이창배, 김병철, 불문학에 안응렬, 이휘영, 양병식, 김붕구, 오현우, 이진구, 방곤, 정기수, 조홍식, 이항, 독문학에 김종서, 김성진, 곽복록, 강두식, 구기성, 러시아 문학에 차영근, 함일근, 김학수, 중국문학에 김용제, 김광주, 일본문학에 김용제였다고 한다. 물론 이들 중 김용제(1909년생), 김광주(1910년생) 등이 식민지 시대부터 활동했던 문인이고, 이후는 대개 1920년대 이후 출생자[32]로 신세대 외국문학 전공자들이다.

'외국문학 전공' 번역가군, 일명 '교수번역가'군의 등장은 1950년대 대학제도를 기반으로 지식, 문화의 제도화가 이루어지는 상황과도 관련이 깊은 문제이다. 1950년대 '교양'의 내용과 이념이 상당부분 대학이

한 바 있다(이에 대한 자세한 논의는 김병철, 『한국근대번역문학사연구』, 을유문화사, 1975; 서은주, 「번역과 문학장(場)의 내셔널리티－해외문학파를 중심으로」, 민족문학사연구소 기초학문연구단, 『한국 근대문학의 형성과 문학장의 재발견』, 소명출판, 2004 참조).

32 여석기는 1922년생, 김진만, 1926년생, 김용권의 1930년생, 강봉식은 1923년생, 김붕구 1922년생으로 주로 1920~1930년대 초반 생이다.

라는 제도와 긴밀한 관련 속에서 구성되면서, 대학은 명실상부한 지식의 터전으로 자리잡게 되었기 때문이다.[33] 번역가란 직업 역시도 이러한 토대에서 최고의 교양인, 지식인으로 만들어지고 성장한 것이다. 즉, 외국문학 전공자가 최고의 인텔리 계층으로 지식계를 점유하게 되는 상황에서 벌어진 일이다.

자연스럽게 이들은, 문인 중심의 문단에도 진입하여 전위적 지식 유입의 선도자로 자리잡게 된다. 여석기, 강두식, 김정옥, 박이문, 김진만, 김종길, 정명환 등 제1세대 번역가로, 외국문학 전공자들이 『사상계』의 문학란을 책임지면서 당대의 문화담론을 선도하게 된 상황이 그 예일 것이다.[34] 물론 이들을 비평가라고 부를 수는 없지만, 『동아일보』나 『해외문학』 등 한정된 발행 매체를 통해서 활동이 가능했던 식민지 시대 '해외문학파'와 비교해 볼 때, 전체 매체에서 이들 번역 텍스트가 차지하는 비중은 적지 않았다. 이러한 상황을 살펴볼 때 1950년대 지식계에서 이들이 차지하는 비중은 만만치 않았다고 볼 수 있다.

드문 예이지만 『문학예술』에 '번역' 분야로 등단한 유종호[35]가 이후 대표적인 평론가로 성장하는 과정은 외국문학을 전위적으로 수용하는 번역가가 점차 문단에서 중요한 역할을 하게 되는 1950년대 이후의 상

33 서은주는 이에 대해 연구하는 자리에서 여기서 비판적 성찰을 근본적으로 방해하고 규율하는 전후 이념의 지형 속에서 정신주의와 속물성의 균열을 읽어 낼 수 있다고 한다(이에 대한 자세한 사항은 서은주, 「특집논문 : 제도로서의 "독자"-1950년대 대학과 "교양" 독자」, 『현대문학의 연구』 40, 한국문학연구학회, 2010 참조).

34 대표적인 사람이 영어영문학회의 학자들이다. 여석기, 김병철 등 영어영문학회 1세대는 그들이 이 번역을 통해서 자신들의 생계와 정체성을 찾아갔노라고 회고하고 있다.

35 유종호는 『문학예술』 1955년 11월호에 스티븐 스펜더의 「모더니스트 운동에의 조사」 번역 외 2편, 원응서의 3회 추천으로 이 분야에 등단한다.

황을 예증해 주는 것이다.[36] 외국문학 전공자들의 문학장 진입은 곧 문학이론의 전문화, 즉 문학이론이 고도의 전문적 '지식'으로 취급되기 시작한 1950년대 이후 지식계, 문학계의 상황을 보여주는 것이다.

당대 대학 강단에서 쓰인 『문학개론』 강좌의 교재가 영문학을 토대로 한 것이라는 사실[37]은 당대 외국문학이론, 특히 영미의 문학론이 한국의 지식계에 끼친 영향력을 단적으로 보여주는 것이다. 그들은 서구중심으로 재편되는 지식장에서 서구문학 전공자로서, 서구의 고전과 근대적 사조를 전위적으로 수용하는 존재로서 자리잡았던 것이다.

또한 문학 제도 안에서도 번역 분야가 정비된다. 『문학예술』에서 번역 추천제도가 실시되었다는 것은 잘 알려진 사실[38]이고 번역론이 신춘문예 비평 분야에 당당히 당선되는 상황도 이러한 점을 증명하는 것이다.[39]

번역가들의 자부심과 전문적 역량을 높이는 데에는 번역 포상 제도도 기여한다. 번역가들을 격려하기 위해, 1953년 전국문화단체총연합회와 아세아재단[40]에서는 '자유문학상'과 함께 '번역문학상'을 설치한다.

36 이후 번역과 평론을 겸비하는 경향은 1960년대 후반 『창작과비평』, 『문학과지성』 그룹의 등장으로 더욱 강화된다.

37 이에 대해서는 서은주, 「특집 : 사회인문학의 개념과 방법－과학으로서의 문학 개념의 형성과 "지(知)"의 표준화－주요 "문학개론서"를 중심으로」, 『동방학지』 150, 연세대 국학연구원, 2010 참조.

38 이에 대해서는 이봉범, 「전후 문학장의 재편과 잡지 『문학예술』」, 『상허학보』 20, 상허학회, 2007.6; 손혜민, 「잡지 『문학예술』 연구－'세계주의'와 현대화의 기획」, 연세대 석사논문, 2008 참조.

39 그 예가 이상훈, 「번역론 서설－평론(신춘현상문예작품)」, 『조선일보』, 1957.1.30～1957.2.7이다.

40 아시아재단은 아시아 국가의 개발과 아시아－미국의 관계 향상을 통해서 아시아 태평양 지역의 평화와 발전을 도모하고자 1954년에 설립된 미국의 비영리 재단이다. 한국에 지부를 설립한 1954년 아시아재단 사업은 첫째, 신문과 서적 용지를 공급하는 것이고, 둘째는 외국도서를 공급하는 일이다. 『여원』, 『희망』, 『사상계』가 용지 지원으로 발간되

1957년에는 을유문화사에서 "번역문학의 의의를 고조하는 한편 질적 향상을 도모"하기 위해 '을유번역문학상'을 제정[41]하고 제1회 수상자와 작품으로 강봉식의 『거인』[42]을 선정한다.

또한 번역가들에 대한 지원은 미공보원의 번역 지원 프로그램으로 번역료를 일시에 지불하는 당대로서는 파격적 대우[43]에만 있는 것은 아니었다. 번역가 중 극히 소수가 프랑스, 독일과 영국에서 그리고 상당수가 미국에서 연수할 기회를 갖게 된다.[44] 번역가들까지 연수를 시키는 점은 미국의 대한 번역 정책의 치밀함을 증명해 주는 것이다.

이처럼 제도적으로도 뒷받침되는 번역장의 상황은 점차 번역가군의

었고, 이 외에 을유문화사가 발행한 『한글학회 큰사전』 제3판 또한 아시아재단이 기증한 용지로 인쇄된다. 아시아재단의 문화원조에 대해서는 이봉범, 「냉전과 원조, 원조시대 냉전문화 구축의 역동성」, 『한국학연구』 39, 인하대 한국학연구소, 2015. 참조.

41 규정은 다음과 같다. ① 1년간을 통하여 국내에서 출판된 모든 번역서 중에서 심사위원회를 통과한 일종에 대하여 수상, ② 상금은 일금 10만환, ③ 심사는 매년 7, 8월에 하고 9월에 수상, ④ 제1회 수상은 4289년 1월 1일부터 동년 12월 말일까지 출판된 도서를 대상으로 4290년 10월 중에 수상한다(「번역문화상－을유출판사에서 제정」, 『조선일보』, 1957.11). 역대 번역문학상 수상자와 작품은 다음과 같다. 1회(1958); 강봉식(구젠코 원작 『거인』, 사상계사), 2회(1959); 최민순(단테 원작 『신곡』, 을유문화사), 3회(1962); 오화섭(유진 오닐 원작 『밤으로의 긴 여행』, 수도문화사), 4회(1963); 정인섭(『A Pageant of Korean Poetry』, 어문각), 5회(1964); 차주환(『동양의 지혜』, 을유문화사), 6회(1965); 강두식(괴테 원작 『파우스트』, 을유문화사), 7회(1966); 정봉화(『아라비안 나이트』, 정음사), 8회(1967); 김병철(헤밍웨이 원작 『헤밍웨이전집』 1, 위문출판사), 9회(1968); 김종건(조이스 원작 『율리시즈』 3, 정음사), 10회(1969); 양병탁(피츠제럴드 원작 『위대한 개츠비』, 을유문화사)이다. 팔봉 김기진과, 박술음, 양주동이 심사위원이었다고 한다. '원문에 충실하면서도 국어의 구사가 매끄러운 데다가 양적으로도 방대한 매수의 번역을 시종 예리하게 완수한 공적에 있어서 단연코 발군하는 역저'라고 심사평을 전한다(김팔봉, 「최초의 번역문학상－을유문화상심사소감」, 『조선일보, 1957.11.22).

42 강봉식의 수상에 원작자가 이에 대한 노고를 치하하기도 했다고 한다. 거인 작가인 이고르 구젠코가 을유문화사의 번역상을 받은 강봉식씨에게 번역노고와 성공을 빈다는 내용의 서명까지 넣은 책을 준다. 구젠코를 대리하여 USIS의 문정보좌관 '하이타타'씨가 강교수에게 전달하였다(「거인번역에 원작가가 치하」, 『조선일보』, 1958.2.6).

43 김용권, 「문학이론의 번역과 수용(1950~1970)」, 앞의 책, 16면 참조.

44 4장 각주 3번 참조.

중심축을 문인번역가에서 대학교수 중심의 전문 번역가로 옮겨가게 한다. 물론 문인번역가들의 활약은 1960년대까지 지속되지만, 이러한 중심 축의 이동은 번역의 전문성이 점차 요구되는 상황에서 이루어진 자연스러운 현상이 아닐 수 없다.

3. 번역 비평 / 논쟁의 활성화와 번역가로서의 전문성 인식

1950년대 중반이 되면, 번역에 대한 논쟁이 벌어지는 등 질 높은 번역에 대한 의식적 각성이 일어난다. 대표적인 것은 당대 대표적인 매체 『사상계』와 『현대문학』 간에 이루어진 논쟁이다. 논쟁은 전대웅이 「번역된 포오크너의 작품을 읽고」(『현대문학』 10호, 1955.10, 204~207면)를 통해 『사상계』, 1955년 1월호에 실린 윌리암 포크너, 「해는 지고 어둠이」의 번역을 비판[45]하면서 시작된다. 전대웅은 이 번역이 "포크너의 전체 작품세계를 압축해놓은 것 같은 중요한 이 단편의 복잡한 뉘앙스를 잘 살리지 못했다", "이러한 내용과 이러한 스타일을 가진 작품을 사상계의 역자는 너무나 소홀히 다루어놓았다"고 비판한다. 이에 번역자 심하섭은 『사상계』, 1955년 11월호에서 「정와井蛙의 광태狂態—「포오크

45 전대웅, 「번역된 포오크너의 작품을 읽고」, 『현대문학』 10, 현대문학사, 1955.10, 204~207면.

너」의 번역에 대한 해명」을 통해 전대웅이 자신이 번역한 원텍스트를 혼동하고 있다고 맞받아 친다. 그리고 전대웅의 과격하고 예의없는 비판태도를 문제삼으며, "좀 더 양심적인 비평가의 용의주도한 편달과 책임있는 비평"을 요구한다. 이에 전대웅은 『현대문학』 1956년 1월호에서 「언론의 모랄-정와井蛙의 변」을 통해 번역가가 원텍스트를 잘못 선택한 것이고, "그 역문譯文이 오역誤譯투성이의 졸문拙文인 것을 나는 지금도 양보할 의사는 조금도 없다"라고 맞받아친다. 대개 작품은 최근의 것(개정판)을 번역하는 것이 원칙인데 구판을 원텍스트로 정했다고 비판한 것이다.

포크너의 작품 번역의 정확성을 두고 벌어진 이 논쟁은 상호 인신공격까지 감행되는 파행적 상황에서 입장의 차이를 좁히지 못하고 끝이 난다. 그러나 이 논쟁은 텍스트 선정의 문제 등 기본적인 문제에서 질 높은 번역을 지향하는 번역가로서의 자세, 그리고 올바른 번역 비평 자세 등 다양한 문제를 제기했다. 이는 점차 번역의 전문성을 중요하게 인식하게 된 당대 상황을 보여 준다는 점에서 그 의미가 있는 것이다.

1950년대 후반 들어서는 서서히 질 좋은 번역을 치하하는 글도 발견된다.[46]

> 나는 민중현대총서로 발간된 두 권의 번역소설을 발견하였다. 전제옥씨가 역자로된 미국의 현대작가 어네스트 콜드웰의 「타바코 로드」와 여석기씨가

46 이 외에도 『아틀랜틱』 11월호에 실린 헤밍웨이의 단편이 1958년 각기 『현대문학』과 『현대』 2월호에 실렸는데, 이에 대한 비교, 번역 비평이 존재하기도 한다. 이는 그만큼 당대 번역이 매우 당대 동시적으로 발빠르게 진행되고 있고, 또한 이러한 조급성에 따른 폐해도 많았던 것으로 보인다(이기석, 「번역과 책임감」, 『조선일보』, 1958.3.18).

역자로된 영국의 현대작가 써머셋 모옴의 「달과 6펜스」가 그것이다. 두 분의 그 능숙한 우리나라말의 구사와 어휘의 풍부에 놀라지 않을 수 없었다.

그 외에 김종길씨의 역으로 된 「20세기영시선」의 출판을 보았다. 지금까지 씨의 이 가공할 업적에 대해서 별로 이렇다 논의되어 온 것이 없음은 대단히 유감된 일이나 짐작컨대 근래에 나온 역시집 중에서 백미일 것으로 이에 이르러 비로소 우리나라에 번역다운 번역이 나왔다고 말할 수 있을 것이다.[47]

이 글은 아직도 중역이 성행하고 있는 상황을 걱정하면서도 치하할 만한 번역이 존재하기 시작했다는 희망적 상황을 전하고 있다. 이는 번역장이 점차 안정되어 간다는 점을 알려주는 것인데, 그 전에는 번역 토대의 후진성이나 번역 질을 질타하는 글이 대부분이었기 때문이다.

이 글은 질 좋은 번역의 증거로 "전제옥의 「타바코 로오드」와 여석기의 「달과 6펜스」, 김종길의 「20세기영시선」"을 들고 있다. 또한 다른 글에서도 '장왕록의 섬머셋 모옴의 『인생의 굴레』, 펄벅의 『오라 내사랑』 번역'[48]에 대해 치하하고 있어, 점차 번역가들의 번역 능력이 향상되고 있다는 점을 암시한다. "중역은 교수형에"[49]라는 무시무시한 언사도 1959년 번역가들의 입에서 나온 것이다. 1950년대 후반 "세 곳 출판사에서 간행하는 세계문학전집이 대개 대학 교수들에게 번역을 부탁한" 것,[50] 원어주의原語主義와 완역주의完譯主義를 추구했다는 을유문화사 세계문학전집[51](1959년 발행)의 자부심도 번역에 보다 정교한 전문성이 요구

47 조용만, 「자리잡혀가는 번역문학－근간의 두 명역을 읽고」, 『조선일보』, 1955.4.19.
48 박승훈, 「올해하고 싶은 일－좋은 번역을」, 『조선일보』, 1958.1.28.
49 여석기 외, 「르네상스가 가까웠다－번역문학 부움이 의미하는 것」, 『사상계』 74, 1959.9.
50 정병조, 「특집 번역문학의 반성－번역문학의 과제」, 앞의 책 참조.

되기 시작했다는 점을 증명해 주는 것이다. 그 외에도 1959년 9월에 열린, 당대 대표적인 지식인 매체인 『사상계』 좌담회, 「르네쌍스가 가까웠다—번역문학 부움이 의미하는 것」에서도 역시 번역에 관한 여러 쟁점, 번역(문학)가의 위치, 중역의 문제, 직역과 오역의 문제 등이 토의되고 있었던 점을 보았을 때 1950년대 번역장에서도 원론적인 번역 논의는 이미 진행되고 있었다.

신춘문예에 당선된 이상훈의 글에는 번역에 대한 여러 논점들이 논리적으로 정리되어 있다.

> 번역의 제1필요조건은 원작에의 '충실' 문제이다. 그러므로 원작에 가장 가깝게 번역된 것이 가장 우수한 번역이다. 이것은 번역의 기본원칙으로 여러 번역가들의 유일한 의견의 일치점이다. (…중략…) 번역자는 번역행위에 있어서 전적으로 자기를 부정해야 한다는 것이다. 번역자가 자기를 부정해야 할 이유는 작품의 번역에 있어서 해설가적 또는 주석가적 태도를 내세워서는 안되기 때문이다.
>
> 원작에 담겨 있는 사상과 감정을 그것보다 이상으로나 이하로 전달해서는 안되며 어디까지나 등○으로 전이해야 하는 것이다. (…중략…) 이런 경우 자기부정이란 번역자가 번역행위를 시작하기 전에 먼저 자신있는 자기긍정의 자세에서 원작을 정확히 이해판단한 후의 '자기부정'임을 알아야 하는 것이다. 이것은 참으로 어려운 일이다. 그러나 이것이 번역의 수(秀)・졸(拙)을 결정짓는 가장 중요한 점인 것이다.[52]

51 정진숙, 『을유문화사 50년사』, 을유문화사, 1997, 177~179면 참조.
52 이상훈, 「번역론서설—평론 (1)」, 『조선일보』, 1957.1.30, 4면 참조.

원작에 담겨 있는 사상과 감정을 그것보다 이상으로나 이하로 전달해서는 안되는 번역가의 자기 부정의 문제는, 이 글의 필자가 가장 기본적인 번역의 원칙으로 짚고 있는 것이다. 원작의 내용을 자의적으로 해석하여 왜곡해서는 안 된다는 것이다. 이 외에도 '내용 / 형식 문제,[53] 직역과 의역 문제[54] 등 이 글이 다루고 있는 문제는 포괄적이다.

물론 이러한 번역 논의 수준은 식민지 시대 해외문학파의 논의보다 더 나아진 것이라고는 볼 수 없다. 이러한 점들은 이미 번역의 효용성에 대한 근원적 논의, 즉 조선문학의 기원 — 서구문학 — 을 공공연하게 들춰낸 것, 그리고 이를 통해 자신들의 외국문학 소개와 논평, 번역 활동에 대해 적극적인 의미를 부여했던[55] 해외문학파 일원들의 논의에서도 드러나는 것이었다.[56]

그래도 이 글은 번역에 관한 제반 문제들을 쟁점별로 다루면서, 당대 한국적 문화 상황과 접목시키려고 시도한다는 점에서 의미가 있다. 그 중에서도 특히 주목을 끄는 것은 당대 번역논의의 쟁점 사항 중 하나인 언어와 번역 태도의 문제이다.

> 재래의 한국어가 서구어보다도 적응범위가 좁다면 엄격한 의미에서 원작에 충실한 번역을 할 수가 없는 것이다.

53 이상훈, 「번역론서설－평론 (2)」, 『조선일보』, 1957.1.31, 4면 참조.

54 직역과 의역의 중간을 취하면 좋을 듯하다고 주장한다. 이상훈, 「번역론서설－평론 (3)」, 『조선일보』, 1957.2.1.

55 서은주, 앞의 글; 이혜령, 앞의 글, 363면 참조

56 식민지 시대 해외문학파의 논의로는 김병철, 앞의 책; 서은주, 앞의 글, 이혜령, 앞의 글; 박성창, 「한국근대문학과 번역의 문제－해외문학파의 번역론을 중심으로」, 『비교한국학』 13, 국제비교한국학회, 2005 참조.

한국어가 사상, 감정, 정서의 적확한 표현어로서 서구어에 비길 수 있나하면 결코 그렇지 못한 것이다. 서구어에 비하여 빈약하며 무력 조야, 애매한 것이다. 그러므로 재래의 한국어 속에서 서구적인 표현의 균등어를 찾아낸다는 것은 처음부터 무리한 짓이다. 재래의 표현어를 만들어내고 새로운 배어법을 연구함으로써 한국어의 표현능력과 적응범위를 넓힘으로써 한국어의 '현재'에 '미래'에의 가능성을 부여하고 또 '미래'의 한국어가 '리알리티'를 갖게끔 노력하지 않으면 한국어로서의 서구문학작품번역은 무리일 것이다.

번역은 재래의 것과는 다른 새로운 사상, 감정, 정서를 표현하게 되므로 재래의 것과는 다른 새로운 말을 써야만 되는 것이다. 그러나 그 새로운 말에 '리알리티'가 부여되어 있지 않으면 그것은 하나의 억지가 되고 말 것이다.

번역의 두 가지 태도는 수용적인 것과 적합적인 것으로도 구별할 수 있다. 수용적 태도는 원작자를 되돌아보는 태도이며 원작자가 무엇을 어떻게 말하고 있는가를 이해하여 그것을 충실히 수용한다. 따라서 그 태도는 회고적이다 그는 항상 뒤를 돌아보고 원작자에게서 눈을 떼지 않고 원작자속에 들어가 원작자와 동화하여 원작자가 원작을 만들어낸 것과 같은 심경으로 그 자신이 새로운 매개가 되어 원작과 균등한 것을 만들어내려고 한다. 그러므로 번역된 것이 한국적인 것이 되어 있다는 점은 문제로 하지 않는 것이다.

이에 반해 적합적인 태도의 번역자는 뒤를 돌아보지 않고 앞만 바라본다. 그의 뒤에는 원작자가 서 있고 앞에는 역자가 서 있다. 따라서 그의 태도는 선견적이다. 그는 원작에 대한 그의 이해를 독자에게 어떻게 적합시킬까 하는 점에 주력한다. 그는 원작의 원작다운 전이에는 별로 노력하지 않는다. 원작을 사회에 어떻게 적합시키는가가 문제인 것이다. 서구의 것을 한국의 사회에 적합시키려면 우선 한국적인 것으로 만들어야 한다는 태도는 이러

한 점에서 도출되는 것이다.[57]

번역은 결국 원작의 언어에 대응하는 균등한 의미의 번역어를 찾아내는 문제이다. 물론 언어들 사이의 간극은 어느 누구도 뛰어 넘을 수 없기 때문에 이러한 작업은 본질적으로는 불가능한 일일 지도 모른다. 여기서 '번역은 반역이다'라는 단정적 언사와 '번역불가능성'이라는 명제가 도출될 수 있는 것이다. 그러나 이 불가능성을 가능한 것으로 바꾸어 놓아야 하는 것이 번역자의 운명이자 의무이다. 그래서 새로운 번역어가 생성될 수 있는 것이다.

근대 이래 지식의 언어, 개념어는 대개 번역을 통해서 생성된 바 있다.[58] 이 글의 필자는 이러한 점을 잘 알고 있었던 듯하다. 그래서 그는 "재래의 표현어를 만들어내고 새로운 배어법을 연구함으로써 한국어의 표현능력과 적응범위를 넓"혀야 한다는 점을 강조하는데 이는 번역어 생산에 대한 원론적인 관점을 인식하고 있었기에 가능한 발언이다.

물론 이 필자는 아쉽게도 한국어가 "사상, 감정, 정서의 적확한 표현어"라는 면에서 "서구어에 비하여 빈약하며 무력 조야, 애매한 것"이라고 다소 비하적인 표현을 하고 있다. 그러나 이러한 생각은 물론 근대 이후 그간 번역어, 개념어의 개발에 소홀했던 조선 번역계의 사정과도 관련이 있는 문제이므로 단순히 오리엔탈리즘적인 사고라고 치부할 수만은 없다. 이는 번역에 그만큼 전문적인 능력과 노력이 필요하다는 점을

57 이상훈, 「번역론서설－평론 (1)」, 『조선일보』, 1957.1.30.

58 이에 대한 자세한 내용은 권보드래, 「번역어의 성립과 근대－'국가'・'민주주의'・'자연'・'예술'을 중심으로」, 『문학과경계』 2, 2001.8; 가토 슈이치, 임성모 역, 『번역과 일본의 근대』, 이산, 2000 참조.

강조하는 것이기도 하다.

또한 이 글은 "수용적인 것과 적합적인 것"의 선택, 즉 번역이 원작 중심인지, 수용자 중심이 되어야 하는지에 대한 번역의 본질적인 또 하나의 논쟁을 정리해 내고 있다. 이는 원작에 충실해야 하는가, 독자들을 의식하고 다소 의역이더라도 전달가능성을 높여야 하는가라는 또 하나의 근본적인 번역 논쟁이다.

이는 "서구의 것을 한국의 사회에 적합시키려면 우선 한국적인 것으로 만들어야 한다"는 당대의 문화 수입 태도를 염두에 두고 벌어진 것이다. 원텍스트 중심주의와 수용자 중심주의라는 것, 이 문제는 여전히 번역 태도를 문제 삼는 데 있어서 중요한 화두일 수밖에 없다. 물론 두 가지를 다 염두에 두고 번역이 이루어져야 한다는 것은 중요한 것이지만, 당대의 목적은 후자에 있었었던 듯하다. 이 역시 선진문명 도입의 중요성이 긴급하게 제기되고 있는 당대 정치적 상황이 낳은, 특수한 번역 태도인 것이다. 이처럼 당대 한국적 상황을 고려하여, 번역 태도를 고민하는 자세는 당대 사회 속에서 번역가로서, 자신들의 위치를 파악해내려는 시도였다. 그리고 이러한 논의를 거치면서 1950년대 번역가들의 자의식은 점점 단단해진다.

4. 번역가로서의 자의식 형성과 그 문화정치적 위치
─'번역문학가'라는 의식과 내셔널리즘과 세계주의의 접점

1950년대 후반 번역장에 등장한 '번역문학가'라는 용어는 이들의 내면적 고뇌를 잘 보여 주는 것이다.

> 번역이 결코 단순한 기술이 아니고 번역하는 사람은 예술창작의 과정을 밟아야하며 이런 번역만이 비로소 번역문학이라고 할 수 있다. 이런 번역문학을 이룩하기 위해 번역에 임할 때 당하는 문제점과 그 문제를 해결해야 할 것이 우리의 공동과제임을 다짐한다.

> 번역문학이라고 하면 문학의 한 분야나 영역을 뜻하겠는데 문학번역이 아니고 번역문학이라는 것이 있을 수 있으며 우리 문학계에도 이런 이름으로 불리울만한 것이 있는가 하는 생각이 든다.
>
> 번역문학이라는 것을 인정하려면 우선 번역을 하는 사람을 문학가로 인정해야만 할 것이다.[59]

번역가를 기술자로 보지 않고 문학가로 보아야 한다는 주장은 그들이 그만큼 문학 번역의 전문성을 인정받고자 했다는 점을 알려주는 것이다. 그들은 번역가를 단순히 '전달자' 혹은 '기술자'로만 바라보는 사회

59 정병조, 「특집 번역문학의 반성－번역문학의 과제」, 앞의 책 참조.

적 편견을 의식하고 있었던 것이다.

번역이란 단순히 언어 간의 일차원적인 의미전달에만 그치는 것이 아니라, 하나의 해석 작용이다. 특히 문학텍스트의 경우는 언어의 외면적인 의미 이외에 내포성과 그 형식적 자질까지 분석해내어야 하는 고차원적인 해석 활동이다. 그렇기 때문에 단순히 문학 번역가가 아니라 '문학번역가'라는 전문적인 지위 규정이 필요한 것이다. "번역문학도 문학으로 생각해야 되지 않을까"[60]라는 이양하의 주장은, 그만큼 번역의 질과 번역가의 전위적 위치에 대해 고민하는 번역의식, 단순히 기술자로 치부되고 싶지 않은 내면적 저항이 만들어낸 결과라고 볼 수 있다. 당대 대표 번역가인 정병조 역시 "번역이 지금처럼 대학교수의 여기나 번역 기술자들의 아르바이트가 아니고 번역문학가의 문학적 작품으로 대접을 받게도 될 것"을 꿈꾸었다.

이러한 점은 자신들은 '문학연구가'로 소개하여, '그 역할이 장르별로 구획된 문학장의 현재와 거기에 원활하게 진입하기 어려웠던 해외문학파가 처한 곤경과 쟁투의 흔적'[61]을 보여주면서 자신들의 위치를 찾고자했던 식민지 시대의 모습과도 유사한 것으로 보인다. 그러나 그러면서도 미묘한 차이도 보인다. '문학연구가'란 용어가 비록 전문적인 기능을 강조하는 용어이지만,[62] 그 내부에는 '번역가'라는 맥락을 지우려는

60 김붕구 외, 좌담회, 「르네쌍스가 가까웠다—번역문학 부움이 의미하는 것」, 『사상계』 74, 1959.9.

61 이혜령, 앞의 글, 374면 참조.

62 이혜령은 이러한 규정이야말로, '프로문학 / 민족주의문학 / 해외문학파'(정인섭의 분류)로 삼분하면서, 평론가가 되고 싶었으나 되지 못했고, '이념적 지향'이 아니라, 단지 '지식 내지 그 지식을 도구로 삼는 직능'으로 분류되는 '해외문학파'란 명칭의 곤경을 설명해 주는 것이라고 밝힌다(위의 글, 374면 참조).

의도가 깔려있는 것이다.[63] 반면 '번역문학가'란 용어에는 '번역가'라는 직업의 전문성을 강조하는 의도가 깔려 있는 것이다. 이 역시 식민지 시대보다 높아진 번역가의 위상을 보여주는 것이다.

그러나 한편, 역시 1세대의 대표적인 번역가인 여석기의 글[64]에 의하면 여전히 그들은 "창작에 대한 향수"를 버리지 못하고 "기껏해야 소개자, 허울좋은 중개업, 죽도 밥도 아닌 어학선생"으로 자신을 지칭한다. 그리고 "남이 그렇게 보는 것은 또 좋지만 동업자 자신부터 패배주의적 색채가 농후하다"고 한 바 있다.

그들이 기술자 취급에서 벗어나 당당하게 번역 '문학가'로 대접받고 싶은 욕망은 여전히 번역보다는 원텍스트를 중시하고 번역을 기술의 문제로만 치부하는 당대의 선입견에 반발해서 형성된 것이다. 그러나 그러면서도 여전히 '창작에 대한 향수'를 버리지 못하는 것은 비록 번역가의 위상이 높아졌지만, 여전히 창작 중심의 위계화된 풍토는 변하지 않았던 당대 상황을 보여 주는 것이다. 그리하여 번역가의 자부심 이면에, 여전히 창작에 대한 동경은 버리지 못하는 이중적인 내면이 존재하는 것이다. 이처럼 아직 번역가가 오롯이 전문가로서의 자부심을 갖기에는 다소 시간이 필요했던 것이다.

한편, 번역가로서의 자부심은 그들의 검열 정책 비판에서도 잘 드러

63 여기에도 '연구'와 '번역'에 대한 위계화된 인식이 작용하고 있는 것이다. 1950년대 번역가이자 연구자였던 이창배는 한 글에서 '번역이라는 것을 기계적인 일로, 다시 말하면 손끝에서 이루어지는 일종의 기술로 보고, 연구라면 그것은 두뇌의 작업, 내지는 거룩한 영혼의 소산이라고 보는 일종의 정신우위론적 사고방식의 소치'를 깨야 한다고 주장하면서 두 작업의 병행을 권장한 바 있다(이창배, 「번역과 연구」, 『조선일보』, 1965.8.31 참조).

64 여석기, 「번역은 고달퍼」, 『사상계』 67, 1959.2, 311면 참조.

나는 것이다.

뜻밖에도 근자에 '출판법' 제정 운운의 소식을 소개한 필자는 그 안의 내용을 읽어보고 다시 슬퍼했다. (…중략…) 그것은 출판사업의 성공장려가 아니라 통제감독, 억압으로 보여졌기 때문이다. 외국출판물을 수입하고 번역하는데 일일이 관의 허가를 얻어야한다는 것부터가 이해키 어렵다.

그것도 외국문화에 대해 깊은 유지를 가지고 있는 분들이 검열하고 허가를 준다면 그 알바도 없거니와 십중팔구 외국어 하나 제대로 해득치못하는 리료들에게 가타부타 해가지고 좌지우지될 것을 생각하면 번역가로서의 자존심이 매우 깎끼울 것 같다. 이 법이 제정되고 시행되어 외국수입면이나 번역출판물에 적용되는 경우, 관료들의 편협한 재량 때문에 문화가치가 높은 외국저작이 색안경으로 보여져 우리나라에 도입 보급되는데 적지 않은 곤경이 있을 것이다.

게다가 내용이 못마땅하다가는 당국의 관리하는 경우엔 그 부분을 제제하거나 혹은 반포를 금지당한다고 하니, 저작내용의 전적인 전달도 곤란하려니와 그러한 화를 입을까 염려하는 나머지 외국번역출판상이나 번역가들은 부지런히 관청에 찾아다니려 허리를 굽실거려야 할 터이니 이 어찌 출판문화의 자유로운 발달을 위해 해롭지 않단 말인가.

나는 번역사업의 필요를 통절히 느끼고 또 그 직업이 자유인으로서의 프라이드를 손상치 않는 까닭으로 번역가라는 직업에 종사하고 있는 자이다. 그런데 이러한 법률이 통과되면 번역출판의 자유가 축소되고 출판문화의 후퇴를 가져올 우려가 다분히 있으니, 일에도 번역 이(二)에도 번역을 주장치 않을 수 없는 민족적인 입장에서 그리고 자유직업의 프라이드 손상을 감

수할 수 없다는 나 개인의 입장에서 반기를 들게 되는 것이다.[65]

1955년 공보처가 발표한 기초완료起草完了된 출판법('출판물에 관한 임시 조치 법안)에는 제7장에 "외국도서를 번역 또는 번각飜刻하여 출판할 때에는 번역인 또는 번각飜刻자를 저작인으로 간주한다"라며 번역서 역시 출판법의 적용을 받는다고 명시되어 있다.[66]

이러한 검열법 제정은 많은 출판 관련자들의 반발을 샀는데, '번역출판의 자유'를 축소하고 '출판문화의 후퇴'를 가져올 수 있다는 번역가 강봉식의 개탄은 번역의 중요성에 대한 자각과 전위적인 문화 수용자로서의 자부심을 지니고 있었기에 가능한 것이다. "번역사업의 필요를 통절히 느끼고 또 그 직업이 자유인으로서의 프라이드를 손상치 않는 까닭으로 번역가라는 직업에 종사하고 있는 자"라는 자기 소개는 이러한 점을 증명해 주는 것이다.

그런데 여기서 중요한 점은 그가 번역사업을 '민족적인 입장'에서 필요한 사업으로 그 중요성을 제시하고 있다는 점이다. 이러한 입장은 번역가에게 민족적 과업을 수행하는 자라는 영광스러운 후광을 전해주는 일로, 당대로서는 가장 절실한 자기 긍정의 근거를 제공해 주는 일일 것

65 강봉식, 「위기에선 언론출판의 자유 (5)－번역출판의 자유 축소, 자유직업의 프라이드 손상감수못할 터」, 『동아일보』, 1955.2.6.

66 「기초완료된 출판법전문」, 『동아일보』, 1955.1.23, 2면 참조. 이 조치에 의해서 번역서도 '국가보안을 문란케 하는 선동적인 사항, 인심을 혹란(惑亂)케 하기 위한 허위 또는 왜곡된 사항을 기재하였거나 법률에 저촉되는 사항'을 기재했을 때 허가취소, 발간금지, 발매 및 반포 금지, 출판물 및 판본 압류 등의 행정처분을 내릴 수 있도록 하고 있다(이봉범, 「1950년대 문화재편과 검열」, 『한국문학연구』 34, 동국대 한국문학연구소, 2008.6, 19~20면 참조).

이다.

그런데 이러한 점은 당대 번역가들에게 중요한 딜레마를 가져오는 것이다. 우선 이러한 자기 긍정의 민족 담론이 가장 정치적인 점이라는 것을 미처 깨닫지 못하고 있었던 것이다. 백철과 최재서, 그리고 양주동 등 친일의 죄과도 씻어 줄 '번역가'라는 영광스러운 위치 역시도 이러한 민족담론과의 공생 관계에서 만들어진 것이다. 백철은 1949년 『문예』 창간호에 '세계적인 지성'과의 소통이라는 미명하에 번역의 필요성을 소리 높여 외친 바 있다. 민족의 죄인이었던 그들은 단정 수립 후, 번역 사업을 통해 자신들의 지도적 입지를 새롭게 구축하고자 했던 것이다.[67]

또한 전후 국가 건설의 시대에 국가주의적 문화담론과 공모하면서, 민족문화의 발전을 위해, 서구의 문명을 전달하는 자라는 의식은 미국이라는 거대 국가의 담론을 무비판적으로 전달하는 자라는 자괴감쯤은 단번에 날려버릴 만한 위력을 갖는 것이다. 이때 영어는 매우 중립적인 키워드로 무장된 것처럼 보이지만, 권력의 언어였기 때문에 1950년대 번역의 정치성은 결코 무시할 수 없는 것이다.

또한 이러한 민족담론과 더불어 이들에게 전위적인 지식인으로서의 자부심을 부여하는 당대의 의식적 토대는 바로 '세계주의'이다. 본래 번역가는 언어와 언어를 넘나드는 존재로, 생래적으로 민족주의자의 기질에서는 다소 거리가 멀다. 즉 국경을 넘어 문화를 향유하는 존재, 더 나아가 이를 전달하는 주체로서 번역가는 세계주의라는 보편성에 자기 근거를 갖고 있는 것이다.

67 백철, 「번역문학과 관련하여」, 『문예』 창간호, 1949.8. 이에 대한 자세한 분석은 앞 장, 「'번역'의 시대, 번역의 문화 정치－1950년대 번역 정책과 번역문학장」 참조.

19세기 낭만주의문학에 크게 이바지한 영국시인 '바이런'도 그 문학적인 역량과 혁신적인 문학사상에 대한 투지와 눈부신 활동은 누구나 다 아는 바이다. 이러한 시인 바이런의 경우에는 번역문학은 그이한테 있어서는 너무나 중요한 것이었다.

그는 한 시인으로서만 국한하는 것이 아니라 하나의 희곡작가요 정치인이요 번역인이라고 볼 만큼 그의 넓고 함축성있는 지식에 있어서는 번역이 중요한 역할을 할 것이다.

비단 이러한 문인들에만 한해서가 아니라 한 철학자로서 '칸트'도 또는 정치인으로서 '카라일'도 역시 그네들의 모든 지식의 근거는 번역으로부터 오는 것이다.[68]

이 글은 번역문학의 필요성을 논하는 데 있어서, 단지 후진국이기 때문에 외국의 선진문학이론을 받아들여야 한다는 매우 당위적인 주장에서는 벗어나 있다. 대신 '번역을 하지 않으면 유구한 문화발전을 꾀할 수 없다'고 전제한 후, '바이런', '칸트' 등의 위대한 텍스트, 모든 지식의 근거도 번역으로부터 오는 것이라면서 번역의 세계문화사적 의미를 구체적인 논거를 통해 설득해 낸다.

사실 문명은 번역에 의해 진보된다. 문명은 번역에 의해 생동한다.[69] 그들은 이러한 점을, 세계문화사적 관점에서 인식하기 시작했고, 적극적으로 전유했다. 이러한 자세는 적어도 해방기 혹은 전쟁 직후, 번역

68 강성일, 「번역문학의 필요성—현대문화사의 위치에서」, 『조선일보』, 1957.12.4.
69 루이 갈란티에르, 「문명은 번역에 의해 생동한다—번역자의 고유한 역할」, 『출판문화』 5(8), 1969.9.

정책의 필요성을 주장하면서 드러냈던 선진 / 후진국이라는 이분법적 도식[70]에서는 벗어나 있다. 이제 번역가는 번역문학가로, 그리고 문명 교류의 첨단을 걷는 사도로서 그 지위를 인정받고자 한 것이다. 물론 여기에도 역시 바이런과 칸트, 즉 유럽문명에 대한 동경의 시선이 없는 것은 아니지만, 그들은 이제, 단지 선진문명을 후진국에 전달하는 기술자로서가 아니라 세계 문명의 교류자라는 큰 틀 안에서 자신들의 정체성을 보증받고자 한 것이다.

그런데 1950년대의 중요한 문화 키워드는 바로 전통과, 번역, 즉 민족주의와 세계주의라는 일견 모순되어 보이는 두 기둥이다. 전통론 역시 단순한 과거로의 회귀가 아닌, 근대적 국민 국가로서 갖추어야 할 문화적 이데올로기를 만들어가는 과정에서 생성된 논의이다. 결국 1950년대 전통론과 번역론, 이를 기반으로 한 세계주의(더 정확하게 말하자면 서구중심주의)는 같은 문제의식에서 나온 쌍생아인 것이다.[71]

그리고 1950년대 이러한 모순된 두 기둥은 번역가의 손을 경유하면 기묘하게 그 합일점을 찾는다. 세계주의로 표상되는 선진 서구 문명과 동시대적으로 호흡하고자 하는 욕망이 번역가의 손을 통해 민족문화의 발전을 위한 역사적인 과업으로 완성되는 것이다.

번역가의 서구적 근대 지향성은 자연스럽게 당대의 전통 단절론과도 이어져, '정중지와井中之蛙는 아니[72]라는 자부심, 즉 유럽의 고전적 교양

70 이러한 점이 보이는 대표적인 논의는 홍한표, 「번역론」, 『신천지』 3(4), 1948.4이다(이외 이에 대한 자세한 내용은 앞 장 「해방기 지식장(場)의 재편과 '번역'의 정치학」 참조).

71 이에 대한 논의로 정영진, 「1950년대 세계주의와 현대성 연구－강력한 주체성과 봉쇄된 개성」, 『겨레어문학』 44, 겨레어문학회, 2010 참조.

72 여석기, 「번역은 고달퍼」, 『사상계』 67, 1959.2, 311면.

을 갖춘 지성적인 존재로서의 자부심을 갖추게 한다. 전반적으로 전통 부정론의 입장에 서 있었던[73] 외국문학 전공자이자, 『사상계』의 주요필자인 여석기가 "내것의 문학유산이 그리 탐탁질 못하여 남의 것을 자랑하고자 하는 구차스런 심산心算에서가 아니라 솔직한 얘기가 춘향전도 좋지만, 『햄리트』나 『율리시즈』에 견줄바 있느냐"[74]라고 말했던 것은 이러한 맥락에서 나온 것이다.

엘리엇의 전통론이 곧 당대의 전통론에 수렴되는 상황도 이러한 토대에서 발생하는 것이다.[75] 잘 알려진 대로 엘리엇이 논하는 전통은 "구라파의 고전적 교양"이다. 어쩌면, 엘리엇의 전통론을 수용하는 과정은 바로 '유럽의 고전'을 읽고 이를 교양의 토대로 삼은 전위적 지식인, 외국문학 전공자들의 자부심을 증명해 주는 과정이기도 하다.

이렇게 엘리엇을 인용하면서 전통의 당위성을 논하는 저간의 상황,[76] 그리고 '가장 민족적인 것이 가장 세계적인 것'이라는 괴테의 말이 잠언처럼 유행했던 상황[77]은 1950년대 민족주의 의식이 얼마나 폐쇄적인 담

73 이에 대한 자세한 사항은 김주현, 「1960년대 소설의 전통 인식 연구」, 중앙대 박사논문, 2000; 장세진, 「한국 문학사의 쟁점 4－1950년대 : 전후 아메리카와의 조우와 "전통"의 전유－50년대 『사상계』의 "전통" 담론을 중심으로」, 『현대문학의 연구』 26, 한국문학연구학회, 2005 참조.

74 여석기, 앞의 글 참조.

75 김주현, 앞의 글 참조.

76 엘리엇의 「전통과 개인의 재능」을 위시한 그의 글들은 1950년대 번역의 가장 핵심적인 텍스트이다. 그러나 엘리엇이 말한 작가가 지녀야 할 전통은 '토속적인 것', 혹은 '민족적인 것'과는 상관없는 유럽의 고전적인 교양을 의미하는 것이었으며, '한국적인 것'을 사유하면서 그 논리를 구성해가는 당대 논의들과는 그리 큰 상관은 없었다고 한다(이에 대한 자세한 논의는 서영채, 「특집 : 민족, 주체, 전통－1950~60년대 전통논의의 의미」, 『민족문학사연구』 34, 민족문학사학회, 2007 참조). 1950년대에는 T. S. 엘리엇의 「文化의 定義를 위한 노오트」(『문학예술』 4(2), 1956.2), 「비평의 경계」(3(11), 1956.11) 등이 『문학예술』 등 당대 잡지에 실렸으며, 양주동(『T. S. 엘리올전집』)과 이창배(『엘리올선집』)가 각기 엘리엇의 텍스트를 번역, 간행하였다.

론이었는가를 증명해 주는 것이다.

괴테의 잠언 역시 오역된 것이다. 괴테가 말한 잠언의 참뜻은 타자를 수용하는 것, 즉 각각의 민족적인 것을 인정하는 데서 세계적인 것이 이루어질 수 있다는, 지극히 세계주의적인 관점이었다. 이것이 한국에 와서는 국수적인 담론으로 와전된 것이다. 서구 문학 번역과 함께 1950년대, 한국문학작품의 영역英譯과 고전의 번역, 즉 국역의 필요성이 긴급하게 제기되었던 사정[78] 역시 번역을 단지 민족주의적 이념의 도구로 바라보고 있었다는 점을 증명해주는 것이다.

1950년대 전통론의 대두가 단지 전통의 빈곤에 대한 자각에서 비롯된 것이라기보다는 시대 자체가 지니고 있는 총체적 빈곤, 즉 물질적 정신적 빈곤에서 비롯된 것이라는 한 연구자의 말[79]은 번역이라는 상황에 대입해도 마찬가지일 것이다. 척박한 인식적 공복에서 비롯된 번역의 필요성은 서구 문명에 대한 열등감과 동경에서 비롯된 것이며, 당대 민족주의와 교묘하게 결합하면서, 전통론과 함께 지식계담론의 쌍두마차가 된 것이다. 늘 그렇듯, 번역가들이 지향하고 싶었으나 좌절했던 프로젝트가 바로 담장을 허물고 타자를 수용하는 진정한 의미의 세계주의라고 한다면, 1950년대에는 그 오독으로 세계주의(서구중심주의)가 민족주의와 결합되는 파행이 가능해진 것이다. 그리하여 아직까지 이들에게는

77 서영채, 앞의 글 참조.

78 이에 대한 논의는 이하윤, 「문화교류와 우리의 임무」, 『동아일보』, 1954.9.5; 「도서번역심의위원회 규정을 제정－업적 및 본 위원회 규정 제정의 의의」, 『문교공보』 58, 문교부, 1960.12, 국역 번역 촉구 논의에 대해서는 김중열, 「고전번역의 시급성(1～2)」, 『조선일보』, 1957.9.1～9.2 참조.

79 서영채, 앞의 글, 15면 참조.

이러한 점을 비판적으로 의식하고 고민하는 번역가의 의식이 치열하게 진행되지 못했던 것으로 보인다. 언어 대 언어, 혹은 국가 대 국가의 경계에 서서 양 면의 문화적 상황을 고려하고, 이를 전달해주는 매개자로서의 위치는 자임하고 있으나, 이러한 경계인으로서의 치밀한 정치적 감각을 소유하지는 못한 것이다. 당대의 번역 작업이 조급하게 진행되었고 그만큼 반공주의적이고 서구중심적인 의식의 강박도 강했던 탓이다. 물론 의식한다고 하더라도 검열 때문에 표현할 수도 없었을 지도 모른다. 어쨌든 이는 "번역이 외국문화의 교류방법으로서의 중대성을 일반현양하는 것"이라고 인식하면서도 미국과 소련의 번역 정책을 "강대국의 확대정책의 표시"[80]라고 뚜렷이 인식했던 해방기의 번역에 대한 정치적 인식[81]에도 못미치는 것이다.

5. 1950년대 '번역가' 의식의 의미와 한계

본 연구는 1950년대 번역론에 대한 고찰을 통해 이 공간의 주체 즉, 번역을 수행하는 번역가들의 의식과 그 정치 문화적 위치에 대하여 알아보았다. 전후 국가 복구 건설 시기인 1950년대 번역은 서구중심주의, 자유민주주의, 반공주의라는 기치 아래, 서구의 근대 문명 지식을 받아

80 홍한표, 앞의 글 참조.
81 이에 대해서는 앞 장 「해방기 지식장(場)의 재편과 '번역'의 정치학」 참조.

들이는 데 필요한 매개체였다. 특히 후진국에서 벗어나고자 하는 성급한 의식에 긴급하게 제기된 번역 정책은 한국의 문화적 의식 체계를 주조하려 했던 미국의 문화 정책의 지원을 받아, 많은 번역서와 번역 텍스트를 양산하게 된다. 이 정책에 많은 지식인들이 참여하면서 새로운 지식인 직업군인 번역가들이 활동을 시작하게 된다.

초기에는 일제시대 최고의 인텔리 계층이었던 문인들이 번역가로 활동하다가, 이후 대학제도의 형성으로 많은 외국문학 전공자들이 등장하면서 이들이 중심이 되어 번역가군을 형성하게 된다. 그 안에서 직역 / 중역 / 원어역의 문제나 번역어의 생성 문제 등 여러 가지 논의들이 이루어지면서 서서히 번역론과 번역가 의식이 자리 잡아간다.

점차 번역가들은 '기술자'라는 오명에서 벗어나고자 노력하며 새로운 근대 문명 수용의 전위부대로서 자부심을 얻게 된다. '문학번역가' 대신 '번역문학가'라는 호칭으로 스스로를 호명한 것은 이러한 맥락에서 일어난 일이다. 이렇게 번역에 대한 의식이 성장하고 번역가들이 자신의 정체성에 대해 고민하기 시작하면서, 그 안에서 번역 논의 역시 점차 전문화되어간다.

당대 한국적 상황을 고려하여, 번역 태도를 고민하는 자세를 보이기도 하는데, 그들은 번역사업을 '민족적인 입장'에서 필요한 사업으로 그 중요성을 제시한다. 이러한 입장은 번역가에게 민족적 과업을 수행하는 자라는 영광스러운 후광을 전해주며, 당대로서는 가장 절대적인 자기 긍정의 근거를 제공해 주는 일이다. 이로써 번역가들에 의해서 1950년대 가장 중요한 키워드인 '세계주의'와 '민족주의적 인식'의 접점이 형성되기도 한다. 번역가들의 이러한 상황은 전후 반공주의, 민족주의적 의식과 세계주의, 즉 서구중심주의가 어떠한 방식으로 만나는지를 보여주는 광경이다. 언어의 경계를 넘나드는 존재로서 본질적으로는 민족주의자가 되기 어려운 그들이 민족문화에 대한 공헌을 근거로 자기 인정투쟁을 벌이는 현상은 그만큼 1950년대 당대가 반공주의와 민족주의적 의식의 강박이 심했다는 점을 보여주는 것이다.

그러면서 이들은 당대 번역 정책이 선진 제국의 문화 통치 형식의 하나였다는 것, 거기에 동원되는 자신들의 정치적 위치 등을 인식하지 못하거나, 혹은 의식하더라도 표현하지 못한 것으로 보인다. 미국과 소련의 대후진국 번역 정책의 정치성을 정확하게 인식하고 있었던 해방기의 상황에 비추어 볼 때에도, 이는 1950년대 문화 의식이 매우 폐쇄적이었다는 점을 증명해 주는 것이다.

그럼에도 불구하고 이러한 정치성을 인식하고 표현하기 시작한 것은 번역가 김수영 등에 의해서이다. 그나마 그의 산문에서도 번역에 관한 날카로운 정치 의식이 등장한 것은 1960년대 이후에 가서이다. 이에 대한 자세한 논의는 다른 지면에서 시행하였다.[82]

82 이에 대한 자세한 논의는 『번역비평』 4호에 실린 「김수영과 번역, 번역과 김수영」(2010 겨울호) 참조.

참고문헌

① 자료

『문예』, 『사상계』, 『민성』, 『동아일보』, 『신천지』, 『조선일보』, 『현대문학』, 『연합신문』, 『서울신문』, 『경향신문』.

김수영, 『김수영 전집』 1(시)・2(산문), 민음사, 2003.

② 논문 및 단행본

김규동, 「김수영의 모자」, 『작가세계』 61, 2004 여름.

김 균, 「미국의 대외 문화정책을 통해 본 미군정 문화정책」, 『한국언론학보』 44(3), 한국언론학회, 2007.

김병철, 「1950년대의 번역문학(1950~1959)」, 『한국현대번역문학사연구』 상, 을유문화사, 1998.

김용권, 「문학이론의 번역와 수용(1950~1970), 『외국문학』 48, 열음사, 1996.

김주현, 「1960년대 소설의 전통 인식 연구」, 중앙대 박사논문, 2000.

박지영, 「김수영 문학과 번역」, 『민족문학사연구』 39, 민족문학사학회, 2009.

______, 「해방기 지식장(場)의 재편과 '번역'의 정치학」, 『대동문화연구』 68, 성균관대 대동문학연구원, 2009.

______, 「'번역'의 시대, 번역의 문화 정치—1950년대 번역 정책과 번역문학장」, 『대동문화연구』 71, 성균관대 대동문화연구원, 2010.

서은주, 「번역과 문학장(場)의 내셔널리티—해외문학파를 중심으로」, 민족문학사연구소 기초학문연구단, 『한국 근대문학의 형성과 문학장의 재발견』, 소명출판, 2004.

______, 「특집논문 : 제도로서의 "독자"—1950년대 대학과 "교양" 독자」, 『현대문학의 연구』 40, 한국문학연구학회, 2010.

______, 「특집 : 사회인문학의 개념과 방법 : 과학으로서의 문학 개념의 형성과 "지(知)"의 표준화—주요 "문학개론서"를 중심으로」, 『동방학지』 150, 연세대 국학연구원, 2010.

손혜민, 「잡지 『문학예술』 연구—'세계주의'와 현대화의 기획」, 연세대 석사논문, 2008.

여석기 외, 「르네상스가 가까웠다—번역문학 부움이 의미하는 것」, 『사상계』 74, 1959.
이봉범, 「전후 문학장의 재편과 잡지 『문학예술』」, 『상허학보』 20, 상허학회, 2007.
______, 「1950년대 문화재편과 검열」, 『한국문학연구』 34, 동국대 한국문학연구소, 2008.
______, 「냉전과 원조, 원조시대 냉전문화 구축의 역동성」, 『한국학연구』 39, 인하대 한국학연구소, 2015.
이상훈, 「번역론 서설—평론(신춘현상문예작품)」, 『조선일보』, 1957.1.30.~1957.2.7.
이혜령, 「『동아일보』와 외국문학, 해외문학파와 미디어」, 『한국문학연구』 34, 동국대 한국문학연구소, 2008.
장세진, 「특집 : 한국 문학사의 쟁점 4—1950년대 : 전후 아메리카와의 조우와 "전통"의 전유—50년대 『사상계』의 "전통" 담론을 중심으로」, 『현대문학의 연구』 26, 한국문학연구학회, 2005.
정선태, 「번역 또는 식민주의를 '애도'하는 방법」, 『번역비평』 창간호, 고려대 출판부, 2007년 가을.
정영진, 「1950년대 세계주의와 현대성 연구—강력한 주체성과 봉쇄된 개성」, 『겨레어문학』 44, 겨레어문학회, 2010.

알바레즈・비달 편,윤일환 역, 『번역, 권력, 전복』, 동인, 2008.
루이 갈란띠에르, 「문명은 번역에 의해 생동한다—번역자의 고유한 역할」, 『출판문화』 5(8), 1969.

제6장

번역과 내셔널리티nationality

1950년대 고전번역國譯 현황과 그 정치성

1. 내셔널리티와 번역 문제

해방은 조선어에 민족어로서 왕좌를 되찾아 준 계기였다. 언어 = 민족성이라는 언어관은 피식민지 경험을 '민족어말살기'로 기억한 데서 출발한다.[1] 단일민족의 신화가 단일언어의 사용을 기반으로 한다는 점 역시 한국사회의 언어내셔널리즘의 위력을 증명해 준다. 이러한 상황이니 당연히 독립의 증좌로 '조선어(한글)'의 권위는 강력해질 수밖에 없었다. 일본어를 지식의 언어로 숭앙했던 이중어 세대의 곤궁 역시 여기

1 이혜령, 「한자인식과 근대어의 내셔널리티」, 『민족문학사연구』 29, 민족문학사학회, 2005, 213면 참조.

에 기반하는 것이다. 그들은 『임꺽정』을 교본 삼아 새롭게 한글 공부를 해야 했다.[2]

1950년대 『목민심서』를 번역한 원창규는 "한글에 대한 수련이 미숙하므로 수사의 표현이 거칠음과 철자법에 어긋남이 많은 것"[3]이 염려된다면서 번역후기를 쓴 바 있다. 물론 겸손의 발언이었지만, 이는 해방 직후 번역주체 모두가 당면한 문제였다. 외국어, 한자보다 한글에 익숙하지 못한 것이 더 큰 문제였던 것이다.

번역에 대한 절실한 열망은 그 시기까지 지식의 언어였던 일본어의 효용성이 다한 시기에 시작된다. 식민지 시대에는 일본어가 지식의 언어였기 때문에 독해가 가능하다면 굳이 번역이 필요하지 않았다. 조선의 고전도 조선어가 아닌 일본어로 번역되었다.[4] 일본어가 더 이상 지식의 언어가 될 수 없는 상황에서 그 역할을 한글로 이양해야 하는 과정에서 필수적으로 요청되는 작업이 바로 '번역'인 것이다.

이러한 의미에서 번역은 해방 이후 국가건설이라는 중차대한 목표 아래, 세 가지 양태로 요구된다. 첫째, 서구어를 한글로 번역하는 일이다.

2 이중어 세대인 전봉건이나 김수영은 일본어로 사고하는 것이 훨씬 편했다고 한다. 김수영은 특히 이러한 상황에 반발하여 일본어 텍스트를 번역해보고 싶다고 하기도 했다(『김수영 전집』 2(산문), 민음사, 2003 참조). 그밖에 이에 대한 자세한 내용은 한수영, 「전후세대의 문학과 언어적 정체성－전후세대의 이중언어적 상황을 중심으로」, 성균관대 대동문화연구원, 『대동문화연구』 58, 2007; 박지영, 「김수영과 번역, 번역과 김수영」, 『번역비평』 4, 고려대 출판부, 2010 겨울호 외 참조.

3 정약용, 원창규 역, 「역자서문」, 『완역 목민심서 전(全)』, 신지사, 1956.8, 7면.

4 식민지 시대 '조선연구회', '자유토구사' 등의 일인 단체가 조선 고전을 영인이나 일어 번역본으로 출판하였다고 한다. 이들의 『조선고서』 간행에 맞서 육당 최남선은 1910년 조선광문회를 설립하여, 1911년부터 1918년까지 20여 종의 고전을 『조선총서』로 간행했다. 이에 대한 자세한 사항은 최혜주, 「한말 일제하 재조일본인의 조선고서 간행사업」, 육당연구학회, 『최남선 다시 읽기－최남선으로 바라본 근대 한국학의 탄생』, 현실문화, 2009 참조.

지식장을 재구성해야 하는 과정이었기 때문에 일본을 경유해 들어온 지식을 서구로부터 직접적으로 공수해 온 지식으로 대체하기 위해 서구어를 한글로 번역하는 일이 요구된다. 이와 달리 민족국가의 정통성을 증명하기 위해 필수적으로 요구될 수밖에 없었던 것이 고전 번역國譯이다. 다음은 한국 텍스트, 특히 고전텍스트의 외국어역이다. 외국어역 역시 자국의 언어라는 확증이 없이는 불가능한 작업인 만큼, 이 작업도 독립국이라는 것을 널리 선전해야 한다는 당위적 필요성에 얽혀 있는 것이다. 이 모두는 자국 언어의 정체성이 확립되지 않고는 성립 불가능한 작업이었다.

해방 이후 탈식민에 대한 의지가 강할수록 번역에 대한 열망은 높아졌다. 서구적 지식을 수용해야 한다는 당위성과 정치적 상황, 미국과 소련의 문화원조 정책에 힙입어 서구어를 한글로 번역하는 작업은 신속하게 진행된다.[5] 이러한 정치적 상황 때문에 해방 직후부터 1950년대까지 번역의 주도권은 서구어 번역에 주어지고. 이러한 번역 양상은 지식장 전반을 서구 중심의 지식장場으로 재편하는 데 큰 영향을 끼치게 된다. 그 안에서 국역과 외국어역은 필요성만 강조될 뿐 제대로 시행되지 못한다. 이러한 위계화된 번역 양태는 당대 번역장의 정치적 성격을 드러내 주는 것이다.

제대로 시행되지 못했다고 해도, 고전번역과 외국어역은 '네이션'이라는 토대 성립과 밀접한 관련이 있는 작업이다. 한글과 영어(서구어)의 대응인 외국어역에 비해, 똑같이 한글로 번역됨에도 불구하고 '국역國譯'

5 이에 대한 자세한 내용은 앞 장 「해방기 지식장(場)의 재편과 '번역'의 정치학」 참조.

이라 호명된 이 특별한 작업은 국어국문학, 역사학 등 자국학의 성립이라는 복잡한 과정과 밀접한 관련을 맺고 있다. 특히 한자라는 언어 체계에 대한 당대의 복잡한 인식을 해결하지 않고서는 평탄하게 이루어지기 힘들었다. 따라서 외국어역보다 훨씬 더 복합적인 맥락에 놓여있을 수밖에 없었다.

교과서적인 의미에서 국문학의 정의는 "한국사람의 사상과 생활 감정을 언어와 문자에 의해 표현한 예술"이라고 되어 있다. 여기서 이 문자체계에는 한글은 물론 한문과 이두 / 향찰이 포함되어 있다는 사실을 부정할 사람은 거의 없을 것이다. 심지어 요즈음은 식민지 시대 일본어 창작 텍스트는 물론 영어창작 텍스트를 국문학의 범주에 넣자는 주장이 그리 낯설지 않은 시대이다. 이처럼 국문학의 테두리에서 '한글 내셔널리즘'의 신화는 점차 벗겨지고 있는 상황이다. 그래도 특히 한문학이 당당하게 국문학의 범주에서 들어간 것은 그리 오래 전이 아니다.

식민지 시대 작가 이광수와 『조선한문학사』(조선어문학회, 1931)의 저자인 국문학자 김태준조차도 한글 문학만을 국문학의 범주에 넣자고 주장했던 것은 이미 알려진 사실이다. 또한 경성제대 출신 국문학자 조윤제 역시 한문학을 국문학의 범주에 넣기는 했지만, 이를 학문분야로 인정하지는 않았다. 이는 식민지 시대 한글이 갖는 상징적 위상에 대해서 잘 설명해 주는 것이다.[6] 한문학이 국문학의 정의에 당당하게 편입된 것은 앞 세대의 패권이 사그러질 무렵인 1950년대 '국어국문학회' 1세대

6 류준필, 「도남(陶南) 국문학사의 근대문학 서술과 근대인식」, 『고전문학연구』 27, 한국고전문학회, 2005; 이종묵, 「일제강점기 한문학 연구의 성과」, 『한국한시연구』 13, 한국한시학회, 2005 참조.

인 정병욱, 김동욱 등에 의해서였다. 이러한 점은 이들 세대가 고전을 중시하는 세계문학의 보편성을 수용하고, 식민지 세대처럼, 중국이나 일본 등 '부정적인 타자'를 국문학 연구의 주된 전제조건으로 삼을 필요가 없었기 때문에 가능한 것이다.[7]

그러고도 정작 한문학이 학문적 대상으로 인정받기 시작한 것은 1960년대 이후부터이다. 국문학사 연구자가 밝힌 대로 1960년대 이가원과 이우성의 실학파 연구에 의해서 양반사대부들에 대한 부정적 시각이 벗겨졌고, 이로 인해 비로소 한문학이 한국문학사 내부에서 사면, 복권되었다는 구절[8]은 이러한 과정이 결코 순탄하지는 않았다는 점을 단적으로 설명해 주는 것이다.

이렇게 된 연원은 근대 초기로 거슬러 올라간다. 근대 초기부터, "동아시아 삼국에서 공히 나타난 표음문자 우월주의에 입각한 한자인식은 근대 추구의 표현이었으며, 근대 초기 한, 중, 일 삼국에 나타난 한문의 위축되고 불안한 위상은 근대국어의 형성 과정에서 촉발된 문제"[9]였다. 근대 정신이 '자국어'를 기반으로 형성되어야 한다고 생각했던 근대 국가 이념의 문제와도 관련이 깊은 것이다. 식민지 시기 전근대적인 유산으로 부정되어야 했던 한문에 대한 부정적 인식은 근대어로서의 자격을

7 김태준의 사형, 가람과 도남의 부역 혐의 논란으로 인한 식민지 세대의 쇠퇴 등 일련의 정치문화적 상황도 이들의 정체성을 보다 확고하게 만드는 데 기여했다. 이에 대한 자세한 내용은 박연희, 「1950년대 '국문학 연구'의 논리」, 『사이間SAI』 2, 국제한국문학문화학회, 2007, 208면 참조.

8 류준필, 「광복 50년, 고전문학연구사의 전개 과정 광복 50년, 고전문학연구사의 전개 과정－1945～1995」, 『韓國學報』 21(1), 일지사, 1995, 48면 참조.

9 이혜령, 「한자인식과 근대어의 내셔널리티」, 『민족문학사연구』 29, 민족문학사학회, 2005 참조.

보증한 부정적 참조물이 정작 일본어가 아니라 한자였던 식민지 경험과 도 관련된 문제[10]였다. 해방 직후, 한글 사용이 곧 애국이고, 국한문 혼용은 매국이라는 최현배 발언의 극단성, 한글에 대한 이념적 숭배는 이렇게 그 기원이 꽤 오래 된 것이다.

또한 번역이 요구되는 한자는 일상어가 아닌, 학문의 언어이다. 한문학을 국문학의 범주에 넣는다는 것은 근대 이전 지식의 언어, 학문적 이중언어 체계의 중심이 한문이었기 때문에 가능한 것이다. 무작정 외국어라고만 치부할 수 없음에도 불구하고 근대 이후 국어로 번역되어야만 하는 상황은 한문이라는 문자언어체계가 극소수 남성 엘리트의 언어였기 때문에 발생한 문제이다.[11] 여기서 고전번역의 복합적 문제가 발생하는 것이기도 하다.

이러한 상황과 연동되어, 해방 이후 한글의 우월한 후광과 지식의 언어로서 일본어를 대체해 들어오는 서구어(영어)의 위력 안에 놓인 한자의 위치는 참으로 위태로울 수밖에 없었다. 그러므로 한국에서 자국학이 갖는 운명처럼 이러한 인식 역시 식민지 근대화가 생산해낸 인식 틀에서 자유로울 수 없는 것이다.

또한 해방 이후 순탄치 않았던 국가건설의 문제는 자국학의 건설이라는 학문적 과업에도 여러 가지 모순점을 남겨 놓는다. 국대안 반대 투쟁과 이를 계기로 많은 학자들의 월북이 이루어지고, 이러한 상황에 미군정이 깊숙이 개입하면서 결국 비판적이고 자유로운 학술 장을 열망했던

10 식민지 시기 한글이 근대성, 젊음, 합리성, 계몽을 표상한다면 한자는 봉건성, 늙음, 불합리성, 비효율성의 표상이었다고 한다. 이혜령, 앞의 글, 210면~213면.

11 조선시대 문자언어체계에 대한 논의는 안대회, 「조선 후기 이중 언어 텍스트와 그에 관한 논의들」, 『大東漢文學』 24, 대동한문학회, 2006 참조.

당대 주체들의 열망은 좌절하게 된다.[12] 그 후 고전번역 문제는 훨씬 더 국가의 권력에 민감하게 대응할 수밖에 없는 상황이 된다. 해방 이후 줄곧 표류하던 고전번역 현황이 정리되고 본격적으로 고전 번역이 시행된 것은 박정희의 지시로 1965년 민족문화추진회가 설립되고 나서이다. 이러한 점은 고전번역이 국가이념과 어느 만큼 밀접한 연관을 가질 수밖에 없는가를 증명해주는 것이다. 이승만과 박정희 이 두 대통령의 기본 언어 정책 기조는 한글전용론이다.[13] 한문고전을 한글로 바꿔야 하는 상황, 이는 아이러니하게도 한글전용론과 매우 밀접한 연관을 맺고 있었던 것이다.

또한 모든 고전의 창출이 '네이션'의 창안이라는 정치적인 의미를 갖고 있는 것[14]처럼 해방 후 대한민국의 고전 번역은 고전의 창출이라는 과정과 맞물려 있는 것이기도 하다. 해방 이후 조선학(국학)의 재건이 실패한 후, 특히 한국전쟁 이후 전후 국가 재건의 시기에 맞추어 고전창출에의 욕망은 다양한 방식으로 이루어진다. 이는 민족문화추진회의 설립을 기점으로 고전창출의 권리가 국가주도로 이루어지기 전이었기 때문에 가능한 것이다. 또한 본론에서 논의하겠지만 아직 한국학계의 구성이 안정적으로 이루어지기 이전인 시기였기 때문이기도 했다. 그리하여

12 이에 대한 자세한 사항은 정종현, 「『學風』을 통해 본 '한국학' 형성의 한 맥락」, 『제국의 기억과 전유－1940년대 한국문학의 연속과 비연속』, 어문학사, 2012; 박광현, 「탈식민의 욕망과 상상력의 결여－해방기 '경성대학'을 중심으로」, 『한국문학연구』 40, 동국대 한국문학연구소, 2011.

13 이승만 정부는 1949년 10월 9일 법률 제6호로 「한글전용법」을 공포한다. 박정희 정권 역시 1968년 5월 한글전용 5개년(1968~1972) 계획을 공포하고, 1970년 공문서는 물론 교과서에서 한자를 제거하는 한글전용 정책을 단행한다.

14 하루오 시라네 · 스즈키 토미, 왕숙영 역, 『창조된 고전－일본문학의 정전 형성과 근대 그리고 젠더』, 소명출판, 2002 참조.

1950년대는 이미 여러 연구를 통해서 증명되었듯, 지식인 매체인 『사상계』는 물론,[15] 문학매체인 『현대문학』에서도 1956년 이후 거의 매달 「적벽가」, 「도산별곡」 등 고전텍스트가 이가원, 이민수 등 당대 학자들에 의해서 기재되고 있었다.[16] 이러한 점은 당대 고전 연구의 존재성 확보와 대중화에 대한 당대 주체들의 절실한 욕망을 보여주는 것이다. 이러한 상황에서 고전번역의 필요성은 제기될 수밖에 없는 것이었다. 문제는 주체의 역량과 국가의 물질적 지원이었다. 이 안에서도 각자의 정치적 입장들이 상존하고 있을 것이다. 정부 수립 이후 고전번역의 장場은 여러 가지 정치문화적 역학관계가 반영된 정치적 장소인 것이다. 그러므로 당대 고전번역에 얽혀 있는 담론들과 그 결과를 살펴보는 것은 당대 학술 장場의 일단면과 그 구성을 추동시키는 민족국가의 담론이 어떠한 방식으로 구성되고 실현되는지를 살펴보는 하나의 중요한 통로가 될 것이다.

15 잡지 『사상계』의 학술적 지향성, 특히 국학 연구에 대한 관심에 대해서는 김미란, 「『사상계』와 아카데미즘, 그리고 '학술적인 것'에 대한 대중적 인식의 형성 방식—1953~1960년까지를 중심으로」, 『대중서사연구』 28, 대중서사학회, 2012.12; 이경란, 「1950~70년대 역사학계와 역사연구의 사회담론화—『사상계』와 『창작과비평』을 중심으로」, 『동방학지』 152, 연세대 국학연구원, 2010 참조.

16 대표적인 예로 이가원, 「도산별곡췌론」, 『현대문학』 16, 현대문학사, 1956.4; 유성룡, 이민수 역, 「징비록」, 『현대문학』, 현대문학사, 1957.2. 이러한 점은 한 심사위원의 지적에 의해 참조된 것이다. 부족하고 결함이 많은 연구임에도 불구하고 성심성의껏 심사에 임해주신 익명의 심사위원님께 감사드린다. 더 나아가 『현대문학』지 목차를 제공해 주시고 조언을 해 주신 성균관대학교 조은정 선생님께도 깊이 감사를 드린다. 또한 여러 가지 면에서 조언을 해주신 동아시아학술원 안정심 선생님께도 이 자리를 빌어 감사드린다. 그리고 방대한 양으로 인해 본고의 연구대상은 단행본 번역으로 한정한다. 이는 필자의 부족한 역량 탓이다.

2. 고전번역의 토대
—한글 내셔널리즘과 위태로운 한자(문)의 위상

앞서 서술했듯, 해방 이후의 지식장은 한글, 한자, 영어, 일본어 등 언어의 각축장이라고 해도 과언이 아니다. 물론 이 중에서는 한국어와 패권국의 언어인 영어가 그 주도권을 잡아 나간다.[17] 물론 영어 역시 정치적 주도권을 잡은 언어체계였지만, 역시 한글로 번역되어야 할 언어일 뿐이었다. 가히 패권은 한글에 가 있었던 것이다. 그래도 서구어를 한글로 번역하는 작업의 중요성에 대해 이의를 제기하는 일은 벌어지지 않았다. 서구 지식은 당연히 수용해야 할 대상이며, 이를 통해 새로운 지식 체계를 구성하고자 하였다.

문제는 한자였다. 근대 이전 지식 언어의 제왕이었다가 식민지 시대 일본어와 한글 양자에서 배제되었던 한자는 해방 이후에도 여전히 제자리를 찾지 못한 채 한글 내셔널리즘과 싸워야 했다.

해방 직후에는 한자에 대한 거부감이 노골적으로 드러나지는 않는다. 대신 한글의 신화성만이 부각된다. 실제로 해방 직후 한글 운동의 필요성은 국민계몽이라는 과제와 깊숙이 연관되어 있다. 국민을 계몽하기 위한 문자의 혁명운동을 주장한 것이다. "배우자 가르치자. 국어운동의 기초 여기있다. 여기에만 있다!"[18]는 기사의 슬로건은 이러한 상황을 단

17 해방 이후의 언어상황은 이혜령, 「언어 법제화의 내셔널리즘—1950년대 한글간소화파동 일고(一考)」, 『대동문화연구』 58, 성균관대 대동문화연구원, 2007.6.

18 신영철, 「국어운동의 기조」, 『경향신문』, 1947.4.13.

적으로 보여준다. 당대 지식인들은 해방 이후 문맹률이 거의 80%를 넘어서고 있는 상황에서 국민에게 문자를 체득시키는 일이 매우 시급한 과업이라 생각했다. 이들에게 한글은 독립으로 획득한 국가의 언어이자, 배우기 쉬운 실용적인 언어였다. 나아가 국어순화 운동이 대대적으로 제기되는 상황이 펼쳐진다. "순화된 국어에 국민성이 또한 순화되는 것이다"[19]라는 주장은 일본어로부터 국어를 구출하는 것. 그것이 곧 독립의 이념이 된다는 한글 내셔널리즘의 정당성을 보증해 주는 것이다.[20]

그리고 단정수립과 전쟁 등 역사적 상황하에 국학 운동의 불씨가 꺼진 이후, 「한글전용법」이 공포되는 등 한글 전용 법제가 마련되고 한자에 대한 불편한 시선이 본격적으로 등장하기 시작한다. 이러한 태도는 국학 전통의 단절 위기 속에서 나온 것이라 그 위력이 대단할 수밖에 없다. 한국전쟁으로 인해서 국학자들이 대거 월북하거나 죽음을 맞이한 직후, 한문학의 학문적 전통을 이어갈 토대 자체가 무너졌기 때문이다. 이는 이미 식민지 시대부터 내장된 비극이었다.

한국한문학 연구의 비극은 정만조, 김태준 등 한문 연구자들이 존재했음에도 불구하고 '한문학'이 조선학에 끼지 못하였던 것, 조선 한문학 연구가 불행이도 경성제국대학 예과 교수로 있던 타다 마사토모多田正知에 의하여 본격화된 점, 중국이나 일본과 달리, 일제강점기라는 특수상황에서 조선 후기 학술전통이 왜곡되면서 단절이 일어났다는 점 때문에 발생한다. 그래서 전통 한문학을 근대적 학문으로 탈바꿈할 시기를 갖지 못하였던 것이다. 일제 강점기 정통적인 한문학을 연구하였거나 그럴 능력

19 박명석, 「해방 페이지 국어와 국민성」, 『경향신문』, 1947.10.26.

20 「우리말과 글 다시 찾으라 부끄럽지 안한가!」, 『경향신문』, 1947.

을 갖춘 인물들이 해방공간에 아예 존재하지 못하였거나 학계의 중심적인 위치를 점하지 못하였다. 김태준은 1950년 좌우대립의 와중에 사형을 당하였다. 1960년까지 한문 강의는 개설되었지만, 한문학 강의는 개설되지 않았다.[21]

다음으로는 한글 중심의 국가의 언어정책 때문이다. 1953년 봄부터 '한글간소화 파동'에서도 보여지는 것처럼, 이승만 정권의 언어내셔널리즘은 매우 강력한 것이다.[22] 이후에 한글전용론에 대한 논쟁은 시작되었고, 특히 한글전용론에 존재성을 걸고 있는 한글학회(1949년 조선어학회의 개칭명)와의 싸움은 이미 예정된 것이었다.

> 한자상용을 폐지할 것 같으면 대단한 장애가 있을 것 같이 생각하고 이를 불가하다고 말하는 사람들은 거개가 모화사상이나 사대주의에 저도 모르게 사로잡힌 사람들이다. 그런 사람들은 대개 일본의 교육을 받은 사람들인데 일본에 대한 새로운 사대주의에 사로잡히어 있는 것이다. 긴말은 그만두고 만약 그간에 일본이 한자 전폐를 결정 시행했더라면 반드시 "한자전폐는 불가하니 제한 사용이 옳다"는 주장을 감히 세울 용기가 없었을 것이다.[23]

한글학회는 해방 이후 식민지 시대 수난사의 재구성을 통해 언어권력을 얻은 단체이다. 이 단체의 대표적 한글 내셔널리스트인 최현배의 발언은 그 누구보다도 강건하다. 이들에게 한글은 민족정신이라는 관념적

21 이종묵, 「일제강점기 한문학 연구의 성과」, 『한국한시연구』 13, 한국한시학회, 2005, 438면 참조.

22 이에 대한 자세한 내용은 이혜령, 앞의 글 참조.

23 최현배, 「한글만 쓰기를 단행하자 (5)」, 『경향신문』, 1958.1.25.

이념, 그 자체였다. 그랬기 때문에 "한자 = 중국 / 일본"이라는 대타적 도식이 가능했던 것이다. 고로 한글전용론을 주장하는 이는 모화사상에 물든 자이거나 사대주의자라는 비판이 가능했던 것이다. 이러한 상황이니 지식인들은 당대로서는 최대 모욕적 언사였던 '사대주의 혹은 모화사상'가라는 통칭을 두려워하지 않을 수 없었다.

당대 언론에서는 한글전용론을 당당하게 거부하는 언술을 찾아보기 힘들다. 조윤제, 이희승 정도가 반대 의사를 밝힌 정도이다. 대개는 다만 그 근본 취지에는 찬성하나, 서서히 시행하는 것이 옳다고 주장할 따름이다.

> 한자폐지는 누구나 반대한 자가 없다. 이것은 일반사회에서 사용하는 문자를 순국문자로 쓰자는 것이오, 학문을 연구하고 학자되려는 자는 고도의 한문지식이 있어야 한다는 것은 누구나 부인할 수 없을 것이다.
>
> 한자폐지는 얼마나한 시일을 요하여야 하며 어떠한 단계로 추진하여야 할 것인가. 필자의 천견으로는 적어도 현재 대학생이 7, 80세 되는 때까지는 존속되리라고 생각된다. 현재라도 한자 한자 숙어 한문을 아는 지식층에게 논문도 쓰지 말고 교수도 하지 말고 소학교부터 순국문만 사용케한다면 지금 3, 40년대의 사람이 다 죽은 후는 문화가 퇴보가 되건 어쩌건 실현이 될는지도 모른다. 그러드래도 3, 40년이 걸리게 된다. 지금 문제삼는 것은 문화가 퇴보되지 않을 뿐만 아니라 문화를 고도로 발달하게 하고 국민이 문자를 용이하게 해득하게 하기 위하여 그 수단으로서 한자를 폐지하자는 것이다. 그럴 바에야 합리적으로 상기원칙에 위배됨이 없이 추진하지 않으면 안 될 것이다. (…중략…)

우리나라 대학교원의 대부분이 우리나라 고전을 직접원서로 되어 있는 한문서적을 자유자재로 읽지 못하고 일본인 학자 교원들이 번역한 것 또는 연구한 것을 보고 다시 원서를 뒤져보게 되어 중국문학을 연구한 교수도 대부분은 일역을 참고하게 된다.

한문으로 된 우리나라 고전을 몇 교수 이외의 교수는 손을 대지 못하고 있는 실정이다.

우리나라에서는 한자교육, 한문, 중국어교육이 어떻게 무시되어 왔으며 그로 인하여 학자의 지적수준이 저하된 점 금후 중 고 대학에서 어떻게 중국어, 한문교육에 치중하여야 할 것을 알게 될 것이다.[24]

당대 대표적인 중국통이었던 정래동의 이 발언은 당대 한글 / 한자에 대한 지식인들의 인식이 이원화된 것이었다는 점을 보여준다. 한문은 일상적 언어가 아니라, 단지 고전을 해독할 수 있는 학문적 언어일 뿐이라는 인식인 것이다. 그래서 그는 한자폐지에는 반대하지 않으나, 학문 연구를 위해서는 반드시 한자 교육, 중국어교육이 필요하다고 주장한다. 이를 보면, 정래동은 표면적으로는 한자폐지를 주장하는 것처럼 보이지만, 사실 학문적 언어로서 한문의 전폐를 주장하지는 않는다.

한문이 일상의 영역보다는 학문의 영역에서 사용되는 언어라는 점은 그 연원이 오래된 것이다. 1950년대 국어국문학이라는 학계의 형성 과정에서는 '고전텍스트'의 강독, 즉 번역과 주석 작업이 그 중심을 차지한다. 사실 경성제대 법문학부 조선문학강좌는 주로 '한문'으로 표기된

24 정래동, 「한자폐지와 한문교육」, 『동아일보』, 1956.12.7.

'고전문학'을 대상으로 한 것이었고, 한문 해독력이 주요한 학적 소양으로 요청되었다.[25] 이는 한문을 구세대의 유물로 여기는 정치사회 영역과는 전혀 다른 상황이었다. 이러한 과정을 통해서 한문 해독 능력은 여전히 학문적인, 최고급 인텔리의 능력이 된다.

그래도 한글전용론의 효용성을 끝내 부인하지 못한다. 필자가 주장하는 한글의 효용성 역시 당대 주요 담론의 주장과 일치한다. 이 글에서 말하고자 하는 한자 폐지의 필요성은 한글을 통해 국민이 문자를 용이하게 해득하게 되고, 문화를 고도로 발달하게 한다는 인식을 기반으로 한다. 문자를 통한 대중의 계몽이라는 당대 인식에 동의한 것이다.

물론 문자의 체득이 곧 고도의 문화 발전으로 연결되는 것은 아니다. 이 글의 비약된 논리는 당대 선진적 문화 발전에 대한 조급성이 어떠하였는가를 보여주는 것이다. 그런데 이러한 문화발전에 대한 열망은 역으로 한글전용론에 대한 반대의 논거로도 사용되고 있다.

> 여론도 충분히 듣지 않고 몇 개인의 의견에 따라 일조에 한자폐지를 결정한 사실이니 (…중략…) 조선어학회의 일부의견이 한자폐지의 주동력이 될 것 같으니 이것은 크게 유감된 일이다. (…중략…)
>
> 한자폐지문제는 단순히 국어발전이라는 어학적인 입장에서만 논할 것이 아니라 민족문화란 좀 더 높은 전체적 입장에서 보아야 할 것이오. 나아가서는 세계문화와 관련에서도 고려해보아야 할 것이다.
>
> 우리는 두가지 커다란 과제에 당면하고 있으니 하나는 외국문화의 섭취요

25 최기숙, 「1950년대 대학의 '국문국문학' 과목 편제와 '고전강독' 강좌의 탄생」, 『열상고전연구』 32, 열상고전연구회, 2010, 562면 참조.

하나는 고유문화의 전승이다. 새로운 민족문화를 창조하려면 이 두가지 과업을 수행하지 않으면 안 된다. 그런데 이 두 가지 과업의 수행은 적어도 현단계에 있어서는 모두 한자의 지식을 떠나서는 일보도 나아갈 수 없다. 먼저 외국문화의 섭취로 말하면 영문이나 독불문을 이해에도 결국은 한자의 힘을 빌지 않을 수 없다 (…중략…) 우리는 아즉 영어사전이나 독불 및 기타외국어전을 순수한 우리말로 편집할 수 없지 않은가? 과학이나 (…중략…) 무릇 기술적용어에 이르러서도 한자어의 역어를 그대로 쓰지 않을 수 없는 것이 거의 전부라해도 과언이 아니다. 이런 것을 일조에 우리말로 고쳐놓는다고 반듯이 한자어보다 표현이 더 좋거나 알기 더 쉬운 것이 아니며 또 통용될 수 있는 것도 아니다.[26]

이 논자는 한글전용론을 주장하는 주요 주체인 한글학회의 정치적 활동에 대해 심한 반발감을 드러낸다. "그들의 공로는 인정하나, 금후의 우리의 문교행정까지 독단할 권리는 가지지 않았다"라며 날을 세워 한글학회와 당대 문교 행정을 비판한다. 조선어학회 일원인 최현배가 해방 직후 군정청 문교부 편수국에 들어가 1953년 한글간소화파동 시기까지 문교행정에 깊숙이 관여하고 있었던 것은 잘 알려진 사실이다. 이러한 권력에 대한 반발 역시 학계에 깊숙이 뿌리내리고 있었던 것으로 보인다. 이 글의 논자는 나아가 서구어의 번역에 있어서도 한자어가 필수적이라는 사실을 들어, 한자폐지의 불가능성을 강조한다. 그는 한국 근대 학문적 언어의 대부분이 일본을 통해 수입되었고, 이러한 중역 상

26 이상은, 「민족문화와 한자문제(상)」, 『동아일보』 1949.4.22.

황을 기반으로 구성되었다는 사실을 분명히 인지하고 있었던 것이다.

이처럼 한자폐지론에 대한 반대 논거는 두 가지이다. '한글 = 민족혼 / 정신'이라는 도식하에 한글전용론에 대응하여 한자가 여전히 필요한, 당대 통용되는 언어 체계라는 현실적인 문제를 내세우는 것이다.[27] 또한 '민족문화의 창달'이라는 거대 담론을 목적으로 내세우는 것이다. 이 주장은 한글 내셔널리즘에 맞서 한자 내셔널리즘을 내세운 것이다.

이 글의 필자는 민족문화, 나아가 세계문화와 관련해서 고전 문헌을 보전 / 보급하는 데 한자, 한문인식이 필요하다는 점을 강조한다. 이는 앞서 인용한 정래동의 주장과 일맥상통하는 것이다. 전통문화의 계승이란 차원에서, 한자로 씌여진 텍스트의 보전과 보급을 위해 한자폐지는 불가하다는 내용이다.

이처럼 한자폐지론이 국문학이나, 사학 등 한문으로 된 문헌을 연구하는 학계에 불안감을 안겨주고 있었다는 점은 다른 글에서 보인다. 김경탁은 한자폐지론을 주장하면서 한자를 배우기 어려운 외국어로 취급하는 것에 대해 반발한다. 그리하여 한자에 내셔널리티를 부여해야 하는 단계에 이른다.

> 조선한문학은 한편으로 조선어학회를 중심으로 한 한글학자의 한자폐지운동으로 인하여 국어에서 축출명령을 당하게 되고 또 한편으로는 신진 중

27 이러한 인식은 보편적인 것이기도 했다. 이를 반영한 듯 실제로 1948년 「한글전용법」이 공포된 이후에도 1949년 국회에서는 '한자사용건의안'이 가결되었고, 1950년 문교부는 초등학교 한자교육을 결정하고 상용한자 1,200자, 교육한자 1000자를 선정한다. 한자사용의 필요성은 실용적인 차원에서 외면할 수 없는 문제였기 때문이다(이에 대한 자세한 내용은 허만길, 『한국 현대 국어 정책 연구』, 국학자료원, 1994 참조).

국문학가의 조선어 한문존재불필요론으로 인하여 그야말로 좌우협공의 곤궁과 고성낙일의 쇠운을 당하고 있다. (…중략…)

한자는 그 원산지가 중국이라고 하여서 곧 외국문학이라고 하는 것도 역시 이론상 실제상 확실한 근거가 되지 못한다. (…중략…)

한자에서 있어서도 이것을 우리나라 말소리로 읽으면 조선어한자가 될 것이요. 중국어 음으로 읽으면 중국어 한자가 될 것이요 일본어음으로 읽으면 일본어한자가 될 것이요. (…중략…)

한자사용폐지와 조선어한문학존폐문제는 우리나라 문화사상에 있어서 중대성을 띠인만큼 이 문제를 일학자나 일학회에 맡기어둘 것이 아니요 전국 문화인의 총괄적 비판과 일대결론이 재요청되지 않으면 아니되리라고 생각한다."[28]

한자라는 동양문화권의 언어를 자국화하게 되면 자국의 언어가 된다는 논법은 그것이 무리수일지라도, 한자의 존재성을 지켜야 한다는 절실한 심정을 표현한 것이다. 한자가 배우기 힘든 외국어라는 논법은 국가건설에 대한 조급증, 어서 빨리 국민으로 교화시켜야 한다는 권력자들의 만용에 따른 논리이다. 이들이 주장하는, 언어를 단지 계몽의 도구로만 바라보는 실용주의적 인식에 대응할 방법은 한자 역시 배우기 어렵지 않다는 것과 외국어가 아닌 우리의 것이라는 점을 증명할 수밖에 없었을 것이다. 결국 한글 / 한자 논쟁의 핵심에는 '우리의 것'이라는 내셔널리티 문제가 자리 잡고 있었던 것이다.

28 김경탁, 「조선한문학의 존폐론」, 『경향신문』, 1949.2.11.

그런데 한글전용론과 한자폐지론의 팽팽한 대결 속에서 그 접점을 찾아 준 것은 바로 국역의 문제였다. 최현배는 한글전용론을 주장하면서 "한글전용은 현재 및 장래의 생존발전을 위함이요 고전번역은 과거의 문화적 유산의 계승문제"라고 하면서 "만약 고전 번역을 다해 놓은 연후에 한자전폐 한글전용을 시행하기로 한다면 이는 황하수의 맑음을 기다림보다 더 우월하고 영구 불가능의 일"이라고 한 바 있다. 이는 한글전용론을 반대하는 논거의 핵심에 한문 고전 번역의 필요성이 놓여 있었다는 점을 역으로 보여주는 것이다.

> 단순한 민족문화의 말로라는 현실에 대한 비애뿐만이 아니라 후진국민으로 하여금 또다시 외래문화에 노예가 될 수밖에 없다는 사실을 상기할 때에 가일층 초조한 감을 아니 느낄 수 없다. 그러면 이 고서번역이란 얼마나 어려운 일인가 잠시 부연하여 보기로 한다. 이 사업을 착수하자면 첫째 한문에 능숙하여야 하며 둘째 번역은 현대문으로 활자화할 수 있도록 문장에 경륜이 있어야 한다. 그러면 이 두가지 능력이 구비한 사람을 선택하자면 일제시대에 중학이상의 학벌을 가진 자 중에서만이 있을 수 있고 연령으로 보아 50세 전후로부터 60세 전후가 될 것이다. 이와 같이 제한된 극소수의 인원으로서는 전여생을 전적으로 고서번역에 바친다 하더라도 역사의 기대에 만족할 수는 없을 것이다. 이와 같이 긴급 필요한 사업은 기어코 실천에 옮겨져야 할 것이며 이 거대한 사업을 수행함에 있어서는 여.야의구별이 있을 수 없고 관민의 책임을 논할 바 아니다. 경제인은 재력으로 문화인은 지식으로 거족적인 당면과제로서 이 민족문화의 위기를 극복할 것을 시급히 요청하는 바이다.[29]

창작자가 자기 나라 고전을 이해하지 못하는 한 그는 언제까지나 절름바리를 면치 못할 것이다. 자기 나라 고전에 뿌리박지 못한 창작은 완전할 수가 없는 것이다. 그렇다고 현재 우리 작가가 모두 다 우리고전을 읽기 위하여 한문공부를 하라고 말하는 것은 망발일 것이다. 그러므로 한문으로 씌여진 우리 고전을 한글로 번역하여 공급하는 것이 시급한 문제인 것이다.[30]

이 두 인용구에 의한다면 한문고전 번역의 절실성은 매우 현실적인 것이었다. 이미 식민지 시대부터 점차 사라져가던 한문해독자가 해방 이후 한문교육의 부재로 소멸되는 상황은 자칫 한문으로 된 고전 텍스트를 독해해 낼 수 없다는 위기감을 불러일으킨다. 그러나 이에 대응하는 방식은 한문을 교육시키는 것, 즉 한문해독자를 늘리는 것이 아니라, 한자를 한글로 변환시키는 것이었다.

모든 번역이 그렇듯, 고전 번역의 목적은 특히 한자(한문)을 향유할 수 없는 주체들을 위한 것이다. 물론 향찰, 이두 등 한자를 빌어 쓴 새로운 형태의 문자언어 역시 그 대상이 될 수 있을 것이다. 이는 한글전용론이 가져온 위기의식이 가져온 차선의 선택이었으며, 또한 한글전용론과 합의하는 길이었다. 그 길은 1950년대 한문학 연구의 황폐성과 연결되어 있었다. 당대 상황은 소수의 학자들을 제외하고는 더 이상 한문 텍스트는 보존되고 연구해야 할 중요한 대상이라고 생각하지 않았다. 더 나아가 극단적인 경우 최현배는 고전번역은 고전의 대중화를 위해서라기보다는 한글 내셔널리즘의 실현을 위해 신속히 실현되어야 할 과제라고

29 김중렬, 「고전번역의 시급성」, 『조선일보』, 1957.9.2.
30 주요섭, 「번역문학의 문제(하)」, 『동아일보』, 1957.1.17.

주장한다. 민족문화창달이라는 거창한 구호는 단지 허울뿐이었으며, 고전 번역의 목적은 한문 텍스트를 한글 텍스트로 변환시키는 것 이상이 아니었다. 텍스트의 내용은 중요하게 여겨지지 않았기 때문에 한글 사용자들에게 지식content을 전달하는 것 이상이 되기는 어려웠다.

이러한 점은 당대 이승만 정권이 내세웠던 민족주의가 얼마나 편향된 것, 내용 없는 것인가를 보여주는 것이다. 1953년 한글 간소화 파동은 이승만 정권의 한글 내셔널리즘이 얼마나 실용주의적 편향의 허울이었나를 증명해 준다. 이 시기 최현배는 공직에서 물러나야 했다.[31] 이는 이승만의 표상이 국민의 선거로 뽑힌 대통령이 아닌, 제왕의 이미지로 옮겨가는 시기와 일치한다.[32] 그래도 그나마 한글간소화론이 파동으로만 끝날 수 있었던 것은 이승만의 의도와는 달리, 지식인들 사이에서는 여전히 한글이 위력적인 이념 그 자체였기 때문이다.

그래서 이 시기까지 지속되었던 국어국문학 연구에 있어서 국문소설과 고전시가 연구의 주도성[33]은 단지 조윤제나 양주동 등 주요 주체의 전공에 따라간 것만은 아니었을 것이다. 더불어 한자가 아니라, '향찰'

31 정재환, 「해방 후 조선어학회·한글학회 활동 연구(1945~1957년)」, 성균관대 박사논문, 2013.

32 후지이 다케시의 연구에 의하면 1954년에 이승만 초상화 작업이 지시되면서 이승만의 표상은 점차 제왕으로서의 이미지로 옮아가게 된다. 이에 대한 자세한 내용은 후지이 다케시, 「'이승만'이라는 표상－이승만 이미지를 통해 본 1950년대 지배 권력의 상징 정치」, 『역사문제연구』 19, 역사문제연구소, 2008 참조.

33 이를 단적으로 보여주는 것으로, 최기숙이 연구하고 작성한 1950~1960년대 학회지 『국어국문학』에 실린 고전텍스트 목록에 의하면, 고전소설과 고시가(「무가」 등 구비문학 포함)가 거의 80%를 넘고 있다. 한문학은 이가원이 주석을 단 「원생몽유록」 4권(1953.2)외에는 찾아보기 힘들다(최기숙, 1950년대 대학의 국문학 강독 강좌와 학회지를 통해 본 국어국문학 고전연구」, 『한국고전연구』 22, 한국고전연구학회, 2010, 481~482면 목록 참조).

이라는, 한자를 빌어 우리말의 음과 뜻을 표현한 언어, 즉 내셔널리티를 획득한 언어를 해독해 낸 양주동의 업적만이 그나마 인정받을 수 있었던 것도 이것이 식민지 시대 연구 성과였기 때문에 가능한 것만은 아닐 것이다. 향가는 식민지 시대 해독되어 국문으로 발견된 장르이기 때문이다.[34]

한글 내셔널리즘과 한문 내셔널리즘의 싸움은 탈식민지 과정이 제대로 이루어지지 못한 당대 현실에서는 시작부터 결정된 승부였다. 한글/한자에 관한 여러 논의 끝에, 실용적인 입장에서 한자를 무시할 수는 없지만, 한자는 한글 내셔널리즘적 인식하에 당위적으로 배척해야 할 언어라는 현재의 이율배반적 시각[35]은 이 시기부터 형성된 것이다.

게다가 단정수립과 한국전쟁은 한문 텍스트 연구의 맥을 끊어놓았다. 이러한 점 때문에 한문이 전근대적인 유산으로 치부되는 식민지 시대의 인식을 탈각해내지 못했고, 단지 한문 텍스트는 한글로 치환되어야 할 유물로 치부되어야 했다. 여기서 번역은 텍스트의 내포적 의미, 철학까지 번역해야 하는 진정한 번역이 아닌, 한글로 도달해야만 하는 실용적 의미였음은 물론이다. 국가수립 후 한국의 고전 번역은 이러한 토대에서 출발할 수밖에 없었다.

34 이에 대해서는 임경화, 「향가의 근대－향가가 '국문학'으로 탄생하기까지」, 『한국문학연구』 32, 동국대 한국문학연구소, 2007 참조.

35 박노자는 심지어는 한문이 문화자본으로 대물림되고 있는 점을 지적한 바 있다(박노자, 「한자만 나오면 '자아분열'」, 『한겨레21』, 2006.10.24 참조).

3. 번역의 실제 – 민족사의 연속성 회복과 정치체의 정당화

1) 해방 직후 고전 번역 현황과 정치적 의미

1950년대 고전 번역 현황을 살펴보려면, 그 이전 시기 번역 상황을 살펴보는 것이 필요하다. 그래야만 이 시기의 고전번역 현황이 역사적 맥락 속에 좀 더 입체적으로 구체화될 수 있기 때문이다.

해방 직후에는 국학의 진흥이라는 목표하에 『국학』(1946.6.3~1947.2월 통권 3호)이라는 매체가 발행되기도 했다. 안재홍, 이극로가 축사를 하고 설의식, 이선근, 방종현, 김경탁 , 양주동 등 당대 대표적 학자들이 필자로 참여한 이 매체는 1947년 국학대학으로 승격한 후 한때(1947년) 정인보가 학장으로 취임하면서 국학진흥의 꿈을 이루기 위해 발행되다 폐간되었다. 또한 1946년 홍이섭을 중심으로 민속지인 『향토』가 발행되기도 했다. 이러한 점은 당대 학자들이 국학의 재건을 통해 국가건설에 이바지하려고 노력했다는 점을 알 수 있다. 그러나 이 두 매체가 각기 1947년, 1948년 폐간되는 상황은 이러한 노력 역시 복잡하면서도 급박하게 진행되는 역사적 상황이라는 난관에 부딪혔다는 것을 알 수 있다. 국가건설기 혼란스러운 상황이었기 때문에 이 시기 주체들이 그토록 염원했던 식민지 시대 조선학의 건설이라는 과제를 이어받아 달성하는 것은 매우 힘든 일이었다. 따라서 이 과제에 필요한 고전 연구와 번역 작업도 체계적으로 수행되기 힘들었다.

〈표 2〉는 해방 직후부터 1950년까지 번역된 텍스트 목록[36]이다. 표

〈표 2〉 해방 직후~1950년에 번역된 텍스트 목록

서명	원서명	저 / 편자	역자	발행처	년도	페이지	주석	번역형태
고려보조국사법어(高麗普照國師法語)	高麗國普照國師法語	지눌(고려)	이종욱	錬心社	1948	279	-	완역
김립시집(金笠詩集)	-	김병연	박오양	大文社	1948	288	-	편역
병자록(병자호란)(丙子錄)	丙子錄	나만갑	윤재영	正音社	1947	188	-	완역
삼국사기(三國史記)	三國史記	김부식	이병도	博文出版社	1947	117	159	선역
북학의	-	-	김한석	-	1947	-	-	진소본 북학의만 번역
삼국유사(三國遺事)	三國遺事	일연	사서연역회	高麗文化社	1946	362	-	완역
열하일기 1~5(熱河日記)	熱河日記	박지원	김성칠	正音社	1948	121	107	완역
율곡전서정선(栗谷全書精選,)	栗谷先生全書	이이	율곡선생 기념사업회	栗谷先生 紀念事業會	1950	569	-	선역

를 살펴보면 번역 텍스트 선정에 일관된 관점을 찾아보기 어렵다. 그리고 이병도의 경우처럼, 새롭게 수행된 것이라기보다 식민지 시대 작업의 연장선상에서 이루어진 것이라고 보아도 무방할 것이다.

우선 『고려보조국사법어』는 불교계의 노력으로 이루어진 것이다. 『원문국역대조原文國譯對照 고려보조국사법어高麗普照國師法語』는 방한암方漢岩이 현토懸吐, 이종욱李鍾郁 국역, 권상로權相老 교열校閱로 선종禪宗의 입장에서 교종敎宗을 통합하여 조계종曹溪宗을 개창開創한 승려 보조국사 지눌의 저술 다섯 편을 엮은 책이다. 번역자 이종욱은 조계사의 전신인 태고사의 사명寺名을 지은 이로, 역시 조계종의 승려이다. 이종욱은 해방 이전 친일 행적으로 해방 직후 종무총장 직을 박탈당하고 승권 정지라는 징계

36 한국고전번역원, '고전번역서서지정보검색'에서 검색한 결과. 이후 제시된 표들 역시 이 데이터베이스에서 검색된 것이다. http://db.itkc.or.kr/itkcdb/text/mks/mksMainPopup.jsp

를 받는다.[37] 그러나 이후 우익 정치인으로 변신하여 반탁 운동에 뛰어들면서 다시 불교계의 원로로 복귀한다.[38] 바로 이 시기에 번역을 수행한 것이다. 이러한 정치적 배경을 볼 때, 물론 해방 이후 조계종의 확산과 대중화를 위한 열망이 없었다고 보기는 어렵지만, 번역가 개인적으로 이 작업은 새로운 정치적 행보에 발맞추기 위해 이루어진 것이었다고 볼 수 있다.

『김립시집』은 김삿갓에 대한 대중적 인식에 힘입어 번역된 것이라고 볼 수 있다. 해방 이후 김용제의 『김삿갓방랑기』가 베스트셀러였다는 점도 김삿갓의 대중적 인기를 보증한다. 이를 통해 친일작가 김용제가 단번에 김삿갓 전문가가 되어버린 상황은 역사적 희극이기도 하다. 그러나 이러한 인기는 김삿갓이 수행한 풍자적 태도가 당대 정치현실에 염증을 내고 있었던 대중들에게 매우 흥미롭게 다가갔다는 점을 짐작하게 한다.

『김립시집』은 각지에 흩어져 있는 시를 이응수가 수입하여 1939년 학예사(1943년 재판)에서 출판한 바 있다. 이 번역본은 재판본을 저본으로 했다고 한다.[39] 이 작업은 식민지 시대 수집된 자료를 정리하는 차원

37 1945年 9月初 金法麟・崔凡述・柳葉 등과 建國青年團 40餘名은 서울 鍾路區 安國洞 禪學院에서 太古寺宗務院(宗務總長 李鍾郁) 任員들을 總辭職토록 하고, 全國僧侶大會 準備委員會를 設立하여 새 宗團의 運營權을 引受했다(고려대 민족문화연구원 대표집필, 「해방 후의 한국 불교」, 『한국현대문화사대계』, 2010. 출처 : www.krpia.co.kr(http://db.itkc.or.kr/itkcdb/text/mks/mksMainListPopup.jsp?searchType=link&nodeid=mks_s_all&idx=0085_0001 참조).

38 1950년 고향인 평창에서 제2대 국회의원에 당선되었으며, 1951년 동국대학교 재단이사장, 1952년 불교계 대표인 중앙총무원장 자리로 돌아왔다.

39 이 텍스트는 이응수의 잘못을 바로잡은 흔적이 있고, 한두 글자나 행이 다를 뿐 이응수가 수록한 시들을 박오양이 편집하여 번역한 듯하다(이응백・김원경・김선풍 감수, 『국어국문학자료사전』, 한국사전연구사, 1994 참조).

에서도 그 의미가 깊다.

이 목록에서 중요하게 살펴보아야 할 것은 『삼국사기』와 『삼국유사』의 번역이다. 국가건설의 시대였던 만큼, 당대 주체들은 민족사의 정통성을 구성하는 차원에서 역사를 번역한 것이다. 『삼국사기』는 이미 이병도에 의해 식민지 시대에 번역選譯되었고,[40] 『삼국유사』는 조선어로서는 최초의 번역이다. 이 역시 식민지 시대 작업의 연장선상에 있는 것이라고 보아야 할 것이다. 한학자이자 한문전문번역가인 이민수와 이가원 등 한학자들의 모임인 '사서연역회'[41]의 번역으로, 완역이다. '사서연역회'는 해방 이후 당대 국가건설에 이바지하고자 했던 지식인들의 순수한 열망에 조직된 단체이다. 출판도 민족국가 건설에 기여할 문화 / 출판운동을 표방했던 고려문화사에서 한다.

이민수는 이 텍스트의 번역을 중종 임신본壬申本[42]을 원본으로 했다 한다. 이민수는 이 텍스트가 "왕명王命에 의하여 사관史官이 저술한 정사正史로서, 체재體裁가 정연하고 문사文辭가 유창하고 화려"한 『삼국사기』와 달리, "선사禪師 한 개인의 손으로 이루어진 이른바 야사野史로서, 체재가

40 이 외에도 식민지 시대 국역 텍스트는 다음과 같다(고전번역서서지정보 검색).

서명	원서명	저 / 편자	역자	발행처	발행년도	페이지	주석	번역형태
삼국사기 01 : 三國史記	三國史記	김부식	이병도	博文書館	1940	159	313	선역
삼국사기 02 : 三國史記	三國史記	김부식	이병도	博文書館	1943	231	359	선역
오정세고 : 梧亭世稿, 재판	梧亭世稿	권우직 외 5인	권홍섭	三育出版社	1928	382	18	완역

41 이민수의 회고에 의하면 사서연역회는 해방과 더불어 평소 교류하던 문우들끼리 조직한 모임이라고 한다(「한문책과 한평생 후회없어요」, 『동아일보』, 1992.11.23). 이가원이 조직의 중심이었고, 이 외에 신석초, 이구영 등이 참여하고 있다.

42 1921년 안순암(安順庵) 수택(手澤)의 정덕본을 영인(影印)하여 일본 교토대학 문학부 총서(京都大學文學部叢書) 제6에 수록한 것과 고전간행회본(古典刊行會本)이 있다고 한다. 이민수는 이 번역서의 해제에서 이 때문에 흔히 유행되는 육당 증보본과는 간혹 틀린 곳이 있을 것이라고 한 바 있다.

짜여지지 못했고 문사 또한 박잡駁雜"한 텍스트라고 평가하지만, "당시의 사서 찬술이 규범에는 벗어나는 체재의 부정연不整然과 내용의 탄괴誕怪·잡다雜多함이 오히려 오늘날 이 책을 더욱 귀한 재보財寶로 여기지 않을 수 없는 소이所以가 되고 있다"[43]고 하면서 이 텍스트를 번역한 이유를 밝힌다.

그는 정사正史인 『삼국사기』보다 야사野史이면서 문학적 텍스트가 풍부한 『삼국유사』를 문화적 가치 차원에서 높이 평가한 것이다. 그러나 역사적 가치를 도외시한 것만은 아니다. 그는 『삼국유사』에 "고조선·기자 및 위만조선을 비롯하여 가락 등의 역사가 포함되어 있"고 "특히 고조선에 관한 서술은 오늘날 우리들로 하여금 반만년의 유구한 역사를 자랑할 수 있고, 단군을 국조國祖로 받드는 배달 민족의 긍지를 갖게 해주었다"고 평가한다. 그리고 "만약 이 기록이 없었던들 우리는 삼국 시대 이전에 우리 역사를 중국의 사료史料인 『삼국지三國志』의 동이전東夷傳에 겨우 의존하는 초라함을 면할 수 없었을 것이"[44]라고 한다. 이러한 점은 그들이 역사서를 편찬하는 이유가 국사의 복원, 즉 고대 역사와 현재 역사의 연속성을 확복하는 것이었다는 점을 알려주는 것이다.

『병자록』의 번역 역시 역사적 수난을 서사화함으로써 현재의 정치적 해방감을 배가시키려고 했던 당대 지식계의 열망이 반영된 것이라고 볼 수 있다.[45] 비록 개별적으로 이루어진 것이긴 하지만, 이러한 역사서의

43 고려문화사 판본에는 해제가 없어 이후 이민수가 증보한 을유문화사 판본의 해제를 참고하였다(일연, 이민수 역, 「해제」, 『삼국유사』, 을유문화사, 2013.4).

44 위의 글.

45 해방 이전 역사적 수난을 서사화하는 것은 『신천지』, 『민성』 등 당대 저널리즘에서 수행되었던 한 편향이었다. 이는 역사적 수난의 서사화를 통해서 현 주체들의 심리적 불안

번역은 식민지 시대 탈환된 역사의 재탈환이라는 당대 주체들의 열망에 의해 이루어진 것이다.

이러한 역사서 이외에는 실학 텍스트의 번역이 눈에 띈다. 『역사 앞에서』의 저자로 유명한 김성칠의 『열하일기』 번역은 학문적으로는 최초로 수행된 것이라고 한다. 한국전쟁 당시 저자의 죽음으로 이 번역은 완성되지 못하고 1 / 3만 완수된 것이지만, 열악한 상황에서 수행된 작업이었다는 점에서 더욱 의미가 있다고 볼 수 있다.[46] 이병도가 책임감수한 율곡기념사업회의 『율곡전서정선』은 전쟁으로 인해 작업이 잠시 중단되었다가, 1950년대에 중간重刊된다. 이 외에 실학 텍스트의 번역으로는 『북학의』[47]가 있다. 이러한 실학 텍스트 번역은 정치적 개혁 사상을 토대로 새로운 국가 건설을 희망했던 당대 사회의 열망을 그대로 반영하고 있는 것이라고 볼 수 있다.

이처럼 해방 이후에 고전번역은 여러 어려운 상황 속에서도 개별적인 작업이지만, 식민지 시대 작업의 연장선상에서 완성되어 출판되거나, 새롭게 기획되어 진행되고 있었다. 『문장』을 중심으로 이루어진 고전운

을 해소시키거나, 이를 통해 친일의 기억 등, 지우고 싶은 기억을 이성적 노력이 아닌 정서적 카타르시스를 통해 묵인하여 주체성을 보상받으려는 시도이기도 할 것이다.

46 김성칠은 이 외에도 『주해 용비어천가』(2권)도 출간한다. 이 외에도, 번역서로 펄벅의 『대지』, 강용흘의 『초당』 등을 번역하였다. 그는 새로운 국가 건설과 문화발전을 위해 번역이 필요하다는 것을 자각하고 이를 실천한 것이다.

47 이 텍스트는 『진소본북학의』만 번역한 것이다. 『북학의』의 내외편 가운데 3분의 1 정도의 내용을 간추려 첨삭을 가하고 순서를 바꾸어 올린 『진소본북학의 進疏本北學議』가 있다. 이는 저자가 1798년(정조 22)에 경기도 영평현령으로 있을 때 농서(農書)를 구하는 임금의 요청에 따라 응지상소(應旨上疏)의 형식으로 바친 것이다. 따라서 그 논지는 『북학의』 내외편과 거의 같으나 우선 분량이 현격히 다르므로 두 종류를 엄격하게 분간해야 할 것이다(김용덕, 「북학의(北學議)」, 『한국민족문화대백과사전』, 한국학중앙연구원(http://encykorea.aks.ac.kr/contents/Index) 사전의 1항목).

동, 정인보, 안재홍 등을 중심으로 이루어진 조선학 운동의 성과가 실제적으로 계승되었다고 보기는 어려우나, 그 정신적 의미는 계승되었다고 볼 수 있다. 이러한 결과는 해방이 가져다 준 소중한 성과로 당대 국역은 새로운 국가건설을 향한 당대 사회적 열망을 반영한 작업이었다.

하지만, 여기에는 이병도 등과 연관된 식민사학의 문제점 등 식민지 시대부터 이어져 내려온 조선학의 문제점이 계승될 가능성도 내포되어 있었다. 이렇게 탈식민 국가건설기 조선학(한국학)이 처한 복합적이고 모순적 상황은 1950년대 한국전쟁이란 참사를 겪으면서 더욱 해결하기 힘겨워진다. 그러나 그 안에서도 고전연구와 번역 작업에 대한 학자들의 힘겨운 노력은 지속된다.

2) 1950년대 고전 번역 현황과 정치적 의미

앞서 2장에서 밝힌 대로, 단정수립과 한국전쟁이라는 역사적 파고 앞에서 식민지 시대부터 힘겹게 지켜왔던 한문 텍스트 연구는 맥이 끊긴다. 월북과 사망으로 연구 주체가 사라진 남한의 한문학계, 1950년대 고전 번역 현황은 참혹한 수준이었다. 한국전쟁이라는 역사적 사건 때문인지 국역서의 발간은 1953년에 와서야 가능했다. 그 내용은 다음과 같다.

1960년대까지도 번역 사업에 원칙이 없다는 점이 신문지상에서 빈번하게 비판되었던 것[48]을 보면, 1950년대 역시 어떠한 일관된 원칙하에 번

48 대표적인 기사로는 「좌초한 고전국역」, 『경향신문』, 1963.2.25이 있다. 이 기사에서는 "민족문화유산의 전승을 위해 시급한 한국고전의 우리말 번역사업이 미미한 정부의 재

〈표 3〉 1950년대 국역서 목록(고전번역서서지정보검색 결과)

서명	원서명	편저자	역자	발행처	연도	면	주석	번역형태
난중일기(亂中日記)	亂中日記	이순신	설의식	首都文化社	1953	151	55	선역
목민심서(牧民心書)	牧民心書	정약용	원창규	新志社	1956	292	-	선역
삼국유사(三國遺事)	三國遺事	일연	이병도	東國文化社	1956	290	1315	선역
연암선집 1	燕巖集	박지원	이민수	通文館	1956	174	-	편역
율곡전서정선(栗谷全書精選), 증보판	栗谷先生全書	이이	율곡선생 기념사업회	栗谷先生紀念事業會	1950	569	-	선역
반계수록(전제편)(磻溪隨錄)	磻溪隨錄	유형원	농업은행 조사부	農業銀行調査部	1959	648	60	선역
목민심서(牧民心書), 재판	牧民心書	정약용	원창규	創元社	1956	292	-	선역
금오신화(金鰲新話), 재판	金鰲新話	김시습	이가원	通文館	1959	164	156	완역
목민심서(牧民心書), 3판	牧民心書	정약용	원창규	成一文化社	1956	292	-	-

역 작업이 수행된 것은 아니라고 볼 수 있다. 여러 요구에도 불구하고 1960년 문교부 내부에 '도서번역심의위원회'가 만들어지기 전까지 국역 사업을 주관할 기관이나 책임자가 존재하지 않았다.[49] 이후 이 위원회 활동 이후에도, 국역 관련 사업 성과가 기사화되지 않은 것을 보면, 이 기관이 만들어진 이후에도 여전히 국역사업은 제대로 진행되지 않은 것 같다. 대학교의 고전 관련 연구기관도 있었지만, 주로 영인본 발간 작업을 진행할 뿐 본격적으로 번역 작업을 시작하지 않았다.[50] 번역 현황도

정적 뒷받침과 이간행사업이 분산적이고 계획성이 없는 탓으로 암초에 부딪쳐 침체되고 있음이 밝혀지고 있다"고 당대 상황을 비판한다.

49 1960년 문교부에서는 1953년에 설치된 '외국도서번역심의위원회'를 '도서번역심의위원회'로 조직을 확대하고 그간 외국도서 중심의 번역 사업을 자국 내 도서, 외국도서, 한문고전 등 3개 분과위원회를 마련하여 국역 사업을 국가사업으로 수행하기 시작했다. 이 모든 것이 4·19혁명 이후에 불기 시작한 민족주의 열풍에 힘입은 바 큰 것이다(「도서번역심위—문교부에 구성키로」, 『조선일보』, 1960.10.30).

50 1963년 지지부진한 고전번역 작업을 개탄한 한 기사에 의하면 그때까지의 상황은 아래

살펴보면 완역이 아니고, 대부분 선역(選譯 혹은 編譯)이었다.[51] 개별적으로 진행된 것이었기 때문에 역량상 완역은 매우 힘든 것이었고, 정당성을 확보해야 하는 조급한 상황 또한 이러한 결과를 가져온 것이다.

이렇게 열악한 상황에서 자발적으로 모인 '사서연역회' 회원 같은 학자들이나, 이가원 등 개별 한학자들의 고전번역 작업은 수행되고 있었다. 아래는 정치나 사료 번역 작업에 밀려, 번역이 미미했던 문학적 텍스트, 『금오신화』의 번역자 이가원의 글이다.

> 우리 문학은 우리 글로 쓴 것이라야만 됨은 물론이다. 그러나 우리 문학에서도 한문자로 표현된 작품이 결코 없음은 아니다. 이는 우리 고대소설에 있어서의 전기체의 백미인 금오신화가 곧 그것이다.
>
> 금오신화는 중국적인 한문소설이기보다도 한국적인 한문소설로 된 것이다. 그러므로 그의 일자, 일구 사이에도 언제나 한국의 냄새가 풍기고 있다. 그러나 금오신화는 한 개의 완루(頑陋) · 고립적인 민족사상에서 출발한 것이기보다 민족 자주적 정신에 의한 동시에 당시 세계문화의 일반적인 공기에 호응하였던 것이다. 곧 중국 전등시화의 영향을 시일에 급급하여 한국 소

와 같다. "그때까지 학계에서 이 고전국역사업이 몇 개 대학에서 분산적으로 진행 중이므로 통일성이 없어 지지부진한 현상을 벗어나지 못하고 있는 실정이다. 문교부는 계획이 없고, 국사편찬사업과 영인본 간행사업 외에 따로 한국고전번역을 위한 계획은 없다. 한국고전국역위원회(고려대학)는 57년에 설립하여 그동안 『대전회통』 『율곡성리학전서』 등 5권의 고전을 국역 간행했다. 동방학 연구소(연세대학)는 고려사, 월인석보 등 고전의 영인본간행을 해왔을 뿐 우리말 번역은 하지 않았다. 새해부터 국역사업도 할 예정이다. 한일문화연구소(부산대학)은 4종 고전국역간행을 한 바 있다."(「좌초한 고전국역」, 『경향신문』, 1963.2.25 참조)

51 물론 선역과 편역 등, 번역자에 의해 선택된 텍스트 번역 현황에 대한 연구도 필요하다. 이러한 연구가 있어야만 번역가들의 번역 의식, 세계관 등이 보다 확실히 밝혀질 것이다. 분량상 역량상, 향후 전공자들의 연구를 기대해 본다.

설계의 가장 날카로운 선구자가 되어 임제, 허균, 박지원 등의 후계자를 많이 낳았으며, 외국에까지 그의 매운 냄새가 풍겨서 일본 문학가의 애송, 효작(效作)이 많았으니 이는 실로 우리 문학사 상에 있어서의 획기적인 작품이었으며, 이로부터 우리 문학이 세계문학의 무대 위에 오르게 된 것이다.

내가 애초에 본서를 번역한 동기는 조금 읽기 쉽게 하여 현대인에게 소개하여 보겠다는 의도 밑에서 1940년 가을에 서울서 탈고하여 상하 두 책에 엮어서 고향 안동의 선형인 고계 산방의 퇴적(堆積)한 고서 속에 던져두고 경향(京鄕)간에 분주하다가 1945년의 해방을 맞이하던 겨울에 우연히 생각되어 찾으니 하(下)책은 벌써 유실되었다.

'사서연역회' 동인의 권고에 의하여 다시금 보질(補佚), 수정하였던 것을 1950.6.25의 동란 직전에 주석과 해제를 갖추어 경중 모 출판사에 붙였던 것이 병화로 말미암아 오유(烏有)에 돌아가고 말았다.

이제 휴지 속에서 근근히 초고를 찾아내어 다시금 정리를 보았으나 돌이켜 생각하건대 이에 뜻 둔지 전후 1여년의 사이에 비록 이같이 적은 책자이었으나 그의 운명이 국가, 민족의 빈사(瀕死) · 소생(蘇生)에 따라 좌우되었음에는 실로 감개 깊은 일이 아닐 수 없으며 (…중략…)

그리고 이 책은 대총본(大塚本)을 대본으로 하였으며, 그 원문(原文)의 자구(字句), 표권(標圈)의 와오(訛誤)된 곳은 필자의 자의로 약간의 정정을 더하여 책미(冊尾)에 붙여 두어 독자의 편의에 공헌하려 하며, 끝으로 통권의 교감을 보아 주신 수주 변영로 선생과 서문을 써주신 도남 조윤제 선생과 출판에 대하여 힘써 주신 현대사 정재표씨에게 감사의 뜻을 드려 마지 않는 바이다. 1952.9.1.[52]

위의 글은 당대 국역 상황과 이념이 어떠하였는가를 잘 보여 준다. 우선은 당대 국역의 성과 중 대부분이 식민지 시대 작업의 연장선상에서 이루어진 것이라는 점이다. 자칫 시대적 상황 때문에 불가능했을 번역 작업과 출판이 해방이라는 계기를 통해서 기적적으로 빛을 보게 된 것이다. 이가원 역시 1940년에 작업한 원고를 퇴적한 고서더미에 던져두었다가 해방 이후 사서연역회의 권고에 의해 다시 보완·수정하여 출판하게 되었다고 한다. 모든 번역이 해방 이후 한글의 소생을 기반으로 하지만, 특히 고전번역은 고전의 창출 자체가 근대 국가 이념을 기반으로 하고 있기 때문에 해방과 긴밀하게 관련된 작업인 것이다.

게다가 남북한 단독정부 수립과 한국전쟁이라는 비극적이고 복잡한 역사적 토대는 국가 이념의 창출, 민족문화 건설과 관련된 국역 문제를 좀 더 복잡한 상황으로 이끈다. 이러한 상황을 반영한 듯, 이가원은 당시 번역 텍스트의 운명은 "국가, 민족의 빈사瀕死·소생蘇生에 따라 좌우되었"다고 한 것이다.

또한 이 글에서 가장 중요한 논점은 이 텍스트가 "한글"이 아님에도 불구하고 "한국적인 것"이라는 점을 증명하는 것이다. 이가원은 한자가 봉건적인 것, 혹은 외국어로만 치부되는, 당대 한글 / 한자 논쟁의 추이 속에서 한자 텍스트의 위대성을 증명함으로써 그 존재성을 보증받고 싶어했던 것이다. "우리 문학에서도 한문자로 표현된 작품이 결코 없음은 아니"라는 말이나 "우리 고대소설에 있어서의 전기체의 백미"라는 서술은 이러한 점을 증명하기 위한 것이다.

52 김시습, 이가원 역주, 「譯注者言」, 『금오신화』, 통문관, 1959, 7~8면.

더 나아가 그는 이 텍스트의 세계성을 증명하고자 애쓴다. 봉건성이라는 질곡에서 구출하기 위해서는 당대 전위성의 보증이었던 '세계성'을 내세울 수밖에 없었던 것이다. 이가원은 『금오신화』를 "중국적인 한문소설이기보다도 한국적인 한문소설로 된 것이다. 그러므로 그의 일자, 일구 사이에도 언제나 한국의 냄새가 풍기고 있다"고 강조한다. 그러나 그러면서도 "한 개의 완루頑陋 · 고립적인 민족사상에서 출발한 것이기보다 민족 자주적 정신에 의한 동시에 당시 세계문화의 일반적인 공기에 호응하였던 것"이라고 강조한다.[53] 이러한 점은 당대 국역도 민족적인 것이라는 점을 강조하면서도 그것이 서구어역 못지 않게 세계적인 것과 깊이 연관된 것이라는 점을 강조하는 것이다. 이것은 당대 번역이 전근대적인 것이라는 혐의에서 벗어나면서 동시에 자신의 내셔널리티를 확인받는 전형적인 길이었다.

국역은 '한자'의 내셔널리티를 확보하는 문제와 연동되어 자국이 생산한 '고전古傳'을 대상으로 한다는 점에서 '민족적인 것'이라는 성격을 획득하기 어렵지 않은 것이다. 그러나 세계사적 의미를 띠어야 한다는 것도 국역의 정당성을 확보하는 데 필요한 문제였다. 알려진 대로, 당대 세계화, 혹은 서구화에 대한 열망은 컸던 것이다. 이러한 점을 유념하고 있었던 듯 이가원은 이 텍스트가 중국의 영향을 받아 토착화된 후, 일본에 영향을 주었다는, 소위 '문화번역'의 역사를 통해서 그 세계성을 증

53 더 자세히 인용하면 그는 특히 이 소설이 "중국 전등신화의 영향" 받았으나 "한국 소설계의 가장 날카로운 선구자가 되어 임제, 허균, 박지원 등의 후계자를 많이 낳았으며, 외국에까지 그의 매운 냄새가 풍겨서 일본 문학가의 애송, 효작(效作)이 많았"다는 점을 강조한다. 그리하여 이 텍스트가 "실로 우리 문학사 상에 있어서의 획기적인 작품이었으며, 이로부터 우리 문학이 세계문학의 무대 위에 오르게 된 것이"라고 한다.

명하고 있었던 것이다.

식민지 시대 변영만과 정인보에게 사사받았던 이가원은 해방 이후 단절될 위험에 처한 한문학 연구의 전통을 계승할 희귀한 학자였다. 이 점에서 그의 존재성과 번역 작업의 의미는 큰 것이다. 그 의무감에서인지, 그는 당대 국역 작업에 1950년대 '세계성'의 추구라는 시대정신을 가미하고 싶어했다. 이것은 '한글 내셔널리즘'은 물론, '영어' 중심주의의 역풍도 막아내야 할 운명에 처해 있었던 학자가 고뇌하며 선택한 지표였다. 이가원은 이러한 번역출판 사업 이외에도 『현대문학』 등을 통해서 끊임없이 한문 텍스트 번역 주석 작업을 수행하고 있었다. 이러한 그의 존재성은 1950년대 고전번역의 성과와 그 정치성이 단순한 것만은 아니라는 점을 증명해 준다.

그러나 그 외의 번역서를 살펴보면, 『금오신화』를 제외하고는, 모두 실학 관련 텍스트이거나 역사적 사료들이다.[54] 『금오신화』의 번역 출판은 이러한 국가적 이념에서 비교적 자유로운 번역 작업이었다는 데 그 의미가 있다. 또한 『난중일기』나 『삼국유사』와 같은 사료는 모두 국가의 정통성을 확증해 내기 위한 의도에 번역되었다고 볼 수 있다.

이 두 텍스트의 중요성은 논할 필요도 없는 것이다. 그리고 역자가 민족주의 언론인인 설의식과 실증주의 사학자 이병도라는 점은 주의해서 보아야 할 사항이다.

『삼국유사』는 한국 문화를 다시 소생시키고 하나의 새로운 국가정체

54 이규필의 조사에 의하면 1950년대에는 이가원의 『구운몽』, 박성의 역주의 『사씨남정기』도 있다고 한다(이규필, 「근현대고전번역에 대한 일고찰」, 『고전번역연구』 2, 한국고전번역학회, 2011.9, 28면 참조).

성을 구축하는 데 활용하고자 하는 '문화민족주의'의 일환에서 수용되었다. 본래 일본 학자들에 의해 연구되던 『삼국유사』는 최남선에 의해 고조선 역사 서술, 특히 단군의 고전 창건의 역사를 신화가 아닌 역사로 인식하게 하는 텍스트로 재발견된다.[55] 이병도 역시 민족사, 특히 고대사의 재건이라는 목적하에 『삼국유사』를 번역하게 된다. 역자의 서언에 의하면 이러한 점에 잘 드러난다.

> 사기(史記)와 유사(遺史)가 만출(晩出)의 서(書)로, 그 내용이 잘되고 못되었음을 차치하고, 그것이 모다 자아반성의 정신, 특히 강렬한 민족적 의식에서 편찬된 것임을 잊어서는 아니될 것이며, 또 그나마 오늘날 전하여 오지 아니하였던들, 무엇으로써 우리가 국사를 운위하게 되었을까?[56]

그는 『삼국사기』와 『삼국유사』가 강렬한 민족적 의식에서 편찬된 것임을 잊어서는 안된다고 강조한다. 그리고 이 텍스트의 존재가 고대와 현대를 잇는 역사적 연속성의 증표라고 여긴다.

그리고 이 텍스트는 해방 직후에 사서연역회가 번역하지만, 그 판본에는 원문이 실리지 않고 역주가 없었다. 이에 비해 이병도는 역주를 달아 학문적 가치를 높였다고 한다.

이 역주본은 사학자인 이병도의 입장에서 역사적 해석을 가하여 당시

55 신채호는 삼국사기의 김부식이 중국적 시각의 하인처럼 굴었다고 혹독히 비판함과 동시에 일연이 김부식이 제외시켰던 설명들을 지켜내어 되살렸다고 찬양했다 한다. 셈 베르메르스, 「『삼국유사』와 민족사-지역서사에서 민족적 아이콘으로(그리고 그 역전?)」, 『코기토』 7, 부산대 인문학연구소, 2009.8, 57~61면 참조.

56 이병도 역주, 「서언」, 『원본병역주 삼국유사』, 동국문화사, 1956. 1면 참조.

까지의 한국고대사 연구 성과를 집대성한 기반 위에 저술되었기 때문에, 이후 『삼국유사』의 역주 작업에 지대한 영향을 주었다고 한다.[57] 특히 『삼국유사』 권3 원종흥법조에서 이차돈이 처형되는 전후 사정이나 보장봉로 보덕이암조에서 평양성에 만월성을 건축하는 모습을 도참으로 이해하려는 것 등은 이병도 역사관의 일단면을 보여주는 것이다. 이병도의 『삼국유사』 역주 작업은 한국고대사에서 영세한 사료의 결핍을 극복하려는 시도였다고 볼 수 있다.[58] 일례로 단군의 현존성은 그 가 학문적으로 추구했던 학설이다.[59] 이를 볼 때, 그에게 역주 작업은 역사서의 단순한 번역 작업에 그치는 것이 아니라, 사관에 맞는 교정과 이를 기반한 역사서술에 이르고 있다고 봐야 할 것이다. 이병도는 1948년 『조선사대관』을 증보하여 『국사대관』(1954)을 편찬하는데. 이러한 저술 작업과 동시에 국역작업을 진행하였다.

이병도는 물론 아직까지도 논란이 많지만, 식민지 시대 일제 관변단체인 '조선사편수회' 소속 학자로서 활동했다는 점에서 친일인명사전에 등재된 사람이다. 더 나아가 해방 이후에는 서울대 교수, 학술원 회장, 진단학회 이사장, 민족문화추진회 이사장, 국사편찬위원회 위원, 문교부장관 등을 역임하면서 단정 수립 이후 한국사를 재정립하는 데 큰 역할을 하게

57 김두진, 「『삼국유사』 판본의 교감과 역주본」, 『한국사학보』 29, 고려사학회, 2007.11, 57면 참조.

58 이병도는 1920년대 일본인 스승인 이케우치 히로시(池內宏)로부터 미개척의 지리도참 사상을 연구하도록 권유를 받았다. 두계는 지리도참이 미신적인 면을 보일지라도 민족 문화의 민속학적인 이해에 도움이 된다는 입장을 가졌다(김두진, 「두계 이병도(1896~1989)의 사학과 근대 한국사학의 수립」, 『역사학보』 200, 역사학회, 2008.12 참조).

59 이에 대한 자세한 사항은 조인성, 「이병도의 한국고대사연구와 식민주의사학의 문제 -『한국고대사연구』를 중심으로」, 『한국사연구』 144, 한국사연구회, 2009.3 참조.

된 학자이자 관료이다. 이미 식민지 시대에 『삼국사기』를 번역하였고,[60] 해방 이후에는 『삼국유사』를 번역하고 『국사대관』 등 한국사 서술에도 앞장선다. 실증사학을 추구하였다고는 하지만 그는 미군정청의 요청으로 국사교본을 편찬하고, 서울대학 설립 계획 당시 법문학부 교수진 편성을 주도하고, 5·16군사쿠데타 이후 『최고회의보』(1963.4)에 「너와 나의 조국」이란 글을 실어서 국가주의로 치닫고 있는 국가 권력을 정당화시키는 데 일조한다. 5·16민족상을 수상하기도 한다.[61] 『삼국유사』 역주본을 발행했던 당시에도 그는 현실 정치에 깊숙이 개입[62]하고 있었다. 물론 학술적 성과와 정치적 활동과는 별개로 평가해야 하겠지만, 이를 볼 때 이병도의 국역 작업이 당대 통치 이데올로기에 비판적 인식을 부여했다고 보기는 어렵다.

『난중일기』의 번역자는 민족주의적 의식을 가진 언론인이었던 설의식이다. 월북한 문인인 설정식의 형이기도 한 이 인물은 식민지 시대 '일장기 말살사건'과 연루되어 동아일보사를 떠나기도 하고, 1947년 『동아일보』에서 친좌익적이라는 이유에서 퇴사하고 이후 중간파 언론인 『새한민보』를 창간하였고, 좌우파 노선이 편향에서 벗어나 남북협상을 지지하며 자주적 통일국가건설을 주장했다.[63] 그랬던 그는 한국전쟁 시기에 '충무광'이란 소리를 들을 정도로[64] 이충무공 연구에 몰두한다.

60 김부식, 이병도 역, 『삼국사기』, 박문서관, 1940.

61 김일수, 「이병도와 김석형–실증주의와 주체사학의 분립」, 『역사비평』 82, 역사비평사, 2008 참조.

62 국방부 정보국 전사편찬위원장(1950), 외무부 외교연구위원장(1955), 국사편찬위원회의 편찬위원(1955) 등을 역임한다. 위의 글, 109면.

63 박용규, 「미군정기 중간파 언론–설의식의 『새한민보』를 중심으로」, 『한국언론정보학보』 2, 한국언론정보학회, 1992.12.

그는 이를 바탕으로 「민족의 태양」[65]을 저술했고 이충무공기념사업회에서 편찬한 『난중일기』[66]를 역주한다. 아래는 이병도가 이 텍스트를 소개한 글이다.

충무공과 당시에 관한 지식을 얻는다는 의미에서뿐 아니라 휴전하 해이하기 쉬운 정신의 재무장을 필요로 하는 이 때에 있어 더욱 의의 깊은 양서로 나는 읽고 퍽이나 기뻐하였으며 따라 널리 강호에 추천하는 바이다. 나는 지금의 우리 청년들이 너무도 무기력하고 정열이 부족하지 아니한가 우려한다. 나라가 흥하고 사회가 새로운 활기를 띠우자면 누구보다도 혈기가 왕성한 청년들이 정열에 불타고 이상에 넘치고 실천력이 강하여야 할 것은 물론이다.[67]

그는 이 글을 통해 충무공의 난중일기가 "해이하기 쉬운 정신의 재무장"을 위해 읽어야 할 양서라고 소개한다. 특히 "나라가 흥하고 사회가 새로운 활기를 띠우자면" "누구보다도 혈기가 왕성한 청년들이 정열에 불타고 이상에 넘치고 실천력이 강하여야 할 것"이라고 주장하면서 당대 정열이 부족한 당대 청년들"에게 이 책을 읽혀야 한다고 소개한다.

64 주요한, 「인물론 / 소오설의식」, 『신문과방송』, 한국언론진흥재단, 1975, 47면 참조.
65 이충무공기념사업회, 『성웅 이순신사전』, 동연사, 1950.
66 제목은 '난중일기 초(亂中日記 抄)'로 되어 있으며, 그 내용은 서문(序文), 권수(卷首)에 임진난(壬辰難), 헌사(獻詞), 한산도가(閑山島歌), 송(頌) 3월 8일, 임진난(壬辰難)과 충무공(忠武公), 신망국화(身亡國話)의 날, 곡(哭) 11월 19일로 되어 있다. 난중일기(亂中日記)편에서는 저자의 해제(解題)와 함께 임진년(壬辰年)부터 무술년(戊戌年)에 이르는 7책의 일기를 저자 임의대로 초록하였다(「난중일기초」, 『국가가지식포털 –e뮤지엄』(http://www.emuseum.go.kr/relic.do?action=view_d&mcwebmno=24713)).
67 이병도, 「신서 난중일기초(抄) – 설의식씨의 역주」, 『경향신문』, 1954.2.21.

이러한 점은 당대 사회가 충무공을 바라보는 인식, 특히 전후를 국난의 시대로 인식하고, 반공주의로 정신무장을 한 국민 의식을 창출하려는 이승만 정권의 통치 이념에 기묘하게 부응하는 것이다. 이러한 점은 번역자 설의식의 의식에도 투영되어 있는 것이다

민족의 血史가 시작된 뒤로 세상은 한자국 어지러워졌고 한걸음 괴로워가는양 싶습니다. 이리하여 '국난'이란 서글픈 용어 밑에서 그날을 보내고 그날을 맞을 뿐입니다. 피난 생활도 인제 두돐을 바라 봅니다. '트렁크' 위에서 '민족의 태양'을 엮은 일도 저자 자신만의 고경이 아니었거니와 그런 중에서라도 저자는 항상 견줄데 없는 자위에 느껴웠던 것입니다. 태양 같은 '그어른'의 모습에 힘을 얻어서 타고난 정열을 알맞게 뿜을 수 있었던 까닭입니다. 고마우신 유덕(遺德)에 다시금 합장하면서 이 글을 끝칩니다.[68]

오늘도 옛날 같이 쓰거운 國難…… 서글픈 국난…… 짜디짠 국난……
어느 '뉘', '내'가 있어 이판을 감당하리.
산천아 듣거라!
'誓海 魚龍動
盟山 草木知'
한산섬 밝은 달에 '憂心轉輾夜'
그님을 받들어
뒤를 따르라! 따르라! (임진 4월13일 小梧山房에서)[69]

68 이순신, 설의식 편역, 「권두에 한말씀」, 『난중일기초』, 수도문화사, 1955.
69 「국난」과 「극복」－옛날의 점점경과 오늘의 편편상」, 위의 책, 2~3면.

한국전쟁 직후의 상황을 국난國難으로 표현하고 이순신을 그리워하는 태도는 이순신 장군의 유덕遺德을 기리며, 충군애국의 국민 정신을 기르고자 한 것이다. 그는 이충무공을 "무시무시한 비운이 다닥친 이같은 암흑시대에 하늘은 우리에게 태양 같은 충무공을 보내주어서 그리하야 절처에 이르러 다시 살아날 혈로를 열었고 궁지에 다다라 거듭 일어설 생기를 얻었던 것이다", "하마터면 중단 될 뻔 하였던 민족의 생명을 건지여 내인 대은인"이라고 칭송한다.[70] 여기에는 영웅대망론이라는 전근대적 인식도 보인다. 해방 공간에서 보인 번역자 설의식의 중간파적 인식은 단정수립과 한국전쟁기를 거쳐 점차 그 민족주의적 성격이 강화되면서 당대 국가 이념에 부응하게 된 것이다. 그 의도가 어떻든 이는 식민지 시대와 해방기의 비판적 지성이 어떠한 방식으로 당대 정치담론에 수렴되어가는가를 잘 보여주는 것이다.

물론 동생 설정식의 월북은 형 설의식의 정치적 행보를 위축되게 하였을 가능성이 크다. 또한 남북회담의 실패, 평화적 자주국가 건설이라는 설의식 중심의 중간파 노선의 실패는 민족주의적 인식만을 강화시켜, 이들로 하여금 새로운 주체성을 영웅주의로 사유하게 만들었다.

좀 더 내밀하게 이해해 본다면 설의식은 단정수립 이후에는 동생의 월북과 해방기 자신의 행보 때문에 자신이 좌파가 아니라는 점을 끊임없이 증명해야 했을 것이다. '민족'이란 이념 이외에는 선택할 수 없는 이러한 상황에서 설의식 자신을 증명해 줄 존재가 바로 이순신 아니었을까. 근대 이후 신채호로부터 시작되어 식민지 시대 내내 지속된, 전통

70 「頌 3월8일, 충무공 탄일－민족의 태양이 밝던 그날」, 위의 책, 5~8면 참조.

적 지식인들의 이순신 숭배 사상은 설의식의 내면에도 지속적으로 계승되어 이제 이념화되고 있었던 것이다.

설의식이 번역한 『난중일기』는 향후 5·16군사쿠데타 직후 1962년 12월 20일 국보 76호로 지정되어 군사정권의 이념을 성화시키는 데 이용된다. 그리고 이 책은 미국과 국가의 원조를 받아 간행된 것이다. 이 번역서에서 이 책을 발간한 이충무공기념사업회 회장 백두진, 상임이사 설의식이 쓴 「동포에게 드리는 말씀」에서는 "우리 고문화를 애껴 주고 우리의 문화사업을 도와주는 미국 국민에게 대하야 우리는 충심으로 고마운 뜻을 가져야 하겠습니다 (…중략…) 이 책이 나오기까지에 있어서 전회장(전국무총리) 창랑 장택상선생의 심려가 많었음을 아울러 기록하야 고마운 뜻을 표하는 바"[71]라는 구절이 나온다. 이는 당대 충무공의 충군애국 담론이 어떻게 정치적 의도로 부각되어 가는지 보여주는 대목이다.

그렇다면 실학 텍스트의 번역은 어떠한가? 우선 실학 번역이 지향한 것 중 중요한 것은 애국적 정치관과 경제 중심의 이념이다.

> 선생의 저서인 『목민심서』」를 배독(拜讀)하였다. 전편 48권을 수차나 축조(逐條) 숙독함에, 선생의 충군애국의 지성과 경국제세의 포부가 표현된 구구절절에 부지중 무릎을 꿇고 옷깃을 바르게 하지 않을 수 없어, 거의 침식을 잊어 버리는 때가 한두 번이 아니었었다.
>
> 더욱이 저서의 내용이 국정 만반에 관련된 입법, 사법, 행정, 산업 전 부문

71 이충무공기념사업회, 「동포에게 드리는 말씀」, 위의 책.

에 대하여 이론의 근거와 실천의 방법을 날날이 지시한 것이 마치 각종 사서를 종합한 백과전서와 조금도 다름이 없는 느낌이 있었다.

그러므로 만약 이것을 널리 현하 우리나라 행정가를 위주하여 정치, 경제가는 물론 사회, 일반인사에게 제정(提呈)하여 좌우명을 삼아 실천궁행한다면, 목하 극도로 혼란한 국가의 기강을 세우고, 사회의 질서를 바르게 하는데 큰 도움이 될 것은 통감하였다.

그러나, 이 저서가 순한문으로 기록되어 일반이 해득하기가 곤란한 것은 물론, 원저의 부수가 너무 적은 것을 유감으로 생각한 나머지 내 자신이 사학에 대한 조지(造誌)가 천박함도 돌아볼 여념이 없이 외람되게 부끄러움을 무릅쓰고 번역에 착수한 시초의 동기이다.[72]

선생의 저서 내용은 재래 유학의 공리처론(公利處論)을 떠나, 실사구시(實事求是)의 실학으로 전부가 제세안민(濟世安民)의 보전(寶典)임에 틀림이 없다.

『목민심서(牧民心書)』는 선생 저서의 일부로서 선생의 평소 포부를 실지 수행치 못한 것을, 문자로 유전하신 것으로서 이것을 우리들이 실천궁행하여, 현하 우리나라의 혼란된 이도(吏道)를 쇄신하고 이산(離散)된 민심을 수습하여 국가 만년의 기초를 굳게 하는데. 일대 약석(藥石)이 될 것을 단언하여 마지 않는 바이며, 이것만이 후배된 우리로서 선생의 평소 우국지성에 만(萬)의 일(一)이라도 보답하는 소이이며 책무일 것이다.[73]

72 정약용, 원창규 역, 「역자서문」, 『완역 목민심서 전(全)』, 신지사, 1956.8, 5~7면 참조.
73 「다산 정약용선생 소전」, 위의 책, 9면.

목민심서는 당시 사회실정과 지방행정의 실태를 파악할 수 있는 귀중한 사료인 동시에 수진제가치국하는 방법을 체득할 수 있는 교양서이다.

그리고 다산선생은 군주주의에 입각한 치민론을 전개하였으나 자기를 수양하고 백성을 다스리는 군주주의시대나 민주주의시대나 조금도 다름이 없는 것이며, 특히 금번 번역한 목민심서가 역자 서운(瑞耘)선생이 민주주의에 적합하도록 환골탈태하였으며 누구든지 이해할 수 있는 평이한 문장으로 서술하였다. 우리나라의 역사와 문화를 연구하는 학도들에게는 절실히 필요한 것이다. 그러므로 나는 감히 강호첨위에게 본서의 일독을 추천하는 바이다.[74]

번역자 원창규는 『목민심서』를 번역 텍스트로 택한 이유를 "충군애국의 지성과 경국제세의 포부가 표현된 구구절절"에 감동을 받았기 때문이라고 한다. 가장 중요한 점은 "우국지성"이다. 그리고 이를 통해 "우리나라의 혼란된 이도吏道를 쇄신하고 이산離散된 민심을 수습하여 국가 만년의 기초를 굳게 하는데. 일대 약석藥石이 될 것을 단언하여 마지 않는 바이며, 이것만이 후배된 우리로서 선생의 평소 우국지성에 만萬의 일一이라도 보답하는 소이이며 책무"라고 한다.

또한 번역에 대한 평가를 살펴보면, 중요한 것은 번역자가 『목민심서』에 드러난 치민론을 민주주의 시대로 치환하여 번역하고자 했다는 점이다. 서운 선생이 "민주주의에 적합하도록 환골탈태하였다는 점"이 이 번역의 주요 성과라는 것이다. 여기에는 과거의 정치론을 민주주의적

74 신석호, 「『목민심서』 정약용 원창규 역」, 『동아일보』, 1956.10.6.

인 담론으로 번역해 내어, 이를 통해 과거와 현재의 시간적 연속성을 확보하고 서구식 민주주의를 추종하는 당대 정치체의 정당성을 확보하고자 했던 당대 사회의 열망이 투영되어 있는 것이다. 그리고 무엇보다 중요한 것은 '목민', 바른 정치가에 대한 당대 사회의 열망이다. 전후, 폐허위에 새로운 국가를 건설할 주체, 독재적인 군주가 아닌 "자기를 수양하고 백성을 다스리는" '어질고 유능한 군주에 대한 열망'이기도 하다.

율곡 번역 역시 마찬가지이다. 이미 44권 38책의 『율곡전서』 중 정치, 경제, 철학, 교육, 사전史傳 등에 관한 중요부분을 정선[75]하여 국역한 국역율곡정선의 초판은 1951년 봄에 출간된 바 있다. 그 후 6·25사변으로 중단되었다가 이병도의 편집책임하에 성낙훈, 김화진 제씨를 중심으로 편집위원회를 구성, 초판에 새로이 원문 3백면을 증보하고 이를 중간重刊하게 된다고 한다.[76] 다음은 율곡전서 발행 시 서문을 쓴 문교부장관 최규남의 글과 국역의 책임을 맡은 이병도의 율곡선생론이다.

> 율곡선생의 철학은 16세기 동양철학계의 최고봉이요 민폐개혁과 당쟁타파 기강숙정 국방충실 등에 관한 선생의 정상해박(精詳該博)한 정론은 천고불멸의 대문자이다. 그러나 우리는 율곡의 심오한 철학을 연구함에 앞서 선

75 44권 38책이라는 방대한 분량에서 뽑아 낸 텍스트 내용은 다음과 같다. (政經篇, 東湖問答, 萬言封事, 海西(黃海道) 民弊를 陳述하는 疏, 大司諫을 辭하고 兼하야 東西朋黨을 洗滌하기를 告하는 疏, 時弊를 陳述하는 疏, 六條啓, 哲學篇, 成浩原에게 答하는 書(其一)~(其九) 安應休에게 答하는 書(其一),(其二), 朴和叔에게 答하는 書(其一)~(其三). 人心道心說, 心, 性, 情을 論함, 雜記, 史傳篇, 經筵日記, (一)~(三), 金時習傳, 教育篇, 擊蒙要訣, 學校模範) 이 정선의 원칙에 대한 논의는 본인의 능력 밖이라고 생각한다. 이 연구주제는 전공자들에게 공을 넘긴다.

76 문교부장관 최규남, 「序」, 율곡선생기념사업회 편, 『율곡전서정선』, 1957; 「높은 덕업을 보급 국역율곡전서정선중간」, 『동아일보』, 1957.6.2.

생의 철학하는 정신을 습득하여야 하며 선생의 경국방략을 연구함에 앞서 그의 애국하는 정신을 본받아야 할 것이다. 선생의 학문과 정신은 유교사상을 존중하던 수백년의 과거보다도 민주과업을 수행하는 오늘날 더욱 광채를 발휘하는 것이다. 따라서 이글의 번역간행은 실로 국가적 대사업이라 할 수 있으며 여러 가지 애로를 무릅쓰고 이 사업을 진행하는 기념사업회의 공적도 또한 큰 것이다. 나는 이 글이 전국의 학자 정치가 교육자 학생에게 정독되며 나아가서 여러 세계에 소개되어 우리 민족문화의 우수성이 선양되기를 염원한다.[77]

당시 오랜 승평(昇平) 속에서 자라고 쌓여온 폐해와 고질은 한둘이 아니었으므로 구안자(具眼者)의 눈으로써 볼 때는 실로 개탄치 아니할 수 없었다. 그리하여 그는 당면한 현실문제 — 기강, 민생, 재정, 국방, 양병, 기타 사회문제에 대하여 일일이 검토하고 분석하여 최후 돌아갈 때까지 자기의 포부와 그 실천을 주장하여 마지 아니하였다. 그러면 그는 이 당면한 모든 문제에 대하여 어떠한 원칙과 구체안을 가지고 임하였던가? 원칙문제에 있어서는 항상 두 가지를 주장하였다. 하나는 개인이나 국가나 어느 정도의 부력을 확보하지 않고는 생활을 유지할 수 없다는 경제론적 입론이요 또 하나는 각 시대에는 각 시대의 소의(이념)가 있으므로 비록 조종(祖宗)의 구규(舊規)라도 이를 다소 변통치 않으면 아니되겠다는 개혁변법주의의 이론이었다. 그래서 그는 이러한 근본원칙이 허용되지 못하면 시폐(時弊)는 구제할 도리가 없는 양으로 생각하였다.[78]

77 문교부장관 최규남, 앞의 글 참조.

78 이병도, 「율곡선생론」, 율곡선생기념사업회 편집, 『국역 율곡전서정선』, 율곡선생기념

최규남의 글을 보면 이 번역 작업이 국가적 사업으로 진행되었다는 점이 증명된다. 그리고 그는 이 글을 통해서 “철학을 연구함보다 철학하는 정신”, “애국하는 태도”를 본받아야 한다는 점을 강조한다. 그것이 이 번역 작업의 목적이었던 점이다.

번역가 역시 율곡선생이 현실문제(기강, 민생, 재정, 국방, 양병, 기타 사회문제) 등에 대해서 관심을 가졌다는 것, 그리고 이를 개혁하기 위해, “경제론적 입론”과 “개혁변법주의의 이론”을 주장했다는 점을 강조한다. 이러한 점은 율곡이 가졌던 정치경제학자로서의 면모를 강조한 것이다. 그래서 그는 율곡의 저서 중 경세警世 관련 텍스트를 선택한 것이다. 그리고 아래의 텍스트를 보면 이 역시 당대 사회적 분위기에 의거한 것임이 드러난다.

> 우리는 쌍수구국의 무성(武聖)으로서 충무공을 받들어뫼시는 한편에 해동의 부자로서 율곡선생을 경앙하는 까닭도 또한 이 점에 있는 것이다.[79]

사학연구자 이관구는 이 텍스트를 소개하는 글에서 율곡이 위대한 유교철학자였을 뿐 아니라 애국애민의 일관된 지성으로서 정책을 다루고 건의를 거듭하던 실천적이며 적극적인 철인정치가였다고 평가한다. 그는 당대 조선시대 철학에 대한 부정적 인식에서 벗어나, 실학의 실사구시 태도를 부각시키고자 했던 것이다. 국가건설기 가장 중요한 것은 국

사업회, 1957.5.1, 41면.

79 이관구, 「애국애민의 정신과 교훈 국역 「율곡전서정선」의 중간(重刊)을 보고」, 『경향신문』, 1957.6.3.

가의 이념을 형성하고 이를 통해 그 정치이념에 맞는 국민을 양성하는 일이다. 그랬기 때문에 국역은 이러한 정치 텍스트 위주로 이루어진 것이다. 특히 경제적인 개혁을 화두로 삼은 것은, 당대 최고의 관심사가 경제적 생존의 문제라는 점이 투영된 것이라고 볼 수 있다.

또한 그는 "쌍수구국의 무성武聖으로서 충무공을 받들어뫼시는 한편에 해동의 부자로서 율곡선생을 경앙"한다고 말한다. 이를 볼 때 1950년대 대표적 구국의 위인은 단연 이순신과 율곡이었다. 당대 어느 위인이든 중요한 것은 '구국'이라는 목표에 충실한 것이며, 이는 곧 국민의 덕목으로 치환되는 것이다. 이는 당대 실학자가 위대한 개혁가로서보다 구국을 목표로 삼는 국민의 이미지로 부각될 위험성을 갖는 것이다. 이는 자연스럽게 당대 국민 담론과 일치해가는 것이며 이 두 텍스트에서 논의된 번역 원칙인 '민주주의'식 역시 이러한 우국충정의 국민 담론과 다름 아닌 것이 되어 버린다. 율곡선생 기념사업회[80]가 당대 정권의 지원을 받고 있었다는 사실도 이와 연관이 없다고 보기는 어렵다.[81]

80 "기보한 바의 율곡선생기념사업회 발기회는 8월 21일 하오 2시 반 풍문여중 강당에서 李敏國씨 사회로 각계 인사 96인 참석하에 성대히 거행하였는데, 趙東植씨 개회사, 李周永씨 경과보고에 이어 李부통령(대독)·趙素昂·安浩相 3씨의 축사가 있었고, 규약통과·임원선거·사업안은 임원에게 일임하고 기념촬영을 한후 하오 5시반 폐회하였는데, 이 날 회 중에서 특히 감명을 준 것은 초대 文相 安浩相씨가 "16세기에 있어 세계의 대표적 철학자의 하나이시오, 문화의 자주성을 고조하신 율곡선생의 대정신을 마땅히 새나라 문교정책에 살리어야 할 것을 신념으로 하겠다"는 축사 내용이었다. 회장 이시영, 부회장 조동식 외 2명 이사 정인보 외 39명, 감사 이유갑 외 4명 이하(「율곡선생기념사업회 조직」, 『부인신보』, 1948.8.25).

81 단기 4281년에 본회가 우남 이승만 박사의 적극협조에 의하여 故 성제(省齊)이시영 선생을 중심으로 각계인사의 발기로서 발족한 이후 선철 율곡선생의 갸륵한 덕업과 탁월한 학설을 널리 보급시켜 일반교양에 이바지 하고저 그 첫 사업으로 율곡전서 중에서 정치, 경제, 철학, 교육, 사전 등에 관한 중요 부분을 정선하여 이를 평이하게 국역 출판할 것을 계획하여 단기 4283년 봄에 드디어 초판이 출간되었다. (…중략…) 이후 원문 300면을 증보하고 이를 중간하여 명실공히 고전국역의 완벽을 얻게 된다. 무릇 민족에

이러한 점은 당대 한문학과 한국사 연구 풍토와도 관련이 있는 문제이다. 한문학 연구가 온전한 학문으로 사면복권된 1960년대[82] 이전인 1950년대 한문학과 한국사 연구는 몇몇 선구자에 의해서 진행되는 형편이었고, 그 연구의 중심엔 실학이 자리잡고 있었다.

이경란의 연구에 의하면, 1950년대 전반기 한우근과 김철준, 김용덕 등은 식민지 시대부터 지속적으로 연구되었던 문헌고증이란 학풍이자 역사연구의 필요조건일 뿐이므로, 학풍이자 역사연구의 자세로서 받아들이는 관점이나 일본인들이 강조했던 '절대적 정체성'이란 관점은 재검토해야 한다고 문제를 제기하였다고 한다.[83] 여기서 '절대적 정체성' 론의 기반은 조선시대 유학이다. 앞서 인용한 신석호의 글에서도 언급된 대로, 유학은 "공리공론"이라 정리된 바 있다. 이를 극복하기 위해 대안을 제기된 연구 대상이 바로 실학이다.[84] 아직 "전반적으로 시대상으

있어서 고유한 문화재인 국고는 그 전통적 문화생활의 기반이 되는 동시에 현재와 장래의 생활지침이 될 수 있는 것이므로 이를 올바로 정리하고 계술(繼述)하여 일반이 이해하게 하고 나아가 중외(中外)에 선양하는 것은 국가적으로 지극히 당연하고 중요한 문화사업의 일익이 아닐 수 없다. 이런 관점에서 볼 때에 본 간행은 그 의의 실로 심장(深長)한 바가 있다 하겠다. 단기 4290년 4월(율곡선생기념사업회, 「간행사」, 율곡선생기념사업회 편집, 『국역 율곡전서정선』 증보판, 율곡선생기념사업회, 1957.5.1).

82 실학에서는 이가원, 이우성(류준필, 「광복 50년, 고전문학연구사의 전개 과정 광복 50년, 고전문학연구사의 전개 과정-1945~1995」, 앞의 책 참조), 사학에서는 이기백과 김용섭이 그 주체이다.

83 이경란, 「1950~70년대 역사학계와 역사연구의 사회담론화-『사상계』와 『창작과비평』을 중심으로」, 『동방학지』 152, 연세대 국학연구원, 2010 참조.

84 실학 연구는 1952년 천관우가 제기한 실학개념논쟁부터 시작하여, 천관우의 유형원연구, 한우근의 이익연구, 그리고 홍이섭의 정약용연구로 이어졌다고 한다(노태돈, 「해방 후 민족주의사학론의 전개」, 『현대 한국사학과 사관』, 일조각, 1991; 박찬승, 「분단시대 남한의 한국사학」, 조동걸 외편, 『한국의 역사가와 역사학』 하, 창비, 1994). 이후 이기백과 김용섭이 역사담론으로 식민사관과 그에 기반한 정체적 역사인식에 대한 비판을 제기하고 확산시킬 수 있었다고 한다(이경란 앞의 글 354면 참조).

로서 '농경적', '조선시대 유학의 문제점', '당쟁'이라는 정체성을 구성하는 코드"에 익숙한 조선시대 역사 인식에서는 이러한 전통론의 내적 동력의 실체를 증명해 내기 어려웠다[85]고 하지만, '실사구시'의 철학인 실학은 농업사연구와 함께 식민 사학을 극복하기 위한 대안이자, 전통의 단절이 아닌 전통의 계승으로 이루어진 근대라는 당대 소박한 전통 담론의 핵심 논거였던 것이다. 율곡과 다산 텍스트 번역은 그 학문적 위대성의 계승이라는 목적과 더불어 이러한 여러 정치적 요소와 당대 '실학' 연구의 절박함, 그 학문적 필요성에서 출발한 것이다.

4. 1950년대 국역의 의의와 한계

본고는 1950년대 전후 한국 고전 번역國譯의 현황과 그 정치적 성격에 대하여 논하는 것이 그 목적이다. 해방 이후 조선학 연구자들은 국가 건설에 이바지하기 위해 조선학 재건을 위해 애쓰지만, 이 기획은 단정 수립과 한국전쟁이라는 역사적 상황 때문에 순조롭게 이루어지지 못한다. 특히 이러한 역사적 상황에서 한문 해독이 가능한 조선학 연구자들의 손실(월북과 사망 등)은 한문 텍스트 연구에 큰 난관이 된다. 또한 민족어로 귀환한 조선어의 권위는 한문을 전근대적인 유산으로 치부하게 한

85 위의 글 참조.

다. 이러한 상황에서 초기 국문학 연구는 조선어 텍스트 중심으로 이루어지게 되고, '전통'이라는 권위에도 불구하고 한문 텍스트는 실제로는 외면된다. 특히 한글전용론자였던 이승만 정권하에서 한문텍스트는 학문적 연구 대상이 아닌, 한글해독능력이 떨어지는 국민을 위해 '한글'로 번역되어야 할 존재가 된다. 그리하여 고전번역이 식민화에서 벗어나서 독립된 민족국가를 이루었다는 점을 증명하는 행위이고 국학의 건설이라는 기획 내부에서 이루어진 작업임에도 불구하고 아이러니하게 고전텍스트의 중심이었던 한문 텍스트가 대타화되는 상황을 야기하게 된다. 이는 국문학이 조선어 문학 중심으로 재편되어가는 증표로, '문학'보다는 '자국'의 에토스가 더 강할 수밖에 없었[86]던 당대 상황을 반영한 것이다. 또한 '한자 / 한문학'을 '일본어' 텍스트보다 더 타자화시켰던 식민지적 무의식과 학문적 위계화 작업의 결과이기도 하며 해방 이후 자국학 형성의 좌절과 관련이 깊은 문제이다.

이러한 상황에서 한문 번역은 한문 연구자들의 개별적인 노력에 의해 그 명맥을 이어가고 있었으며, 전후 국가 재건 시기에는 미미하나마 국가사업으로 이루어지게 된다. 그 결과 식민지 시대 중단되었던 번역 작업이 완성되기도 하고 미처 실현하지 못했던 작업이 시도되기도 한다. 그 안에서 『금오신화』, 『김립시집』 등 문학텍스트가 번역되기도 하지만, 그 성과에는 역사서와 실학 텍스트 번역이 그 중심을 차지한다. 우선 『삼국사기』와 『삼국유사』 등 역사서의 번역은 고대사의 복원을 통한 민족사의 정체성 확립과 재건을 위해 기획된 것이다. 이 작업에는 이병

86 박연희, 「1950년대 '국문학 연구'의 논리」, 『사이間SAI』 2, 국제한국문학문화학회, 2007 참조.

도 등 식민지 시대 활동하고, 식민사관의 의혹에서 자유로울 수 없는 학자가 주도적으로 참여하게 되어 식민지 시대 조선학의 이념들이 여전히 영향을 끼치게 된다.

실학텍스트로는 정약용의 『목민심서』와 율곡기념사업회의 『율곡전서정선栗谷全書精選』이 국역된다. 이 작업에는 여러 학문적 / 정치적 의미가 있다. 우선 국가수립 이후 어질고 유능한 정치가의 출현과 정치의 실현을 희망했던 당대 사회의 희망이 반영된 것이다. 또한 식민의 역사를 지우고 조선후기 역사를 복원하여 민족사의 연속성을 확보하려는 열망이 전근대적인 이념으로 치부했던 식민지 시대 유학 대신 개혁 성향의 실학 텍스트를 번역하게 했다고 볼 수 있다.

가장 중요한 것은 국난을 극복할 영웅 서사의 귀환으로 이순신과 율곡의 번역은 이러한 의도를 반영한 것이다. 당대 정약용이나 율곡의 철학의 본질적인 의미는 번역되지 않고, 이들의 경제개혁론자로서의 면모와 국난을 극복한 정치철학자로서만 기억하려는 의도는 당대 점차 국역작업이 개별 학자나 학계가 아닌 국가 주도로 이루어지게 되고, 정권의 통치 이데올로기 하에서 전통 담론, 한국학건설의 이념이 구성되어 가는 과정과 관련이 깊은 것이다. 물론 이가원 등 개별 한학자들의 연구와 번역, 그리고 『사상계』, 『현대문학』 등 매체가 수행한 고전 기획들은 당대 고전 번역장場의 현황을 다소나마 풍부하게 만드는 데 기여한다.

그래도 이들의 의도대로 고전번역의 궁극적 목적이 고전의 대중화라고 한다면, 이는 달성하기 매우 어려운 것이었다. 이러한 상황하에서 한문 텍스트는 대중들이 사유하기 어려워지기 때문이다. 한글 내셔널리즘적 사유와 이를 반영하여 한문 교육이 소외되는 교육 체계 내부에서 한문은 일상 언어가 아닌 학문적 언어로 성화되어 한문해독능력을 갖춘 극소수 엘리트 지식인들만이 사유할 수 있는 대상이 되어버렸기 때문이다. 말 그대로 외국어인 '영어'보다 접근하기 어려운 언어가 되어버린 한문의 위치는 한국 내부에 위력을 떨치고 있는 '영어' 패권주의의 결과물로 고전을 대중들이 향유하는 대상이 아니라, 오히려 접근 불가능한 성화된 존재로 만들어낼 수밖에 없었다. 게다가 현재까지도 통용되는 한문 번역 불가능성에 대한 한문학계 내부의 논쟁은, 여전히 그 작업의 전문성이 확보되기 어려운 것이라는 점을 반영하는 것이다. 이 어려움은 학문적 특수성에서도 기인하는 것이기도 하지만, 그 정치적 토대의 연원은 해방 이후 국가수립기에 놓여 있다.

참고문헌

① 자료

「높은 덕업을 보급 국역율곡전서정선중간」, 『동아일보』, 1957.6.2.

「도서번역심위–문교부에 구성키로」, 『조선일보』, 1960.10.30.

「우리말과 글 다시 찾으라 부끄럽지 안한가!」, 『경향신문』, 1947.

「율곡선생기념사업회 조직」, 『부인신보』, 1948.8.25.

「좌초한 고전국역」, 『경향신문』, 1963.2.25.

「한문책과 한평생 후회없어요」, 『동아일보』, 1992.11.23.

김경탁, 「조선한문학의 존폐론」, 『경향신문』, 1949.2.11.

김부식, 이병도 역, 『삼국사기』, 박문서관, 1940.

김중렬, 「고전번역의 시급성」, 『조선일보』, 1957.9.1.

박명석, 「해방 페이지 국어와 국민성」, 『경향신문』, 1947.10.26.

신석호, 「『목민심서』 정약용 원창규역」, 「동아일보」, 1956.10.6.

신영철, 「국어운동의 기조」, 『경향신문』, 1947.4.13.

율곡선생기념사업회 편, 『국역 율곡전서정선』, 율곡선생기념사업회, 1957.5.1(증보판).

이가원, 「譯注者言」, 김시습, 이가원 역주, 『금오신화』, 통문관, 1959.

이관구, 「애국애민의 정신과 교훈 국역 「율곡전저정선」의 중간(重刊)을 보고」, 『경향신문』, 1957.6.3.

이병도 역주, 『원본병역주 삼국유사』, 동국문화사, 1956.

이병도, 「신서 난중일기초(抄)–설의식씨의 역주」, 『경향신문』, 1954.2.21.

______, 「율곡선생론」, 율곡선생기념사업회 편, 『국역 율곡전서정선』, 1957.5.1.

이상은, 「민족문화와 한자문제」(상), 『동아일보』, 1949.4.22.

이순신, 설의식 편역, 『난중일기초』, 수도문화사, 1955.

이응백・김원경・김선풍 감수, 『국어국문학자료사전』, 한국사전연구사, 1994.

이충무공기념사업회, 「성웅 이순신사전」, 동연사, 1950.

정래동, 「한자폐지와 한문교육」, 『동아일보』, 1956.12.7.

정약용, 원창규 역, 『완역 목민심서 전(全)』, 신지사, 1956.

정약용, 원창규 역, 『완역 목민심서 전(全)』, 신지사, 1956.

주요섭, 「번역문학의 문제(하)」, 『동아일보』, 1957.1.17.
최현배, 「한글만 쓰기를 단행하자(5)」, 『경향신문』, 1958.1.25.

② 논문 및 단행본

김두진, 「『삼국유사』 판본의 교감과 역주본」, 고려사학회, 『한국사학보』 29, 2007.
______, 「두계 이병도(1896~1989)의 사학과 근대 한국사학의 수립」, 『역사학보』 200, 역사학회, 2008.
김미란, 「『사상계』와 아카데미즘, 그리고 '학술적인 것'에 대한 대중적 인식의 형성 방식-1953~1960년까지를 중심으로」, 『대중서사연구』 28, 대중서사학회, 2012.
김일수, 「이병도와 김석형-실증주의와 주체사학의 분립」, 『역사비평』 82(봄호), 역사비평사, 2008.
류준필, 「도남(陶南) 국문학사의 근대문학 서술과 근대인식」, 『고전문학연구』 27, 한국고전문학회, 2005.
______, 「광복 50년, 고전문학연구사의 전개 과정 광복 50년, 고전문학연구사의 전개 과정-1945~1995」, 『韓國學報』, 21(1), 일지사, 1995.
박광현, 「탈식민의 욕망과 상상력의 결여-해방기 '경성대학'을 중심으로」, 『한국문학연구』 40, 동국대 한국문학연구소, 2011.
박연희, 「1950년대 '국문학 연구'의 논리」, 『사이間SAI』 2, 국제한국문학문화학회, 2007.
박용규, 「미군정기 중간파 언론-설의식의 『새한민보』를 중심으로」, 『한국언론정보학보』 2, 한국언론정보학회, 1992.
박지영, 「해방기 지식장(場)의 재편과 "번역"의 정치학」, 『대동문화연구』 68, 성균관대 대동문화연구원, 2009.
안대회, 「조선 후기 이중 언어 텍스트와 그에 관한 논의들」, 『大東漢文學』 24, 대동한문학회, 2006.
이경란, 「1950~70년대 역사학계와 역사연구의 사회담론화-『사상계』와 『창작과비평』을 중심으로」, 『동방학지』 152, 연세대 국학연구원, 2010.
이규필, 「근현대고전번역에 대한 일고찰」, 『고전번역연구』 2, 한국고전번역학회, 2011.
이종묵, 「일제강점기 한문학 연구의 성과」, 『한국한시연구』 13, 한국한시학회, 2005.
이혜령, 「한자인식과 근대어의 내셔널리티」, 『민족문학사연구』 29, 민족문학사학회, 2005.
______, 「언어 법제화의 내셔널리즘-1950년대 한글간소화파동 일고(一考)」, 『대동문화연구』 58, 성균관대 대동문화연구원, 2007.
임경화, 「향가의 근대-향가가 '국문학'으로 탄생하기까지」, 『한국문학연구』 32, 동국대 한국문학연구소, 2007.
정재환, 「해방 후 조선어학회・한글학회 활동 연구(1945~1957년)」, 성균관대 박사 논문, 2013.
정종현, 「『學風』을 통해 본 '한국학' 형성의 한 맥락」, 『제국의 기억과 전유-1940년대 한국문학의 연속과 비연속』, 어문학사, 2012.
조인성, 「이병도의 한국고대사연구와 식민주의사학의 문제-『한국고대사연구』를 중심으로」, 『한국사연구』 144, 한국사연구회, 2009.
주요한, 「인물론 / 소오 설의식」, 한국언론진흥재단, 『신문과방송』, 1975.
최기숙, 「1950년대 대학의 '국문국문학' 과목 편제와 '고전강독' 강좌의 탄생」, 『열상고전연구』 32, 열상고전연구회, 2010.
_____, 1950년대 대학의 국문학 강독 강좌와 학회지를 통해 본 국어국문학 고전연구」, 『한국고전연구』 22, 한국고전연구학회, 2010.
최혜주, 「한말 일제하 재조일본인의 조선고서 간행사업」, 육당연구학회, 『최남선 다시 읽기-최남성으로 바라본 근대 한국학의 탄생』, 현실문화, 2009.
한수영, 「전후세대의 문학과 언어적 정체성-전후세대의 이중언어적 상황을 중심으로」, 『대동문화연구』 58, 성균관대 대동문화연구원, 2007.

후지이 다케시, 「'이승만'이라는 표상-이승만 이미지를 통해 본 1950년대 지배 권력의 상징 정치」, 『역사문제연구』 19, 역사문제연구소, 2008.
셈 베르메르스, 「『삼국유사』와 민족사-지역서사에서 민족적 아이콘으로(그리고 그 역전?)」, 『코기토』 7, 부산대 인문학연구소, 2009.
하루오 시라네・스즈키 토미, 왕숙영 역, 『창조된 고전-일본문학의 정전 형성과 근대 그리고 젠더』, 소명출판, 2002.

③ DB 자료
고려대 민족문화연구원 대표집필, 「해방 후의 한국 불교」, 『한국현대문화사대계』, 2010. (www.krpia.co.kr)
「난중일기초」, 「국가가지식포털 : e뮤지엄」.
(http://www.emuseum.go.kr/relic.do?action=view_d&mcwebmno=24713)
한국고전번역원, '고전번역서서지정보검색'.
(http://db.itkc.or.kr/itkcdb/text/mks/mksMainPopup.jsp)

제7장
냉전冷戰 지知의 균열과 저항 담론의 재구축
1950년대 후반~1960년대 전반 『사상계』 번역 담론을 통해 본 지식장場의 변동

---

1. 서브-텍스트로서의 '번역'

해방 이후 대표적 저항적 지식인 매체로 지칭되던 『사상계』가 이와 같은 정체성을 정립하기 시작한 것은 창간 직후가 아니라, 1963년 박정희가 쿠데타 직후 약속했던 민정이양에의 약속을 어기고 대통령 선거에 출마 선언했던 즈음부터이다. 그 이전까지는 이렇다 할 반정부적 발언 없이 친미반공주의 노선에 충실했으며 심지어는 함석헌을 제외하고는 쿠데타에 우호적이기까지 했다.[1] 그러나 1963년 박정희가 3・16성명

1 이상록은 "『사상계』 지식인들이 보인 5・16에 대한 호의는 4・19 이후 민주당 정권이 보였던 무능에 대한 반발인 동시에 법 제도적 틀을 넘나드는 대중의 자유로운 집단 행동

을 통해서 민정이양에 대한 약속을 저버린 이후 『사상계』의 「권두언」은 군정軍政에 대해 노골적인 반감을 표시하기 시작한다. 이후 박정권에 날을 세운 장준하의 변화된 행보가 시작되고, 『사상계』는 이후 본격적으로 저항적 매체로 방향을 선회하게 된다.

그러나 역사의 흐름이 늘 그렇듯, 이 시기를 기점으로 필자들이 급작스럽게 태도 변화를 보인 것은 아니다. 이러한 변화는 1950년대 말부터 형성되어, 4·19혁명과 5·16군사쿠데타 등 역사적 사건을 겪으면서 서서히 진행된 것이다. 또한 이는 단순히 국내 사회역사적 상황의 변화 때문만이 아니라 역동적으로 급변해 가는 전 세계의 정치사회적 변동에 예민했던 당대 지식인들의 사상적 응전력에 의한 것이다.

이러한 변화는 당대 지식인 필자들의 글에서도 드러나지만, 번역 텍스트를 통해서 첨예하게 드러난다. 잘 알려져 있듯, 해방 이후 지식(사상) 장場의 변화에 큰 영향을 끼치면서 그 변동 상황을 가장 첨예하게 드러내 주는 것이 번역 텍스트이기 때문이다. 특히 『사상계』의 경우, 이 매체가 지향하는 반공주의적 성향이 강한 자유민주주의론이 번역 텍스트를 통해서 표명된 것은 이미 잘 알려진 사실이다.[2] 1950년대 『사상계』에서는 당대 지식인들에게 큰 영향을 끼쳤던 사르트르, 야스퍼스, 러셀, 니버, 후크, 무어, 부르너 등 세계적 지성인들의 텍스트와 군사쿠데타를 예언했던 「콜론 보고서」 등의 문건, 냉전 이념의 전파자였던 저

에 대한 공포의 산물"이라고 한다. 이에 대한 자세한 내용은 이상록, 「『사상계』에 나타난 자유민주주의론 연구」, 한양대 박사논문, 2010 중 3장 3절 '5·16 군사쿠데타에 대한 대응과 군정 연장 반대의 민주주의론' 참조.

2 이에 대한 연구로는 권보드래, 「『사상계』와 세계문화자유회의—1950-1960년대 냉전 이데올로기의 세계적 연쇄와 한국」, 『아세아연구』 54(2), 고려대 아세아문제연구소, 2011; 본서의 제8장 「번역된 냉전, 그리고 혁명」 참조.

널리스트 월터 리프먼 등의 텍스트를 지속적으로 수록한다. 그러면서 번역 텍스트는 이들이 지향하는 세계관을 표현하는 서브-텍스트로서의 역할을 해 내고 있었다.

더 나아가 번역 텍스트는 어느 순간에는 '말할 수 없는 것'을 대신 말해주는 매개체 역할을 하기도 한다.[3] 『사상계』에서는 군정에 대한 반발감과 민정에 대한 열망을 여러 번역 텍스트를 통해서 변주해 보여주었다.[4] 이를 볼 때, 번역 텍스트는 필자들이 당대 사회의 모순을 극복하기 위해 무엇을 고민했는가를 알아볼 수 있는 유효한 창窓인 셈이다. 이러한 점은 1960년 4·19혁명 전후한 시기로부터 본격적으로 논설조가 변화하는 1963년, 그리고 한일회담 반대 투쟁을 통해서 본격적인 저항기로 접어들기 시작하는 1964~1965년의 번역 텍스트를 중심으로 잘 드러난다.

이 시기의 번역 텍스트의 키워드는 군정의 민정이양, 제3세계(亞·阿블럭)문제, 원조와 자립 경제 문제, 그리고 민족주의이다. 물론 아직까지 반공주의적 틀은 확고하다고 할 수 있지만, 주요 관심 대상에도 눈에 띄는 변동이 있다. 이전에는 소련이 공산진영의 주요 키워드였다고 한다

3 1960년대 대표적인 번역가이기도 했던 시인 김수영의 경우는 번역 텍스트가 검열을 피해서 말하고자 하는 바를 표현하는 매체이기도 했다. 이에 대한 자세한 내용은 박지영, 「김수영 문학과 '번역'」, 『민족문학사연구』 39, 민족문학사학회, 2009 참조.

4 『사상계』에서는 다음 장에서 다룰 미국군사혁명의 실패를 모티브로 한 소설 「5월의 7일간」 외에도 1962년 1월 박정희의 민정이양을 기대하며 크리스토퍼 밀즈의 「민정으로 가는 길」(김원명 역)을 번역하여 게재한다. 이 글에서는 "정권이양의 좋은 예로서는 3개 국가", 즉, "파키스탄(군부가 정권을 인수하였으나 이미 일종의 지방자치적민주주의가 시행되고 있다) 또 국민에 책임을 지는 사회주의와 공산주의 간을 분별하지 못하여 암초에 부닥쳤던 미얀마 그리고 특히 민정제도가 잘 발달되어 있는 세아라 레오네"를 예로 들어 민정이양에 대한 열망을 투사하고 있다. 이처럼 다른 국가의 민정이양 성공 모델을 번역하여 이에 대한 열망을 간접적으로 드러냈던 것이다.

면, 공산진영에 대한 관심은 이제 중공으로 넘어가고 있었다. 소련과 미국을 위협하는 중공의 약진은 세계 전반의 냉전 진영의 틀을 뒤흔들 정도로 강력한 것이었고 국내 지식인들도 이러한 점에 예민할 수밖에 없었다.

번역 텍스트의 필자도 변화를 보이기 시작한다. 이때부터 시드니 후크와 러셀 등 1950년대 대표적인 번역 텍스트 필자들의 텍스트가 서서히 사라지고 새로운 필진들이 등장한다. 특히 미국의 대외원조 정책 변화와 관련된 기사들이 많이 번역되면서 자유주의적 성향의 경제학자인 갤브레이스, 뮈르달 등의 글과, 자유민주주의를 수호하는 정치학자인 C. 밀즈, 현실주의적 국제정치학자 모겐소, 좌파적 성향이 강한 C. W. 밀즈 등의 글이 등장한다. 아서 M. 슐레징거와 같은 관료 출신 필자와 윌리엄 A. 더글라스와 같은 정치학자의 글도 싣고 있다.

이러한 점은 당대 지식인들의 사유체계가 예전의 냉전 체제하 친미 반공주의적 이분법적 도식에서 벗어나 넓어지고 있다는 점을 보여 준다.[5] 그리고 이렇게 되기까지 당대 지식인들의 인식 틀은 서서히 변화하고 있었고, 그 내부에서는 변화에 따른 사상적 진통이 시작되고 있었다. 이는 그 무엇보다 번역 텍스트를 통해서 가장 첨예하고 드러나고 있었다. 본고에서는 이러한 점을 규명하기 위해 미국의 원조정책에 변화가 생기고 지식인들의 인식이 점차 변화해 가는 1958년 이후부터 본격적

5 김건우는 1964년을 사상사적 전환기로 설정하면서 이 시기를 기점으로 저항담론 진영의 민족주의가 반제국주의, 혹은 반식민주의라는 제3세계 민족해방운동 차원에서 사고되기 시작한다고 밝힌 바 있다. 이에 대한 자세한 내용은 김건우, 「1964년의 담론 지형―반공주의, 민족주의, 민주주의, 자유주의, 성장주의」, 대중서사학회, 『대중서사연구』 22, 2009.12. 장세진 역시 60년대 중반 6·3학생운동 시기를 기점으로 『사상계』 담론이 민족주의를 전유하면서 변화하였다는 점을 증명한 바 있다. 이에 대한 자세한 내용은 장세진, 「'시민'의 텔로스(telos)와 1960년대 중반 『사상계』의 변전―6·3운동 국면을 중심으로」, 『서강인문논총』 38, 서강대 인문과학연구소, 2013.12. 참조.

으로 저항적 민족주의 담론이 논의되기 시작하는 1965년까지, 『사상계』에 게재된 번역 텍스트를 대상으로 이러한 지식장의 역동적 변동 상황을 분석해 보도록 하겠다.

2. '냉전' 의식의 균열과 '군정軍政'에 대한 반발

『사상계』에서는 1963년 5월부터 1963년 9월까지 4회에 걸쳐 「5월의 7일간」이라는 제목의 장편소설을 연재한다. 간혹 장편 소설이 연재[6] 되기는 하였지만, 장편 번역 텍스트가 연재되어 실리는 것은 드문 일이다. 더욱 이례적인 것은 이 소설 텍스트를 번역해서 싣는 것은 물론 이 텍스트에 대한 소개의 글(「미국에도 「군부의 음모」가 있을 것인가?—「5월의 7일간」과 「군부산업빨럭」의 극우화」, 『사상계』, 1963.5)도 함께 싣는다는 점이다.

워싱턴 특파주재기자인 플레처 네벨과 찰스 W. 베일리 2세의 공저로 발간된 발간된 이 장편 소설은 군부의 쿠데타를 소재로 한 소설로, 1964년 존 프랑켄하이머 감독에 의해 같은 제목('Seven Days in May')으로 영화화될 정도로 미국에서도 큰 반향을 일으켰다고 한다. 그러나 『사상계』는 단지 이러한 화제성 때문에 이 텍스트를 번역해서 실은 것만은 아니다. 그 까닭은 이 텍스트를 소개하는 글의 말미에 잘 드러난다.

6 안수길의 「북간도」는 1959년 4월부터 1963년 1월까지 『사상계』에 4회 연재되며 장용학의 「태양의 아들」은 1965년 8월부터 1966년 11월까지 13회 연재된다.

「5월의 7일간」은 미국사회가 앞으로도 건전할 수 있다는 건강한 표정을 대표하는 '미국의 소리'이라고 보아 족할 것 같다. 후진제국에 있어서 민주주의는 수난의 역경 속에 그 전도를 낙관하기 어렵다는 긴박한 사태에 처하여 있으나 그러한 현재의 낙관 때문에 이를 포기한다는 것을 있을 수 없다. 이를 같이 고민하고 같이 해결하여 나아가려는 미국 지성인의 건전한 노력은 우리에게 적잖은 격려가 되고 또한 동료가 될 수 있는 친밀감을 준다.[7]

1963년 3월 박정희가 군정 연장을 선언한 직후 기획되었을 이 텍스트의 번역은, 이 글을 보았을 때에도, 의도된 것이다. "민주주의의 존립 그 자체를 포기하는 관용이란 없다"며 강건한 어조로 당대 통치 주체를 노골적으로 비판하던 1963년 4월 권두언이 연상되는 이 발언은 당대 지식인들이 갖고 있었던 군정의 배신에 대한 놀라움과 분노가 얼마나 큰 것이었나를 보여준다. 이러한 분노의 논설과 더불어 『사상계』는 군부 쿠데타가 실패로 끝나는 서사 구조를 지닌 이 텍스트를 의도적으로 실은 것이다. 연재 서두에 실은 「해설」에서는 "오늘날 미국 내에서 팽창해 가고 있는 군부 세력에 대한 일대경종으로서 가상이라고 하기엔 너무나 여실한데가 있는 작품[8]이라고 소개한다. 이 구절은 텍스트의 번역이 당대 한국의 '군부'에게도 '경종'을 울리기 위해 시행된 것이라는 점을 암시하는 것이다. 남북 분단의 상황에서 늘 전쟁의 위협을 강조하곤 했던 우리 군부 통치자들의 모습이 이 텍스트에 오버랩되기 때문이다.

7 「미국에도 「군부의 음모」가 있을 것인가?—「5월의 7일간」과 「군부산업뿔럭」의 극우화」, 『사상계』 121, 1963.5, 235면.

8 「해설」, 플레쳐 네벨, C. W. 베일리 2世, 安東林 譯, 「베스트쎌러轉載-美國 軍事革命挫折되다」, 『사상계』 121, 1963.5, 357면.

이 텍스트의 주요 뼈대는 펜타곤의 합동참모본부의 장교인 케이시가 우연한 기회에 스코트 장군의 군부 쿠데타 음모를 알고 당시의 대통령인 레이먼의 측근들과 함께 이 쿠데타 음모를 저지한다는 내용이다. 군부 쿠데타가 일어나게 된 배경은 레이먼 대통령이 추진하는 소련과의 핵금지협상이다. 이는 군부와 군사산업체의 반발을 가져왔고, 급기야는 군부가 쿠데타를 계획하게 된다는 것이 주요 내용이다. 이 서사를 통해 원작자가 비판하고자 한 것은 "군부산업블럭의 극우화"[9]이다. 이들이 군축협상을 통해 느낀 권력 축소에 대한 불안감은 이들에게 권력과, 민주주의와 세계 평화는 양립할 수 없는 것이라는 점을 일깨워 준다.

그리고 여기서 저자가 강조하고 싶은 것은 이들의 권력 확장에의 의지를 저지할 수 있는 것은 권력의 중심인 대통령이 아니고, '의회민주주의'라는 점이다. 군부 쿠데타를 모의하고 있는 스코트 대장과의 독대 장면에서 이를 저지하기 위해 레이먼 대통령이 강조한 것은 무력을 쓰지 말고 다음 선거에 출마하여 유권자들의 선택을 받으라는 것이었다. 군부 쿠데타를 꾸미는 군사령관에게 대통령이 당당할 수 있었던 것은 무력 쿠데타가 아니라 유권자들의 선택을 통해 그 자리에 앉았기 때문이라는 것이다. 이러한 점은『사상계』지식인들의 추구하는 정치적 비전과 일치한다. 1963년 5월의 권두언의 제목이 "의회민주주의를 모략하지 말라"인 점은 이러한 점을 상징적으로 보여주는 것이다.

물론 현재에는 당대 군축 논의가 사실은 상대방의 핵무기 개발을 방해하기 위한 미국과 소련의 정치적 제스처였다는 점이 알려져 있지만,

9 이 글의 부제가 '군부산업블럭의 극우화'이다(「미국에도 「군부의 음모」가 있을 것인가? —「5월의 7일간」과 「군부산업뻘럭」의 극우화」,『사상계』121, 1963.5, 228면).

이 텍스트의 존재는 당대 군축 논의가 가져온 당대 지식인들의 관심이 매우 지대한 것이었다는 점을 보여주는 것이다. 그만큼 3차세계대전, 핵전쟁에 관한 공포가 전 세계적으로 높았던 것이다. 『사상계』 역시 당대 석학들의 대담을 실어서 당대 원자 전쟁에 대한 다양한 입장들을 정리해 내기도 한다.

1961년 12월에 번역된 공개토론 「서방의 가치와 전면 전쟁－서방국가의 이상과 원자전쟁의 현실」[10]은 원폭에 대한 반대 입장을 표명하는 평화주의자인, H. S. 휴즈, 한스 J. 모겐소와 냉전 시대에 원폭 사용의 불가피함을 역설하는 S. P. 스노, 시드니 후크가 벌이는 논쟁을 그 내용으로 한다. 『사상계』는 이례적으로 논문이 아니라, 의견의 차이가 그대로 노출되는 「대담」을 번역하여 좀 더 생동감 있게 이를 전달한다. 그런데 중요한 것은 가장 많은 번역 텍스트를 실어 자유주의자 시드니 후크의 입장에 동의를 표했던 『사상계』[11]가 이제는 그의 논의와 다른 입장을 가진, 진보적인 학자인 모겐소와 휴즈의 논의를 싣고 있다는 것이다.[12]

10 시드니 후크, H. S. 휴즈, 한스 J. 모겐소, S. P. 스노, (司會)노먼 포드레쯔, 朴琦俊 역, 「公開討論 : 西方의價值와全面戰爭－西方國家의理想과原子戰爭의現實」, 『사상계』, 1961. 12.

11 『사상계』에 실린 시드니 후크 번역 텍스트는 다음과 같다.

저자	역자	제목	시기
시드니 후크	이상혁 역	자유의 운명	1956.6
시드니 후크	이종구 역	철학과 현대	1956.12
시드니 후크		시드니 후크 對 버틀랜드 러셀의 논쟁 , 원자폭탄에 관한 대론	1958.10
시드니 후크		시드니후크 對버틀랜드 러셀의 논쟁, 양보의 한계	1958.10
시드니 후크		자유냐 평화냐－미국은 오명을 씻고 발분할 때다	1958.12
시드니 후크		두 실존주의의 대결－키엘케골과 포이엘바하	1959.6
시드니 후크	김하태 역	민주주의와 공산주의	1959.11
시드니 후크	安秉煜 역	哲學과人間의行動	1961.5

12 1958년에도 핵무기 사용에 관한 시드니 후크와 반전주의자인 러셀과의 논쟁을 실어 냉전적 가치하에 핵무기 사용을 지지했던 시드니 후크의 주장에 대한 반론도 실은 바 있었다(각주 11의 표 참조).

이 글에서 러셀도 핵무기의 사용이 "인류의 섬멸에 이끌어가는 한이 있더라도 그것은 공산주의가 승리하는 것보다는 낫다고 하는 견해를 대표"하는 시드니 후크에 주장에 반발하여 "공산주의자의 승리는 모든 인간생명의 전멸과 비교할 때 보다 적은 악일 것"이라고 응수하기도 한다.[13] 이러한 점은 『사상계』의 지식인들이 점차 적어도 도식적인 냉전적 사고에서 벗어나고 있었다는 점을 말해주는 것이다.

3. 미 대한원조 정책 변화에 대한 불안과 정치 개혁에 대한 열망

흔히, 1960년대 중반 이후부터 1970년대의 주류 저항담론인 저항적 민족주의가 제3세계로서의 자기 정위와 깊이 관련된 문제라는 점은 이미 잘 알려진 사실일 것이다.[14] 1955년 반둥회의 이후 자신들처럼 탈식민화 과정을 겪고 있는 상황이었던 AA블럭 등 비동맹 / 제3세계의 운동은 한국 지식인들에게 큰 영향을 끼친다. 반둥 회의 "1차 개최인 1955년부터 2차 회의가 좌절되는 1965년까지 이 회의를 둘러싼 일련

13 버틀랜드 러셀, 「시드니 후크 對 버틀랜드 러셀의 論爭 : 永久한 專制는 없다—하나의 答辯」, 『사상계』 63, 1958.10, 92면.

14 이에 대한 자세한 내용은 박지영, 「제3세계로서의 자기 정위(定位)와 "신성(神聖)"의 발견—1960년대 김수영, 신동엽 시에 나타난 정치적 상상력」, 『泮矯語文研究』 39, 반교어문학회, 2015 참조.

의 논의들은 한국의 아시아 상상의 내용과 구조 자체를 구축하는, 일종의 '누빔점point de capiton' 역할을 담당했"다.[15] 확실히 이들이 보여준 반서구, 반제민족주의 운동이나 중립주의의 정치성 등은, 1960년대 이후 한국의 지식인들에게 친서구적인 반공주의 노선이 더 이상 현 난국을 타개할 방법이 아니라는 점을 깨닫게 한 것이다.

세계사에서 1960년대는 사회주의 중국의 아시아적 귀환, 중국과 소련의 이념분쟁, 아프리카에서 민족해방운동의 광범한 전개와 지역적 제3세계적 결집 등 강고한 동서냉전의 양극 체제가 다극체제로 전화되는 역사적 결절점이다.[16] 특히 중공의 약진은 전 세계적으로 무시 못 할 정치적 상황이었다. 그러나 친미 노선을 포기할 수 없었기 때문에, 1955년 제1차반둥회의에 초대받지 못했던 남한의 지식인들은 이 회의에 다소간 적대적이었다.[17] 이러한 점을 미루어보았을 때, 이들에게 1950년대 중반까지 친미 반공주의 노선은 무조건적이었다.

그랬던 냉전 의식이 변화한 것은 미국의 대한원조정책의 변화에 따른 것이기도 하다.[18] 1950년대 미국의 저개발국가 원조 정책에서는 군사원조와 경제개발원조가 사실상 분리되지 않았다. 그러다가 점차 원조정책은 개발차관 중심으로 변화하게 된다.[19] 이에 따라 1958년부터 대

15 이에 대한 자세한 내용은 장세진, 「안티테제로서의 '반둥정신(Bandung Spirit)'과 한국의 아시아 상상(1955~1965)」, 『사이間SAI』 15, 국제한국문학문화학회, 2013 참조.

16 백원담, 「아시아에서 1960~70년대 비동맹 / 제3세계운동과 민족・민중 개념의 창신」, 『中國現代文學』 49, 한국중국현대문학학회, 2009, 130면.

17 이에 대한 자세한 내용은 장세진, 앞의 글 참조.

18 장세진에 의하면 '실재하는 미국과의 조우'가 『사상계』 담론의 변동에 큰 영향을 끼쳤다고 밝힌 바 있다. 장세진, 「'시민'의 텔로스(telos)와 1960년대 중반 『사상계』의 변전」, 『서강인문논총』 38, 서강대 인문과학연구소, 2013 중 4장 참조.

19 이현진의 연구에 의하면 미국의 원조에서는 방위지원 외에도 MSA법에 따른 경제원조

한원조방식이 무상원조에서 유상원조로 전환이 되는 상황이 벌어지고, 이러한 정책의 변화는 저개발국가에 속한 한국의 지식인들에게는 정치·경제적 발전에 대한 큰 불안감을 안겨주게 된다.

실제로 원조액 역시 점차 줄어들고 있었다. 『사상계』에 실린 한 글에 의하면, "UNKRA원조액과 미공법 480호에 의한 미국의 잉여농산물의 도입까지 포함하면 외원총계는 57년 3억 8천만 달러를 정점으로, 58년 3억 2천만 달러, 59년 2억 4천만 달러로 감소하고 있"[20]었다. 이렇게 변화된 1950년대 후반 미국의 후진국 경제원조정책의 변화는 지나치게 원조 의존적이었던 당대 경제에 직격탄을 날린다. 『사상계』도 어김없이 이 문제에 초미의 관심을 보일 수밖에 없었다.

우선 『사상계』에서는 미국 원조 정책 변화의 원인을 탐색하는 글을 싣는다. 이 글에 의하면 달러의 약세(달러의 구매력 약화)가 지속되면서 국제수지가 악화되고 인플레이션이 만성화되면서 미국정부는 내정비를 절약하느라 주택, 도로 농수산 가격지지 등에 필요한 경비를 줄여야 되는 처지에 놓이게 된다. 반면 미국의 원조 덕에 서유럽 및 일본 경제는 급속 부흥하여 미국과 경쟁이 가능해지고 오히려 미국이 가격 경쟁에서 뒤떨어지면서, 그 경제적 타개책으로 저개발 국가들에 대한 원조를 감

에는 개발차관 기금이 있었다. 개발차관 기금(DLF)은 방위지원에서 분리되어 1957년 MSA법에 규정되어 1958 미회계년도부터 설치되었다. 이 기금은 저개발지역에 대하여 경제개발원조를 차관형식으로 제공하여 저개발국의 자원을 개발하고 그 생산력을 향상시키자는데 목적을 두고 있었다. 이 원조는 지역별, 자금별로 자금을 할당하지 않고 신청된 사업계획의 적합성에 따라 항목별로 자금을 차관하되 기업적인 기초위에서의 업무 방식을 지향한다는 것이 그 특색이다.이에 대한 자세한 내용은 이현진, 「제1공화국기 美國의 對韓經濟援助政策 연구」, 이화여대 박사논문, 2005, 15~21면 참조.

20 이정환, 「미국의 外援政策變更과 한국의 경제성장문제」, 『사상계』 77, 1959.12.

소시키고, 서유럽과 일본의 원조 참여를 주장하게 되었다고 한다. 이를 통해 미국의 "재무장관은 미국의 지출을 적게 하고 미국 물건이 되도록 많이 팔리게 하려는 구상"으로 차관원조 계획을 세운 것이다."[21]

이러한 원조 경제에 대한 『사상계』의 관심은 곧 이에 대한 해외 석학들의 논의에 대한 번역으로 이어진다. 갤브레이스나 모겐소, 뮈르달 등의 글을 번역해서 싣는 것은 이러한 절박한 맥락에서 진행된 것이다. 우선 자유주의적 성향의 경제학자인 갤브레이스의 입을 통해서는 당대 원조 정책 변화의 원인과 그 내용이 소개되고 있다. 김대중 전대통령의 옥중 독서 목록에 올라와 있을 정도로 갤브레이스는 박현채는 물론 김수영 등 한국의 진보적 지식인과 정치가들이 관심을 가졌던 외국 학자이다.[22]

> 수원국의 국민소득은 증대되었는가? 빈곤이 완화되었는가? 무질서의 가능성이 감소했는가? 중미, 남미북부지방, 중동 그리고 아시아의 일부지역에 관한한 이 문제는 희미하나마 불리한 느낌이 있다. 이들 지역의 대부분에 있어서 빈곤과 무지와 무질서의 가능성은 10년 전과 조금도 다른 바가 없다. (…중략…) 현재의 원조태세는 일층 심한 결과를 가져왔다. 즉 원조국의 제한된 정력을 분산시켰고 일관성의 결여를 가중시켰으며 성과를 저해하고 있다.

21 「움직이는 세계－전환기에 선 저개발 국가원조」, 『사상계』 77, 1959.12.

22 갤브레이스의 『불확실성의 시대』의 번역가는 박현채, 전철환(존 K. 갈브레이드, 박현채 · 전철환 역, 『불확실성의 시대』, 범우사, 1979)이다. 또한 이 책은 김대중 전대통령이 옥중서신을 통해서 아들에게 권한 바 있다 한다(김대중, 『옥중서신』, 한울, 2009). 또한 본 연구자는 고 김수영 시인의 부인 김현경 님의 자택에 보존된 김수영의 서재에서 갤브레이스의 「불확실성의 시대」 일본어판본을 확인한 바 있다. 김수영 역시 늘 경제학에 관심이 많았다.

> 계획목표를 수립하고 목표달성의 수단을 결정함에 있어서는 모든 발전장해물이 고려되어야 한다. 교육, 사회개혁, 및 공공행정의 개선을 경제적 투자와 아울러 각기 적절히 고려되어야 한다. 이렇게 함으로써 특정국의 발전을 저해하는 장해물에 주의가 집중될 수 있다. (…중략…)
>
> 사회개혁 방책에 대한 지출액은 교육이나 자본투하에 못지 않게 긴요하다 함은 중요한 것이다.[23]

갤브레이스는 이 글이 "원조 자체에 대한 고발장"이 아니라, "현재의 원조방식에 대한 고발장"이라 하면서 '원조' 자체의 필요성을 부정하지 않는다는 점을 전제로 한 후 논의를 전개한다. 갤브레이스는 경제원조의 주요 목적이 "종전의 긴급구호적 성격"에서 벗어나 "빈곤으로부터 탈피케 하고 자립적 성장의 과정을 돕기 위한"[24] 것이라는 점을 인정하고 있었기 때문이다. 갤브레이스는 이 글을 통해서 12년 동안 지금까지 진행되어 온 미국의 원조가 과연 원조의 근본 목적인 저개발 수원국의 경제성장을 촉진하였는가에 대해 근본적으로 질문하고 있다. 물론 그 질문에 대한 답은 부정적이다.[25]

그리고 중요한 것은 그 원인을 분석한다. 그는 미국의 원조가 "타국의

23 J. K. 갤브레이스, 김영순 역, 「低開發國援助의새로운方式」, 『사상계』 96, 1961.7, 147~154면 참조.

24 위의 글, 144면.

25 갤브레이스는 자신이 제기한 저개발국의 발전하기 위한 네 개의 요인 "높은 문명과 고등교육을 맡은 엘리트, 사회주의의 의식과 높은 문명과 고등교육을 맡은 엘리트 사회주의의 의식과 현실성, 능률적인 정부와 강력한 목적의식 — 이 모두 갖추어져 있는" 이스라엘을 제외하고는 원조의 실제적인 목적을 달성하지 못했다고 한다. 이 외에는 "중미, 남미, 북부지방, 중동, 그리고 아시아의 일부지역에 관한 한", "빈곤과 무지와 무질성의 가능성"이 10년 전과 다르지 않더라고 냉혹하게 비판한다(위의 글, 147면).

발전단계나 상태에 대한" 고려없이 수행되어서 "수원국의 제한된 정력을 분산시켰고", "일관성도 결여되면서 성과를 저해하고 있다"고 비판한다.

그리고 이후 성과를 얻으려면, 경제원조는 수원국의 "발전의 장해물을 제거"한 후 "개별국가의 상태에 적합"하고, "진보에 대한 어떤 목적적 시금석을" 갖는 '적극적 개발계획'하에 이루어져야 한다고 주장한다. 그렇지 않다면 오히려, 미국의 지나친 배려가 현존의 발전장해를 옹호하는 데 도움이 될 수도 있다는 점을 경고한다.

그런데 가장 중요한 것은 "사회개혁 방책에 대한 지출액은 교육이나 자본투하에 못지 않게 긴요하다"는 점이다. 원조가 당대 사회개혁에 이바지해야 한다는 태도는 '빈곤에서의 해방'만을 주장했던 전과는 달라진 것이다. 물론 당시의 군정 역시 사회개혁을 부르짖기는 했지만, '빈곤 해방'이 주였으며, 나머지는 '종'의 관계였다. 그러나 이 글에서는 원조가 수원국의 '빈곤으로부터의 해방'을 지원하기 위해서는 먼저 사회적 개혁이 조건으로 선행되어야 한다고 주장하고 있는 것이다.

> 저개발국에는 공통적으로 두 개의 강력한 정치세력이 대립하고 있다. 일면에는 근대화와 실질소득의 향상을 위한 욕구가 있는가 하면 타면에는 후진성에 대한 기득권이 있다. 이는 구체적으로 표현하면 보통 대지주와 토지없는 소작인 제도이다. 첫째번 노력이 둘째번에 비하면 결코 약한 것은 아니다. 개발의 정치적 전략점은 두 번째의 기득권을 극복하고 이를 자본화하고 이를 정상적 변혁의 경로를 거치도록 유도하는 데 있다.[26]

갤브레이스는 특히 후진성을 기득권의 토대로 삼고 있는 대지주와 토지없는 소작인 제도가 변해야 한다고 주장한다. 그 기득권을 극복하고 이를 자본화하고 이들이 정상적 변혁의 경로를 거치도록 유도해야 한다는 것이다. 현재의 원조정책은 이 정치적 충돌을 제거하는 방식을 발견하는 데 실패하였다고 주장한다. 쿠바를 예로 드는 것으로 보아서는 이 '정치적 충돌'은 근대화 과정 중에 노정되는 계급적 갈등을 의미하는 것으로 보인다. 자유주의 경제학자인 갤브레이스는 혁명보다는 점진적인 자본주의 체제 내부에서의 개혁 즉, 과거 봉건제의 주체들을 서서히 부르조아 즉 건전한 자본의 주체로 만드는 데 있다고 주장한 것이다.

갤브레이스의 주장은 1963년 2월에 번역된 글 「국빈론國貧論—A. 스미스의 「국부론國富論」 시대는 가고 현대現代는 새로운 문제問題를 제시提示한다」(전석두 역)에서도 잘 드러난다.[27] 갤브레이스는 이 글에서 국가별 맞춤식 빈곤 퇴치를 위한 원조 계획을 세워야 하면서 "반공이나 혹은 적당한 방법이 없다는 이유로 독재정치를 용인해서도 안"되며, "이것은 과거로부터 내려온 인습이며 미국외교정책의 가장 근시안적 요소이며 그 대가는 잘 알듯이 시간이 경과함에 따라 더 확대되고 있는 큰 재앙"이라고 강도 높게 비판한다. 이러한 점을 『사상계』 지식인들 역시 주장하고

26 위의 글, 155면.

27 갤브레이스가 든 빈곤의 원인에 대한 일반적인 생각들은 "① 빈인은 자업자득이다. ② 빈인은 자연적이다. ③ 역사적으로 식민지적 억압 속에서 살아 왔기 때문에 빈곤하다. ④ 빈곤은 계급착취의 결과이다. ⑤ 자본부족이 빈곤의 원인이다. ⑥ 인구과잉이 빈곤의 원인이다. ⑦ 경제정책의 무능이 빈곤의 원인이다. ⑧ 무지가 빈곤의 원인이다"인데, 이 문제들 모두 다 모든 국가에 적용시키기에는 무리라고 주장한다(J. K. 갤브레이스, 全石斗 譯 「國貧論—A. 스미스의 「國富論」시대는 가고 現代는 새로운 問題를 提示한다」, 『사상계』 117, 1963.2, 114~125면 참조).

싶었던 것이다.

같은 호에 번역된 모겐소의 글에는 미국원조정책에 대한 좀 더 노골적인 비판이 들어 있다. 국제정치학자인 그는 원조 정책을 국제정치학적 측면에서 분석하면서 원조는 다만 하나의 정치적 뇌물일 뿐이라면서 갤브레이스 교수보다 더 강력하게 미국의 원조 정책을 비판한다.

모겐소 역시 갤브레이스처럼 "경제발전의 목적을 위해서 부여, 수락되는 외원은 수여국의 정치적 환경에 부합된 것이 아닌 이상, 본래 의도하였던 바와는 전연 판이한 결과가 나타날지도 모른다"고 비판한다.[28] 동시에 그는 원조에 기대어 경제발전을 이루려는 저개발국가의 태도 역시 비판한다.

> 외국원조가 경제발전을 위해서 사용되는 것을 저해하는 요인은 경제적 상황에다 정치력의 큰 부분을 뿌리박고 있는 후진사회지배층의 경제적 이해관계다. 특히 농경지의 소유권과 통제는 많은 후진사회에서 정치력의 기반이 되고 있다. 따라서 토지개혁과 공업화는 결과적으로 정치적 현상에 일대 타격이 아닐 수 없다. 그러므로 그들에게 외국원조를 현상변개의 목적에 사용하도록 요구한다는 것은 지배층에 대해서 자기희생과 사회적 책임에 대한 지각을 하라는 것으로, 그러한 일은 역사의 전반을 통하여 극히 희귀한 전례밖에는 찾아 볼 수 없는 노릇이다. (…중략…)
>
> 민주주의와 경제발전이라는 양자관계의 복잡성을 검토해 보면 근세의 역사가 명백히 시사해 주는 바와 같이 이 양자 간에 반드시 인과관계가 존재하

28 한스 J. 모겐소, 「外援외원으로는 경제개발이 안된다.」, 『사상계』 117, 1963.2.

지 않는다는 사실을 알 수 있다. 많은 후진국에서 그러하듯이 대부분의 인구층이 경제발전을 위한 지적, 도덕적 전제조건을 구비하지 못하고 다만 극소수의 엘리트에서만 그것을 찾아볼 수 있는 그러한 곳에서는 대다수의 인구에 대한 그 소수 의사의 강요가 흔히 경제발전의 출발을 위해서만이 아니라 지속적인 경제성장을 위해서도 전제조건인 경향이 있다.[29]

모겐소에 의하면 이처럼 '빈곤에서의 해방'이 원조를 통해서만 이루어질 수 없는 까닭은 수원국의 "후진사회지배층의 경제적 이해관계"가 있기 때문이다. 이들은 '토지개혁과 공업화'를 원하지 않으며, 이러한 상황에서는 이들이 외국원조를 개혁에 제대로 이용할 리 없다는 것이다.

두 번째 인용구를 살펴보면, 모겐소는 민주주의와 경제발전이라는 양자관계에 반드시 인관관계가 존재하지 않는다는 사실을 짚고 있다. 물론 모겐소는 민주주의 발전에 반대하는 것이 아니라 결과론적으로 경제발전이라는 목표에 밀려 정치적으로 독재화될 것에 우려를 표명하고 있는 것이다. 앞서 후진사회의 지배층의 문제를 지적한 맥락대로, 후진사회에서의 혁명이 극소수의 엘리트에 의해서 진행되기 쉽다는 점을 지적하고 있는 것이다.

이러한 점 역시 당대 『사상계』 지식인들에게는 공감되는 내용이었을 것이다. 특히 『사상계』의 엘리트주의적 성향에서는 더욱 그러했을 것이다. 그 소수 엘리트가 군부가 아니어야 한다는 점은 공유하고 있었겠지만 말이다. 1962년 2월호에 번역된 부 커 턱M. Vu Quoc Thuc의 글에서도 인민민주주의 국가들이 '소련식' 경제개발 계획을 기획하는 이유는 모

29 위의 글.

두 경제발전의 효율성을 위한 것이라고 경계한 후, "신생국가들이 가속도적인 경제발전정책을 실시하면서 민주주의의 습득을 계속할 수 있겠는가"에 대한 우려를 표명한 바 있다.[30]

이 시기 한국은 4·19혁명을 겪은 직후 5·16군사쿠데타를 경험하면서도 민정이양에 대한 희망과 꿈을 버리지 않고 있었다. 동시에 그들이 5·16군사쿠데타를 승인했던 것은 강력한 지도 체제에 따른 근대화, 빈곤으로부터의 해방이라는 열망이 있었기 때문에 가능했던 것이다. 그러나 이 와중에 시행된 미국의 대한원조 정책의 변화와 원조액 삭감은 군정에 대한 실망과 함께 혹 이 체제가 연장될 수도 있으며 동시에 '빈곤에의 해방' 역시 힘들어질지 모른다는 불안감이 중첩되어 다가오게 한다. 이러한 불안을 반영하듯, 『사상계』는 뮈르달의 번역 텍스트를 실은 같은 호에, 이에 대해 반박하는 글을 싣기도 한다.

한국의 경제개발은 순조로운 진전을 보지 못하였다. 그 이유는 여러 가지가 있을 것이다. 자본, 기술 및 지식의 빈곤은 물론 모겐소씨가 지적한 자연적 조건, 사회적 문화적 조건의 결핍도 있고 전통적이고 보수적인 지배집단의 수탈과 반작용도 있었을 것이다. 그러나 (…중략…) 미국의 원조정책의 '빈곤' 혹은 '결핍'도 지적하지 않을 수 없다. 우리가 알기에는 미국의 한국원조는 극히 최근까지 군사원조중심의 부흥과 방위원조에 치중되었다. 제공된 원조의 대부분이 '중간적 안정'을 위한 원료 및 소비물자 도입과 군사비보충을 위하여 소모되었다. 그 액수는 한국경제전반의 개발과는 거리가

30 M. 부 커 턱(M. Vu Quoc Thuc), 김원명 역, 「저개발국가의 경제계획과 민주정치 – 신생국가의 정치적 경제적 문제」, 『사상계』 104, 1962.2.

먼 것이었다. (…중략…) 정유소, 수력발전소, 공작기계공장, 제련소 등 경제개발의 필수적인 사업이 금일까지 실현되지 못하고 있는 큰 이유의 하나는 미국측의 여시한 미온적인 정책이었음은 부인할 수가 없을 것이다.[31]

위의 글의 필자 박준규는 모겐소가 말한, 미국의 대한 원조 정책이 경제 발전에 그리 효과적인 방식이 아니었다는 점은 인정한다. 그러나 그 원인에 있어서는 모겐소의 주장에 반대하여 수혜국의 문제만이 아니라는 점을 강조한다. 또한 그는 미국의 대한 원조의 경우 "한반도의 남북 분단은 제2차세계대전 종말기에 '연합국의 전략적 필요'에 의해 단행된 처분"이었기 때문에 단순히 자유민주주의 체제를 유지한다는 의미에서 제공된 뇌물로서의 역할을 넘어선다는 점을 강조하였다.

이러한 점은 당대로서는 다소 파격적인 것이다. 왜냐하면 그는 분단의 원인을 소련과 괴뢰인 북한의 도발 때문이라고 전하던 냉전적 논리가 아닌, '연합국의 전략적 필요'에 의한 것이라고 한다. 이는 친미반공주의적 논법에서는 다소 벗어난 것이다. 그렇기 때문에 피해국인 남한이 서방의 원조를 받는다는 것은 너무나 당연한 대가이지 뇌물의 형식은 아니라는 것이다. 군사적 관계는 일종의 분업 혹은 협업의 관계에 비할 수 있기 때문이다.

더 나아가 박준규는 4·19혁명과 5·16군사쿠데타가 "경제개발의 장애가 되고 외원을 농단壟斷하는 전통적, 보수적 지배집단의 제거"가 목적이라면서 이들 한국의 개혁과 보고를 부각시키려고 노력한다. 그리고

31 박준규, 「미대한원조는 우리의 혈대이다—賄賂(회뢰)형과 威信형의 비판」, 『사상계』 117, 1963.2.

“한국은 현재 경제적인 후진국이지만 현대적 감각이 예민하고 외적 impact에 대한 감수성이 강하며 체질적으로 활동적인 나라”라면서 “다수의 후진국이 지니지 못하는 특성을 한국은 보유하고 있으며 이러한 것이 경제개발에 유익한 Potentiality가 될 것이라며 수원국으로서의 장점을 부각시키려고 노력한다.

『사상계』 편집위원이자, 『조선일보』 논설위원인 부완혁도 「미국의 대한원조사」를 1960년 11~12월 2회에 걸쳐 연재한다. 부완혁은 해방 이후부터 케네디 정부의 출발 이후 경제원조계획의 변화에 대해 소개하면서도 유럽(독일) 및 일본의 경제 부흥으로 인해 생긴 여유와 1950년대 중반 이후 실시된 소련과 중공의 제3세계 원조로 인한 냉전 체제(공산 블록 확대)의 위기 등에 의해서 미국의 대한 경제원조의 정치적 의미가 여전히 유효하다는 점을 강조한다.[32]

물론 이 두 글의 한계는 분명하다. 5·16군사쿠데타를 4·19혁명의 연장선상에서 바라본 점은 말할 것도 없고, 5·16군사쿠데타를 긍정적으로 보고 있다고 하면서도 그 개혁 의지가 얼마나 실현되었는가를 증명하지 못한다. 또한 원조를 적절히 이용할 수 있는 경제정책이 부족한 점에 대해서도 제대로 비판하지 못하고 있다. 이는 당대 지식인들에게, 미국 대한원조에 대한 갈망이 간절했으면서도 그 원조를 어떠한 방식으로 소화하여 경제발전을 이룰 것인지에 대한 구체적인 고민이 결여되어 있다는 점을 말해 주는 것이다.

그러나 이러한 한계에도 불구하고 중요한 것은 이들이 이 충격 속에

32 부완혁, 「미국의 대한원조사 (하)」, 『사상계』 89, 1960.12 참조.

당대 세계의 변화에 대해 현실적으로 자각하고 정치개혁의 필요성을 절감한 점이다. 미국의 대한원조정책의 변화에 따라 『사상계』 내부에서는 이제는 더 이상 친미 반공주의만으로는 자신들이 원하는 근대화를 이룰 수 없으리라는 현실감각이 새롭게 구성되기 시작한다. 이러한 현실적 자각은 지적 패러다임을 새롭게 재정비하게 만들었다.

4. 저항 담론의 모색 – '민족적민주주의'의 다양한 형태들

앞서 설명한 대로, 미소 양극 체제에 균열이 오고, 미국의 대한원조정책의 변화로 현실적으로 경제적 위기 의식을 갖게 된 지식인들은 새로운 지식 담론을 구성하기 시작한다. 4·19혁명 이후 확신을 얻게 된 '자유민주주의' 사상에 현실적 경제 문제와 더불어 대두한 제3세계 민족주의(저개발국가) 사상에 대한 관심이 더해져 새롭게 전열을 가다듬기 시작한 것이다.

이렇게 지식 담론이 재구성되는 데에는 여러 복합적인 요인이 존재한다. 해방기에서부터 전해 내려오던 저항담론이 계승된 케이스도 있다. 우선 이종률의 사상은 식민지 시대 학생운동을 경험하며 레닌의 민족혁명테제에 영향을 받고, 백남운의 '연합성 신민주주의론' 형성에 영향을 끼쳤다고 한다. 이후 이종률은 해방기를 거쳐, 1955년 반둥회의를 기점으로 제3세계 민족주의의 영향을 받아 '민족혁명론'을 구상한다. 4·19 혁명을 전후한 시기에 본격적으로 '반봉건', '반외세', '반매판'을 부르짖는 이종률의 '민족혁명론'의 존재[33]는 저항적 민족주의 담론(식민지 시대에는 중도적이라고도 볼 수 있었던)이 식민지시기를 거쳐 해방 이후에 지속적으로 변용되어 왔다는 점을 증명해 주는 것이다.

이종률의 '민족혁명론' 등에 영향을 받은 학생운동 그룹과[34] 저항적 지식층의 존재는 분명 『사상계』 지식인들에게도 영향을 끼쳤다.[35] 『사상계』 지식인들은 여기에 대해 거리를 두고 있다 하더라도, 대타적인 의미에서라도 새로운 담론을 모색했을 가능성이 크다.

『사상계』 1963년 12월 특집란이 「전후 민족주의의 반성」이었다는 점은 이들이 기존에 자신들이 추구하고 있었던 민족주의에 대해서 깊은 회의감을 갖고 있었다는 점을 말해주는 것이다. 물론 1950년대 『사상계』의 주요 사유 기반이 민족주의였다는 점은 이미 널리 알려진 사실[36]이지만, 이러한 민족주의가 당대 통치주체들과 대립하는 저항담론적 성격을 갖추기 시작한 것은 4·19혁명을 경유한 1960년대 초반부터라고 할 수 있다.[37] 여기에 앞서 설명한 미국의 대아시아정책의 변화, 비동맹

33 이에 대한 자세한 내용은 오제연, 「1960년대 전반 지식인들의 민족주의 모색–'민족혁명론'과 '민족적민주주의' 사이에서」, 『역사문제연구』 25, 역사문제연구소, 2011.4, 37~47면 참조.

34 이에 대한 자세한 내용은 위의 글 참조.

35 1960년대 중반 『사상계』는 이러한 학생운동계의 동향에 관심을 기울이며 소개한다고 한다. 이에 대한 자세한 내용은 장세진, 「'시민'의 텔로스(telos)와 1960년대 중반 『사상계』의 변전」, 『서강인문논총』 38, 서강대 인문과학연구소, 2013 참조.

36 이상록, 앞의 글; 김건우, 『사상계와 1950년대 문학』, 소명출판, 2003 참조.

37 장세진의 연구에 의하면 그럼에도 불구하고 항상 이 경향은 소위 '미국식 자유민주주의'를 경유하는 형태로 표명되어 온 것이 사실이었다. 그러나 1963년 말 무렵부터 시작된 6·3한일회담 반대 국면을 통과하는 가운데 『사상계』가 민족주의를 발화하는 방식, 나

국가의 정치적 약진 등 세계사적 변동은 『사상계』 지식인들에게 복합적으로 영향을 끼치기 시작한다.

이 시기 뮈르달의 번역은 경제적 근대화와 민족주의 담론이 서로 깊이 연관된 문제라는 점을 잘 드러내 주는 지표이기도 하다. 뮈르달은 1960~1970년대 지식장에서 매우 중요한 번역 텍스트이다.[38] 그의 텍스트는 생각보다 일찍 번역되기 시작한다. 『사상계』에서 뮈르달의 논의가 번역되기 시작한 것은 1962년이었으며, 저개발국가 빈곤 문제에 관한 전문가이기도 한 그는 경제적 자립 문제와 더불어 저개발국가의 경제적 민족주의에 대해 논한다.

> 현재 저개발제국에서 발전되어 가고 있는 민족주의는 선진국가들에게는 대체로 그러하지만, 반동적인 정치적 태도와 결합되어 있는 것이 아니고서 현대화와 개혁을 지향하는 운동과 결합되어 있다. 민족주의는 기회 균등 및 사회적 경제적 제조건의 민주화를 위한 힘이 되어가고 있다. (…중략…)
>
> **다시 말하면 사회적 단합과 경제적 발전을 위해 노력하고 있는 저개발국에서는 민족주의가 다량복용이 필요한 자극제인 것이다. 그러나 이것은 위험한 복용약이다.** (강조 — 인용자)

아가 민족주의의 내용 역시 이전 시대와 다르게 변모했고, 그 결과 『사상계』가 매체로서 지향하는 방향성 자체도 현저하게 달라지고 있었다. 이에 대한 자세한 내용은 장세진, 앞의 글 중 3장 「군사정권과 『사상계』의 민족주의 경쟁」 참조.

38 1968년 5월호 『창작과비평』에서 임종철이 「구나르・미르달의 世界」란 제목으로 그의 이론을 자세히 다루고 있는 점 역시도 한국 지식장 내부에서 차지하는 뮈르달 번역의 중요성을 보여주는 것이다. 이에 대한 자세한 내용은 김현주, 「1960년대 후반 "자유"의 인식론적, 정치적 전망—『창작과비평』을 중심으로」, 『현대문학의 연구』 48, 한국문학연구학회, 2012; 본서의 제9장, 「1960년대 『창작과비평』과 번역의 문화사」 참조.

> 민족주의는 합리적인 정당성을 가질 수 없는 지경에까지 도달할 수 있다. 그렇게 되면 민족주의는 내적유대와 결속, 민족적 단결과 결합에로의 적극적 촉진제인 데서 벗어나서 일반적으로 외국인, 특히는 일정국가의 외국인들에 대한 반감으로 화하기가 쉽다.
>
> 그렇다면 민족주의가 고조되어 마침내는 침략으로 변전하는 경향이 있다는 것은 그야말로 당연한 일이다.[39]

저개발국 민족주의가 갖는 효율적 성격과 그 한계를 총체적으로 논하고 있는 이 글은 당대 『사상계』 지식인들의 민족주의에 대한 고민이 다각도로 깊었다는 것을 보여준다. 단지 민족주의 담론의 장점만을 논의한 것이 아니라, 그 위험성까지 논의하고 있기 때문이다. 이러한 점은 이후 『사상계』 담론이 박정희의 민족주의 담론을 독재자와 연관 지어 경계하게 된 이론적 기반을 추측하게 한다.

『사상계』에서 민족주의에 대한 이론적 맥락을 제시한 차기벽도 뮈르달의 이론에 깊은 관심을 갖고 있었다. 그는 자신의 글에서 이 글에서 서술되어 있는 "사회적 단합과 경제적 발전을 위해 노력하고 있는 저개발국에서는 민족주의가 다량복용이 필요한 자극제"이지만, "이것은 위험한 복용약이"라는 구절을 인용하고 있다. 이러한 점을 보면 당대 지식인들에게 뮈르달의 이 논의는 중요한 참조점이었던 것이다. 민족주의는 경제적 발전을 위해 필요한 내부적 단합을 위해서는 유용한 세계관이지만, 그것은 독재정권의 정치적 정당성을 가져오는 데 이용되기도 한다

39 뮈르달, 김지운 역, 「경제적 자립을 지향하는 후진사회－저개발제국의 경제적민족주의」, 『사상계』 105, 1962.3.

는 뮈르달의 입론을 당대 지식인들도 깊이 동감하고 있었다.

후진국에서는 '(…중략…) 민족주의 감정의 조성은 정치가가 정권을 장악하고 유지하는데 가장 효과적인 수단으로 되면 때로는 유일무이한 수단으로 된다. (…중략…) 집권정치가들은 자기들이 약속한대로 경제발전이 순조로이 진전되지 않을 경우에는 국민의 이목을 딴데로 돌리려는 필요성에서 민족주의에 호소하게 되는 (…중략…) 부가적인 동기를 가지는게 보통이다. 호전적인 민족주의는 실망의 기분전환구를 마련해 준다'는 뮤르달의 지론을 빌릴 나위도 없이, 민족주의는 집권자에 의해서 정군의 공고화나 국내적 모순의 은폐 또는 국민의 불만을 딴 데로 돌리는 수단으로 악용되기 쉬운 것이다. (…중략…)

원래 중산계급이 성장해 있지 못하는 아아(亞・阿)사회에서는 민주주의 세력보다는 권위주의 내지 독재주의세력이 대두할 가능성이 더 많은 것이다. (…중략…)

한편 국제정치의 현실에서 볼 때 아아(亞・阿)제국은 공산주의의 심각한 위협 하에 놓여 있다고 하지 않을 수 없다. 민주적 방법으로는 근대화에 필요한 선행조건을 충족시키기가 어려운 형편에 있는 데다가 아아(亞・阿)제국의 병폐인 빈곤과 불평등은 현존질서에 대한 반감과 적의를 조성시키고 있으므로 이러한 나라들은 계급적 증오를 고취하고 진보, 발전은 오직 혁명과 독재에 의해서만 가능하다고 주장하는 공산주의의 유혹에 빠질 위험한 처지에 놓여 있는 셈이다. (…중략…) 민족주의를 앙양하면서도 이런 위험을 피할 수 있는 유일한 길은 민족주의를 민주주의에 의해 합리화시키는 일이다. 표현을 바꾸면 개인과 민족과 세계 간에 균형이 잡혀야 한다는 말이다.[40]

차기벽은 뮈르달의 논의를 적극적으로 수용한 논자이다. "중산계급이 성장해 있지 못하는 아아亞·阿 사회에서는 민주주의 세력보다 권위주의 내지 독재주의 세력이 대두할 가능성이 더 많"다는 점, "민족주의는 집권자에 의해서 정권의 공고화나 국내적 모순의 은폐 또는 국민의 불만을 딴 데로 돌리는 수단으로 악용되기 쉬운 것"이라는 점, "빈곤과 불평등" 때문에, 공산주의의 심각한 위협에 빠질 위험한 처지에 놓여 있는" 점 등이 그러하다.

또한 차기벽은 민족주의가 타자를 배제하고 더 나아가 남을 침략하는 제국주의적 성격을 띨 수도 있다는 점 역시, F. 헤르츠의 논의를 빌어서도 설명하고 있다.[41] 그는 헤르츠가 '민족적 사명'을 논하는 부분에서 "민족주의의 제국주의에로의 전화와 국제정치에 있어서의 이데올로기전의 확대는 민족적 사명감의 국제화에 박차를 가하여 데마고그화의 경향도 현저하게 되었다"고 하면서 민족주의가 제국주의화되는 경향에 대해 우려한다. 차기벽은 서구 민족주의론의 적극적인 수용을 통해서 한국의 민족주의가 갈 수 있는 여러 파행성을 예측하고 있었던 것이다.

그러나 그 역시 아아亞·阿블럭의 공산화를 우려하고 있는데, 이는 그

40 차기벽, 「특집 : 민족주의의 반성 – 전후 민족주의의 방향 – 아·아(亞·阿) 제국의 민족주의와 공산유혹」, 『사상계』 128, 1963.12.

41 차기벽은 이 글에서 F. 헤르츠의 말을 인용하면서 "민족주의는 원래 통일, 자유, 개성, 위신이라는 민족적 4대 욕구를 추구하는 사상 내지 운동이니만큼 그 내용은 역사적 발전단계와 민족차에 따라 서로 다르게 마련"이라면서 상기한 4대욕구와 결부되면서 민족주의 사상에 고유한 구성계기를 이루고 있는 ① 민족적 전통 ② 민족적 이익 ③ 민족적 사명이라는 세 요소를 검토함으로써 민족주의 사상의 구조와 기능을 살펴본다고 한다. 차기벽이 인용한 이 텍스트는 F. Hertz, *Nationality in History and Politics*, Routledge & K. Paul, London, 1944로 보인다(이 저서에 대한 자세한 내용은 구로미야 가즈모토, 「프리드리히 헤르츠, 『역사와 정치에서의 국민성』」, 오사와 마사치 편, 김영작·이이범 외역, 『내셔널리즘의 명저 50』, 일조각, 2010, 66~75면 참조).

가 받아들였던 서구 지식인들이나, 당대 지식인들의 인식이 여전히 반공주의의 자장 내부에서 존재한다는 점을 증명해 주는 것이다. 반면 한반도 내부의 주체들은 아직은 남한 역시 제국주의화될 위험이 있다는 점을 반성적으로 인식하지 못하고 있었다. 뮈르달 등 당대 서구 지식인들의 비판적 목소리가 총체적으로 번역되지 못한 것이다. 이처럼 후진국 민족주의론의 수용에서 독재체제 전환에 대한 우려가 더 높았던 것은 그만큼 경제 발전을 우선적으로 수행해야 할 저개발국가라는 자기 정체성의 설정이 아직은 매우 강력한 인식의 근원으로 자리잡고 있었기 때문일 것이다.

그러나 당대 민족주의에 대한 지식인들의 고민의 향방이 박정권의 '민족적민주주의'에 대한 비판적 입각점을 세우는 것이었다는 점은 분명하다. 민족주의비교연구회(민비연)가 1963년 10월7일 창립[42]된 것도 이러한 맥락에서 가능해진 것이다. 물론 1960년 11월 민통련의 결성 등을 볼 때 학생운동권의 이념적 관심이 제3세계 민족주의로 향하고 있었다는 점을 보여준 것이다. 민비련의 일원이기도 했던 언론인 성유보의 회고에 의하면 민비련에 가입하기 이전 그가 5·16군사쿠데타로 인한 충격을 극복하게 한 책이 한스 콘의 『민족주의의 이념』[43]이었다고 한다.

42 민비연은 창립선언문에서 "고립적 일방적 전근대적 강의의 맹점을 탈피하고 여러 나라의 민족주의를 비교·연구함으로써 민족주의에 대한 과학적 인식의 토대를 마련하여 민족사적 현실을 타개할 수 있는 한국적 민족주의의 관념을 정립하겠다"고 밝혔다. 그리고 가능한 한 합법적인 범위 안에서 학생운동의 기반을 넓히고, 둘째 연구발표회나 세미나를 통해 학술적 이념적 지표를 확립하며, 셋째 민정이양에 대비한 학생운동의 새 방향을 정립한다는 활동 목표를 세웠다(『한일협정 반대운동(6·3운동) 사료총집』, 민주화운동기념사업회, 2013).

43 한스 콘의 저서 『민족주의의 이념』이 아닌, 『民族主義의 本質과 歷史』가 차기벽의 번역에 의해 1961년 박영사에서 발간된다. 이러한 점은 콘의 민족주의 이론이 차기벽은 물

한스 콘의 민족주의론은 서구형 내셔널리즘과 동구형 내셔널리즘이라는 고전적인 비교민족학의 기본 개념을 정립한 논의로 내셔널리즘 연구의 고전이다. 이 책은 사상사적 입장에서 내셔널리즘 발전사를 구성하여 내셔날리즘을 서양 근대 문명의 발전사 가운데 위치시키며 영국혁명, 계몽사상, 미국독립혁명, 프랑스혁명이라는 서양사의 발전과 내셔널리즘의 역사를 관련시킨 해석으로 유명하다. 이러한 논리는 현재 내셔널리즘 연구자들 사이에서도 거의 정설이 되어있다고 한다.[44] 이 책을 통해서 성유보 등 당시의 진보적 성향의 학생들과 차기벽 같은 지식인들은 내셔널리즘이 서구적 근대화(혁명)의 원동력이 된다는 점을 인식하고 이를 어떻게 한국적 상황에 대항담론으로 적용시킬 것인가를 고민하였다고 볼 수 있다.

『사상계』도 민주주의 관련 특집(「한국민주주의의 전진을 위하여」, 1962.5)을 기획하며 그 자리에서 '민족민주주의'란 용어를 사용하기 시작한다. 이 글의 필자 권윤혁은 "아무래도 부르조아 자유민주주의가 실현될 수 없을 정도로 역사적 사회적 모순이 가득찬 약소후진국에 있어서는 처음부터 전체사회가 주동이 되어서 진정한 민주화를 계획적으로 실현하려는 민족민주주의의 이념형태를 취하지 않고서는 민주주의의 건설이란 도무지 성공할 가능성이 없는 것"이라면서 '엘리트의 주도성'을 강조한다.

그런데 이 논의는 당대 군부 정권의 엘리트 주도의 근대화 이념을 정당화시키는 이론에 가까운 것[45]이다. 그는 "한국의 4월 학생혁명과 5월

론 당대 지식인·학생들에게 영향을 미치고 있었음을 알 수 있게 한다.

44 이에 대한 자세한 내용은 사토 시게키, 김영작·이이범 외역, 「한스 콘, 박홍영 역, 『내셔널리즘의 사상』」, 오사와 마사치 편, 『내셔널리즘의 명저 50』, 일조각, 2010, 76~87면 참조.

군사혁명"이, "그 혁명을 수행한 주체가 펜을 들었느냐 총을 들었느냐의 차이는 있었을망정 그들은 다같이 민주적인 자주국가를 수립하여야 한다는 민족적 사명감을 지닌 지식층이었다는 점"에서 모두 "인텔리겐챠 혁명이라는 새로운 성격의 혁명카테고리에 속한다"고 주장한다. 더 나아가 그는 "한국민주주의에 있어서의 인텔리겐챠계층의 주도성은 이미 역사적인 필연성에 있어서 확립된 것"이라고 주장한다. 물론 이를 『사상계』의 대표적 입론이라고 단정짓기 어렵지만, 이 글은 박정희 정권의 민족적민주주의에 다소간 호의적이었던 1962년 초, 『사상계』 담론의 혼돈 상황을 그대로 보여주는 것이다. 그만큼 이 시기와 박정권의 실체를 파악한 1963년 후반 사이, 논조의 낙차가 컸던 것이다.[46]

그런데 여기서 특이한 점은 그가 자신의 논리를 이끌어 내는 맥락이다. 이 글의 필자 권윤혁은 민족민주주의가 서구 '민주사회주의'의 '한국적 변형'이라고 주장한다. 서구자유주의 및, 자유방임주의의 파탄 및 인간 소외 현상을 극복하기 위해 탄생한 "서구의 민주사회주의democratic socialism가 한국의 역사적, 사회적 제조건의 제약에서 특수화되고 한국화된 이념형태"라는 것이다. 그래서 서구형 '민주사회주의자'인 라스키가 말한 "자본주의와 민주주의와의 불안한 결혼"은 해약되고 민족주의와 민주주의라는 천정의 배필이 한국에서 비로소 처음으로 결합하게 되는 것"이라고 주장한다. 이렇게 정통적 의미의 서구적 민주사회주의자인

45 박정희 정권의 빈곤의 정치학, 민족적민주주의와의 관련성에 대한 논의는 공임순, 「4·19와 5·16, 빈곤의 정치학과 리더십의 재의미화」, 『서강인문논총』 38, 서강대 인문과학연구소, 2013.12 참조.

46 박정희 정권의 민족적민주주의에 대한 지식인들의 인식변화에 대해서는 오제연, 「1960년대 초 박정희 정권과 학생들의 민족주의 분화—"민족적민주주의"를 중심으로」, 『기억과 전망』 16, 민주화운동기념사업회, 2007 참조.

라스키의 논리를 부정하고 그가 극복하고자 했던 '자본주의'의 해악을 '민족주의'로 치환시킨 비약과 오류는 자칫 어불성설로도 보인다. 하지만, 오히려 이 논리는 역설적으로 당대 한국정치사상사의 한 단면을 보여주는 것이기도 하다.

1950년대 후반 담론 장에서 민족주의와 경합을 벌이던 것은 민주사회주의democratic socialism였다.[47] 이러한 점은 『사상계』의 필자이기도 한 이극찬, 민병태 등 헤롤드 라스키에 경도되었던 정치학자들이 많았다는 점만 보아도 알 수 있는 것이다. 또한 『사상계』의 주요 번역 텍스트의 원저자인 버트런트 러셀과 존 스트레이치[48] 역시 이 성향의 필자였던 점도 이러한 점을 증명해 주는 것이다. 한국에서 민주사회주의의 발흥은 영국노동당의 성공이 가져다준 전 세계적인 관심에 편승한 것이다.

이러한 점은 민주사회주의와 후진국경제발전론을 주요 이론적 거점으로 잡고 있었던 잡지 『세계』의 존재가 또한 증명해 주는 것이다.[49] 번

47 윤상현의 연구에 의하면 "쿠데타 이후 사상적 지형은 점점 협소해지고 있었"고, "미국식 발전주의 사관인 '근대화론'을 지식인들은 발전주의적 근대화론과 민주사회주의적 근대화론을 통해서 수용 혹은 저항하고자 하였다"고 한다. 또 "발전주의적 근대화론은 로스토의 '근대화론'을 적극 수용하고 정부의 개입이나 주도세력을 강조하는 방식으로 재해석하여 산업화과정의 민주주의를 유보하는 강력한 민족주의를 추구하였다. 민주사회주의적 근대화론 입장의 지식인들은 인도 네루의 민주사회주의나 프랑스혁명기의 민주적 사회주의를 모델로 국가권력에 대한 시민사회의 힘과 사회의 평등성을 강조하였다. 그러나 쿠데타 이후 후자는 약화되거나 전자로 굴절되기도 하였다. 이들의 경제적 평등과 정치적 평등의 추구는 구체적 경제발전 방향으로까지 진전되지는 않았으나 언론의 자유, 사회의 역량 강화와 대중운동의 확산 등으로 사회 각 영역에서 구체제의 기반을 전변시키고자 한 당대 사회운동에 대한 적극적인 평가와 이념적 추구라는 측면에서 역사적인 의의가 있을 것"이라고 하였다(이에 대한 자세한 내용은 윤상현, 「1950년대 지식인들의 민족 담론 연구」, 서울대 박사논문, 2013, 213면 참조).

48 존 스트레이치의 글은 「帝國主義로부터自由에로(上)－20世紀後半期人類의偉大한覺醒」을 이극찬이 1962년 2월부터 1962년 5월까지 번역하여 싣는다. 이후에 1965년 6월에는 한홍수의 번역으로 「來日을헤아릴수없는政治－後進國의民主主義」가 실린다.

역 텍스트가 주조를 이루는 이 매체에서는 라스키주의자로 널리 알려진 민병태가 주요 번역가로 참여하고 있으며 경제학자인 성창환과 박희범 역시 주요 번역가로 활동하고 있는 점 역시 눈여겨보아야 할 점이다. 김수영 역시 라스키의 논리에 매우 큰 관심을 갖고 있었다.[50] 이 역시 당대 지식장에서 지식인들이 민주사회주의를 통한 국가 건설, 경제발전론을 고민했다는 점을 보여주는 것이다. 그러나 『사상계』에서는 민병태의 활약이 두드러지지 않았고, 라스키 번역은 저조하였다. 이러한 점은 적어도 좌파적 성향의 사회민주주의가 『사상계』 내부에서는 주요 담론으로 자리잡지 못했다는 점을 보여주는 것이다.[51]

그러면서 민족주의 담론에 대한 보다 신중한 모색이 시작된다. 1963년 말이 되면 『사상계』에서는 자신들이 저항 대상으로 설정한, 박정희 정권의 민족적민주주의에 대한 비판적 입론이 게재된다.

49 잡지 『세계』의 민주사회주의적 성향에 대한 논의는 윤상현, 「1950년대 지식인들의 민족 담론 연구」, 서울대 박사논문, 2013 중 제4장 「1950년대 후반 민중주의적 민족 담론」 참조.

50 4·19혁명 직후 「들어라 양키들아」에 관한 서평에서 그는 라스키의 『국가론』을 탐독하면서도, 이 두 저서의 공통점을 찾은 바 있다고 했다. 그것은 혁명이 "평범하고 상식적인 것"이라는 점이다(김수영, 「북 리뷰 : C. 라이트 밀즈 저, 신일철 역, 『들어라 양키들아—큐바의 소리』, 정향사간」, 『사상계』 95, 1961.6, 375~377면 참조).

51 이에 대해 윤상현은 "1950년대의 민중주의적 민족 담론은 남한의 '민족적 주체' 형성과정에서 서구적 '근대의 주체'를 벗어날 수 있는 단초를 사유한 길이었다고 할 수 있을 것이다. 물론 민주사회주의자들은 냉전체제의 민주주의 / 전체주의라는 양극적인 현실인식에서 출발한 세력이었고, 이들이 주조하고자 한 '인간'은 서구의 자유주의적 인간에서 크게 다르지 않았으며 오히려 인간을 이성적인 주체, 평화적인 방식으로 다수결의 합의에 이를 수 있을 것이라는 "이상주의적인" 인간관에 토대를 두었다는 점에서 서구의 근대적 기획의 극복보다는 그 완성의 추구에 가장 가까운 것이었는지 모른다. 그러나 이 사상은 스웨덴이나 제2차대전 직후의 영국과 같은 강력한 노동조합조직이나 시민사회에서 노동자집단에 의한 헤게모니의 확보라는, 그들의 표현대로 "제4계급"의 이해를 보장할 장치나 이에 대한 고려 없이 남한 사회에서 성공적인 기획으로 작동하기가 어려웠다"고 한다(윤상현, 앞의 글, 217면).

'민족적민주주의'가 '자유민주주의'를 바탕으로 한다는 김종필 씨의 해명에도 불구하고 (…중략…) 군정을 4개월 더 연장하기를 계획했던 3·16성명도 '자유민주주의'와는 너무나 거리가 멀었다 (…중략…) 정말로 '민족적민주주의'가 '자유민주주의'를 바탕으로 하는 것인지는 역시 백만의 말보다도 박정권의 정치적 실적이 밝혀줄 문제인 것 같다. (…중략…) 박정권의 '민족적민주주의'는 구체적이고 건설적인 목표를 위한 이념이기보다 정치적 경쟁자들을 '사대주의자'로 몰기위하여 주창된 슬로간이라고 볼 수 없는가. (…중략…)

박정권은 '민족적민주주의'가 반미도 아니며 친일도 아니라고 해명하고 있다. 다행한 일이다. 반미가 덮어놓고 대한민국의 국가적 이익을 증진하는 것도 아니고 하물며 친일도 덮어놓고 대한민국의 국가적 이익을 증진하는 것도 아니다. (…중략…) 이러한 점에서도 백만언의 해명보다 박정권의 외교적 실적을 주시하는 것밖에는 박정권의 '민족적민주주의'를 정확하게 파악할 수 있는 길이 없을 것 같다.[52]

이 글은 민족주의 담론에 깊은 관심을 갖고 있었던 『사상계』가 '민족적민주주의'를 표방하며 대통령 선거에 나왔던 박정희의 이데올로기를 크게 의식하고 있었다는 점을 보여준다. 민족주의 이념을 중심으로 대항담론을 모색하는 주체들에게 박정희의 '민족적민주주의' 슬로건은 매우 당황스러운 것이었다.

"구체적이고 건설적인 목표를 위한 이념이기보다 정치적 경쟁자들을

52 홍승면, 앞의 글, 84~86면 참조.

'사대주의자'로 몰기위하여 주창된 슬로간이라고 볼 수 없는가"라는 언론인 홍승면의 날카로운 지적은 이 용어가 대선 때 박정희가 윤보선을 겨냥하고 발언된 정황을 인식하고 있었던 당대 지식인들의 의구심을 대변한다고 볼 수 있다. 물론 가장 중요한 핵심은 '민족적민주주의'가 자유민주주의를 바탕으로 하고 있다는 김종필의 의견에 대한 반발논리이다. 과연 군정 연장을 기획했던 주체들이 '자유민주주의'를 외칠 수 있는가라는 날카로운 지적이 그들이 가장 하고 싶은 말이었을 것이다. "'민족'의 이름으로 많은 죄악이 저질러진다"는 말 역시 그러하다.

이렇게 당대 지식인들은 통치 주체들이 내세운 '민족적민주주의'의 허구성에 대해 어느 정도 파악하고 있었던 것으로 보인다. '민족적', '민주주의'의 결합체인 이 용어에서 그들은 '민족'주의가 내포하고 있는 파시즘화의 위험도 알고 있었고, '민주주의'에 대한 기대는 거의 없었던 것으로 보인다.

『사상계』의 대표 필자 김성식 역시 1963년 11월에 「민족주의와 민주주의」[53]란 글에서 "오늘날과 같이 개방된 국제적 사회에서 민족주의가 집권자에 의해 유달리 강조될 때 그것은 독재정치에로의 길을 택하게 되는 것"이라고 우려한 바 있다.

그렇다면 이제는 집권자에 의한 민족주의가 아니라 대항담론으로서의 '민족적민주주의'를 모색해야 할 차례일 것이다. 『사상계』에서 민족적민주주의가 본격적으로 논의되는 시점은 1965년 초이다. 우선 『사상계』에서는 진보적 사회학자인 리하르트 뢰벤탈의 글 『민족적민주주

53 김성식, 「민족주의와 민주주의」, 『사상계』 127, 1963.11, 50면.

의』를 부완혁이 전역하여 싣고 있다. 이 글의 특성은 권윤혁의 주장과 달리, '민족적민주주의'란 용어가 사회주의권에서 전략상 발화된 용어라는 점을 명시하고 있다는 것이다. 이 글에서 뢰벤탈은 1960년 말 모스크바에서 채택된 공산당들의 선언문에 대한 흐루시초프의 보고를 인용하면서 "'민족적민주주의'라는 새로운 슬로간의 전략적 의의는 전식민지국가들에 있어서 '사회주의'에의 이행에 대한 길을 터 놓는 것"이라고 설명한다.[54] 그리하여 "민족해방, 반제국주의혁명이라는 목적을 추구하느라고 들끓고 있는 아시아, 아프리카 및 라틴 아메리카의 후진국가들은 사회주의에의 이행을 수행할 수 있을 것"이라고 말했다. 또한 중국공산당의 '인민민주주의' 역시 이러한 전략적 층위를 공유하고 있다고 보고한다.[55] 그러나 여기서 뢰벤탈이 강조하고 싶은 점은 '민족적민주주의'를 표방하는 독립 국가들의 입장이 이와 다르다는 것이다.

> 비록 그들의 정보가 그들의 개발노정을 위한 공산당의 지도를 수락할 아무런 용의를 보여주지 않는데도 비맹약국가들을 계속 지원함으로써 소련은 이런 국가들에게 고전적인 자본주의와 공산주의 사이에 있는 제3의 노정이 가능하다는 것을 무언 중에 용인하고 있는 것이다. 그러나 우리가 위에서 보아온 바와 같이 '민족적민주주의'라는 교리는 그런 가능성의 부인을 전제로

54 리하르트 뢰벤탈, 부완혁 역, 「민족적민주주의」, 『사상계』 143, 1965.2, 52・54면.

55 뢰벤탈은 광범한 민족해방운동을 해방이란 사실을 넘어서 확장하려는 기도, 직접적인 공산당의 제요구를 선명하지 않으면서도 보다 원대한 혁명적 목적을 갖고 그 운동을 격려하려는 기도, 부르죠아분자들과 공동전선을 유지하되 그 영도권을 장악하려고 투쟁하려는 기도, 심지어는 소련권내에서의 사례를 그 권외에의 외견상 유사한 정세에 있는 국가들을 위한 표본으로 사용하기까지 하려는 기도 등 — 이 모든 점이 '민족적민주주의'라는 원래의 용례와 공통적으로 갖고 있는 점이라고 한다(위의 글, 59면).

삼고 있다. (…중략…) 모로코와 알제리아에서와 같이 동사자로 용인하기 를 거절한다든지 그리고 만약 민족주의적 지배자들이 에집트나 또는 심지 어는 기니아에서와 같이 공산당을 허용하지 않으려 할때는 어떻게 할지[56]

이 글의 핵심은 개발 중인 국가들이 공산당의 영도와 소련의 지원에 의존하지 않고 독자적인 길을 모색한다는 데 있다. 부완혁도 1965년 3월호에 존 카드웰의 「독립국가와 민족적민주주의－혁명의 중도타협」 번역문에서도 "신생국가들의 영도자들이 일방에서 소련의 원조를 받으면서도 그들의 개발에 있어 소련의 지도를 받기를 거"부한다는 점을 강조한다. "그대신 그들은 수카르노의 교도민주주의, 네루의 의회민주주의에 대한 신념, 낫셀의 아랍사회주의 그리고 아프리카 마르크스주의자들의, 그 대륙에서의 모든 장래 개발이 가져야 할 특수 아프리카적 성격에 대한 열정적 신념과 같은 형태로 그들 자신의 이론을 전개하였다"[57]고 한다. 우리 역시 그래야 할 것이라고 무언 중에 표명하고 있었던 것이다.

이처럼 『사상계』 지식인들은 제3세계 민족주의를 거울삼아 주체적인 저항적 민족담론을 모색한다. 그리고 그것이 사회주의로의 길이냐 아니냐도 매우 중요한 논점 중 하나였던 것이다. 1963년 12월 특집에 번역된 후라니의 글에서도 이러한 점을 지적하고 있다.

56 위의 글, 60~61면.

57 존 카드웰, 부완혁 역, 「독립국가와 민족적민주주의－혁명의 중도타협」, 『사상계』 144, 1965.3, 136면 참조.

민족주의 그 자체만으로 국가나 사회가 조직될 수 있는 원리의 제도는 아니다. 그러기 때문에 그것은 민족주의를 유인하고 흡수할 수 있는 다른 사상에 의존하여야만 한다. (…중략…)

그들은 민족주의를 사회주의니 중립주의니 통일이니 하는 따위의 말로 표현할는지도 모르고 또 그런 말로써 무엇을 의미하는가를 그들은 다소 명확히 알고 있다.[58]

이 글을 볼 때 당대 민족주의 담론에서는 민족주의를 어떤 사상과 결합시킬 것인가에 관한 모색이 중요 쟁점이었다. '중립국'에 대한 관점 역시 좌편향적인 것에서, 미국과 소련의 길이 아닌 제3의 길이라는 관점으로 옮겨가 있다. 그리고 그중에서도 제3세계 국가 지식인들에게 마르스크스주의 사상이 매력적으로 다가갈 수 있었다는 점은 어느 번역 텍스트 논자의 글에서도 공통적으로 드러나는 것이었다.

후라니의 글에서도 "지식층에는 마르크스주의사상이 지난 몇 년 동안에는 어떤 점에서 성공을 거둔 것이 있다. 그러나 그와 같은 것은 그 과정이 대개 지하로 파고들기 때문에 얼마나 성공하였느냐 하는 것은 말하기 어려운 일"이라고 논한 바 있다. 그러나 동시에 "표면화된 것에 관한 한은 마르크스주의가 단지 에집트나 기타 국가의 반관료적 이데올로기의 일부가 돼버린 빈약한 형태로서 파급된 듯 싶다. 어쨌든 이런 것은 민족주의와 양립할 수 있는 것"이라며 마르크스주의의 파급력을 우

58 알버트 후라니, 「특집 민족주의의 반성 : 近東民族主義의 昔今－팽창하는 유럽세력과 마호멧교도의 정치운동」, 『사상계』 129, 1963.12, 102면(이 번역 텍스트는 원문의 초역이다).

려한다.[59] "후진국의 민족주의가 제국주의화한 공산주의의 침략 하에 놓일 가능성이 크다"[60]는 한 논자의 말도 번역 텍스트에서 반복적으로 드러나는 논지이다. 이처럼 민족주의를 논하는 데 있어서도 이들 논자들에게 우려의 대상이었던 것은 역시 마르크스주의였다.

이처럼 김성식, 차기벽 등 주요 민족주의론자들의 주장이 반마르크스주의적인 것에 가 있는 한, 그 모색의 결론은 정해져 있는 듯했다. 『사상계』 지식인들은 이제 남한도 이들이 말한 사회주의적 지향점을 거부한 제3의 길을 어떠한 방식으로 개척해야 할까를 모색하여야 했다.

> 서구의 제국주의가 쇠퇴하고 냉전의 상황하에 새로운 문제가 제기되었다. 특히 후진국의 민족주의가 가지는 문제의 핵심은 자국의 발전을 위해 외국과의 경제협력을 해야 한다는 불가피한 당위성에 비추어 그것이 민족적이익에 활용될 수 있는 정치적 주체성의 확립이 돼있느냐 없느냐에 대한 관심이 곧 그것이라고 하겠다. 이제는 '관념적'이 아닌 '구체적'인 민족이익이 추구되어야 할 시점에 이른 것이다.[61]

이념이 거부된 자리에 남은 것은 '구체적 민족이익'이라는 현실적 실리였다. 그렇다면 민족의 이익은 과연 무엇이었을까? 경제발전 중심의 근대화라는 모형이 이 논의 저 너머에 자리잡고 있었던 것이다.

그러나 외국과의 경제협력을 해야 한다는 불가피한 당위성과 정치적

59 위의 글, 104면.

60 구범모, 「특집 현대사의 기상도 : 제국주의의 어제와 오늘—현대에 있어서 식민주의와 민족주의」, 『사상계』 144, 1965.3, 168면.

61 위의 글, 169면.

주체성의 확립이라는 양립불가능한 논제를 어떻게 풀 것인가의 문제는 여전히 남는 것이다. 또한 여기에 외국의 원조 자본을 제대로 활용하기 위해서는 3장에서 살펴본 대로, 정치적 개혁(근대화) 역시 이루어져야 한다는 난제도 남아 있다. 외자도입과 경제발전이라는 실리(박정권의 태도), 정치개혁의 선행 혹은 민족적 자존심의 수호(반일 민족주의)라는 이념적 정당성의 문제는 이 시기 한일회담을 대하는 태도에서도 중요하게 드러난 논점이었다. 이 시기를 볼 때, 한일회담을 대하는 태도에 따라 국가주도 경제발전이라는 근대화라는 노선을 고지했던 박정권을 신뢰할 것인가, 아니면 정치개혁을 지향하며 이에 대항할 것인가가 결정되었지만, 이 두 진영 모두 '빈곤'의 탈출, 경제 발전이라는 실리를 도외시하기는 힘들었던 것[62]이다.

그러면서 후진국 경제발전의 주요 논점인 분배 문제는 제대로 번역되지 못한다.[63] 이러한 상황에서 이들 지식인들의 인식은 『사상계』 진영의 민족주의 근대화론과 결합되어, 독재를 우려하는 수위에 머물 수밖에 없었고, 그 상황에서는 반제국주의적 성향이 강한 민족주의보다 '민주

62 이에 대해 김보현처럼 『사상계』 지식인들과 박정권의 이념이 근대화 중심이었다는 점에서 크게 다르지 않다고 주장한 논의도 있다(김보현, 「『사상계』의 경제개발론, 박정희 정권과 얼마나 달랐나?—개발주의에 저항한 개발주의」, 『정치비평』 10, 한국정치연구회, 2003). 이 외에도 『사상계』의 근대화론이 아래로부터의 개혁이 아닌 지식인 주도의 근대화론이라는 점에는 다수의 연구자가가 공명하고 있다(대표적 논의는 이상록, 앞의 글과 「경제제일주의의 사회적 구성과 '생산적 주체' 만들기」, 『역사문제연구』 25, 역사문제연구소, 2011 등 참조).

63 갤브레이스는 원조의 계획 목표가 "일정한 국민소득의 달성, 국민소득의 분배의 특정한 개선, 문명의 일정한 향상, 그리고 기타 교육분야의 개선", 이렇게 네 가지가 되어야 한다고 주장한다. 여기서 갤브레이스가 주장한 중요한 논점인 "국민소득의 분배의 특정한 개선" 문제가 도외시 된 것이다(J. K. 갤브레이스, 김영순 역, 「저개발국원조의 새로운 방식」, 『사상계』 96, 1961.7 참조).

주의'가 더 유력한 저항담론이 될 수밖에 없었다. 1965년 이후 『사상계』에서는 '민족주의'가 담론의 주도권을 갖지 못한다는 점이 이러한 점을 증명하는 것이다. 이러한 한계에도 불구하고 1960년대 전반까지 『사상계』에서 민족주의는 '민족적민주주의'를 슬로건으로 내걸었던 박정희 정권의 실체를 파악하는 고리이면서 저항담론 생성의 주요 키워드였다는 점은 중요하다.

이 시기 『사상계』와 다른 궤적을 보여준 『청맥』의 지식인들은 반제국주의적 성격의 민족주의적 저항담론을 주장[64]했으나, 그것 역시 통혁당 사건 등을 경유하며 좌절된다. 이러한 전반적인 조류에 민족주의는 향후 1970년대를 경유하면서 다른 서구 진보 담론의 번역을 촉진하며 저항담론으로서 새롭게 모색된다.

5. 저항 담론 모색의 의의와 한계

이상으로 본고에서는 1950년대 후반부터 1960년대 중반까지 『사상계』 번역 담론을 통해서 『사상계』가 저항매체로 변화해 가는 과정을 탐색하였다. 1950년대 후반에 불어닥친 미국 대외원조 정책의 변화는 남한 지식인들에게도 충격을 주며, 이는 곧 경제발전을 통한 빈곤의 탈출

64 『청맥』지의 탈냉전 아시아 담론에 대해서는 김주현, 「『청맥』지 아시아 국가 표상에 반영된 진보적 지식인 그룹의 탈냉전 지향」, 『상허학보』 39, 상허학회, 2013.10 참조.

이라는 기획에 위기의식을 안겨준다. 이러한 경제적 위기의식은 혁명과 쿠데타를 경험하면서 곧 정치개혁의 실현이라는 목표로 전환되며, 이를 통해 제국으로부터의 정치경제적 독립을 희구하는 제3세계 민족주의 담론에 대한 관심을 기울이게 한다. 이러한 과정에서 이들은 미 / 소의 정치체가 아닌 제3의 길을 모색하는 길에도 관심을 기울이면서 민족주의를 저항담론으로 모색하게 된다.

이러한 탐색 중에서 번역 담론은 이들에게 끊임없이 이론적 자양분을 제공한다. 군정 연장에 반대하는 논리를 소설 등 여러 번역 텍스트를 통해서 제기하기도 하고, '민족적민주주의'의 기원에 대한 이론적 논설을 번역하기도 한다. 이 와중에 이후 한국 지식장에 큰 영향을 미친 서구 경제학자인 갤브레이스와 모겐소, 뮈르달 등의 논의가 번역된다. 이들의 논의는 자본주의라는 체제 내부의 개혁을 추구하는 경제학자들로, 미국의 원조 경제 정책에 비판적이면서 동시에 저개발국가의 정치경제적 개혁을 견인해 내려고 하였다. 이러한 논리에 힘입어, 『사상계』 지식인들은 정치 개혁에 대한 열망을 표출시키며 군정 연장에 대한 반대 논리를 펼치기도 한다.

또한 민족주의론이 본격적으로 사유되기 시작한다. 그런데 『사상계』에서 이러한 논의는 아이러니하게도 1963년 대통령 선거 당시 박정희가 내걸었던 민족적민주주의론에 대한 비판적 탐색과 동시에 시작된 것이기도 하다.

이러한 상황에서 F. 헤르츠, 한스 콘 등의 민족주의론이 차기벽에 의해서 번역 소개된다. 또한 진보적 성향의 학자인 뢰벤탈의 '민족적민주주의론'이 완역되어 실리기도 하지만, 주로 인용되는 민족주의론은 서구 근대화론의 자장에서 벗어난 것은 아니었다. 명백히 반제국주의적 성향을 보이는 제3세계 민족주의의 길과는 거리가 있었다. 다만 민족주의적 성향의 국가가 독재화되기 쉽다는 점을 인식하는 데 그쳤다. 이러한 점은 1960년대 중반 중립국 논의의 좌초에서도 보여주는 것처럼 이들이 잠시나마 모색했던 제3의 길에서도 늘 마르크스주의적인 것이 아니어야 한다는 좌표가 여전히 위력적인 것이었다는 점을 보여 준다. 이 좌표가 좀 더 유연해지기 위해서는 재야의 활동이 본격화 된 1970년대를 기다려야 했다. 『녹색평론』에 연재된 언론인 임재경의 회고에 의하면 그는 서구의 경제학에 신물을 느껴 모리스 돕, 폴 바란, 폴 스위지 등 좌파 경제학자의 글을 읽기 시작했다고 한다.[65] 좌파적 성향이 좀 더 강한 이들의 논리가 들어오기 전까지, 『사상계』에서는 냉전적 지식 담론의 틀이 흔들리기 시작했던 것이다.

65 임재경, 「회고록 (7)-4·19 후와 초년 기자생활」, 『녹색평론』, 녹색평론사, 2015.5·6.

참고문헌

① 자료

『사상계』, 『청맥』.

『김수영 전집』 2(산문), 민음사, 2003.

『한일협정 반대운동(6·3 운동) 사료총집』, 민주화운동기념사업회, 2013.

② 논문 및 단행본

공임순, 「4·19와 5·16, 빈곤의 정치학과 리더십의 재의미화」, 『서강인문논총』 38, 서강대 인문과학연구소, 2013.

권보드래, 「『사상계』와 세계문화자유회의—1950~1960년대 냉전 이데올로기의 세계적 연쇄와 한국」, 『아세아연구』 54(2), 고려대 아세아문제연구소, 2011.

김건우, 『사상계와 1950년대 문학』, 소명출판, 2003.

_____, 「1964년의 담론 지형—반공주의, 민족주의, 민주주의, 자유주의, 성장주의」, 『대중서사연구』 22, 대중서사학회, 2009.

김보현, 「『사상계』의 경제개발론, 박정희 정권과 얼마나 달랐나?—개발주의에 저항한 개발주의」, 『정치비평』 10, 한국정치연구회, 2003.

김주현, 『청맥』지 아시아 국가 표상에 반영된 진보적 지식인 그룹의 탈냉전 지향」, 『상허학보』 39, 상허학회, 2013.

김현주, 「1960년대 후반 "자유"의 인식론적, 정치적 전망—『창작과비평』을 중심으로」, 『현대문학의 연구』 48, 한국문학연구학회, 2012.

박지영, 「번역된 냉전, 그리고 혁명—사르트르, 마르크시즘, 실존과 혁명」, 『서강인문논총』 31, 서강대 인문과학연구소, 2011.

_____, 「1960년대 『창작과비평』과 번역의 문화사」, 『한국문학연구』 45, 동국대 한국문학연구소, 2013.

_____, 「제3세계로서의 자기 정위(定位)와 신성(神聖)발견—1960년대 김수영, 신동엽 시에 나타난 정치적 상상력」, 『泮矯語文硏究』 39, 반교어문학회, 2015.

백원담, 「아시아에서 1960~70년대 비동맹 / 제3세계운동과 민족·민중 개념의 창신」, 『中國現代文學』 49, 한국중국현대문학학회, 2009.

오제연, 「1960년대 초 박정희 정권과 학생들의 민족주의 분화―"민족적민주주의"를 중심으로」, 『기억과 전망』 16, 민주화운동기념사업회, 2007.
_____, 「1960년대 전반 지식인들의 민족주의 모색―'민족혁명론'과 '민족적민주주의' 사이에서」, 「역사문제연구」 25, 역사문제연구소, 2011.
윤상현, 「1950년대 지식인들의 민족 담론 연구」, 서울대 박사논문, 2013.
이상록, 「『사상계』에 나타난 자유민주주의론 연구」, 한양대 박사논문, 2010.
_____, 「경제제일주의의 사회적 구성과 '생산적 주체' 만들기」, 『역사문제연구』 25, 역사문제연구소, 2011.
이현진, 「제1공화국기 美國의 對韓經濟援助政策 연구」, 이화여대 박사논문, 2005.
장세진, 「'시민'의 텔로스(telos)와 1960년대 중반 『사상계』의 변전―6·3운동 국면을 중심으로」, 『서강인문논총』 38, 서강대 인문과학연구소, 2013.
_____, 「안티테제로서의 "반둥정신(Bandung Spirit)"과 한국의 아시아 상상(1955~1965)」, 『사이間SAI』 15, 국제한국문학문화학회, 2013.

오사와 마사치 편, 김영작·이이범 외역, 『내셔널리즘의 명저 50』, 일조각, 2010.
존 K. 갤브레이스, 박현채·전철환 역, 『불확실성의 시대』, 범우사, 1979.

제8장

번역된 냉전, 그리고 혁명

사르트르, 마르크시즘, 실존과 혁명

1. '반공주의'와 '번역', '사르트르'라는 키워드

1958년 발표된 김춘수의 시 「부다페스트에서의 소녀의 죽음」은 1950년대 한국 지식인들에게 반공주의가 어떻게 구성되었는지를 보여주는 대표적인 텍스트이다. 그 이유는 이 시가 당대 서구 지성계에서 중요한 사상적 분기점을 형성한 헝가리 사태를 전면에서 다루고 있기 때문이다. 사르트르를 비롯하여 소련 공산주의에 대해 열렬한 지지를 보내던 서구의 지식인들이 돌연 반대 입장으로 돌아서는 기점이 헝가리 사태(1956)였다. 한국의 미디어도 이 사건을 대대적으로 보도하며, 반공주의의 주요한 논거로 삼는다.[1]

둘째, 이 시는 소련을 소녀를 쓰러뜨린 괴물에 비유하여 정서적인 파토스를 강조한다. 여기서 '소녀'는 순수한 인간의 존엄성을 상징하며, '소련'으로 상징되는 공산주의는 '인류의 양심'의 적이다. 이러한 반소련 정서는 반공주의가 논리 이전에 감정적인 반응으로 다가오게 한다. 동시에 소련에 침탈당한 헝가리의 운명과 우리의 운명을 동일시한다. 공산주의의 적이면 모두 자유민주주의 투사, 동지라는 의식이 형성된 것이다. 이처럼 반공주의는 서구 선진국과 우리를 동렬의 동지로 만들어주는 끈이다. 우리의 반공주의가 서구의 담론을 번역하여 구성된 것도 바로 이러한 욕망과 무관하지 않다.

또한 이 관념적이고 파토스가 강한 시는 시인 김춘수의 세대적 특수성을 보여주는 것이기도 하다. 1922년생인 김춘수를 비롯한 김수영, 장용학, 손창섭 등 1920년대 초반생들은, 청춘의 시기, 식민지 치하에서 일본어 서적으로 사회주의를 접했을 가능성이 큰 세대이다. 그러다가 남이냐 북이냐 선택의 기로에 섰을 것이고, 만약 1950년 이전 월북을 하지 못하면(않으면) 생존을 위해 반공주의를 자신의 의식 내부에서 구성해 내어야 했던 세대이다. 진보적 지식인 김수영조차 시에서 "허튼소리가 / 필요하거든 / / 나는 대한민국에서는 / 제일이지만 / / 이북以北에 가면야 / 꼬래비지요"(허튼소리)라고 하면서 월북한 동료 문인들을 동경하면서도, 소련의 스탈린 체제에는 큰 반감으로 가지고 있었던 점[2]을 본다면 이들에게

1 일례로 『사상계』에 실린 한 텍스트에서는 "스탈린 비판이나 헝가리 사건을 계기로 사회주의 체제에 대한 환멸이 급격히 대두하기 시작하였다"고 서술한 바 있다(이원우, 「국제관계에서의 사회주의노선－초석을 잃은 이데올로기로서의 사회주의」, 『사상계』 104, 1962.2 참조).

2 그는 파르테르나크, 안드레 시냐프스키 등 소련 작가들을 검열하고 감시하는 소련의 문화 정책을 강도 높게 비판한 바 있다(김수영, 「도덕적 갈망자 파스테르나크」; 「안드레

반공의 논리는 생존을 걸고 어떠한 방식으로든 내면화해야 하는 것이다.

물론 번역을 통해 수용한 지식으로만 '반공의식'이 구성되었다는 것은 아니다. 이들이 겪은 해방 직후 역사적 체험이 공산주의에 대한 정서적 공포감을 조성했다는 사실은 부정할 수 없다. 4·3제주민중항쟁, 여순사건을 계기로 '빨갱이'란 용어가 창출되는 과정이 그 예이다.[3] 이어서 한국전쟁 체험으로 인한 남한 민중들의 정치적 피해의식은 반공주의가 내면화되는 데 크게 기여한다. 의용군과 포로수용소의 폭력적 생활을 연이어 경험했던 김수영과 같은 경우, 반공주의는 체험에서 우러나오는 자기 서사이기도 하다. 그러나 이 체험으로 형성된 정서적 반감도 곧 논리적으로 재구성해내야 하는 것이 지식인의 속성이다. 여기서 서구 텍스트가 유용한 대상이 될 수 있었던 것이며, 번역의 정치성 또한 발현된다.[4]

이미 여러 연구사를 통해서 밝혀진바, 해방 직후부터 1950~1960년대 번역된 주요 텍스트가 미공보원의 원조와 여기서 지원받은 국가기관(문교부)에 의해 번역되었다는 것은 당대 번역의 정치적 성격을 증명하는 것이다. 물론 학교 등 공공교육제도권 내부에서 수용된 것이 거의 대부분이었지만, 당시 번역 정책은 지식의 근대화를 지향했던 당대 지식

이 시냐프스키와 문학에 대해서」, 『김수영 전집』 2(산문), 민음사, 2003 참조).

3 이에 대한 자세한 내용은 김득중, 「'빨갱이'의 탄생—여순사건과 반공 국가의 형성」, 선인, 2009 참조. 이 외에 해방기 이후 반공 정치 담론의 형성 과정에 대해서는 김정, 「해방직후 반공이데올로기의 형성 과정」, 『역사연구』 7, 역사학연구소, 2000.6 등 참조.

4 1950년대 번역은 반공주의, 서구중심주의로 재편되는 지식장(場) 구성에 있어서 가장 중요한 매개체였다. 이 시기를 전후해서 쏟아져 들어오는 서구 텍스트들이 이들의 의식에 직·간접적으로 영향을 끼쳤을 것이라는 점은 능히 추측할 수 있는 일이다(1950년대 번역장에 대해서는 앞 장 「'번역'의 시대, 번역의 문화 정치—1950년대 번역 정책과 번역문학장」 참조).

인들의 조급한 열망과 결합되어 행해졌다. 『사상계』의 번역 텍스트 역시 이러한 자장에서 자유롭지 않았다. 이미 미공보원의 종이 원조로 『사상』과 『사상계』가 발간되었다는 것을 알려진 사실이다. 더 나아가 백낙준이나 미공보원을 통해 『사상』, 『사상계』에 번역할 텍스트가 제공되었다. 그리하여 한 연구자의 지적대로 이 번역물의 검토를 통해서만이 미국이 제시하려고 한 '자유진영' 사상에 대한 검토가 이루어질 수 있는 것[5]이다.

번역 텍스트는 물론, 당대 대표적인 지식인 잡지인 『사상계』에 실린 대부분의 텍스트가 반공주의적인 편향을 띈다는 것은 이미 밝혀진 사실이다.[6] 반공이 주요 원칙인, 검열 상황[7]하에서, 반공주의에는 유난히 비판적 시선이 개입할 틈이 없었을 것이다. 마르크시즘을 소개하지만,[8] 매우 상투적인 비판으로 끝나는 논리적 경직성은 이 이념이 제대로 번역된 것이 아니라 반공주의적 논리로 각색된 채, 주입되었다는 전제를 부정할 수 없게 한다.

『사상계』에 실린 반공주의 번역 텍스트들은, 그 출전이 대개 미국 매체였던 점[9]을 감안한다면, 주로 미국의 논리를 대변하는 것이었다고 볼

5 후지이 다케시, 「반공과 냉전 사이―『사상』『사상계』의 반공주의와 진영론」, 『2011년 서강대 인문과학연구소 학술대회 '냉전과 혁명, 그 사회역사적 분절과 이행의 논리들' 발표문』, 2011.4.22, 16면 참조.

6 『사상계』지의 전반적인 사상적 경향에 대해서는 김건우, 『사상계와 1950년대 문학』, 소명출판, 2003 참조.

7 1950년대 검열 상황에 대해서는 이봉범, 「1950년대 문화 재편과 검열」, 『한국문학연구』 34, 동국대 한국문학연구소, 2008 참조.

8 대표적인 것이 잡지 『사상계』에 1961년 4월부터 1961년 10월까지 7회까지 기획 연재되었던 「맑시즘 세미나」이다.

9 당대 지식인 매체의 번역 텍스트의 출전은 대개 미국과 서구의 잡지였다(이에 대해서는 남궁곤, 「『思想界』를 통해 본 지식인들의 '냉전의식'연구―국제질서관의 형성 및 변화

수 있다.[10] 당대 대표 지식인 잡지인 『사상계』는 월트 W. 로스토의 「비공산당선언」[11]과 미국의 아세아정책에 관한 중요한 보고서인 콜론 보고서[12]를, 78호부터 5회에 걸쳐 전문으로 싣는다. 이 외에 당대 최고의 소련통이자 서구 저널리스트인 리프먼[13]의 글은 소련의 사회주의에 대해 비판하고 서구 민주주의와 자본주의를 옹호하는 이론적인 글로, 당대 지식인들에게 반공주의적 시각의 주요한 논리를 제공한다.

그런데 미국 이외에 반공주의 논리를 설파하는 데 중요한 역할을 했던 것은 존 스트레이치 등 영국 수정주의 좌파와 프랑스 지식인의 텍스트이다. 실제로 김수영도 '사회주의의 현대적 상황' 즉, 소련을 비판하는 논리를 레이몽 아롱의 글, 『지식인의 아편』[14]의 한 구절을 빌어 표현

를 중심으로」, 서울대 석사논문, 1987 참조). 당대 지식인 매체의 번역 기사의 제 양상에 관해서는 앞 장 참고.

10 잡지 『사상계』가 번역을 통해 미국의 사상적 논리를 제공받았다는 점은 이미 권보드래의 논문을 통해서 검증된 바 있다(권보드래, 「실존, 자유부인, 프래그머티즘－1950년대의 두 가지 '자유' 개념과 문화」, 권보드래 외, 『아프레걸 사상계를 읽다』, 동국대 출판부, 2009; 권보드래, 「『사상계』와 세계문화자유회의－1950~1960년대 냉전 이데올로기의 세계적 연쇄와 한국」, 『아세아연구』 144, 고려대 아세아문제연구소, 2011.6 참조).

11 로스토, 원효경 역, 「비공산당선언(상・하)－경제성장단계설」, 『사상계』 78~79, 1960.1~2 참조. 로스토가 한국에 끼친 영향력은 단지 미국의 대한정책의 방향을 변화시키는 데만 있는 것이 아닌, 한국인들의 사회적 합의와 담론을 바꾸는 데 이른다. 이에 대한 자세한 내용은 박태균, 「로스토우 제3세계 근대화론과 한국」, 『역사비평』 66, 역사비평사, 2004 참조.

12 「콜론・어쏘시에이츠 報告書－美國의 對亞細亞政策－美國上院外交委員會의 要請으로 「콜론・어쏘시에이츠」 社가 作成한 報告書」, 『사상계』 78~82, 1960.1~1960.5.

13 리프먼, 김천남 역, 「특집 : 현대사상고찰－西歐民主主義의 危機」, 『사상계』 21, 1955.4와 박기준 역, 「소련과의 決判을 앞두고－흐루시쵸프 對談記」, 『사상계』 91, 1961.2 참조.

14 김수영, 「김수영 미발표 유고－일기(1961.3)」, 『창작과비평』, 2008 여름호 참조. 김수영도 인용했던 책 『지식인과 아편』에서 레이몽 아롱은 공산주의의 메시아주의적 성격을 '아편'이라고 규정하고 한국전쟁과 동유럽에 대한 패권주의적 욕망을 지닌, 소련의 기만성을 비난한 바 있다. 이 텍스트는 1961년에 『사상계』 편집위원이었던 안병욱의 번역으로 중앙문화사에서 단행본으로 발간된다. 이 텍스트 번역은 미공보원의 번역 원조에 의한 것이었을 가능성도 있다. 중앙문화사를 통해서 에머슨의 『문화, 정치, 예

한 바 있다. 잡지 『사상계』에서는 레이몽 아롱, 사르트르, 카뮈,[15] 앙드레 지드,[16] 앙드레 말로 등의 글을 활용하여 당대 유럽 지성사를 설명한다.[17] 그런데 이들의 공통점은 사회주의에 대한 이상주의적 기대를 갖고 있다가 실망한 후, 신랄한 소련의 비판자가 된 논자들이라는 것이다.[18] 이러한 점은 당대 지식인 독자들에게 프랑스 지성인의 동향이 주요 관심사 중 하나였다는 점을 증명하는 것이다.[19] 문학 텍스트에서도 영미

술』(1956)을 번역한 김수영의 부인 김현경 선생은 원응서의 소개로 이루어진 이 출판사의 번역이 당대 미공보원의 번역 원조에 의해 이루어진 것이었다고 증언한 바 있다.

15 커밋 랜스너, 송욱 역, 「알베엘・카뮈論」, 『사상계』 8, 1953.12; 손우성, 「秩序와 自由에의 길－카뮈의 思想을 넘어서」, 『사상계』 82, 1960.5; 정명환, 「카뮈以後」, 『사상계』 84, 1960.7; R. M. 알베레스, 김붕구 역, 「카뮈追悼論文證人과 異邦人－카뮈의 位置」, 『사상계』 85, 1960.8; 이항, 「主觀性과 客觀性－카뮈와 로브・그리예를 中心으로」, 『사상계』 97, 1961.8.

16 앙드레 지드, 金鵬九 譯, 「지이드日記抄－自1942年…至1949年」, 『사상계』 32, 1956.3; 洪承五, 「作品硏究 (佛)－改革의 先驅－앙드레・지드의 私錢꾼들」, 『사상계』 130, 1964.1.

17 대표적인 텍스트가 오현우, 「戰後 불란서 文學思潮의 主流」, 『사상계』 31, 1956.2이다. 이 글에서 카뮈는 반공주의자로 말로는 공산주의자였다가 이에 등을 돌린 자로, 사르트르는 공산주의자로 소개된다. 그리고 사르트르가 공산주의에 우호적인 태도를 보여 많은 우익 옹호자들을 잃었다고 안타까워 한다.

18 레이몽 아롱은 사르트르와 논쟁을 벌였던 옛 동지이다. 그 역시 한때 사르트르처럼 친공산주의적 면모를 보였으나 이내 비판적으로 돌아선 사상가이다. 그래서인지 그는 『사상계』에서는 반공주의의 대변자로 등장한다. 한국전쟁이 사르트르에게는 공산주의와 구소련에 더 가까워지는 계기로, 아롱에게는 그와는 반대로 자유민주주의를 표방하는 미국 쪽으로 더 경사되는 계기로 작용한다(변광배, 「사르트르와 메를로퐁티의 이념 논쟁과 한국전쟁」, 정명환 외, 『프랑스지식인들과 한국전쟁』, 민음사, 2004 참조). 『사상계』에 번역된 레이몽 아롱의 글은 다음과 같다. 김명철 역, 「共産主義와 知識人」, 『사상계』 46, 1957.5; 「組織化한 世界에서 自由를 찾아」, 金容權 譯, 『사상계』 111, 1962.9; 「社會主義思想에 대한 考察－共産侵略에서 自由를 옹호하다 서거한 前베를린市長 E・로이터를 追悼하며」, 『사상계』 138, 1964.9. 대표적인 글이 「공산주의와 지식인」(김명철 역, 『사상계』 46, 1957.5)인데, 이 글에서 레이몽 아롱은 "전통적 소련 공산주의는 마르크스 자신이 상상조차 할 수 없었던 제반 사태를 마르크스의 이상향적인 구상에다 강제로 부합시키려는 것"이라고 하면서, 소련의 정치체제를 비난한다. 더 나아가 더이상 실효성이 없는 공산주의를 신봉하는 지식인들을 "상부당국에서 강요하는 세계관을 무조건 신봉하는 자"라고 비판한다.

19 1945년 프랑스 해방 직전까지만 하더라도 비교적 좌・우파의 세력 균형이 이루어졌던

다음으로 많이 번역된 것이 프랑스문학이었다.

그리고 식민지 시기에 교육을 받았던 김춘수, 김수영 세대에게 미국은 그리 우아한 나라만은 아니었다. 식민지 시기에는 일본의 입장에서 영국과 미국을 적으로 상정하고 자본주의 속물의 나라로 계몽되었기 때문이다. 이들이 본격적인 사회 활동을 시작했던 해방기에도 이러한 인식적 경향은 이어져, 미군정의 선전 정책이 강화된 것도 한국인의 부정적 대미인식이 예상 밖으로 견고했기 때문이라고 한다.[20] 이러한 실례가 증명하듯, 이 세대에게 미국은 해방군이기도 했지만 점령군이기도 했고, 선망의 대상이자, 그 오만함으로 혐오스러운 대상이었다.[21] 그렇기 때문에 특히 미국의 번역문보다는 사르트르 등 프랑스 지성인들의 의식적 동향이 당대 지식인들에게 더 매력적으로 다가왔을 가능성이 크다. 특히 문인들은 사르트르, 카뮈라는 당대 최고의 지성인 문인의 이데올로기적 동향에는 민감할 수밖에 없었을 것이다.

프랑스지식인들 사이의 역학관계가 해방과 더불어 급격하게 좌파 쪽으로 기울어진다. 헝가리 사태를 통해 확인하고자 했던 계급없는 사회의 건설이라는 좌파의 신화가 결국 환상에 불과했다는 사실을 인식하고 점차 구소련에 등을 돌리게 된다(시리넬리, 「한국전쟁 발발 당시의 프랑스 지식인들의 지적 지형도」, 정명환 외, 『프랑스 지식인들과 한국전쟁』, 민음사, 2004, 76~87면 참조).

20 미군정 1년이 가까워지면서 미군정의 문화정책은 새로운 국면에 접어들게 된다. 무엇보다도 문화정책의 의미가 정보제공이라는 소극적인 공보활동에서 '미국적 삶의 이식"이라는 적극적인 문화공세로 새롭게 방향 설정을 하기 시작한 것이다. 미군정은 남한 통치 1년을 평가하면서 그 동안 공보활동을 중심으로 한국인에 가했던 이념적 공세가 큰 효과를 보지 못하고 있다고 판단하게 된 것이다(김균, 「미국의 대외 문화정책을 통해 본 미군정 문화정책」, 『한국언론학보』 44(3), 한국언론학회, 2007.7 참조). 이 외에 한국에 대한 미국의 문화 정책에 대해서는 허은, 『미국의 헤게모니와 한국 민족주의－냉전시대(1945~1965) 문화적 경계의 구축과 균열의 동반』, 고려대 민족문화연구원, 2008 참조.

21 김수영에 대한 부인 김현경 선생의 회고에 의하면, 김 시인이 전후 생계를 위해 다녔던 미군 관련 통역관 일을 매번 그만둔 것은 그들에 대한 혐오감 때문이었다고 한다.

그중에서도 가장 중요한 것이 사르트르 번역 텍스트이다. '사르트르'는 해방 이후 한국 번역문학(사상)사의 중심 키워드로[22] 그 이후부터 현재까지 꾸준히 주목받고 있는 드문 작가이다.[23] 그러나 사르트르는 이러한 반공주의 전선에서는 제대로 번역되기 힘든 작가이다. 잘 알려진 대로 사르트르는 한국전쟁 이후 1952~1956년 헝가리 사태 이전까지 당대 프랑스 문인들 중 가장 열렬한 공산주의 지지자였다. 그는 한국전쟁을 기점으로 공산주의의 활동에 동지적 관계로서 지지를 보내다가 1956년 스탈린을 격하시키는, 「흐루시초프의 보고서」와 헝가리 사태를 보고 나서는 '소련의 개입에 반대하는' 입장을 표명하는 서명란에, 제일 처음 서명한 지식인이 된다.[24]

그리고 「유물론과 혁명」, 『변증법적 이성 비판』이라는 저서를 통해서 실존주의와 마르크시즘의 접합을 시도했던 사람이다. 물론 그 결과에 대한 평가는 분분하나,[25] 그럼에도 불구하고 사르트르의 시도가 당대

22 사르트르의 텍스트는 특히 1958년을 전후하여 대거 소개되고 있다. 1958년 이후에 불기 시작한 세계문학전집 발간 붐에 힘입었기 때문이다(지영래, 「작품별 번역 양상을 통해서 본 사르트르의 국내 수용 연구」, 『불어불문학연구』 76, 한국불어불문학회, 2008, 361면 참조). 1960년 이전에 소개된 사르트르 작품목록은 윤정임, 「한국의 프랑스 문학 수용에 대하여-사르트르의 실존주의를 중심으로」, 『국제어문』 27, 국제어문학회, 2003.6 부록 표1, 236면 참조.

23 이러한 점은 사르트르 수용사 연구에서 잘 드러난다. 사르트르 수용사 연구는 대표적으로 위의 글; 지영래, 앞의 글 참조.

24 1956년 11월 『프랑스 옵세르바퇴르(*France Observateur*)』지에서 발표된 좌파 지식인들의 '소련의 개입에 반대하는' 입장 표명에 서명한 인사들 가운데 사르트르의 이름이 맨 위에 올라 있다는 사실은 더욱 의미심장하다(정명환 외, 「한국전쟁과 프랑스 지식인」, 앞의 책, 87면 참조).

25 사르트르의 이 텍스트를 논하는 논자들은 대개 이 두 철학의 전제가 다르기 때문에, 접합은 애초부터 불가능했다고 바라보고 있다. 대표적인 텍스트가 정명환, 「사르트르 또는 실천적 타성태의 감옥」, 한국사르트르연구회 편, 『사르트르와 20세기』, 문학과지성사, 1999이다.

냉전기 서구 사회와 그를 지지하는 동아시아 지식인들에게 큰 영향을 줄 수 있다는 것은 익히 짐작할 수 있는 것이다.

그에 대한 관심을 반영하듯, 해방 이후 사르트르 번역의 양태는 다양하다. 당대에 사르트르는 카뮈, 앙드레 말로 등 실존주의 작가들과 달리, '용공문학'이라고 비판받기도 한다.[26] 더 나아가 그가 소련에 대한 태도를 바꾼 후 마르크시즘을 비판하는 논리는 당대의 보편적인 반공주의적 논리에 포섭되기도 한다. 그래도 잠시나마 「유물론과 혁명」, 『변증법적 이성 비판』이 주목받는 시기도 있었다. 그것은 4·19혁명 직후이다.

이러한 점 역시 번역의 정치적 성격을 증명해 주는 것이기도 하다. 본래 '번역'은 정치적으로 순수한 것이라 볼 수 없다. 항상 텍스트의 선정, 번역기법, 그리고 자료 분석을 결정하는 '시대정신'의 영향을 받는다.[27] 그래서 '문화번역'의 과정 속에 권력이 어떤 식으로 자리 잡는지를 분석해야 하는 것이다.[28] 이는 역으로 번역 연구를 통해서 당대 '시대정신'과 문화적 토대를 규명할 수 있다는 논지도 된다. 검열의 자장에서 자유로울 수 없는, 해방 이후 번역장 역시 그러하며,[29] 그 안에서 번역 텍스트

26 사르트르 수용사를 연구한 윤정임에 의하면, 실존주의 이입 초기에 비평과 창작에서 참여론을 주장하던 김붕구, 선우휘, 이어령 등은 사르트르의 참여 문학론을 '용공문학'으로 비판하며 입장 선회를 했다고 한다(윤정임, 「우리에게 사르트르는 누구인가－사르트르 수용의 현단계－문학을 중심으로」, 『문학과사회』 18(2), 문학과지성사, 2005.5, 342면 참조).

27 알바레즈·비달 편, 윤일환 역, 「문화번역의 이국적 공간」, 『번역, 권력, 전복』, 동인, 2008, 145면 참조.

28 알바레즈·비달 편, 윤일환 역, 「번역하기－정치적 행위」, 위의 책, 20~21면 참조

29 번역의 경우도 검열을 받았다. 문교부령 제30호에 의해 5년 동안 추진된 '외국도서번역사업'의 경우 '외국도서 인쇄물 추천기준'(1957.8) 즉 적성국가와 공산주의자 및 그 추종자의 저작물, 공산주의서적을 주로 간행하는 출판사의 출판물, 일본서적, 미풍양속과 공공질서를 해할 우려가 있는 도서를 엄격히 배제함으로써 국가의 물질적· 재정적 지원에 전적으로 의존할 수밖에 없었던 도서출판계를 정치권력의 영향권으로 포섭하는 결과를

를 선택하는 편집진과 번역가 역시 정치적 성격을 띨 수밖에 없다.

이를 증명하듯 사르트르 번역의 다양한 양태는 해방기부터 1950년대, 4·19혁명 직후인 1960년대 초반까지 당대 지식장에서 일어나는 미세한 사상적 균열을 감지하게 한다. 한국 번역장에서 사르트르는 중요한 사상적 분기점마다 다르게 번역되면서 전용되었던 대표적인 텍스트인 것이다. 때로는 철저하게 반공주의로 전유되기도 하지만, 오히려 그 텍스트를 통해 마르크시즘에 대해서 관심을 갖게 되기도 하고,[30] 그가 꿈꾸었던 자유와 혁명, 유토피아적 전망을 공유하고자 했을 수도 있다. 이는 해방기부터 예고된 것이며, 특히 1950년대 번역장에서 사르트르는 더욱 예민하게 다루어진다.

그리고 이와 연관하여 사르트르 번역이 문제적인 것은 그의 텍스트가 당대 문학계의 주요 정신적 토대였던 실존주의와 연관되어 있기 때문이기도 하다. 1950년대 한국 지식계와 문학계에서 차지하는 실존주의의 위치는 이미 논구된 바이다.[31] 대개의 연구는, 당대 실존주의가 당대 한국 지식계의 핵심으로 자리 잡으면서 반공주의로 포박된 당대 지식계에

초래했을 뿐만 아니라 미국을 중심으로 한 제1세계 저작물이 주로 번역·이입되면서 번역의 장을 불구적으로 조형해 낸다. 그 외 1950년대 검열 현황에 대해서는 이봉범, 「1950년대 문화 재편과 검열」, 『한국문학연구』 34, 동국대 한국문학연구소, 2008, 16면 참조.

30 당대 운동권이었던 이데올로기 비평가 김정강의 회고에 의하면, 사르트르, 퐁티, 말로, 라스키 등을 통해서 공산주의에 관심을 갖게 되었고, 이를 통해 마르크시즘 원서를 읽게 되었다고 한다(김정강, 「운동권 전설적 이론가 김정강의 '4·19에서 6·3까지'」, 『신동아』, 2007.6.25 참조).

31 이에 대한 자세한 내용은 나종석, 「1950년대 실존주의 수용사 연구—'교양'으로서의 실존주의를 중심으로」, 『헤겔 연구』 27, 한국헤겔학회, 2010.6 참조. 이전에도 1950년대 한국문학연구에서 실존주의가 어떠한 방식으로 텍스트에 수용되었는가는 활발하게 논의되었다. 대표적으로 한수영, 『한국현대비평의 이념과 성격』, 국학자료원, 2000; 김건우, 『사상계와 1950년대 문학』, 소명출판, 2003 등이 있다. 지면관계상 일일이 거명하지 못한 점이 아쉽다.

새로운 활력소를 불어넣은 것으로 상술하고 있다.

한 철학도는 1950년대 실존주의를 연구한 지면에서, "한국적 상황에서 실존주의 정신이 근대화론 및 자유민주주의와 결합해서 한국사회의 부조리하고 부당한 현실을 극복하려는 움직임으로 나타났다"고 평가한다. 또한 "사르트르의 사회참여가 공산주의와의 연대로 드러난 것"을 그 근거로 들며, 한국사회의 움직임이 반드시 실존주의 정신과 배치되는 것은 아니라고 한다. 그럼에도 불구하고 이러한 실존주의 정신이 한국에서 드러나지 못한 것은, 1950년대 한국의 지식인 집단이 지나치게 자유진영 대 공산진영이라는 진영의식과 냉전적 사유의 틀에 속박되어 있기 때문이라고 해석한다. 이러한 연구 결과 역시 당대 한국에서 사르트르의 사상이 온전하게 번역되지 않았다는 것을 증명한다. 사르트르는 번역장에 작동하는 반공주의라는 검열 원칙이 입체적으로 적용된 텍스트였기 때문이다.

물론 "해방기 미군정이 실시한 번역 정책과 공모하여 발표된 자유민주주의의 이념의 내용이 전형적인 서구의 자유 민주주의론과 동일하지 않았다는 사실", 즉 "미국식 민주주의를 번역・소개하는 최전선에 서있던 한국인들이 자기 방식대로 재해석한 '자유민주주의'가 소개되었다"[32]라고 밝힌 한 연구논문의 구절은 번역을 통해서 미국의 논리가 그대로 주입된 것만은 아니라는 점을 증명해 준다. 즉 번역이 되더라도 미국과 국가기관의 논리와 달리 왜곡되거나, 혹은 창조적(더 보수적으로)으로 수용될 수 있는 것이다. 반공주의란 맥락 역시 분단상황(전쟁체험)과 결합되어 더욱 강고해졌을 가능성이 크지만, 그 번역된 실상은 아직 섬

32 이상록, 「『사상계』에 나타난 자유민주주의론 연구」, 한양대 박사논문, 2010, 33면 참조.

세하게 분석되지 못 했다.

그러므로 본 연구는 주로 1950년대 발간된 당대 대표 지식인 잡지인 『사상계』에 번역된 텍스트 중 사르트르의 번역 텍스트를 그 표본으로 삼아, 이를 중심으로 당대 냉전 인식이 번역장에 어떠한 방식으로 작동하는가를 살펴볼 것이다. 또한 그 번역 양태의 변화를 살피기 위해 4·19혁명 이후인 1960년 초반(6·3학생운동 이전)까지 살펴보도록 한다. 이 시기가 지식장에 미세한 변동이 일어나는 시기이기도 하며, 사르트르가 집중적으로 번역된 때이기 때문이다. 이로써 당대 반공주의적 인식이 어떠한 방식으로 지식장에 작동하였는지, 그리고 이를 수용하는 주체들의 의식이 어떠한 방식으로 순응 / 반발의 과정을 거쳐 구성되는가를 연구할 수 있을 것이다.

2. 해방기~1950년대 사르트르의 번역
—다중적 시선과 '논쟁'의 저널리즘

누에는 철조망에 목을 매고 죽었다.

— 장용학, 「요한시집」

이는 1950년대 대표 작가인 장용학이 휴전 즈음인 1953년 탈고[33]한 소설 「요한시집」의 주제를 상징적으로 보여주는 구절이다. 이 구절은 한때 훈장까지 받았던 괴뢰군 출신 누혜(누에는 이 소설의 주인공 중 한 명인 '누혜'의 별명이다)가 포로 수용소에서 이념에 회의를 느끼고, 결국 죽음을 선택하게 되는 장면을 서술한 것이다. 물론 변절자로 낙인찍혀 좌파 동료들에게 받은 고통스러운 핍박이 원인이기도 하겠지만, 누혜의 자살을 부추킨 것은 "인민의 벗이 됨으로써 재생하려고 했"으나, "당에 들어가 보니 인민은 거기에 없고 인민의 적을 죽임으로써 인민을 만들어내고 있었던", "생의 괴리", "자유에의 길을 막고 있는 벽"을 체험했기 때문이다. 결국 그는 이 "자유에의 길을 막고 있는 벽"을 뚫고자 존재론적 결단을 내린다. 실존적 결단을 내려 자신이 이념적 자유를 가진 인간임을 만천하에 선포하기 위해, 그는 혐오하는 냉전의 상징체인 '철조망'을 목에 감고 죽음을 택한 것이다. 비극적이게도 포로수용소라는 지극히 억압적 공간에서 그가 수행할 수 있는 최대한의 저항 행위는 '죽음' 이외에는 없었을 것이다.

그러나 이러한 결말은 1950년대 전후戰後 소설에서 자주 드러나는 것이다. 전쟁을 다루고 있는 소설에서 주인공이 '적'이라 상정되는 공산당과 싸우는 방법은 기꺼이 '죽음'으로써 '스스로'의 존재성을 결단하는 일이다. 이는 주인공이 인간으로서 자신의 존엄성을 지키는 방법이기도 했다. 이로써 공산당은 인간의 존엄성을 걸고 싸워야 하는 괴물로 현시하게 된다. 선우휘의 「불꽃」(1957)이 그러했고, 오상원의 「유예」(1955)가 그러했다.[34]

33 장용학의 「요한시집」은 1955년 『현대문학』에 게재되지만, 탈고한 것은 1953년이라 한다(장용학, 「작가연보」, 『원형의 전설 外』, 동아출판사, 1995, 535면 참조).

그러나 사상적 편력이 존재했던 사르트르의 사상을 제외하면, 대개의 실존주의에서 삶의 부조리함에 대한 자각과 실존적 결단은 이데올로기적 편향성을 거부하는 행위이다. 모든 사회 제도와 이를 기반으로 한 관념을 거부한 채 형장으로 향하는 「이방인」의 '뫼르소'가, 1950년대 한국에서는 반공주의적 자각이 실존적 결단과 등치되는 「불꽃」의 주인공 '현'으로 오역된 것이다. 1950년대 한국 소설에서 반공주의 서사는 실존주의에 의해서 떠받쳐지고 있었던 것이다. 유독 반공주의와 인연이 깊은 한국 실존주의의 이 기묘한 한 특성은 당대 실존주의와 반공주의 서사가 유입되는 맥락과 관련이 깊은 것이다. 물론 실존주의가 제대로 수용되지 못한 미숙함이 그 이유[35]이지만, 그 배면에는 반공주의라는 당대 정치 이념과 검열 원칙이 작동하고 있었다.

그리고 이러한 반공주의와 실존주의 번역의 길항관계를 보여주는 텍스트가 바로 사르트르이다. 사르트르는 『사상계』에서도 중요하게 다루어진 작가이다. 〈표 4〉는 『사상계』에 실린 사르트르 관련 기사 목록이다.

이처럼 『사상계』 게재 횟수만 보아도 사르트르가 당대 지식계에 주목받고 있던 철학자이자 작가인 점을 알 수 있다. 그의 대표 비평문인 『실존주의는 휴머니즘이다』가 한 작가의 긴 평문으로는 이례적으로 전역

34 물론 이 세 작가가 수용한 실존주의는 다소 맥락이 다른 것이다. 오상원의 「모반」은 사르트르보다는 말로의 행동적 휴머니즘의 영향을 받았다고 한다.

35 현재까지 진행된 실존주의 수용에 관한 연구사에 의하면 당대 문단은 이 사조를 제대로 수용하지 못했다고 한다. 앞서서 인용했던 「요한시집」의 작가 장용학은 "이 소설이 사르트르의 『구토』를 읽고 나서 씌여진 것임을 밝혀 사르트르와의 친연성"을 고백한 바 있으나, 결론은 "내용보다는 그것이 아우르던 새로운 기법과 형식의 수용"에 더 큰 의미가 있다는 평가가 지배적이다. 이에 대해서는 박유희, 「현실의 추상화와 기법의 실험」, 『비교문학』 25, 한국비교문학회, 2000 참조.

〈표 4〉『사상계』에 실린 사르트르 관련 기사 목록

작가	번역가	기사제목	발행호수(발행일)
사르트르	林甲	實存主義는 "휴매니즘"이다(全譯)	13호(1954. 8)
사르트르	許文康	『異邦人』 批判(譯)	55호(1958. 2)
金正鈺		狀況의 演劇-장 폴 사르트르의 新作 「알토나에 監金된 者들」	81호(1960. 4)
사르트르	編輯室	不條理의 스캔달-장 폴 사르트르의 카뮈追悼全文	81호(1960. 4)
金夏泰		神을向한姿勢-장 폴 사르트르와 틸릭의位置에서	82호(1960. 5)
鄭明煥		性의實存的考察-장 폴 사르트르의 境遇	85호(1960. 8)
앙드레 모르아	朴異汶	장 폴 사르트르著 辯證法的理性批判	87호(1960.10)
金鵬九		마르크스主義教理와實存的휴머니즘-장 폴 사르트르의 『唯物論과革命』 을 中心으로	90호(1961. 1)
鄭明煥		고래 속에 들어 앉은 것은 누구냐?-장 폴 사르트르와 헨리밀러	98호(1961. 9)
鄭明煥		事實과價値-장 폴 사르트르의 휴머니즘이 남기는 問題	111호(1962. 9)
洪承五		장 폴 사르트르와보부아르의手記(佛)	136호(1964. 7)
金鵬九		故鄕없는 사람-장 폴 사르트르의 「낱말」 餘白에 부쳐	139호(1964.10)
鄭明煥		장 폴 사르트르-책과 現實과 自我	141호(1964.12)
金鵬九		장 폴 사르트르와 보부아르 시몬느의 神話	141호(1964.12)
사르트르	洪承五	作家의죽음-지드와 카뮈의 죽음에 부쳐	141호(1964.12)
사르트르	高聖勳	知識人의抵抗-그 孤獨한 使命	166호(1967. 2)

게재되었다는 점만 보아도 알 수 있다. 그리고 당대 프랑스 지성사의 예민한 관심사인 카뮈와의 논쟁과 관련된, 「『이방인』 비판」이나 「카뮈 추도문」, 「작가의 죽음-지드와 카뮈의 죽음에 부쳐」가 거의 동시대적으로 전역 게재된다.

그렇다면 이념의 시기였던 해방기에는 어떠했을까. 해방기에 번역된 사르트르론은 다양한 스펙트럼 갖고 있다.

'사르트르'의 개인주의적인 사회주의란 심오한 것일가? 제1차세계전쟁 이래로 진보적 사상가들은 벌써 '마르크스'의 설명에 대해서 불만을 느끼지 않았던가(그것은 '경제적' 측면을 포함하지 않는다)? 그래서 그것이 기계시대의 원리는 되지마는 다음에 올 원자시대의 이론이 될 수 없다는 것을 잘 알고 있었다.[36]

사르트르의 실존주의는 오늘날 반공이라고 비난받고 있어도 '사르트르' 자신이 그의 사상을 피력하기 시작한 동기에는 반공적인 의도는 전혀 없었던 것은 사실이고 오늘에 있어서도 그가 그러한 편견의 주인공은 아니라는 것도 나는 믿고 있다. 여기에서 분명 똑바로 말할 수 있는 것은 그와 같이 무편견한 개인주의 '아나키스트'의 풍모를 지닌 인간의 사상은 결과로서 현재의 공산주의자의 정치와 대립하고 그 사상의 두려운 장벽으로 생각되는 것은 응당 있을 법한 일이라는 점이다. (…중략…)

현대의 자아인은 '사르트르'와 마찬가지로 정치인이고 종교인이기 전에 인간인 것이고 독특한 개인으로서 그들 스스로가 정치와 종교 이상의 존재라는 자각을 가지고 있다.[37]

해방기에 번역된 사르트르 텍스트[38]는 그가 친공산주의 지식인이라

36 朴浩潤 譯, 「라스키이와 사르트르 : 구라파 지성은 모색한다—"토요문학평론"誌」, 『신천지』 4(9), 1949.10.1, 229~230면 참조.

37 기령(玘寧) 역, 「실존주의는 공산주의의 적인가?—『리베루티』지에서」, 『신천지』 4(9), 1949.10.1, 178~ 181면 참조.

38 해방기 대표 지식인 잡지인 『신천지』에 실린 사르트르 관련 기사는 다음과 같다. 朴浩潤 譯, 「라스키이와 사르트르」, 『신천지』 4(9), 1949.10.1; 梁秉植, 「사르트르의哲學과文學」, 『신천지』 8(1), 1953.4.20; J. P. 사르트르, 田昌植 譯, 「實存主義小說 壁」, 『신천지』 3(9),

는 점을 굳이 감추지 않는다. 우선 미국의 자유주의 매체는 그의 작품 『구토』를 평하는 자리 말미에서 그의 친공산주의적 사상을 우회적으로 비판하고 있다. 또 후자의 글은 오히려 사르트르를 비판하는 공산주의자[39]들을 비판하면서 사르트르의 사상을 옹호하고 있다. 이 매체는 사르트르를 "무편견한 개인주의 '아나키스트'의 풍모를 지닌 인간"으로 평가하고, 이러한 "인간의 사상은 결과로서 현재의 공산주의자의 정치와 대립"할 수밖에 없다고 바라본다. 필자는 그의 자유주의자로서의 면모를 부각시키고 싶었던 것이다.

더 나아가 번역 텍스트는 아니지만, 공산주의의 입장에서 사르트르의 사상을 비판하는 논조도 있다.

> 실존주의자 '사르트르'는 지도자의 고민을 가장 잘 파악할 것처럼 말하고 따라서 실존주의가 현대에 있어서 지도적 철학이라고 자부하지만 불란서의 문약한 '인테리'들이 처해 있는 포기－고민－절망의 상태는 두 거대한 사실 즉 민주주의 세력과 반민주주의세력이 대립된 데서 생긴 것이다. 다시 말하면 몰락해 가는 자유주의적 '인테리'들이 과거의 경제, 사회, 정치에 대해서는 환멸의 비애를 맛보고 미래에 대해서는 아무 전망과 희망이 없는 데서 생

1948.10.1; 金東錫, 「實存主義批判－사르트르를 中心으로」, 『신천지』 3(9), 1948.10.1; 梁秉植, 「사르트르의 思想과 그의 作品」, 『신천지』, 3(9), 1948.10.1; 朴寅煥, 「사르트르의 實存主義」 3(9), 1948.10.1; J. P. 사르트르, 「文學의時代性」 3(9), 1948.10.1.

39 당시 공산주의 사상에 우호적이면서도 미국과 구소련 두 진영에 공히 속하지 않는 중립적이면서도 독립적인 태도를 견지하고자 하는 사르트르의 노력은 1948년 RDR에 가입하는 것으로 귀결되었다고 한다. 양국의 권력과는 거리를 둔 유럽 중심의 정치 세력 구축이 목적이었던 관계로 공산주의자들로부터 '펜을 든 자칼', '제3세력의 선동가', '쾨슬러를 꼭 닮은 자' 등의 비판을 들었다고 한다(이에 대한 자세한 사항은 변광배, 「사르트르와 메를로 퐁티의 이념 논쟁과 한국전쟁」, 정명환 외, 앞의 책, 116~117면 참조).

겨난 것으로 이렇게 포기되어 고민하고 절망하는 무기력한 자아를 자위하는 사상이 선의로 본 실존주의다.[40]

평론가인 김동석의 사르트르 비판은 신랄하다. 사르트르의 실존철학을 자유주의적 인테리들의 포기, 고민, 절망의 철학이라고 단죄한다. 그는 이 글에서 "적어도 자기가 대표하는 계급의 이해를 초월하야 자기 개인의 존재만을 절대시하고 거기다가 행동의 근거를 둘 수는 없는 것이다"라면서, "모든 계급의 한 사람 한 사람이 '사르트르' 같은 자기 개인의 자유만을 절대시하고 인류도 진리도 민주주의도 대수롭게 여기지 않는 자유주의자, 개인주의자, 유심론자라 가정하더라도 이 사람들은 정치적으로 대표할 때 자기 하나의 자유 의사로 행동할 수는 없는 것이다"라고 전제한다. 그리고 이를 바탕으로, 사르트르의 개인주의적 자유주의자로서의 면모를 전면적으로 비판한다. 더 나아가 해방기의 긴급한 정치적 상황에서 사르트르는 "사상의 병균이니만치 혹시 전염되는 인테리가 있을가 저어"한다고까지 표현한다. 마치 루카치가 사르트르의 자유 개념을 공허하고 추상적이라고 비판[41]한 것처럼, 오히려 당대 이념적 입장에서 사르트르의 사상은 함량미달이었던 것이다.

이처럼 해방기에 사르트르는 다양한 방식으로 번역 수용된다. 이는 사르트르의 사상이 늘 변화했기 때문이기도 하지만, 국면마다 전 세계 지식인들이 자기 진영의 입장에서 사르트르를 바라보는 다양한 시각이

40 김동석, 「실존주의 특집, 실존주의비판—사기, 고민, 절망의 철학, '사르트르'를 중심으로」, 『신천지』 3(9), 1948.10, 75~81면 참조.

41 루카치는 파리에 나타나서 "공산당 기관지를 동원시켜 '판푸렛'을 내는 '사르트르'야 말로 공산주의의 적이고 장애이다"라고 선전한다.

번역된 것이었다고 할 수 있다.

그러나 전후戰後에 사르트르가 1952~1956년까지 공산주의와의 밀월 관계를 유지하게 되자, 그 논리는 정작 번역되지 못한다. 당시 사르트르는 1952년 『현대』지에 「공산주의자들과 평화」(원제 : "Les Communist et la paix")라는 글을 발표한 이후 정치적 논쟁에 있어서 공산주의자들과 더욱 가까워졌다고 한다. 사르트르는 "공산주의자들의 지령은 전 세계에서 억압당하고 착취당한 사람들을 옹호하라는 것"이라면서 이들을 옹호한 바 있다.[42] 반면 김동석이 비판한 텍스트였던 『실존주의는 휴머니즘이다』만 1954년 8월, 전역 게재된다.

그런데 소련에 대한 태도를 바꾼, 1956년이 지나자 다시 사르트르는 『사상계』의 지면에 떠오른다. 1958년 사르트르가 카뮈의 『이방인』을 논평한 글(허문강 역, 「『이방인』 비판」, 『사상계』 55호, 1958.2)이 번역된다. 이 글에서 사르트르는 카뮈의 『이방인』을 "구제도를 매장시키든가 우리의 비열함을 인식시키려고는 하지 않고 있다", "애매하다", 그저 "꽁트에 가깝다"고 비판한다. 더 구체적으로 사르트르는 카뮈의 텍스트가 무언가 발언하고 있지 않은 것, "충족한 사상으로 출발하는 것이 아니라, 이 소설 자신이 이론적인 의론의 무용성을 증명하고 있다"고 비판한 것이다.[43]

이 글은 향후 카뮈가 사르트르, 좌파와의 결별을 예고하는 전조곡이다. 사르트르가 『반항인』을 테르미도르의 반동이라고까지 몰아붙인 비판[44]으로 인해, 카뮈는 사르트르는 물론 프랑스 내부 좌파들과 결별을

42 정명환 외, 앞의 책, 132면 참조.

43 사르트르, 허문강 역, 「『이방인』 비판」, 『사상계』 55, 1958.2, 56~74면 참조.

44 유경환, 앞의 글, 231면 참조.

선언한다. 카뮈는 좌파들이 인간을 이념의 도구로 사용하고 있다고 비난하며, 이러한 억압에 대한 반항이 곧 혁명이라고 주장한다. 그러나 사르트르는 관념(이념) 자체를 거부한 이러한 반항의 소극성을 지적하고, 너무도 관념적이고 공허하다고 비판한 것이다.

그런데 『사상계』에서 이러한 정치적 맥락은 교묘하게 생략된다. 이후에도 『사상계』 편집진은 1952년 이미 벌어졌던 카뮈와 사르트르의 『반항인』 논쟁은 번역하지 않는다. 아마 1952년 프랑시스 장송의 카뮈 비판으로 촉발되어, 『현대』지를 중심으로 이루어진 사르트르와의 논쟁[45]은 번역하여 싣기 어려웠을 것이다. 당시 『현대』지가 당시 친공산주의적 성격을 띄고 있었기 때문이다.[46] 그래서 편집진은 대신 이를 기고했을 것이다.

그래도 이 두 논자의 공산주의에 대한 입장 차이는 매우 예민하게 받아들여지고 있었던 것으로 보인다. 이후 사르트르의 추도문인 「부조리의 스캔들」을 1960년 4월에 전문 번역하여 게재한 것을 보면 이러한 점을 알 수 있다.[47] 이 글에서도 역시 사르트르는 추도문임에도 불구하고 "완고하고 편협하고 순수하고 준엄하며 감정적인 그의 「휴매니즘」은 현대의 방대한 그리고 추악한 사건에 대해서 아무 승산없는 도전을 감행하"였다고 하고, 그가 "인간적 가치를 신봉했기 때문에 정치적 행동에 대

45 이에 대해서는 위의 글, 252면 참조.

46 『현대』지가 직접 번역되기는 어려웠을 것이다. 『사상계』에서는 사르트르가 노벨문학상 수상을 거부하자 『현대』에 실렸던 사르트르의 앙드레 지드 추도문인 「살아있는 지드」를 번역해서 싣는데, 이는 번역자 홍승오가 사르트르의 평론집 『상황』에 실렸던 것을 번역한 것이라고 밝힌다(사르트르, 홍승오 역, 「작가의 죽음」, 『사상계』 141, 1964.12).

47 編輯室, 「不條理의 스캔달－장 폴 사르트르의 카뮈追悼全文」, 『사상계』 81, 1960.4.

해서 의문을 품은 것"이라며 카뮈에 대한 비판의 칼날을 숨기지 않았다.

이러한 점을 전문 번역을 통해 그대로 노출한 것을 보면, 당대 『사상계』 논자들은 카뮈를 비판한 사르트르의 논리에 더 큰 비중을 두고 있었다고도 볼 수 있다.

3. 4·19혁명 이후 사르트르 번역
—실존주의와 마르크시즘, '혁명'과 반공주의

앞서 살펴본 대로 1950년대에는 사르트르와 카뮈의 논쟁을 통해서 사르트르의 논의가 중점적으로 소개된다. 그러면 4·19혁명 이후에는 어떠한가를 살펴보아야 할 것이다. 1960년 혁명 이후의 변화는 사르트르의 후기 대표작인 『변증법적 이성 비판』과 「유물론과 혁명」[48]이 소개된 것이다. 이 두 텍스트는 잘 알려진 대로, 마르크스주의와 실존주의라는 두 철학을 결합해 보려는 사르트르의 시도가 이루어지는 공간이다. 일단, 정치적 맥락 자체가 생략되는 그 이전과 달리, 이 시도가 소개될 수 있다는 것만도 혁명 이후 달라진 상황을 보여주는 것이다. 이 두 텍스

48 『상황 III(*Situations, Lendemains de guerre*)』(1949)에 수록된 『유물론과 혁명(*Matérialisme et révolutio*)』은 1958년부터 번역되었다. 1958년, 고구려문화사에서 이철의 번역으로 발간되었고, 이후 1959년 양문사에서 임갑의 번역으로, 1965년에는 을유문화사에서 김붕구의 번역으로 발간되었다(지영래, 앞의 글 중 「정치문학평론」(도표4), 351면 참조).

트를 다루고 있는 시기는 1960년 10월, 1961년 1월, 4·19혁명 이후, 5·16군사쿠데타가 일어나기 직전이다.

「유물론과 혁명」은 1949년 *situation* Ⅲ에 실린 논설이며, 『변증법적 이성 비판』은 1960년 Gallimard 출판사에서 발간한 텍스트로 집필 시기에 다소 시차가 있다. 『사상계』는 이러한 시차에 대한 고려 없이, 1960년 10월 87호에 「북 리뷰」란을 통해서는 앙드레 모루아가 쓴 사르트르의 『변증법적이성비판』에 관한 서평을 번역 게재하고,[49] 1961년 1월, 90호에는 김붕구의 「유물론과 혁명」에 관한 논설을 싣는다.[50]

흥미로운 것은 1961년 김붕구가 쓴 「마르크스주의교리主義教理와 실존적實存的 휴머니즘—장 폴 사르트르의 『유물론唯物論과 혁명革命』을 중심中心으로」가 1960년 10월에 실린 앙드레 모루아의 서평을 보고 자극을 받아썼다는 점이다. 그는 "모리악(모루아의 오식)의 서평으로 대강을 짐작컨대", 『변증법적 이성비판』 제1권은 "마르크스주의 비판으로는 「유물론과 혁명」 이후의 거탄이라 하겠다"며, 이 글을 쓴다고 밝힌다.

그런데 앙드레 모루아와 이 텍스트의 번역자 박이문의 입장과, 김붕구의 입장은 다르다. 우선, 앙드레 모루아는 「북 리뷰」(사르트르의 『변증법적 이성 비판』 제1권 「Critique de la raison dialectique」, Gallimard, 1960)에 관한 서평)에서 "사르트르는 이 연구 속에서 마르크스주의에 입각해서 몇몇 현대 마르크스주의자들을 비난하면서 실존주의와 마르크스주의를

49 이 서평의 원제와 출전은 "Existentialisme et Marxisme", *Nouvelles littératairs*誌(1960.6.16)에서이다.

50 앙드레 모로아, 朴異汶 역, 「북 리뷰—장 폴 사르트르著辯證法的理性批判」, 『사상계』 87, 1960.10; 金鵬九, 「마르크스主義教理와 實存的 휴머니즘—장 폴 사르트르의 『唯物論과 革命』을 中心으로」, 『사상계』 90, 1961.1.

화해시키려고 애쓴다"[51]며, 이 텍스트 전반을 분석한다.

> 사르트르가 마르크스주의를 버린다고 결론지을 게 아니라 마르크스주의의 테두리 내에서 사르트르는 잃어버린 인간을 부활시키려 하고 있다고 결론 지어야 할 것이다. 마르크스주의자들이 살아 있는 인간을 이해하려 들지 않고 그대신 독단적 관념 위에 역사를 세우려 하는 한, 실존주의 그의 탐구를 추구해야 할 것이다. (…중략…) 정신적 작품의 역사는 계급의 이데올로기로서만 적용될 수 없는 것이다. 살아있는 개개의 인간들 없이는 역사는 있을 수 없다.[52]

이처럼 모루아는 사르트르가 이 글을 통해서 시도했던 것들, "특히 마르크스주의의 테두리 내에서", 실존주의를 통해 "잃어버린 인간을 부활시키려 하고 있다"는 점을 정확히 설명하려고 애쓴다. 이렇게 사르트르의 사상적 시도 자체를 평가하고 있다는 점에서 이 번역문의 게재는 혁명 이후 지식계의 미세한 변화를 반영하는 것이다. 그런데 모루아의 글보다 번역자인 박이문이 말미에 붙인 논평이 더 흥미롭다.

> 20세기적이란 말에서 무엇을 뜻하고자 하는가? 세기는 '이성'의 오만에 반기를 들고 나선 시대이다. 아니 이성이 그리고 이성의 허구로서의 '체계'가 가지가지 상처와 결함을 스스로 드러내 보인 시기이다. 구체적 사실 앞에 추상적 관념이 굴복하지 않고는 배길 수 없는 모멘트이다. 그래서 이 세계의

51 위의 글, 421면 참조.
52 위의 글, 418면 참조.

균열과 상처에서 전체에 앞서 개별이 중시되는 살아 있는 사상이 탄생했다. 철학의 선수, 실존주의자 사르트르는, 이런 의미에서 20세기 오늘의 사상가이다. 그러나 한편 오늘의 세계는 차츰 질서와 통일성을 지향하고 또 필요로 하고 있는 시대이다. 지성을 버리는 신화와 서정 속에서만 달콤하게 살 수 없는 때이다. 그러므로 사르트르는 마르크스주의를 아니 그의 합리주의를 버리지 않는다. 마르크스주의와 실존주의의 평화로운 결혼을 중매하려는 사르트르는 실상 세계와 인간의 완전한 진리에 도달코자 하는 의지이며 또한 양심이라 하겠다.[53]

그는 그 지면에서 사르트르가 "합리주의를 버리지 않"고 "마르크스주의와 실존주의의 평화로운 결혼을 중매"하려 한다면서, 그것이 "세계와 인간의 완전한 진리에 도달코자 하는 의지이며 양심"이라고 논평한다. 역자 역시 사르트르의 시도를 높이 평가하고 있었던 것이다. 물론 모루아와 박이문이 마르크시즘 자체를 옹호하는 것은 아니다. 모루아는 마르크스주의자들이 "살아 있는 인간을 이해하려 들지 않고 그대신 독단적 관념 위에 역사를 세우려 하는 한," 실존주의가 인간을 탐구해야 한다고 말한다. 박이문 역시 마찬가지이다. 그럼에도 불구하고 현재가 "지성을 버리는 신화와 서정 속에서만 달콤하게 살 수 없는 때"이므로, 사르트르가 마르크시즘을 토대로 실존주의를 결합하려던 시도와 그 의미는 인정하고 있는 것이다.

곧이어 게재된 김붕구의 글은 사르트르의 번역 텍스트가 어떠한 방식

53 위의 글, 418면 참조.

으로 수용되는가를 보여준다. 그런데 김붕구는 바로 이 점을 비판하고 있었다. 김붕구는 "아직 입수치 못하여 상세한 점은 말할 수 없으나, 모루아의 서평으로 그 대강을 짐작컨대 근본태도는 전기 「유물론과 혁명」의 입장을 버리지 않았음을 알 수 있다"고 단정한다.[54] 정작 『변증법적 이성 비판』은 번역되지도 못했던 것이다.[55] 그러나 김붕구는 "「유물론과 혁명」이야말로 마르크스주의를 근본적으로 순리적인 면에서 비판한 기초적이고 이성적이며, 따라서 이번의 대작 『변증법적 이성 비판』의 입문서라고 할 수 있다"고 전한 후, 「유물론과 혁명」에 대한 자신의 의견을 제시한다. 그만큼 「유물론과 혁명」을 소개해야 하는 이유가 긴박했다고 볼 수 있다.

그는 「유물론과 혁명」, 그리고 『변증법적 이성 비판』 사이의 시간상의 간극은 무시한다. 물론 마르크시즘과 실존주의의 결합을 추구한다는 의미에서 그 집필 의도는 같지만, 「유물론과 혁명」이 유물론의 경직성을 비판하고, 진정한 '혁명'을 위해 이를 개조해야 한다는 입론을 세운 것이라면, 『변증법적 이성 비판』은 이러한 입론을 실존주의와의 접합을 통해서 구체화시킨 것이다. 그러나 김붕구는 이러한 점을 의식하지 않는다. 또한 그는 「유물론과 혁명」과 『변증법적 이성 비판』에서 사르트르가, 마르크시즘을 인정한 토대에서 실존철학을 결합시키려 했다는 점을 생략하고, 그의 의도를 '마르크시즘 비판'이라는 맥락으로 단순화시

54 金鵬九, 「맑스主義教理와 實存的휴머니즘－장폴사르트르의 『唯物論과 革命』을 中心으로」, 『사상계』 90, 1961.1, 288면 참조.

55 사르트르의 『변증법적 이성 비판』은 한국사르트르연구회 회원들에 의해 2009년 나남출판사에서 최근에야 완역 발간된다(사르트르, 장근상·박정자·변광배·윤정임 역, 『변증법적 이성 비판』 1~3, 나남, 2009).

킨다.

> (사르트르는—인용자) 이렇게 권력자로 등장한 현대 마르크스주의자들의 횡포를 공격하고 있다. 그보다 훨씬 앞서 지이드, 말르로, 카뮈 등 한 번 코뮤니즘에 접근했던 총명하고 성실한 작가들이 이미 그와 똑같은 환멸과 규탄을 발표했던 것이다. 어디까지나 사실에 충실한 과학적 태도를 주장하고 자부하는 마르크스주의자들이 한 번 집권자의 자리에 올라서자 무엇보다도 권력유지를 위한 메카니즘에 열중하는 것이다. 정신과 사실이 이데올로기를 낳았고, 이데올로기가 당을 낳았다. 그런데 그 당이 집권자가 되자 권력유지에 열중한 그들이 노선을 정하고 이번에는 거꾸로 그 노선이 모든 정신과 객관적 사실까지도 자기 공식 속에 굴복시키고야 마는 것이다.[56]

김붕구는 논의 초반부터 『변증법적 이성 비판』에서 사르트르가 마르크스주의자들을 비판했던 논거, 마르크시즘이 현실 정치에 적용되었을 때 이루어지는 정치적 파행, 즉 당의 권력화와 모든 정신과 객관적 사실까지도 자기 공식에 굴복시키는 경직된 이론이라는 점을 특별히 부각시킨다. 물론 사르트르가 마르크스주의를 지지하는 이유는 생략한다. 더 나아가 모루아가 분석한, "마르크스주의(그가 생각하는 진정한 마르크스주의)의 틀 안에서 실존주의를 부활시키고 화해시키려는" 사르트르의 논리는 수긍한다[57]고 하면서도 그의 논리를 비판하기 시작한다.

56 김붕구, 앞의 글, 289~190면 참조.
57 위의 글, 290면 참조.

그러나 '혁명'이라는 기본 개념 자체에 관해서는 여전히 그는 마르크스주의자들의 정의를 그대로 추종하고 있다. 즉 "뭇 제도의 변혁에 있어서 반드시 소유제도안에 깊은 변화를 동반한 때, 비로소 혁명이 있는 것이다"라고. 따라서 생산수단의 소유관계에 사회계급적인 변동이 없는 한 식민지가 독립을 쟁취하는 민중봉기도, 독재를 타도하는 민주혁명도 이를 '혁명'이라고 부를 수 없다는 결론이 나올 수밖에 없다. 둘째로 혁명은 반드시 계급투쟁에 의한 것일 수밖에 없고 따라서 정당으로서는 공산당만이 유일한 '혁명적 정당'이라고까지 그는 명언한다.(…중략…)

이를 카뮈의 견해와 비교하면, 사르트르의 혁명과 자체도 얼마나 도식적 계급투쟁론에 기울어지고 있는가

카뮈의 비판은 마르크스주의 혁명이 도시 계급투쟁과 이데올로기독재 없이는 성립될 수 없으며(그들의 교리 자체의 최고 신조이니까) 따라서 그들의 모순(도식화, 교리화, 법적 폭력 정치 등)은 필연적이고 그들의 이데올로기 자체에 내포되어 있는 숙명적인 함정이라고 보고 있다.[58]

바로 여기서 카뮈와 사르트르의 논쟁이 이용된다. 카뮈의 주요 논지인 인간 존재의 선험적 존엄성을 내세우면서, 이를 무시한 사르트르의 혁명론 역시 계급투쟁만을 수호하는 도식적인 것이라 비판한다.[59] 이는 사르트르의 본질적인 의도를 잘 파악한 것이다. 사르트르가 「유물론과 혁명」과 『변증법적 이성 비판』에서 말하고 싶었던 것은, 마르크시즘 이

58 위의 글, 290면 참조.

59 이에 대한 자세한 사항은 유기환, 정명환 외역, 「카뮈, 공산주의, 한국전쟁」, 『프랑스 지식인들과 한국전쟁』, 민음사, 2004 참조.

후 마르크시스트들에 의해서 경직화된 이 사상의 난국을 실존주의적 주체성의 도입을 통해서 극복하자는 것으로, 혁명을 포기한 것이 아니기 때문이다.[60]

그러나 개체의 '자유'가 최고의 목표인 실존적 주체성은 사회 역사적 맥락의 실제적인 개조를 중시하는 마르크시즘의 논리와는 어울리지 않는 것이다. 그리하여 그는 마르크스에 의해 전개된 객관적인 역사발전의 변증법 대신에 개인에서 출발하여 사회구조로 나아가는 주관적 변증법을 구축한다. 사르트르는 사회적 관계들과 역사적 힘들을 개인의 자율성에 종속시킨 것이다.[61] 만약 비판을 한다면 이러한 결합의 난맥상, 그 관념성을 지적해야 하는데, 김붕구는 사르트르가 마르크시즘을 인정했다는 점에만 집중하여, 그를 유물론적 도식주의자로 만들었던 것이다.

그렇다면 이렇게 비판의 논점이 어긋난 원인은 무엇일까? 이는 그가 이 글을 쓰게 된 동기에서 추측할 수 있다. 그는 이 글을 쓰게 된 동기를 사회역사적인 맥락에서 제시한다.

> 한편 마르크스주의에 대한 이러한 근원적인 비판은 오늘날 세계 어느 민족보다도 우리에게 가장 절실히 요구되는 것으로 생각된다. 한 겨레가 양단되어 무력과 사상, 양면으로 여전히 대결상태에 놓여 있는 우리들의 현실은 새삼 말할 필요도 없거니와 실로 우리가 오래전부터 예측하고 우려하던 바 마르크스주의의 이론뿐만 아니라 그 집권현실까지도 몸소 겪어보지 못한

60 당시 사르트르는 소련의 사회주의는 비판하지만, 혁명 자체를 포기하지는 않았다(G. 노바크 편, 김영숙 역, 『실존과 혁명』, 한울, 1983 참조).

61 위의 책, 30면 참조.

'체험없는 세대'가 어언간 성장하여 사회적인 발언을 하기에 이르렀다는 중대한 시간적 변화에 부딪쳤기 때문이다. 벌써 우리사회는 특정한 정치적 체험에 의한 자기 견제력이 시효를 잃기 시작한 것이다. 우리들의 뼈저린 체험이 '체험없는 세대'(그들은 스스로 '새 세대'를 자부하지만 그들이 속단하는 바와 같은 세대의 차이는 결코 아니다)에게까지 효력을 미칠 것으로 여긴다면 위험천만한 오산이며 어리석은 착각이라 할 것이다. 그렇다고 탄압으로 언제까지나 지탱될 수 있는 문제도 아니다. 그들의 척도는 오로지 원리원칙이며 이론이다. 따라서 그들을 설복하고 납득시키려면 우선은 그들의 척도를 사용하여야 하며 기성세대는 그만한 성의와 아량을 베풀 의무가 있을 줄 안다. 힘에 겨운 일이기는 하지만 필자가 새삼 사르트르의 「유물론과 혁명」을 중심으로 마르크스주의와 실존적 휴머니즘의 대강을 소개하려는 의도도 여기에 있다.[62]

김붕구는 이 글을 쓰는 이유가, 즉 "마르크스주의 이론뿐만 아니라 그 집권현실까지도 몸소 겪어보지 못한 '체험없는 세대'에게 그 한계를 소개하기 위해서"라고 한다. 그가 신세대 청년들에게 전해주고 싶은 것은 "그들(마르크스주의자)의 척도는 오로지 원리원칙이며, 이론"이라는 점이다. 즉, 마르크스주의의 원리원칙과 이론은 계급투쟁론에 입각한 경직된 이론이며, 권력유지에만 혈안이 되어있는 소비에트 당이 독재정치 체제라는 점을 잘 알라는 뜻일 것이다.

여기에는 4·19혁명 직후 '혁명'과 혁명을 일으킨 청년세대를 바라

62 김붕구, 앞의 글, 289면 참조.

보는 기성 세대의 불안 의식이 투영되어 있는 것이다. 김붕구의 서술 의도는 '체험없는 세대'인 당대 청년들이 자칫 마르크시즘의 혁명 이론에 관심을 가질 수 있는 가능성 자체를 차단하는 것이다. 혁명 직후에는 혁명의 성과를 찬양하다가, 이후에는 4·19혁명의 주체인 청년들의 움직임을 두려워했던 『사상계』 논자들, 기성세대들의 보수적인 이데올로기가 그대로 드러나는 지점이다.[63] 혁명 이후에도 반공주의는 그 위력이 사라지지 않았던 것이다.

사르트르가 마르크시즘에 공명했다는 사실이 잠시 드러날 수 있었던 것은 혁명 직후의 혜택이다. 그러나 곧 사르트르의 이론 중 마르크시즘을 비판하는 논리만 추출하여 수용하고, 이 외의 맥락은 철저히 무시하는 반공주의적 취사선택의 논리는 오히려 그전보다 더 강화된 듯하다. "과도기의 아노미(무규율) 상태에서 공산주의가 들어올 위험성이 많다"[64]는 담론이 5·16군사쿠데타 직후 이를 정당화시키는 논리로 이용된 것도 이러한 맥락에서 벗어난 것이 아니다. 그러면서 사르트르의 진정성은 오역된다.

카뮈의 죽음 이후 한국 문단에서 실존주의의 위력이 사라지면서, 사르트르의 사상 전반은 담론의 중심 지평에서 사라지게 된다. 그리고 사르트르의 정치적 논리는 당대 전형적인 반공주의 담론에 묻혀 버린다.

---

63 당대 『사상계』에서도 학생은 공부라는 본연의 임무에 충실하라는 보수적 담론이 우세했다. 학생들이 "데모와 데모크라시는 같은 말이 아니라는 것을 명심해야 한다"는 언술이 그 대표적인 예이다(라이샤워·김준엽·이만갑 대담, 「인내만이 민주주의를 지킨다.」, 『사상계』, 1960.12 참조). 4·19혁명 이후 학생들의 의식에 대해서는 김미란, 「'청년세대'의 4월 혁명과 저항 의례의 문화정치학」, 『사이間SAI』 9, 국제한국문학문화학회, 2010.11 참조.

64 최문환, 「맑시즘 세미나 7―마르크스주의의 민족이론비판」, 『사상계』 99, 1961.10.

『사상계』에서 반공주의 담론은 미국 텍스트 이외에 프랑스 지식인 텍스트만큼, 중요하게 다루어지던 영국의 수정주의적 좌파 지식인의 논리에서도 수용된다. 다음은 존 스트레이치의 「제국주의로부터 자유에로」[65]의 일부분이다.

> 나는 줄곧 사회주의자로 통해왔다. 민주적 사회주의. 1930년대에는 거의 나는 마르크스주의자로 활동했다. 그러나 1950년대, 1960년대에는 사회를 바라보는 시각이 바뀐다. 왜 그런가? 이 두시대는 어떻게 다른가?
>
> 첫째, 제국주의체제가 급속도로 후퇴하고 있는 사실이다.
>
> 둘째, 제제국의 해체에도 불구하고 영국, 프랑스, 독일, 아메리카와 같은 구제국주의자국가는 1930년대보다는 훨씬 더 번영하고 있다는 사실이다(마르크스와 레닌의 학설에 의하면 제국주의국가는 제국주의가 실패하면 망한다고 했는데 그렇지 않다).
>
> 셋째, 현시대에 공산주의가 서구에 호소하는 힘은 거의 상실되고 말았다는 사실이다. 실패한 것은 어떤 의미에서 공산주의자가 아니면 공산주의는 실패하기는커녕 러시아와 같은 대국을 공업화시키려는 데는 성공까지 하고 있으니 말이다. 이것은 어느 누구도 부정할 수 없는 사실이지만 서방세계에서 공산주의의 매력을 상실케 한 것은 다름 아닌 바로 공산주의적 업적의 성격 그 자체이다. 물론 이러한 사태는 아직 미개발세계에서는 볼 수 없는 일

65 존 스트레이치는 영국노동당 출신의 의원이며 좌파의 이론적 지도자이다. 그러다가 1938년 경 케인즈 경제학의 영향을 받아 마르크스주의에 대해 수정적 입장을 취하기 시작하며 자연스럽게 소련에 대해서도 비판적으로 되었다고 한다(존 스트레이치, 이극찬 역, 「譯帝國主義로부터 自由에로－20世紀後半期人類의 偉大한 覺醒」, 『사상계』 104~107, 1962.2~1962.5).

이긴 하지만 사회주의는 피압박자에 대한 구세주적인 매력을 마침내 상실케 한 것은 바로 이러한 점이다.

러시아는 현재 엄청난 경제 발전을 하고 있다. 그러나 또 한편 러시아는 극히 불리한 제조건을 갖고 있는 나라라는 것도 주지의 사실이다. 러시아는 극히 원시적인 정치체제를 채택하고 있으며 아직도 그곳에는 민주적인 기구가 결여되고 있다. 심지어는 위성국가라는 식민지인 여러 국가를 가지고 있다. 이는 서방의 여러 나라들의 제국주의적 성격과 다르다고 할 수 없다. 결국 소련도 하나의 국민국가에 불과하다.

'공산주의의 수법은 소름끼칠 정도로 무시무시한 것이지만 그 결과는 보잘 것이 없다.'[66]

이 인용문은 1930년대 마르크스주의를 신봉하다가 2차대전 발발 이후 마르크스주의에서 멀어지면서, "수정적 입장을 취하기 시작함으로써 자연히 소련에 대해서도 비판적"으로 된, 필자가 1960년대 자신이 수정주의자가 된 근거를 설명하는 대목이다. 그는 현대 사회주의를 비판하는 근거로 두 가지를 들었다. 첫째, 마르크스와 레닌이 비판한 제국주의 국가의 번영이다. "마르크스와 레닌의 학설에 의하면 제국주의 국가(영국, 프랑스 등)는 제국주의가 실패하면 망한다고 했는데 그렇지 않"기 때문이라는 것이다. 둘째는 소련(러시아)의 정치체제의 문제이다. 민주적인 기구의 결여, 위성국가를 거느리고 있는 제국주의적 성격은 그들의 논리가 허상임을 증명해 주는 것이라고 한다. 그리하여 오히려

66 존 스트레이치, 이극찬 역, 「제국주의로부터 자유에로(상)」, 『사상계』 104, 1962.2.

당이 민중의 압박자로서 등장하면서 "사회주의는 피압박자에 대한 구세주적인 매력을 마침내 상실케 한 것"라고 한다. 혁명보다는 의회민주주의 제도를 통한 점진적 개혁을 주장하는 수정주의 좌파의 논객인 스트레이치의 논리는 당대 전향자, 혹은 수정주의자들의 논리를 대변해 준다.

그것은 마르크스주의가 당대 지식인과 대중들에게 가장 매력적으로 다가왔던 것, 마르크스주의자는 소외된 계급의 대변자라는 것, 그리고 이후에 건설될 공산주의라는 유토피아적 사회에 대한 비전을 비판하는 것이다. 더 나아가 서구의 경제 발전은 계급 간 격차를 줄여, 마르크시즘이 예언한 공산주의 혁명의 가능성을 그 토대부터 근절한다고 믿는 것이다. 이들의 논리는 당대 서구식 민주주의의 모범이었던 영국의 의회제도에 대한 신뢰에서 비롯된 것이다.

한국사회에서도 이 논리는, 북한을 지원하는 적국 소련을 지지하는 열렬한 공산주의자에서 소련을 제국주의 국가로 맹렬하게 비난하는 태도를 갖게 되었다는 것, 그리고 복지국가라는 새로운 패러다임 아래 서구에서 일어날 공산주의 혁명(혹은 전쟁)에 대한 공포를 없애주었다는 점에서 매력적으로 다가왔을 가능성이 크다. 실제로 이러한 논리적 맥락은 『사상계』 주요 필진의 반공주의 텍스트에서도 드러나는 것이다.[67]

67 남궁곤의 연구에 의하면, 『사상계』 냉전 담론의 특징은 공산주의 자체가 갖는 이론에서 찾아낸 반신비적인 메시아 의식과 소련 공산당의 절대충성과 희생강요, 마르크스-레닌 저작물의 성전화, 지도자들의 신격화 등을 비판하는 것이다. 이들에게 소련은 의회정치의 전면적 부정과 비법화의 근거가 되는 폭력을 전제로 하는 무정부적 혁명성을 지닌 것이며, 마르크스주의는 독자성과 특수주의는 용인되지 않고 역사적인 존재의미를 부정하는 민족소멸론을 갖고 있고, 인간적 차원에서 존엄성과 자유를 무시하고 기계화시킨 그릇된 방향성을 지닌 것이었다. 이에 대한 자세한 사항은 남궁곤, 「『사상계』를 통해

다음은 1922년생, 1950년대 『사상계』의 대표논자인 신상초의 글이다.

마르크스 이론에 대한 현재까지의 비판은 계급투쟁보다 민족, 인종 투쟁이 지배적이었다는 것이며 이는 현재에도 그러하다. 또 생산력의 발전만이 제계급의 존재나 관계를 결정하는 것은 아니며, 자본주의는 여전히 번성하고 있는 것을 소련 공산당 전당대회에서도 인정하고 있다. 계급 없는 사회가 가능하겠는가? 스탈린이 말한 공산사회에서 노동부문의 교류의 가능성은 인간의 이기심(필요한 만큼 받는 것의 불가능성)과 신이 아닌 인간의 한계로 인해 불가능하다. 또 이 두 가지가 가능해도 질서를 유지하기 위해 지배와 복종은 불가피하니 권력구조상황이 남아있는데 어찌 계급이 해소될 수 있겠는가?[68]

이 글에서 신상초는 "인간의 이기심으로 노동부문의 교류 가능성 즉 유토피아적 평등 사회인, '계급없는 사회'는 불가능하다"고 본다. 그리고 영국의 양당 제도를 예로 들며, 계급투쟁보다는 '계급협조론'을 제의하면서 마르크시즘의 계급투쟁, 혁명론을 부정한다. 그는 "마르크스 이론에 대한 현재까지의 비판"을 인용한다면서, 이 글의 논리가 당대 서구에서 진행되는 반공 담론을 수용한 것임을 밝히고 있다. 양호민(1919년생)은 「마르크스와 마르크스주의」(1956.11)에서 "마르크스주의의 엄밀한 체계의 일관성은 편협성을 초래하여 자기와 조금이라도 다른 것을

본 지식인들의 '냉전의식' 연구—국제질서관의 형성 및 변화를 중심으로」, 서울대 석사논문, 1987, 68면 참조

68 신상초, 「계급」, 『사상계』 34, 1956.5 참조.

용허하지 않게 되었다", "인간을 자기 소외로부터 해방하려는 고도한 혁명정신은 일종의 종교적 정열이며 혁명의 주체인 프롤레타리아는 메시아적 사명을 가지는 것이다"라고 마르크스주의 혁명 이론을 사이비 종교의 메시아적 담론 수준으로 격하시킨다. 이러한 반공주의 담론은 4·19혁명을 전후해서 지속적으로 생산된다.

혁명이 일어나기 직전인 1960년 3월, 『사상계』에서는 1960년 1월부터 3월까지 3회 번역 분재한 로스토의 「비공산당 선언」의 연재가 끝나고 있었다.

> 현대 공산주의는 마르크스의 오류와 실패로 이루어졌다. 공산당은 프롤레타리아의 이름을 가장하여 소수 집단만으로의 권력 장악을 추구한다. 소련에 있어서는 경제적인 아닌 정치적 결정론에 입각한 국가조직체계가 출현하였다. 모든 것을 결정하는 것은 생산수단의 소유가 아니고, 군대, 경찰 및 통신수단의 통제이다. 이윤은 투자와 군사지출에 강제적으로 돌려지고 있다. 실질임금의 상승에 돌려진다면 그 제도는 위험하게 될 것이다.[69]

로스토는 성장단계론을 통해서 자본주의 체제, 특히 제3세계 자본주의 체제의 성장 가능성을 점쳐 준 논객이다. 이를 통해서 1960년대 제3세계 국가의 경제발전 제일주의의 논리적 맥락이 만들어진다. 그리고 로스토가 주장하는 논리는 소련 경제와 과학의 발달이 보여주었던 공산주의 체제의 우월성을 반박한 논리로 이용된다. 로스토는 마르크시즘을

69 로스토, 「비공산당선언(하)」, 『사상계』 92, 1960.3 참조.

비판하기 위해 경제체제는 물론, 소련의 정치 체제도 비난하는데 이러한 논리 역시 이후 『사상계』 주요 논자들의 글을 통해서 재생된다. 4·19혁명 1주년 기념호에도 임원택의 「유물사관唯物史觀의 문제점問題點」이라는 반공주의 텍스트가 실려 있었던 것을 보면 이를 알 수 있다.

또한 5·16군사쿠데타 이후에도 이러한 논리는 지속된다. 대표적인 것이 이원우의 「국제관계에서의 사회주의노선―초석을 잃은 이데올로기로서의 사회주의」(1962.2)이다. 그는 "자본주의 발달과 더불어 노동자의 생활이 궁핍한 것이 아니라, 오히려 향상하였으므로 마르크스의 폭력혁명설의 가장 중요한 전제가 되고 있는 대중궁핍설이 그 타당성을 상실'하였다고 전한다.

이처럼 1950년대 한국 지식인들의 반공주의 논리는 계급 혁명을 통한 공산주의 유토피아 건설이라는 마르크시즘의 비전을 깨는 데 전력을 기울이며, 서구의 반공주의, 반소련담론의 논리를 번역, 수용하고 있었다. 이는 혁명 후에도 지속되는데, 잠시 마르크스주의가 사르트르의 텍스트를 통해 호출되는 듯 했으나, 이마저도 곧 소련을 비판하는 논리로 치환되어 반공주의적으로 전유된다.[70] 이러한 반공주의의 위력은 4·19'혁명'을 카오스적 혼돈으로 비판하는 논리[71]로 이어져 향후 5·16군사쿠데타를 '혁명'으로 착각하는 오류가 가능했던 것이다.

70 이러한 논리적 맥락을 드러내 주는 글로는 대표적으로 임원택, 「유물사관의 문제점」, 『사상계』 9(4), 1961.4; 윤하선, 「맑시즘 세미나 4―계급투쟁론」, 『사상계』 9(6), 1961.6 등이 있다.

71 4·19혁명 이후 『사상계』는 혁명 이후 학생들의 자발적 개혁 의지를 본분을 잊은 행동이라 비판하고, 장면 내각의 실정을 부각시키는 등 혁명 담론에서 다소 보수주의적인 태도를 보인다.

4. 사르트르의 오역과 번역—'반항'과 '혁명' 사이

해방 이후 한국 사회에서 사르트르는 이렇게 오역되고 점차 생략된다. 사르트르가 꿈꾸었던 마르크시즘과 실존주의의 결합은 전제부터 불가능한 미션이었다. 그러나 그 시도 자체가 갖는 의미는 결코 적지 않은 것이다. 무엇보다도 '실존'이라는 인간의 본질적 존재론을, 끊임없이 사회적인 혁명과 연관시켜 고민하였다는 데 가장 큰 의미가 있는 것이다.

한국사회에서 생략된 것은 그가 당대 마르크시즘의 정치적 정당성을 끝까지 포기하지 않았다는 사실이다. 이러한 점은 생략된 채, 표피만이 오역된 현황은 당대 사상적 수용의 미숙함과 더불어 반공주의적 검열의 위력을 증명해 주는 것이다. 장용학이 사르트르를 보았다고 하지만, 그가 본 것은 사르트르 총체가 아니라 실존적 자유주의자인 사르트르, 혹은 모든 이데올로기적 맥락을 거부하는 그가 비판했던 카뮈였다. 1950년대 한국 작가는 카뮈가 주장한 대로, 존재론적 '반항'이 곧 '혁명'이라고 생각했던 것이다. 그래서 장용학의 『요한시집』에서 누혜는 철조망을 목에 감고 자살한 것이다. 그래도 이 텍스트에는 사르트르적 고민이 드러나기도 한다.

> 정치보위국 장교는 그것은 '일요일의 선물'이라고 하였다. 그들은 뭐든지 어떤 한 가지를 모든 것에 결부시켜서 종내는 그것을 말살시켜 버리는 것이었다.
>
> '일요일의 공세', '승리의 일요일', '일요일의 후퇴'……'일요일의 휴가'.

인민도 그랬고 '자유'도 그랬고 '마르크시즘'도 그렇게 해서 지워 버리는 것이었다.

— 장용학, 「원형의 전설」 중에서

이는 누혜가 인민군 시절에 공산주의자를 보고 느낀 점을 서술한 부분이다. 북한 정치보위국 장교의 인식 태도, 즉 "어떤 한 가지를 모든 것에 결부시켜서 종내는 그것을 말살시켜 버리는" 태도는 누혜가 포로수용소에서 공산주의자들과 함께 할 수 없었던 이유를 설명해 준다. 그런데 그는 바로 이러한 이념적 경직성이 마르크시즘 자체에서 온 것이 아니라, '마르크시즘'조차 그렇게 지워버리는 마르크스주의자의 태도에서 나온 것이라는 점을 깨닫고 있었다. 이는 사르트르가 취했던 태도와 그리 다르지 않은 것이다. 물론 장용학이 이를 제대로 고민했다고 보기는 어렵다. 왜냐하면 누혜는 포로수용소의 상황에 대해 회의할 뿐, 깊이 고민하지 않았으며, 결국은 죽음을 선택하는 파행적 결말을 선택했기 때문이다.

이러한 카뮈식 반항이 아니라면, 사르트르가 추구한 실제적인 사회구조의 변화로서 '혁명'은 적어도 1950년대 텍스트 내부에서는 발화되기 어려웠다. '혁명'이란 관념에는 반공주의적 의식이 완고하게 작용했기 때문이다. 『사상계』 내부에서도 4·19혁명 직후가 아니면, 혁명 앞에는 대개 '계급'이란 관형사가 붙어 있다. 심지어 4·19혁명을 혁명이라고 하지 않고, 의거, 정변이라고 칭하는 번역문이 하필 '혁명'의 개념을 설명하는 글이었다.[72] 이 글에서 소개한 소로킨과 브린튼의 텍스트는 서구의 혁명을 전통으로 세우는 데 기여한 것으로, "소련 혁명을 경험하니 소련은 인권을 유린하는 최악의 사회주의 국가"라고 하면서, 러시아 혁명을 세계 혁명 전통에서 배제시키려는 의도를 갖고 있는 것이었다. 이러한 텍스트는 마르크스적 의미에서의 혁명의 뜻을 무화시키고, 5·16군사쿠데타를 '혁명'으로 재정립하려는 데 기여한다.

이를 볼 때, 4·19혁명을 체험하고도 한국 지식인들 의식 내부에서 반공주의는 더욱 강화되고 있었던 것이다. 이는 혁명 당시 학생들의 질서의식과 이를 지지해준 언론 및 지식인들이 상상했던 자유민주주의가 국가주의 및 반공주의에 침식되어 있었다[73]는 사실에서부터 출발되었던 문제이다.

그러나 김수영의 일기 한 구절은 이들 세대의 냉전 논리가 그리 단순한 것이 아니었음을 시사한다.

> 소수자가 폭력을 사용하는 것은 국가의 무력화, 엘리트의 몰락, 혹은 시대착오적인 제도 등으로 때때로 불가피하고 필요하게 생각될 때도 있다. 이성을 가진 사람, 특히 좌익의 인사들은 보통 치유법보다 외과의의 메스를 써야 한다. 전쟁보다 평화를, 전제정치보다 민주정치를 존중해야 하며 또 혁명보다도 개혁을 존중해야 한다. 때때로 혁명적인 폭력은 그들이 희구하는 변화를 얻기 위해서는 피할 수 없는 것 같고 또는 부가결의 조건인 듯이 보일지도 모른다. 그러나 혁명적 폭력 ○○는 옳은 것이 아니다.
>
> —R. 아롱 『知識人의 阿片』[74]

72 본래 이 글 자체가 당시 군사혁명과 비교해서 상이점과 공통점을 참조하려는 의도에 씌여졌다(임성희, 「혁명의 이론과 실제—소로킨과 부린톤의 혁명론을 중심하여」, 『사상계』 101, 1961.11).

73 김미란, 앞의 글, 32면 참조.

그처럼 R. 아롱의 『지식인의 아편』은 그것이 사회주의를 반대하고 있다는 것이 중요한 것이 아니라 그것이 사회주의의 현대적 상황을 전제로 하고 있다는 것이 중요하다.[75]

이 글은 레이몽 아롱이 사회주의자들의 혁명 방식에 대해 비판한 글이다. "전쟁보다 평화를, 전제정치보다 민주정치를 존중해야 하며 또 혁명보다도 개혁을 존중해야 한다"는 논리와 "때때로 혁명적인 폭력은 그들이 희구하는 변화를 얻기 위해서는 피할 수 없는 것 같고 또는 부가결의 조건인 듯이 보일지도 모른다. 그러나 혁명적 폭력 ○○는 옳은 것이 아니다"라는 구절은 카뮈와 아롱이 공유하고 있는 관점이다.[76] 김수영도 이러한 관점에는 동의하고 있는 듯하다. 그러나 중요한 것은 그가 내심 아롱의 글을 "사회주의를 반대하고 있다는 것이 중요한 것이 아니라 그것이 사회주의적 현대적 상황을 전제"로 하고 있다고 이해한다는 점이다. 즉 김수영은 사회주의 자체가 아니라 "사회주의의 현대적 상황"을 비판하고 싶었던 것인지도 모른다.

그런데 이는 사르트르가 말하고자 하는 바와 그 논리적 맥락이 다르지 않은 것이다. 사르트르는 「유물론과 혁명」, 『변증법적 이성 비판』을 통해서 주체성을 인정하지 않는 마르크스 사후의 마르크시스트 때문에

74 김수영, 「김수영 미발표 유고-일기(1961.3)」, 『창작과비평』 36(2), 2008 여름호.

75 김수영, 위의 글 참조.

76 물론 카뮈와 아롱이 비판하는 관점에도 차이가 있다. 카뮈는 인간 그자체가 목적이라는 휴머니즘적 관점에서 어떠한 목적에서도 인간성을 파괴해서는 안 된다는 입장에서 이를 비판한다. 그러나 그렇다고 해서 미국식 민주주의를 옹호하는 것은 아니다. 반면 아롱은 미국식 자유민주주의적 관점에서 이를 비판하고 있다.

마르크시즘이 경화되었다고 비판한다. 사르트르는 마르크시즘을 전면적으로 거부한 것이 아니라, 마르크스 사후 경화된 마르크시즘을 비판하고 있었던 것이다. 자유주의자 김수영 역시 이러한 맥락을 중요하게 고려하였을 것으로 보인다.

물론 그가 독서하거나 번역한 서구 텍스트의 대부분도 전향한 좌파 지식인들의 것이었다. 이러한 점은 당대 지식인들이 받아들였던 지식의 토대와 번역의 공간 역시 검열에서 자유로울 수 없었다는 점을 알 수 있다.[77] 그러나 그럼에도 불구하고 레이몽 아롱의 글을 읽는 독법이 날카로웠던 것은, 한국 지식인에게 반공주의가 그리 단순화된 것이 아니었음을 시사하는 것이다.

그리고 그는 5·16군사쿠데타가 일어난 다음 해인 1962년, 시 「전향기」(『自由文學』 7(3))라는 의미심장한 시를 쓴다. 이 시는 혁명 이후 자신이 "중공中共의 욕을 쓰면서" 느끼는, 우울한 내면에 대한 시이다. "일본의 '진보적' 지식인들은 소련한테는 / 욕을 하지 않는다"고 하며, 소련의 욕을 하지 않았던 그가 "소련을 생각하면서", "치질을 앓고 피를 쏟"

---

77 김수영의 번역과 독서 텍스트의 주요 저자들에는 주로 좌파였다가 자유주의자로 전향한 지식인들이 많다. 트릴링 등 『파르티잔 리뷰』의 뉴욕지성인파 그룹, 스티븐 스펜더, 오든 등 오든 그룹까지 그러한 여정을 겪은 이들이다. 김수영이 번역한 텍스트의 저자 트릴링은 당시의 진보주의·자유주의 지식인 사회에 대해 비판적이었던 懷疑的 자유주의자로 논의되기도 하고 『엔카운터』지는 문화자유회의(Cultural Freedom;반공주의 지식인들의 국제적 조직)의 영국 지부 기관지였다. 물론 네루다의 시를 읽은 곳이 『엔카운터』지였다는 점을 고려할 때, 무조건적으로 이 잡지들을 우파적 경향으로 몰아갈 수만은 없을 것이다. 또한 김수영이 이들의 논리를 어떠한 방식으로 받아들였는가는 또 다른 문제이다(이에 대한 자세한 내용은 박지영, 「김수영과 번역, 번역과 김수영」, 『번역비평』 4, 고려대 출판부, 2010 겨울호 참조). 당대의 미국문화 유입 상황에 대해서는 김정현, 「60년대 근대화노선과 미국의 '문화제국주의'와 한국지식인」, 『역사비평』 15, 역사비평사, 1991 여름호; 김균, 「미국의 대외 문화정책을 통해 본 미군정 문화정책」, 『한국언론학보』 44(3), 한국언론학회, 2000.7 참조.

는다. 또 "중공의 욕을 쓰"는 상황이 "자고 깨고 하면서 더 지루한" 까닭은 무엇일까? 그러면서 "치질도 낫기 전에 또 술을 마셨"던 까닭은 또 무엇인가?

"오五.일육一六 이후의 나의 생활도 생활이다 / 복종의 미덕! / 사상思想까지도 복종하라!"는 구절은 그가 전체주의적으로 사상의 전향을 강요하는 현실에 대해 빈정거리는 것이다. 그는 중공의 욕을 쓰면서도 불편했던 것이고, 특히 이것이 5·16군사쿠데타의 이념에 승복하는 것이라는 점에 굴욕감을 느꼈던 것이다. 표면적으로 전향한 것으로 보이지만, 흔들림 속에서도 결국 그는 사르트르처럼 '전향'은 안 했을 것이다. 그는 '삼팔선을 뚫는 방법'을 고민했던 사람으로, 살아있는 동안 내내 독재와 냉전, 반공주의, 레드콤플렉스와 끊임없이 싸웠던 지식인이다. 그랬던 그가 일기에서 사르트르를 언급한다.

> 왜냐하면 그(쥬네)는 모든 사회에 대항하고 있기 때문이다.
>
> — 사르트르, 「순교와 반항」

이 일기는 일본어로, 1961년 2월 경에 씌여진 것이다. 김수영이 본 텍스트는 사르트르의 *Saint Genet : comedien et martyr*(Gallimard, 1952)의 일본어 번역본인 『殉教と反抗』(白井浩司, 平井啓之 역, 東京 : 新潮社, 昭和 33(1958))이다. 물론 이 텍스트는 마르크시즘과는 다소 거리가 먼 텍스트이다. 프랑스 작가 장 주네의 기행을 통해 그의 자유주의적 의식, '악'적 성향을 분석한 이 작가론을 보면서, 그는 사회에 대한 저항의 가능성을 읽어 낸다. 참으로 시인다운 종착역이다. 현실에서 이룰 수 없었던 혁명을 시적 혁명을 통해서 완수하겠다는 김수영의 의지가 여기서도 드러나는 것이다. 이 글에서 사르트르는 사회적 편견을 거부한 주네의 기이한 행적을 자유로운 영혼을 가진 예술가의 전범으로 바라보았다. 그런데 이러한 자유주의자의 영혼을 건 저항[78]은 사르트르가 한국에서 번역된 또 하나의 방식을 설명해 주는 것이다.

이후 사르트르는 『창작과비평』 창간호를 통해서 정명환의 번역으로 「현대現代의 장황狀況과 지성知性」(『창작과비평』 1, 1966.1)이 번역되면서 다시 부활한다. 이는 참여론자, '정치화된' 사르트르의 면모가 소개되는, 새로운 번역의 국면을 예고하는 것이었다.

이 글의 번역자 정명환은 1962년 9월에 씌여진 사르트르에 대한 글 「사실事實과 가치價値－장 폴 사르트르의 휴머니즘이 남기는 문제問題」에서 "일체의 선험적인 것을 물리치는 사르트르와 결별을 고해야 한다"고 한다. 이는 현재 "우리의 눈초리를 모으게 하는 영속적인 정신의 식탁", 즉 "우리를 넘어서는 그 어떤 선험적인 존재나 가치를 요청하지 않을 수 없기 때문"이라고 한다. 이는 사르트르가 "실존주의 철학을 사회적으로 작용할 수 있는 유효한 이론으로 삼으려고 하면서도 한편으로는 「존재와 무」가 보여주는 안티 휴머니스틱한 대타관계對他關係를 인정치 않을 수 없기 때문에 생기는 것일지도 모른다"면서, 사르트르가 추구했던 사회철학이 존재론적 탐색에 얽매어서 결국 진정한 혁명에 이르지 못할 것이라고 우려한 바 있다.[79] 그랬던 그가 1963년 후배(주섭일)에게 이 텍

78 사르트르의 주네론에 대해서는 윤정임, 「『성자 주네』, 감동과 상상의 미학」, 『프랑스학연구』 46, 프랑스학회, 2008.11 참조.

79 정명환은 1999년 논문에서도 「변증법적 이성 비판」이 『존재와 무』의 핵심을 이루고 있던 개념들을 사회경제적 분야로 고쳐서 적용한 결과에 지나지 않는다고 한 바 있다. 더

스트의 원본을 내어 주어 번역할 수 있게 도와 주고, 좌파적 성향이 강한 『현대』지 창간사를 번역하여 내놓은 것은 『창작과비평』이 등장한 1966년이다. 이는 이러한 한계에도 불구하고 1960년대 내내, 그가 사르트르 사상의 유효성을 끝까지 놓지 않았다는 점을 말해주는 것이다.

5. 사르트르와 한국현대지성사

이상으로 해방 이후부터 1960년대 초반까지 사르트르 번역 양태를 통해서 한국의 반공주의 이념이 어떠한 방식으로 구성되는가를 살펴보았다. 지금까지 해방 이후 문학사에서 사르트르는 실존주의 문학론과 참여문학론 내부에서 논의되었지만, 『사상계』 등 당대 지식인 텍스트를 살펴보면, 마르크시즘을 옹호했다 전향한 실천적 지식인으로 번역된다. 이러한 점은 당대 번역의 정치성을 증명해 주는 하나의 증표로, 당대 번

구체적으로 말하자면, 대자가 실천으로 즉자가 소외로 상황 속의 자유가 변증법적 이성으로 번안된 것이라고 한다. 다른 한편으로 그런 개념들의 적용은 마르크스의 적용보다 그 범위가 한결 넓다고 한다. 마르크스의 경우에 그 개념들은 오직 사용가치와 교환가치 사이의 모순에서 야기되는 자본주의 체제의 모순과의 관련하에서 의미를 지니는 것인데 반해서, 사르트르는 "지금까지 존재한 바와 같은 인간의 세계내에서 모든 시간과 장소에 있어서 유효한" 사회철학을 초역사적으로 세우기 위해서 그 개념들을 이용하고 있는 것이라고 한다. 그렇기 때문에 다시 말해서 이러한 보편적인 성격 때문에, '정체된' 마르크스주의를 재생시키겠다는 그의 거창한 포부에도 불구하고, 결국 처음부터 공전(空轉)할 수밖에 없다는 것이다. 이에 대한 자세한 내용은 정명환, 「사르트르 또는 실천적 타성태의 감옥」, 위의 책, 303면 참조.

역이 미공보원의 원조와 국가 정책에 의해 수행되었다는 점을 다시 한 번 상기시킨다.

해방기에 사르트르는 번역 주체의 다양한 이념적 성향에 따라 때론 공산주의자로 비판받고, 때론 부르주아 지식인으로 비난받았다. 이는 해방기 다양한 맥락에서 수용되는 당대 서구 지식의 번역 양태를 보여주는 것이다. 그러나 단정 수립 이후, 특히 한국전쟁 이후 사르트르의 좌파적 성향은 교묘하게 삭제되어 번역된다. 대신 사르트르를 비판하는 카뮈의 논리가 논쟁을 통해서 번역된다. 그러다가 4·19혁명 직후 잠시 「유물론과 혁명」과 『변증법적 이성비판』이 번역되면서, 사르트르의 친공산주의적 면모가 번역되기도 하나, 곧 반공주의적 논리로 포섭되어 오역된다. 사르트르의 좌파적 성향을 일방적으로 비판하거나, 그가 1956년 헝가리 사태 이후 소련을 비판했던 논리만을 부각시킨다. 이러한 점은 4·19혁명 직후에도 여전했던, 아니 더욱 강화되는 당대 지식인들의 레드 콤플렉스를 반영하는 것이다.

또한 영국수정주의 좌파의 텍스트가 번역되었던 것과 동시에, 『사상계』에서, 사르트르를 비롯한 카뮈, 레이몽 아롱 등 프랑스 지식인에 대한 번역 작업은 그들의 '전향' 논리에 초점이 맞추어졌다. 이는 현재에도 유효한 반공주의 선전 방식의 일환이기도 하다. 그러나 이들 전향 논리의 핵심 역시 제대로 번역되지 않았다. 사르트르의 전향 논리에 핵심에는 사상(마르크시즘) 자체보다는 소비에트 공화국 비판이 자리잡고 있었다는 점은 여전히 간과된다. 사상보다는 체제에 대한 비판으로 자신의 전향을 합리화시키는 하나의 전향 양태가 여기서 드러나는 것이며, 이마저도 제대로 번역되지 않은 것이다.

이러한 번역 양태의 파행은 특히 해방기에는 대량으로 번역되었던 마르크스의 원전이 더 이상 번역될 수 없었던 상황, 좌파 텍스트가 제대로 번역될 수 없었던 당대 정치적 상황에 기인하는 것이다. 물론 좌파 텍스트가 아니라고 하더라도 텍스트에 대한 제대로 된 완역을 실시하지 않는 당대 번역 풍토의 후진성 때문이기도 하다. 비판 대상은 번역되지 않고 비판 논리만 번역되는 상황이 바로 반공주의의 논리가 번역되는 방식인 것이다.

물론 그 안에서도 작은 균열은 존재했다. 김수영의 산문 곳곳에서 드러나는 사르트르와 레이몽 아롱 번역은 일방적인 주입식 번역 양태에 대항하는 주체적인 번역 태도의 실마리를 보여주는 것이다.

보론 : 1960년대 중후반의 번역—좌파 '사르트르'의 부활

1966년 『창작과비평』 창간호에 부활하기 전, 사르트르는 1963년 참여문학적 지향이 강한 문학비평동인지 『비평작업』[80]에서도 번역된 바 있다. 1963년은 1960년대 지식사에서 주요 결절점을 이루고 있는 시기

80 『비평작업』은 '정오평단(正午評團)'의 문학평론 동인지이다. 회원으로는 이광훈, 임중빈, 조동일, 주섭일, 최홍규 등이 참가하고 있다. 이 동인지는 1963년 1월에 나온 신춘호 1권으로 그 수명을 다한다. 당시 임중빈은 성균관대, 조동일은 서울대 학생이었다. 이들의 활동은 1960년부터 시작되었다고 한다. 이 잡지에는 사르트르의 글 이외에 일리야 에레부르크, 엘뤼아르의 글이 번역되어 실려 있다.

이다. 민정이양을 약속했던 박정희의 욕망이 드러나면서 많은 지식인들이 점차 비판적 시선을 갖추어가기 시작한 시기이기 때문이다.

이 시기에 발간된 『비평작업』에서는 일리야 에렌부르크, 엘뤼아르 등 좌파적 성향 저자들의 글이 번역되어 실려 있다. 사르트르의 텍스트도 주섭일의 번역으로 「실존주의와 마르크스주의」(*Critique de la raison dialectique*, 1960)가 번역되어 실려 있다. 주섭일이 쓴 번역자의 말은 다음과 같다.

> 항가리 반란이 일어났을 때 신랄히 비판했던 사르트르는 그 후 소련을 방문하는가 하면 파리에서 이리야 에렌부르크와 회담하기도 하고 최근에 쿠바까지 방문하는 등 거의 완전한 좌경을 보이고 있다.
>
> 사르트르에 관심을 갖는 사람들이라면 누구나 눈살을 찌푸릴 것이다. 하지만 사르트르의 입장은 교조적인 공산주의자와는 완전히 다르다. 그리고 그는 자신의 이론을 한 번도 '사회주의'라는 어휘와 관련시키지 않았고 항상 '실존주의'라고 부르고 있다.
>
> 오늘날 「변증법적 이성비판」이 나오기 훨씬 전에 사르트르는 카뮈와의 논쟁을 통해서 자기입장을 명백히 밝혔던 것이다. 카뮈가 당시 소련의 강제노동수용소를 비인간적으로 보지 않느냐고 질문했을 때 사르트르는 그것(수용소)은 역사의 발전계급의 한 작은 과오에 불과하지 그것을 가지고 마르크스주의 전체를 비인간적이라고 할 수는 없다고 카뮈를 점잖게 꾸짖은 것이다.
>
> 여기에 번역 소개하는 「실존주의와 마르크스주의」는 「방법론의 문제」 중 일항을 차지하고 있는 것으로 야스퍼스류의 실존주의와 공산주의와 자기의 실존주의가 어떻게 다르냐는 것을 밝히고 있다. 우리들이 이것을 읽음으로

써 최소한 사르트르의 실존주의가 과연 어떤 것인가? 하는 문제를 풀 수 있을 것이다. 오역이 있더라도 젊은이의 정열로 이해해 주기 바라며 책을 빌려주신 정명환 선생님에게 감사드린다. 텍스트는 Gallimard사판을 사용했음을 아울러 밝힌다.[81]

이 텍스트는 『변증법적 이성비판』, 「방법의 문제」 중 제1장을 차지하는 텍스트를 번역한 것이다. 이 글에서 주섭일은 그의 사상적 성향을 실존주의나 공산주의와는 구별 지어 소개하고 있지만, 사르트르가 좌경적 성향의 행보를 보이는 지식인이라고 소개한다.

이 텍스트를 번역하여 게재한 『비평작업』은 4·19세대의 현실주의적 성향을 보여주는 대표적 매체이다. 이들은 「평단소송」이란 코너를 통해서 보수 성향의 선배 문인들인 백철, 이어령, 조연현을 신랄하게 비판하면서 자신들의 현실주의적 정체성을 드러낸다. 그 안에서 사르트르는 이들 신세대의 자기 인정 투쟁 전선에서 최전방에 배치된다. 이를 볼 때 이들 신세대들에게 사르트르는 자신들의 좌파적 성향을 표현할 수 있는 가장 유효한 표상이었던 셈이다.

요약하자면 마르크스에 이르기까지는 진실이었단 말이다. 그러나 마르크스주의의 위세와 풍요함이 행하였던 것, 그것은 마르크스주의가 그의 총체내에서 역사적 과정을 밝히기 위한 가장 근본적인 기도였었다는 것이다. 반대로 20년 이래로 마르크스주의의 음영은 역사를 흐려놓았다. 그것은 마르

81 장 폴 사르트르, 주섭일 역, 「실존주의와 마르크스주의－변증법적 이성비판 중에서」, 『비평작업』 창간호, 1963.1, 84~105면.

크스주의가 역사와 함께 살아가기를 중시했기 때문이고 마르크스주의가 관료적인 순응주의에 의하여 변혁을 동화로 환원시키려 했기 때문이다.[82]

이 글에서 사르트르는 마르크스주의를 총체적으로 비판하지 않고, 이후 소련의 관료적 순응주의로 변한 점을 비판한다. 이를 통해 이들은 자신들의 이념적 성향을 드러내고자 했던 것이다. 반소비에트 인식을 가진 좌파. 1960년대 사르트르의 사상은 당대로서는 가장 전위적인 것이었다.

이러한 번역 양상은 『창작과비평』에서도 그대로 이어진다. 염무웅은 『창작과비평』의 이념적 변모 과정을 "사르트르라는 외국 이론가에게 젖줄을 대고 있던 비평적 상태로부터 1970년대 이후 우리 토양으로부터 생겨나는 민족문학론으로 전환, 발전하는 과정에서의 이론적 성숙과정"[83]이라고 표현한 바 있다. 그만큼 『창작과비평』의 출발점에서 사르트르는 가장 중요한 번역 텍스트였던 것이다.[84]

사르트르는 한국번역사에서 매우 상징적인 텍스트이다.[85] 이러한 존재인 사르트르라면, 『창작과비평』 창간호부터 그의 텍스트가 번역되어

82 위의 글.

83 염무웅(김윤태 대담), 「1960년대와 한국문학」, 강진호 외, 『증언으로서의 문학사』, 깊은샘, 2003, 421면.

84 그러나 여러 가지 면에서 사르트르로부터 벗어나야 하는 것이 이들 '프라우드 내셔널리즘'의 숙명이기도 했다. 1970년대 창작과비평의 민족주의 이념에 대한 논의는 한영인, 「1970년대 『창작과비평』 민족문학론 연구」, 연세대 석사논문, 2012; 김원, 「1970년대 『창작과비평』 지식인 집단의 이념적 계보」, 『역사와문화』 24, 문화사학회, 2012.2 참조.

85 사르트르는 한국 번역사에서 가장 예민한 번역 대상이다. 여기에는 실존주의, 서구중심주의, 제국주의, 마르크시즘, 반공이데올로기 등 해방 이후 한국지성사의 여러 문제가 실타래처럼 얽혀 있다.

실렸다는 것은 분석할 만한 일인 것이다. 특히 『창작과비평』에 실린 텍스트들은 실존철학 텍스트나 순수 문학 비평서가 아니라, 사회비평 텍스트이다.[86] 이러한 점은 『창작과비평』이 사르트르 번역을 통해서 취하고자 한 것은 철학이 아니라, 정치적 시각이었다는 점을 알려준다. 이는 주로 실존철학이나 반공주의적 시각에서 번역되었던 사르트르 번역사에서는 특이한 양상인 것이다. 이는 『창작과비평』이 순수문예지가 아닌 사회과학적 시각을 갖춘 문학 중심 종합지임을 선언하기 위한 선택이었다고 본다.

백낙청은 「새로운 창작과 비평의 자세」에서 기왕의 '순수'와 '참여'론의 후진성을 비판하며, 이를 극복하는 것을 주요 과제로 삼는다. 이를 위해 진정한 문학의 사회적 기능을 말하는데, 그것이 바로 시대가 변해도 변치 않는 텍스트의 진정성인 '문학의 이월가치'와 '창작활동의 자율성'이라는 진정한 순수성을 긍정하는 것이라고 한다. 참여론자 사르트르의 번역 텍스트 역시 분명히 이러한 점을 말하고 있다. '참여'의식과 문학의 균형, 그것은 어떤 면에서는 진실된 아름다운 문학이 지식인들의 현실참여를 보증한다는 새로운 '문학주의'[87]의 출현을 의미하는 것이다. 1960년대 사르트르는 이처럼 다양한 정치적 입장에서 번역되면서 당대 비판적 지성의 이념적 토대를 만드는 데 큰 기여를 하였다.

이에 대해서는 다음 장에서 구체적으로 설명하겠다.

86 『현대』의 창간사 역시 매체의 대사회적 지향성, 지식인의 대사회적 책임을 논하는 텍스트이므로 넓게 보면 사회비평문에 가까운 것이다.

87 백낙청도 자신이 문학주의자임을 고백한 바 있다(황종연 · 백낙청, 「무엇이 한국문학의 보람인가」, 『창작과비평』 34(1), 2006.3 참조). 그의 근본사상이 문학주의인 것에 대해서는 류준필, 「백낙청 리얼리즘론의 문제성과 현재성」, 『창작과비평』 38(3), 2010.9 참조.

참고문헌

① 자료

『사상계』, 『신천지』, 『민성』.

『김수영 전집』 2(산문), 민음사, 2003.

김수영, 「김수영 미발표 유고－일기(1961.3)」, 『창작과비평』 36(2), 2008년 여름호.

사르트르, 장근상 · 박정자 · 변광배 · 윤정임 역, 『변증법적 이성 비판』 Ⅰ～Ⅲ, 나남, 2009.

사르트르, 임갑 역, 『唯物論과 革命』, 양문사, 1960.

② 논문 및 단행본

권보드래, 「실존, 자유부인, 프래그머티즘－1950년대의 두 가지 '자유' 개념과 문화」, 권보드래 외, 『아프레걸 사상계를 읽다』, 동국대 출판부, 2009.

_______, 「『사상계』와 세계문화자유회의－1950～1960년대 냉전 이데올로기의 세계적 연쇄와 한국」, 『아세아연구』 144, 고려대 아세아문제연구소, 2011.

김건우, 『사상계와 1950년대 문학』, 소명출판, 2003.

김 균, 「미국의 대외 문화정책을 통해 본 미군정 문화정책」, 『한국언론학보』 44(3), 한국언론학회, 2000.

김득중, 『'빨갱이'의 탄생－여순사건과 반공 국가의 형성』, 선인, 2009.

김미란, 「'청년세대'의 4월 혁명과 저항 의례의 문화정치학」, 『사이間SAI』 9, 국제한국문학문화학회, 2010.

김 원, 「1970년대 『창작과비평』 지식인 집단의 이념적 계보」, 『역사와 문화』 24, 문화사학회, 2012.

김 정, 「해방직후 반공이데올로기의 형성 과정」, 『역사연구』 7, 역사학연구소, 2000.

김정강, 「운동권 전설적 이론가 김정강의 '4 · 19에서 6 · 3까지」, 『신동아』, 2007.6.25.

김정현, 「60년대 근대화노선과 미국의 '문화제국주의'와 한국지식인」, 『역사비평』 15, 역사비평사, 1991년 여름호.

나종석, 「1950년대 실존주의 수용사 연구－'교양'으로서의 실존주의를 중심으로」, 『헤겔 연구』 27, 한국헤겔학회, 2010.

남궁곤, 「『思想界』를 통해 본 지식인들의 '냉전의식' 연구－국제질서관의 형성 및 변화를 중심으로」, 서울대 석사논문, 1987.
박유희, 「현실의 추상화와 기법의 실험」, 『비교문학』 25, 한국비교문학회, 2000.
박지영, 「'번역'의 시대, 번역의 문화 정치－1950년대 번역 정책과 번역문학장」, 『대동문화연구』 71, 성균관대 대동문화연구원, 2010.
＿＿＿, 「박지영 김수영과 번역, 번역과 김수영」, 『번역비평』 4, 고려대 출판부, 2010년 겨울호.
박태균, 「로스토우 제3세계 근대화론과 한국」, 『역사비평』 66, 역사비평사, 2004.
윤정임, 「한국의 프랑스 문학 수용에 대하여－사르트르의 실존주의를 중심으로」, 『국제어문』 27, 국제어문학회, 2003.
＿＿＿, 「우리에게 사르트르는 누구인가 : 사르트르 수용의 현단계－문학을 중심으로」, 『문학과사회』 18(2), 문학과지성사, 2005.
＿＿＿, 「『성자 주네』, 감동과 상상의 미학」, 『프랑스학연구』 46, 프랑스학회, 2008.
이봉범, 「1950년대 문화 재편과 검열」, 『한국문학연구』 34, 동국대 한국문학연구소, 2008.
이상록, 「『사상계』에 나타난 자유민주주의론 연구」, 한양대 박사논문, 2010.
정명환, 「사르트르 또는 실천전 타성태의 감옥」, 한국사르트르연구회 편, 『사르트르와 20세기』, 문학과지성사, 1999.
정명환 외, 『프랑스 지식인들과 한국전쟁』, 민음사, 2004.
지영래, 「작품별 번역 양상을 통해서 본 사르트르의 국내 수용 연구」, 『불어불문학연구』 76, 한국불어불문학회, 2008.
한수영, 『한국현대비평의 이념과 성격』, 국학자료원, 2000.
허 은, 『미국의 헤게모니와 한국 민족주의－냉전시대(1945~1965) 문화적 경계의 구축과 균열의 동반』, 고려대 민족문화연구원, 2008.

후지이 다케시, 「반공과 냉전 사이－『사상』 『사상계』 의 반공주의와 진영론」, 『2011년 서강대 인문과학연구소 학술대회 '냉전과 혁명, 그 사회역사적 분절과 이행의 논리들' 발표문』, 2011.4.22.
＿＿＿＿＿, 「제1공화국의 지배 이데올로기－반공주의와 그 변용들」, 『역사비평』 83, 역사비평사, 2008.

G. 노바크 편, 김영숙 역, 「서문」, 『실존과 혁명』, 한울, 1983.
알바레즈・비달 편, 윤일환 역, 『번역, 권력, 전복』, 동인, 2008.

제9장

1960년대 『창작과비평』과 번역의 문화사

4 · 19 / 한글세대 비평 / 번역가의 등장과 '혁명'의 기획

1. 4 · 19세대 번역 / 비평가를 바라보는 시선

1960년대는 한국현대지성사에서 중요한 변화가 요동치던 시기이다. 그리고 이 시기에 창간된 매체 『창작과비평』의 한국지성사적 중요성은 현재까지의 많은 연구사들이 증명하고 있는 것이다.[1] 특히 『창작과비평』만이 아니라 『문학과지성』을 포함하여 이 세대 지식인의 등장이, 글쓰기의 영역을 통해서 사회적 자아의 실현이 가능한 지식인의 출현을 상징한다는 평가[2]는 이들의 역사적 존재성을 증명해 주는 것이다.

1 많은 분량이라 일일이 제시를 못하고 향후 본문에서 각주로 제시할 것이다. 양해를 바란다.

2 LEE Hye Ryoung, "Time of Capital, Time of a Nation : Changes in Korean Intellectual

그런데 이들 『창작과비평』(『문학과지성』 그룹까지 더해서) 그룹의 주축인 백낙청과 염무웅은 각각 영문학, 독문학 전공자이다.[3] 1960년대 후반은 전후 세대의 국문과 전공자들이 획득한 상징권력이 외국문학 전공자에게 이양되는 시기였다.[4]

또한 이들이 활동했던 1960년대는 1950년대에는 부정적이었던 '전통'에 대한 인식 역시 새롭게 제기되고 있었던 시기이기도 하다.[5] 이 역

Media in the 1960s~1970s", *Korea Journal* Vol.51. No.3, 2011(Autumn)(이 글의 한글판은 이혜령, 「자본의 시간, 민족의 시간—4·19 이후 지식인 매체의 변동과 역사—비평의 시간의식」, 권보드래 외, 『잡지로 보는 인문학—지식의 현장, 담론의 풍경』, 한길사, 2012 참조).

3 이 창비 그룹에 사회과학 관련 전공자인 박현채 등과 이공계 전공이지만 사회과학적 지식이 풍부했던 기자 출신 리영희 등이 결합하고 있었지만, 적어도 1960년대까지 이 두 사람이 『창작과비평』을 중심적으로 이끌어 왔다. 1960년대까지는 이 두 사람이 실질적으로 창작과비평을 이끌어 왔기 때문에 이들의 이력이 곧 창비그룹 전체의 이력이 되는 것이다. 이에 대한 자세한 사항은 백낙청, 「창비의 유년시절」, 『백낙청회화록』 3, 창작과비평사, 2007; 김민정, 「1970년대 '문학장'과 계간지의 부상—『창작과비평』과 『문학과지성』을 중심으로」, 서울대 석사논문, 2011. 백낙청의 경우에 미국 브라운대에서 유학시절 계간지 형식의 문학 종합지를 구상하고 귀국 후, 서울대 영문과에서 전임강사를 시작하면서 29세에 『창작과비평』을 창간한다. 66년 백낙청이 다시금 미국 하버드 대학으로 가 박사과정을 밟으면서 귀국하는 69년까지 3년간 염무웅이 편집을 도맡는데, 그는 서울대학교 독문과에서 석사학위를 받은 후 신구문화사에서 편집사원으로 드나들다 27세에 편집에 참여하게 된 것이다.정명환도 당시 창작과비평 계열 필자로 볼 수 있다. 이 외에 초기에 등장하는 비평가들 김우창, 유종호, 김현, 김주연은 모두 외국문학 전공자이다. 이들과 거의 동시대에 활동을 같이 했던 『문학과지성』 그룹은 외국문학 전공자의 비율이 더 크다. 『창작과비평』 필자들에 대해서는 김원, 「1970년대 『창작과비평』 지식인 집단의 이념적 계보」, 『역사와문화』 24, 문화사학회, 2012.2 참조.

4 이에 대한 자세한 사항은 박연희, 「1960년대 외국문학 전공자 그룹과 김현 비평」, 『국제어문』 40, 2007.8, 304면 참조; 김민정, 앞의 글; 최근 논의로 김건우, 「"조연현—정명환 논쟁" 재론(再論)—1960년대 한국 현대비평에서 원어(原語) 능력이 갖는 의미」, 『대동문화연구』 83, 성균관대 대동문화연구원, 2013 참조

5 배선애의 연구에 의하면 저항적 전통극인 마당극의 시작이 1973년 김지하의 〈진오귀굿〉부터라고 한다. 또한 이는 1960년대 저항적 대학문화였던 탈춤부흥운동이 그 시발점이다(배선애 「1970년대 희곡의 양식 실험 연구」, 성균관대 박사논문, 2012 참조). 이외에도 서구적 지성을 의식적 기반으로 갖고 있었던 이청준의 전통 의식 역시 1960년대 저항 담론에서 '전통'이라는 키워드가 매우 중요한 것이었음이 드러난다. 이에 대한 자

시 4·19혁명 이후 불기 시작한 저항적 민족주의 바람과 관련이 깊은 문제라고 볼 수 있다.[6] 반제 민족주의 저항담론을 생산해 낸 『청맥』의 존재가 이러한 현상의 대표적인 예일 것이다.[7] 이러한 상황이었기에 백낙청과 염무웅을 중심으로 한 창비 그룹은 전통을 의식하지 않을 수 없었다. 조동일, 이우성 등 국문학자들을 동료로 맞이하여, '실학' 등 전통 학문에 대한 관심을 표명한 것은 이들이 전통에 대해 분명히 인식하고 있었다는 점을 증명한다.[8]

그러나 외국문학 전공자들의 민족주의적 강박은 당대 외국문학 전공자들이 처한 존재론적 곤궁을 반영해주는 것이다.[9] 이는 우리의 근대 이후 외국문학전공 번역가들이 자신의 존재론적 정당성을 확인하는 방법이 아이러니하게도 '내셔널리티'였다는 점을 환기시킨다. 식민지 시대 최고 인텔리로 자부하던 해외문학파의 일원들조차 이러한 자기 호명 방

세한 사항은 김주현, 「1960년대 소설의 전통 인식 연구」, 중앙대 박사논문, 2007 참조.

6 물론 1950년대 『사상계』 필자들의 의식 역시 민족주의라고 볼 수 있지만, 어떠한 정치적 이념이라기보다는 소박한 정서적 차원, 당위론적인 것이었다고 본다. 여기에 차별점이 존재한다.

7 잡지 『청맥』의 이념과 당대 담론의 연관성에 대해서는 이동헌, 「1960년대 『청맥』 지식인 집단의 탈식민 민족주의 담론과 문화전략」, 『역사와문화』 24, 문화사학회, 2012.2 참조.

8 이에 대해서는 김현주, 「『창작과비평』의 근대사 담론」, 『상허학보』 36, 상허학회, 2012.10; 김건우, 「국학, 국문학, 국사학과 세계사적 보편성」, 『한국현대문학연구』 36, 한국현대문학회, 2012.4, 참조.

9 1950년대의 경우 전통론에 대해서 긍정적일 수 없었던 평론가 유종호, 이봉래 등이 외국문학 전공자였던 것은 이러한 점을 잘 말해주는 것이다. 영문학자였던 백철은 1950년대부터 전통에 대한 인식을 강조한 바 있다. 그러나 김주현은 백철의 이러한 입장이 이식문학론을 보편적인 인식 틀로 인정했던 태도의 산물이라고 보고 있으며 그 개념 역시 엘리엇(Eliot)적인 것이었다고 한다. 이러한 점 역시 외국문학 전공자가 한국근대문학사 서술에서 처한 곤궁한 위치를 말해주는 것이라고 한다. 이에 대한 자세한 내용은 김주현, 앞의 글 2장 참조.

법에서 자유로울 수 없었다.[10]

김현은 "외국의 것을 우리 문학의 속성인 것처럼 파악하면서도, 사실상 감동적으로 듣고 호흡하는 것은 오히려 춘향가의 한 대목인 당대 상황을 착란된 문학 풍토"라고 설명한 바 있다. 그리고 이러한 착란 증상이 자신에게도 있었다고 고백하면서 자신 역시 "프랑스문학을 피부로 느낀다고 믿는 정신의 불구자"였다고 표현한다. 그러나 그는 이오네스코의 「수업」에 나오는 언설, "나의 조국은 프랑스다"를 이탈리아어로 번역하면, "나의 조국은 이탈리아다"가 된다는 번역의 기본 원리, 아이러니하게도 프랑스문학 연구를 통해서 번역에 대해 다시 고민하게 되었다고 한다. 말라르메의 프랑스어에 대한 무서운 성찰이 결국 "나에게는 한국어의 가치를 알아야만 한다는 것을 가르쳐주었다는 점에서 무서운 것이었고, 결국은 나의 감정을 수치 덩어리로 만들었다"고 고백한다. 이는 외국문학도가 내셔널리즘적 자각을 해 나가는 과정, 번역가로서 번역의 정도正道를 깨달아가는 과정을 고백한 것이다.[11]

10 이에 대한 자세한 내용은 서은주, 「번역과 문학장(場)의 내셔널리티－해외문학파를 중심으로」, 민족문학사연구소 기초학문연구단, 『한국 근대문학의 형성과 문학장의 재발견』, 소명출판, 2004 참조.

11 외국문학도가 심취했던 서구 근대 문화의 전위성과 이를 번역해야 할 한국적 토대의 빈약함 사이의 낙차를 극복하는 것, 세계주의와 내셔널리즘 사이에서 이는 이들의 평생 과업이 된 것이다. 전상기는 한국 문학은 서구의 근대 문학을 모델로 삼은 그들에 의해 근대 문학의 기반을 다지게 되었다고 말하면 다음과 같이 정리한다. 본고의 논지도 이에 동의한다. "그들은 서구 문학론의 수입에 급급하거나 설익은 서구적 모델로 우리 문학을 재단하곤 하던 관행을 거부했다. 4·19혁명을 서구의 계몽 혁명과 같은 의미로 평가한 그들은 당당하게 서구 문학을 받아들였다. 주체적인 수용에 자신이 있었을 뿐더러 대중으로부터 유리되어 폐쇄적인 경향으로 흐르는 서구 문학과는 다르게 사회의 진보와 민족의 운명을 자신들의 문학 활동과 일치시킬 수 있었기 때문에 더 큰 임무를 스스로 짊어지곤 했던 것이다. 때문에 그들의 임무는 서구 문학의 폐단을 극복하면서도 건강하고 올바른 근대 문학을 건설한다는 이중의 자부심이 있었다"고 한다(전상기, 「1960·70年代韓國文學批評硏究－『문학과지성』·『창작과비평』의 분화를 중심으로」, 성균관

그럼에도 불구하고 이들의 이념적 기반이 서구적 지성(문학)이었다는 점은 누구도 부정하기 힘든 일이다. 오히려 이러한 점은 4·19세대, 한글세대가 가지고 있었던 특권이기도 했다. 한글세대에는 한글로 외국문학텍스트를 사유할 수 있었던 첫 번째 세대라는 의미가 포함되어 있는 것이다. 이들은 혁명 체험이 가져다 준 현실주의적 고민, '지금 여기' 현실에 대한 막대한 책임감 때문에 이중어 세대가 아닌, 영광스러운 한글세대라는 내셔널리즘적 자부심 안에서 번역가라는 정체성 대신 '비평가'라는 정체성을 내세울 수밖에 없었다. 여기에는 한국지식사 전반의 근본적인 문제, 이식성에 대한 콤플렉스가 작용한 것이며, 1960년대 한글세대가 갖고 있었던 이념적 특수성도 놓여 있는 것이다.

한때 동료였던 김지하는 그들의 이념적 성격을 비판하면서, 그들이 '마르크시즘을 읽었는가'라고 문제제기한 적 있다. 과연 이들은 마르크시즘이 지식계 전반을 지배했던 1980년대에도 이 이념과 거리를 유지했다.[12] 그러나 이들이 이 텍스트들을 평생 동안 읽지 않는 것이 아니라 자신들의 이념으로 받아들이지 않았던 것뿐이다.[13]

번역은 행해지는 당대 시대적 이데올로기와 깊은 연관이 있다. 문제

대 박사논문, 2002, 13면 참조).

12 염무웅은 80년대 후반 NL, PDR이니 하는 데서도 『청맥』, 『한양』에서 느꼈던 관념성을 느꼈다고 했다. 해방 직후, 4·19 이후, 그리고 1980년대 말의 남한 현실에서 노동자계급이 주도하는 사회주의 국가를 건설할 역량이 우리에게 갖추어져 있었다고 생각하지 않았다고 한다. 그 이전의 기초적인 준비작업을 하는 것이 여전히 우리의 과제가 아닌가 하는 생각을 했다고 한다(염무웅(김윤태 대담), 「1960년대와 한국문학」, 강진호 외, 『증언으로서의 문학사』, 깊은샘, 2003, 421면 참조).

13 염무웅의 회고에 의하면 이들은 마르크시즘 서적을 1980년대 들어와서 본격적으로 읽고 고민했다고 한다(염무웅(김윤태 대담), 「1960년대와 한국문학」, 강진호 외, 『증언으로서의 문학사』, 깊은샘, 2003).

는 텍스트가 어떻게 번역되는가인 것이다. 예를 들어, 한국번역문학사에서 '레미제라블'이 피로 물든 혁명의 서사시로 번역된 것, 그것도 이상주의적 전망을 전유하면서 번역된 것은 비로소 '오늘'부터가 아닐까 하는 생각도 든다(2012년 개봉된 영화 〈레미제라블〉). 그간 번역사에서 레미제라블은 현재의 보수 진영이 전유하는 방식대로 보편적인 의미인 '인정론적 휴머니즘'의 텍스트로 전유되었기 때문이다.

그런데 프랑스 혁명이라는 거대한 사건을 통해서 한국의 현실을 분석하는 작금의 이 상황은 1960년대 말 한국 지식 사회에 그 기원을 두고 있다. 한국 혁명사에서 보수진영은 1980년 광주, 1987년 6월항쟁을 자신들의 영광으로 전유하지 않기 때문이다. 시간적 거리감 때문일까, 한국 역사에서 오직 3·1운동과 4·19혁명만을 진보 / 보수 진영 모두가 경쟁적으로 자신들의 성과로 전유한다. 백낙청의 「시민문학론」에서 전유된 혁명 역시 3·1운동과 4·19혁명이었다. 3·1운동과 4·19혁명을 보수 / 진보 양측에서 경쟁적으로 전유한다는 것은 한국지성사 전반에 내재하고 있는 레드콤플렉스와 관련이 깊은 문제이다. 이 두 혁명은 붉은 빛깔을 들이밀지 않아도 그 의미를 살릴 수 있는 사건이라는 것이다.

4·19혁명 세대, 『창비』 진영을 포함한 비평 / 번역가들은 바로 이러한 의미의 '혁명' 이념을 문학 속에서 부활시키려고 했다.[14] 그리고 이들 대부분이 외국문학 전공자였던 상황, 그리고 드러내놓고 '혁명'을 논의

14 이에 대한 자세한 사항은 이미 4·19세대에 관련된 여러 연구사에서 설명된 바 있다. 대표적으로 전상기, 앞의 글; 최근의 성과로는 한영인, 「1970년대 『창작과비평』 민족문학론 연구」, 연세대 석사논문, 2012 외 다수.

하기 힘든 상황에서 이들은 혁명을 부활시키는 한 가지 방식으로 '번역(텍스트)'을 선택했다. 그들이 내세운 정체성이 무엇이든, 직접 수행한 번역 텍스트가 그들의 이념을 가장 선명하게 드러낸 준다는 것은 부인할 수 없는 사실이다. 이를 토대로 비평 작업을 수행한 것이다.

그러므로 이들의 번역 의식과 텍스트를 분석하는 일은 이들의 이념적 지향점을 규명하는 데 가장 중요한 거점이 될 수밖에 없는 것이다. 한글세대란 정체성이 한글학자가 아닌 외국문학 전공자들에 의해서 구성된 것이라는, 한국현대지식문화사의 중요한 사건은, 번역가가 아닌, 비평가라는 프리즘만을 통해서는 해명될 수 없는 것이기 때문이다. 바로 이러한 점이 이들을 한국근대지식사 / 번역사란 틀에서 다시 한 번 논해야 하는 이유이다.

2. 한글세대 번역 / 비평가의 등장 배경과 번역사의 지각 변동

김현은 전후 세대 문인들과 자신들의 차이점을 강조하면서 이 문인들이 이중어 세대로 "사고와 표현의 괴리 현상"이 일어난 세대라고 한 바 있다.[15] 반면 자신들은 이들과 달리 한국어로 사고하고 한국어로 창작하

15 또한 두 개의 큰 사회적 변동을 겪은 작가들은 '감정의 극대화 현상'을 경험하게 되고, 그리하여 '보편주의와 세계주의의 미로' 속을 헤매다 결국 '허무주의'와 '전통단절론'을

는 1세대로 자부한다. 대개 4・19혁명 당시 대학에 재학해 있었던 이들은 1940년대 초반 생으로, 해방 후에 초등학교에 들어가 새롭게 재편된 미국식 민주주의 교육을 받으며 모국어를 정식 언어로 배웠던 세대이다. 그렇기 때문에 이들은 자신의 사유를 한글로 표현하는 데 거리낌이 없었고, 그것이 이들 문학의 기본적 역량이라고 자부한 것이다.

그런데 이들은 대개 한국문학이 아닌, 외국문학 전공자이다. 한글세대 외국문학 전공자, 즉 한국어로 외국문학교육을 받은 첫 세대라는 토대는 "국문학이 아닌 학과에서 수업한 우리들"이라는 뚜렷한 자의식[16]과 함께 이들의 번역가로서의 역량을 보증해 주는 것이었다.

1950년대 번역가들은 대개 이중어 세대이다. 김수영, 정비석 등 문인 번역가와 여석기 김진만 등 교수 번역가군들은 식민지 시대 일본어로 제도 교육을 받은 세대이다. 이들에게 해방 이후 조선어는 새롭게 습득해야 할 외국어에 가까운 것이었다. 그렇기 때문에 늘 '중역'의 혐의에서 벗어나기 어려웠다.[17] 이 안에서 번역은 끊임없이 질적 논란에 휩싸였고, 이중어 세대의 반발에도 불구[18]하고 이들의 번역에 대한 우려섞인

낳았다고 한 바 있다. 이러한 세대론적 논리는 김현, 「테러리즘의 문학－50년대 문학 소고(小考)」(『문학과지성』, 1971년 여름호), 『김현문학전집』 2, 문학과지성사, 240~257면 참조.

16 김병익・김주연・김치수・김현, 『현대한국문학의 이론』, 민음사, 1972, 1면; 박연희, 앞의 글 참조.

17 1950년대 문인 번역가와 교수 번역가들 사이에서 벌어진 중역 / 원어역에 관한 기묘한 긴장 관계는 늘상 존재하는 것이었다. 이에 대한 자세한 내용은 앞 장, 「'번역'의 시대, 번역의 문화 정치－1950년대 번역 정책과 번역문학장」; 「1950년대 번역가의 의식과 문화정치적 위치」; 이봉범, 「1950년대 번역장의 형성과 문학 번역－국가권력, 자본, 문학의 구조적 상관성을 중심으로」, 『대동문화연구』 79, 성균관대 대동문화연구원, 2012 참조.

18 일례로 대표적인 이중어 세대 번역가 김수영의 산문에는 당대 번역 출판계가 얼마나 아마추어적인 속물성을 갖추고 있는지, 번역의 질은 얼마나 형편없는 것이었는가를 개탄하는 장면이 나온다. 김수영은 그의 산문에서 저명한 영문학자 최모 씨의 주홍글씨 번역

시선은 거두어지지 않았다.[19]

이러한 와중에 김현이 말한 1965년 세대, 한글세대 외국문학 전공자들의 등장은 번역장에 지각 변동을 가져 온다. 우선 가장 중요한 것은 (번역의 질에 관한 논쟁은 지금도 여전히 존재하지만), 중역 논쟁, 더 나아가 번역의 질적 논쟁이 더 이상 이슈화되지 않았다는 것이다. 염무웅은 한 인터뷰에서 『창작과비평』에서 백낙청에게 아놀드 하우저의 『문학과 예술의 사회사』 번역을 청탁받았을 때, "번역이라는 것이 단순히 말을 옮기는 것만이 아니"라, "번역자가 원저자의 입장이 되어 원저자의 사유를 번역자의 언어로 되풀이하는 것"이라면서 심지어는 "나 자신이 하우저가 되어야 제대로 번역이" 된다고 한 바 있다. 그리고 그는 "하우저를 번역하면서 대학원 2년 다닌 것만큼 공부를 했다"고 고백한 바 있다.[20] 4·19세대 외국문학 전공자들이 갖고 있었던 능력과 자부심은, 곧 번역의 전문성에 대한 인식으로 이어진 것이다.

또한 이들은 번역 원텍스트를 주체적으로 선택할 수 있었던 세대이

이 깜짝 놀랄 정도로 오역투성이였다고 한 바 있다. 당대 「주홍글씨」 번역자를 검색해 보니 여기서 최모 씨는 최재서로 보인다(김수영, 「번역자의 고독」, 「모기와 개미」, 『김수영 전집』 2(산문), 민음사, 2003, 56~57면, 89면 참조)(나다니엘 호손, 최재서 역, 『주홍글씨』, 을유문화사, 1954).

19 1950년대 번역 시장의 활성화에 공헌한 것은 미공보원 등 미국 기관과 문교부 등 대한민국 국가 기관의 번역 정책이었다. 해방 이후 미군정 선전국인 OCI는 기존의 공보국이 담당하던 공보활동 이외에도 미국적 삶의 방식을 한국에 심기 위한 자체적인 프로그램들을 진행시켰는데, 그중에서 중요한 것이 도서의 번역과 배포에 관한 것이다. OCI의 뒤를 이어 전후에 설치된 미국공보원(USIS) 역시도 영어 관련 서적을 정책적으로 사회에 보급한다. 한국전쟁 이후에는 미국은 한국전쟁 이후에는 한국의 정치 기관인 문교부를 통해서 번역 원조 정책을 시행한다. 이에 대한 자세한 사항은 앞 장 참조. 「'번역'의 시대, 번역의 문화 정치－1950년대 번역 정책과 번역문학장」; 이봉범, 앞의 글 참조.

20 염무웅(김윤태 대담), 「1960년대와 한국문학」, 강진호 외, 『증언으로서의 문학사』, 깊은샘, 2003, 413면.

다. 대학제도의 안착[21]으로 외국학문(문학)전공 학도들이 외국서적을 접할 기회가 상대적으로 확대되었고, 서구와의 직접적인 교류 또한 가능했기 때문이다. 특히 백낙청의 경우는 외국 유학파로서 그 곳에서 많은 원전을 읽고 자유롭게 번역 텍스트를 선택할 수 있었다. 그는 아놀드 하우저의 『문학과 예술의 사회사』 중 「영화의 시대-20세기의 사회와 예술」을 『창작과비평』 1권 4호(1966, 가을호)에 번역 게재하면서 거기에 역자의 말을 첨부하여 "하우저 저, 「예술과 문학의 사회사」(1953)의 마지막 장을 완역한 것이다. 번역에 영역본을 참고하였고, 원주는 되도록 간편을 기하여 선택 정리하였음을 밝혀둔다"고 한 바 있다. 『창작과비평』은 창작호에 실린 두 편의 번역 논문을 제외하고,[22] 2호에 실린 어빙 하우(유종호 역)의 「정치와 소설-투르게네프의 경우」(1966, 봄호)부터 역자의 말을 실어 그 텍스트 번역의 정당성을 입증하려고 한다. 이러한 점은 번역 원텍스트 선택에 번역자의 의지가 가장 큰 역할을 했다는 점을 증명한다.

물론 1950년대 번역장에서도 번역자의 선택 의지가 없었다고 볼 수는 없다. 그러나 주로 번역 원조 사업에 의해 번역 작업이 수행되어 『사상계』처럼 원텍스트를 미공보원 혹은 서구 반공주의 단체(문화자유회의 등)로부터 공급받았다.[23] 이 상황에서는 번역 텍스트 선택에 번역자의

21 해방 이후 대학제도의 안착과 인문학의 형성 과정에 대해서는 김재현 외, 『한국인문학의 형성-대학 인문교육의 제도화 과정과 문제의식(사회인문학총서 2)』, 한길사, 2011 참조.

22 C. 라이트 밀즈의 「문화와 정치」(백낙청 역)와 장 폴 사르트르(정명환 역)의 「현대적 상황과 지성-『현대』지 창간사」(1966.1). 아마 이 때는 창간 당시였던 만큼 경황이 없었던 것으로 추측할 수 있다.

23 권보드래, 「『사상계』와 세계문화자유회의-1950~1960년대 냉전 이데올로기의 세계적 연쇄와 한국」, 『아세아연구』 54(2), 고려대 아세아문제연구소, 2011.6; 앞 장 「번역

의지보다는 번역 의뢰인의 의지가 더 크게 작용했을 가능성이 크다.[24]

이에 비해 독립적 매체를 운영하고 있었던 『창작과비평』, 『문학과지성』 그룹의 경우에는 편집자의 권력으로 번역 원텍스트를 선택했을 것이다. 『현대문학』 등 보수적 매체와 당대 문단 권력의 유착관계나 정치적 권력 관계에서도 독립적인 매체 발간 시스템은 자유롭게 비판적 담론을 제시하기 위하여 선택한 길이었다. 이러한 독립적 운영 의지가 번역 텍스트의 선택 역시 자유롭게 했던 것이다.[25] 그 결과 이들에게 번역 텍스트는 저항담론으로서의 역할을 목적의식적으로 해 낼 수 있었던 것이다.

이들의 활약은 1960년대 번역장에 새로운 활력을 불어 넣는 일이기도 했다. 1960년대는 분명 번역문학사에서 "번역문학의 르네상스적 개화"[26]기라고 하지만, 중반까지 지식사적 측면에서는 1950년대 『사상

의 시대, 번역의 문화 정치」 참조.

24 번역가이자 시인인 김수영의 경우는 예외적인 경우로, 자신이 출판사에 번역할 원텍스트를 가져간 다음 번역료를 흥정한 경우가 많았다고 한다. 그러나 이 역시 최종결정은 출판사 주체 혹은 잡지편집인의 선택에 달려있었기 때문에, 김수영의 선택이 전적으로 받아들여진 것은 아니었다고 볼 수 있다. 김수영은 그의 일기에서 '은행 뒷담이나 은행길 모퉁이에 벌려 놓은 노점 서적상을 배회하여 다니며 돈이 될 만한 재료가 있는 잡지를 골라 다니는 것은 고달픈 일이 아닐 수 없지만, 그래도 구하려던 책이 나왔을 때는 계 탄 것보다도 더 반갑다'고 전한 바 있다(김수영, 「일기(1954.12.30)」, 『김수영 전집』 2(산문), 민음사, 2003 참조).

25 백낙청은 한 회고에서 "처음부터 대학 바깥에 자리잡은 '상업지이면서 광고수입에 의존할 능력도 의지도 없었기 때문에 오로지 독자의 호응으로 먹고 사는 잡지'가 된 것이 비판적 잡지로 자리잡는 데 오히려 기여"했다고 한 바 있다. 백낙청, 「기획 : 사회인문학의 시각으로 본 잡지－사회인문학과 비판적 잡지에 관한 몇 가지 생각」, 『동방학지』 152, 연세대 국학연구원, 2010 참조.

26 번역문학사를 쓴 김병철은 1950년대를 번역문학의 르네상스적 시초로, 1970년대 문학을 번역문학의 절정기로 서술한 바 있다(김병철, 『한국현대번역문학사연구』 상, 을유문화사, 1998 참조).

계』의 번역 기사들만큼 흥미로운 논점은 제시하지 못하고 있었다.[27] 당대 번역 시장이 매체보다는 문학전집 출간에 전념하고 있었기 때문이다. 르네상스적 개화기의 토대는 문학텍스트의 단행본 출간에 의해 구성된 것이다. 그리하여 1960년대 중반 번역장은 정론적(이론적) 측면에서는 지식 생산의 선도성을 점차 상실해 가는 중이었다. 이러한 번역장의 위축은 양적으로 팽창해 가는 외국문학 전공자들에게 새로운 담론을 모색해야 한다는 위기감을 가져다 주었다.

또한 이들은 4·19, 한글세대라는 자신들의 세대적 정체성을 내세우며 당대 현실이 요구하는 바를 결코 무시할 수는 없었다. 그리하여 이들은 기존 문단과 거리를 둔 채, 『비평작업』, 『상황』, 『68문학』, 『산문시대』, 『사계』 등 동인지를 발간하면서 게릴라적으로 자기 발언을 시작하고 동시에 『창작과비평』이라는 지식인 매체를 발행한 것이다. 그 토대 위에 번역가로서도 전문성이 갖추어진, 외국문학 전공 비평가 그룹이 만들어진 것이다.

같은 세대 평론가 김현은 "외국 문학 이론에 정통한 사람을 비평가라고 부르고, 그 이론을 모르는 사람을 작가라고 흔히 부르고 있다"[28]고 한 바 있다. 이러한 구도는 이미 1950년대 비평가 유종호가 등장하면서 구성된 것이다.[29] 1950년대 외국문학 전공자들은 주로 '번역'을 하거나,

27 대표적으로 1950년대는 『사상계』에 실린 콜론 보고서, 로스토의 「비공산당선언」의 경우가 그 대표적인 경우이다. 그러다가 1960년대 『사상계』는 번역을 통해 축적해 온 지적 자산이 한국적 사상으로 발전하는 면모를 보여주고 있다. 그러나 세계적으로 유통되고 있는 사상·지식·문화에 대한 관심이 바랜 것은 아니었다. 1960년대에도 『사상계』는 계속 번역에 힘을 기울였으며, 1967년 한때 폐간 위기에 몰렸을 때는 번역을 통해 명맥을 유지하기도 했다(권보드래, 앞의 글, 249면 참조).

28 김현, 앞의 글, 21면 참조.

매체에 글을 쓰더라도 이를 소개하는 차원에 물렀다.[30] 유종호 등 비교적 소수만이 본격적인 창작과 비평 활동을 하는 실정이었다.[31] 그러나 1960년대에는 외국문학 전공자들이 문단에 본격적으로 등장하면서 외국문학 전공자 = 비평가라는 등식이 성립되기에 이른다.

이렇게 외국문학 전공자들이 비평계에서 활약하게 된 상황은 물론 식민지 시기 관학 연구의 관행처럼 그때까지 실증주의적 연구 풍토가 강했던 국문학계에 현대문학 전공자가 희귀했던 상황과도 관련이 깊은 문제이다. 이러한 상황에서 국문학계는 급박하게 전개되는 한국 현실에 대응할 문학적 인식에 대한 절박한 욕구를 채워주기 힘들었던 상황이었다. 당대 활동했던 국문학자 조동일도 본래는 대학에서 불문학을 전공했던 사실,[32] 그 외에 당대 등장한 문학자 김윤식의 인식적 자양분이 토착적인 것이 아니었다는 점 역시 이러한 점을 증명해 주는 것이다.

염무웅은 백철의 뉴크리티시즘 수용이 불문, 독문 등 외국문학과에서는 그리 큰 반향을 얻지 못했고, 영문과에서도 큰 열풍은 아니었다고 한

29 박연희의 연구에 의하면 유종호는 비교문학의 가능성과 외국문학에 대한 신인 비평가의 적극적인 태도를 염두에 두면서, 비로소 '비평의 시대'라 부를 수 있는 시대가 도래했다고 자기 세대를 특화시켰다고 한다. 여기에는 한국 문단에서 번역 혹은 서구문학에 대한 전문성의 영역을 확보하면서 비평을 선택한, '외국문학 전공자'로서 유종호가 지녔던 각별한 자의식이 투영되어 있다고 한다. 아니면 이런 자의식은 식민지 시대, 김기림, 최재서에서부터 출발하는 지도 모른다(박연희, 앞의 글 참조).

30 『사상계』 필자인 여석기, 김진만 등이 대표적인 예이다. 이들은 「세계문단」란 등에서 서구의 전위적인 문화 조류들을 소개한다.

31 박연희, 앞의 글, 301~303면 참조.

32 조동일의 프로필을 살펴보면 1962년에 서울대 불문과, 66년에 서울대 국문과에 입학했다고 되어 있다. 이 외에도 당대 국문학계에 대한 지식 정보는 본 논문을 심사한 익명의 한 심사자의 지적에 의해 얻은 것이다. 이 자리를 빌어 보기 드물게 긴 심사서를 통해 부족한 본 논문을 진정성 있게 심사해 주신 세 명의 익명의 심사자에게 감사를 드린다. 더불어 이 장황한 논문을 발표할 당시 토론자였던 서은주 선생님의 조언과 후의에도 깊이 감사드린다.

다. 실제로는 서울대 국문과를 중심으로 해서 실질적인 업적이 나왔다고 했고, 심지어 백철 자신의 비평에서도 제대로 활용되지 못했다고 말하며, 이는 국문과의 외국문학 콤플렉스와 연관이 있는 문제라고 한 바 있다.[33] 대학 강단의 공통기초교양 '문학개론' 교재가 서구 정전의 번역을 통해서 구성된 현실[34]도 이러한 상황을 예증해 준다. 또한 세계문학 전집 발간 붐이 말해주는 것처럼 외국문학에 대한 당대 문단과 대중들의 보편적 선망 역시 이러한 상황을 만들었다고 볼 수 있다. 그리하여 외국문학 전공자인 백낙청이 「시민문학론」을 통해 한국문학사 인식 방식을 재구성하려 하고, 김현이 『한국문학사』를 서술하는 상황이 벌어지게 된 것이다.

그러나 이들이 자신을 번역가로 표명하지 않는 가장 중요한 이유는 당대의 내셔널리즘적 풍토에 있다. 혁명 이후 1950년대 반공이데올로기 하에서 표면화되지 못했던 저항적 내셔널리즘이 4·19혁명을 계기로 다시 살아나고 있었기 때문이다. 김수영은 "'4월 이후에 달라진 것은 국내 잡지를 읽게 되었다는 것"[35]이라는 한 바 있다. 이 말에서도 짐작할 수 있듯 민족주의적 성향의 비판적 지식인 매체인 『청맥』과 『한양』의 존재가 보여주는 대로, 새로운 지적 동향이 생성되고 있었다. 이 두 매체에서는 번역 기사를 찾아보기 어렵다.[36] 이는 이 두 매체가 토착 민족

33 염무웅(김윤태 대담), 앞의 글, 406면 참조.

34 이에 대한 자세한 내용은 서은주, 「특집 : 사회인문학의 개념과 방법－과학으로서의 문학 개념의 형성과 "지(知)"의 표준화－주요 "문학개론서"를 중심으로」, 『동방학지』 150, 연세대 국학연구원, 2010 참조.

35 김수영, 「밀물」, 『김수영 전집』 2(산문), 민음사, 2003, 46면.

36 실제로 김수영은 『민족일보』에 글을 싣기도 하고, 그의 산문에서 민족주의적 성향이 강했던 재일 조선인 매체 『한양』에 실린 장영우의 글을 언급하기도 했다. 기사 곳곳에서 번역한

주의를 표방하고 있었기 때문에 가능한 결과이다. 이러한 내셔널리즘의 분위기는 외국문학 전공자들에게도 인식적 영향을 끼칠 수밖에 없었다.

이처럼 당대 번역장의 침체와 번역가에 대한 사회적 인식 부족, 그리고 내셔날리즘적 분위기는 외국문학 전공자의 정체성을 번역가로만 규정하기 힘들게 하였다.[37] 하지만 그들이 자신을 비평가로 규정하고 싶어 했던 가장 중요한 원인은 앞서 말한 대로 혁명 체험일 것이다. 혁명을 통해 부활된 현실 변혁에 대한 갈망이 그들로 하여금 단순히 사상을 소개한다는 차원으로 격하되어 있던 당대 번역가라는 정체성보다 현실과 상호소통하는 존재로서 비평가가 되기를 원하게 했던 것이다. 이러한 상황에서 외국문학도의 반성적 성찰과 번역에 대한 고민은 보다 복잡하게 전개될 수밖에 없었다.

내용이라는 혐의는 있지만, 대놓고 번역 기사라고, 원저자와 번역가를 명시한 경우는 드물다. 1960년대 중반을 기점으로 형성된 이러한 흐름이 잡지 『청맥』과 『한양』의 내셔널리즘적 인식을 만들어냈던 것이다. 이에 대한 자세한 내용은 김건우, 「1964년의 담론 지형」, 『대중서사연구』 22, 대중서사학회, 2009.12; 이동헌, 「1960년대 『청맥』 지식인 집단의 탈식민 민족주의 담론과 문화전략」, 문화사학회, 『역사와문화』 24, 2012.12.2; 하상일, 「1960년대 현실주의 문학비평 연구—『한양』·『청맥』·『창작과비평』·『상황』을 중심으로」, 부산대 박사논문, 2004 참조.

37 1950년대 외국문학 전공자인 유종호가 전통단절론을 주장할 때, 국문학자 조지훈은 무조건적인 전통계승론을 주장한다. 이를 볼 때에도 당대 국문학 연구의 출발은 전통의 계승이라는 당위적 소명감이었다고 볼 수 있을 것이다. 이러한 비합리성이 복잡하게 전개되는 현실을 인식하는 데 무기력했다고 판단할 수밖에 없다. 또한 국문학 전공자가 다수 영입되어 있었던 잡지 『현대문학』의 경우, 그들이 주장하는 전통의 토착성이라는 개념 역시 반공주의적인 비합리적 언설이라고 할 때, 합리적인 이론 체계로 무장한 외국문학 전공자의 등장은 혁명 이후 혈기넘치는 젊은 세대의 감수성을 단번에 사로잡았던 것이다.

3. 한글세대 번역 / 비평가의 번역관과 이념적 토대

—'프라우드 내셔널리즘'[38]과 '마르크스'를 괄호치고 진보를 고민하기

염무웅은 하우저를 번역하면서 "내 현실을 표현할 수 있는 개념을 발견했다"고 표현한 바 있다.[39] 이 역시 그들이 번역을 통해 궁극적으로 지향한 바가 "지금 여기 현실"을 제대로 표현하고, 대안을 모색하는 것이었다는 점을 말해주는 것이다. 특히나 현실주의적 인식을 강조했던 『창비』 그룹의 경우는 외국문학의 정확한 수용과 현실주의적 적용이라는 과제에 가장 민감할 수밖에 없었다.

백낙청의 경우는 이러한 점을 더 구체적인 논거를 통해서 주장한다. 백낙청은 그의 글 「서구문학의 영향과 수용—그 부작용과 반작용」(『신동아』, 1967.1)에서 당대 서구문학을 대하는 태도에 대해 비판적인 칼날을 대면서 진정한 서구문학의 수용, 즉 '번역'이 어떠한 차원에서 이루어져야 하는가에 대하여 사회역사적 측면에서 논한다. 백낙청은 이 글을 통해서 기왕의 수용자들이 서구의 전위적인 문학을 소개함으로써 한국문학의 발전에 기여하고 있다는 내셔널리즘적 자기 위안에 빠져있다고 비판한다.[40] 더 나아가 1950년대 번역계와 문단에서 추구했던 "우리

---

38 이들의 후속세대로 한글세대를 뛰어넘는 것을 과제로 삼았던 한국문학자 김철은 이들 세대의 내셔널리즘은 일본 교육을 받지 않았다는 것, 즉 식민지로부터 오염되지 않았다는 프라이드, 거기다가 역사의 파고를 뒤집었던 혁명 체험이 가해서 "프라우드 내셔널리즘(proud-nationalism)"이라고 할 만하다고 한다. 김항 · 이혜령, 「김철과의 인터뷰」, 『인터뷰—한국 인문학 지각 변동』, 그린비, 2011, 33면 참조.

39 위의 글, 413면.

40 그는 당대 사회가 서구문학의 영향을 이야기할 때 정통적인 문학사적 내지 비교문학적

주체성의 기반 위에 서구문학의 영향을 올바르게 수용하자는 지당한 말씀 역시 도움이 안되기는 마찬가지"라 한다. 왜냐하면 그가 보기에 "「서구적인 것」와 「한국적인 것」인 것의 혼거混居 상태는 그냥 복잡하다는 정도를 넘어 항상 유동적이며 주로 음성적인 것"이고, "그리하여 갖가지 이질적 요소들이 그때 그때 상황에 따라 갖가지 기이한 순례 조합으로 표면에 드러나곤 한다"는 것이다. 이는 당대 사회에서 논의되고 있는 "한국적인 것"과 "서구적인 것"의 이분법적 논리가 얼마나 허망한 것인가를 비판하며, '전통론'의 허위성과 무조건적인 "서구문학"의 추종, 모두를 총체적으로 비판한 것이다.

그러면서 그는 당대 서구문학수용에 관한 태도를 크게 두 가지로 유형화시켜 설명하고 비판한다. 요약하면 다음과 같다.

> 한 가지 태도는 서구문화의 다른 어느 부분보다도 서구의 가장 새로운 것 현대적인 것이 우리의 가장 절실한 관심의 대상이라는 것이다. 서구의 '현대적' 문학이나 사상이 역사발전의 큰 윤곽에서 볼 때 오히려 반작용적 요소를 대표하는 경향이 많은 점에 비추어 우리가 그 영향을 발전적으로 수용하기 위해서는 각별한 검토가 필요하리라는 것을 짐작할 수 있다.
>
> 둘째로는 오늘날 우리의 현실에 비추어 서구의 20세기보다 과거의 다른

접근법을 취하는 것은 미흡한 일로 생각된다고 하면서 단순히 문학사적 성과의 정리, 즉 양적 축적이라는 측면에서 정리만 하거나 "어느 작품과 비슷하나 그만은 못하다" 정도의 단순 비교 차원에서 논하는 것을 경계해야 한다고 전제한다. "「영향」이라는 것도 어느 정도 원숙한 차원에서 이해와 재창조"를 뜻하는 것이며, 그렇지 않은 경우 …… 단순히 어느 작가가 서구의 어느 작가를 즐겨 읽었다는 사실을 지적하거나, 우리나라 어느 작품이 서구의 어느 작품과 비슷하나 그만은 못하다는 점을 확인하는 정도에 그치기 때문이라는 것이다(백낙청, 「서구문학의 영향과 수용」, 『신동아』 29, 1967.1, 398면).

> 어느 시기(18세기 프랑스, 19세기 러시아)가 훨씬 우리의 현대적 요구에 적합하다는 것이다.[41]

그는 이 글을 통해서 당대 사회가 서구 문화를 무조건적으로 진보적인 것이라 생각하고 받아들이는 현상과 현재보다는 과거의 작품들을 통해서 지금의 현실을 보상받으려 하는 경향 모두 비판한다. 첫째 경우의 예는, 백철 중심으로 전위적인 가치로 인식되어 번역된 "'신비평가'들의 작품중심적 언어분석 평론"과 "적어도 우리나라에 널리 알려진 범위 안에서는—사르트르의 실존주의"이다. 이를 볼 때 백낙청은 1950년대 '신비평'과 '실존주의'라는 양대 조류의 번역 상황을 정면에서 비판하고 있는 것이다. 전자의 경우는 "사회의식을 가벼이 보는 보수주의자의 문학"이고, 후자는 "그것이 소외된 일부 지식인의 내성적 몸부림에서 시작하여 흔히는 거기서 끝나고 있다는 점에서 퇴폐적인 색채"가 농후하다는 것이다. 물론 『창작과비평』에서도 사르트르를 번역하기는 한다. 그러나 이러한 점을 의식한 듯, 『창작과비평』에 번역된 텍스트는 좌파적인 성향이 강한 정치사회적 논설로, 이러한 선택은 그가 비판한 1950년대 실존주의 텍스트 번역 태도와는 다른 것이었다.

두 번째로 그는 혁명의 시대였던 18세기 프랑스와 19세기 러시아 문학이 번역되는 자기 위안적 복고적 경향에 대해서도 우려의 시선을 보낸다. "진보의 이름으로 서구적 현대를 부정한다는 것은, 실상 서구적 현대 뿐 아니고 한국적 현대의 복잡성으로부터 도피하려는 노력"이라

41 위의 글 참조.

는 것이다. 이러한 인식은 당대 현실의 모순을 직시해야 한다는 현실주의적 측면에서 제기된 것이지만, 인식적인 층위에서의 동시대성을 중시했던 이들 세대의 자의식에서도 비롯된 것이다.

더 나아가 그는 첫 번째로 제기한 병폐의 원인이 "우리 문인들 대부분이 보수적 계층의 출신이라는 점에서, 동시에 지난 몇십 년의 발전과정에서는 이들이 대개 소외되었다는 점에서 서구적 현대의 바로 그 반작용적 요소와의 어떤 생리적 친화력이 작용한 탓이라고 보는 것이 옳다"면서 당대 문인들의 보수성을 정면에서 비판한다. 여기서 중요한 것은 "지난 몇십 년의 발전 과정에서 이들이 소외되어 있었다는 것" 즉 이들이 지난 몇십 년 동안의 한국문학계에서 주도 세력이 아니었다는 점을 비꼬는 것이다. 그는 "6·25 이후 좌파문인들의 대폭 제거와 반공태세의 강화로 한국문단의 보수주의적 성격이 더욱 굳어지면서 이러한 현상이 일층 두드러지게 된 것"이라고 말하며, 이들 보수문단의 역사적 토대에까지 근본적인 문제제기를 한다.[42] 그리하여 그는 이 두 가지 수용 방법 모두가 "극단적 국가주의 및 행동주의"와 결합할 수 있다는 우려를 표명한다.

> 이들 작품의 한계선에서 나타나는 현실과의 거리는, 한국사회의 보수적 요소와 서구사의 파괴적 요소가 발전 혹은 진보의 이름아래 결합함으로써 조성된 일종의 허무주의라 할 수 있다. 그것은 대개 하나의 소극적 허무주의로 머물고 있지만 최악의 경우 파시즘이라는 능동적 허무주의의 온상이 될

42 위의 글, 398면.

수도 있음은 널리 알려진 사실이다. (…중략…)

휴전선으로 양분된 국토에 살며 공산침략의 위협이 우리에게 가장 절실한 것은 물론이나 공산주의 이외에 파시즘에 희생된 나라들의 예도 우리네 관심밖일 수는 없다. 8·15 전 일본의 군국주의와 '나치스' 독일을 과거지사로 돌리더라도 오늘날 '남아메리카' 몇몇 후진국의 금권주의적 파시즘은 그것이 반공체제하에서 성행하고 있다는 점에서 더욱 음미해볼 만한 것이다.[43]

"한국사회의 보수적 요소"와 "서구사의 파괴적 요소"의 결합은 번역주체와 번역대상 사이의 공모가 매우 정치적인 것임을 은유적으로 표현한 것이다. 서구사의 파괴적인 요소, 즉 서구의 보수적 문예이론의 도입은 결국 번역주체인 한국 지식인의 보수성 때문에 가능했던 것이다. 그런데 백낙청은 여기서 더 나아가 이러한 번역 행위의 정치성이 지속된다면, 그것은 사회적 이념의 파시즘화를 초래할 것이라고 경고한다.

여기서 '파시즘이라는 능동적 허무주의'는 어쩌면 백낙청이 품고 있던 당대 한국사회에 대한 우려일 수도 있다. 특히 "몇몇 후진국의 금권주의적 파시즘은 그것이 반공체제하에서 성행하고 있다는 점에서 더욱 음미해볼 만한 것"이라고 한 점은 이러한 혐의를 더욱 짙게 만든다. 백낙청은 이 글을 통해서 서구문학수용의 영향과 수용 방법에 대해서 논하면서 배면에서는 현재의 문단상황과 현실을 우회적으로 비판하고 있다. 현실인식과 번역 태도는 그만큼 밀착된 관계라는 점을 증명한 것이다.

그리하여 그는 번역 텍스트의 보수성은 "현실과의 거리", 즉 현실성

43 위의 글 참조.

의 부재라는 한국문단의 결함을 필연적으로 가져오게 된다고 한다. 이는 백낙청이 지향했던 의식적 태도이자 형상화방법인 현실주의, 리얼리즘의 구원이 현재 시행되고 있는 번역 작업의 목적이 될 것임을 보여주는 것이다. 백낙청은 "리얼리즘의 본질을 사회와 인간을 보는 어떤 '원숙한 관점'과 이에 수반되는 '균형'으로 파악"했다. 백낙청에게 번역 역시 「서구문학의 영향과 수용」에서도 밝히고 있듯이 "사회와 인간을 보는 어떤 원숙한 관점"하에 진행되어야 하는 작업이다. '리얼리즘이란 대전제하'에처럼 백낙청에게 번역의 원칙과 번역행위, 그리고 비평행위는 유기적으로 결합되고 일치해야 하는 것이다. 이는 이 텍스트에서 제시한 지양해야 할 두 가지 번역태도가 「시민문학론」을 통해서 극복되어 있는 점에서도 확인되는 것이다.

이처럼 백낙청은 「서구문학의 영향과 수용」에서 당대 문단의 보수성을 비판하면서 '6·25 이후 좌파문인들의 제거와 반공태세의 강화'를 그 원인으로 분석한다. 그 결과 문학인들의 사회의식의 쇠퇴가 이루어졌다는 것이다. 이는 분명, 이들이 좌파 문인들의 존재를 의식하고 있었다는 점을 증명해 주는 것이다. 그러나 그렇다고 해서 그가 이들의 사상적 체계까지 받아들인 것은 아니다.

4·19세대 대표 작가 이청준의 소설 「병신과 머저리」의 마지막에 나온, 4·19세대 주인공의 독백, "나의 아픔은 어디서 온 것인가. 혜인의 말처럼 형은 6·25의 전상자이지만, 아픔만이 있고 그 아픔이 오는 곳이 없는 나의 환부는 어디인가"[44]는 4·19혁명의 이상주의적 열정이

44 이청준, 「병신과 머저리」, 『창작과비평』 1(4), 1966.10.

5·16군사쿠데타에 의해서 무참히 무너진 후 겪었던, 이 세대의 좌절과 절망을 절규한 것이다. 이제는 혁명의 기억마저 점차 사라져 아프긴 한데 그 아픔의 정체를 알 수 없게 되어버린 4·19세대의 환멸과 허무함이 담겨 있는 것이다.[45]

이 소설의 주인공은 한국전쟁 세대와 자신들을 분명히 구분짓고 있다. 같은 시간을 살아가고 있는데, 그리고 분명 자기 세대의 아픔 역시 형의 고통과 무관한 것은 아닌데, 이 두 세대는 서로의 아픔에 대해 공감하지 못한 채 위로조차 해 주지 못한다. 그것은 그만큼 이 두 세대가 경험한, 한국전쟁과 4·19혁명이라는 역사 체험의 인식상 간극이 그만큼 크다는 것을 보여주는 것이다.

4·19세대는 해방 전후에 태어나 유아기에 해방기의 혁명적 정치 체험을, 유년기에 한국전쟁을 체험한 세대로 이 시기의 역사성을 자신의 역사철학적 사유의 인식적 기반으로 받아들이기 힘든 세대이다. 염무웅의 회고에 의하면, "1960년대 중엽에는 우리는 해방 직후의 치열한 이론 투쟁의 실상을 잘 몰랐"[46]다고 한다. 이는 자연스럽게 이들이 당대 폭

45 이 아픈 청춘의 보고서가 『문학과지성』이 아닌, 『창작과비평』에 실렸다는 것을 기억하는 사람은 별로 없을 것이다. 이는 『문학과지성』이 창간되기 전인 1960년대 후반은 "소위 '문지'와의 대립 구도 속의 어느 한 축을 대표한다기보다 기존의 보수적인 문협 체제에 반대하는 비판적 문인들의 연합체적 성격을 가지고 있었"기 때문에 가능한 일이다. 그리고 이 작품이 '문지' 계열의 이념만이 아니라 『창작과비평』 동인들도 공감하는, 4·19세대 전반의 트라우마를 형상화하고 있었기에 게재가 가능했던 것이 아닌가 한다. 이 트라우마 투성이인 당대 현실에 느낀 정서적 위압감은 이 세대 모두의 것이었기 때문이다. 『창작과비평』 비평가들 역시 이 과제에 몰두하고 있었을 것이다. 형이 경험한 한국전쟁이라는 야만의 폭력 체험도 비록 자기 기만을 통해서라도 치유되고 있는데, 자신들의 아픔은 치유될 수 없을 것 같다. 자기 아픔의 근원인 당대 현실을 총체적으로 분석하고 싶지만, 그것이 주는 압박과 공포는 쉽사리 그 환부를 정면에서 바라보지 못하게 한다.

46 이하 염무웅 인터뷰 내용은 염무웅, 앞의 글 참조.

발적으로 번역되었던 마르크스-레닌주의 원전을 접하기 힘들었을 것이라는 점을 상기시킨다.

실제로 염무웅은 "체계적으로 마르크스주의 이론 공부를 한 바는 없"다고 고백한 바 있다. 물론 월북 문인의 텍스트도 접하기 어려웠다. 그는 1967년경에서야 "김지하를 통해 이용악 같은 월북 시인들을 알게 되었고 그의 시집 『오랑캐꽃』과 해방 직후 번역된 레닌의 책을 신동엽 시인과 서로 바꿔보았"다고 했다. 또한 그는 "백효원이라 하는 사람이 번역한 『문학원론』, 루나차르스키의 『창작방법론』이라는 걸 마분지책으로 읽은 기억이 난다"고 한다.[47] 이러한 독서 체험의 부실함 속에 "강의실에서 한 번도 다루어진 적이 없는 것"을 그는 "그야말로 오랜 암중 모색 끝에 어렴풋이 '아 마르크스주의가 이런 거로구나, 사회주의문학 이론이 대충 이런 윤곽을 가진 거구나'" 하고 짐작했다고 한다. "엥겔스의 경우도 엥겔스의 저작을 읽은 것이 아니고 간접적으로 하우저라든가 루나차르스키의 문맥을 통해서 알게 되었고, 그런 걸 보면서 내 속에서 재구성을 해본 것들"이라고 한다.

물론 이렇게 접하기 힘든 물리적인 한계도 있었지만, 그래도 당시 염무웅에게 마르크스이론은 정서적으로도 크게 공감이 가지는 않았던 것 같다. "아도르노나 벤야민의 책은 알려지기 전"이며, "루카치의 경우 『독일문학소사』를 읽었는데, 그 정치적 맥락에는 공감이 가지는 않았다"[48]고 했다. 이러한 독서 편력 속에서 이들에게 마르크스주의는 참조

47 여기서 백효원의 책은 1949년 번역된 누시노프 세이트린의 『文學原論』(文耕社, 1949)이나, 1947년 번역된 누시노프·루나찰스키의 『文學의 本質』(신학사)로 추측된다.

48 이후 염무웅은 루카치를 1980년대 후반에 복사본으로 만든 『루카치선집』을 통해 본격적으로 공부하게 되었다고 회고한다(염무웅, 앞의 글, 414~416면 참조).

틀은 될 수 있지만, 본격적인 사유 대상은 아닐 수밖에 없었다. 그랬기 때문에 체험 여부 이전에 해방기와 전쟁이라는 역사적 사건과 그 안에서 선배 문인들이 가졌던 이념적 고민에 대해서는 본격적으로 사유하지 못했을 것이다. '병신'과 '머저리'의 본질적인 차이점은, 텍스트에서 드러내 놓고 발언되지 않았지만, 이러한 사상 토대에서 발생한 것이었다.

백낙청 역시 창간호에 실린 「새로운 창작과 비평의 자세」에서 해방 후 벌어진 문인들 사이의 치열한 논전을 "문단의 주도권을 둘러싼 좌우파 문인들의 정치적 싸움의 색채가 짙었으며 그 어느 한편에서도 뚜렷한 문학적 기여를 남김이 없이 끝났고 만 것"이라고 평가한 바 있다.[49] 당시 그에게는 해방기에 벌어진 치열한 이념논쟁의 역사적 맥락을 고려할 객관적 거리감이 없었던 것이다. 더 나아가 이들에게는 당대 현실상황에서 해방 이후 좌파들과 자신들 사이에 이어질 수도 있는 이념적 정통성을 거부해야 한다는 생존의 절박함도 있었을 것이다. 그리하여 한국전쟁 이후 반공체제에 억눌려 있다가, 4·19혁명 이후 겨우 부활한 혁명적 이념은, 해방공간의 정치적 체험이 공백화된 남한의 현실에서 이를 제대로 경험하지 못한 세대에 의해 계승되면서, 피치 못하게 전세대와의 단절점을 안고 출발할 수밖에 없었다.

이러한 역사체험의 부재, 역사 철학적 성찰 대상의 공백과 해방 이후 이들이 받은 반공주의 서구민주주의 중심 교육은 역사철학적 사유에 대한 책임감이 컸던 이들이 4·19혁명을 분석하고 향후 현실을 극복할 이념적 틀을 모색하는 데 큰 영향을 끼쳤다고 보아야 한다.

49 백낙청, 「새로운 창작과 비평의 자세」, 『창작과비평』 창간호, 문우출판사, 1966.1(『민족문학과 세계문학』 I, 창작과비평사, 1978, 317면).

이중어 세대인 1934년생 김질락 등이 기획하고 활동한 『청맥』은 이중어세대와 4·19세대[50]를 아우르는 필자 풀pool을 가진 매체이지만, 그들의 정치적 지향은 1967년 6월에 이 매체가 폐간되고, 1968년 『통혁당』 사건으로 좌절된다.

이들의 뒤를 잇는 것이 바로 『창작과비평』인데, 이들은 출발부터 『청맥』의 반제민족주의적저항 담론과는 어느 정도 거리를 두고 있었다.[51] 염무웅은 『청맥』을 분단과 6·25에 의해서 파괴된 진보적 내지는 사회주의적 맥을 잇는 거의 첫 번째 잡지"일 것이라고 평가하면서, "거기서 영향도 받고 깨우침도 얻었지만 그럼에도 불구하고 "『청맥』이나 『한양』의 현실 감각에 동조하기 어려웠다"고 했다. 말하자면 "남한의 구체적인 현실 대중들의 생활 감각과 일정하게 격절된 관념적 주장을 한다"고 느꼈기 때문이라고 한다. 실제로 염무웅이 보기에 시종일관 반제국주의적 민족주의의 논리로 남한사회를 제3세계 신식민지 상황으로만 설명하려는 『청맥』의 관념적 논리가 개발독재 하에서 점차 복잡한 양상으로 전개되어 가는 당대 현실을 설명해 내기 힘들었던 것이다. 염무웅은 같은 글에서 이런 면에서 '창비'에는 현실주의적 측면이 있다고 말한 바 있다. 앞서 살펴본 대로, 백낙청과 염무웅이 지향하는 것은 '지금, 여기'라는 현실에 대한 합리적 분석과 이상주의적 역사 의식을 갖춘 리얼리즘이라는 철학적 창작방법론이었다.

또한 1960년대 이들은 "민족주의보다는 민주주의"에 경도되어 있었

50 『청맥』의 문학비평은 임중빈, 조동일, 백낙청, 구중서, 김우창, 구중서, 염무웅 등 젊은 연구자들이 주도했다(이동헌, 앞의 글 참조).

51 반제민족주의 저항잡지 『청맥』 사건(1968) 등 공안사건을 피할 수 있었던 사정과도 관련이 있다고 볼 수 있다.

던 청년들로, 서구 민주주의, 자유주의적 사고 방식에 젖어 있었던 것이다. 그랬기 때문에 이들은 이 이념 안에서 체제를 전면적으로 거부하지 않았다.[52] 이들은 자유주의적 진보성을 표방하지만, 이들 인식의 마지노선에는 '레드콤플렉스'가 자리잡고 있었다.[53] 백낙청 역시 "휴전선으로 양분된 국토에 살며 공산침략의 위협이 우리에게 가장 절실한 것은 물론"이라고 말한 바 있지 않은가.

이를 볼 때 당시 『창작과비평』 계열 비평가들은 마르크스주의를 괄호치고 혁명과 진보를 고민해야 하는 상황에 놓이게 된 것이다.[54] 백낙청이 「시민문학론」에서 4·19혁명을 서구의 시민혁명으로 치환시키고자 한 열망은 바로 이러한 지점에서 발생한다.

> 18세기 프랑스 작가들의 경우를 다시금 회상하게 된다. 그들 자신의 직업적 자유를 옹호하는 것만으로 시민계급—더 나아가서는 전인류—의 해방에 기여하고 있었던 그들의 복된 짐이 바로 우리에게 돌아온 것이 아닌가? 복되다고 하기에는 너무나 무거운 짐으로 나타난 것뿐이다.[55]

52 이에 대한 내용은 김민정도 지적한 바 있다(김민정, 앞의 글 참조).

53 이러한 점은 이들이 작가와 텍스트를 분석하는 데 보다 적나라하게 드러난다. 특히 식민지 시대 작가를 분석하거나 문학사적 평가를 시도하는 데 있어서 드러나는 좌파적 성향에 대한 레드콤플렉스는 이들 인식상의 중요한 입각점을 전해준다(이러한 점을 염상섭 연구사를 통해서 증명해 낸 연구로 이혜령, 「소시민, 레드콤플렉스의 양각-1960~70년대 염상섭과 한국 리얼리즘론의 사정」, 『대동문화연구』 82, 성균관대 대동문화연구원, 2013 참조).

54 국내에 있었던 염무웅의 경우는 그렇다 쳐도 외국에 있었던 백낙청이 마르크스 원전을 보았을 가능성은 열어두어야 한다. 그러므로 단정적으로 마르크스주의를 사유할 수 없었다는 표현은 지양해야 할 것이다.

55 백낙청, 「市民文學論」(『창작과비평』 4(2), 1969 여름호), 『민족문학과 세계문학』 I, 창작과비평사, 1978.

백낙청은 이 글에서 혁명의 순간에 지고 있었던 당대 서구 '시민'들의 복된 짐, 그러나 무거운 짐을 기꺼이 자기 세대가 지고가야 한다는 소명의식을 강조한다. 이 세대는 프랑스 혁명 이후 곧바로 도래했던 반동의 순간을, 1960년대 남한에서 펼쳐진 혁명이라는 경이로운 순간 이후 좌절된 순간과 순치시켜야만 자신들의 진보성을 형상화할 수 있었다. 앞서 말한 대로 '프랑스 혁명'은 좌파적 색채가 없어도 그 영광됨을 수혜받을 수 있는 서구 현대사의 전범적 혁명이었기 때문이다.

'개발 독재', 즉 일방적인 발전론적 사고만을 지고의 가치로 여기고 기형적 자본주의식 개발에 박차를 올리는 당대의 현실에 맞서야 하는데, 마르크스주의 철학은 제대로 고민해 본 적도 없고, 현실적으로 이 길로 갈 수도 없었고, 『청맥』 식의 반제국주의적 민족주의의 관념론도 답답한 상황에서 서구식 민주주의 교육을 받은 청년들은 이러한 형상을, 자신들이 선택할 수 있는 가장 진보적인 길이었다고 생각한 것이다.

그리고 이러한 점은 『창작과비평』에 실린 번역 텍스트에 가장 선명하게 드러난다.[56] C. 라이트 밀즈와 사르트르의 텍스트가 『창작과비평』 창간호에 실렸다는 것은 매우 의미심장한 일이다.[57]

56 이미 1960년대 『창작과비평』에 실린 번역 텍스트에 대한 연구가 시행된 바 있다. 이는 그만큼 당대 『창작과비평』의 이념을 살피는 데 번역 텍스트가 중요한 근거가 된다는 것을 증명하는 것이다. 이에 대해서는 김현주, 「1960년대 후반 '자유'의 인식론적, 정치적 전망-『창작과비평』을 중심으로」, 『현대문학의 연구』 48, 한국문학연구학회, 2012.

57 『창작과비평』 계열 비평가들이 추종하는 사르트르와 밀즈 사상의 무게는, 이후 『창작과비평』이 밀즈의 「사회학적 상상력」을, 사르트르의 「미국의 개인주의와 획일주의」를 또 한 번 번역하여 싣는 것으로도 증명된다(장 · 폴 · 사르트르 , 鄭明煥 역, 「美國의 個人主義와 劃一主義」, 『창작과비평』 1(3), 1966.7; C · 라이트 · 밀즈, 金環東 역, 「社會學的 想像力」, 『창작과비평』 3(2), 1968.5).

4. 비평의 주석으로서의 '번역', 번역의 총체화로서의 '비평'

—백낙청의 번역과 「시민문학론」의 이념

염무웅은 『창작과비평』의 이념적 변모 과정을 설명하면서 "사르트르라는 외국 이론가에게 젖줄을 대고 있던 비평적 상태로부터 1970년대 이후 우리 토양으로부터 생겨나는 민족문학론으로 전환, 발전하는 과정에서의 이론적 성숙과정"이라고 표현한 바 있다. 그만큼 『창작과비평』의 출발점에서 사르트르는 중요한 번역 텍스트였던 것이다.[58]

사르트르는 한국번역사에서 매우 상징적인 텍스트이다.[59] 이러한 존재인 사르트르라면, 『창작과비평』 창간호부터 그의 텍스트가 번역되어 실렸다는 것은 분석할 만한 일인 것이다. 특히 『창작과비평』에 실린 텍스트들은 실존철학 텍스트나 순수 문학 비평서가 아니라, 사회비평 텍스트이다.[60] 이러한 점은 『창작과비평』이 사르트르 번역을 통해서 취하고자 한 것은 철학이 아니라, 정치적 시각이었다는 점을 알려준다. 이는 주로 실존철학이나 반공주의적 시각에서 번역되었던 사르트르 번역사

58 염무웅, 앞의 글, 421면. 그러나 여러 가지 면에서 사르트르로부터 벗어나야 하는 것이 이들 '프라우드 내셔날리즘'의 숙명이기도 했다. 1970년대 창작과비평의 민족주의 이념에 대한 논의는 한영인 · 김원, 앞의 글 참조.

59 사르트르는 한국 번역사에서 가장 예민한 번역 대상이다. 여기에는 실존주의, 서구중심주의, 제국주의, 마르크시즘, 반공이데올로기 등 해방 이후 한국지성사의 여러 문제가 실타래처럼 얽혀 있다. 이에 대한 자세한 내용은 앞 장, 「번역된 냉전, 그리고 혁명—사르트르, 마르크시즘, 실존과 혁명」 참조.

60 『현대』의 창간사 역시 매체의 대사회적 지향성과 지식인의 대사회적 책임을 논하는 텍스트이므로 넓게 보면 사회비평문에 가까운 것이다.

에서는 특이한 양상인 것이다. 이는 『창작과비평』이 순수문예지가 아닌 사회과학적 시각을 갖춘 문학 중심 종합지임을 선언하기 위한 선택이었다고 본다.

C. 라이트 밀즈는 미국 내 신좌파 그룹으로서 급진적 자유주의 그룹으로 분류되는 사람이다. 사르트르는 헝가리 사태로 소련에 등을 돌리기 전인 1956년까지는 친공산주의적 면모가 강했던 자유주의 지식인이다. 번역된 텍스트가 집필된 1945년은, 사르트르와 대부분의 유럽 지식인들의 좌파적 성향이 강했고 이를 바탕으로 사회 참여의 의무가 주장되었던 시기이다. 잡지 『현대』의 창간은 사르트르의 영향력의 강화와 참여의 시대를 알리는 신호탄이었다.[61] 백낙청이 사르트르의 실존주의 텍스트가 아니라, 또는 가장 좌파적 색채가 강했던 1952~1956년 사이에 씌여진 텍스트, 반대로 1956년 이후 반소비에트적 성향의 반공주의적 텍스트가 아닌, 1945년 텍스트를 선택한 것은 이 텍스트가 『창작과비평』이 롤모델로 삼고 있는 비판적 지식인 잡지 『현대』의 창간사이기 때문만은 아닐 것이다. 물론 첫 번째의 경우는 검열상 불가능한 일이었을 테지만, 반공주의적 텍스트를 싣지 않고 이후에도 같은 시기인 1945년 발표된 「미국의 개인주의와 획일주의」(『창작과비평』, 1966년 여름)를 번역한 것은 반공주의자 사르트르가 아닌, 반미, 반자본주의, 반제국주의적 성향이 강했던 시기의 사르트르를 인용하고 싶었기 때문이라고 본다. 『창작과비평』은 이 두 사람의 번역을 통해서 자신의 입론을 더 명확하게 드러내고자 했다.

61 시리넬리, 「한국전쟁 발발 당시의 프랑스 지식인들의 지적 지형도」, 정명환 외, 『프랑스 지식인들과 한국전쟁』, 민음사, 2004, 70면.

우리는 '근대'라고 불리우는 시대의 종말에 와 있다.

신기원을 향한 과도기에 처해 있다고 우리 스스로가 느끼고 있다는 것 뿐이 아니다. 요는 우리 자신과 세계에 관한 설명의 대부분이 중세로부터 근대로 오는 역사의 대전환과정에서 유래한 것으로서 오늘날의 문제에 그대로 적용될 때 이미 무용무관하며 아무런 설득력을 갖지 못하게 되었다는 사실이다. 그리고 또 근대 서양사회의 2대 지표인 자유주의와 사회주의가 모두, 세계 및 우리 자신에 대한 적절한 설명으로서 사실상 허물어지게 되었다는 것이다.

— 밀즈, 「문화와 정치」

밀즈는 서구에서 근대가 종말기에 와 있다고 주장한다. 그것은 서로 간에 핑크빛 미래를 예견하며 냉전의 이념전을 치루고 있는 미국 자본주의와 소련 공산주의의 허구성 때문이다. 그는 같은 글에서 이 두 진영이 경제발전을 담보로 한 체제 경쟁과 "양면 다 현실의 가장 결정적 요소는 폭력상태와 공포의 균형" 상태에서 흙탕물 튀기는 이념 전쟁을 하고 있다고 비판한다. 특히 그는 미국을 과잉개발사회, 영구적 전시경제 체제를 유지하고 있는 사기업경제로 비판한다. 미국의 팽창주의 정책에 목소리를 높이고 있었다.

당시 사르트르도 마르크스주의, 공산주의, 소비에트의 입장에 우호적이었으며, 미국과 자본주의, 자유민주주의에는 적대적이었다. 이 두 원저자가 공통적으로 주적으로 삼고 있는 것은 미국식 자유주의, 냉전적 사고 그리고 신제국주의적 면모를 갖고 있었던 서방의 자본주의이다.

밀즈와 사르트르 이 두 비평가의 글을 번역했다는 것은 백낙청이 일차적으로 선택한 『창작과비평』 노선이 미국과 소련 양자의 이념을 다 지향하는 서구의 급진적 자유주의였다는 점을 말해주는 것이다.[62] 백낙청은 이 번역 텍스트를 통해서 미국과 소련에 대한 공정한 비판을 얻으려 했던 것으로 보인다. 그가 바라본 세계 모순의 핵심은 밀즈의 논리와 유사하게 미소 중심의 냉전체제와 이로 인해 벌어지는 과도한 경제발전주의와 제국주의적 폭력이었던 것이다.

좌편향에 가까운 것도 사실이다. 이 외에도[63] 프랑크푸르트 그룹인 H. 마르쿠제, 좌파적 성향의 비평가 R. 윌리엄즈, A. 하우저, 어빙 하우, 현실주의적 성향의 정치이론가 J. 모겐소를 선택한 것은 『창작과비평』이 지향하는 정치적 이념이 마르크스적 입론을 변형한 신좌파, 전 세계적 자본주의의 폭력성에 대응하는 서구의 비판적 자유주의 지성에 동의하고 있다는 점을 보다 분명히 한 것이다. 당대 이들 이론은 반공체제하에서는 위험 성향으로 분류되었을 가능성이 높은[64] 것들이다. 이를 볼 때 1960년대 후반 이들은 검열의 선을 아슬아슬하게 타고 자유주의와 좌파적 이념 (정통 마르크시즘도 포함하여) 그 중간에서 유영하고 있었던 것이다.

『창작과비평』은 일반 논문과 번역 텍스트가 서로 상보적인 역할을 하면서 자신의 입론을 드러낸다. 『창작과비평』 창간호에 실린 창간사는 두 개다. 하나가 「새로운 창작과 비평의 자세」이고 다른 하나가 장 폴 사르트르, 정명환 역, 「현대적 상황과 지성—『현대』지 창간사」(J. P. Sartre,

62 이에 대한 자세한 사항은 김현주, 앞의 글 참조.

63 『창작과비평』 번역 목록은 김원, 앞의 글 참조.

64 필자들인, 사르트르는 당대에는 이미 반소비에트주의자였고, 밀즈와 모겐소는 자유민주주의 체제를 전면 부정하지 않는 이론가이며, 윌리엄즈와 하우저, 어빙 하우는 사회비평가라기보다는 문학비평가라는 점이 검열주체를 무장해제시키는 방안이었을 것이다.

"Présentation des Temps Modernes"(1945))이다.

> 문학의 사회기능을 이야기할 때 위에 말한 문학의 이월가치와 창작활동의 자율성 — 다시 말해 문학의 진정한 순수성을 긍정하는 데서 출발해야겠다. 그것 없이 문학의 사회기능을 부르짖음으로써 오히려 문학의 위축을 가져오며 (…중략…) 참된 순수성을 자랑할 작품을 만드는 것과 그러한 순수성을 살린 이상을 갖고 현실을 비판하며 개조하는 것은 바로 한가지 작업이다.
>
> —「새로운 창작과 비평의 자세」

> '참여문학'은 결코 '참여' 때문에 문학 그 자체를 망각함을 의미하지는 않는다는 것을, 우리의 목적은 집단을 위하여 적합한 문학을 마련함으로써 집단에 봉사함과 아울러 문학을 위하여 새로운 피를 넣어줌으로써 문학에 봉사하는데 있다는 것을.
>
> —「현대의 상황과 지성」

백낙청은 「새로운 창작과 비평의 자세」에서는 기왕의 '순수'와 '참여'론의 후진성을 비판하며, 이를 극복하는 것을 주요 과제로 삼는다. 이를 위해 진정한 문학의 사회적 기능을 주장한다. 그것은 바로 시대가 변해도 변치 않는 텍스트의 진정성인 '문학의 이월가치'와 '창작활동의 자율성'이라는 진정한 순수성을 긍정하는 것이다. 참여론자 사르트르의 번역 텍스트 역시 분명히 이러한 점을 말하고 있다. '참여'의식과 문학의 균형, 그것은 어떤 면에서는 진실된 아름다운 문학이 지식인들의 현실참여를 보증한다는 새로운 '문학주의'[65]의 출현을 의미하는 것이다.

번역과 비평의 상관성은 이후에도 지속적으로 이어진다. 서문에서 제시한 대로, 백낙청의 「시민문학론」은 1960년대 그의 대표작이기도 하지만, 1966년 1월 창간된 이후 『창작과비평』의 주요 논지를 총정리한 종합선물세트 같은 텍스트이다. 특히 '시민'이 "citizen"의 번역어라는 사실이 상징하는 것처럼, 이 텍스트는 종합적 번역 텍스트이기도 하다. 그는 이 텍스트에서 이 글이 실린 1969년 6월 이전 이 매체에 실렸던 핵심 번역 텍스트들을 인용해 가면서 자신의 논지를 펼치고 있다.[66] 그리고 기묘하게도 그는 전작前作 「서구문학의 영향과 수용」에서 주장했던 외국문학 수용, 번역에 관한 자신의 입론들을 하나하나 관철시켜 나간다. 그러므로 「서구문학의 영향과 수용」과 「시민문학론」은 개별 텍스트라기보다는 한 쌍의 연작 형태의 글이다.[67] 거기다가 그간 논란이 많았던 방영웅의 「분례기」를 옹호하는 글 「편집후기—『창작과비평』 1년 반」에 한용운과 김수영 등 자신의 입론을 증명할 새 텍스트를 첨가한다.

백낙청은 「서구문학의 영향과 수용」에서 당대 현실을 고민을 해결하기 위해 "오늘날 우리의 현실에 비추어 서구의 20세기보다 과거의 다른 어느 시기(18세기 프랑스, 19세기 러시아)가 훨씬 우리의 현대적 요구에 적합하다는" 생각에 과거의 특정 시기 텍스트만을 번역하는 태도에 대해

65 백낙청도 자신이 문학주의자임을 고백한 바 있다(황종연 · 백낙청, 「무엇이 한국문학의 보람인가」, 『창작과비평』 34(1), 2006.3 참조). 그의 근본사상이 문학주의인 것에 대해서는 류준필, 「백낙청 리얼리즘론의 문제성과 현재성」, 『창작과비평』 38(3), 2010.9 참조.

66 「시민문학론」에는 J. P. 사르트르, 정명환 역, 「현대의 상황과 지성」; A. 하우저, 염무웅 역, 「1830년의 세대—19세기의 사회와 예술」; R. 윌리엄스, 백낙청 역, 「리얼리즘과 현대소설」; A. 하우저, 염무웅 역, 「스땅달과 발자크 19세기의 사회와 예술(2)」; A. 하우저, 백낙청 역, 「제2제정기의 문화 19세기의 사회와 예술(3)」; A.하우저, 염무웅 역, 「續—제2제정기의 문화 19세기의 사회와 예술(4)」 등이 인용된다.

67 하근찬, 김승옥, 이호철, 최인훈 등의 소설에 대한 평에서도 이 텍스트를 인용하고 있다.

서 비판한 바 있다.

이를 실천하듯, 「시민문학론」에서 백낙청은 프랑스 혁명기의 계몽주의 사상과 '1830년의 세대'인 발자크와 스탕달, 그리고 20세기의 D. H. 로렌스 등의 사상을 레이몬즈 윌리엄즈, A. 하우저의 번역 텍스트를 통해 순차적으로 호명한다. 18세기와 19세기, 20세기의 공존을 통해서 혁명 정신의 정통성을 확보하는 동시에 현재성을 확보하는 방식이다. 이는 혁명의 기억이 이미 사라진 속악한 자본주의 현실을, 혁명 정신(시민의식)이 사라지지 않고 생명력을 갖고 되살아나는 역사로 재구성하는 방식이다.

그러면서 이 글은 프랑스 혁명 서사시의 한국판 번역 텍스트가 된다.[68] 서구 시민문학 = 리얼리즘의 전통을 우리 문학사의 맥락에서 평민문학, 실학, 한용운, 김수영 등의 출현으로 번역해서 구성해 낸다. 세계시민(혁명)문학의 위대한 조류 속에 한국문학사를 삽입시키려는 시도이다. 혁명적 순간의 파편들을 구성하는 방식은 그들에게 그만큼 '혁명'적 순간에 대한 집착이 강했다는 것을 보여주며, 지난하게 진창길로 가는 현실을 파편화된 순간으로나마 부활시키며, 진보적으로 구성하고자 하는 욕망[69]을 보여준 것이다.

그리고 「시민문학론」의 핵심은 '시민문학 = 리얼리즘'이라는 도식이다.

68 「시민문학론」의 목차가 "1. 시민과 소시민, 2. 서구 시민문학의 전통, 3.한국의 전통과 시민의식, 4. 1960년대의 한국문학"으로 전개되는 과정도 이러한 점을 증명한다.

69 이들의 진보적 역사관에 대한 설명은 LEE Hye Ryoung, 앞의 글에서 자세하게 설명되어 있다. 또한 혁명의 시간으로만 역사를 구성하는 이러한 유형의 진보적 역사관은 이미 혁명 시인 신동엽의 시에서 드러난 바 있다. 좀 더 논구해보아야 하겠지만, 이러한 시간 의식은 혁명 세대가 추구하는 진보적 역사관의 전형적 유형이기도 하다.

자기 삶의 근거에 대한 정직성과 온전성이 역사적으로 거의 불가능하게 된 서구의 세계지배적 문명에 대해 충분히 극단적이고 충분히 근거있는 비판을 할 수 있는 문학만이 시민문학으로서 존립할 수 있다.

시민문학의 원리로서의 이성은 고정된 합리성이 아니며 오히려 기존의 합리성에 대한 끊임없는 도전을 의미하는 것임을 보았다. 문제는 그 도전이 이제까지의 역사에서 이성이 실현된 성과에 얼마나 착실히 뿌리박고 있으며 '사랑'의 동의어로서의 시민의식을 얼마나 확대시키는 것인가에 있다.[70]

타락한 시민 의식, 소시민 의식의 존재가 더 리얼한 현실에서 '궁핍한 시대'[71]의 비루함을 인정하면서도 그 안에서 혁명적 이상(공동체)을 꿈꾸는 진실된 인식을 발견하려는 의식이 시민의식이다. 그가 말하는 시민이란 프랑스혁명기 시민계급의 정신을 하나의 본보기로 삼으면서도, 우리가 쟁취하고 창조하여야 할 미지未知·미완未完의 인간상人間像[72]이다. 현실이 비루하기 때문에 그 혁명에 대한 인식은 끊임없이 유예될 수도 있다.[73] 그럼에도 불구하고 그 이상을 놓치지 않아야 하는 존재가 시민

70 백낙청, 「시민문학론」, 『창작과비평』 14, 1969 여름.

71 이러한 점은 백낙청이 「시민문학론」 등 초기 비평에서, 전 세계를 자본주의적이고 제국주의적인 서구문명 때문에 혁명적 시민정신을 잃고, "삶의 근거와 참모습이 망각되고 사람들은 그것을 망각했다는 사실마저 망각하고 '이성'과 '사랑'과 '민주주의의 승리'를 구가하면서 파국으로 줄달음치는 시대". 즉 '궁핍한 시대'라고 표현한 인식과 관련이 깊은 것이다. 그리고 현재의 이러한 제국의 틈바구니에서 후진국인 한국 역시 '궁핍한 시대'가 되었다는 인식이다(이에 대해서는 김수림, 「4·19혁명의 유산과 궁핍한 시대의 리얼리즘」, 『상허학보』 35, 상허학회, 2012.6 참조). 이 궁핍한 시대를 혁명적 시대정신으로 극복하는 것, 그것이 또한 번역 텍스트의 과제이기도 했다.

72 위의 글; 이혜령, 앞의 글 참조.

73 시민의식과 그 핵심적인 유산으로서 지목한 리얼리즘에는 객관적으로 존재하는 현실뿐

이라면, 현실과 이상 사이의 긴장 관계를 놓치지 말아야하는 존재이다. 이러한 존재에게는 궁핍한 현실을 제대로 표현하면서 그 안에서 꿈꾸는 삶의 진실을 형상화할 수 있는 리얼리즘이야말로 그들에게는 가장 적합한 노선이었던 것이다.

백낙청은 「시민문학론」에서 '서구시민문학의 전통'을 논하면서 많은 문호들을 나열하지만, 그중에서도 발자크와 플로베르, 톨스토이 그리고 자신의 전공이기도 했던 D. H. 로렌스를 전범으로 삼고 있다. 앞서 밝힌 대로, 전자는 18~19세기 프랑스 혁명기의 기린아들이고, 후자는 현재의 전범이다.

백낙청은 발자크와 플로베르의 번역 텍스트를 당대 한국에서는 찾지 못한 것 같다. 김승옥, 하근찬, 최인훈, 서정인, 이호철 등의 소설이 다 시민문학으로서는 함량 미달이라고 비판하고 있기 때문이다.[74] 이들에 대해 느끼는 비평가의 안타까움은 이들 문학이 그가 말한 시민의식의 핵심인 '사랑'이 부족하기 때문이다. 여기서 '사랑'이란 백낙청이 인용한 대로, 로렌스가 말한 "인간은 생생하고 유기적이고 무엇보다도 믿음을 가진 공동체의 일원이 되어, 채 실현 안 된, 어쩌면 채 인식되지조차 않은 어떤 목적을 실현하려고 활동하고 있을 때 자유로운 것이다라고 말할 적의 '자유'와의 동의어로서의 '시민의식'"그 자체이다. '사랑'이 개인의식과 공동체 의식을 동시에 지니고 있는 윤리적 주체의 미덕이라도 한다면, 앞서 말한 소설가들에게서는 이러한 '사랑'이 부족하다고 바

만 아니라 거기에서 망각된 것, 곧 역사적으로 실현되지 않은 채 잠재적 형태로 남아있는 삶에 대한 진실된 인식이 포함되어 있다(김수림, 앞의 글 참조).

74 이에 대한 자세한 내용은 전상기, 앞의 글 참조.

라본 것이다.[75]

반면 그는 방영웅의 「분례기」를 로렌스의 번역 텍스트로 인식한다. 그의 이러한 선택은 당대부터 많은 논란을 일으켰다.[76] "우리 문단에서 역사의식과 사회의식을 누누히 강조해온 잡지가 이러한 '순수문학적'인 작품을 내세운 것이 못마땅하다는 불평 또는 작품 자체로서 별 것 아니라는 불만도 없지 않았고 때로는 그 두 가지 불평불만이 동시에 토로되는 일도 있었다"고 한다. 시민문학을 논하면서 하필 우리 산업화의 주요 공간이 아닌 농촌을 소재로 한 소설을 내세웠으며, 그 시공간의 무시간성이 마치 『현대문학』 계열의 향토성, 전통 운운하는 텍스트의 논리와 동일하다는 혐의였을 것이다.

그러나 백낙청의 신념은 매우 투철하다.[77] 「『창작과비평』 2년 반」에서 그는 텍스트의 많은 분량을 「분례기」에 대한 옹호의 변으로 할애한다. 게다가 1년 후 「시민문학론」에서 다시 이 텍스트를 거론한다. 여기서 핵심은 다음과 같다.

> 이 작품의 재미는 그것이 단순히 시골이야기라는 사실보다도 그 시골이야기를 어느 도회 이야기 못지 않게 강렬한 정신력으로 작품화한 것이라는 사실 (…중략…)

75 이러한 점은 최인훈의 광장을 평하면서 "진정한 공간은 '밀실'과 '광장'의 구별이 없어지는 곳. 진정한 '시민적 광장'을 만드는 힘이 곧 '시민의식'이요 사랑이라면 삶의 광장은 미완의 상태로나마 사랑이 있는 곳에 어디든지 있는 것"이라고 말하는 장면에서 드러나는 것이다.

76 백낙청, 「『창작과비평』 2년 반」, 『창작과비평』 3(2), 1968.5, 369면 참조.

77 창작과비평 10년을 기념하는 자리에서도 백낙청은 방영웅의 분례기에 대한 신념을 거두지 않았다(백낙청, 「창비의 유년시절」, 『백낙청회화록』 3, 창작과비평사, 2007 참조).

「糞禮記」의 건강은 작가의 그 치열한 집중력과 묘사력에 있는 것만이 아니다. 석서방, 석서방댁, 조서방, 노랑녀, 영철이 등 언뜻 보아 너절하기 짝이 없는 인간들을 일체의 작가적 개입이 없이 그처럼 정확하고 선명하게 그릴 수 있다는 것은 그들의 그런 삶을 멸시하지도 미화하지도 않고 있는 그대로 볼 수 있는 인내와 관용과 용기의 소산이며 삶에 대한 드문 신뢰와 애착의 표현인 것이다. (…중략…)

근대적인 역사의식도 사회의식도 없는 이들의 삶은 물론 그런 삶 대로의 성취와 윤리감과 어쩌지 못할 존엄성마저 지니고 있지만 동시에 그것은 止揚될 필요가 너무도 역력한 삶이요 자칫하면 狂症으로 그 돌파구를 찾게 될 삶이기도 하다. 이 양면을 동시에 보여준다는 사실이야말로 「糞禮記」의 귀중한 교훈이다.[78]

백낙청은 「분례기」에 제기된 비판을 의식하여, 농촌에서 살고 있는 분례의 광증을 통해서 역으로 한국 산업화 시대의 어둠을 투사할 수 있다고 말한다. 그것은 "근대적인 역사의식도 사회의식도 없는 이들의 삶은 물론 그런 삶대로의 성취와 윤리감과 어쩌지 못할 존엄성마저 지니고 있지만 동시에 그것은 지양止揚될 필요가 너무도 역력한 삶이요 자칫하면 광증狂症으로 그 돌파구를 찾게 될 삶"이라는 작가의 총체적인 통찰력 때문이요, 그들의 그런 삶을 멸시하지도 미화하지도 않고 있는 그대로 볼 수 있는 인내와 관용과 용기의 소산이며 삶에 대한 드문 신뢰와 애착의 표현이기 때문이라는 것이다. 여기서도 백낙청에게 시민 의식과 리얼리즘론이 매우 의식적, 윤리적인 것이라는 점이 드러나는 것이다.

78 위의 글, 373~374면.

그리고 백낙청은 이 지점에서 로렌스의 글을 인용한다. 그는 세잔느의 사과에 관해 서술한 D. H. 로렌스의 텍스트에서, "한 작품이 작품으로서 정직하고 충실하기만 하면 우리가 그 작품에서 얻을 수 있는 가르침과 일깨움은 정녕 무한정하다. 오직 우리 자신의 정직성과 이해력과 배우는 힘에 한도가 있을 뿐이다"라는 구절을 인용하면서 글을 끝맺는다. 로렌스는 세잔느가 평생 꿈꾸었던 것 "사과는 사과다"란 명제의 실현, 즉 "사과가 그것대로의 독립된 실체로서 존재하도록 내버려 두려는 최초의 본격적 커다란 기도"에 대해서 논한다. 그리고 "그리하여 마침내 그 정념이 달성되고 물체는 '에너지의 한 형태'일 뿐임을 — 그것이 도대체 무엇이든간 — 인식한 순간 물체는 별떡 일어나 우리의 머리통을 땅 때리면서 응집된 에너지 자체가 바로 물체이므로 물체는 절대적으로 존재함을 알려 주는 것이다"라고 한다. 또한 로렌스는 지금까지 우리는 사과의 그림자만 봐 왔으므로 그 사과, 진짜 단단한 물질이 닿으면 아프다고 한다. 그래서 로렌스는 "세잔느에게 그러했듯이 인간이 일차적으로 사과가 된다는 것은 곧 새로운 인간세계가 생긴다는 말이 된다"고 한다. 실제로 로렌스의 텍스트에서는 작가의 개입을 배제한 치밀한 묘사가 그 텍스트의 서사를 이끌어나간다. 이는 아우어바흐가 말한 보편적 현대 소설이 지향하는 리얼리즘의 새로운 가치와도 일치한다. 그 가치는 우리가 편견을 버리고 거기에 우리 자신을 내맡길 수만 있다면 우리 자신 충분히 경험할 수 있는 생생한 현실감과 인생의 심오한 진실로 가득한 매순간의 구현이 갖는 가치이다. 이러한 우연적인 순간이야말로 모든 논쟁적이고 불안정하고, 인간의 싸움과 절망의 주요기준이 되는 인간사회의 규범들로부터 해방이 된 독립적 상황[79]을 만들어낼 수 있다는 것이다.

백낙청이 이렇게 로렌스의 글을 장황하게 번역한 이유는 「분례기」의 생생한 묘사에 생명력을 부여하기 위해서이다. 백낙청은 작가가 「분례기」에서 "너절하기 짝이 없는 인간들을 일체의 작가적 개입이 없이 정확하고 선명하게 그"렸다고 높이 평가한 바 있다. 그는 작가의 인간과 세계에 대한 진실된 인식 위에, 이를 토대로 한 개입없는 진실된 묘사가 결국 새로운 삶에 대한 긍정적 성찰이라는 시민의식을 내포한 리얼리즘을 만들어낸다고 말한 것이다. 그리고 그것을 「분례기」가 해냈다고 말하고 싶었던 것이다.[80] 그가 「분례기」를 왜 옹호하는가는 또 다른 번역 텍스트를 보면 더욱 선명해 진다.

성경험이 산업주의나 산업주의적 사고방식 및 감정방식에 대한 '해답' 이라는 말이 아니다. 정반대로, '야비한 강제'의 해독이 성의 영역에까지 확대되었다고 로오렌스는 주장한다.

성의 진정한 의미는 그것이 "한 인간의 전부를 동원하는 것"이라고 로오렌스는 주장한다. 이것 역시 '자아의 중추'로 되돌아가는 일이며, 온전한 성적 관계를 비롯한 모든 온전한 관계들이 거기서부터 생성될 수 있다는 것이다. 로오렌스가 '자아의 중추'로 파들어가 밝혀주고 또 구현해내는 최종적 입장은 산업주의문명에 대한 그의 다음과 같은 구절에 잘 드러난다.

우리 문명은 남자와 남자 사이, 그리고 남자와 여자 사이의 자연스러운 공감의

79 에리히 아우어바흐, 김우창・유종호 역, 「갈색스타킹」, 『미메시스—근대편』, 민음사, 1999, 273면.

80 황종연의 적절한 표현에 의하면, 그가 말하는 리얼리즘은 전형성, 객관성, 당파성 같은 재래의 미학적 기준을 참조하면서도 그것을 넘어서고 '문학본연의 변증법'이라는 일반론적 가정, '지공무사(至公無私)'같은 도덕적 기율을 포함한다. 황종연・백낙청, 「무엇이 한국문학의 보람인가」, 『창작과비평』 34(1), 2006.3, 299면.

흐름을 거의 파괴해버렸다. 내가 삶에 되찾아 놓으려는 것은 바로 이것이다.[81]

백낙청은 「『창작과비평』 2년 반」에서 "「분례기」에 나오는 성기와 성행위에 관한 많은 장면들이 외설적이라고 할 수 없"다고 한 바 있다. 실제로 분례기에는 많은 성행위 장면이 나오는데, 이것은 때론 이들 삶의 생명력을 표현하는 기재이기도 하지만, 주인공의 영혼을 파괴하는 폭력적인 행위의 상징이기도 하다. 그러나 분례가 자신의 아픈 상처를 자신과 같은 폭행을 당한 쥐를 보호함으로써 치유받으려 했다는 것은 백낙청이 보기에, 분례가 끝까지 생명체 간의 아름다운 교감과 진실을 신뢰하고 있었다는 것을 상징한다. 그것마저 좌절된 상황이 그녀를 광기의 절망으로 몰아넣은 것이다. 이를 백낙청의 논리에 대입하면 「분례기」에서도 로렌스가 추구한 성의 의미가 드러나는 것이다. 백낙청은 이러한 점도 함께 말하고 싶었을 지도 모른다.

그러나 백낙청의 이러한 치밀한 논증에도 불구하고 방영웅의 분례기에서는 로렌스의 소설(레이디 채털리 등)에서 보이는 부르주아들의 탐욕과 위선과 같은, 산업화 시대의 궁핍성 혹은 한국현실의 근원적 모순을 읽어내기 쉽지 않다. 그리고 성性을 통해서 인간과 인간 사이의 자연스러운 공감의 흐름을 이어가려는 주인공의 주체적인 행동 의지도 잘 보이지 않는다. 비록 "한 작품이 작품으로서 정직하고 충실하기만 하면 우리가 그 작품에서 얻을 수 있는 가르침과 일깨움은 정녕 무한정하다. 오직 우리 자신의 정직성과 이해력과 배우는 힘에 한도가 있을 뿐"이라고

81 레이몬드 윌리엄스, 백낙청 역, 「로오렌스와 산업주의」, 『창작과비평』 3, 1966 여름호.

말하지만 백낙청이 분례기에서 읽어 낸 가르침과 깨달음을 읽어 낼 엘리트 독자는 흔치 않을 것이다. 이로써 백낙청의 로렌스의 리얼리즘, 로렌스의 시민정신의 한국적 번역이 성공했는지에 대한 답은 여전히 공백으로 남는다. 발자크도 플로베르도 존재하기 힘든, 낙후된 한국적 (사회/문화) 토양을 백낙청은 내심 인정할 수밖에 없었던 것이다. 이러한 다소간의 의식 과잉은 백낙청의 한계이자 1960년대 한국문학계의 한계였던 것이다. 그래서인지 「분례기」를 로렌스의 번역으로 보고 싶었던 백낙청의 이상은 이혜령의 지적대로, 소설이 아닌 시로 가 닿을 때 비로소 우리들의 공감을 얻는다.

그가 김수영과 한용운을 그 전범으로 선택한 것은 이들 문학에서는 '사랑'이 보이기 때문이다. 정리하자면 "자기 삶의 근거에 대한 정직성과 온전성이 역사적으로 거의 불가능하게 된 서구의 세계 지배적 문명에 대해 충분히 극단적이고 충분히 근거 있는 비판을 할 수 있는 문학"이면서, 동시에 역사적으로 실현되지 않은 채 잠재적 형태로 남아있는 삶에 대한 진실된 인식을 포함하고 있기 때문이라는 것이다. 그의 시간의식이 동학혁명, 3·1운동, 4·19혁명으로 이어지는 빛나는 순간의 이념적 구성체라고 한다면, 진창을 구르고 있는 현실을 표현하는 소설 장르는 이를 구현하기 어려울 것이다. 대신 상징적 표현이 상대적으로 쉬운 시가 그의 이념태에 맞을 지도 모른다.[82] 한용운과 김수영의 시에 대한 백낙청의 공감은 그의 리얼리즘 개념이 통상적인 의미의 '사실주의寫實主義'와 다른 것이라는 것을 알 때 이해가능한 것이다.

82 이혜령, 앞의 글 참조.

백낙청은 김수영이 "4·19의 위대성뿐만 아니라 그 빈곤을 깨달았고 그러면서도 4·19의 위대한 꿈을 버리지 않는 원숙한 시민의식의 경지"에 도달한 작가라고 칭송한다. 백낙청에게 리얼리즘이 기법상의 문제가 아니라 시민정신의 발현태라고 한다면, 시를 사회학과 철학의 경지로 끌어올린 이 두 시인의 시에서 드러나는 번뜩이는 진리(시민정신), "세계와 우주 전체에 대한 어떤 깨달음"[83]에 공감할 수 있었을 것이다. 특히 그는 김수영의 「거대한 뿌리」에서는 우리의 내면에 잠재하고 있는 시민의식(전통), 인간에 대한 무한한 신뢰를 발견하고 쾌재를 불렀던 것이다.

5. 1960년대 『창작과비평』 번역의 정치성과 그 이후

지금까지 백낙청을 중심으로 1960년대 후반 『창작과비평』의 번역 양태 및 그 이념에 대해서 살펴보았다. 1960년대 후반에 등장한 『창작과비평』 비평가들은 4·19세대, 외국문학 전공 한글세대 번역가란 존재성을 갖고 있다. 이들의 등장은 혁명 체험으로 대사회적 소명 의식을 갖춘, 번역 텍스트를 스스로 선택하고 중역이 아닌 원어역으로 번역할 수 있는 전문성을 갖춘 번역가의 탄생을 의미하는 것이다.

이들은 해방과 한국전쟁을 자기체험화하지 못한 세대로 반공주의하

83 백낙청, 「시민문학론」, 앞의 책.

에서 마르크스주의를 적극적으로 자신들의 이념으로 사유하지 않는다. 또한 이들은 4·19혁명 이후 형성된 민족주의적 소명 의식 하에서 번역가라기보다는 비평가로 호명되기를 원했다. 그러면서도 이들은 번역을 통해서 자신들만의 비판적 이념을 생산해 내고 그 정당성을 증명했다. 그리하여 『창작과비평』의 이념적 논리는 비평문과 번역문의 논리적 결합을 통해서 비로소 완성된다. 'citizen(혁명적인 시기의 Bourgeoisie)의 번역어인 서구 '시민'의식을 변혁 의식의 전범으로 제시한 백낙청의 「시민문학론」 텍스트 자체가 번역의 완성태였다. 실제로 백낙청의 「시민문학론」은 1960년대 그의 대표작이기도 하지만, 1966년 1월 창간된 이후 『창작과비평』의 주요 논지를 총정리한 총체적 텍스트이다. 그는 이 텍스트에서 이 글이 실린 1969년 6월 이전 창비에 실렸던 핵심 번역 텍스트들을 인용해 가면서 자신의 논지를 펼치고 있다. 프랑스 혁명의 시민 이념을 번역하고 정통 마르크스주의보다는 서구의 신좌파적 자유주의 이념을 수용하고, 레이몬드 윌리엄즈가 소개한 D. H. 로렌스의 리얼리즘을 자신들의 입론으로 삼았다. 그것은 사회성을 외면하지 않는 도도한 문학주의의 형상이었다.

그런데 또한 중요한 점은 시민문학론의 이념은 4·19세대의 것인데, 그 실현태는 식민지, 해방공간, 한국전쟁을 모두 겪은 김수영과, 1970년대 『창비』의 주력군, 이중어세대 리영희, 박현채의 텍스트이다. 이러한 현상의 원인을 이 세 사람 개인의 위대성으로만 보기엔 단순하지 않은, 한국지성사의 문제가 놓여 있는 것이다. 이 두 세대의 구획이 아니라 두 지성의 만남이 중요한 것이다.

김수영의 번역이 『창작과비평』에 실린 네루다의 시[84]였다는 사실도 이런 면에서 의미심장하다. 1960년대 후반, 『창작과비평』의 등장으로 번역은 당대 저항담론을 형성하는 데 매우 중요한 역할을 수행하게 된다. 이러한 상황에서 번역가들의 세대 교체가 이루어지고, 번역가들의 의식 역시 대사회적 의식을 갖추어가게 된다고 볼 수 있다.[85] 이러한 과정 속에 한국번역문학사의 산증인이자, 날카로운 자의식의 소유자인 김수영이 주체로 서 있었던 것이다.

실제로 당대의 한 회고에 의하면 김수영의 네루다 번역은 당대에 큰 반향을 일으켰다고 한다.[86] 당대 네루다의 시가 금지된 텍스트였다면 김수영에게 이 시 번역은 매우 저항적인 행동이었음에 틀림없는 것이며, 이것이 1960년대 번역의 정치성이 실현된 양태였다고도 볼 수 있는 것이다. 김수영은 1960년대 번역사를 식민 / 제국의 논리를 꿰뚫는 저항의 역사로 만들기를 희구했다. 김수영과 『창작과비평』의 만남은 한국번역문학사에서 의미심장한 하나의 사건[87]이다.

또한 1968년 「흑인폭동의 원인과 대책」(커너위원회, 리영희 역)을 시발

84 『창작과비평』 1968년 5월호에 실린 파블로 네루다의 「고양이의 꿈 외 5편」. 이에 대한 자세한 내용은 박지영, 「김수영 문학과 '번역'」, 『민족문학사연구』 39, 민족문학사학회, 2009 참조.

85 『창작과비평』 이외에도 『문학과지성』 등 외국문학전공, 4・19세대의 등장은 번역계의 지각 변동을 일으키고, 이는 곧 바로 지식계의 지각변동으로 이어진다. 이들의 등장에 대한 자세한 사항은 박연희, 앞의 글 참조.

86 이 번역으로 원텍스트로 소개된 『엔카운터』가 진보적인 잡지는 아님에도 불구하고 좋은 잡지로 소개되어 독자를 늘렸고, 네루다의 시는 의식있는 많은 학생들이 즐겨 읽던 시로 변해 있었다고 한다(박석무, 「(해방 50주년 기념 기획 : 시로 본 한국현대사)1960년대 신동엽과 김수영－미완의 혁명」, 『역사비평』 33, 역사비평사, 1995.11 참조).

87 백낙청이 「시민문학론」에서 언급한 휠더린이 감내한 '궁핍한 시대'라는 개념은 김수영 역시 하이데거의 휠더린론을 통해서 사숙한 것이다. 『창비』 그룹과 김수영의 친분관계를 생각하면 이 둘 사이의 인식적 공감대는 충분히 짐작할 수 있는 부분이다. 이에 대해서는 다음 연구논문을 기약한다.

로 1970년대 『창작과비평』 번역장에서도 한글세대와 리영희라는 이중어세대의 만남이 준비되어 있었다. 이는 한국 사상 / 지식번역사의 흐름이 근대 이후 전개된 한국의 비극적 역사적 상황을 쉽게 단절시키거나, 외면할 수 없었다는 점을 증명하는 것이다.

1977년 출간되어 편역자 리영희는 물론 『창작과비평』 진영에 고난을 안겨주었던 저서 『8억인과의 대화—현지에서 본 중국대륙』은 중국 현실에 대한 르포르타주 형식의 텍스트를 번역하여 출간한 번역서였다.[88] 작가 리영희는 검열을 피하기 위해 서문에서 "이데올로기, 권력, 정치, 혁명, 선전 등에 관한 것이나 특히 '이론'이라는 것은 하나도 없다"고 하면서 이 번역 원텍스트를 쓴 "체험과 견문의 주체는 반드시 서방세계의, 우리나라의 제반 실정에 부합되는 인물이어야 한다", "이른바 '친중공적' 편견을 가졌다고 알려진 개인이거나 사회주의권의 원전은 일체 배제한다"고 제시한다. 그럼에도 불구하고 그간 『창작과비평』에 실렸던 중국 관련 번역 텍스트는 허용했던 검열 당국은, 출간한 지 2달 만에 이 책을 금서로 낙인찍는다.[89] 편역자 리영희와 창비 진영은 자신이 말하고자 하는 정치적 이념을 번역을 통해서나마 전파하고 싶었던 것이다. 물론 이는 1970년대 『창작과비평』의 이념이 민중 / 민족주의 쪽으로 이동한 다음의 일이지만, 바로 이러한 점이 억압의 시대 『창작과비평』이 지향하는 '번역'의 정치적 효용성이었다.

88 이에 대한 자세한 내용은 리영희, 『대화』, 한길사, 2005; 백승종, 『금서, 시대를 읽다—문화투쟁으로 보는 한국 근현대사』, 산처럼, 2002 참조

89 물론 이러한 상황은 『전환시대의 논리』의 출간 이후, 대중들에게 확산된 그의 영향력 때문에 발생한 것이다. 이후 『우상과 이성』 역시 금서가 되어버린다. 리영희는 1977년 11월 23일 남영동 대공분실로 끌려가게 된다.

참고문헌

① 자료

『창작과 비평』(1966 봄~1969 겨울), 『청맥』.

김수영, 『김수영 전집』 2(산문), 민음사, 2003.

김지하, 「특별기고 : 한류-르네상스 가로막는 '쑥부쟁이'」, 『조선일보』, 1912.12.4.

황호덕, 「지하여, 침묵하소서」, 『경향신문』, 2012.12.

리영희, 『대화』, 한길사, 2005.

백낙청, 「서구문학의 영향과 수용」, 『신동아』, 1967.

______, 「창비의 유년시절」, 『백낙청회화록』 3, 창작과비평사, 2007.

______, 「기획 : 사회인문학의 시각으로 본 잡지-사회인문학과 비판적 잡지에 관한 몇 가지 생각」, 『동방학지』 152, 연세대 국학연구원, 2010.

에리히 아우어바흐, 김우창 · 유종호 역, 「갈색스타킹」, 『미메시스-근대편』, 민음사, 1999.

② 논문 및 단행본

권보드래, 「『사상계』와 세계문화자유회의-1950~1960년대 냉전 이데올로기의 세계적 연쇄와 한국」, 『아세아연구』 54(2), 고려대 아세아문제연구소, 2011.

김건우, 「1964년의 담론 지형」, 『대중서사연구』 22, 대중서사학회, 2009.

______, 「국학, 국문학, 국사학과 세계사적 보편성」, 『한국현대문학연구』 36, 한국현대문학회, 2012.

______, 「"조연현-정명환 논쟁" 재론(再論)-1960년대 한국 현대비평에서 원어(原語) 능력이 갖는 의미」, 『대동문화연구』 83, 성균관대 대동문화연구원, 2013.

김민정, 「1970년대 '문학장과 계간지의 부상-『창작과비평』과 『문학과지성』을 중심으로」, 서울대 석사논문, 2011.

김병익 · 김주연 · 김치수 · 김현, 『현대한국문학의 이론』, 민음사, 1972.

김병철, 『한국현대번역문학사연구』(상), 을유문화사, 1998.

김수림, 「4 · 19혁명의 유산과 궁핍한 시대의 리얼리즘」, 『상허학보』 35, 상허학회, 2012.

김　원, 「1970년대 『창작과비평』 지식인 집단의 이념적 계보」, 『역사와문화』 24, 문화사학회, 2012.
김재현 외, 『한국인문학의 형성－대학 인문교육의 제도화 과정과 문제의식』(사회인문학총서 2), 한길사, 2011.
김주현, 「1960년대 소설의 전통 인식 연구」, 중앙대 박사논문, 2007.
김　항·이혜령, 「김철과의 인터뷰」, 『인터뷰－한국 인문학 지각 변동』, 그린비, 2011.
김　현, 「테러리즘의 문학－50년대 문학 소고(小考)」(『문학과지성』, 1971년 여름호), 『김현문학전집』 2, 문학과지성사, 1991.
김현주, 「『창작과비평』의 근대사 담론」, 『상허학보』 36, 상허학회, 2012.
______, 「1960년대 후반 '자유'의 인식론적, 정치적 전망－『창작과비평』을 중심으로」, 『현대문학의 연구』 48, 한국문학연구학회, 2012.
류준필, 「백낙청 리얼리즘론의 문제성과 현재성」, 『창작과비평』 38(3), 2010.
LEE Hye Ryoung, 2011. "Time of Capital, Time of a Nation : Changes in Korean Intellectual Media in the 1960s~1970s", Korea Journal Vol.51. No.3 (Autumn)(이 글의 한글판 이혜령, 「자본의 시간, 민족의 시간 : 4·19 이후 지식인 매체의 변동과 역사－비평의 시간의식」, 권보드래 외, 『잡지로 보는 인문학－지식의 현장, 담론의 풍경』, 한길사, 2012).
박연희, 「1960년대 외국문학 전공자 그룹과 김현 비평」, 『국제어문』 40, 국제어문학회, 2007.
박지영, 「김수영 문학과 '번역'」, 『민족문학사연구』 39, 민족문학사학회, 2009.
______, 「'번역'의 시대, 번역의 문화 정치－1950년대 번역 정책과 번역문학장」, 『대동문화연구』 71, 성균관대 대동문화연구원, 2010.
______, 「1950년대 번역가의 의식과 문화정치적 위치」, 『상허학보』 30, 상허학회, 2010.
______, 「번역된 냉전, 그리고 혁명－사르트르, 마르크시즘, 실존과 혁명」, 『서강인문논총』 31, 서강대 인문과학연구소, 2011.
백승종, 『금서,시대를 읽다－문화투쟁으로 보는 한국 근현대사』, 산처럼, 2002.
서은주, 「번역과 문학장(場)의 내셔널리티－해외문학파를 중심으로」, 민족문학사연구소 기초학문연구단, 『한국 근대문학의 형성과 문학장의 재발견』, 소명출판, 2004.
______, 「특집 : 사회인문학의 개념과 방법 : 과학으로서의 문학 개념의 형성과 "지(知)"의 표준화－주요 "문학개론서"를 중심으로」, 『동방학지』 150, 연세대 국학연구원, 2010.

염무웅(김윤태 대담), 「1960년대와 한국문학」, 강진호 외, 『증언으로서의 문학사』, 깊은샘, 2003.
이동헌, 「1960년대 『청맥』 지식인 집단의 탈식민 민족주의 담론과 문화전략」, 문화사학회, 『역사와문화』 24, 2012.12.2.
이봉범, 「반공주의와 검열 그리고 문학」, 『상허학보』 15, 상허학회, 2005.
______, 「1950년대 번역장의 형성과 문학 번역－국가권력, 자본, 문학의 구조적 상관성을 중심으로」, 『대동문화연구』 79, 성균관대 대동문화연구원, 2012.
임경순, 「1960년대 검열과 문학, 문학제도의 재구조화」, 『대동문화연구』 74, 성균관대 대동문화연구원, 2011.
임유경, 「1960년대 '불온'의 문화 정치와 문학의 불화」, 연세대 박사논문, 2014.
전상기, 「1960・70年代韓國文學批評研究－'문학과 지성'・'창작과 비평'의 분화를 중심으로」, 성균관대 박사논문, 2002.
정명환 외, 『프랑스지식인드로가 한국전쟁』, 민음사, 2004.
하상일, 「1960년대 현실주의 문학비평 연구－『한양』・『청맥』・『창작과비평』・『상황』을 중심으로」, 부산대 박사논문, 2004.
한영인, 「1970년대 『창작과비평』 민족문학론 연구」, 연세대 석사논문, 2012.
황종연・백낙청, 「무엇이 한국문학의 보람인가」, 『창작과비평』 34(1), 2006.

출전

1장 「해방기 지식장(場)의 재편과 '번역'의 정치학」, 『대동문화연구』 68, 성균관대 대동문화연구원, 2009.

2장 「복수의 "민주주의"들－해방기 인민(시민), 군중(대중) 개념 번역을 중심으로」, 『대동문화연구』 85, 성균관대 대동문화연구원, 2014.

3장 「'번역'의 시대, 번역의 문화 정치－1950년대 번역 정책과 번역문학장」, 『대동문화연구』 71, 성균관대 대동문화연구원, 2010.

4장 「1950년대 번역가의 의식과 문화정치적 위치」, 『상허학보』 30, 상허학회, 2010.

5장 「인문서의 출판과 번역정책」, 김재현·김현주 외, 『사회인문학총서 2－한국 인문학의 형성 : 대학 인문교육의 제도화 과정과 문제의식』, 한길사, 2011.

6장 「번역과 내셔널리티(nationality)－1950년대 고전번역(國譯) 현황과 그 정치성」, 『현대문학의 연구』 52, 한국문학연구학회, 2014.

7장 「냉전 지(知)의 균열과 저항담론의 재구축－1950년대 후반~1960년대 전반 『사상계』 번역 담론을 통해 본 지식장의 변동」, 『반교어문연구』 41, 반교어문학회, 2015.

8장 「번역된 냉전, 그리고 혁명－사르트르, 마르크시즘, 실존과 혁명」, 『서강인문논총』 31, 서강대 인문과학연구소, 2011.8. (이후 내용을 보강하여 '번역과레토릭연구소' 10월 학술발표회, 2013년 10월 26일 자료집에 수록 발표)

9장 「1960년대 『창작과비평』과 번역의 문화사」, 『한국문학연구』 45, 동국대 한국문학연구소, 2013.

간행사_ 동아시아 심포지아·메모리아 총서를 펴내며

'동아시아 심포지아'와 '동아시아 메모리아'는 한국연구원과 성균관대학교 비교문화연구소가 공동으로 기획하여 출간하는 총서다. 향연을 뜻하는 라틴어에서 딴 심포지아는 플라톤의 『심포지온』에서 비롯되었으며, 오늘날 학술토론회를 뜻하는 심포지엄의 어원이자 복수형이기도 하다. 메모리아는 과거의 것을 기억하고 기념하기 위해 현재의 기록으로 남겨 미래에 물려주어야 할 값진 자원을 의미한다. 한국연구원과 성균관대학교 비교문화연구소는 지금까지 축적된 한국학의 역량을 바탕으로 새로운 동아시아 인문학의 제창에 뜻을 함께하며, 참신하고 도전적인 문제의식으로 학계를 선도하고 있는 신예 연구자의 저술을 적극적으로 지원하기 위해 학술 총서 '동아시아 심포지아'와 자료 총서 '동아시아 메모리아'를 펴낸다.

한국연구원은 학술의 불모 상태나 다름없는 1950년대에 최초의 한국학 도서관이자 인문사회 연구 기관으로 출범하여 기초 학문의 토대를 닦는 데 기여해 왔다. 급속도로 달라지고 있는 학술 환경 속에서 신진 학자와 미래 세대에 대한 후원에 공을 들이고 있는 한국연구원은 한국학의 질적인 쇄신과 도약을 향한 교두보로 성장했다. 성균관대학교 비교문화연구소는 2000년대 들어 인문학 연구의 일국적 경계와 폐쇄적인 분과 체제를 극복하기 위해 분투해 왔다. 제도화된 시각과 방법론의 틀을 벗어나기 위해서는 서로 다른 영역이 끊임없이 대화하고 소통하면서 실천적인 동력을 찾아내야 한다는 것이

성균관대학교 비교문화연구소가 지닌 문제의식이자 지향점이다. 대학의 안과 밖에서 선구적인 학술 풍토를 개척해 온 두 기관이 힘을 모음으로써 새로운 학문적 지평을 여는 뜻깊은 계기가 마련되리라 믿는다.

최근 들어 한국학을 비롯한 인문학 전반에 심각한 위기의식이 엄습했지만 마땅한 타개책을 찾지 못하고 있다. 한편으로는 낡은 대학 제도가 의욕과 재량이 넘치는 후속 세대를 감당하지 못한 채 활력을 고갈시킨 데에서 비롯되었고, 또 다른 한편으로는 시대의 변화를 선도하는 학문 정신과 기틀을 모색하지 못했기 때문이라는 것이 우리의 진단이자 자기반성이다. 의자 빼앗기나 다름없는 경쟁 체제, 정부 주도의 학술 지원 사업, 계량화된 관리와 통제 시스템이 학문 생태계를 피폐화시킨 주범임이 분명하지만 무엇보다 학계가 투철한 사명감으로 대응하지 못했을 뿐 아니라 오히려 자발적으로 길들여져 온 것이 엄연한 현실이다.

지금 우리에게 절실한 과제는 새로운 학문적 상상력과 성찰을 통해 자유롭고 혁신적인 학술 모델을 창출해 내는 일이다. 이를 위해서는 다음 시대의 학문을 고민하는 젊은 연구자에게 지원을 망설이지 않아야 하며, 한국학의 내포와 외연을 과감하게 넓혀 동아시아 인문학의 네트워크 속으로 뛰어들기를 두려워하지 말아야 한다. 그 첫걸음을 '동아시아 심포지아'와 '동아시아 메모리아'가 기꺼이 떠맡고자 한다. 우리가 함께 내놓는 학문적 실험에 아낌없는 지지와 성원, 그리고 따끔한 비판과 충고를 기다린다.

한국연구원 · 성균관대학교 비교문화연구소
동아시아 총서 기획위원회